霹雳火

刘猛 著

军事作品

北京联合出版公司
Beijing United Publishing Co.,Ltd.

那些刻意压抑极力忘怀的经历一旦汹涌而来，就如子弹命中心脏，热血带着生命呼啸而出，带着霹雳与闪电的能量，撞击在他的心上。气壮山河，杀气凛然。

第一章
—— FIRE ——

1

边境线，苍莽浩瀚的原始丛林里古木参天，遮天蔽日。数不清的藤蔓和树木缠绕交错在一起，形成一道密不透风的天然大网，地面上大片的苔藓也在温热的环境里疯长，氤氲弥漫。再往里走，林子里就很少再有低矮的灌木丛，到处都是高耸入云的古树，树木的枝梢交错着，伸展开来的繁盛枝叶把天空遮了个严严实实。一株巨大的香樟树干上，粗壮的奇形怪状的树枝像龙一样在树上盘绕着，一阵风过去，枝叶发出簌簌的响声。

天际处，一架涂满野战迷彩的直-8B在两架武直-10的护航下高速低空掠过丛林上方，高速旋转的螺旋桨卷起飓风，丛林上空一片汹涌，隐约有阳光洒在机身上，泛着点点耀眼的白光。机舱里，是一张张年轻傲气的脸——只不过那些脸上涂着黑绿相间的伪装油彩。突击队员们都是全副武装，身着制式特战作战服，戴着80式钢盔，81-1式自动步枪、85式微冲等武器都背在背上，个个眼里都冒着光，目光如炬，精悍干练。他们手里的92式手枪击锤打开又关上，又打开，关上，不停地重复着动作，看起来有些紧张，但也很兴奋。此时，坐在机舱角落的王星随意地靠坐着，作战服的左臂上绣着007的红色编号，自从进入这个小队，他们就用绣在左臂上的编号来称呼彼此。

角落里，王星戴着眼罩，耳朵里塞着耳机在闭目养神，看起来和小队显得有些格格不入。坐在他旁边的005和008都皮肤黝黑，精神抖擞，两人对视了一眼，008朝王星努努嘴，小声地说："哎，007这样满不在乎，咱们能活下来吗？"

"能！"005说得斩钉截铁，"——活在天堂。"

这时，旁边的王星侧了一下身："行动代号苍鹰，行动内容营救一名被绑架的VIP，目的地1024地区的恐怖分子秘密据点，位于边境内300米，预计还有3分钟到达机降地域。我要带着你们这群笨蛋穿越15公里的山地丛林，然后发起突击——希望你们在林子里不要像熊一样东撞西撞发出声音吧，否则我们都会死无葬身之地！"——所有的队员都停下，呆呆地看着他。王星坐起身，摘下眼罩，眼神当中透出一股鸟气："还需要我说下去吗？"005听得直咂舌："007，你到底是电脑还是人脑啊？怎么记得那么清楚？飞狼可只说了一次啊！"王星桀骜不驯的脸上满是自信，他指指自己的脑袋："我能记住，因为我是人脑；你记不住，因为你是——"

王星停下来，笑，005 纳闷儿地问："什么？"王星一脸坏笑："猪脑！"驾驶舱里一阵哄笑。这时，飞行员的声音从驾驶舱传来："007，1 分钟准备！"王星竖起大拇指："收到！——1 分钟准备！"队员们纷纷竖起大拇指，示意明白。三架武装直升机机群加快速度，几乎擦着丛林的树冠呼啸而去。

2

丛林深处，一栋白色两层水泥建筑隐藏在茂密的树林里，几名戴着黑色面罩、荷枪实弹的匪徒不停地来回巡视着。在它的不远处立着一座瞭望哨台，一名匪徒正拿着望远镜扫视着周边，见没什么异常才放下望远镜。下面丛林里，队员们据枪待战，以密林做掩体，交替掩护着快速穿越丛林。

在大门口，两名匪徒分腿站立，手里的 AK-47 保险已经打开，不停地巡视着四周的动静。在二楼空旷的大厅里，人质被五花大绑地坐在椅子上，头上套着黑色的头套。窗前，一名匪徒在持枪警戒，其余的四人无精打采地靠墙坐着。这时，树丛里传来一阵窸窸窣窣的脚步声，八名队员两三人一组在各自的位置蹲下待命。王星拿着军用望远镜，冷静地观察着白色建筑里的情况，随后，他放下望远镜，拿起 95 式自动步枪，哗啦一声顶上子弹，打开喉头送话器低声命令："狙击手——"

在远处的丛林高处，一个身穿吉利服的狙击手分腿趴在一处伪装得极好的狙击阵地，乌黑的"高精狙"枪口处缠上了伪装草。瞄准镜里，瞭望台上那名匪徒的身影正缓慢移动。狙击手眼抵着瞄准镜，食指缓缓用力，压向扳机，做好射击准备。随后，他稳定好呼吸，对着喉头送话器轻声回应："007，目标锁定！"

"干——"王星一声大吼，起身的同时手中的步枪就已经喷出烈焰，快速冲进建筑楼里。就在王星迈出丛林那一刻，狙击手扣动扳机，子弹飞速而出，尖啸的声音划破空气——啪！瞭望台上的匪徒头上冒出一股浓血，应声而倒！同时，一阵激烈的枪声四处响起，子弹呼啸而至！匪徒们在弹雨中抽搐着倒地，其余的四处隐藏着开枪还击。二楼，几名匪徒听到枪声猛然惊醒，纷纷掏出枪，起身围住大厅中间的人质。

王星持枪率队，从大门口斜刺里跃出，一边跑一边精准地点射，弹无虚发。其他突击队员也纷纷跟进，一楼大厅里一片混战。王星侧身隐藏在门口左侧，他用手势示意两名队员在门外警戒，又从弹夹袋里掏出一枚震爆弹扔进房内，轰的一声巨响，震爆弹火光四散，王星趁机带着另外三名队员冲进大楼，快速解决地上翻滚的几名匪徒。

二楼楼梯处，两名匪徒直挺挺地端着冲锋枪扫射而下，王星快速闪躲，举枪干掉一个，005 也一枪毙命干掉另一个。王星挥手，和 005 交替掩护着向二楼走去。

二楼大厅里，四名匪徒挟持着人质向后方的一道门内后撤，王星快速突入，砰！一名匪徒随即开枪！王星猛地跪地，身体后仰，扣动扳机，匪徒应声倒地。跟进突入的队友也果断干掉另外两个。这时，最后一名匪徒忽然拔出手枪，顶住人质头部，两眼血红地望着王星。王星持枪瞄准，嘶吼道："中国陆军！停止抵抗！"

"中国陆军！停止抵抗！"

"中国陆军！停止抵抗！"

队员们厉声嘶吼，挟持着人质的匪徒绝望地扣动扳机，几乎同时，啪的一声，王星一枪击中他的手腕，手枪脱手而出，王星又一枪击中他的胸部，匪徒瞪着血红的眼睛瘫软倒地。008将枪入套，竖起大拇指："007，好样的，果然有一套啊！"王星咧嘴笑，露出一嘴白牙，脸上满是傲气："狼牙！007来了！！"——啪！一声枪响，王星脸上的笑容僵住了，背后黄烟升腾。王星猛地回头望过去，匪徒躺在地上，笑着举着手枪。队员们迅速开枪，匪徒应声倒地。008下意识地看着愣立当场的王星，一脸惋惜。王星则呆若木鸡，手里的头盔也咣一声掉到地上。

这时，外面一阵尖厉的哨音响起，各处倒地的恐怖分子们纷纷鲤鱼打挺，利索起身，化着迷彩大脸的队员们也迅速聚拢过来。高胜寒穿着数码猎人迷彩服，体格精壮，脸色黝黑，冷冷地盯着大楼的出口。一级军士长马路站在他的身后："好了，演练结束，都出来集合！"

大门口，王星低着头，神色黯然地走出来，高胜寒面无表情，冷冷地看着他。王星知道自己没戏了，但是仍然不服输地迎着他的目光看过去，悻悻地走到队列里面。

高胜寒黑着脸，面色严肃："007，能不能解释一下，你刚才在干什么？"王星唰地挺胸："报告！我忘记补枪，是我大意了！"

"你好像理直气壮？"高胜寒从鼻子里轻哼一声。

"报告！没有！我实事求是，就是大意了！"王星实话实说。

高胜寒看他："那你认识到因为你大意造成的后果吗？"

"报告！后果就是我死了！"王星的眼神里依然透出一股鸟气。

"假如那名恐怖分子的枪口对准的是人质呢？假如他手里是一颗手雷呢？如果让别人因为你的大意而失去宝贵的生命，你还会觉得如此轻松吗？你会比死了还难受！"高胜寒步步逼问，"你不是大意了，你是太想赢了！想瞎了心！忘了自己应该干什么了！"王星目光一虚，讪讪地低下头。

008站在旁边，余光看看王星，一个立正："报告！"

"讲！"高胜寒说。

008小心翼翼地问："……007一直以来就是我们之中最优秀的，能不能……再给他一次机会？"其他队员也齐刷刷地看着高胜寒。高胜寒不说话，目光冷峻。王星有些感动，但仍然坚持着。高胜寒大步走到008面前，瞪着眼嘶吼："你愿意把你入选狼牙的资格，让给这个代号007的吗？！"

"我……"

"你和死神很熟吗？如果这是实战，你能让死神把你的生命让给他吗？"008低下头，不说话。高胜寒走到队列前："每个人的生命只有一次！你们的命运从来就没掌握在别人手里，任何结果都是你们自己选择的！007——我很遗憾地宣布，你的狼牙特战生涯还没有开始，就已经结束了！"王星咬着牙不说话，目光死死地盯着前方，保持着标准的军姿。

3

丛林路上，高胜寒冷着脸大步走着，马路闷头跟在他旁边，不敢吱声，但仍不时地用余光瞟他。高胜寒知道马路心里想什么，转头问他："你好像有心事？"马路沉了沉气："你……能不能再考虑考虑？整个选拔期间，那个007，叫王星的学员，各项成绩全都名列前茅，就差最后这么一哆嗦……"高胜寒看他："你心软了？"马路一笑："他……特别像年轻时候的你！"高胜寒停下脚步，下意识地笑着看马路："我年轻的时候，可从来没忘过补枪。"

"人才难得啊！"马路不放弃。高胜寒收起笑容："我们给他开了这个后门，你觉得，以他的个性，会接受吗？"马路一脸惋惜："那就真让他走了？"高胜寒没说话，继续往前走，马路叹了口气，跟上去。高胜寒没说话，思索着。这时，腰里的对讲机响起："飞狼，狼穴呼叫，1号找你。完毕。"高胜寒拿起对讲机："飞狼收到，我马上赶到。完毕。"

"1号现在找你？"马路一脸纳闷儿。高胜寒没理他，扣好腰带，脸上放着光："1号现在招呼，肯定有任务，让大家做准备吧！这儿先交给你了！"马路喜出望外，高胜寒的身影已经出去了，马路也是四十多岁的人了，跟个孩子得到了新玩具一样兴奋，不住地搓手，两眼放光："放心吧！这身上是真痒痒了！来吧，赶紧活动活动！"

4

一片丛林空地，边上停着一辆黑绿相间的迷彩运兵车。王星还穿着作战服，只是衣服有些地方被树枝划破了，看上去狼狈不已。他靠在不远处的一棵树下，郁闷至极。队员们坐在车旁边，都不敢说话，也不知道该说什么，只好面面相觑，干瞪着眼。半晌，9号干咳了一声打破沉默，看着王星："007，别气馁啊……我们先进去一步，等着你再来。"另一名队员也冲他笑笑："007，我相信你！你迟早还是我们其中一员！"

王星抬眼，挤出一丝比哭还难看的笑，一把将左臂上绣着007号码的学员臂章拽下来，发泄似的扔到地上，怒吼着："不来了！此处不留爷，自有留爷处！处处不留爷，爷去当八路！"队员们看着他目瞪口呆。这时，马路和几个教官走过来，队员们纷纷起身立正，只有王星没动。马路盯着王星，走到他面前，瞥了一眼地上的臂章，沉声道："007，把它捡起来。"王星抬头，眼神桀骜地看着马路，没动。

"你可以永远也不再来，但是你不能亵渎狼牙，哪怕只是一枚学员臂章。"王星下意识地望着马路，马路的声音很冷酷："如果你真的很在意自己的脸面，在我没动手之前，把它捡起来。"王星知道自己做得过分了，讪讪地站起身，捡起臂章，双手递到马路面前。马路将臂章举在王星面前，一字一句地说："和它所代表的荣誉比起来，你的脸面一文不值。"王星表情复杂地看着马路，马路将臂章重新粘在他的胳膊上，沉声道："珍惜最后佩戴这枚臂章的机会！"王星有些哽咽，但仍然抬头挺胸，眼睛里隐约有泪花在闪烁。

5

特战基地，门口有卫兵在持枪站岗，鲜红的八一军旗在风中猎猎作响。一座狼牙特战主题雕塑立在大门口，苍劲有力，这座凌厉的雕塑让整个基地的气氛骤然紧张起来，让人一走进这里就能感到这种震撼力。远处，高胜寒驾驶着突击车疾驰而入。

办公室里，狼牙特战基地司令员神色凝重地在看文件。高胜寒站在门外整理好衣领，大声地喊报告，司令员头也没抬地说："进来！"说着将手里的两份文件扣了过去。高胜寒急匆匆地推门而入，啪地立正敬礼："1号！飞狼奉命报到！"司令员起身还礼，随即眉头一皱："你那么紧张干什么？"高胜寒一愣："不是紧急任务吗？"司令员没回答，指了指桌前的椅子："坐！"高胜寒又一愣，只得坐下。

司令员五十多岁，鬓角花白，但军人的精气神在老爷子身上足得很。他上下打量着高胜寒，看得高胜寒有些发毛，又不敢问。司令员若有所思地看着他："飞狼，当初你从陆航飞虎团报名参加狼牙选拔的时候，就是武装直升机飞行员，对吧？"高胜寒不知道司令员葫芦里卖的什么药，只好点头："是啊！"司令员点头又看着高胜寒："那时候我还纳闷儿呢，怎么一个陆军的天之骄子会跑到我们这个野人谷来？——直升机驾驶技术没忘吧？"

"没有啊……"高胜寒摇头，纳闷儿。

"还能行？"司令员循序渐进。

"没问题呀！要不您给陆航大队说一声，我现在就去给您飞一圈儿？这手还真痒痒了！"高胜寒有些坐不住了。司令员表情严肃地凝视着高胜寒，高胜寒有些警觉："1号，您……到底什么意思？"司令员把扣在桌上的文件翻过来，放在高胜寒面前："自己看！"高胜寒拿过文件，愣住了："——组建敌后空降救援队？！"

"明白吗？"司令员看他。高胜寒点点头，苦笑："明白了，又要给我们基地加码了，组建新的特战突击队。"司令员看他，没说话。高胜寒盯着文件，忽然愣住了——"东南军区第八十一集团军陆军航空兵飞虎突击旅"！

司令员不动声色地看着高胜寒，高胜寒下意识地抬起头："首长，这……这文件发错单位了吧？"司令员摇头："没错。"高胜寒不明白："那这抬头是给飞虎旅的……"司令员语气严肃："看下一份！"高胜寒一愣，赶紧翻出下一份，看着文件抬头的两个大字，赫然呆住了——调令！

6

蜿蜒的山间公路上，几辆运兵车在疾驰。新队员们坐在车里，气氛有些沉闷，大家都是一脸惋惜地看着独自坐在对面一角的王星。王星没说话，侧头望着车外一晃而过的莽莽山林，高胜寒的话在他脑子里不停地回闪着——他的狼牙特战生涯在那一声枪响时，就彻底破灭了！部队对他来说，是一个信仰，一面旗帜，他放弃了清华大学本硕连读的国防生身份，他只想把青春献给这面永不褪色的八一军旗！但是，那声打在演习发烟罐上低沉的一枪吼叫，更是打在了他的心上——他的梦，一个还没有开始，就已经结束的梦！

7

办公室里，高胜寒站得笔直，脸色严肃："1号！我觉得我的理由是充分的，这批新队员刚刚通过选拔，还需要进一步培训。我熟悉他们，这个时候把我调离，不合适……"司令员手一扬："这个不用你操心，没有你，狼牙黄不了摊子！"

"我对狼牙已经有了很深厚的感情，舍不得走！"

"你是军人！军人以服从命令为天职！"

"您……您就这么愿意我走？"高胜寒使出最后一招，虽然他自己都知道不堪一击。司令员痛心疾首地看着他："如果我能说了算，我会放你走吗？！可是我有什么办法？！总部亲自点的你的将，要不你去给总部首长说去，他们同意你不调回飞虎旅，我当然没问题！"高胜寒语塞，依然不甘心："可是我……"司令员大步走到高胜寒面前，凝视着他："你是有顾虑！"——高胜寒愣住。

"我知道你当初为什么离开的飞虎，说老实话，要不是因为那件事，我捡不到你这么大的便宜！"高胜寒不说话，司令员语重心长，"儿女情长似鸿毛，军人使命重于山，这个道理不用我教你吧？！这么多年了，该过去就让它过去吧！你们现在都不是小孩子了，这种事，你们自己还不会处理吗？"司令员拍拍他的肩膀，"去吧。"

得，最后的防线也被击溃了。高胜寒只好举手敬礼："是！"转身走出门。司令员看着高胜寒的背影表情凝重。

高胜寒心事重重地走在基地小路上，陆军航空兵学院的种种往事在他眼前飞快地闪过。那时候，还是一脸稚气的他们在陆航经历着艰苦的军事训练，也萌动着最初的爱情之花。那时，他和崔华盾是同一年进入学院，两人是生死与共的好兄弟，被陆航学院称为"航校双雄"。但自从他十年前离开航院，那里就成了高胜寒的禁地，一个一直不愿触碰和回忆的地方，在那里，有太多太多的伤心往事和不愿去触碰的回忆……高胜寒轮廓分明的脸上，透出心里的悲凉，他深呼吸一口气，嘴角闪过一丝旁人不易察觉的苦笑："好不容易逃离的地方，现在又要回去了……"

8

陆航突击旅的训练基地，直升机编队从空中掠过。机场上，副参谋长崔华盾戴着墨镜，抬头凝视着正在空中对战的两架武装直升机，在他旁边，一帮飞行员都是一脸紧张地盯着，只有崔华盾不动声色。半空中，一脸稚气的许飞神色紧张地推动着操纵杆。顾意戴着飞行头盔，胸有成竹地驾驶着另一架武直，快速拉高，偏转，许飞赶紧跟进。现场鸦雀无声，所有人都紧张地盯着。

空中，两架武直紧张地相互追逐着。忽然，顾意操纵直升机，一个猛地回旋，许飞大惊，赶紧跟进，但是晚了——顾意果断按下机炮发射钮，许飞的直升机尾部冒起了一阵黄烟，在空中慢慢飘散。机场上，"唉"声一片，队员们一阵惋惜，副参谋长崔华盾平静的脸上露出一丝笑容，他拿起通话器："呆鸟，你已经被寒号鸟击落了。"许飞一扭头，看见顾意驾驶的直升机从他一侧掠过，两架直升机短暂平飞，顾意对他笑，比了一个胜利的手势，许飞沮丧万分地看着她。

停机坪上，两架直升机稳稳落地，许飞跳出机舱，拽下头盔，沮丧地走着，白鹏灰溜溜地跟在他后面。不远处，顾意也拽下头盔，露出一头飒爽的短发，对着许飞伸出小拇指向下一指，许飞不满地咬牙切齿："寒号鸟，士可杀不可辱，咱们下次继续！"顾意不屑地一扬头："再继续一百次也没用。"说完扬长而去。许飞一下子愣住了，表情复杂地跟上去。

两人走到崔华盾面前，抬手敬礼："猎鹰！"崔华盾还礼："寒号鸟，表现不错！"顾意的目光热情似火，看着崔华盾笑道："您教得好！"崔华盾转头，刻意避开她的目光，顾意微微一愣，有些失望。崔华盾看向许飞，皱眉："呆鸟，你这是第几回了？"许飞低头不说话。顾意瞥了一眼许飞，笑道："报告猎鹰，我们的战绩比是7比0。"许飞尴尬地瞪着顾意，顾意偏着头，一脸无辜地看他："我记错了吗？"许飞无奈。

"寒号鸟，你应该给战友留点儿面子。"崔华盾过来解围，顾意不屑一顾："面子是靠实力赢来的，我也从来没击落过您，我不也很没面子吗？可是我不气馁。"许飞嘟囔着："我也不气馁呀！"顾意莞尔一笑："那你就等着第八次被我击落吧！"说罢扬长而去。崔华盾看着她的背影，苦笑。这时，对讲机响起："崔副参谋长，旅长请您马上过去。"崔华盾一愣，回道："收到！"说着拍了拍许飞的肩膀："寒号鸟刚才说得有道理，好好总结一下，不能气馁。"说罢转身向旅部跑去。

飞行员们都惋惜地看着许飞，白鹏拍拍他的肩膀："许飞，你认命吧。"许飞一脸的不乐意："干吗呀？一个个幸灾乐祸的，好像你们赢过她似的！"飞行员们都被噎得说不出话，白鹏看向顾意的背影，叹了一口气："空中罗拉，飞虎旅男飞行员心中永远的痛。"众人也是一片嗟叹，许飞表情复杂地看着顾意的背影，郁闷至极。

9

旅长办公室，崔华盾拿着命令，一脸复杂。

"根据总部指示，我们陆航飞虎突击旅要成立霹雳火空降救援队。"旅长说，"霹雳火敌后空降救援突击队作为战时救援特别行动队，是我们陆航突击旅要新组建的一支特战分队。空降救援队需要运输直升机，也需要武装直升机进行侦察和掩护，因此要成立一支专门配属霹雳火空降救援队作战的特种航空队，代号战虎。经过研究，旅常委一致认为，你是战虎特种航空队队长的最佳人选，由你选择优秀的青年飞行员，执行这个特殊任务。你看过许多外军陆航部队的资料，该明白这也是一支特战分队，我们以前还没有这样的特种航空任务部队，这个任务是艰巨的。你有没有问题？"崔华盾抬头看着旅长，心事重重："没什么问题，随时准备着。"

"很显然，我指的不是这个。"旅长看着他，"你和高胜寒配合工作，有没有问题？"崔华盾有些犹豫，随即啪地立正："没问题！……都已经过去这么多年了……"

"当初你和高胜寒一起分到飞虎团的时候，还是稚气未脱的军校学员。一眨眼，这么多年过去了。别的话我就不多说了，我希望你们两个，还能像刚刚来这里的时候一样，任务中的好搭档，生活中的好兄弟！"旅长说着话锋一转，"当然，我知道，难度有点儿大，但是我希望你可以做到，起码你不要令我失望。"

"您放心吧，不会有什么难度。"崔华盾抬头。

旅长点头，崔华盾迟疑了一下，看着旅长，小声地问："高胜寒什么时候报到？"旅长说："很快。"崔华盾点了点头，有些迟疑："曾紫陌知道这件事吗？"旅长抬头看他："我还没有告诉她，旅长也没这个义务，这是你们之间的事，我不过问。我想，还是你去告诉她最合适。"

崔华盾拿着命令，心事重重地走到机场，他下意识地停下脚步，抬头望着晴朗的天空，目光里闪过一丝痛苦。

10

"快！快！二组跟上！"机场上，曾紫陌大声催促着。崔华盾一惊，扭头望过去。不远处一架直升机舱门外，曾紫陌指挥着医护人员在做持枪上下机演习，她全副武装，催促着医护人员："加快速度！快快！"崔华盾下意识地看看手里的调令，犹豫了一下，还是走了过去。

　　一组演习结束，曾紫陌低头看秒表："成绩还不错，大家就地休息一会儿，咱们再做一组。"崔华盾吐出一口气，走过去，卫生队急忙起立站队，曾紫陌回头，一愣。两人都有些尴尬。李珊看看两人，赶忙招呼队员们："我们到那边去吧！"曾紫陌有些尴尬地看着崔华盾，崔华盾没话找话："……曾所长，你们卫生队怎么还练这个呀？"曾紫陌点头："卫生队也是陆航旅的全训单位，我们也是军人，军人就得准备打仗，打胜仗——旅长说的。"崔华盾讪讪地点了点头，两人有些冷场。

　　已经走远的医护人员悄悄地往回望，李珊皱眉："看什么？领导谈工作呢！"赵小丫悄声地问："谈工作？哎，可我怎么觉得两个人怪怪的！"李珊一声打断她："闭嘴！"

　　机场上，曾紫陌和崔华盾还站着，曾紫陌打破尴尬地问："崔副参谋长，你找我有急事儿吗？"崔华盾回过神："我……没什么急事，就看你们训练呢，过来瞅瞅。"曾紫陌点头："那行，那我们继续了。"崔华盾挤出一丝苦笑："哦……你们忙，注意安全。"曾紫陌点点头，有些意外地看崔华盾。

　　不远处，李珊看着两人，悄声叹息："原来的天作之合，如今的劳燕分飞，真是造化弄人啊！"赵小丫张大了嘴："啊？你是说，曾所长和崔副参谋长原来……"李珊打断她："别找事儿！我告诉你啊！知道了就行了，别乱说话！"赵小丫连忙点头。

　　崔华盾走到不远处，回过身望着曾紫陌的背影，脸色有些纠结。他下意识地看了一眼手里的命令，心事重重地装进衣兜，大步走开了。

<h1 style="text-align:center">11</h1>

　　"我想带一个人过去。"狼牙特战基地，高胜寒坐在司令员对面。司令员笑："一个人恐怕不够吧？上级首长有指示，让狼牙配合伞降搜救队的组建训练工作。你挑几个顺手的，组成一个特训教官小组，一起带过去。"高胜寒面无表情："我想带的这个人，恐怕您不一定会放。"司令员一愣，随即说道："你说的是马路吧？"高胜寒点头："有他在，我心里有底。"

　　"你和他沟通过这件事吗？"司令员问。

　　"没有。"高胜寒说，"不过我有把握，只要您同意了，他肯定没意见。"

　　"别说是狼牙了，咱们整个军区乃至全军，马路这样的老特战军士长，都是凤毛麟角！"

　　"所以，这次您得割肉了。"

　　司令犹豫着，随后猛地一拍板："好吧！给你！就算是我对你小子在狼牙辛苦这么多年的答谢！"高胜寒起身，抬手敬礼："司令员，谢谢您了！"司令员不看他，摆摆手："赶紧走！没准儿我一会儿就后悔了！"高胜寒一笑，扭头要走，司令员猛地叫住他："等等！蓝妞呢？她怎么办？"高胜寒回头："我想先把她送到我父母家里，飞虎旅旁边有个小学，过些日子我再把她转到那儿去。"司令员点头："临走带蓝妞儿去我家里一趟，我让你嫂子做一桌孩子爱吃的菜。"高胜寒感激地点头，转身出门。司令员看着他离开的背影，一脸的痛惜："割肉……两块大肥肉！割肉也没这么割的吧？"

"真走啊？"马路拿着命令，一脸震惊地看着高胜寒。高胜寒一脸淡然："你不是看过命令了吗？"马路纠结地看着命令，高胜寒侧头看他："怎么？不想跟我去？那行，我跟1号说去，他正舍不得你呢！"高胜寒扭头就走，马路一把拽住他："你等会儿！"高胜寒不动声色，笑嘻嘻地看着马路。马路感慨地说："唉！我原本想着就从狼牙退休呢。没想到，临了儿又让你小子给弄到陆航突击旅去了。"高胜寒皱眉："你最近怎么老想着退休啊？"

"废话！我都快五十了！不想着退休，我还能想着提干啊！"

"老家伙，你得有点儿追求！"高胜寒笑着摸着马路肩膀上的一级军士长肩章，"退什么休啊，你得想着往这上面再加几道杠儿。"说完扬长而去，留下马路立在那里哭笑不得："还加？就八级了！哎哎——你干吗去？"

"接蓝妞去！"高胜寒头也没回。马路看着他的背影，下意识地摸了摸自己的肩章，苦笑。

12

学校小路上，蓝妞亲热地搂着高胜寒的脖子，一脸好奇地问："爸爸，你今天为什么这么早接我啊？"高胜寒笑："怎么，你不高兴吗？"蓝妞把高胜寒搂得更紧了："当然高兴了！我最喜欢和爸爸在一起了！"高胜寒怜爱地看着蓝妞，一阵心酸。

走到休息亭处，高胜寒把蓝妞放下来，蹲下身，怜爱地望着女儿："蓝妞，爸爸要和你商量一件事。"蓝妞一脸认真："什么事？"高胜寒有些支吾："爸爸……要先把你送到奶奶家几天。"蓝妞诧异地问："为什么呀爸爸，现在还没放假呢。你和我一起去吗？"

"是因为奶奶想你了。"高胜寒说得有些心虚，"爸爸有工作要忙，所以不能陪你去。"蓝妞噘起小嘴，高胜寒连忙抱住蓝妞，"爸爸保证，就几天！等过几天，爸爸就把你接到我身边来，好不好？"蓝妞含着泪："不好！我一天也不想离开爸爸！"高胜寒听着心里一阵泛酸。

身后，夏初拿着蓝妞的凉鞋匆匆走来，看到这一幕，一愣，停下脚步。

蓝妞还在哭："我不想去奶奶家，我不想离开爸爸！"高胜寒束手无策地看着蓝妞。夏初目光一动，走上去："蓝妞，你忘了换鞋了。"蓝妞含着眼泪："夏初老师！"夏初笑着走上前："来，夏初老师帮你换上，好不好？"蓝妞听话地点头。夏初抱着她放到长椅上，一脸和蔼："抬脚……嗯！把你小丫丫伸进去，真棒……蓝妞，记住，跳完舞一定要换鞋子，因为跳舞的鞋太薄了，如果用来走路，很容易被小石子硌到脚的，老师有一次就忘了换鞋，结果脚就受伤了，疼了好一段时间呢！"蓝妞掉着眼泪关切地问："夏初老师，那你的脚现在还疼吗？"夏初笑："老师跟你说的是小时候的事儿，早就过去很多年了，怎么会疼呢？不过，看你这么关心老师，夏初老师非常高兴！来，亲一个！"

高胜寒目瞪口呆地看着，夏初猛然想起身后的高胜寒，有些尴尬地起身笑了笑。蓝妞忽然跑到高胜寒面前，摇着他的大腿："爸爸！你就别送我去奶奶家了，我还要和夏初老师学舞蹈呢！我要是走了，舞蹈就学不完了，爸爸，我可喜欢这个舞蹈了！"高胜寒愣住，不知道该说些什么。

这时，几个孩子跑了过来，夏初目光一动，微笑着说："蓝妞，去和同学们玩一会儿吧，我和你爸爸谈谈。"蓝妞听话地点头："夏初老师，你可得帮我好好劝劝爸爸！"夏初一愣，微笑着点了点头。

"你的工作很忙吗？"高胜寒点头，夏初一笑，"可是，蓝妞真的很喜欢这个舞蹈，她也是同学里面跳得最棒的，是这支舞的领舞。如果这时候缺席了排练，真的很可惜。你克服一下吧，基地就在旁边，接送一下孩子不会浪费太多时间的。"

"夏老师，我的工作调动了。"高胜寒说实话。夏初一愣："你不在狼牙了？"高胜寒点头："我马上要离开狼牙基地，到新的单位去工作。蓝妞也要转学到那边的小学……"夏初脸色一沉："那就是说，你在骗孩子。"

"没有。我确实要把她先送回奶奶家几天，因为我要出门几天。等我回来我再接她走。这孩子任性，我不能一下子全告诉她。"高胜寒面有难色。夏初扭头看着蓝妞："那……她妈妈的事，你也还没告诉她？"高胜寒轻轻摇了摇头，夏初看他："你打算瞒到什么时候？"高胜寒叹了一口气："瞒一天是一天吧，她太小了，我怕她承受不住这个打击。"

"她早晚会知道。"

高胜寒有些心酸："也许那个时候，她已经适应没有妈妈的生活了。"夏初动情地看着高胜寒："你自己呢？你独自承受这份痛苦，要到什么时候？"高胜寒苦笑："我无所谓了，我是一名军人……"

"军人也是男人！"夏初凝视着高胜寒，眼圈有些发红，"我……我很喜欢蓝妞！"高胜寒愣住。夏初感觉到自己的失态，慌乱地错开高胜寒的目光："对不起，我……我话有点儿多了。"高胜寒感激地说："夏初老师，谢谢你！蓝妞的班主任都跟我说了，这段时间以来，你一直对蓝妞格外照顾，我发现蓝妞的性格也比以前开朗多了，我真不知道该怎么感谢你。"夏初脸有些发红："不客气……"

"我该走了。"高胜寒走向蓝妞。夏初思索着，目光一动，认真地看着高胜寒："你看这样好不好？把蓝妞交给我。"高胜寒诧异地看着她："交给你？"夏初微微一笑："反正我单身，就住在学校宿舍里。你尽可以去忙新的工作，等你办完事，再来接她。"

"这……这不合适吧？太麻烦你了。"

"只要你对我放心，我不嫌麻烦……我真的挺喜欢蓝妞的。"夏初一脸认真，"最主要的，我也想让蓝妞把这个舞蹈学完。我觉得这对蓝妞很重要。因为我也是从像她这么大的小女孩儿过来的，对于女孩儿来说，会对童年的事情记忆更深刻，如果留下遗憾的话，很容易一生都难以释怀。"高胜寒愣住了，夏初看着他，"怎么样？你同意了吗？"高胜寒看向远处："蓝妞会同意吗？"夏初一笑，扭头喊："蓝妞！"

　　蓝妞应了一声，兴高采烈地跑过来。夏初蹲下，轻抚着蓝妞的头发："蓝妞，告诉你个好消息，爸爸终于让你留下来，把舞蹈学完了！"蓝妞一脸惊喜："爸爸，真的吗？"高胜寒表情复杂地点头，蓝妞兴奋地欢呼，"太好啦！夏初老师，谢谢你！"夏初一笑："不过，爸爸还是要去忙他的工作，要出门几天。不过，我替你想了个办法。从今天开始，你白天和老师上课，晚上就住在夏初老师的宿舍里，好不好？"高胜寒关切地看着蓝妞，有些忐忑地说："蓝妞，爸爸保证，就几天！过几天就来接你，好不好？"蓝妞忽然欢呼起来："太好了！爸爸！随便你什么时候来接我都可以！你晚几天来接我都可以！噢……太好啦！我可以和夏初老师住在一起喽！"高胜寒有些窘迫，凑近蓝妞压低声音："蓝妞！这……这不正常啊！你不是口口声声地说愿意和爸爸在一起吗？怎么这么快就叛变了？"蓝妞一笑，跑到夏初跟前，搂住夏初的脖子，得意地说："因为夏初老师像妈妈一样啊！"两人都愣住了，窘迫地对视了一眼，又很快避开对方的目光。高胜寒亲昵地捏了捏蓝妞的脸蛋，转身离开了，夏初看着他的背影，若有所思。

第二章
—— FIRE ——

1

狼牙基地，王星正在学员宿舍闷头收拾着自己的背包，几个学员站在旁边默默地看着他。

"王星，你还是别气馁吧。明年再来，你的素质绝对没问题的，这次只是马失前蹄！别气馁，别气馁啊！"王星抬头瞪着008："我气馁什么？你看我像气馁的样子吗？"说罢背起背包，扫视着众人，故作得意地说："我和你们不一样，我是清华大学本硕连读的国防生，集团军的重点培养对象，我到这儿来就是找个刺激。现在刺激完了，生活还要继续嘛！诸位兄弟，就此别过！珍重！"王星笑笑，扬长而去。

基地，运兵车带着七八个倒霉蛋孤独地开向大门口。王星有些落寞，心酸地看着基地的一草一木，苦笑着从兜里掏出手机，所有人都看他。

"看我干什么？"大家都不说话，王星一扬手，"我知道我不该用手机，但是现在我们都滚蛋了，滚蛋了！明白吗？！难道你们还要举报我吗？你们没有女朋友吗？这时候我需要安慰，安慰，懂吗？"所有人都不说话，纷纷抬眼看向四面八方。王星收回目光，表情凝重地翻动着电话本，找到号码拨了过去。

"——您好，您所拨打的手机已停机。"

王星愣住了，难以置信地继续拨，还是停机。王星瞪着手机："耍我？！"说完郁闷至极地把手机塞了回去，看着外面，无限惆怅。

这时，运兵车滑过一个站在路边的军官。王星的目光扫过——是高胜寒。高胜寒也默默地看着他。王星站起身，高胜寒没动，还是那样看着他。突然，王星高喊："停车！"司机猛地一个急刹车，车里的七八个倒霉蛋倒成一排。王星纵身跳下，跑向高胜寒。高胜寒看他："你为什么跳车？"王星的眼里冒着光："我知道，你在等我！"高胜寒笑笑："太自信了吧？"王星一咧嘴，眼神里透出一股鸟气："我是最好的，你一定在等我！"

"最好的是不会失手的。"

"请给我第二次机会！"

"入选狼牙的机会，一年只有一次。"王星一下子沮丧起来，高胜寒继续，"但是当特种兵的机会，或许你还有一次——'霹雳火'。"王星一愣，急切地看着高胜寒。

"不想要这个机会算了。"高胜寒摆摆手，转身要走。王星回过神来："等等，飞狼！什么是霹雳火？"高胜寒转身笑笑："你现在还无权知道，怎么样，敢不敢跟我走？"王星又恢复了一贯的自信和鸟气："我有什么不敢的！"

"把他的东西扔下来！"高胜寒对着车里吼了一嗓子，背囊被叮哩咣当丢了下来，王星急忙捡起来，背上背囊问："我们去哪儿？"高胜寒转身就走："你很幸运，有机会接受第二次特种兵选拔——做好准备了吗？"王星啪地立正："——时刻准备着！"

"不要让我再失望了，这是我唯一的一次破例。"

"是！"王星虽然有点不明白，但还是利索地敬礼。他知道，这个机会，他是不会再错过了。

2

边境作战区，热带丛林枝繁叶茂，一切都安静如常。一块标志着中国的界碑孤独地伫立在丛林深处。在山地高处，伪装网遮挡出一片指挥阵地。旁边，警卫排的战士们拉开枪栓一字排开。武警特战的前线指挥小组穿着武警特战迷彩服，正在紧张地工作。高胜寒眯缝着眼睛凑在炮兵观测镜前，武警上校也一脸认真地凑过去："找到什么了？"

"肉眼是看不见的，学得不错。"高胜寒说。

上校笑笑："能被飞狼夸奖，那还真不容易啊！"高胜寒也笑笑："狙击小组在九点钟方向的高处，抓捕小组在十一点钟方向，那条小路附近的灌木丛，火力支援小组在十二点钟方向，那个山头的斜角。"高胜寒指了指左侧方向。上校顺着他手指的方向看过去，一脸怀疑地问："嗯？你看了我的作战计划？"

"我从不干坏规矩的事儿。"高胜寒的声音很平淡。

"那你怎么知道的？"上校没想通。

"你忘了？你手下的骨干们，我培训过。"高胜寒笑得很贼。上校这才松了一口气："吓我一跳，我还以为泄密了呢。"高胜寒又凑到观察镜前仔细地观察着，上校摸不着他的来路，探虚实似的问："飞狼，你到底来干吗？"

"上面怎么说的？"高胜寒眼抵着观测镜。

"说你来观摩我们的这次行动。"

"对，那就是来观摩的。"

"门儿都没有！"高胜寒转头看他，上校加重语气又强调了一遍，"听懂了吗？门儿都没有！连窗户都没有！"

"你说什么呢？"高胜寒揣着明白装糊涂。

"你就是来挖墙脚的！"上校恨恨地看着他，牙齿咬得咯咯响。高胜寒也不生气，笑："你那么紧张干什么？解放军，武警，不都是一家人吗？咱俩谁跟谁啊？"上校不吃他那一套："我已经说了啊，门儿都没有！"高胜寒笑笑："我不挖你的人。"上校眼睛一亮，凑过去："这可是你说的？"高胜寒狡黠地笑，一字一句地说："对，我说的！我——不挖你的——人！"

国界线附近，警犬黑龙隐藏在灌木丛中。黑龙是纯种的德国黑背犬，正当壮年，耳朵尖挺，背部的毛色黝黑泛着光亮，咻咻地吐着鲜红的大舌头。谢思潇脸上涂着迷彩，目光锐利，趴在黑龙的旁边，低声问："狙击组，有什么发现？"远处，狙击手抱着一把黑洞洞的"高精狙"，观察手拿着观测仪报告："没有什么异常。"

"注意观察，根据情报，他们应该已经很近了。"谢思潇命令，黑龙蹲在丛林里跃跃欲试，谢思潇低吼："黑龙，稳住。"黑龙听话就地卧倒，呼哧呼哧地吐着大舌头。

丛林里，远远地有人影在攒动，观察手低声报告："他们来了！"谢思潇和特战队员们慢慢打开已经上膛的枪的保险，黑龙也卧低，弓起身，背部的毛刷地竖起，做好出击前的准备。

指挥阵地上，高胜寒凑在炮兵观测仪前观察着。十几个贩毒武装马帮，正在朝国界线的方向慢慢走过来。特战队员们警惕地观察着四周，持枪静静等待。马帮还在继续前行，时间一秒一秒地过去，当最后一个毒贩跨进中国境内时，谢思潇一声令下："干——"十几名特战队员一跃而起，谢思潇持枪怒吼："中国武警！停止抵抗！"马帮们大惊失色，纷纷持枪射击。马一受惊立刻在原地不停地嘶鸣，打转，领头的毒贩眼看情况不对，转身就要往山里逃，谢思潇一声高喊："黑龙——"噌——黑龙吐着鲜红的舌头，嗖地蹿了出去，谢思潇连连射击，带着两个队员紧随黑龙追捕目标人物。

山林深处，毒贩头子不停地往前狂奔，黑龙紧追其后。奔跑中，毒贩掏出手枪，瞄准了谢思潇，黑龙一个跳跃，猛冲上去，直接咬住了毒贩的手臂。不远处，谢思潇等人飞奔而来，谢思潇利索地打了个呼哨，黑龙咬着毒贩不撒嘴，拖着他从丛林深处走过来。

谢思潇冷冷看着他，毒贩一脸痛苦："我，我要打狂犬病疫苗……"谢思潇冷眼看他："它可比你干净。黑龙——"黑龙松开嘴，吐着大红舌头，虎视眈眈地盯着地上的毒贩。谢思潇摘下头盔，潇洒地甩甩头，迷彩脸上露出少女般的笑容。

指挥阵地，高胜寒笑笑，起身离开观测仪。上校防贼似的盯着他，高胜寒有些心虚地问："干吗？"上校一脸警惕："我知道你看上谁了。"

"我不跟你说了吗，我不挖你的人！"

"可你想挖我的狗！"上校怒吼。

高胜寒讪讪地笑道："聪明，那条狗——叫黑龙是吧？冠军犬，我看上了。"上校恨得牙痒痒："你太鸡贼了，飞狼！你挖我的狗，训导员就得一起挖走！你真正想挖走的，是谢思潇！"

"我可没这么说。"高胜寒一脸无赖。

"你就是这么想的！"上校恨不得撕巴了他，"那是我的狗，那是我的人！一根狗毛你也别想带走！"高胜寒苦笑："何必呢？老薛？"

"一根狗毛——都没有！"上校气呼呼地说。高胜寒叹息一声，拿起电话拨出去，递给他："你接吧，熟人。"上校狐疑地看他，小心翼翼地接过来："喂……是！总队长，我是薛必成！……是！我明白！我保证，要人给人，要狗给狗！是！您还有什么吩咐吗？……明白！再见！"上校挂了电话，怒视着高胜寒。

"干吗这么看着我？"

"你——"上校戳着手指头点他，"哪次不挖我的心头肉？！"高胜寒讪笑："不都说了吗？解放军，武警，都是一家人嘛！"

"你居然搞定我们总队长了？"

"不是我搞定的，老薛，我没那么大能耐。"高胜寒的脸色变得严肃起来，"只是这一次非比往常，我确实需要这条狗——当然，也包括这个人。"

"你们狼牙又要出什么幺蛾子？组建狗狗突击队？"

高胜寒笑笑："我已经不在狼牙特战基地了。"上校一愣。高胜寒拍拍衣服，"以后你就知道了，我要和她谈话。"

公路上，武警特战队员们押解着毒贩从山里走出来，谢思潇和黑龙跟在后面。她脸上还带着些许油彩，兴奋地跑到路边摘了一把野花，贪婪地闻闻，又拿起一朵，想插在自己头上。

"挺好臭美的啊！没看出来，野小子还好这口！"

谢思潇一愣，转身，高胜寒笑着看她。谢思潇有些意外："啊？！飞狼教官！你怎么到这儿来了？"高胜寒走过去，两人默契地举手碰拳："因为你啊！"谢思潇笑："别逗了！飞狼教官，到底什么风把你吹来了？"高胜寒一脸认真："真的是因为你。"

"我？我怎么了？难道你们狼牙特战基地看上我了？我在武警特战可是带男兵的，你们那女子特战队，我可不去！"谢思潇把玩着手里的野花。

"谁说去女子特战队了？"

谢思潇一愣："怎么？难道狼牙现在也有女干部当队长了？"高胜寒笑笑："能不能当队长，那得看你以后的表现——不过，确实不是狼牙特战基地。"

"那是哪儿？你现在还干兼职，帮别的基地挖人了？"

高胜寒不说话，指了指天空。谢思潇抬头，一架武警的侦察直升机低空掠过。谢思潇不明白："干吗？"

"是陆军航空兵，飞虎突击旅。"

谢思潇一愣："你又开玩笑了吧？让我去当飞行员？！我都多大了我！"

"PJ，听说过吗？"

"PJ？Pararescue Jumper，空降救援战术突击队？负责战时坠毁飞机的飞行员搜索救援任务？"

"对，你知道了吧？"

"我知道了，你需要我和黑龙！"谢思潇低头看看黑龙，黑龙也看看她，"黑龙是难得的全能冠军犬！它也擅长搜救的！"高胜寒笑笑："来不来？"谢思潇一脸兴奋："来！太棒了！"说完带着黑龙跑了。

"这疯丫头！"高胜寒看着谢思潇的背影，一阵苦笑。站在边上的上校老薛一脸惊讶："怎么？！她是女的吗？"高胜寒一愣，转脸："她不是女的吗？"老薛痛心疾首："我们都认为，她其实是个男的！投错胎了！"高胜寒看着一脸不舍的老薛，笑了。

3

陆航旅机场，直升机群呼啸而过。许飞拎着头盔闷闷不乐，白鹏看了他一眼，拍了拍他的肩膀："又不是头一次，第八次了，你也该适应了。""就是，屡败屡战嘛！要有耐心！""起码你比我们几个强吧？好歹还能跟她试吧试吧！"队员们纷纷起哄。许飞瞥了一眼几人，闷头而去。两人愣了，白鹏叹了一口气："唉！别猜了！你们不懂许飞的感受！"俩人一愣，看着白鹏："什么意思？"白鹏压低声音："他呀……不是因为输给顾意才郁闷，他是因为……"

"聊什么呢？"正说着，顾意大步走了过来，三人一惊，忙回头讪笑着："没，没聊什么！"顾意疑惑地一笑，大步走开。

许飞走进休息室，一脸郁闷地把头盔咣的一声放在桌子上，哭丧着脸踹开飞行服拉链，从内兜里掏出一张画着丘比特的小卡片。

"我发过誓，当我击落你的时候，就向你表白。So，当你看到他的时候，就意味着你已经明白，我对你的爱。"许飞看着自己写在卡片背面的字，一脸哭腔，"丘比特！老丘！你怎么搞的嘛！我辛辛苦苦从希腊本土国外代购，把你买来，是让你保佑我的！我是让你保佑我击落顾意！不是让你保佑她击落我！我要你有什么用啊？"说着一把将丘比特扔进了垃圾桶，想了想，又弯腰捡了起来，擦干净，凝视着，忽然一脸恍然："是装反了吧，箭头应该冲外！"许飞把画面冲外，比画了一下，释然道："这就对了！"

这时，顾意推门而入，许飞大惊，连忙把卡片扣在桌子上，用手掌盖住，讪笑着："顾意。你没回宿舍？"顾意打量着许飞："几点啊我就回宿舍？"许飞有些心虚："哦……我给你倒杯水去！"说着快速把卡片往兜里塞，可一不小心掉在了地上，落在顾意面前。顾意惊讶地捡起来："哟！丘比特！真可爱！谁送你的？卫生队的还是雷达站的？"许飞尴尬万分："没有！我自己买的，当书签用，还给我吧。"

"不可能！你一大老爷们儿，买这么卡通的玩意儿干什么？送我行不行？"

"不行！"许飞一声大吼。顾意愣了一下："嗯？"许飞的声音软下来，讪笑着："真不行！"顾意不满地："哼！我就说吧，这卡片肯定意义非凡，小气劲儿的！"说着将卡片递给他，许飞赶紧伸手接——晚了！顾意瞥见卡片背面的字，愣住了，许飞一脸尴尬地解释："顾意，我……不是故意的。"

"你死了这份儿心吧！"顾意把卡片甩给许飞，表情复杂地转身走了。

"顾意！"许飞叫住她，"……是因为崔副参谋长吗？"

顾意愣住，回身看着许飞："你胡说什么呢？"

"本来就是，整个飞虎旅，你只被他击落过。所以你喜欢他，对吗？你不接受我，只是因为我从来都是你的手下败将，对吗？"

"许飞，你……胡说什么呢！"

许飞亮着手里的卡片："我真的没机会了吗？"

顾意看着许飞，眼神有些慌乱："你……你省省吧！你胡说八道什么？我……我没想谈恋爱呢！"说完跑了出去。许飞呆立在休息室里，一脸苦笑，失魂落魄地将卡片装进衣兜。

4

陆航旅卫生队，曾紫陌扬了扬手里的通知，一脸兴奋地对在座的男女官兵们说："怎么样，年轻人？有想去试试的没有？"大家面面相觑，都不说话。只有李珊小心翼翼地说："队长，我们还没想离开卫生队呢！"赵小丫也猛点头："是啊是啊，队长对我那么好，我可真舍不得走！"

"那意思就是说，你们都不想去呗？那行，我就这么上报了。"曾紫陌作势要走，几个女孩儿慌了。

"队长！别呀！"赵小丫挽住曾紫陌的胳膊，"队长，您去不去？您要是去，我们就都去！"其他几个人也随声附和。曾紫陌苦笑："得了，别拿你们队长寻开心了！我这一把年纪了，去了能干吗呀？"

"队长，你可一点儿都不老！你才比我们大几岁呀？""就是！咱们卫生队的女兵就你体能最好，我们可是都领教过的！你要是说自己老了，我们更没戏了！"

曾紫陌笑："得了得了，说着说着就跑题了。你们就说吧，到底报不报名？"几个女孩儿面面相觑，异口同声："报！"曾紫陌吓了一跳，随即不满地说："哼！我算是明白了，合着你们几个刚才都是给我灌迷魂汤呢！"赵小丫嬉笑着："嘿嘿，队长息怒。这俗话说得好，人往高处走，水往低处流嘛。"

"什么意思？敢情我这卫生队是低处了？"

"不是不是，我不是那意思！"赵小丫头摇得像拨浪鼓，"我是说，我是说……"

"行了行了，你这小学员，人不大，心不小，我早看出来了！卫生队啊，留不住你，你在军医大学演讲比赛的题目不就是《当兵就要当能打仗的兵》吗？"赵小丫一脸惊讶："啊？队长，您都知道啊？"

"我怎么不知道？"曾紫陌笑脸盈盈，"毕业的时候志愿去狼牙特战基地，未遂，人家今年不要女干部！非要到一线作战部队，陆航旅算一线作战部队了吧？得，你还老大不乐意的，你以为我不知道啊？"

"队长，队长，我真不是那意思，我其实，我其实很喜欢卫生队的！尤其是队长您！"赵小丫嘴甜得像蜜一样。曾紫陌笑："又给我灌迷魂汤！少来这套！想去就去呗，我又不拦着你！"赵小丫有些沮丧："其实我没什么希望的，真的！"李珊赶紧点头："对对对，其实，我们都没抱太大希望。我听说，这空降救援战术突击队的要求标准特别高！外军早就有了，成员全都是全能战士！精英中的精英！我们就是真去了，也不一定能选上！"赵小丫也点头："我们就是想见识见识大场面，历练历练，潇洒走一回，不给自己的青春留遗憾。"

"你们少来这套！"曾紫陌笑，"要我说，你们要么就别去，去就一定要选上！不争馒头还争口气呢！只要报了名，死也要死在霹雳火，可别哭哭啼啼闹着要回卫生队，咱们队可丢不起这人！"

女孩儿们愣住了，赵小丫一脸崇拜："队长，您这话太带劲了！要不是亲耳听见，我都不敢相信！这么强硬的话，会从您这么温柔贤淑的女人口里说出来！你真是巾帼女豪杰，现代花木兰啊！"曾紫陌莞尔一笑："你个小丫头片子，不拍马屁能死啊？行了行了！该干什么干什么去吧！想报名的写报名表去，散会！"女孩儿们欢欣鼓舞地起身。李珊目光一动，看着曾紫陌："队长，能不能透露透露，霹雳火的队长是谁呀？我们也好有个心理准备。"曾紫陌收起通知："这我哪儿知道啊？"

"哎呀班长，你就别问了！当霹雳火的突击队长，绝对不能是简单的人物！起码得懂得飞行，还得懂得特种作战，要求太高了，反正咱们旅，我想不出来谁能胜任！搞不好得空降一个！"郝玲玲一脸认真地猜测。赵小丫摇头："我觉得没必要空降！我就觉得有一个人能胜任——崔副参谋长！"

"可是他就会驾驶武装直升机呀！没听说他懂特战啊……"

李珊连忙打住："哎哎哎，别说了嘿！"赵小丫恍然大悟，捂住郝玲玲的嘴，跑了出去。曾紫陌愣愣地坐着，李珊走近小心地问："队长，你没事吧？"曾紫陌挤出一丝笑容："啊，没事，有什么事儿啊？去忙吧！"曾紫陌苦笑着，陷入了沉思。

5

飞虎旅机场，旗帜在飘舞，各种机型的战斗机不停地在起起降降。旅部门口，石磊和黄宝贵戳得笔直，在太阳下一动不动。蓝妞抱着一只可爱的玩具熊，摇摇晃晃地走过来，看看石磊，又看看黄宝贵，眨巴着眼睛。石磊和黄宝贵都目不斜视地站立着，戳得像两尊雕塑。

"叔叔好，我叫蓝妞！"蓝妞笑脸盈盈地打招呼——两个人都不动。

蓝妞诧异地看着两人，走到黄宝贵面前，歪着脑袋看他的肩膀："叔叔，我认识你的军衔，下士！"黄宝贵一愣，蓝妞故作老成地摇摇头，"唉，在我爸爸的部队，下士可真少见。"黄宝贵又是一愣，讪讪地瞥了一眼蓝妞。

旅部办公室，一片安静。高胜寒穿着常服，背手分腿跨立，站得笔直，马路、秦成、黄林和于瑞等几个教官也是依次跨立。王星站在一侧，边上是谢思潇，黑龙蹲坐在地上，呼哧呼哧地吐着舌头。王星扭头瞥了一眼黑龙，又看看谢思潇冷冰冰的脸，笑笑。谢思潇冷脸地错开他的目光，不屑地瞟向别处。王星一愣。

这时，大门推开，旅长王浩匆匆走了进来，高胜寒一声高喊："立正！"——唰！所有人都立正，抬手敬礼："旅长！"王浩还礼，笑着："好久不见了！"高胜寒伸出手："旅长，我回来了！"旅长笑："当年逃出我的手掌心，你以为翻个跟斗云，就逃出如来佛的手掌心了？"高胜寒也笑，随即侧头介绍："旅长，这些是我带来的教员们。"

"敬礼——"马路厉声吼道，队员们唰地抬手敬礼。王浩还礼，满意地点头："精神抖擞，不错啊，这条军犬呢？"谢思潇啪地立正："报告！旅长同志，它叫黑龙，是警犬。"

"警犬？怎么，这个黑龙是你带来的？"

"是！中国人民武装警察部队，利剑突击队，中尉谢思潇，向您报到！"

王浩看高胜寒："你挖来的？"高胜寒点头，笑："是。"王浩打量着谢思潇一身绿色的武警制服："欢迎，不过该换军装了吧？"高胜寒忙解释："是，手续还没有办完。"王浩点头："嗯，黑龙也可以换军装了。"黑龙吐着舌头，抬头坐下。王浩伸出手，黑龙举起爪子，王浩笑："欢迎你，加入飞虎旅。"

王浩起身看着王星，王星啪地敬礼："旅长好。"

"王星，是狼牙特战基地还没结业的学员，我特意带来继续训练的。"高胜寒介绍。

"那看来他确实很出色了？你干脆带在身边？哪个军校毕业的？"

"报告，清华大学。"王星高声回答。王浩有点意外，谢思潇也是一愣。

"学什么的？"王浩问他。

"机械工程及自动化，我是国防生。"

"不简单啊，清华的高才生！献身国防事业的有志青年，欢迎你！"王浩伸出手，王星不卑不亢地握手："谢谢旅长！"王星的余光看见谢思潇在打量自己，一笑。谢思潇给他一个白眼，继续目视前方。

旅长看着众人："来到飞虎旅，都是一家人，客气的话我不多讲了。你们应该都了解，陆军航空兵部队组建敌后救援突击队的意义。飞狼是我的老部下，曾经是出色的飞行员，现在是出色的特战指挥官！我相信你们在他的带领下，一定可以交出满意的答卷，为陆航飞虎突击旅建设出一支出色的、合格的空降救援突击队！你们准备好了吗？"

"时刻准备着——"所有人坚定地回答，几个人的声音也是地动山摇。旅长满意地点头："好，你们去吧。飞狼，你留一下！"队员们陆续出门，旅长和高胜寒相对而坐。

走廊外，谢思潇掏出一根火腿肠，黑龙迫不及待地吃了。谢思潇爱怜地抚摸着黑龙黑亮的背毛。王星上下打量着谢思潇，黑龙紧盯着他。谢思潇顺着黑龙的目光看过去："你看个屁呀？"王星笑："我看你好看！"谢思潇白了他一眼："切，这还用得着你说？"

"说你胖你就喘啊？"

"我好看这不是事实吗？"

"我没见过女人吗？"

"这么好看的，你见过吗？"

王星语塞，两人刚想斗嘴，马路一声低喝："行了，这是在旅部机关楼！"两人只好住嘴，靠着墙根站好，但眼神里都是不服气。黑龙抬眼，茫然地左右看着这两人。

办公室里，王浩看着高胜寒，忽然一笑。

"您笑什么？"高胜寒问。王浩叹了一口气："我是在感慨呀，一眨眼这么多年过去了，看见你又想起你刚来的时候！那时候还是飞虎团，想当年，你小子就跟吃错药了一样非走不可，我这个参谋长嘴皮子都快磨破了也劝不住。结果可倒好，转来转去，你又回来了！"高胜寒点头："是啊，我一直以为，再也不会回来了。"

"世事难料啊！当年我就跟你说过，有些事，逃避是没有用的，应该勇敢地去面对。"

高胜寒嗫嚅着："她……他们俩还好吧？"

"谁俩？"王浩明知故问。

高胜寒苦笑："旅长你这是调侃我，你明明知道的，那两口子。"

"他们不是两口子了。"高胜寒一愣，王浩问他，"你没跟他们俩联系过吗？"

"我……我怎么联系？我不想引起什么误会。"

"你啊，真的是被爱情冲昏了头。"王浩说，"想过没有，你们其实还是军校的同学和部队的战友。情侣关系在很大程度上会是短暂的，而同学和战友关系，则是一辈子的情谊。真幼稚，年轻的男女，谁和谁在一起，和你们的同学战友情有什么关系？"

"是，旅长批评得对。"

"你不知道他们已经离婚三年了吗？"

"不知道……"高胜寒摇头，"他们为什么离婚？"

"我怎么知道他们为什么离婚？归根结底还是不合适吧，"王浩叹了一口气，无奈地说，"他们两个都是我出色的部下，我和政委都出面找他们谈过话，你们这些毛孩子啊，真的是永远长不大！说什么都没用，都不吭声，就是要离婚，我也不能下命令维持没有生命的婚姻吧。"

高胜寒听着，心里不是个滋味。

"你呢？听说你孩子都八岁了？"王浩问他。

"是，我到特种部队以后，和单位的女侦察参谋何卫华结婚了，生了一个孩子。"

"还不错，很幸福。你调回来，你老婆没有意见？"

"她……去世四年了。"

王浩一愣："怎么回事？"

"车祸，已经四年了。"

王浩的脸色沉了下来："孩子跟着你吗？"高胜寒点头："对，是个女孩，叫蓝妞，八岁了……我现在一心想的都是工作，我会处理好这些关系的。"

"这一点我相信你，你毕竟不是刚从航校毕业的毛头小伙子了。"

"谢谢旅长……对于我来说，还是很难的。"

"这么多年过去了，你还没能释怀？"

高胜寒惨然一笑："谈不上没有释怀，毕竟我要去面对的人，在我的心里曾经有过那么重要的位置。"王浩拍拍他的肩膀："我相信你，你是一个内心足够强大的男人——你是出色的军人。漫长的人生，该翻篇的就得翻篇，向前看，路还长。"

"谢谢旅长。"高胜寒站起身，抬手敬礼，转身出去了。王浩看着他消失的背影，若有所思。

6

机关大楼门口，石磊和黄宝贵还肃立着。蓝妞百无聊赖地看着两人："两位叔叔，我跟你们说了那么多，你们怎么不理我呀？你们笑一个我看看？"两人不说话，还是戳得笔直。

"哼！我偏不信了！"蓝妞也开始犯倔，抱着玩具熊，一边跳舞唱歌一边对两人挤眉弄眼。黄宝贵和石磊使劲儿憋着笑，脸红脖子粗。

曾紫陌带着李珊、赵小丫几人来到旅部办公门口，蓝妞正绕着两个穿着军服的士兵上蹿下跳，挤眉弄眼。曾紫陌看着蓝妞，有些愣住了。门口，蓝妞跳得有点儿累了，气呼呼地看着石磊和黄宝贵："两位叔叔，我都快累死了，你们还不笑！唉……真没想到，这飞虎旅一点儿意思都没有！这要是在我的老部队，大家早就给我鼓掌了！"石磊和黄宝贵对视了一眼，都憋着。蓝妞儿想了想，放下玩具熊，凑近黄宝贵："下士叔叔，你要是再不理我，我可就要胳肢你了！"黄宝贵一听傻眼了。

曾紫陌微笑着走向蓝妞，蓝妞正抱着黄宝贵的大腿，另一只小手使劲胳肢着黄宝贵。黄宝贵脸憋得通红，求救似的看着石磊，石磊也不知道该怎么办。这时，曾紫陌走过来，看着蓝妞，笑着："小姑娘！阿姨想跟你说句话，好不好？"蓝妞停下，看着曾紫陌。黄宝贵这才松了一口气。蓝妞走到曾紫陌面前，歪着头："少校阿姨，你认识我吗？"曾紫陌笑着摇头，蹲下："哟，不简单啊！还认识军衔呢！少校阿姨特别好奇，你在做什么呀？"蓝妞不满地回头看着戳得笔直的两人："这两个下士叔叔好奇怪，我一直在跟他们说话，还给他们唱歌跳舞，可是他们理都不理我！"曾紫陌释然地一笑："那你想知道原因吗？"蓝妞认真地点头。

"少校阿姨告诉你，这两位下士叔叔啊，他们是在站岗。叔叔在站岗的时候是有纪律的，他们是不能乱动和乱说话的，否则就是违反纪律。"

"我知道啊！"蓝妞认真地点头，"我就在部队长大的，我就是想看看他们到底能不能做到压根儿不理我，哨兵的作风就是一个部队的作风！"

"哟？看不出来，还是老兵了？你是谁家的丫头啊，怎么以前在旅里面没见过你啊？"

"我新调来的！"

曾紫陌笑："哪个部门啊？"蓝妞想了想："保密！""保密？哟，岁数不大，保密意识还很强嘛！""你是哪个部门的？"蓝妞问。

"阿姨也保密！"曾紫陌笑。蓝妞不屑地转过头："切，陆航突击旅的女少校，不是卫生队就是通信营！"曾紫陌一愣："哟？还真挺懂行啊？"

"那是，只有我妈妈，才是作战部队的女作战军官！"蓝妞一脸骄傲。

"你妈妈？刚调来的吗？她叫什么？"

"我不能告诉你，这个绝对要保密！"蓝妞贴到曾紫陌的耳朵边，"我妈妈去执行任务了，很远很远的地方！"曾紫陌的神色变得肃穆起来，怜爱地摸摸蓝妞的头："那少校阿姨不问了。"蓝妞转身，对着石磊和黄宝贵，一脸真诚："两位下士叔叔，我刚才在开玩笑，你们别生气！"说着啪的一声立正，敬了一个军礼。曾紫陌看着蓝妞，笑："不错嘛！敬礼还有模有样的嘛！"

"那是，我爸爸教我的！"

"你爸爸？那你爸爸就是刚调到飞虎旅的喽？"

"对啊！我爸爸来了！"蓝妞忽然眼前一亮，挣脱曾紫陌跑了过去，蹦跳着扑到高胜寒怀里。曾紫陌愣了，慢慢站起身。高胜寒高兴地把蓝妞抱起来："蓝妞！等着急了吧？"蓝妞搂着他："还好吧！我正和一个阿姨聊天呢！"

曾紫陌的笑容逐渐凝固在脸上，她呆呆地看着高胜寒，视线变得模糊起来。高胜寒抱着蓝妞一转头，也呆住了！——自从知道要回陆航旅，高胜寒设想过无数种两人见面的场景，但绝对不是现在这样。这一刻，仿佛时间在那一瞬间停止，两人就这样呆呆地对望着。

蓝妞诧异地看着两人："爸爸，您认识这个阿姨吗？"高胜寒表情有些复杂地看着曾紫陌，没说话。曾紫陌也是彻底呆住了。谢思潇看出现场情况有些不对劲，走上前笑着说："蓝妞，你在路上不是特别喜欢黑龙吗？走，跟姐姐玩儿去，姐姐让你看黑龙叼飞盘！"蓝妞感兴趣地点头，还是诧异地看看曾紫陌，又看看高胜寒，谢思潇忙牵着蓝妞的手走了。

众人都走远了，曾紫陌呆呆地看着高胜寒，眼中隐隐有泪花在闪动，又急忙侧头擦去："迷眼了。"高胜寒没说话，心里有些难过，看着曾紫陌欲言又止。曾紫陌擦去眼泪，高胜寒也努力控制住自己的情绪。

机场上，高胜寒和曾紫陌迈步慢慢走着。曾紫陌深吸一口气，平复着自己："没想到，你又调回来了。"高胜寒点头："是，我也没想到。"曾紫陌惨然一笑："好像是轮回一样，我们毕业了，到这儿来报到，十年，我们又在这儿见面了。我老了吧？"高胜寒停下脚步："怎么这么问？"

"十年——整整十年过去了！曾经二十二岁的我也已经三十二了，真不再是那个天不怕地不怕的曾紫陌了。"

"我也老了十岁。"高胜寒感叹了一声。曾紫陌苦笑:"男人是越老越吃香,不像我们女人啊! ——你爱人也在特种部队?"

"……蓝妞告诉你的?"高胜寒猜到了,曾紫陌点点头,问:"你爱人去执行任务了?"高胜寒想了想,抬头看天。曾紫陌忙说:"我不是想打听军事机密。"高胜寒摇头:"这不是什么军事机密,只是蓝妞自己不知道。"曾紫陌不明白,"——她去世了。车祸,四年了。"曾紫陌一愣,呆住了。

"四年,我一直瞒着女儿,不想告诉她。"

"为什么?这是瞒不住的。"

"我希望她再长大一点,再告诉她。"

"四年了,没有一个电话,没有一个视频——现在可是网络时代,你是怎么做到的?"曾紫陌急问。

"她也是特种部队的作战干部,蓝妞相信了这个骗局。"高胜寒的脸上闪过一丝痛苦。

"你欺骗她是不对的,你不可能一辈子都不告诉她的。"

高胜寒一脸痛苦:"我知道,但是我张不开嘴。每次我想告诉她的时候,看见她的眼睛和笑脸,我怎么也张不开嘴,我只能拖一天是一天。让她再长长吧,我也只能拖到再也拖不下去的那天。"

"你这自欺欺人的老毛病啊!……"

"自欺欺人?"

"不是你的老毛病吗?"高胜寒一时语塞,曾紫陌苦笑,"你总是自欺欺人,以为所有的痛苦只需要你一个人去扛,却没有想到,因为你的这种自欺欺人,所有的人都跟着深陷痛苦!你以为只要你去牺牲,所有人都会得到快乐,却根本想不到,结果恰恰是完全相反的!"高胜寒不说话,看着远方。曾紫陌看着他:"你是一个懦夫!"高胜寒闭上眼,眼泪溢出来:"我承认,我是懦夫,我缺乏勇气。"曾紫陌的眼神变得深情,看着他,缓缓道:"十年了,我一直都想要一个答案!"

"什么答案?"

"为什么你那时候不要我,要离开?"高胜寒不说话,曾紫陌望着他,"——我想知道答案!"高胜寒看着远方,曾紫陌哽咽着:"沉默不是答案,我需要答案!"

"没有答案,我也知道我错了。"高胜寒看向远方,"我已经无法弥补这个错误,人生当中最痛苦的莫过于此。"

"我不需要什么弥补,我只想听到你说——你错了!"高胜寒无语,曾紫陌笑得很凄然,"你知道我一直都不快乐吗?"

"我以为,时间可以冲淡一切,你和华盾会成为真正的夫妻。但我现在才知道,根本不可能……"

"你知道我和他离婚了吗?"

高胜寒点头:"刚才旅长告诉我了。"

"意外吗？"

"意料之外，情理之中。"

曾紫陌深深地叹了一口气，看着他："这就是十年前，你想看见的结果？"

"如果人生可以重来，我不会那样选择。现在说什么……都已经晚了。"

曾紫陌擦去眼泪："有你这句话就够了，十年，我等这句话等了十年！少女变成了离异的少妇，十年的青春就这么失去了——我活在深深的痛苦当中，他也是！你也是！就因为你的懦弱，你的优柔寡断，三个那么好的兄弟，就这样——痛苦了十年！现在，你没有别的什么跟我说的吗？"曾紫陌看着高胜寒的眼，高胜寒抬头，看着她，两人的目光交会之际，许多往事都过去了。曾紫陌期待地看着他，高胜寒鼓足勇气，刚想说话，那边，崔华盾和顾意在武直 -10 前跳下车。

崔华盾看着高胜寒，高胜寒也看着他。

崔华盾把头盔交给顾意，大步走过来，曾紫陌有些纳闷儿，转脸愣住了。崔华盾笑着走过来，两人拥抱在一起："你来报到了？"高胜寒点头："对，刚到，恰巧碰到紫陌！"

"你早就知道他要调回来？"曾紫陌问。

"对，我刚才想跟你说这件事的，没找到机会。"崔华盾掩饰地说道。曾紫陌苦笑："不用说了，我现在已经知道了。霹雳火，高胜寒确实是最合适的教官和队长。"

"霹雳火不能跑步到敌后，我还需要一个专门配合霹雳火行动的特种航空队。"

"你听旅长说的，还是自己猜的？"崔华盾问。

"我猜的，我想……特种航空队的队长就是你。"

"对，没错，代号战虎——你组建队伍，我也要组建队伍。战虎的任务是进行特种作战航空任务，其中很重要的一项就是配合和支援霹雳火空降救援战术突击队，承担运输和火力支援任务。到时候，你可得找我喊救命了！"

"我不会的，我知道你一定会救我的！"高胜寒说，两人相视而笑。

"看来我现在是多余的了，我走了。"曾紫陌转身就走，崔华盾叫她，曾紫陌头也不回，捂住嘴不哭出声，眼泪却唰唰地往下流。

两个男人就这样面对面，突然变得很沉默。崔华盾看他："不想问问，我和她为什么离婚吗？"

"这是你们俩的私生活，我不能多问。"

"和你有关系。"

"我没有联系过她，一次都没有。"

"我相信你没有，只是她的心里一直有你，她没办法欺骗自己。"高胜寒不说话，崔华盾透出一丝苦笑，"——她爱你。"

高胜寒还是不说话，尽量让自己平静下来。崔华盾看向远方："不要在我面前伪装平静，我知道你的心中已经风起云涌。"

"十年过去了，你怎么知道，我的心里还有她呢？"

"因为你是高胜寒，换了第二个男人，我不敢确定。但你不一样，你是什么人，我很清楚。"

"人是会变的。"

"高胜寒不会变，崔华盾也不会变——她也不会变。"

高胜寒收回目光："我是回来组建陆航突击旅的第一支地面特战分队的，不是来谈感情的，我现在真的不想谈这方面的事。"

"你回来了，我和她已经离婚，不要再错过了。我不想她不幸福，当我发现，我没办法让她幸福的时候，就放弃了所有的努力。也许，这就是命中注定，现在没有什么障碍在你和她之间。"

"现在我的心里只有工作。"

"那是你的事，我只是告诉你现实——不要忘记，她爱你。"崔华盾笑笑，转身走了。

留下孤独的高胜寒，他不知道自己怎么会面对这个局面，也不知道自己该如何面对。十年了，一切的平静似乎都在慢慢被打破。崔华盾走向武装直升机，接过顾意递过来的头盔，迈步上了武直-10。高胜寒孤独地站在空无一人的机场，看着武直-10从头上低空掠过。

第三章
—— FIRE ——

1

航校学员宿舍，崔华盾拿着笔，对着写了一半的信纸一筹莫展，他扭头看着躺在床上看书的高胜寒："胜寒！"

"干吗？"

"过来帮我看看，这措辞合适不合适啊？"高胜寒放下书，起身，拿起没写完的信，崔华盾忐忑地问："紫陌看了，不会觉得太俗吧？你知道，她不是个俗女孩儿，我担心……"高胜寒抢过他的笔："我来吧！"高胜寒坐下，开始奋笔疾书。崔华盾感激地看着。

很快，高胜寒把写好的信递给崔华盾。崔华盾看着，面露喜色："胜寒，真别说，你这文笔……是比我强多了。"高胜寒一脸得意："知道差距就好。"

"你也就是情书写得比我好！别的我真不服你！"

"我理解，谁让我比你滥情呢！我经验丰富！"说罢，高胜寒把笔塞给崔华盾，"抄一遍，我帮你送去！"崔华盾兴奋地点头，坐下开始认真地抄写情书。他没有注意到，背后高胜寒复杂的表情。

夜晚，女生楼门口灯光闪烁。曾紫陌披着外衣匆匆跑出来，兴高采烈地问："胜寒，你找我？"高胜寒笑，把一盒精心包装的巧克力递给曾紫陌："送你的！"曾紫陌一脸惊讶，羞涩地接过来："买这个干吗……挺贵的。"高胜寒一笑："那就省着点儿吃，走了！"

曾紫陌没喊住他，低头看着巧克力，一脸的甜蜜。她小心翼翼地打开盖子，拿出装在里面的一封信，羞涩地打开，愣住了——在信纸的最下方，赫然写着"崔华盾"，曾紫陌怅然若失地望着高胜寒消失的方向。除了自己心碎的声音，其他的，什么都听不见。

……

停机坪上，曾紫陌望着高胜寒，泪如泉涌。高胜寒也是心情复杂，他忍住眼泪，艰难地迈步走开了。曾紫陌痛哭着，浑身颤抖地捂着自己的嘴，她痛苦地摇着头。自从十年前高胜寒离开以后，她以为她的眼泪已经干了，不再惧怕分离，但她没想到，她是如此地惧怕重逢！十年，她用她的青春守护着他，死心塌地。

2

"哐"一声，王星背着背囊推门而入，马路和秦成、黄林听到声音都停下了。王星看到旁边的一个空铺位，径直走了过去，正弯腰解开行李包铺床，忽然感觉不太对，一扭头，看见屋里几个人都瞪眼看他。王星停手，扭头看着几人："有什么问题吗？"秦成看着王星的一堆行李："你倒是真不客气啊！"于瑞一抬下巴问："进门的时候没看门牌吗？这是教官宿舍。不是说跟教官们一起来到这儿你就也是教官了。你只不过是比其他学员早报到了那么一会儿而已。"王星有点儿尴尬，很没面子地看着几人。马路出来打圆场："出门左转，学员宿舍在那边儿。"秦成笑得不行："快去吧！你来得早，选个离厕所近的位置比较好，起码起夜的时候省事儿。"王星咬牙，赌气地把自己的东西一股脑儿地塞回背囊，抱着被褥和拎包出门了。几个教官相视哈哈大笑。

宿舍楼道里，王星抱着一大堆东西气呼呼地往前冲，突然，黑龙从旁边蹿出来，王星吓了一跳，手里的东西掉了一地。黑龙蹲在宿舍门口，呼哧呼哧地吐着舌头，冲王星龇着牙。王星咽了口口水，戒备地往后退，瞪着黑龙低吼："让开！我现在心情不好！别找事儿！"黑龙龇着牙，步步逼近。王星下意识地往后退，壮着胆说："好狗不挡道！我不是怕你！我是不跟狗一般见识！你别逼我！"黑龙发出一阵低吼，王星大惊，捡起地上的被子挡在身前，看宿舍门大喊："这谁的狗？没人管了？！"

这时，宿舍门打开，谢思潇穿着一身迷彩服走了出来，王星瞪着眼大喊："你看什么看？快把你的狗叫回去呀！"谢思潇不高兴地说："我警告你啊，不许再说黑龙是狗！"王星看看黑龙，又看看她："这不就是条狗嘛！"谢思潇指着他："你再说一次黑龙是狗！"王星嘴硬："这明明就是条狗嘛，难道还真的是别的动物？"谢思潇大怒，一腿飞来，王星急忙躲开，黑龙吐着鲜红的舌头作势要扑过去，王星有些心虚地说："别别别，不……不带放狗的！"

"黑龙，没你事儿！"谢思潇命令，黑龙低鸣了两声，站住了。谢思潇转过头，迅速出腿，靴子带着风直冲王星的面门，王星双手一挡，急忙架住她的腿："我说，你再这样我还手了！平白无故，干吗打架？！"

"你向黑龙道歉！"谢思潇怒气冲冲，王星笑："别闹了，我又没惹它，凭什么道歉？"谢思潇怒吼："黑龙不是狗！它是我的孩子！"王星一愣："咋？物种变异了？"

"你找打！"谢思潇连续出腿，左右开弓，王星格手挡住，正扬扬得意，谢思潇突然一巴掌上去，王星有些急眼了："再打我还手了！"谢思潇不管，又打。王星后退，两人拉开格斗架势，一时不分上下。黑龙蹲在旁边吐着舌头干着急，不敢动。这时，马路和几个教官听见声音跑出来，都看呆了。黄林站在边上看得起劲儿，嘿嘿笑："没想到女人和男人打架，瞧着热闹多了！"于瑞也笑："那是，比爷们儿打架好看！"眼看两人打急眼了，马路一声怒吼："住手——"

两人都停住了，摆着格斗架势，虎视眈眈地盯着对方。马路脸一拉："没德行了？赶紧该干吗干吗去！"谢思潇收起拳头，冷笑："这次先放过你！"王星嗤之以鼻："还不知道谁放过谁呢！"谢思潇冷冷地看着他的背影："你等着！"

王星跑进学员宿舍，推门而入，空荡荡的房间里只有上下大通铺。王星有些凄然，撇撇嘴走过去，把自己的东西扔在铺板上，整个人仰躺在上面，愣愣地盯着上铺的床板。王星想了想，掏出手机拨过去。

"您好，您所拨打的号码是空号……"王星烦闷地放下手机，把整个头蒙在被子里。

3

旅长办公室，曾紫陌静静地看着王浩。王浩翻着文件，忽然愣住了，他抬头看着曾紫陌，一脸的不相信："你也要去？"曾紫陌的眼神里藏着坚定，点头："是的！"

"曾紫陌，你可不年轻了，"王浩笑着说，"霹雳火空降救援突击队虽然带'救援'俩字，但却是货真价实的特战分队！这可不是闹着玩儿的！"曾紫陌点头，目不斜视："旅长，我是认真的。"

"你见过高胜寒了？"王浩问。曾紫陌咬牙点头，王浩轻叹了一声："我想知道，你不是因为感情的冲动。"曾紫陌苦笑："和他有什么关系？您是看着我一步一步成为卫生队队长的，不管是抗震救灾还是训练演习，我有一次含糊过吗？"

"你的表现，全旅上下乃至整个集团军都知道。"

"当兵就要当能打仗的兵，我希望可以成为解放军第一支空降救援突击队的一员！请旅长批准！"曾紫陌抬头挺胸。王浩注视着她："最后能不能真的成为霹雳火，那真的不是我说了算的，我批准了有什么意义？"曾紫陌一笑："旅长，我会努力通过选拔的！"王浩看着曾紫陌坚毅的脸："好吧，我签字。你集训期间，队长由副队长先代理。"

"是！"曾紫陌啪地敬礼，感激地看着王浩。

4

陆航院的走廊上，黄宝贵发愁地看着一脸闷闷不乐的石磊："石头，魔怔了？我发现你小子有点儿好高骛远，太浮躁了！我必须得跟你谈谈了！你……"石磊打断他："黄宝贵，俺先跟你谈谈吧！"黄宝贵愣住了："你跟我谈？谈什么？"石磊拽着黄宝贵坐下，表情严肃："谈俺为什么想当特种兵！"黄宝贵纳闷儿："你还真没跟我说过。"石磊看向远方，有些伤感："俺家比不了你们家，俺家是山区的。"黄宝贵点头："这个我知道。"

"在俺们那个小山村里,男人除了种地、放羊,就只有去矿上打工,没有别的出路。俺从小就放羊,可是俺不想一辈子放羊。俺就求着俺爹,让俺读书吧,俺要考大学。俺爹也没说啥,拼了命地供俺上学,一直到高中毕业,第一回考大学,俺没考上,第二年再考,俺又没考上。俺爹跟俺说:磊娃子,别考了,你不是那块料啊。俺不服。俺爹哭着说:人家别家的孩子像你这么大的,早出去打工了,好几个把媳妇带回来了!可是你呢?你都20了,啥事儿也没干成。"黄宝贵吃惊地看着石磊。石磊抹了一把眼泪,"可是俺还是不甘心!不考大学了,俺也不想去种地打工,俺就去找村长,找支书,求着他们给俺报上名,俺要去参军。你知道吗?在俺们那个小山村儿里,和平年代以后从来就没出过一个解放军!"石磊说完,含着眼泪笑了,"俺这回可真争气了!俺被部队选上了!宝贵,你是不知道啊!接到武装部通知那天,俺爹就跟疯了似的,把俺们家的鸡、鸭、兔子,能杀的全杀了!把攒着给俺娶媳妇的钱全拿出来了,请全村的人到俺家吃席、喝酒!那天俺爹真是喝多了!先是哭,后来笑,再后来又哭!俺爹当着全村人的面儿哭着喊:'俺们老石家祖上积德了!俺的儿子,磊娃子他当上人民解放军了!从此以后,俺们磊娃子吃公粮了!他给俺争了脸了!俺这张老脸有光了!'"

黄宝贵静静听着。

"入伍那天,全村儿人把俺送到了村口,俺爹带着俺妹,一直把俺送到了县城。上火车的时候,俺爹拍着俺的肩膀对俺说:'磊娃子!你到部队一定要好好干!你千万不能回来!你得在部队干一辈子!你在部队干一天,爹这张老脸就光彩一天!俺在村里就能抬着头走道!'"石磊擦了一把眼泪,苦笑着看着黄宝贵,"宝贵,俺再告诉你一件事儿。听俺妹说,俺爹专门跑了一趟县城,把俺晋升下士的照片,放大了好几倍,用相框裱好,挂在俺家屋子的正面墙上了!不管谁来,他先让人家看俺的照片,那叫一个得意呀!有时候,大半夜的,他睡不着觉,就搬个凳子,拎着半瓶酒,坐在俺的照片对面,一边喝酒一边笑,他说:'俺有个争气的儿子啊,他这身儿军装,就是俺的脸皮呀!'可是现在呢?俺就要脱了这身军装了,脱了军装,就是脱了俺爹的脸皮……"

黄宝贵的眼泪也下来了,转过头,轻轻抹掉。突然,黄宝贵起身一把拽起石磊,石磊一惊:"宝贵,你干啥?"

"报名去!"黄宝贵一脸认真地说,"石磊,我不但支持你报名,我也和你一块儿去报名!要走一起走,要留下,咱俩就一起留下!兄弟陪你到底!"石磊眼泪汪汪:"宝贵,你这是何苦啊。你跟俺不一样,你爹的事业还指着你去继承呢!"黄宝贵拽着石磊:"我爹身子骨好着呢,他的事业不着急继承,还是你爹的心愿重要!"石磊有些感动:"宝贵!你真是俺的好兄弟!其实俺这两天纠结,也包括你的事儿,俺真舍不得和你分开。"

"离开我你也干不成事儿。"黄宝贵说。石磊一愣:"这话啥意思?"黄宝贵瞪着石磊:"我说错了吗?这几年,你拼死拼活地训练,还不都是我陪着你呀?我要不是因为给你当陪练,我不早走了?"石磊咧嘴笑了,黄宝贵也笑。

5

　　机场，崔华盾正大步走着，身后有人叫他，崔华盾一回头，看见许飞大步跑过来。崔华盾没好气地问："干吗，呆鸟，有事儿？"许飞喘着粗气拿出报告递给他："有事！"崔华盾看了一眼，一愣："你干吗？神经了？"许飞看他："我这想去霹雳火空降救援队，怎么就神经了呢？"崔华盾把报告塞回给他："可你是飞行员啊？"

　　"没说飞行员不能报名吧？"

　　崔华盾一愣："是没说，但是谁也没想到飞行员会报名啊？"

　　许飞咧嘴一笑："我这不就是第一个吃螃蟹的吗？"

　　"搞什么？你已经是直-10飞行员了，培养你花了多大代价，怎么想起来改行了？"

　　"年轻嘛，总得换个活法，再说我也没离开飞虎旅啊？"许飞呵呵笑。

　　"你知道这会耽误你的发展吗？你是全旅最优秀的青年飞行员之一，前途是不可限量的。"崔华盾表情变得严肃起来。

　　"也就这样了，连个女人都打不过。"

　　崔华盾笑："你打不过就好好练呗！这就气馁了？"许飞想想："我已经想好了，老在天上飞，飞腻歪了。我想试试地面的感觉了。"崔华盾皱眉："奇怪，你一定有什么话没告诉我。"许飞一个立正："副参谋长，我真的是这样想的。我想去特战分队试试！"

　　"我们马上也要成立特种航空队了，你不想参加吗？"

　　"特种航空队？"

　　"是啊，特种航空队，代号战虎。"崔华盾说，"战虎特种航空队，将进行陆航特种作战的研讨——你不觉得，你更应该参加这支特战分队吗？"许飞眨巴眨巴眼，崔华盾继续："通知你去开会了吧？"许飞傻愣地点点头，崔华盾一巴掌拍在他的脑门儿上："就是组建战虎特种航空队的动员会——你也在队员名单里面。这可是解放军陆航的第一支航空特战分队！"

　　"顾意也在吧？"

　　"当然啊，她的优秀你又不是不知道——"崔华盾突然反应过来，"你不会就为了躲开她？"许飞挠挠头："也不是躲。副参谋长，有些事只有我自己心里明白，我真的需要换个活法。我希望您能批准。"崔华盾想想："好吧，既然你已经决定了，我就签字吧——对了，战虎特种航空队会一直给你留个位置，我给你回头的机会。"许飞笑了："谢谢副参谋长，但是我是不会回头的。我自己选的路，我会走到底！"崔华盾苦笑："年轻人，眼光放长远点，被感情左右自己的命运，是最愚蠢的行为。"

　　"我记住你的话了！再见，副参谋长！"许飞抬手敬礼，转身走了。崔华盾看着他的背影，若有所思。

6

两架武直-10威武地停在机库前，三十名飞行员穿着连体服，背手跨立。顾意瞟了一眼旁边的空位置，有些奇怪。白鹏低声说："别看了，他不会来了，去参加霹雳火了。"顾意一愣。这时，崔华盾大跨步走了进来，白鹏高喊："立正——"队员们唰地立正，动作整齐划一。崔华盾挥手，全体队员背手跨立。

"同志们——"崔华盾声如洪钟，"今天，站在这里的飞行员同志们，一定会觉得多少有些奇怪。你们不是一个飞行大队的，也不是飞一个机型的，武装直升机，侦察直升机，运输直升机，你们擅长的不是一个领域。为什么把你们召集起来？站在这儿，我要对你们说什么？"

飞行员们静静地注视着他。

"你们有一个共同的特点，就是年轻！年轻，是一种无坚不摧的力量！年轻，是一种无所畏惧的信仰！因为年轻，你们不畏惧任何危险，不推卸任何责任！你们和我一样，都毕业于陆军航空兵学院，我很清楚你们这个年龄，心里会想什么。你们渴望飞得更高，飞得更远！"

崔华盾的话让飞行员们目光炯炯。

"我把你们叫到这儿来，是想告诉你们——你们，将开创中国陆军的历史！开创中国陆军航空兵的历史！"崔华盾顿了一下，"根据上级指示，我们飞虎旅将组建两支特战分队！有一支特战分队，你们已经知道了，霹雳火空降战术救援突击队，是专门在敌后营救失事飞行员的！还有一支特战分队，就是我召集你们到这儿来的目的——战虎特种航空队。"

"这就是我召集你们到这儿来的目的。你们——飞虎旅最年轻、最有活力的飞行员们，将组成中国陆军航空兵第一支航空特战分队——战虎特种航空队！战虎特种航空队，将要承担起中国陆军航空兵的特种飞行战术试验研究任务，不仅要配合霹雳火空降战术救援突击队执行敌后营救和作战任务，也要独立承担特种飞行战术行动！你们都看过许多外军特种航空部队的战例资料，你们也都跟我提起过，为什么我们不组建这样的特种航空部队？今天，机会来了！机会就摆在你们的面前，你们准备好了吗？"

"时刻准备着！"队员们怒吼。

崔华盾的目光扫过这些年轻的脸庞："你们都是优秀的飞行员，都很清楚，特种航空战术要比寻常的航空战术危险太多！超低空突入、贴地面飞行、无线电静默飞行等，充满了危险和挑战！只有最勇敢的陆航飞行员，才能留在战虎特种航空队！回答我，你们是最优秀的吗？"

"是！"队员们再次高声怒吼。

"如果你们不是最优秀的,我早把你们踢给'霹雳火'了!"队员们一阵哄笑,崔华盾收起笑容,"今天开始,你们就是战虎特种航空队的队员了!这是一个好消息,但是也有一个坏消息——旅党委决定,由我兼任战虎特种航空队的队长!你们都了解我,这对你们来说,是一个噩梦!"队员们都不敢吭声。顾意突然笑了:"怎么是噩梦呢?太好了!太开心了!"崔华盾一时语塞,顾意笑得更开心。崔华盾错开她的眼:"好了,大家回去收拾一下,到战虎航空队的宿舍楼报到,下午我们就开始训练!解散!"崔华盾转身摆手,队员们轰的一声立刻做鸟兽散。

7

下午,陆航旅机场,崔华盾正仰头观察着空中的机群训练。顾意驾驶着武直-10超低空掠过,崔华盾点头,对着耳麦轻语:"很好,寒号鸟,还可以再低一点儿!"顾意戴着耳机一笑:"收到。猎鹰,我们再来一次!"

这时,一身迷彩装备的高胜寒开着越野车急驰而至,停下,右手一撑,跳下车。崔华盾笑着看他:"要开始了?"高胜寒看看他右臂上的战虎特种航空队臂章:"你可比我早开始啊!"崔华盾笑:"笨鸟先飞嘛!你们霹雳火,离开我们飞行的战虎,还不是没翅膀的老鹰吗?"高胜寒说:"到时候可别光管送我,不管接我啊?"崔华盾点头:"那是肯定的!我管送不管接!"高胜寒笑:"那我就一颗'40火'把你先打下来!"两人开怀大笑。高胜寒拍拍他的肩膀:"我的人应该集合了,我去了!"说完跳上越野车,一踩油门开走了。

8

机场上,一百多名新训学员穿着各式各样的迷彩服,肩上扛着大小军衔站着。角落里,许飞穿着飞行员的连体服,眼巴巴地望着半空中穿梭来往的机群。石磊有些忐忑地看看其他学员,捅了捅漫不经心的黄宝贵:"宝贵!俺有点儿紧张……"黄宝贵拍拍他:"正常,你啥时候不紧张啊?放心吧,有我罩着你呢!"石磊感激地看他:"宝贵,你真好!"黄宝贵瞪他,左右看看,低声说:"石磊,你能不能别老说这句话呀?你最近说这句话的频率越来越多!"石磊一脸真诚:"俺是真心实意的,俺发自肺腑觉得你好!"黄宝贵一惊,张大嘴:"哎呀……石磊,我问你个问题。你……那方面的取向,没发生改变吧?"石磊愣住,大喊:"宝贵!你说啥呢?俺是直——"周围的人都看他俩,黄宝贵死死地捂住石磊的嘴:"懂了!懂了!"

在两人前面,一直站得笔直的王星皱着眉扭头,看着二人,一脸鄙夷。黄宝贵发现了王星的眼神,不服气地问:"你看什么?"王星转过身,两人对视着:"碍着你事儿了吗?"石磊赶紧拽黄宝贵:"宝贵!算了吧!"王星桀骜地瞥了一眼黄宝贵,转回身,黄宝贵不服气地瞪了王星一眼。人群里,只有许飞穿着一身连体飞行服,在人堆里显得很扎眼。

后面,赵小丫一脸惊讶地死死盯着许飞,李珊顺着她的眼神望过去:"你看什么呢?"赵小丫低声说:"那个飞行员,是我表姐……高中时的男朋友。"李珊白了她一眼:"嗨!昔日的小姐夫啊,那他认识你吗?"赵小丫目光有些幽怨:"只在小时候的暑假里见过几次,后来听说他考上飞行员了,我还以为在空军呢!没想到我又在这儿遇到他了!"

"你……你喜欢你表姐的男朋友?!"李珊张大嘴问。

"前男友!他们早就分了,那时候都是小孩儿懂什么啊?我表姐现在都结婚有孩子了!"

许飞看着半空中的武直-10,闷闷不乐。赵小丫羞涩地走过去:"嘿!"许飞心情不是很好,回过头冷冰冰地问:"干吗?"赵小丫抑制住内心的激动,脸红扑扑的:"你还记得我吗?"许飞面无表情:"你谁啊?我认识你吗?"赵小丫一愣,也不生气:"我是赵小丫啊!你不记得了?张如云呢?"许飞眨巴眨巴眼:"……记得啊。"赵小丫开心地笑:"六年前,你还在上高中,你有一天去张如云家玩,我见过你!"许飞想了想,又仔细地打量着赵小丫。赵小丫勇敢地看着他,许飞突然哈哈大笑:"想起来了,想起来了……你就是那个梳俩辫子,跟安哥拉长毛兔似的,流鼻涕的小丫头!哈哈哈哈,都长这么大了?辫子也没了,还拿袖子撸鼻涕不?"赵小丫彻底愣住了,站在后面的李珊和郝玲玲一下子喷了,赵小丫气不打一处来:"那都是我小时候了!我现在都二十一了!"许飞笑得喘不过气来:"怎么现在长这样了?真不如小时候水灵!"赵小丫气得快哭了!

这时,曾紫陌穿着一身干练的作训服大步走来:"干什么呢,这么热闹?"许飞一看她的军衔,急忙立正:"报告!飞行四大队飞行员,许飞上尉!"曾紫陌看了他一眼:"稍息吧,没见过我吗?"许飞高喊:"见过!您是卫生队队长!"曾紫陌看看许飞,又看看赵小丫:"你们认识?"

"认识!""不认识!"

两人同声异口,脱口而出,愣愣地看着对方。

曾紫陌也纳闷儿地看着他俩。这时,高胜寒驾着越野车卷着尘土疾驰而至,曾紫陌赶紧命令队员们快速列队。

高胜寒穿着特种部队的作战迷彩服,他看到队列里的曾紫陌,不由得一愣。曾紫陌盯着前方,目不斜视。高胜寒错过她,又看见一身扎眼的飞行服,皱了皱眉头。许飞错开眼,抬头看天。王星站在队列里面,一脸的不服气。

高胜寒穿着作战军靴,背手笑看着学员们:"很高兴看见你们站在我的面前,准备接受最严格的训练。我叫高胜寒,代号飞狼,是这次集训的总教官。你们有121人报名参加霹雳火特战集训,而这其中只有不到20人可以胜出,成为未来的霹雳火空降救援队的精英战士。而要成为霹雳火的精英战士，首先就要成为中国陆军合格的突击队员！你们知道——什么是突击队员吗？"

学员们都不吭声，看着他。

"你曾经想过自己，有朝一日要从缺氧极寒的万米高空，负重65公斤，从机舱一跃而出，自由坠体，一直到距离地面150米，甚至更低才开伞吗？在突击队员的受训当中，第一阶段就要五次，而且其中一次是在伸手不见五指的黑夜进行的，这五次都是全副武装，携带实弹，包括身上的手雷，都是真的。

"你曾经想过自己，在24小时之内背负50公斤长途跋涉90公里，其中有20公里是极限山地攀登吗？

"你曾经想过自己，可以熟练操控22种枪支和火炮，可以熟练驾驶各种坦克装甲车辆吗？

"你曾经想过自己，要潜入极寒冰冷的深海，在无线电静默当中，穿越密布水雷和反蛙人海豚的水下封锁，去完成九死一生的炸毁敌人航母任务吗？想一想，不要说实战，就是在训练当中，一旦你不能按时离开，爆炸的水下冲击波，足够让你五脏六腑都震裂，你会像个破损的皮球一样浮出水面。"

高胜寒脸上的笑容消失了，恢复了一贯的冷峻。

"我刚才说的，都只是突击队的日常训练。赤手空拳格杀持枪敌人，来无影去无踪穿过敌人防线，千米之外取敌酋首级，是突击队员的日常工作；突击队员要深入人迹罕至的原始森林、戈壁雪原，有些森林阳光万年都照射不到，那些即便是兰博想起来都要心惊胆战的险境，就是突击队员的家。在那些地方，随时取人性命的毒蛇猛兽，就是突击队员的盘中餐，你当然要吃掉它，否则它就吃掉你。很多特殊的关键时刻，只要一个突击队员，就可以扭转整个战局，甚至挽救国家的命运！"高胜寒冷冷地注视着眼前这一百多名队员，"中国陆军的突击队员是真正万里挑一的勇士！平均在一万个申请者当中，只有一个有资格到我这来接受基础训练，只有一个！这不是结束，仅仅是一个开始！还需要军队多年的培养，才可以成就一个真正的突击队员！"

学员们都屏住呼吸，盯着前方。

"而霹雳火空降战术救援突击队，又有着特殊的职能和使命！不仅突击，还要救援！当战争爆发，我们的战斗机、轰炸机、运输机或者直升机在敌后被击落的时候，我们就要出动，给幸存的飞行员带来回家的希望；当地震、洪水等各种灾难在城市、乡村肆虐，我们就要出动，去履行人民子弟兵的光荣使命；当我们的同胞因为战争或者暴乱，被搁置在海外，我们就要出动，与兄弟部队一道，带同胞安全回家！不管地面有什么危险，是枪林弹雨，还是山崩地裂，我们都要跳下去，带我们的人安全回家！我不管你们是谁，你到这儿的目的是什么，你希望得到什么样的未来，我只关心一件事！就是将来有上面提到的各种遇难者需要你去救援，如果让我感觉到你无法帮助他们，我就会让你离开，明白吗？！"

"明白！"学员们立正怒吼。

"记住我的这句话——他人的生命，高于自己的生命！"夕阳的余晖映着高胜寒刚毅的脸，"霹雳火空降救援队，是在中国陆军航空兵从传统的后勤保障，向机动作战、立体攻防这一战略转型过程中应运而生的一支特殊作用的特战分队！在战争当中，我们的飞行员驾驶战机翱翔长空，他们随时面临敌人的攻击，在战机被击中坠毁之后，我们的飞行员需要有一支专业的特种部队，对他们进行及时的、专业的救援，我们的飞行员可能被包围，可能受重伤，我们要把他们带回来，并且可以进行及时的战地救助！在非战争时期，当地震、山火和洪水等自然灾害发生时，灾区的重要军事和民用设施，大批遭受灾难威胁的人民群众，需要有一支专业的部队，在第一时间赶到现场，对受灾设施进行专业维护和及时的信息反馈，对受灾群众进行及时的救援。在任何情况下，人民群众的生命安全高于一切！在国际热点地区爆发战争或者暴乱的时候，滞留当地的中国公民需要紧急撤离，他们需要专业化的战地救援特种部队去完成这个艰巨的任务，救助伤员并且组织中国公民安全撤离。不需要我多说什么，你们该知道，这个任务有多危险！"

"你们怕了吗？"高胜寒厉声喝问。

"不怕！"

"我听不见！"

"不怕——！"

"霹雳火战地救援队作为特殊作用的特种部队，对人才选拔会有特殊的要求，要求每名救援队员不仅是突击队员，还是战地医生、搜救专家，并且是工程维修专家、信息处理专家等。一句话概括之，'霹雳火'，是战场尖兵，是生命的保护神，是地狱中从天而降的天使！同志们，你们准备好了吗？"

"时刻准备着！"队员们吼得气壮山河，杀气凛然。

高胜寒扫视着众人，突然笑了："我说了这么多，嗓子都喊哑了。你们就没人想跟我说点儿什么吗？"众人都愣住，但没人敢说话。高胜寒笑："我是说，就没有人打退堂鼓吗？觉得自己是一时冲动，有点儿犹豫了，想回原单位了，一个都没有吗？"

所有人都愣住了。

"报告！"

高胜寒看过去，是王星："讲！"

"这里没有人犹豫！我们时刻准备着经历最严酷的考验！"

"你能代表所有人吗？"

"报告！不能！但是我能代表我自己！我来这儿，就是要做最好的！"王星高声喊。黄宝贵没忍住，扑哧一声笑出来。高胜寒转头问他："下士！你笑什么？"石磊焦急地回答："报告！他……他没笑。"高胜寒一瞪眼，石磊大惊，连忙说："报告！他笑了，他性格开朗，但他不是坏人……"王星不屑地瞥了两人一眼。高胜寒走过去："一个莫名其妙地在队伍里发笑，一个多嘴多舌。害得你们全都得受罚！俯卧撑准备——"所有人都愣住看他，没人动。高胜寒冷声道："我不想重复命令！"所有人急忙散开，纷纷趴下。

"每人俯卧撑100个！开始——"高胜寒背着手，军靴踩在地上铿锵有力，"团队观念，是集训的第一课，也是贯穿始终的一课。不愿意的，现在就可以走了。"王星趴在地上，率先快速做起俯卧撑，动作干净利落。众人见状，纷纷开动。石磊一脸歉意地看着怒目而视的众人："宝贵，大伙儿肯定恨死咱俩了。"黄宝贵吭哧吭哧地数着数："……就跟你说不让你来吧？碰上个神经病！"

9

曾紫陌咬牙坚持着，赵小丫还好，李珊和郝玲玲几乎只剩下撅屁股了。高胜寒在趴着的人群里穿行，大声地怒吼着："你们的体能太差了！惨不忍睹！你们两个在干吗？屁股很性感吗？这里是选美大赛现场吗？"

一片哄笑。

"很可笑吗？"高胜寒厉声喝问，所有人都不敢吭声。李珊和郝玲玲脸红脖子粗地挣扎着继续做。

这时，一双锃亮的黑色军靴站在曾紫陌面前，曾紫陌愣了一下，没有抬头，继续做。高胜寒冷酷地看着她。曾紫陌加快了动作，但还是有些吃力。高胜寒蹲下身，摇摇头："你不行的，不要勉强自己了。你根本不可能撑得住的，你不是小姑娘了，体能不可能跟得上。"曾紫陌咬牙继续数数："40……41……"高胜寒站起身："在这儿，男人和女人一样的标准，因为男人和女人，要去执行一样的任务！你们完成不了，随时可以退出。不要指望我会怜悯，我现在怜悯你们，战场上，死神不会怜悯你们。我知道，你们不仅性别不同，基础也不同。没关系，我一视同仁，我不是在嘴上说男女平等的人，我喜欢把这四个字付诸实践。"

女兵们努力地做着俯卧撑，曾紫陌坚持着起身，还是倒下了。高胜寒走到队列前面，停下脚步瞪着所有人。突然，"轰"一声巨响，爆炸四起，枪声连连，所有人惊慌失措地趴在地上，高胜寒快速从腰里拔出手枪："偷袭——"

"啪——"高胜寒的前胸一道血箭喷出，砰然倒地！队员们惊慌失措地四处惊叫，曾紫陌急吼："快！看看他怎么样？"说完起身快速跑过去，赵小丫和郝玲玲狼狈不堪地跟上去。这时，在他们身后的机库顶上冒出几个蒙面的黑衣人，端着机枪四处扫射。机库下面，一枚冒着白烟的手雷滴溜溜转着，轰的一声，白光四散，烟雾升腾。几条绳索快速抛出，黑衣人滑降下来，所有人惊恐地趴在地上，战战兢兢地缩成一团。只有王星不为所动，趴在地上苦笑："老套路，就不能有点儿新鲜的？"许飞趴在地上，吐出一嘴的黄土："奶奶的，谁敢偷袭飞虎旅？不想活了？！"

曾紫陌奋力拨开人群，朝高胜寒冲过去。赵小丫护着吓坏了的李珊和郝玲玲，焦急地大喊："队长！危险！"曾紫陌跌跌撞撞地躲避着子弹的弹道，冲向地上的高胜寒。

高胜寒仰面朝天，不停地抽搐着，鲜血淌了一地。曾紫陌扑到高胜寒面前，捂住他的伤口，拍着他的脸："高胜寒！高胜寒！不要睡着了！"

这时，一个蒙面人冲到她的面前，抬腿一脚，曾紫陌嘴角流血，被踹飞在地上。另一个蒙面人拔出匕首，猛地刺向高胜寒，曾紫陌大惊，奋不顾身一把抓住他的胳膊，把他带倒在地上。蒙面人不停地踹她，曾紫陌死不松手。这时，更多的蒙面人从四面蜂拥而上。石磊抱着头大喊："他们怎么进来的？！警卫连呢？我们上！"黄宝贵一惊："你疯了？我们赤手空拳的？"石磊红着眼："可咱们是警卫连的啊！"黄宝贵拿他没办法，只好爬起来："好吧好吧，服了你了！"两人突然挺身而出，拦住了一个蒙面人。石磊一个抬腿，踹掉了他的武器，两人大叫着扑了上去。另一边，许飞趴在地上，伸出右腿，一个蒙面人被绊倒，许飞一跃而起，扑了过去，两个人打在了一起。

"哎，这群傻蛋！"王星在地上坐起来，一脸苦笑在那儿看风景。突然，蒙着脸的谢思潇站在他面前。王星抬眼，谢思潇把冲锋枪放在地上，手枪入套，王星纳闷儿地看着。

谢思潇眨眨眼，对着王星轻蔑地勾了勾手指。王星苦笑："那么多人，还不够你玩儿的？"谢思潇伸出小拇指，翻转向下，这下王星被激怒了，吼道："我从不打女人，这可是你招我的！"说着起身冲了上去。两人都是格斗高手，谁也不占上风，打得风生水起。

石磊和黄宝贵明显不是蒙面人的对手，渐渐落入下风，但仍然很拼命。曾紫陌不顾一切地和蒙面人僵持着，突然，曾紫陌张嘴一口咬在蒙面人的手上，一声惨叫，刀掉在了地上。蒙面人痛得龇牙咧嘴，使劲地踹着曾紫陌，曾紫陌的鼻血出来了，但还是不松口。另一边，谢思潇和王星正打得激烈，忽然一阵狂吠声！——黑龙在人群的惊叫声中猛冲过来，如离弦之箭般扑向王星，王星吓得连声叫道："不……不带放狗的！"黑龙吐着鲜红的舌头，在谢思潇身旁坐下。王星惊魂未定，喘着粗气，瞪着蒙面的谢思潇。

这时，啪啪两声枪响！高胜寒一跃而起："演习结束！"——所有人都呆住了！鼻青脸肿地面面相觑。教官们拽下头套，马路捂着被咬的胳膊直咧嘴，王星看着摘下头套的谢思潇，惊魂未定。曾紫陌直愣愣地看着高胜寒，高胜寒对她微微一笑。曾紫陌流着鼻血，气愤地扭过头不看他。

"全体集合——"马路吹响哨子。

队员们茫然地列着队，高胜寒走向十几个缩成一团的队员，慢慢地蹲下身，笑道："你们在干什么？"队员们惊魂未定地看着他，几个女学员不停地在抽泣，高胜寒站起身："回去吧！你们已经被淘汰了！"十几个人面面相觑，相互搀扶着起身，羞愧地离开了操场。

"知道为什么淘汰他们吗？因为他们在危机来临的时候，胆怯了！这只是一个小小的测试，聪明人都知道这是测试。"高胜寒控制着自己的情绪，猛地转身，走到队伍前，扫视着所有人："路是你们自己选的！没有人强迫你们！但是我还是要提醒你们，来到这里，你们只有两条路可走，第一，被残酷的训练淘汰掉，从哪儿来回哪儿去！第二，成为一名合格的战地救援队队员！枪林弹雨中，你们去救人！天崩地裂时，你们去救人！惊涛骇浪中，你们去救人！哪怕是在地狱中、死神的铁嘴钢牙里，你们也要去救人！你们都是军人，该知道那都是什么样的危险！你们心甘情愿吗？"

"时刻准备着——"在场的所有人带着愤怒吼了出来。

"我对部队的口号已经免疫了，我希望看见的，是你们的表现。"

10

操场上，马路指着地上的服装鞋帽和武器装备命令："每人一套！男的在左面帐篷，女的在右面，我只给你们两分钟时间换装！两分钟以后没有按要求换装的，直接淘汰！"马路抬起手腕看表，"——现在还有一分五十秒！"

哗啦！队员们蜂拥冲上去，拣起地上的衣服和装备，混乱地跑进两边的帐篷里。秦成、黄林和于瑞不停地大声催促着，"快快快！""还有一分钟！""不想被淘汰就加快速度！"帐篷里一片鸡飞狗跳。很快，有换好衣服的队员陆续从帐篷里跑出来。

马路抬手看表："……5！4！3！2！时间到！集合——"操场上只剩下一片慌乱的集合声。

"体能训练开始！第一科目！十公里武装越野！跑步——走！"马路嘶吼。

队员们全都傻了，王星突然反应过来，撒丫子噌噌噌地猛跑，其他队员见状纷纷跟了上去。黑龙蹲在旁边不停地狂吠着。马路看着疲惫不堪的菜鸟们大喊："你们的胸前都有一个编号！从现在开始，那就是你们的名字！你们之间所有的称呼，都用代号代替！这里没有军官，没有列兵，只有菜鸟！听明白了吗？！"

"明白——！"队员们边跑边看自己的编号。

11

山路上，谢思潇一路猛跑，黑龙狂吠着紧随其后。高胜寒坐在突击车的副驾上，面无表情地抬手看表。马路站在后面一辆车上，拿着扩音器不停地催促着。王星和石磊、黄宝贵、许飞几人跑在队伍的前方，曾紫陌领着赵小丫几人疲惫不堪地挣扎着跑步前行。高胜寒戴上墨镜，看着队伍里不断鼓励队员的曾紫陌，心里五味杂陈。

空中，武直-10机群超低空掠过，崔华盾坐在驾驶舱里，侧头看了看下面跑得一片零散的队伍。在队伍最后面，曾紫陌搀扶着队员艰难地在前行，崔华盾皱了皱眉，表情有些复杂。很快，崔华盾收回目光，拉高直升机："现在我们进行下一个科目的演练。"

突击车上，马路看着跑在队伍最前面的谢思潇，怀疑地问高胜寒："她真的这么厉害？"高胜寒点头："要不我怎么会选她来？还直接做教员？"马路咋咋舌："真没看出来啊！"高胜寒笑："18岁的时候，她就是铁人三项的全国冠军，如果不是参军，现在应该在世界赛场了。"马路张大了嘴："我还以为她只是个训狗的呢！"高胜寒一脸得意，眼神里冒着贼笑："我想挖她来很久了，幸亏她后来带了狗。"

队伍里，黑龙跟在谢思潇后面疯跑，马路笑："看出来了，不然怎么可能被你挖来！"高胜寒看着跑得狼狈不堪的队伍，意味深长地说："有些人是天生干这行的，和性别无关。"

谢思潇还在前面猛跑，许飞瞪着前方的谢思潇，上气不接下气："这女疯子……从哪儿冒出来的？"王星看也不看他："武警来的呗！"许飞看他："你又是哪儿来的？"王星白了他一眼："关你事吗？"许飞嗤了一声："你有本事别和我嘴硬，去灭了那女疯子！"王星咬牙地说："你以为我不想啊！要不是那条狗，我早灭了她了！"许飞激他："找啥借口啊，打不过就算了，跑也跑不过！"

王星经不住许飞一激，猛地一下子发力，追上了黑龙，黑龙发现了他，猛地收住身子，回身冲着他龇牙狂吠。王星心虚地后退了两步，气恼地瞪着黑龙："你这叫耍赖，知道吗？！"谢思潇狂奔，黑龙跟上，给了王星一个屁股。学员们讪笑着从王星身边经过，王星一咬牙，只好继续跟着队伍跑。

几个女兵落在队伍最后面，气喘吁吁。

曾紫陌不停地打气："快点啊，跟上队伍！"三个女兵跑得跌跌撞撞。李珊仰头望天："老天爷啊！我们怎么可能跟得上男兵啊？他们都是牲口吧！"赵小丫看着许飞的背影，汗水不停地从脸颊滑落，她咬着牙继续坚持。曾紫陌肿着脸："不管怎么说，咱们也得坚持住啊！他们要的又不是长跑运动员，他们总是需要卫生员的！快点啊！"说着去拉几个女兵，一个重心没稳，自己也跌倒了。

高胜寒站在突击车旁边，拿着望远镜。曾紫陌趴在地上，抬眼看见高胜寒，咬牙哭了出来。高胜寒放下望远镜，冷漠地上车走了。

夕阳下，队员们狼狈不堪地继续在山路上前行。

12

夜晚，机库大厅内灯火通明，队员们两人一组，拼命地做着仰卧起坐。几个教官在队列中来回走着，不断地大喊："12号！速度加快一倍！""45号，动作不到位，加做 100 个！……"马路瞪着李珊和郝玲玲："20 号！ 33 号！你们是在玩儿跷跷板吗？腿不能动！加做 50 个！"李珊和郝玲玲快哭了，曾紫陌在旁边不停地给她们加油："20 号！ 33 号！坚持住！不能放弃！这只是第一天而已！加油！"李珊咬紧牙关，吃力地做着。

训练大厅一侧，高胜寒安闲地坐在椅子上，目光扫视着疲惫不堪的菜鸟们，他的目光下意识地看着曾紫陌，曾紫陌也发现了他，两人的表情都有点不自然。这时，崔华盾拎着头盔和工具包站在机库门口。高胜寒目光冷漠，曾紫陌倔强地加快了速度。高胜寒闪开了目光，望向别处。

"你太残忍了，男兵和女兵，不同年龄，怎么可能一个标准？"

高胜寒愣住了，抬头看到崔华盾，收回目光："天上，你说了算；这里，我说了算。"崔华盾低声吼道："你到底为什么这么做？你明知道她的体能不可能跟那些年轻人一样！"高胜寒转过身："你能劝她别来吗？"崔华盾愣住了，高胜寒盯着他："我们都没这个能力，只能让她自己受不了了。"崔华盾突然明白了。高胜寒看向曾紫陌，隐藏着自己的感情，悄声道："我不比你好受，你应该相信这一点。"

第四章
———— FIRE ————

1

夜晚，队员们疲惫不堪地在机场跑道上狂奔。秦成站在突击车上，手里拿着高音喇叭："在那山的那边海的那边有一群小菜鸟——预备，唱——"参差不齐的声音从队伍里传来。

突然，秦成喇叭一扔，跳下车拔腿就跑——马路驾驶着消防车急速开过来——黄林和于瑞端着消防水龙头一通猛喷，队员们高声惊叫着四处躲避，被水流喷得七零八落。

"起来！起来！继续跑！停下就意味着被淘汰！这只是体能训练的第一天！今天都过不去，你来这儿干什么？"秦成高声大喊。队员们挣扎着相互拖拽着爬起来。另一辆消防车从另一个方向疾驰回来，高压水龙头直接扫了过来，曾紫陌被强大的水流冲得摔倒在地，赵小丫几个人挣扎着把她拽起来，曾紫陌大口地喘着气，郝玲玲带着哭腔："队长，你这是何苦呢？"曾紫陌倔强地抹了一把脸："这里没有队长！我是019！"说完挣扎着继续跑，三个女孩儿跟跄跄着跟了上去。

不远处，王星抹了一把脸上的水，冲着消防车怒吼："就不能来点儿新鲜的吗？"许飞跟在他旁边："你好像对他们的套路很熟悉，被他们训过？"王星不理他。许飞又问："你跟他们一起来的？以前没见过，是特种兵吗？"王星瞥了他一眼："飞行员！做好你自己的事儿，别问那么多问题！"许飞不满地继续跑："嘁，跟我乐意搭理你似的！"王星还是没理他，继续向前猛跑。许飞看着他，赶紧跟上。

跑道的另一端，高胜寒跷着腿靠在椅子上喝饮料，黑龙蹲在旁边，伸着脖子好奇地看他。一旁，谢思潇打开探照灯扫过去——刷！探照灯雪亮的灯柱直射向跑道上的队员们，队员们慌乱地闭着眼睛四处躲避，有人不断地摔倒，又被旁边的队员扶起来，又摔倒。秦成举着高音喇叭在吼："起来！起来！受不了的自动出列，能坚持的继续跑！"王星咬牙，啊的一声怒吼，冲到队列的最前面。

谢思潇冷笑着将探照灯刷地扫过去——王星被强光射得眼泪直流，仍然愤怒地瞪着谢思潇，但没用，只要他跑到哪儿，谢思潇的强光就追到哪儿。王星愤怒地一把将帽子抓下来，倒着戴上，蒙住眼睛，嘶吼着继续猛跑。谢思潇一愣，觉得很没趣，只好掉转探照灯。高胜寒坐在旁边，微微一笑："和他对上了？"谢思潇不屑地喊了一声："我就看不惯他那么狂！"高胜寒笑："你不也挺狂的吗？"谢思潇自信地扭动着强光灯：

"狂得有狂的资本！"

高胜寒放下文件夹，看着队伍中挣扎着前行的曾紫陌。雪亮的灯光照射下，曾紫陌被水龙头不断地扫过，摔倒，爬起来，再摔倒，再爬起来。高胜寒痛苦地闭上了眼睛。谢思潇的余光发现了他的表情，又看着人群中挣扎的曾紫陌，沉声道："飞狼，需要我帮你吗？"高胜寒闭着眼睛："帮什么？"谢思潇看着狼狈不堪的曾紫陌："你好像不希望那个卫生队长留在这儿。军士长没跟我细说，但是我能感觉到，你们之间一定有非同寻常的故事。"高胜寒睁开眼看着曾紫陌，面无表情地说："做你该做的事。"曾紫陌没说话，调整好探照灯，强光刷地直射向曾紫陌。

机场跑道上，灯柱下的曾紫陌脚步更加踉跄了，但仍然咬着牙坚持着。她目光倔强地望着强光射来的方向，光晕旁高胜寒的身影若隐若现。

谢思潇操作着强光灯，下意识地看看高胜寒，高胜寒的目光望着别处，抓起扩音喇叭："别在我面前故作坚强！外强中干的人我见多了！我绝不会心软！因为我历尽沧桑，亲自体会过因为心软而付出的惨重代价！我现在心如铁石，因为我必须要为你们负责！"

曾紫陌在强光中挣扎着跑。赵小丫心疼地看着曾紫陌，怒视着高胜寒，嘶吼着挡在曾紫陌面前："没这么欺负人的！"李珊和郝玲玲也跟上去，挣扎着替曾紫陌挡着雪亮的强光。谢思潇失望地将探照灯转向别处，高胜寒复杂地看着三个女孩扶着曾紫陌在泥水中挣扎前行。

机场跑道上，顾意和几个飞行员拎着头盔和工具包说说笑笑地走过来。顾意停下脚步，下意识地看着跑道上奔跑的霹雳火队员，她的目光在寻找那个熟悉的身影。强光灯下，许飞浑身泥泞，大口地喘息着猛跑，顾意看着有些于心不忍。白鹏察言观色地问她："寒号鸟，有没有什么感触？"顾意一愣，掩饰地冷哼一声："能有什么感触啊？凤凰变土鸡，他自找的。"白鹏叹息了一声："女人心，海底针啊！"顾意瞪着白鹏："大鹏鸟，你什么意思？"

"没意思。你说得对，他自找的。"白鹏说，"他说他想换一种活法，我也替他觉得不值。"顾意没说话，低头往前走，白鹏向前几步，对着跑道上的许飞嘶吼："呆鸟！我宿舍的床给你空着呢！战虎的飞行员休息室有你的位置！玩儿累了随时回来！"跑道上，许飞冲他摆了摆手，继续向前跑。

2

第二天，障碍训练场上，霹雳火的旗帜在营地上空呼啦啦地飘扬。队员们挣扎着在翻越障碍，高胜寒悠闲地坐在一旁，大声地催促着："速度！速度！你们已经练了整整一个星期！练皮了是吧？消极怠工吗？想用这种方式蒙混过关吗？"

队员们恨恨地加速，扑通一声，曾紫陌从障碍墙上重重地摔了下来，赵小丫三人焦急地围上去："019！""019，你没事儿吧？"曾紫陌一脸痛苦，摇了摇头："我……

没事……你们快做你们的，省得又要挨罚。"

"019！"高胜寒站起身，拎着高声喇叭怒吼，曾紫陌看过去，高胜寒打着手势示意她过去。曾紫陌挣扎着站起身，一瘸一拐地跑向高胜寒。

曾紫陌艰难地跑到高胜寒面前，立正。两人四目相对，都很复杂。

"还能坚持吗？"高胜寒语气冷酷。

曾紫陌倔强地忍住痛："报告！可以！"

"你不要太逞强。你已经坚持了一周，足以让所有怀疑你的人闭嘴了，现在退出，不丢人。"

"报告！我来霹雳火不是为了脸面！我是想真正成为霹雳火的一员！难道你的霹雳火不需要医疗专家吗？我会坚持到底的！"

两个人沉默着，心里都很难受。

谢思潇在一旁看着，无限感慨。高胜寒避开曾紫陌的目光，摆摆手，曾紫陌转身，又一瘸一拐地走向障碍场，高胜寒看着她的背影，脸上闪过一丝痛苦。这时，马路急匆匆地跑来："飞狼！出事儿了！"高胜寒一愣，曾紫陌也是一愣，下意识地侧耳倾听。

"谁出事儿了？"高胜寒急问。

"蓝妞！"高胜寒大惊，马路忙说，"班主任打电话说，这丫头把半个班的男生给灭了！人家老师要求马上和家长谈谈。"高胜寒哭笑不得，谢思潇笑："虎父无犬女呀！暴力小萝莉，我喜欢！"

"你添什么乱！"高胜寒说，"老马，盯着点儿，我去一趟。"马路点头，高胜寒跳上车匆匆走了。

3

学校办公室，十几个鼻青脸肿的男孩儿站着在哭，蓝妞一脸不服地站在对面。高胜寒一身便装，瞪了蓝妞一眼，笑呵呵地对冷着脸坐着的杨老师："杨老师，真是对不起，蓝妞给您的工作添麻烦了。"

"我倒是没什么，你跟人家家长把事儿说明白就行了。"

高胜寒转向家长们："对不起啊，各位家长，我女儿做错了事，是我欠管教，我向你们道歉，孩子们的医药费我全额负担，对不起！真对不起！"高胜寒微微鞠了一躬，一脸诚恳。几个家长面面相觑。

"这位家长同志的态度确实不错。我们无话可说。可是您看看您女儿吧！都把我们孩子打成这样了，还瞪着小眼睛呢！""这明摆着是不服气呀！我们现在更担心的是，我们孩子以后的安全谁能保证啊？""就是！打一次就有可能打第二次。我们孩子可架不着这么打。"家长们议论纷纷。

高胜寒给女儿递眼色："蓝妞，快跟同学们道个歉。"蓝妞倔强地扬着头："我又没做错什么，凭什么道歉？是他们先起哄，说我是外来的插班生，说我是野孩子！也是他们先动的手！自己功夫不到家，平时训练欠火候，怨谁呀？"几个家长语塞，怒视高胜寒。高胜寒有些挂不住，厉声低吼："蓝妞！不管怎么说，这件事你就是做错了！爸爸教你格斗术，也不是让你用来打同学的，马上道歉！这是爸爸的命令，必须执行！"

"是！"蓝妞委屈地看着高胜寒，忍着眼泪走上前，对着男孩儿们使劲一鞠躬："对不起！我错了！"男孩们吓得赶紧往后一退。蓝妞抬起头，含泪看着高胜寒："爸爸，您的命令我执行完了，我可以走了吗？"说完哭着跑了出去。高胜寒焦急地追了出去，留下一屋子家长们面面相觑。

体育场上，蓝妞坐在台阶上抹眼泪，高胜寒站在她身后，蓝妞急忙擦干眼泪："我坚强，我没哭！"高胜寒有些心酸："蓝妞，爸爸知道，你今天受了委屈了。可是你动手打人，确实不对，这是原则问题，爸爸必须得坚持原则。"蓝妞哭了出来："爸爸，我打他们是因为他们骂我是野孩子！我不想当野孩子！可是你天天忙着训练，根本就没空管我！爸爸，我想妈妈了！妈妈到底去了哪儿啊！她什么时候回来？我想妈妈了，妈妈要是能回来，我就不是野孩子了！"高胜寒愣住了，一脸痛苦地把蓝妞紧紧搂在怀里，强忍着泪水："蓝妞，爸爸……爸爸不是跟你说过吗？妈妈去执行任务了，很秘密的任务，她……她现在回不来。"蓝妞在父亲怀里哭着："可是妈妈已经走了好几年了！不管是什么样的任务，她总该回来了吧？难道她要永远执行任务吗？她不管您和蓝妞了吗？"高胜寒紧紧搂着女儿，喉咙蠕动着，痛苦万分。

不远处，一个身影匆匆走来，蓝妞抬头望过去，惊喜地叫道："夏老师！"高胜寒也愣住了，转过身看到了夏初。夏初笑意盎然地叫了一声蓝妞，蓝妞不顾一切地扑过去："夏老师！我都想死你了！"高胜寒走过来："夏老师，你怎么来这儿了？"夏初笑："我怎么不能来这儿？"高胜寒纳闷儿："你……是专门来看蓝妞的？"

"你说对了一半。"高胜寒一愣，夏初看着高胜寒，"我已经正式调到这儿了，刚才在校长办公室，我和蓝妞的班主任杨老师做了工作交接，从现在开始，我是蓝妞的新任班主任！"

高胜寒目瞪口呆，蓝妞更是一脸惊喜："夏老师！你真的是我的新班主任？"夏初得意地笑："当然了！以后啊，蓝妞又可以和夏老师天天在一起了！现在马上要上课了，你先去上课，一会儿夏老师再去找你，好不好？"蓝妞听话地点头，风一样地跑了。留下二人相对，都有些心事重重。

夏初看着高胜寒："很意外吗？"

"确实……确实有点儿意外。"

夏初凝视着高胜寒："为了把工作关系调到这里，我平生第一次求了我爸爸，他也是第一次破例管我的事儿。"

"你爸爸？"高胜寒愣住了。

"不是什么高级干部，只是一个退休的师范大学副校长，碰巧，这里的校长是他的学生。我从一线城市的重点小学调到二线城市的郊区小学来，算是发配了，这个后门，难道也走得有错吗？"高胜寒的表情有些复杂，夏初火辣辣的目光凝视着他，"你知道，我为什么调到这里来的。"

<h2 style="text-align:center">4</h2>

野外，队员们两人一组扛着硕大的圆木，在教员的催促下艰难地行进着。两名疲惫的队员相互搀扶着走到高胜寒面前，敬礼，含泪将编号臂章摘下，放在高胜寒的面前，含泪离去。不久，又有三个队员一瘸一拐地走来，重复着刚才的动作。

高胜寒抬头，看着扛着圆木蹒跚前行的曾紫陌，一脸纠结。崔华盾站在他身后，一起看着远处的曾紫陌。

"第十五天，她还能撑得住吗？"崔华盾问。

"她说了，她要坚持到底。"

"我觉得，你犯了一个严重的错误。从一开始你就不应该让她来。我们都了解她，她向来执拗，认准的事就会一直执着到底，不死不休。"崔华盾叹了一口气，看着高胜寒，"也许十年前的那场婚礼，是唯一的一次例外。但是错不在她，在于你的逃避和我的盲目。"

"过去的事儿就别提了。"

"主动提起这事儿的不是你和我，是紫陌。你看她现在，分明是在亡羊补牢。她比以前更努力，也更主动了。"崔华盾看高胜寒，"你打算怎么办？继续给她加码，累垮她为止吗？"

"已经超过人体承受极限了，我不会再给她加码了。不管她是怎么想的，我现在最担心的是，她真的顶过去，我就没有理由不要她了。"

"这是我预料到的结果！"崔华盾苦笑，跳上吉普车。

"猎鹰——"崔华盾看他，高胜寒回头看看顾意，"我听说，战虎里面有个直-10女飞行员，代号叫寒号鸟。是她吗？"

"想挖人吗？"崔华盾警告他，"许飞那呆鸟可以给你玩玩，寒号鸟可不行，她的训练一分钟也不能耽搁！"

高胜寒一笑："我要她干什么？我这儿的女兵已经够多了，我还发愁打发不走呢！我是听说她对你一片倾心。"崔华盾打着火："情报工作做到战虎特种航空队来了？我说，各种各的地，各收各的粮，管好你自己的事儿吧！我们走！"顾意一踩油门，驾车离去。高胜寒苦笑着，目光转向远处山坡上的曾紫陌。

下午，机库的格斗训练场，高胜寒低头看着手里的名单："大浪淘沙，优胜劣汰，121名队员，现在还剩下55个。我对这个数据很不满意！这比我预想的人数，至少多出了20个！"队员们背手跨立，都不敢说话。高胜寒收起名单，"不过不要紧！好吃不怕晚，越晚淘汰越刺激，淘汰还会继续，而且一定会更加残酷，淘汰速度也会更快。多问一句，有没有主动想回去的？"

"没有！"队员们齐声怒吼。

"看来你们是真的不见棺材不落泪。"

"时刻准备着——"队员们的喊声地动山摇。高胜寒摇头："我说过，我对部队的口号已经有免疫力了！"

"报告！"王星大喊，"那就请尽快开始下一阶段的训练吧！我已经等不及了！"

所有人都愤愤地看他，谢思潇极其看不惯地瞪着王星。王星一脸无辜："干吗都看我？我确实等不及了！该淘汰的赶紧淘汰，我等着正式组队以后执行任务呢！"谢思潇忍无可忍，瞪着眼想上前，被高胜寒拦住。马路和几个教员对视一笑。

王星笔直地挺立着，高胜寒走到王星面前："我记得在狼牙选拔的时候，你也这么说过。"王星一愣，有些尴尬："报告！我还说过，我不会再犯同样的错误了！我说到做到，我一定能留在'霹雳火'！"

"报告！"黄宝贵高喊，石磊吓了一跳，诧异地看着黄宝贵。

"讲！"

"好大的风啊！有人闪了舌头了！"

众人哄笑。

王星瞪着黄宝贵，两人对瞪着。石磊焦急地看着黄宝贵，冲他递眼色。高胜寒一笑："007，有人不服气。你自己酌情处理吧！"

"是！"王星瞪着黄宝贵，出列走上格斗台，立正，转身，大喊："不服的上来！"队员们都愣住，面面相觑。黄宝贵瞪着眼睛出列，石磊忙拽住他："025！别逞强，你打不过他……"黄宝贵眼一横："我祖传老兽医，没有治不了的疯牛病！"说着冲上了格斗台，石磊一脸焦急地看着两人。

台上，王星和黄宝贵对峙着。王星皱眉："025，你下去吧，你不是我对手。"黄宝贵哼了一声："少废话！接招儿吧你！"黄宝贵猛地冲了上去，俩人都没穿护具，立刻打在了一起。

黄宝贵疯狂地进攻，王星满脸不屑地应对，飞起一脚，将黄宝贵一脚踹飞，咣一声闷响，黄宝贵倒在台上，石磊吓得一闭眼。黄宝贵咬牙站起来，瞪着眼睛又冲了上去。没几下，又被王星打倒在地，鼻血直冒。

王星一脸轻蔑地看着黄宝贵："025，你行不行啊？"黄宝贵擦了一把鼻血，又冲了上去，又再次被击倒。石磊焦急万分："007！他都流血了，你还打！"王星满不在乎："他自己乐意，我凭什么惯着他？024，我看你俩感情挺深的，要不你俩一块儿上吧！"

"024，还等啥呢？打虎亲兄弟呀！"黄宝贵流着血，石磊愣住："啊？二对一，不讲究吧？"黄宝贵咬牙切齿："那你等着给我收尸吧！"石磊大惊，猛冲了上去："俺来了！"王星一脸不屑，黄宝贵和石磊二对一，又是一阵激烈的格斗，双方竟一时僵持住了。

"我才发现，这个007还是挺帅的嘛……"李珊看着台上的王星，赵小丫碰了碰她："干吗？春心荡漾啊？"李珊斜了她一眼："你好意思说我吗？"说着，李珊瞥了一眼许飞，赵小丫有点儿尴尬。李珊低声说："哎？要不然，让飞行员上去试试？"赵小丫嗤之以鼻："飞行员能做这种野蛮的事儿吗？"

"007！三对一行不行？"这时，许飞冲了上去。王星不屑一顾："随便！"赵小丫目瞪口呆。

三人在台上打得风生水起，黄宝贵和石磊对视一眼，互相会意，两人一起冲了上去。王星沉稳应战，以一敌三，还是不落下风。这时，赵小丫脸一横，冲了上去："007，四对一怎么样？！"许飞皱眉："015，你干什么？"赵小丫一扬头："没什么，同生共死。"许飞愣住，紧张地四下环顾，压低声音："你电视剧看多了？我和你有关系吗？"赵小丫不管："我是说我和你同生共死，又没说你和我。"许飞头有点大了："那不都一样吗？闪一边儿去！"赵小丫一脸倔强："我不！"

王星站在对面，呈格斗防御姿势看着两人，皱眉道："嗨嗨嗨！干吗呢？搞对象下去搞去！"许飞慌忙解释："谁跟她搞对象了？！"王星收起拳脚："那你们干吗呢？还同生共死的。"赵小丫心一横："007！你……你少废话，你就说打不打吧！"

"不打！"

"为什么？"

"我不打女人。"

"你是怕了吧！"

"我至于吗？你下去，换两个男的来！看我怕不怕？"

黄宝贵肿着脸吼道："015！别耽误事儿！我们马上就赢了！"许飞厉声道："下去！你就别跟着掺和了！"赵小丫恼羞成怒，上去就打，王星慌忙举手格挡："你们可真行啊，三个大男人，让个女的先上！"许飞一看不好，赵小丫被推回来，直接上去："打不过也跟你拼了！"其余的也跟着扑上去。

王星以一敌四，毫不迟疑，也不吃力。一团混战，四个人都被打出去。王星刚想冲过去，黑龙冲着他汪汪地狂叫，众人吓了一跳。谢思潇跃上格斗台，看着赵小丫四人："行了行了，太丢人了，四个人打不过一个。"

"再来！"许飞站起身要冲上去，谢思潇一伸手，转向王星："007，算了吧，我看他们还真不是你的对手。"王星揶揄道："谢谢教员抬爱，我也是这么想的。"谢思潇轻蔑地看了他一眼："别一口一个谢教员的，我有代号，我叫蜘蛛蟹！废话少说，咱俩练练？"所有人都愣住了，都看向高胜寒，高胜寒笑，不说话。

王星看着谢思潇："我说过了，我不打女人。"谢思潇活动着筋骨："没关系，你可以挨女人打呀！打赢了，我就如你所愿，改名叫大闸蟹！"

王星瞪着谢思潇，没动。

谢思潇看他："007，准备好挨打了吗？"

"你真以为我怕你呀！"王星皱眉，看着台下虎视眈眈的黑龙，"那你别放……黑龙。"谢思潇冷笑着："黑龙！坐！"黑龙乖乖地坐下，吐着舌头看着两人。

"定！"黑龙一动不动。谢思潇看着王星："你还有什么要求？"王星撇撇嘴："还是算了吧。你好歹也是教员，我把你打太惨了，不利于你今后的工作。"说着就往台下走。说明迟那时快，谢思潇一个飞腿直接把王星踹趴下了。王星暴怒地一跃而起："你玩儿阴的！"

谢思潇笑笑，轻蔑地向他招招手，王星怒冲过去，两人都是格斗高手，打起来都带着风声，落在身上都是闷响，台下的学员和教员们看得眼花缭乱。

黄宝贵站在台下过瘾地大声叫好，兴奋得不行，石磊看他鼻青脸肿，皱眉说："你就别喊了！擦擦血！"黄宝贵擦了一把鼻血，一脸兴奋："看见没？什么牲口有什么人治！"石磊把毛巾递给他："俩人还没分胜负呢！"

高胜寒抱着胳膊，冷眼旁观。

台上，王星的手下意识地奔着谢思潇的胸部而去，谢思潇大惊："干什么？！"王星也恍然，赶紧收手，谢思潇一肘子砸倒了他，王星气愤地爬起来，从嘴里吐出一口血水："你讲不讲规矩？我看你是女人才……"谢思潇一瞪眼："你活该！"王星又一脸愤怒地冲上去，两人完全打急了眼，都是鼻青脸肿。谢思潇一改套路，勒脖子拽胳膊，两人扭打成一团。王星大惊："泰拳？！要我的命啊？！"谢思潇一扬头："怕了？！"王星努力招架，两个人都下了死手。

高胜寒冷冷地看着。马路急了，走到高胜寒面前，低声说："飞狼！不能再打了！再打下去非出人命不可！"高胜寒轻笑："没事，死不了人。"曾紫陌也忧虑地看高胜寒，高胜寒看她一眼："他们俩还是有底线的，要真的想弄死谁，都不超过三十秒。难得的高手过招，你们都好好学学，什么叫作当代搏击！"队员们都忧心忡忡地看着。

台上，两个人已经打得都很难站起来，仍然起身，跌跌撞撞地冲向对方。一阵搏命的撞击，最后都猝然栽倒，流着鼻血，又艰难地站起来。高胜寒看看马路，马路会意，赶紧冲上去："停！停下！马上停下！"两人推搡着站起身，彼此怒视着。

"好了！今天的……切磋，就到这里！赶紧下去！"马路命令道。谢思潇咬牙坚持着："胜负怎么算啊？"马路一下愣住了。王星肿着脸说："当然是我赢了！你改名叫大闸蟹吧！"谢思潇不服："凭什么？"王星看她："你是女人，有好多部位都不能攻击。"谢思潇嗤之以鼻："你不也一样吗？姐要是想干掉你，你早死了！"

"没完了？！"马路一声怒吼，"我做主了，你们两个算平局！"

"不行！"两人难得的异口同声。

"我不能接受平局！你还想打，我奉陪到底！"王星不服地看着谢思潇，两人对峙着。王星仰着脖子："那接着打！"马路怒了："没德行了？！今天的格斗不能再比了！"谢思潇瞪着他："那比射击，你敢吗？"王星冷笑："随便！我奉陪到底！"谢思潇看高胜寒，高胜寒笑笑："我等着看结果。"两人目光对视，互相较着劲儿。

5

后山的靶场上，队员们列队站在地线外，教员们也在周围观战。

谢思潇和王星都是鼻青脸肿。在他们面前，摆着一排各种武器拆成的零部件，有手枪、微冲、自动步枪和轻机枪。高胜寒坐在后面的车上吃零食，曾紫陌看他："你是故意让他们斗吗？"

"不好看吗？"

"战士之间的不团结，能用好看和不好看来形容吗？"

"曾队长。"

"我现在不是卫生队的队长，我是019。"曾紫陌冷着脸说。

高胜寒无奈："好吧，学员019。你是优秀的基层指挥员，在你看来，团队的团结高于一切，因此你会采取措施来防止部下产生矛盾，发生争斗，好让大家拧成一股绳，劲儿往一处使，形成一个同生共死的钢铁战斗集体。"

"这有什么不对吗？"曾紫陌不解。

"对，没有错，这是解放军的部队都应该做到的，也是基层指挥员的责任。"

"那你为什么还要放大这种矛盾？让他们这么互相斗？"

"我现在让他们斗，是因为霹雳火还没有正式组建，没有这个部队。现在是集训选拔期间，我想看见的就是他们不服气，互相斗，把自己的本事展现出来，相互刺激，然后相互促进，其实就是共同进步。选拔总是残酷的，我总是要选择最好的。"

"那霹雳火组建以后呢？个人之间的矛盾那么容易化解吗？！"

"不容易，但是会化解。"高胜寒看着曾紫陌的眼神，"你别不信，战场上的残酷无情，大于个人之间的矛盾，只有背靠背，肩并肩，同生共死，才能生存下来，完成任务。别看他们现在斗得欢，以后都会明白的。"

"你这是谬论！强词夺理！"

"有些事我自己有数，这是我的集训，019学员。"曾紫陌不吭声了，高胜寒的目光转向两人。

两人还跨立站着，马路站在武器前："比赛从手枪开始，依次是微冲、自动步枪、轻机枪，你们想比出个结果，那我们就看到底谁能胜出。准备好了吗？"

"时刻准备着！"两人互相不服气地瞥了一眼。

马路拿起秒表："比赛开始！"两人几乎同时冲向前面，组装着已经被拆成零件的手枪。哗啦一声，两人几乎同时组装完毕，上膛速射。二十米开外的两个靶子，几乎同时出现了10环。两人放下手枪，迅速组装着自动步枪，然后快速冲刺，上膛射击，对面的啤酒瓶几乎同时一枪一个，队员们看得眼花缭乱。许飞赞叹地看着谢思潇："这武警的美女还真有两下子啊？"赵小丫眼神复杂地看他。黄宝贵看得目瞪口呆，惊得直哑舌："啊呀，真的是高手对决啊！"

这时，两人已经换了轻机枪，嗒！嗒嗒！清脆的点射声，都很精准，几百米外的靶子都是应声而落。射击完毕，两个人都是不服气地看着对方。马路拿着靶纸："平局！"高胜寒笑笑。

一行人来到野外，一千米外，两只鸡拴在柱子上，不停地扑腾，鸡毛在空中乱飞。

谢思潇和王星分腿跨立，两把"高精狙"摆在他们面前。高胜寒坐在车上高处看着，放下望远镜。马路看着两人："你们俩可真的想好了，现在不比了，还不丢人。狙击步枪射击一千米外的运动目标，这对老狙击手来说都是高难度——你们观摩的也记住，人头的大小，和活鸡差不多，我们对狙击手的要求就是射击人头，这样才能一枪毙命。"谢思潇眯缝着眼看前方，王星看她："你要是不行就认输吧！"谢思潇冷笑："我的字典里面还没有'输'这个字！"马路看着两人："准备好了吗？——预备，开始！"

两个人冲向面前的"高精狙"，卧倒，上膛。瞄准镜里，两只鸡还在扑腾。两人都在盘算，在场的队员们都屏住了呼吸，30秒后，两人几乎同时扣动扳机，子弹应声出膛，砰！一千米外的两只正在扑腾的鸡应声而爆——又是平局。

反坦克训练场上，谢思潇和王星扛着反坦克导弹在射击，炮弹脱膛而出，两颗导弹几乎同时命中前方的两个靶子——被钢丝拖着的两个靶车应声爆炸。学员们目瞪口呆，黑龙也卧在地上，困惑地看着二人。黄宝贵捂着肚子直喊饿："我说这两人还有完没完啊！过了晌了，不吃饭了？"

夜色里，炊事班的后厨房传来一阵咔咔咔的切菜声——谢思潇和王星穿着作战服，正在切土豆丝。队员们坐在食堂里，个个都是饥肠辘辘，只有高胜寒和教员们兴致勃勃地等待着。

厨房里，王星和谢思潇在炒菜，两人热火朝天，眼神里都是不服气。不一会儿，两桌大餐一字排开，两人满脸油烟地背手跨立。众人拿起筷子，排队品尝。高胜寒夹起一块豆腐，抬眼，两人几乎都屏住呼吸，高胜寒一声高喊："平局。"

众人坐在桌子前，快哭了。

飞虎旅的游泳馆里，旅长王浩正哼着小曲儿，穿着泳裤披着浴巾进来。灯一打开，王浩正准备下水，吓了一跳："搞什么？！"

王星和谢思潇全副武装，高举步枪在泳池中央踩水。黑龙蹲在岸边哈舌头。王浩忍住气纳闷儿地问："你们俩，在我的游泳池里面干什么？！"王星举着步枪："不好意思，旅长！我们在比武！我们还没分出胜负呢！旅长，很快……她就快认输了！"谢思潇不停地踩着水："胡说八道，我在长江边长大的，游泳是天性！"

王浩穿着泳裤气急败坏地一声大吼："分个狗屁胜负！你们大晚上的不睡觉，到我的游泳馆来捣乱！把我吓个半死，你们拍倩女幽魂呢？！滚！赶紧滚！我不想再看见你们！滚！马上离开我的游泳池，滚到我看不见的地方！"

"是，旅长！"两人狼狈不堪地爬上岸。王浩看着两人，气不打一处来："还全副武装下水，这整池子的水不要换吗？水费不要钱吗？从你们工资里面扣！"两人都是一愣，王浩举起旁边的塑料椅子直接摔了过去："滚！"两个人狼狈不堪往外跑，黑龙还趴在泳池边上，王浩指着黑龙："还有你，狗东西！滚！"黑龙急忙跟了上去。

高处的山地上，夜色笼罩。谢思潇带着黑龙，打着手电在看地图："这回总算赢了你了！"这时，前方出现一阵手电的亮光，影影绰绰。黑龙蠢蠢欲动，开始汪汪地低吼。

"跟你说多少次了，不带放……放黑龙的！"王星的声音传过来。谢思潇一脸懊恼："怎么又是你啊？！"王星从那边的树丛里钻出来："不是我还能是谁？！妈的，这次又平局了！"

"你以为我想跟你平局啊？！"

"你还有狗……不是，黑龙引路呢！"

"你个大男人，跟黑龙较劲儿？！"

"你现在知道我是大男人了？！你个小女子！"

"滚！比不过我，你还有脸说！"

"接着比！"

这时，挂在腰间的对讲机传来高胜寒的声音："你们两个，滚回来睡觉，已经过就寝时间三个小时了！"

"飞狼，我们还没比出胜负呢！"谢思潇看王星。

"明天再说，这是命令！"

"明白！"谢思潇不服气地看了一眼王星，带着黑龙走了。王星看着她的背影："我不得不佩服你，你真是女神……"

"是吧是吧，现在知道我是女神了？"

"我还没说完呢——女神经病！"

"黑龙！"谢思潇回头，黑龙汪汪汪地扑了过去，吓得王星掉头就噔噔噔地开跑："不带放狗——放黑龙的——哎哟！"谢思潇笑了，打了个呼哨，黑龙掉头回来了。王星满身泥泞地从沟里爬起来，吐出一嘴泥，狼狈不堪。

第五章
──── FIRE ────

1

　　陆航团机场，年轻的曾紫陌心事重重地走来。高胜寒剃着标准的中国陆军和尚头，站在一排直 -9 前笑："干吗呢磨磨蹭蹭的？都这么熟了，你不至于又补了个妆吧？"曾紫陌心事重重地一笑，目光下意识地寻找着。高胜寒歪着头看着曾紫陌："你找什么呢？"

　　"只有你一个人吗？"

　　"我一个人不能约你呀？那好，我给华盾打电话。"高胜寒掏出手机。

　　"高胜寒！"曾紫陌一声吼，高胜寒愣住，看着曾紫陌。

　　"我们认识到现在，你是第一次单独约我，对吧？"

　　高胜寒笑着点头："没错！"

　　"为什么？"

　　"因为以前我老甩不开崔华盾那小子。"

　　曾紫陌凝视着高胜寒："那你约我出来做什么？"高胜寒笑着指了指夜空："看星星啊！"曾紫陌愣住，抬头看夜空，黑漆漆一片，根本没有星星，她又看着高胜寒："你到底要干吗？"高胜寒笑呵呵地看着她，忽然严肃起来："紫陌，我把你约这里，是想跟你说一件很重要的事儿。这件事儿很可能决定你一生的幸福，你愿意听吗？"

　　曾紫陌睁大了眼睛，期待地看着高胜寒，点头："你说吧！"

　　"我要是说了，你会答应吗？你知道，我这个人很好面子的！"

　　曾紫陌羞涩地点点头："你只要敢说，我就敢答应！"

　　"那我就说了！你闭上眼睛！"

　　曾紫陌幸福地闭上眼睛，一阵柔情的音乐声响起来，曾紫陌闭着眼睛，一脸幸福地期待着。歌声还在唱，越来越近。曾紫陌羞涩地问："胜寒，你到底要说什么呀？"

　　没有回应。

　　歌声越来越近，曾紫陌诧异地睁开眼睛，愣住了──众飞行员手里燃着蜡烛，拥簇着手拿玫瑰花的崔华盾，站在她的面前。曾紫陌愣立当场，扭头幽怨地看着高胜寒。高胜寒错过她的目光，走向众人，猛地一收手，飞行员们笑着停止歌唱。

"华盾，看你的了！"高胜寒鼓励地冲崔华盾一笑。崔华盾感激地看着高胜寒："兄弟，谢了！"

曾紫陌依旧愣愣地站立着，目光寻找着高胜寒。高胜寒刻意地躲到了众人后面。

崔华盾走上前，真诚地将玫瑰花递到曾紫陌面前："紫陌，请接受我对你的爱！"曾紫陌一脸痛苦地凝视着娇艳的玫瑰花，泪水刷地淌下，她近乎机械地接过玫瑰花，目光依旧在夜色中寻找着高胜寒的身影。这时，崔华盾单膝跪地，举起钻戒："紫陌，我爱你！嫁给我吧！"飞行员们欢笑着起哄。

曾紫陌满脸泪水，崔华盾激动地闭上眼睛，等待着。曾紫陌幽怨地望着人群后的高胜寒，高胜寒大步走向黑暗中——但是没人看见他脸上的眼泪。

曾紫陌泪如泉涌地望着高胜寒的背影。

"紫陌，如果你还没有想好，或者……或者你拒绝了我，我不会怨你！我无法保证你是否选择了我，但是我可以确定，我已经选择了你！我永远不会放弃，我会继续深爱着你，继续追你！"

曾紫陌愣愣地看着跪地举着钻戒的崔华盾，她泪流满面，手缓缓地抬起。崔华盾抬头，惊喜地看着曾紫陌，把钻戒拿起来，套在曾紫陌手指上。曾紫陌满脸淌泪，幽怨地望着远去的高胜寒。

……

深夜，营地四周一片安静，黑得像墨一样的天空挂着半轮明月。曾紫陌在宿舍里翻看着照片，泪眼婆娑。

2

此刻，高胜寒也坐在办公室里，面前的电脑屏幕上显出三人当初在陆军航空兵学院的合影，都穿着 87 军装，肩膀上扛着鲜红的学员肩章，意气风发。那时的曾紫陌一身英姿飒爽，笑起来好看极了。突然，门口人影一闪，马路走了进来，疑惑地看着高胜寒，欲言又止。高胜寒利索地扣上笔记本："你看着我干吗？"

"在我的印象中，飞狼好像从来没哭过。"

"我哭了吗？"高胜寒平复好心情，转过头不经意地擦了擦眼角的泪水，又把电脑拽回来，"我刚才有点儿困，打了几个哈欠而已。"马路想想，没说话："那我继续去查哨。"说完马路出去了。

高胜寒一个人坐在办公室，身影孤独而坚定，泪水无声地从他的脸颊滑落下来，铁血柔情在这个如同战神一样彪悍的男人身上淋漓尽致地显现出来。

3

清晨，飞虎旅的机场上国旗飘舞，军号嘹亮。晨曦中，警卫连喊着整齐的口号声在出操，直升机机库的大门也被哗啦啦打开，一切都井然有序，新的一天又开始了。

山头上，高胜寒蹬着作战靴，手里拿着望远镜看着山下训练的队伍。这时，全副武装的曾紫陌跑步上来："报告！"高胜寒放下望远镜，看了她一眼，曾紫陌被他的目光刺了一下："你，你……找我有事？"高胜寒看着她，面无表情地问："累不累？"曾紫陌愣了一下："累，但是我能坚持。"

"想继续硬撑着吗？"

"是坚持，不是硬撑着。"曾紫陌啪地立正。高胜寒嘴角抽动了一下，曾紫陌问他："你笑什么？"

"你一点儿没变，还是那么倔。"

曾紫陌不看他，正视前方："说正事儿吧，你找我，肯定不是为了叙旧。"高胜寒递给她一个夹子，曾紫陌接过来看："这是什么？"

"这是霹雳火下一步的集训大纲。基本上都是与医疗相结合的训练内容，按照大纲的要求，霹雳火的每名队员都要熟练掌握针对各种创伤的急救技能，包括在各种极端环境下对一些危重伤员进行战地抢救，部分队员还要掌握包括战地截肢等在内的大型手术。"

曾紫陌诧异地看着高胜寒："为什么给我看这些？"

"因为在整个集训队，只有你一个人可以称得上是野战医疗专家。"高胜寒说，"我看过你的资料，五年前，军区曾经在部队医疗系统搞过一次战场医疗救助的跨兵种实战应用课题研究，你曾经发表过一篇很有建设性的学术论文，我看了那篇论文，已经涉及霹雳火的战术医疗领域。坦率地讲，我这个训练大纲也借鉴了你的那篇论文。"

"所以呢？"曾紫陌还是不明白。

高胜寒一脸严肃地看着她，语气冷得可以掉下冰碴儿来："所以……我希望你退出集训队，转行做霹雳火的战术医疗科目教员。"曾紫陌愣住了。

"集训结束以后，你可以直接进入霹雳火，担任战术医疗后援。"

曾紫陌看着他，还是没说话。

高胜寒皱眉："我在等你的答复。"

"我的答复是，我可以担任这个科目的教员，但是我决不会退出集训。"

高胜寒皱眉："为什么？"

"我知道自己还欠缺什么，你不用试图照顾我。难道你们这些教员，生下来就是突击队员吗？"

"我们这些教员都是经过严格训练的突击队员。"

"那我更应该迎头赶上啊！"

高胜寒无奈："我刚才说了，我们都是经过严格训练的突击队员，这种训练在很年轻的时候就开始，已经持续多年，你没有！你毕业以后一直在卫生队，你的基础怎么样你自己很清楚。这种训练对你来说是不可能完成的任务，你要知道，你不再年轻了，你和那些二十出头的小伙子小丫头相比，真的是有差距的！

"我让你退出集训，不是要你退出霹雳火。我向你保证，霹雳火正式组建以后，给你留一个后方救援指挥的位置。后方救援指挥也很重要，要在基地进行行动协调和安排对接回伤员的针对性及时救助准备，是霹雳火的正式队员。"

"为什么……"曾紫陌忍住眼泪。高胜寒看着她，眼里难得地闪过一股柔情："因为，我心疼你！"曾紫陌愣住了，呆呆地看着高胜寒。

"这么多年，我一直认为，在做教员的时候，我是个冷血动物。他们给我起了各种各样的外号——高阎王、高魔鬼、高疯子，因为我对每一个参训的队员从来没有过怜悯，从来没有心软过。可是我不得不承认，在面对你的时候，看着你在训练场上痛苦挣扎的时候，我的心像刀割一样的疼！……我败给你了，我装不下去了！算我恳求你！"

"你求我？你心疼我？可是你为什么现在才求我？为什么在崔华盾向我求婚的时候，你不求我？我满心欢喜地跑出去找你，你却为他策划了那么浪漫的一个求婚仪式。你那时候心疼过我吗？！婚礼的时候，我在心里说了一万遍：只要你高胜寒能求我别和他举行仪式，即使是让所有人笑掉大牙，我都会扑到你的怀里，可是你却做了我们的司仪。那时候你心疼过我吗？！你明明知道我爱的是你，可是你背起背包就离开了陆航团，这一走就是十年，十年你杳无音信，连封信都没给我写过！十年后，你回来了……你看见我混成了这步田地！高胜寒，我想问你，你真的心疼过我吗？！"曾紫陌一口气将这十年来憋在心里的话说了出来，她压在心里的这块大石头终于让她喘了一口气，曾紫陌的胸口在起伏，努力地克制着。

高胜寒嚅动着嘴唇："对不起……""我不是来听你说对不起的。"曾紫陌看着高胜寒的眼睛，坚定地说，"我已经下定决心，我想实现自己真正的军人价值！这和你已经没关系，你如果想淘汰我，请便！有种你就淘汰我吧！"说完转身跑了，留下高胜寒愣愣地站在原地。

4

野外，晨雾蒙蒙。谢思潇站在高处，黑龙吐着舌头蹲在旁边，谢思潇抬手看了看表："你们有十分钟的休息时间！"话音刚落，疲惫不堪的学员们全躺在地上了，东倒西歪。王星站起身："报告！我要上厕所！"谢思潇瞪了他一眼："懒驴上磨！"王星说："人总有三急吧？"谢思潇不耐烦地摆摆手："去吧去吧！"王星背上背囊，提着步枪兔子似的跑向山沟那边。

王星迅捷无比地跑到一处隐蔽的树丛，左右看看，没人，从贴身的衣兜里掏出手机，蹲下，迫不及待地拨打着电话——空号！王星一脸绝望地看着手机，想了想，又拨了一个号码。一个男的接起来："喂？谁呀？"王星焦急地说："你好，请问是都市猎人搏击俱乐部吗？"

"是，你是谁呀？这会儿打电话？"

王星拿着手机，急切地问："哦，我是你们的会员。我想跟您打听个人，她叫龙丹丹，是你们这儿的教练，她……"

"我不认识这个人啊！"

王星愣住了："你怎么会不认识呢？她是你们这儿的教练！你是不是都市猎人搏击俱乐部啊？"

"我也是这儿的教练，我来了两个多月了，可是我没听说过这儿有叫龙丹丹的！你还有别的事儿吗？"

"啊？！"王星愣住了，纳闷儿地挂断了电话，瘫靠在树丛边，难道她辞职了？怎么她没告诉他呀？

5

王星和龙丹丹也算是冤家情侣，那会儿王星还是国防生，有一天早上跑完步，路过一家搏击俱乐部门口，看到门口贴着招聘教练的启示，王星一时手痒，推门进去了。

搏击俱乐部里，四五个教练正戴着拳套打沙袋，一个四十来岁的老板模样的人指挥着两个伙计在布置场地。王星走了上来，四下打量着。老板一愣，迎上来："您好，欢迎光临！"王星一扬头："新开的？"老板满脸堆笑："是的，刚开业两天。"王星走上前，打量着各种器械。老板跟在他后面："我们这个搏击俱乐部虽然刚开业，但是专业性很强……"说着，老板指了指正在场地中间打拳的几个教练，"你看，这是我们的教练队伍，都是专业的自由搏击运动员，你看这两位，他们一个是少林武校出来的，另一个在全国比赛中拿过奖的。"王星嘴角一撇，不屑地看着两个正在对练的教练。老板是个做生意的好手，看着王星似乎挺感兴趣，笑着问："小伙子，我们这儿实行会员制，有没有兴趣办理办一张会员卡？分三种，白金卡、金卡、银卡，每个等级享受的优惠都不同，我给你介绍一下……"王星摆了摆手："算了吧！他们不行！"老板愣住了，旁边两个对练的教练不满地看着一脸傲气的王星。其中一个教练走过来，打量着王星："哥们儿，不玩儿就不玩儿，说话可别这么大口气。"王星说话也不客气："我说你们不行就是不行！"教练有点儿恼了："这么说，你很行喽？"王星冷笑，走上前："这样吧！咱们切磋切磋，能赢我，我就办卡！"教练冷笑："老板，您看呢？"老板也有些不满意："行啊！注意点到为止，别伤了人家。"教练扭头，招呼着场地中央的人："都过来！有踢场子的了！"在场的教练们都围了上来，打量王星。王星冷眼看着这群人："一起上吗？"教练拎起旁边一套护具扔给王星："先过了我吧！"

拳台上，教练赤裸着上身，一身腱子肉很结实，手臂上的青龙文身随着肌肉跳跃着。王星套好护具，站着没动，教练冲了上来，王星一记漂亮的重拳，教练捂着肚子蜷缩在地上，众人看着都倒吸了一口凉气。教练不服，又冲了上来，王星一个抱摔将他压倒在地，拳头带着风停在了他的两眼之间，教练无奈地摊开手："兄弟，服了！"

很快，王星击倒了四五名教练，老板站在一旁目瞪口呆。王星站起身，两个拳头搌得砰砰作响："下一个！"——没人动。王星整理着拳套，看着老板，一脸得意："老板，怎么样？说你找的人不行吧？要不你试试？"老板傻了，下意识地往后退了一步，尴尬地笑："小伙子，看来是我有眼不识泰山！我这俱乐部的确不适合你这样的高手，你要是愿意当教练，我给你高薪……"王星笑："算了吧！我没那个时间。"这时，背着背包的龙丹丹从楼道口走过来："老板！我可以试一下吗？"

老板一愣。王星也愣住了，诧异地看着龙丹丹。龙丹丹扎着利落的马尾，笑脸盈盈地站在面前。教练们面面相觑，老板小心翼翼地："姑娘，你是……"龙丹丹微笑着走上前："我是来应聘散打教练的。"老板瞪大了眼睛，打量着龙丹丹。龙丹丹微笑着点头，转头看王星："兄弟，有兴趣吗？"王星从鼻子里哼了一声："你这身板儿，还是去走走 T 台吧。你要是有兴趣，做我女朋友也行，打就算了。"龙丹丹也不生气："赢了我，我可以考虑做你女朋友。"王星睁大了眼睛："一言为定？"龙丹丹笑着点头。

"妹妹，别逞强，这小子不好对付，你别赔了夫人又折兵！"一名教练躺在地上好心劝道。龙丹丹一笑，摘下背包，掏出自己的护具，戴上头套问老板："输了我做他女朋友，赢了，你给我一份儿高薪，怎么样？"老板笑得一脸灿烂："我当然没问题！"龙丹丹瞥了一眼一脸坏笑的王星。

两人穿上护具对峙着。

王星笑："你叫什么名字？"

"随便问女孩儿姓名，可是不礼貌的行为。"龙丹丹可不吃他那一套，一句话给顶了回来。

"你长得很像一个人。"

龙丹丹冷笑："这招我见得多了！"

"你就不想知道长得像谁？"

"关我屁事？"

"真不想知道？"

"有屁快放！"

王星一脸坏笑："你长得像我下一个女朋友！"龙丹丹甜甜一笑，冲了上来："先打赢我再说吧！"

两个人打成一团，很激烈。王星一个正踢飞了上去，龙丹丹身体敏捷地往后一闪，王星冲上前，飞起又是一脚，龙丹丹不慌不忙举手格挡，两人一时也不分上下。在场的教练们和老板都看傻眼了。一名教练凑过去，悄声道："老板，我给您提个建议，这姑娘赢不赢您都想办法留下她。"老板不明白："怎么？"教练一脸认真地看着龙丹丹，严肃地说："她的路数很诡异，但是有一点可以肯定，她受过比我还专业的格斗训练！看着吧，这小子不是她对手。"

　　王星和龙丹丹还在场上激烈地对打，两人都打红了眼，但明眼人都看出来了，王星明显落了下风，被龙丹丹逼得步步后退。王星也不甘心，加紧了攻势。龙丹丹佯装后退，再后退，王星看准龙丹丹的空当，心急地猛冲过去，谁知龙丹丹忽然凌空一脚，一记重踢，正中王星前胸！王星砰然倒地，难以置信地看着自己的胸前。龙丹丹站在他面前笑："还来不来？"王星怒吼着一跃而起，冲上去："再来！"龙丹丹此刻加紧了攻势，王星再次被击倒！王星的脸上有些挂不住了，又冲上去，龙丹丹一个格挡，一记肘击，砸在距离王星咽喉一寸的地方，停住了。王星目瞪口呆，咬牙："再来！"台下的教练们看不过眼："兄弟，你连输三个回合了，再打就有点儿过分了！"其他教练们也随声附和。

　　王星的脸涨得通红，难以置信地看着龙丹丹。龙丹丹收拾好护具，笑："知道你为什么输给我吗？"王星一愣，诧异地盯着龙丹丹，龙丹丹将护具装进背包，"你的爆发力和力量都很惊人，意识也不错，但只能算是野路子，没有经过系统的训练，打群架练出来的吧？"王星目瞪口呆。丹丹一笑，扭头看着老板："老板，我符合您这儿的要求吗？"

　　老板愣神儿地看着两人，教练捅了他一下，这才恍然大悟，连忙迎上去，满脸堆笑："符合！太符合了！姑娘，只要你愿意留下，我给你双倍薪水！我给你算年薪都行！"龙丹丹笑："谢谢您！"

　　"老板——"所有人都看着王星。王星揉揉脸上的伤，走上前，"给我办一张你们这儿的白金卡，我交双倍的年费，但是我有个条件——"说罢，王星看着龙丹丹："我指定这位做我的专职教练。"老板欣喜地看着龙丹丹。龙丹丹也一笑，看着王星："你叫什么？"

　　"王星！"

　　"好！王星，半年之内，我让你的格斗水平上升一个档次！"

　　"那刚才的条件还算不算数？"王星眼里闪过一丝坏笑。龙丹丹纳闷儿地看他："什么条件？"

　　"赢了你，你就做我的女朋友。"

　　"赢了我再说！"龙丹丹一甩背包，笑得很好看。

6

训练馆里，王星在龙丹丹的指导下练习散打套路。王星不时地看着她，脸上带着笑，龙丹丹一脸严肃地指导他，不断地催促他加快速度。两个月过去了，王星击倒龙丹丹的次数越来越多，他走上前，得意地拽起倒在地上的龙丹丹，龙丹丹一个侧踢，两人抱摔在一起。龙丹丹毕竟是女人，力气天生敌不过男人，何况是身体强健的王星。龙丹丹被王星控制住，两人对视着，王星深情脉脉地看着气喘吁吁的龙丹丹："你已经打不过我了，可以做我女朋友了吧？"龙丹丹错开他的目光，将他推倒在一边："你的胜率还没达到百分之百呢！"王星站起身："再来！"龙丹丹起身："我累了，回家了！"王星问："你家在哪儿啊？我送你吧！"龙丹丹往更衣室走："不用！"说完扬长而去，王星有些惆怅地站在拳馆中间。

夜色笼罩着这个城市，白日里的喧闹繁华早已褪去。马路边，龙丹丹拦住一辆出租车，上车而去。王星骑着赛车，悄然跟上，盯着出租车牌号，得意地猛追。

十字路口，红灯上闪烁，汽车堵了一长溜儿。王星骑着赛车靠在路边的一块广告牌后面，寻找着那辆出租车，号牌没错，王星得意地笑了。

不一会儿，出租车在一个普通的小区楼下停住了，王星骑车冲上去，得意地拽开车门，傻眼了——没人。

……

7

王星还瘫靠在树丛里，愣愣地看着手机发呆。突然，黑龙从旁边猛冲出来，一口叼走了王星的手机。王星一愣，大喊："黑龙？！还我手机！"黑龙不理他，叼着手机跑到了高处的谢思潇身旁。

"黑龙！坐！"谢思潇拿过手机，"007，居然违规使用智能手机？"王星心虚地看她："你至于的吗？！不就一个智能手机吗？赶紧还我！"谢思潇拿起手机——屏幕上的龙丹丹笑得很好看："哟，这谁呀？挺漂亮的！007，是你女朋友吗？"王星正心烦，没好气地说："跟你有什么关系？赶紧给我！"

"这女孩当然和我没关系，但是这个手机……"谢思潇举起手机，"你是受训的学员，我是训练你的教员！你违反部队纪律，你说和我有没有关系？"王星不耐烦地一扬手："行了行了，你去打小报告吧！你不就是想拿住我吗？好让我赢不了你！"谢思潇一愣："我去，你居然这么想？"王星冷笑："女人那点心思，不张嘴我就知道！"谢思潇一撇嘴："哟？你还是妇女之友啊？"王星咂咂舌："谁谁谁妇女之友了？谁是你这妇女之友！哥哥我是少女之友！"谢思潇不服气："你说谁呢？！我才21！"

王星轻哼："21还好意思说自己是少女啊？"谢思潇气结："你？！你这个流氓！"

王星看她："我怎么了？给飞狼打小报告去啊？这样我就被开除了，你就不用比了！"

谢思潇拿起手机："激将法？你以为我不敢？你以为我吃这套吗？"王星故意气她："你敢，我当然知道你敢！这样我就被开除了，你就不用比了！"谢思潇把手机揣进兜里："你以为你了解我吗？"王星嗤之以鼻："自作多情，我需要了解你吗？"谢思潇点头："行啊你，007，你可真行！我现在算知道你为什么非要007这个数字了！"王星一脸得意："因为我风流倜傥？"

"因为你臭不要脸！"

"你看吧，有印象了吧？"

"什么意思？"

"不管是坏印象，还是好印象，最主要的是有印象！"

"什么逻辑？"谢思潇不明白。

"这你就不懂了吧？"王星说，"在女人跟前，最可怕的是没印象！没印象，就没可能了！好印象呢，也不太好，因为总有一天，你会发现，这个男人没有这么好，有的是缺点！那时候你就会想，他其实没你想的那么好！"

"那坏印象呢？"

"坏印象，那就很微妙了！你已经觉得他很烂了，再烂你也不奇怪！"

"那为什么会有可能呢？"

王星坏笑："因为，总有一天你会发现，这个男人没有那么坏，其实也有优点！那时候你就会想，他其实没你想的那么坏，其实——我也蛮好的！"

"你？！"谢思潇一脸鄙夷，"你还真是个天生的花心大萝卜啊？！对谁都敢出招？你真心是活得不耐烦了！"王星一伸手："都陪你聊了这么半天了，手机拿来！"

"凭什么？"

"我又陪着你练，又陪着你聊，就差陪着你玩儿了，那就真成三陪了！"

"胡说八道！看你这副龌龊的嘴脸！007，你真的以为我吃你这套吗？"

"你爱吃不吃，反正报告上去，我就得走，你看着办吧！"

谢思潇想了想，从兜里掏出手机丢给他。王星接过来，有点儿意外："怎么，不报告了？"谢思潇一背手："我不报告，不是吃你这套，而是我还没赢你！等我赢了你再说！"王星笑笑："别以为我会手下留情啊！"这时，砰的一声枪响，马路站在高处喊："训练了！训练了！"

王星急忙收拾东西，谢思潇转身走，王星叫住她："不对啊，我说我上厕所来了，你怎么会跟着啊？你那么喜欢看男人上厕所？"谢思潇头也没回："就你那点小心思，我猜都能猜得出来！不是打电话就是上网给女网友发个微信！别忘了，我也是带兵的！"王星看着谢思潇走远的背影，兴高采烈地拿着手机："好悬，好悬！幸亏我这三寸不烂之舌！"说完兔子似的蹿出树丛，跟上队伍跑了。

8

山头高处，高胜寒看着渐行渐远的队伍在沉思，这时，穿着一身运动服的王浩跑步过来："高胜寒。"高胜寒急忙回头，立正敬礼："旅长好！"

"想什么呢？"

"没什么，您怎么来了？"

"下周集团军师旅级干部体能考核，我再强化一下，怎么，自己跟这儿想事儿呢？"王浩调整着呼吸。高胜寒一笑："回到老部队，肯定会想起很多往事。"

王浩往下望过去，集训队正在训练："不错嘛，搞得生龙活虎的！有个特战分队的样子了！"高胜寒谦虚地说："还早，只能说现在有个刀子的雏形了，铸造一把真正的特战尖刀，还得好好打磨打磨！"王浩满意地点头："特战你是专家，你说了算！——我想知道，我的卫生队长，到底还回不回来？"高胜寒有点结巴："……我现在也不知道。"

"你看，现在我们刚刚从陆航团改成陆航突击旅，有太多的工作要做。旅卫生队不能一直没有队长，要是她不回去，我们就得任命新的卫生队长。不然没办法开展工作，你看呢？"

高胜寒看了一眼队伍里的曾紫陌："……她自己一直想留下。"王浩话里有话地问他："难道你不想她留下？"高胜寒点头："是，我觉得霹雳火不适合她。"王浩正色道："你有没有想过，她其实算是你的好搭档。霹雳火的首任队长，你是当仁不让的，但是你毕竟没学过医疗，你需要一个懂医疗的搭档，她有多年的基层分队指挥员工作经验，旅党委一致认为，她可以做霹雳火的教导员。她会是你的好搭档，对吧？"高胜寒点头："理论上是这样。"

"现实呢？"王浩问。

"现实是……我觉得她不合适留在空降救援突击队。"

"你说的是假话。"高胜寒不敢说话，王浩看着他，"高胜寒啊高胜寒，你骗我有什么意义呢？我带兵这么多年了，虽说你的霹雳火我没带过，但是没吃过猪肉总见过猪跑吧？什么样的部队，需要什么样的干部和兵，我总是有判断力的，否则我也不会把她送到你这儿来！"

高胜寒啪地立正："是，旅长教育得对，她是很合适。"

"你口口声声说，不会因为感情影响工作，我压根儿没看出来，你说那句话给我有什么意义。"

"对不起，我做不到。"高胜寒的声音有些低沉。王浩注视着他，高胜寒不吭声："有件事你想过没有。你爱人去世了，曾紫陌也离婚了。我知道，在你的心中始终有这个遗憾。现在不是弥补遗憾最好的机会吗？"

高胜寒不吭声。

"怎么？你有别的活思想？"

"蓝妞。"高胜寒叹了一口气。

"蓝妞还是个小孩儿，孩子的工作是可以慢慢做的嘛！我相信曾紫陌不是那种会对孩子不好的女人！她会是个好妈妈的，不是那种传说当中的后妈，我的兵我了解！"

"我知道她是个善良的女人，我也相信您的判断。但是蓝妞……到现在都不知道她妈妈已经去世了。"高胜寒有些哽咽。王浩一惊："你……没告诉蓝妞？"

"我怕她接受不了，她太小了，怎么可能接受这样的现实呢？"王浩沉默了，高胜寒苦笑，"我一直骗她，说她妈妈在境外执行特殊任务。她生在特种部队，长在特种部队，这个谎言，她能相信。"王浩叹了一口气："你这样瞒着也不是办法，总是有拆穿谎言的那天。"

"每次我想告诉她的时候，都张不了嘴，能拖一天是一天吧。"

"我听说是车祸，司机逃逸，案子破了没有？"

高胜寒摇了摇头："到现在都是一个疑案。肇事车辆是前晚被盗的，肇事司机当场就消失了，车上什么痕迹都没留下，连指纹都没有。"王浩愣住了："难道是谋杀？"高胜寒的眼睛泛着湿润，喉头蠕动着："我不知道……"王浩看着他的兵，这个从枪林弹雨里冲出来，什么也打不垮的真汉子，竟也说不出话来。

9

机场上，艳阳高照，霹雳火的队旗在烈日下猎猎飘舞。队员们整齐列队，背手跨立，阳光有些刺眼，所有人都是满头大汗，但都不敢动。黄宝贵眨了眨眼睛，汗水刺得眼睛生疼。他小心翼翼地左右看看，皱着眉头旁边："哎，今天的科目不会是站军姿吧？"石磊挺得笔直："不可能，这又不是新兵连。"黄宝贵问："那教员呢？"石磊白了他一眼："俺哪儿知道？"黄宝贵又要说话，王星扭头瞪着他："保持肃静能死啊？"黄宝贵翻着白眼和他杠上了："关你啥事儿？"许飞大汗淋漓，看黄宝贵："别忘了连坐原则，还想害我们一起受罚？"黄宝贵自知理亏，讪讪地小声嘟囔着："教员又没在。"石磊劝他："025！闭嘴吧你，教员在不在都要一个样儿！"黄宝贵闭嘴了，左右看看，又诧异地问："那几个卫生队的也没在……"

刷——所有人的目光几乎能把他杀死，黄宝贵只好知趣地闭嘴。

一辆突击车颠簸着呼啸而至，所有人一愣，马路驾驶着突击车快速冲了过来，于瑞坐在副驾上，许飞大喊："立正！"

刷——队员们挺得笔直。

马路驾驶着突击车冲过来，并没有停，围着队伍轰轰地绕着圈，队员们被尾气熏得都眯着眼睛，憋住气，面面相觑。黄宝贵眯着眼："干吗？毒气耐力训练？"石磊也纳闷儿："那应该上瓦斯啊！"许飞看着王星问："007，以前经历过没有？"王星一脸茫然地摇头："新花样？"

突击车还在转，队员们憋不住，开始咳嗽，都睁不开眼睛。马路驾着突击车绕到队列前，忽然嘎的一声刹车！队员们一愣——坐在副驾上的于瑞忽然从身下掏出一枚手雷，众人大惊！于瑞狞笑着把手雷拉环拽了下来，随手一扔，手雷落在队伍中滴溜乱转，队员们还没反应过来，突击车油门一踩开走了！

黑乎乎的手雷躺在地上冒着烟！

一个队员惊叫起来："是手雷——"啊！——队员们惊叫着四处逃散。石磊发呆似的瞪着面前的手雷，几秒钟后，石磊忽然展开身子啪地一个前倒，把手雷压在身下，大喊着："散开——散开——"

黄宝贵大惊，随即也跟着扑了上去，压在石磊身上。旁边，王星、许飞和另外两名队员也先后扑向手雷。五六个人像叠罗汉似的压着手雷，一起嘶吼："散开散开！""快卧倒——"

手雷被众人压在身上，白烟不停地从缝隙里冒出来。四周，队员们惊叫着四散卧倒，还有几名队员一溜烟地跑得贼远。不一会儿，烟雾四散开去，当大家不知所措、乱成一锅粥的时候，马路的突击车又开了回来。后面，秦成和黄林驾驶的路虎载着高胜寒、谢思潇、曾紫陌和几名女队员开了过来。

车队在队员们面前停下，教员们跳下车，冷眼看着这鸡飞狗跳的大场面。

赵小丫目光火热，一脸赞许地盯着许飞。黑龙蹲坐在地上，吭哧吭哧地吐着舌头，谢思潇狠狠地瞪着王星。高胜寒看着这群倒霉蛋菜鸟，狡黠地笑了："演习结束！"所有人都愣住，王星和黄宝贵几个趴在地上抬头看着高胜寒。马路向他们招招手："都起来吧！手雷是假的！"

队员们一脸诧异，狼狈不堪地从地上爬起来。黄宝贵痛得龇牙咧嘴："假的啊！吓死我了……"——趴在最下面的石磊没动，黄宝贵叫他："024！起来了！是假的！"——石磊趴在地上还是没动。黄宝贵大声喊："傻实在！起来呀！"——还是没动静。

所有人都愣住了。曾紫陌一惊，赶忙上前查看，焦急地大喊："快，他晕过去了！快扶着他！"黄宝贵和许飞几个人焦急地扶起石磊，曾紫陌掐住石磊的人中。黄宝贵急得大喊："024！024！石磊！石磊！"马路站在旁边，苦笑："这么多人压着他，不晕过去才怪呢。"高胜寒面带微笑地看着不省人事的石磊。

曾紫陌还在掐人中，黄宝贵急得跳脚："哎呀，我看够呛，人工呼吸吧！"说着，黄宝贵的嘴凑了上去，曾紫陌愣住了。就在黄宝贵吻上去的一瞬间，石磊猛地睁开眼睛！黄宝贵吓了一大跳，惊喜地握住他的肩膀："024，你醒了！差点儿浪费我的初吻。"石磊猛吸一口气，左右看看众人，突然号啕大哭起来："都死了？这是天堂还是地狱啊？"众人一愣，轰地笑了。黄宝贵掐了他一把："都没死，手雷是假的！"石磊一愣，呆呆地看着地上乌黑的手雷，恍然地点头："假的你们压上来干啥呀？憋死俺了！"黄宝贵纳闷儿："给你人工呼吸啊？"石磊气呼呼地："那么多，那么多卫生队的兵妹子，怎么轮到你来人工呼吸了？！"黄宝贵恍然大悟，一巴掌拍在石磊脑门儿上，众人也禁不住大笑起来。

"全体集合——"

众人一惊，赶紧哗啦啦跑过去列队集合。高胜寒背手跨立，站在队列前冷眼扫视着众人："024，025，007，014，033，057，出列！"

刷——六个人整齐出列。

高胜寒捡起地上的手雷，眼神凛冽，扫视着众人："如果这是一枚真的手雷，024，025，007，014，033，057，一定是非死即残！那么你们呢？"高胜寒盯着跑得贼远的几个队员，"你们很安全！没错！你们紧急避险的意识很强，许多人的卧倒姿势堪称教科书级别！尤其是027和099，你们更厉害！干脆就跑了！速度很快，距离够远，别说是手雷了，导弹也休想伤到你们两个的一根毫毛！"027和099自知理亏地低下头。高胜寒怒吼："027！099！出列！"

两人讪讪地走出队列。

高胜寒声音冰冷："你们可以走了！"027流着眼泪："飞狼，再给我们一次机会吧！"高胜寒嘶吼："不可能！因为你们只给了自己生的机会，却没给别人这样的机会！所以你们不会再有留下来的机会了！因为这里是霹雳火战地救援队！在这里，别人的生命永远比你们自己的生命更重要！这也许有些不公平，但是没办法，这就是霹雳火的原则！你们做不到，注定与这里无缘！"

队伍一片安静，只有风刮过的声音。

高胜寒看着他们，眼神严厉："交出你们的臂章，不要再浪费我的时间。"027和099哭着摘下左臂上的臂章放在高胜寒脚下，高胜寒冷眼看着，没说话。两人含泪看着机场上空飘扬的鲜红队旗，流着眼泪，向高胜寒敬了一个标准的军礼。队员们都巴巴地看着，不敢说话。高胜寒转过身，高声喊道："024，025，007，014，033，057，原地休息。剩下的，武装越野跑，时间不限，距离不限，跑废为止！"

马路高声吼道："立正！向右——转！跑步——走！"队伍哗啦啦地跑开了，军靴踩在地上落地有声。高胜寒看着远去的队伍怒吼："路上好好想想！想想霹雳火到底是不是你要来的地方！你们为什么来这儿！你们来这儿要做什么！能做什么！想不明白这个问题，你们就不是我需要的人！"

10

丛林里，队员们拼命地跑着，急促的喘息声和脚步声在幽暗的密林里节奏分明。

在训练场的一侧，边上搭着的一片伪装网下，搭着一座医疗帐篷。黄林和于瑞把一张沙发椅放在草坪上，前面还放了一个小方桌，秦成吭哧吭哧地把太阳伞挪了过来。谢思潇端着果盘，还有一瓶矿泉水，笑脸盈盈地朝石磊做了个手势："024，请坐吧！"

石磊站在一旁，受宠若惊地连连摆手："俺，俺不用了吧。俺不……不太习惯。"谢思潇莞尔一笑："你为了救其他的战友，已经光荣牺牲了，这是你应该享受的待遇——天堂的待遇。"谢思潇妩媚地一扬头，石磊紧张地侧脸看着站在另一侧的黄宝贵和王星、许飞等人。黄宝贵朝他挤眉弄眼："024，你傻呀！坐呀！"

石磊慢慢走过去，小心翼翼地坐下，尴尬地傻笑。

谢思潇把果盘和矿泉水放在小方桌上："别客气！使劲儿造！"石磊连连点头，小心翼翼地吃了一口水果："嗯，真甜！"黄宝贵一脸羡慕的表情，咽着口水试探地问："我们呢？"谢思潇白了他一眼："你们这些半死不活的，一会儿另有安排。"黄宝贵和王星几人听了目瞪口呆。谢思潇脸一沉，瞪着石磊的身后："保持姿势！"在石磊身后，那帮快要跑废了的队员们，每个人的脖子上都挂着枪和背包，累得浑身大汗，看到谢思潇的眼神，强忍着继续跑。

11

机场上，曾紫陌穿着军医服装，带领着赵小丫、李珊和郝玲玲等人站在一张简易的病床前。高胜寒走上前去，神情严肃："从今天开始，我们的训练进入新的阶段，这一阶段的训练分为两部分：特种战术训练和医疗急救技能训练。现在我们即将进行的就是医疗急救技能训练。在这一部分的训练中，我和所有的教员，全都是学员。019任主教员，015，020，033，028，065任助理教员。是否明确？！"

"明确！"

高胜寒和教员们站成一排，背手跨立观看着，黑龙也跑了过去，坐好。曾紫陌微笑着点了点头："我们的培训可以开始了。"谢思潇笑里藏刀似的从包里掏出一叠画着黑叉的胶贴纸，黄宝贵几个人莫名其妙地看着她走了过来。

谢思潇站在黄宝贵面前，啪一巴掌将画着黑叉的贴纸拍在了黄宝贵的腿上："你，左小腿粉碎性骨折，右侧肋骨断三根，第三节脊椎骨骨裂。"黄宝贵还没反应过来，谢思潇走向许飞："你，腹部开放性伤口，大肠贯穿性伤，左侧脾脏破裂，失血过多……"许飞只好苦笑："我伤挺重啊……"谢思潇没搭理他，径直走到王星面前，两人对瞪着眼，谢思潇咬牙切齿地掏出一大叠胶贴，啪啪啪啪地拍在王星身上："左大腿粉碎性骨折！右腿膝盖以下残缺！骨盆裂伤！肝脏破裂！胃部贯穿性伤！……颈椎断裂！严重脑震荡！颅腔出血……"在场的所有人都忍不住笑了。王星气急败坏地举手高喊："我抗议！你这是公报私仇！"谢思潇得意地一扬头："凭什么说我公报私仇？"

"就算024炸死了，我下面还有025、014，为什么我比他们伤得还重？"

"弹片长眼睛吗？也许你人品不好呢！"

王星看石磊："那我干脆死了算了！我看也救不活了！"谢思潇看他："你就是俺

奄一息！只要你还有一口气，霹雳火就不会放弃你！"王星气得说不出话来。

"007！"是高胜寒。

"到！"王星浑身贴着贴纸戳得笔直。高胜寒冷眼看他："让你做个示范标本有这么难吗？"王星连忙摇头："报告！没有！"

"那就别废话！"

"是！"说罢，王星气鼓鼓地跑到病床上，腾地躺下，"那就请教员先可着快死的抢救吧！"曾紫陌皱着眉头，为难地说："我想先从现场救治开始讲……"王星愣住了，气呼呼地从床上蹦了起来，单腿跳到场地中央，直接躺地上了，所有人都忍着笑。

"下面我讲一下，面对这种类型的重伤员，在现场急救时应该注意的各种事项。首先，面对伤员，我们需要在第一时间确定伤情，迅速判断出可能致命的所有伤害源，并根据各个伤害源的程度，分轻重缓急地加以处理和救治……"曾紫陌一本正经地开始讲解，王星怒目而视，谢思潇也不看他，一脸得意。

12

清晨，天还没开始泛亮，学员宿舍里鼾声一片。突然，一阵刺耳的警报声刺破夜幕，王星耳尖，猛地睁开眼从床上坐起来，大声催促着其他队员们："任务警报！快！大家动作快点儿！"旁边，石磊焦急地推搡着黄宝贵，黄宝贵从蒙眬中惊醒，含糊地问："这才几点啊！"石磊来不及回答他，直接把裤子扔在了他脸上。此时，女生宿舍里也是一片忙乱！

几分钟后，楼道里一阵杂乱的踢踏声，队员们都是全副武装地蜂拥往外跑。教员们不停地催促着："快！集合！集合！"

刺耳的警报声还在响。

高胜寒走下突击车，挺着山一样的身躯站到队列前，指着门口红灯闪烁的警报器，高声说道："记住这个警报音！从现在开始，它将在24小时中的任何一秒响起！只要听到它的声音，无论你们在干什么，都必须马上整装出发！因为对于遇难者来说，它是死神敲响的丧钟！对于霹雳火来说，它是我们战斗的号角！你们明白了吗？！"

"明白！"队员们齐声怒吼。

"我看你们什么都不明白，也不会明白！你们根本不知道自己要面对的是什么——是火与血！是生和死！"高胜寒的眼里隐约有亮光在闪动，队员们一脸茫然地看着他。高胜寒转过身，装作不经意地擦去眼角的泪水："……你们，你们什么都不明白。"只有马路低着头，一脸悲伤地站在旁边。

一处破旧的厂房废墟里，烟囱林立，周围一片残败的景象。爆炸声和枪声不断地从废弃的厂房里传出来。队员们全副武装，冒着爆炸冲向厂房，强烈的爆炸气浪将黄宝贵掀翻在地，石磊急得快哭了："宝贵！宝贵！"黄宝贵甩甩头，吐出嘴里的血水骂道："妈的，差点儿把我牙磕掉了！他们来真的？！"曾紫陌持枪上前，一脸严肃："爆炸肯定是真的——大家小心！我们的任务是搜索救助逃到里面的侦察机飞行员！支援组建立防线，攻击组掩护医疗组，我们进去找人！"李珊和赵小丫几个医护队员猫腰跟着曾紫陌。黄宝贵擦去嘴角的血，从地上爬起来："明白了，我们建立防线！"许飞不服气地看着曾紫陌："为什么我们要听你的？你也是受训的！"赵小丫白了他一眼："废话，这是我们队长！"

"可他不是我的队长啊？"许飞一脸认真。郝玲玲没好气地说："让你干什么你就干什么，要不你指挥？"

"怕死别跟我进去——攻击组，我们走！"王星持枪准备冲进去。许飞听了，一愣："怕死？谁怕死？"赵小丫一巴掌拍在他的头盔上："说你呢，飞行员！走了！"许飞愣在原地："不要打我的头，飞行员的脑袋那能随便乱摸吗？"赵小丫笑嘻嘻地看他："咋？老虎屁股都敢摸，你的脑袋摸不得？"大家哄堂大笑，曾紫陌也忍俊不禁："好了，医疗组，跟上！"

"这就莫名其妙成指挥员了？黑幕，这一定是黑幕——攻击组，攻击组呢？等等我！"许飞只好加快脚步跟上王星。

13

走廊里，曾紫陌持枪，小心翼翼地带领着医疗队前进。走廊的地上和墙上到处都是血迹，曾紫陌把枪握得更紧了。突然，咣当一声，曾紫陌急赤白脸地持枪转向。

"队长别开枪，是我！是我！"许飞从屋里冒出来，面色严峻。曾紫陌等人这才松了一口气，问："怎么样？找到飞行员了吗？"许飞歪着脑袋想了想："……找到了一部分。"赵小丫不明白："什么叫一部分啊？找到没找到啊？"许飞一点头："你们进来看看吧。"

房间里一片恐怖，苍蝇乱飞，到处都是血迹。曾紫陌走进去猛地呆住了——只见王星蹲在地上，看着那半截穿着飞行服和靴子的腿发呆。曾紫陌努力稳定住自己。王星把地上的半条腿拿起来，闻闻，摸了摸上面的血，用手指头搓搓："猪血，新鲜的。"李珊惊讶地看着："做得，做得这么逼真？"郝玲玲张大了嘴："天啊，伤口处的骨骼和断面都做出来了？"

突然，王星把那半条腿甩了过去，曾紫陌接住，镇定了一下，仔细看着："是刀砍的断面。"王星环视着四周："他们抓住了我们的飞行员，在这里给他们用刑，还砍了其中一个的一条腿。"曾紫陌听得是真的有点恐惧了。许飞不以为然："真搞不懂，训练有必要这么逼真吗？"王星声音低沉："——他们是狼牙。"

"我知道他们是狼牙！"许飞说，"我心里难受，我也是飞行员，兔死狐悲行不行？！"

"他们就是想让我们当真，别有侥幸心理了，所有的一切都是真的。"

曾紫陌还站在那儿，抱着那条腿发呆。王星看她："现在，临时指挥员同志，能告诉我们下一步怎么办吗？"曾紫陌有点儿蒙："我……我命令，找到我们的机组。"许飞一脸的不耐烦："这我们知道，具体怎么做？"曾紫陌努力地想让自己冷静下来，但似乎不容易："具体，具体怎么做……"

"我知道你不是害怕，是脑子断片了，没见过这种情况。现在听我命令，呼叫支援组向我们靠拢，我们要继续深入了，各个组不能距离太远。"王星超强的心理素质在这个时候突显出来。话音未落，一声惨叫声远远传来，所有人都一个激灵。王星冷静地命令："呼叫支援组向我们靠拢，等他们到了再进去。"

曾紫陌一个箭步冲了出去，赵小丫和李珊等人也急忙跟上了上去。许飞一愣，问王星："我们怎么办？"王星一脸懊恼："要坏事了！呼叫支援组迅速向我们靠拢，攻击组跟上去！"说完提起步枪，攻击组急忙跟着他出去。

14

厂区的废墟上，曾紫陌带着医疗组在拼命前行，惨叫声若隐若现，回荡在破旧的厂区上空。曾紫陌率队来到一片开阔地，在高处，一个用木头支撑的十字架上挂着一个断了腿的飞行员，飞行员此时已经失去了知觉，血不断地往下淌，地上一片鲜红。

"天啊，在那边！"赵小丫大喊，随即猛地捂住嘴。曾紫陌率队狂奔了过去。此时，王星也带领攻击组停在了开阔地的边缘，许飞没刹住脚，差点儿把王星撞飞出去："为什么停住？"王星观察着四周："情况有点儿不对，肯定有埋伏！"许飞看着高处："那儿挂着我们的人！"

"那是诱饵！把狙击步枪给我！"王星拿起"高精狙"，观察着高处四周的建筑。瞄准镜里，曾紫陌还在狂奔。突然，轰轰轰轰！四周一片爆炸声响起，气浪掀起的废墟将医疗组包围了，几个女兵捂着耳朵尖叫着。曾紫陌高声怒喊："别跑，别跑——危险！快卧倒！"但整个医疗组已经暴露在开阔地，爆炸环绕，无法动弹。

"我们得去救他们！"许飞着急地说。王星没动，观察着高处的建筑："先找到他们的狙击手！"

"怎么找？"

王星看他："你的百米速度怎么样？"

"11秒9啊，你算问对人了！"

"就你了！"王星一把将许飞推了出去。

"等等！等等！真不够意思！"许飞没站稳，差点儿摔倒。王星笑："快跑！要打你了！"许飞猛地醒悟过来，撒丫子就开跑。炸点追着他的脚步，在四周爆炸，许飞狂奔着怒骂："007，我跟你没完——"

许飞在开阔地拼了命地狂奔，王星抬头观察着高处的建筑体。突然，一个黑影一闪，王星举起狙击步枪寻找着目标。谢思潇闪身在窗口一侧，手里的狙击步枪瞄准了奔跑中的许飞。谢思潇冷笑着准备扣动扳机，突然眼角一动，一个雪亮的反光——王星扣动扳机，谢思潇敏捷地躲闪到一边，但晚了，身上已经开始冒烟了。谢思潇懊恼地起身走到窗口，王星站在下面笑着朝她抛了一个飞吻，谢思潇黑着脸不看他。

这时，黄宝贵和石磊等人迅速跑过来，石磊摸不清情况："哎呀，怎么搞的啊这是？"许飞从他跟前疯狂老鼠一样跑过去："上面有狙击手——"

"狙击手已经被灭了——快，支援组掩护——攻击组，跟我上去救人！"

许飞一下子瘫跪在地上："被，被灭了——为什么，为什么不告诉我——"王星从他身边跑过去："快！我们去救人！"黄宝贵反应过来："支援组支援组，快！"石磊也架起机枪，进行火力掩护。被爆炸困在场地中央的曾紫陌反应过来，起身带着医疗组冲向那个飞行员。

绑在十字架上的飞行员已经奄奄一息，血不停地往外冒。王星大吼："烟雾弹——"黄宝贵甩出烟雾弹，浓烟不断地在飞行员周围升腾起来。

"全力掩护——"王星高喊，医疗组迅速冲入浓烟，攻击组和支援组火力全开，一片战火纷飞。这时，教官们不断中弹，被打得抬不起头来。马路躲在瓦砾后，嘴角浮起一丝微笑："兔崽子们可以啊？！"

不一会儿，枪声停止，浓烟也散去，教官们抬头一看——十字架上空只剩下一根绳索孤零零地在晃荡。

厂区的另外一个角落，队员们还在拼命狂奔。飞行员躺在担架上奄奄一息，满脸都是血污和油污，断腿处还在不停地往外冒血。曾紫陌看了看他的伤口："伤员的情况很不好，需要马上进行手术！"王星看了看四周："这时候怎么手术，赶紧逃命！到集结点再说！"

"伤员这么流血，撑不住的！"赵小丫大喊。

"不是演习吗？怎么撑不住了？"许飞说。

曾紫陌心急如焚："伤员的生命指数在不断降低，再不进行应急手术，我们救出去的就是个烈士！我们的任务就失败了！"

王星没说话，紧张地思索着。黄宝贵眨巴着眼睛："我说曾队长，咱们能不能不这么傻？不管怎么说,这也是个演习……"曾紫陌急了："演习就是实战，这不是一句口号！"

"这就是一句口号！你以为是什么？"许飞说。曾紫陌有些激动地说："我是医生，我不能眼睁睁看着伤员死掉！"

王星还在思索。

"我们是来救援的，我们要带回去的是一个活生生的飞行员！他现在腿被砍断了，在迅速失血！难道我们真的要看着他死吗？！"

许飞嗤之以鼻："演得还真挺像的啊？"曾紫陌咬住嘴唇："你们——你们都是来参加救援队的！他人的生命高于自己的生命！你们都忘了吗？！这还是演习，就想赶紧逃命，要是实战，战友们能指望你们吗？！医疗组，留下！我们就在这儿手术！"王星等人默默地看着。赵小丫白了许飞一眼："真不是个男人！亏我表姐还喜欢过你！"许飞也急了："是你表姐甩了我好不好？"赵小丫停住脚："难怪她会甩了你！把担架放下，我们就在这儿手术！"医疗组把担架放在地上，曾紫陌蹲下，检查着飞行员的伤口："准备手术！"

"等等！"王星叫道。曾紫陌头也没抬："你们这群人，不管说什么，我也要在这儿手术！"

"你们不能在这儿手术，把他抬到那边二楼，那个房间去。"

"为什么？"曾紫陌问。

"我们在这周围建立防御阵地，死战到底，希望你们能救活他！"曾紫陌愣愣地看着他，王星催促道，"还愣着干什么？快去！"曾紫陌等人赶紧抬着担架往二楼走去，王星和队员们开始布置防御阵地。角落里，一个微型的摄像头闪着红点缓慢地在转动。

15

仓库角落里，教官们围站在监视器前，高胜寒看着屏幕上传输过来的画面暗暗苦笑，谢思潇也是一脸惊讶。马路站在屏幕前，双手抱着胳膊，有些不相信："看不出来啊，王星这小子进入角色挺快的，以前光看他耍小聪明，猛打猛杀的，没想到关键时刻也不掉链子啊！"高胜寒一声叹息，马路问他："怎么了？这不是你想要的结果吗？"高胜寒脸上是耐人寻味的微笑："是我想要的结果，他们每个人的表现，都不出乎我的意料。"

"尤其是卫生队的队长吧？"马路话里有话地问他，高胜寒看他一眼，马路连忙辩解说，"我可什么都没说……不过说真的，王星的进步确实很大，最起码，集体观念有巨大进步。"秦成也点头："这小子外冷内热，在狼牙的时候我就发现了，他本来就该留在狼牙。"高胜寒看他，秦成讪讪地说："所以他只要再努力一下，留在霹雳火应该问题不大。"

"优秀又能怎么样？越优秀越狂，都快不认识自己是谁了。"谢思潇一脸的不屑，所有人都看她，谢思潇振振有词，"我说得不对吗？我……我很客观！我对事儿不对人。"所有人都忍着笑，其实心里跟明镜儿似的。

高胜寒看着谢思潇，意味深长地说："所以，王星还真的需要一个强劲的对手。这小子我知道，一狂起来就容易不靠谱。"马路瞥了一眼谢思潇："不太好找吧？这帮队员里面，能成为他的对手的真没有。"秦成也瞥了一眼谢思潇，笑："飞狼，要不我们仨下去吧！"高胜寒说："你们是狼牙的人！来的时候1号可说了，我要敢把你们仨扣下，他这辈子都不会放过我！"于瑞就笑："那可难办了……"谢思潇想了想："飞狼，我想再带队下去！"所有人都看她。高胜寒嘴角浮起一丝微笑："你确定？"谢思潇的眼里都是不服："我和007还没分出胜负呢！"高胜寒笑："刚才他可把你给狙了。"谢思潇有些尴尬："那不算，那是我大意了！"

"战场上，哪里有大意的机会呢？你不要带队了，你们几个，去吧，给他们制造点情况。"高胜寒说，马路点头，招招手，大家拿起武器走了。谢思潇气鼓鼓地留在原地。高胜寒看她："战争不是过家家，训练也不是小孩玩游戏，你都这么大的人了，怎么跟个小男孩一样？"谢思潇一瞪眼："小男孩？我是女孩子好不好！"高胜寒一脸惊讶，谢思潇看他："嗯？哪里不对吗？"高胜寒上下打量着她："都对，就是性别我搞错了。"谢思潇嗔怪道："飞狼，连你也开我玩笑！"高胜寒笑了一下，又严肃起来："是开玩笑，也不是开玩笑。你不是小孩子了，不要因为感情影响训练。"

"感情？什么感情？"

"你说呢？"高胜寒意味深长地看她，谢思潇瞪大了眼："你说我和007？就他？！"高胜寒一声叹息："由爱故生忧，由爱故生怖，若离于爱者，无忧亦无怖。"谢思潇听不太明白："这都什么跟什么啊？飞狼，你没事吧？"高胜寒摇了摇头："没事，想起别的事儿了。"

"我说呢，你可别乱说，我才瞧不上那小子呢，太猥琐了！没有理由我会喜欢他！"

"爱一个人，需要理由吗？"高胜寒声音低沉，像是对谢思潇说，又像是自言自语。谢思潇愣愣地看着他的背影，突然一个冷战："不是真的吧？"黑龙蹲在旁边，茫然地看着她。谢思潇甩甩头："一定不是真的，不是真的，飞狼逗我的！你说是不是，黑龙？"黑龙呜咽了一声，郁郁寡欢地趴下了。

16

二楼的一间空屋子里，角落里堆满了废弃的砖头，房间里有一张破旧的桌子，飞行员奄奄一息，满身满脸都是血污，断腿的伤口还在不停地往外淌血。曾紫陌招呼着队员将担架放在桌子上，准备手术。赵小丫咽了口唾沫："这真的是个残疾人啊？他们上哪儿找到这么个残疾人愿意这么满身血给我们做教具的？"李珊利索地打开医药箱："废话！这能是装出来的吗？"

突然，躺在担架上的飞行员猛地睁开眼，眼神锐利。赵小丫吓了一大跳："你……你看我干什么？"飞行员声如洪钟："我不是教具。"飞行员的不怒自威，让赵小丫吓得不敢说话："那什么，我，我不是故意的……"所有人都看着这个不是教具的飞行员。飞行员苦笑一下："你们继续吧，我昏迷了。"说完又闭上了眼睛，队员们看得一愣一愣的。曾紫陌命令说："快！先止血！"队员们这才忙活起来。

突然，外面响起一阵急促的枪声，大家不约而同地都紧张了一下，手里的动作都停了下来。曾紫陌厉声喝道："别傻呆着了，来吧，手术！"

破旧的楼体外，王星和许飞组成的攻击组正和匪徒打得如火如荼，黄宝贵和石磊也隐藏在破墙后展开支援。王星一个长点射后迅速藏身在工事后，怒吼："守住防线！"此时，高胜寒站在高处抬手看表。他想了想，拿起哨子："时间到！"

枪声渐渐停息了，匪徒们纷纷起身，只有学员们还躲在掩体后面不敢露头。高胜寒高喊："怎么了？没完了？还想玩打仗游戏啊？"良久，学员们才战战兢兢地从掩体后站起身。许飞还是一副战斗准备，紧张地四处望望："完，完事了？"高胜寒点头："对，完事了，来接应你们的武直已经到头顶，你们得救了。"

呜啦——大家顿时欢呼起来。

王星没动，在想着什么。

谢思潇从高胜寒身后出来："看，又装大尾巴狼了！"高胜寒侧头看她，谢思潇问："我说得不对吗？"

突然，王星往身后跑去，许飞连忙叫住他："哎哎，你干吗去？"石磊恍然大悟："伤员！对啊，伤员怎么样了？"队员们这才反应过来，纷纷跟着跑进去。高胜寒的嘴角闪过一丝笑："你看错他了，他不是假深沉，是挂念伤员——他人的生命，高于自己的生命。"说完转身走了，谢思潇愣愣地站在原地。

王星等人猛冲向二楼，曾紫陌抬起头，额头上都是汗水，顺着头发往下流："手术成功了。"王星如释重负地长出一口气，许飞和队员们进来，也都笑了。这时，还躺在担架上的飞行员睁开眼："我不想打断你们的开心，不过这包扎着真不舒服，能不能给我解开？"大家笑得更厉害了。

厂房中间的一片开阔地，学员们全副武装，整齐列队，满身都是血污。教员们背手跨立，站在对面。高胜寒静静地看着他们："胜利了，你们很开心是吧？"队员们都有些喜不自胜。

这时，坐在轮椅上的飞行员被教员推了过来，被绷带缠着的飞行员带着笑意，向大家摆摆手："同志们好！"

"首长好……"队员们不知道该怎么回话，都有些迟疑。飞行员也不在意，笑道："你们表现得很不错！"高胜寒脸色阴沉："你们没吃饱饭吗？！你们知道他是谁吗？！"飞行员摆摆手："别吓着小孩儿们！"

"不，这不是一回事。"高胜寒说，"他们如果不学会对伤员的敬畏，就不能真正理解救援的含义。"学员们听得胆战心惊，都看着高胜寒。

"我来告诉你们，他是谁。"高胜寒声音有些低沉，"他叫林枫，代号是豹猫，八年前，他是我的战友，和我是一个分队的，我们住在一个宿舍，形影不离。我们吃饭在一起，睡觉在一起，训练在一起，作战，也在一起。"林枫的眼中隐约有亮光在闪动，高胜寒深吸呼一口，"豹猫是最好的攀登能手，他的纪录现在都无人打破，我再也没见过比他更灵活的攀登高手。所以，在丛林山地作战当中，豹猫总是担任尖兵的角色。在一次……在一次丛林作战行动当中，豹猫为我们探路，不幸踩了地雷。"林枫的眼泪流下来，队员们钦佩地看着他。谢思潇像是被雷击一样，嘴唇翕动着，马路和教员们唰地立正，整齐地抬手敬礼。

"立正——"

学员们唰地立正。

"敬礼——"曾紫陌高喊着举起右手，所有人刷地都抬起了右手。林枫的眼泪夺眶而出，他扶着轮椅，在教员的搀扶下艰难地站起身来，举手敬礼："谢谢，谢谢……谢谢飞狼，还记得我这个废人……"高胜寒声音哽咽："你不是废人，你是我们的英雄！是我们的兄弟！"

"礼毕——"高胜寒高喊。

"请首长检阅我们霹雳火集训队！"曾紫陌用尽全身的力气高喊。林枫一愣，眼泪刷地流了下来，全身都在颤抖着。

"请首长检阅！！！"队员们齐声怒吼，喊声地动山摇。

<h1 style="text-align:center">17</h1>

夜晚，机场上夜凉如水，高胜寒独自走在空无一人的训练场上。谢思潇和黑龙追了上来："飞狼！飞狼！"高胜寒回头："怎么了？有事？"谢思潇点头："有事！"高胜寒继续往前走："你说吧。"

"我，我想重新受训。"

高胜寒停下脚步："什么意思？"谢思潇坚定地看着他："我想参加霹雳火的集训！"高胜寒看她："你没发烧吧？"说完转身想走。谢思潇紧跑几步，拦在他前面："我真的要参加霹雳火的集训！"

"为什么？"高胜寒问。

"我，我觉得自己还不够格。"谢思潇低下头。

"别逗了，你以前在我手下集训过，你的成绩比很多男队员都好！"

"那不一样！那是特战集训，不是霹雳火的集训！"

"说说怎么不一样？"

谢思潇嘴唇翕动着，良久，才缓缓地说："以前，我没想过救人的事儿。"高胜寒笑笑："我明白了，想补上这一课？那你可要想好啊，要受二茬罪的！"谢思潇坚定地点头："我考虑好了，没问题！"

"我尊重你的选择。"

"谢谢飞狼！"谢思潇敬礼跑了，高胜寒的嘴角浮起一丝微笑。

18

第二天清晨，天空泛着鱼肚白，训练场上军号嘹亮，队员们气喘吁吁地在列队。黑龙狂吠着跑了过来，王星头都没回地皱着眉，队员们都不明所以地看着一身学员服的谢思潇。

"立正！"曾紫陌急忙高喊。

刷——学员们立正，只有王星不情不愿。

所有人都看着谢思潇。谢思潇也看着众人，目光落在王星脸上。王星不屑地错开她的目光，谢思潇瞪了他一眼。许飞阴阳怪气地问："蜘蛛蟹教员，什么科目？"谢思潇笑了笑，没说话，从衣兜里掏出两个臂章，都是0号，一个贴在自己臂上，另一个贴在黑龙的战术背心上。

所有人都愣住了，面面相觑。王星一脸诧异，眼珠子都快掉地上了。谢思潇走到王星面前，挤开他，站在身旁，抬头立正，王星不耐烦地让让她："干吗？"谢思潇目不斜视："从现在开始，我不是教员了，我是0号！"众人目瞪口呆，王星扑哧一声乐了。谢思潇瞪着他："007，你笑什么？"

"我就知道你干不长。被人家开除了吧？还摆谱儿。"

谢思潇的胸部在起伏，高声喊道："你哪只眼睛看见我被开除了？我……"王星摆摆手："行了，别解释，越描越黑。又没人歧视你。"谢思潇发狠地说道："007，我告诉你，我来这儿就是为了灭你的！"王星夸张地张大了嘴："0号是吧？看见你这落魄的样子我太开心了，你放心，我会手下留情的！"两人怒目相视，挑衅地互相瞪着，黑龙也吐着鲜红的舌头，虎视眈眈地瞪着王星。周围队员们都用困惑的眼神望着两人。

第六章
—— FIRE ——

1

靶场上，队员们全副武装，持枪快速跑向射击位。王星低姿跑过开阔地，借助隐蔽物跪姿瞄准射击，两声清脆的撞针撞击声，黄澄澄的弹壳弹跳出来，在阳光下金灿灿的，三十米开外的目标应声落地。旁边，谢思潇手持92式手枪不断地连续射击，前行。突然，在她的左侧跳出一个靶子，谢思潇迅速跪姿射击，靶子应声落地，灵活的军事动作让在场的其他队员们看得是眼花缭乱，赞叹不已。

——都是十环！

马路暗喜，伸出大拇指，高胜寒站在远处冷眼看着。黑龙蹲在他身边，好奇地看着远处的两人。王星和谢思潇射击完毕，几乎同时起身往前跑去，黑龙腾地站起身，高胜寒低声命令："冷静，黑龙。"黑龙乖乖地蹲下，看着他。高胜寒笑笑："她自找的，你可不要去打扰她。"黑龙似懂非懂地低鸣了两声，继续看两人。

山路上，全地形车呼啸着从泥泞的阶梯路一侧驶过。队员们在满是泥泞的路上拼命跑着，喘息声、脚步声、武器的撞击声叮叮咣当响成一片，不时有人跌倒，又迅速爬起来咬牙继续跑。所有人都是深一脚浅一脚，连滚带爬地前行着。轰！轰！路两旁不断地有炸点在爆炸，路面上还不时有爆燃着的火焰。一旁，秦成举起手里的95式自动步枪，黑洞洞的枪口朝上，闪着烈焰，不断地开枪催促着："快！加快速度！加快速度！""不要绕开泥潭！不要绕开泥潭！通过！赶紧通过！"

所有人的身上脸上全是黄色的稀泥，一个个都成了泥猴子。崎岖不平的山路上布满了深浅不一的泥潭，队员们艰难地行进着。许飞一不留神，脚下一滑，栽进泥潭里，黄色的泥水迅速将他淹没。许飞急忙跃出，大口地呛着泥水。高胜寒坐在驶过的车上高喊："战地救援队无法自己决定所处的救援环境！所以，任何环境都有可能成为你们的救援现场！都可能成为你们进行战地掩护手术的地方！要想从这些地方救出你们的战友，你们就必须先学会自己生存下来！"

湿滑的山路上，曾紫陌和赵小丫、郝玲玲也是满脸泥水，狼狈不堪地相互扶持着艰难行进。许飞挣扎着从泥潭里爬起来，滑湿的地面没有着力点，又摔落，又起来爬出去，大口地喘着气。石磊累得不行，瞪着眼睛，闷头往前跑，黄宝贵在他身后，吐着舌头喊：

"024！你……你慢点儿！"石磊头也不回地喘着气："快……快跑！前面……还有人呢！"黄宝贵累得直翻白眼儿："你拉倒吧！那……俩人不是正常人类！你……跟他们叫啥劲儿啊！"

队伍里，王星和谢思潇依旧跑在最前面，两个人斗得跟乌眼鸡似的，在泥潭里翻滚着，谁也不服谁。谢思潇一不小心，哗啦一声掉进前方的一个大泥潭里，她挣扎着探头向前，王星瞪着眼睛紧跟着，俩人在泥潭里打着泥水向前冲，几乎不分前后地爬上岸，继续狂奔。

路边上，马路还举着高音喇叭在高喊："极端的环境不会因为你们的疲惫而改变，也不会因为你们性别、身体素质的差异而改变！我对你们的要求也是如此！受不了的就爬出来，交出你的臂章，霹雳火与你无缘！"秦成坐在车上，操起一架轻机枪："不要紧张，颜色弹，但是我向你们保证——很疼！"

哗啦！——拉枪栓的声音。

王星大惊失色，高喊着："卧倒！——"话音未落，机枪子弹追着就上来了，所有人噼里啪啦地卧倒在地上，只能匍匐着向前爬行，黄色的泥浆溅了他们一脸。有队员不幸中弹，疼得嗷嗷叫唤。马路看着王星和谢思潇，对秦成递了个眼色。秦成会意，掉转机枪，对准两人的头顶，一阵疯狂扫射。

突然，王星伸手一把将谢思潇拽倒在地，谢思潇没有准备，啪的一声，整个脸栽进泥地里——一颗子弹擦着谢思潇的头盔飞了过去，蹭出一杠红道。谢思潇爬起来，脸上都是满脸的泥水，刚要骂，一愣，难以置信地看着王星。王星怒吼："笨蛋！想死吗？！"谢思潇抹了一把满是泥水的脸，大吼："用你管？！"王星气呼呼地："对不起，我不该犯贱，潜意识害死人！"说完继续匍匐着向前爬行。谢思潇看着王星的背影，眨了眨眼睛，咬牙追了上去。秦成和马路对视一笑。

山路上，机枪还在不断地扫射，轰！轰！预埋在路边的炸点也不断爆炸，掀起无数泥点泼向还在艰难行的队员们。曾紫陌已经成了泥猴，她大口地喘着气，挣扎着，咬牙继续向前跑。高胜寒望着在泥潭里挣扎的曾紫陌，眼睛有些湿润。半空中，武直-10远远地低空飞来，飞行员侧头，无奈地看着下面一片混战。许飞也从泥潭里冒出头，抬头看着空中掠过的武直-10。

驾驶舱里，顾意握住操纵杆，白鹏坐在副驾驶上，两人看着前方地上挣扎的队员们。白鹏看看顾意，意味深长地说："唉，呆鸟肯定也在他们之中。他这是何苦呢？"顾意侧头看了看下面："因为他是呆鸟。"

"寒号鸟！寒号鸟！报告方位！"崔华盾的声音从对讲机里传来，顾意一愣，连忙汇报："猎鹰！猎鹰！我是寒号鸟！我已经到达任务区域，请指示！"

"按照飞狼的要求执行！"

"寒号鸟明白！"顾意一拉操纵杆，武直-10迅速低空掠过。

2

　　泥潭路上，许飞还趴在泥潭里，愣愣地看着半空中掠过的直升机。这时，武直-10在空中一个回旋，转向，朝着他的方向迎面飞过来。直升机在不断压低，再压低，几乎贴着地面在飞。旁边，队员们都愣住了，一起看着直升机由远而近。许飞还在发呆，望着直升机的驾驶舱。

　　突然，武直-10朝着队员们迅速俯冲过来。驾驶舱里，白鹏于心不忍地看着地上的一群泥猴子们，无奈地摇头。忽然，顾意和白鹏都是一愣——只见一个"泥猴子"不顾一切地从泥潭里爬出来，直挺挺地站在泥潭沿儿上，伸开双臂。

　　许飞就那样直挺挺地伸着双臂，直升机朝着他俯冲过来。所有人都愣住了，都看他。许飞瞪着驾驶舱里的顾意，保持着姿势不动。赵小丫站在旁边焦急地大喊："014！你干吗？！"许飞不为所动。顾意戴着耳机坐在驾驶舱，看着地面上站着的许飞。白鹏大喊："是呆鸟！肯定是他！你拉高一点儿！"

　　顾意操作着直升机，直升机更低了！螺旋桨卷起一阵飓风，顿时泥浆迷漫，黄水漫天。突然，"咻——"的一声，一阵刺耳的啸叫声响起，那是子弹划破空气的声音！队员们惊叫着纷纷俯身躲避，许飞嘶吼着，整个人被混着泥浆的狂风掀起，仰面朝天地摔落回泥潭里！赵小丫惊叫着扑过去："014——"黄宝贵、石磊、王星和谢思潇几人也赶紧跃进泥潭，众人一起把许飞捞了起来。许飞紧紧地闭着眼睛，赵小丫哭喊着："014！014！你醒醒啊！"

　　山路旁，马路起身想下车，被高胜寒拦住："他没事儿。"

　　噗！许飞猛地喷出一口泥水，吐了黄宝贵一脸，他睁开眼睛："痛快！真痛快！"王星用力拍了他一巴掌："你疯了？！"许飞惨笑："我只是想痛快一下，这样脑子比较清醒。"赵小丫难以理解地看着许飞。

　　这时，直升机刮着飓风从后方俯冲而来，众人赶紧爬起来四处躲避。一阵耀武扬威后，武直-10呼啸而去。黄宝贵瞪着眼睛，吐出嘴里的泥水骂道："狗东西！"许飞一把拽住黄宝贵的衣领："不许骂她！"黄宝贵一把把他掀开："我就骂了！天上飞了不起呀！"许飞愤怒地一把将黄宝贵推倒进泥潭。石磊大惊，忙将黄宝贵拽起来。黄宝贵眼里冒着火，冲向许飞："014！你现在已经不是飞行员了！你是霹雳火的人！你胳膊肘应该往哪边拐自己搞不清楚吗？"许飞红着眼睛："老子就不许你骂她！"

　　"她是谁呀？啊？"黄宝贵红着眼怒吼着，"她是你啥人啊？你那么护着她，还在这儿干什么？滚回你的飞行大队！"

　　许飞瞪眼冲向黄宝贵，两人在泥潭里厮打起来，石磊和王星等人拼命地拉拽着两人，赵小丫站在泥潭里发呆。砰！一声枪响，所有人都愣住了。泥潭边，高胜寒举着枪，瞪着众人："我可以把这个事件定性为内讧吗？"

一片安静。

"霹雳火内部的内讧，还有霹雳火和战虎的内讧！可以这么认为吗？"高胜寒高声质问，但没人敢说话。高胜寒指了指天上，"战虎的直升机是我请来的，让他们过来，是为了给你们加码，增加训练的难度，为什么要增加训练的难度？是为了让你们更好地适应未来残酷的战场环境！他们是来帮你们的，不是来害你们的！我还要告诉你们的是，在未来的任务中，霹雳火和战虎将是最亲密的搭档！没有战虎特种航空队，霹雳火就无法到达任务现场，没有他们的武装直升机护航，你们就有可能在空中被敌人击落！没有他们，你们即使到了救援现场，也是有去无回！"高胜寒话锋一转，"至于你们之间的内讧，就更令我失望透顶了！你们知道吗？在未来的任务现场，战场之上，你们不会有后方的支援，面对的只有想将你们和受伤的飞行员一起置于死地的敌人！不管你们之间有什么矛盾，不管你们之间平时怎么争斗，到了战场上，你们全都是彼此之间的依靠！是彼此之间唯一可以信赖的人！"

没人说话。

王星和谢思潇彼此看了一眼，都低下头。高胜寒再次高声质问："现在你们告诉我，退出，还是甘愿受罚？！"许飞含着眼泪："报告！我错了！我甘愿受罚！"旁边，石磊使劲捅了捅黄宝贵的腰眼，黄宝贵表情复杂地高喊："报告！我……我愿意受罚！"

"那就受罚吧！"高胜寒满意地点点头，"老规矩，所有人到达终点以后，把这条路再重新往返两遍！现在开始！"队员们听着快哭了，高胜寒转身往回走去。马路看着还在发愣的菜鸟们："愣着干什么？行动！"

队员们疲惫不堪地爬出泥潭，继续向前。许飞神色黯然地前行。石磊拽着黄宝贵，悄声安慰道："025，冷静！冷静！你要乐观！一定要乐观！你不是特别擅长乐观吗？俺陪着你！"黄宝贵苦笑，趴到泥地里，继续匍匐前行。

队伍里，赵小丫红着眼睛咬牙前行。李珊看着她，诧异地低声问："你怎么了？你哭了？"赵小丫含着眼泪："我猜错了……他，他一定有女朋友。"李珊睁大了眼睛："啊？谁呀？"赵小丫咬着嘴唇不哭出声："我看清楚了，刚才那个飞行员，是个女的……"李珊听了目瞪口呆。

3

直升机悬停在机场上空，顾意拉动操纵杆，直升机稳稳地降落在机场。顾意和白鹏跳下直升机，摘掉头盔，闷头前行。白鹏侧头看着顾意："寒号鸟，你挺狠心的。"顾意板着脸："你才知道啊！"白鹏还要开口，顾意瞪着他，"拜托！不要再谴责我了好不好？我知道那面站着的那个是呆鸟！可是我们是在执行任务！那种情况下我可能把直升机拉高吗？"白鹏语塞，两人闷头继续往前走。白鹏想了想，一脸严肃："等他下了训练，我想去劝劝他。"顾意头也没回地走了："我没意见。"

"你跟我一起去比较好。"顾意侧头看他,白鹏问她,"难道你对他一点儿感觉没有吗?他对你一往情深,你不会看不出来。"

"所以呢?我应该盛情难却对吗?半推半就地上了他,只因为他对我一往情深,对吗?"顾意问。白鹏再次语塞,讪讪地说:"起码……你应该照顾一下他的情绪,别让他那么痛苦。"顾意抬头看天,叹息了一声:"爱情是不能勉强的,否则的话结局往往很悲惨。那个时候就不是一个人痛苦的事儿了,两个人都会很痛苦。比如猎鹰和他的前妻。"白鹏愣愣地看着顾意:"那你呢?你和猎鹰之间,也是在勉强吗?"顾意莞尔一笑,斩钉截铁地说:"不!我是在争取。"

"呆鸟和你一样,他也一直在争取。"

"我们别再谈这件事儿了好吗?我有点儿累了。"顾意说完匆匆而去。白鹏叹息着摇头:"呆鸟啊呆鸟,不是兄弟不帮你呀,唉……"

4

清晨,一条布满了地垄沟的山路上,一辆卡车一路颠簸。菜鸟们歪坐在车斗里,颠得像在坐过山车一样。卡车一路疾驰,石磊的脸煞白,痛苦地捂着胸口:"俺算明白了!刚才……是在泥潭里浆洗一下,现在该甩干了!"

哇!一个队员忍不住,哇地吐了。接着,传染似的一个接一个地开始狂吐不已。黄宝贵单手紧紧地抓着车沿,也是吐得一塌糊涂,胆汁都吐出来了。石磊抓着他的胳膊:"025!坚持住!坚持……"话没说完,自己又是猛一阵狂吐。

后面,一辆全地形车紧随在卡车后面,秦成大喊:"松开手!跨立姿势!身体保持平衡!"队员们痛苦地挣扎着站起身,跨立,倒下,又起来,又倒下。曾紫陌痛苦地捂着腹部,和赵小丫两人相互依靠着。郝玲玲和李珊都是脸色苍白,佝偻着身子。只有许飞没有吐,保持着平衡姿势,心事重重地瞪着眼睛看远方。郝玲玲感叹地看着他:"到底是飞行员啊!佩服!"

赵小丫下意识地看了一眼旁边的许飞,眼神很伤感。车头处,王星和谢思潇两人还较着劲,硬挺着站着对视。王星有点儿忍不住,喉咙蠕动着想吐,谢思潇看着他,仰着下巴得意地笑了。王星瞪着她,硬生生把嘴里的又憋了回去!谢思潇大惊,一阵恶心,哇地吐了王星一身!王星来不及躲避,看着胸前一片呕吐物,气恼地大喊:"你干吗啊?!"话没完,王星也是吐了谢思潇一身,两人都互相怒视着。卡车还在一路颠簸,开在山路上蹦得像兔子一般。

下午的太阳正烈,炙烤得大地热气沸腾。

在一处由废墟建立的模拟训练战场上,预设在各处的炸点轰轰地炸响,子弹的啸叫声呼啸而来。战火硝烟中,爆炸的火光不时辉映着队员们的脸,他们全副武装,交替掩护着突入废墟中,身影不时在枪火之间若隐若现。在他们后面,抬着担架和急救装备的医疗组紧随其后。

"第一组跟我来!"王星持枪,焦急地一招手,带领一组队员向左侧运动过去。而谢思潇则带领着另一组队员从右侧进入废墟。

废墟中,王星带队快速突入。

"建立防御!搜索伤员!"王星低声命令。队员们刷地散开,迅速向自己的防御阵地跑去。不一会儿,王星的耳机里传来报告声:"九点钟方向发现伤员!"曾紫陌背好急救箱,猫身前行:"医疗组跟我来!准备急救!"说完低身向九点钟方向跑去,其他几人也抬着担架冲了上去。王星命令:"掩护!"队员们纷纷寻找有利地形,做好支援准备。

曾紫陌带领医疗组的几名队员运动到伤员位置,仔细检查伤员的伤势:"伤员昏迷,左臂骨折,准备固定夹板,头部有开放性伤口,颅骨未见损伤,准备缝合!"突然,轰轰轰!几枚震爆弹在离他们最近的地方轰然炸响,几个女兵捂着耳朵,猛地低身寻找掩体。四周刷地出现几个人形靶,王星大吼:"火力掩护——"

枪声顿时大作。

石磊和黄宝贵在两侧射击掩护,甩出的曳光弹划出一道明亮的弹道。队员们不断地变换着姿势和方位,人形靶应声落地。旁边,曾紫陌和医疗组的女兵们仍在焦急地"急救"。人形靶闪出的频率越来越快,王星不断开枪射击,满眼怒火:"这是要打地鼠吗?!"不远处,黄宝贵和石磊交替射击,配合默契,王星有些吃惊地看着二人。

"伤员处理完毕!可以撤退!"曾紫陌大喊。王星一挥手:"掩护!走!"队员们将伤员和医疗组围在中间,边战边退。

另一边,在废墟处的一片空地上,一团黑色的硝烟在升腾,直升机的残骸散落一地。谢思潇带队突入,快速建立防御。黑龙吐着舌头朝着机舱方位狂吠。石磊冲过去:"机舱有伤员!受伤情况不明!他卡住了!"

"014!准备破拆!"谢思潇大吼。许飞拎着破拆工具包,开始拆掉已经变形的驾驶舱。谢思潇观察着四周:"其他人警戒!"

许飞用工具将机舱扯开一个洞,赵小丫探着身子钻了进去,查看了一下,回头大喊:"颈部骨折!腰椎移位!需要提前固定!

"拿护具!"许飞大吼,看着赵小丫,"需要帮忙吗?"

"空间太窄!"

许飞提着枪往后走,赵小丫大喊:"别动!"许飞赶紧持枪戒备:"怎么了?"赵小丫红着脸,声音很小:"你陪着我就行了!"许飞一下子愣住了,呆看着赵小丫。这时,赵小丫的半个身体已经钻进机舱,紧张地为"伤员"固定着颈部和腰椎。许飞左右看看,焦急地催促:"015,你快点儿!"

"好了!拉我出来!"

许飞一愣,把枪甩到后背上,抓住赵小丫的双脚,使劲往外拉。赵小丫大喊:"往上点儿啊我卡住了！"许飞的双手向上挪了挪，一使劲，赵小丫整个人被拽了出来，两个人滚落在一起——四目相对，赵小丫很得意："你使那么大劲儿干吗？故意的吧？"许飞连忙翻身起来："你说你被卡住了！"赵小丫笑："那你就不怕把我给划伤？"

"你有那么娇气吗？"

"我皮肤挺薄的！吹弹可破！"

"得了吧，我说过，你没小时候水灵！"

赵小丫噘嘴。谢思潇看着两人厉声喝问："你们干什么呢？抓紧时间啊！"许飞一惊，推开赵小丫，拎起破拆工具要走。赵小丫一脸兴奋地拿着工具跟上去："我帮你！"许飞赌气似的把一根撬棍交给赵小丫："压住！"赵小丫点头，许飞用破拆钳一阵猛鼓捣，机舱门终于被彻底打开。

"担架！"赵小丫喊，两个队员冲上去，许飞和赵小丫合力将"伤员"抬了出来，小心翼翼地平放到担架上。谢思潇一挥手："走！"

队员们交替掩护，警戒着撤离现场。突然，四周的炸点瞬间四处爆炸，烟雾弥漫，泥巴满天飞。谢思潇焦急地大喊："隐蔽！——"所有人急忙隐蔽，保护着担架上的伤员。枪声停止了，谢思潇起身跃起："走！"

"报告！"赵小丫腿上冒着烟，哭丧着脸。谢思潇看了看周围，焦急地命令："014！处理伤口！背上她！"许飞一愣："为什么是我？"

"因为你曾经是她小姐夫！"许飞愣住，没动，谢思潇一扬头，"抓紧时间！其余的跟我到前面建立防御！掩护014和015！注意确保飞行员安全！"说完率队往前跑去。

许飞抓着急救包，一脸的不情愿，冷声道："坐下！"赵小丫一伸手，许飞只好扶住她坐下，扯下急救包，开始给赵小丫包扎"伤口"。赵小丫开心地笑。许飞瞪她："你还笑！刚才为什么不卧倒隐蔽？"

"我前面是你……"

"你不会闪啊……"许飞话说到一般，忽然意识到什么，有些愣愣地看着赵小丫。赵小丫正含情脉脉地歪着头。

"我真服了你了！"说罢，许飞转过身，低下身子，"上来！"赵小丫得意地扑到许飞后背上，许飞背着她撒腿就跑。

在废墟外的围塔台，高胜寒和教官们观察着在战火中穿行的两个小组。马路如释重负地点点头："他们提高很快，这样的科目已经难不住他们了。"高胜寒嘴角浮起一丝微笑，这笑容稍纵即逝："想成，还早呢。"

5

屠宰场的冷库门口，队员们浑身泥泞，疲惫不堪，站在大门口难以置信地看着冷库紧闭的大门。王星有些不确定地问："飞狼，你……确定要在这里面训练？"

"007，你可以退出。"高胜寒的声音冷得掉冰碴儿。王星急忙说："我没有要退出……"谢思潇得意地白了他一眼："受不了就直接说呗，没人瞧不起你的！"

"0号！你什么意思？"

"看来，咱们有输赢了！认输了吧？认输了吧？"

"我认输？我认输？怎么可能呢？"王星嗤之以鼻。谢思潇刚想说话，马路低声呵斥道："都闭嘴！现在是你们打情骂俏的时候吗？"两人都不吭声了，互相不服气地看看对方。其他队员们都心知肚明地看着两人。

黑龙呼哧呼哧地吐着大舌头蹲坐在谢思潇旁边，晃着头左右看。马路想了想："黑龙就不用参加了。"这时，高胜寒转身走到队伍前，板着脸："都吵够了？那就听我说吧。这个屠宰场的老板是我们部队转业的干部。如果不是我出面，他是不会借给我们搞训练的。知道这种训练的意义吗？在未来行动当中，我们不知道要面对的是什么环境。是热带还是极寒，是沙漠还是雪原。霹雳火空降救援队，在我的设想当中，是真正的全天候全地形特战分队，可以在任何极端情况下作战。如果是极寒区，零下四五十摄氏度都是常态，不能在这个冰库里面生存下来，完成训练，那我也不能指望你们能在极寒区救人——都准备好了吗？"

"时刻准备着！"菜鸟们高声怒吼。

高胜寒扫视着众人："怎么？真的不需要考虑吗？"——没人回答，眼神里都是坚定的目光。高胜寒点点头，马路一挥手，冷库的大门哗啦啦打开，一股白雾扑面而出，菜鸟们不禁打了个寒战——只见冰冷的库房里挂满了整个被屠宰刮了毛的猪，队员们目瞪口呆。

冰库里寒气逼人，四周堆满了碎冰块儿，一股血腥的味道弥漫在四周。教官们都穿着厚厚的冬大衣，整齐地跨立在一边。一群菜鸟们都穿着背心短裤，冻得直打哆嗦。队员们低头看看自己一身短打，又看看悬挂着的猪，一头雾水。

冰库里浓郁的血腥味让好几个女兵都想吐，许飞也有点儿受不了，但咬着牙拼命地忍住。高胜寒来回走在队列前，冷哼一声："几只死猪都受不了，还指望你们从死人堆里面扒拉活人？！唉，真让我失望！"

王星咽了几口唾沫，一把捂住嘴。谢思潇冷笑："果然是银样镴枪头啊！一看就是没经历过实战的雏儿！"王星捂着嘴支吾着："别吹牛，你难道实战过？"谢思潇冷笑着掀起自己的T恤衫，露出胳膊上的枪伤——王星瞪大了眼。

"说你是雏儿，你还不服气？"谢思潇一脸得意地拉下T恤，"姐跟贩毒分子枪战的时候，你还在大学里读书呢！"王星心里没底，说得有些心虚："我……我那是没赶上机会！赶上了我怕吗？"

"不怕？呵呵，现在就受不了了，你捂嘴干吗？"

王星一把把手放下来："谁受不了了？"说着就想要吐。

"不许吐！"高胜寒吼道，"这是人家的冷库！这肉都是要吃的！"王星一把捂嘴，又咽了回去。这次轮到谢思潇想吐了。她捂住嘴看着王星："你……你太恶心了！"

在冷库的中间，有一个巨大的椭圆形池子，池子里漂浮着冰水，冰水里还混合着猪肘子、猪头、五花肉块儿，另外还泡着几个人体模型。队员们穿着背心短裤，站在池子边上，浑身哆嗦着，目瞪口呆。高胜寒光着膀子，只穿了一条短裤，他拿起靠墙的一把铁锹，铲着碎冰块往池子里扔。队员们哆嗦着，心情忐忑地看着高胜寒。

高胜寒边铲冰边说："这座冷藏库恒定温度零下20摄氏度。大概可以模拟冬季极冷气候下的北部大陆，这座冰水混合的池子，你们可以随便把它想象成一片发生灾难的海域、湖泊，或者河流。你们真的可以随便想象，因为至少现在，你们还可以想。"队员们都咽着唾沫，不敢吭声。高胜寒放下铁锹，浑身哆嗦着，直接踏进了水池中！

呼！队员们下意识地发出一片惊呼。

曾紫陌的表情很复杂，直愣愣地看着在水池中发抖的高胜寒。高胜寒直接坐在了水池里，一股热气从身上直往上冒，他哆嗦着看着队员们："选择是双向的。霹雳火在选择你们，你们也可以决定是否选择霹雳火，要么和我一样走进来，要么从这里走出去。"

王星咬紧牙关，毫不犹豫地上前，一脚踏进池子里。谢思潇也紧随其后。其他队员互相看看，纷纷哆嗦着踏进池子。这时，曾紫陌也走到池子边，高胜寒看着她。曾紫陌的表情有些痛苦，但还是在池子里坐下来，她看着高胜寒。

越来越多的队员跳进冰水池子。秦成和于瑞三人看马路，马路一点头，三人拿着铲子继续往池子里加冰。马路也脱了大衣，踏进池子。

"老马……"秦成大喊，高胜寒也愣住了："老马！你怎么也进来？你有伤！"马路痛苦地哆嗦着坐下："谁让你把我弄到霹雳火的？"高胜寒表情复杂地看着马路，没说话。

冰块不断地加入池子里，所有人都哆嗦着，牙齿咯咯直打架。高胜寒看着曾紫陌："019，给大家讲一讲人冻死的过程吧，尽量简短一些。"曾紫陌的嘴唇泛着紫，她哆嗦着："有四个阶段……第一阶段，体温在36℃～35℃之间，会忍不住寒战，呼吸、心跳加快，血压升高，因为人体的热量在大量消耗……神经处于兴奋状态。"

高胜寒看着她："继续，我们都已经过了这个阶段了。"

"第……第二阶段，体温会下降到35℃～30℃，血……液循环和呼吸功能逐渐减弱，呼吸、心率减慢，血压下降。出现倦怠，运动不灵活……并可出现意识障碍。"

"在这个阶段到来之间，你得抓紧时间……"高胜寒说。

"第三……三阶段，体温在……30℃～26℃，意识会完全处于朦胧状态……第四……阶段，体温在25℃以下，身体神经各种反射消失……对外界刺激无反应，最终……导致血管运动中……中枢及呼吸中枢麻痹而死亡……"

所有人都在坚持着，每个人都到了临界点。

高胜寒哆嗦着："低温，极寒，是我们在将来的战场上必须要面对的环境，我们必须要能够在这样的环境中生存！生存的目的，是为了救人。"

队员们哆嗦着。

"没错，我们是来救人的，不是来自杀的，那么，你们为什么对身边漂浮的伤员熟视无睹？！"

队员们哆嗦着，下意识地看着身边漂浮着的人体模型。王星哆嗦着："他们……他们比我们来得早，应该早就冻死了，还……还需要我们救吗？"

"你是搜救队员，不是法医，判断他们死亡……不是你的工作。"高胜寒说，"别人的生命，永远比我们的生命更重要，这是第一条。现在，我告诉你们……霹雳火的第二个信条，跟我说：我们是救援对象唯一的希望！"

"——我们是救援对象唯一的希望！"

"我们永远不会放弃他们！"

"——我们永远不会放弃他们！"

王星伸手抓住一个模型伤员，运动迟缓地将他拖上水池，许飞也抓住了另一个。水池边上，王星哆嗦着，双手都在打战，两人正对人体模型做心脏复苏，人工呼吸。水池里，高胜寒看着其他人："从这里出去，到外面去，医护人员在等着你们，你们……就能喝到热水，得到一条毛毯，吃一顿高热量的午餐。"

队员们哆嗦着，沉默。

"走吧，你们还在坚持什么？"秦成穿着厚厚的军大衣，拿着铲子不断地在加冰。

高胜寒看着曾紫陌，曾紫陌有些坚持不住了，但依旧在硬挺着，倔强地看着高胜寒。在她旁边，一名队员哆嗦着举起双手，黄林上去一把将他拉上来，这名队员哭着想敬礼，却怎么也举不起手来。于瑞赶紧将毛毯围在他身上。

队员们还泡在冰冷的池子里，其间不断有队员举手，被拉上去，摘下臂章。水池边上，王星和许飞还在抢救，高胜寒看看："换人……"两人挣扎着回到池子里，谢思潇和其他三名队员上去，继续急救。

……

6

哗啦！——冷库大门被打开！旅长王浩和几个干部大步走进来，难以置信地看着水池里冒着的队员们。

"你，方便出来一下吗？"王浩指着高胜寒。高胜寒挣扎着站起身，手脚有些不听使唤。秦成和黄林上去把他拽了出来。高胜寒哆嗦着走到王浩面前："旅长，不……不好意思，没法儿敬礼了……"王浩冷着脸，沉声问道："你给我的训练大纲里，没有这项科目？！"

"怎么……没有？极寒条件下救援……适应能力训练。大纲的……第五条第四款……"

"我还以为你只是把他们召集起来，讲一讲理论，看个 VCR。"

"那效果……可比这样差多了，您知道，那不是我的……训练风格。"高胜寒想笑，但已经冻僵的面部没有一丝表情。王浩看着在冰水里挣扎的队员们："你打算什么时候结束这个科目？等到大家全都冻死在这儿吗？！"高胜寒哆嗦着抬手看表："预计……两分钟以后，他们体会一下第三阶段，体温在 30℃~ 26℃，意识完全处于朦胧状态……"王浩严肃地看着高胜寒，高胜寒问："我可以继续了吗？"王浩咬牙挥手："抓紧时间。"

"是……"高胜寒哆嗦着转身。这时，崔华盾疯跑进来，他震惊地看着这一幕，看到了池子里的曾紫陌。曾紫陌浑身哆嗦着，嘴唇发乌，目光已经开始呈迷离状态。崔华盾愤怒地冲进水池里，抱起曾紫陌。曾紫陌有气无力地喊着："放开我……放开我……"崔华盾不管不顾地将曾紫陌抱出水池："毛毯——！"

于瑞赶紧递过去一张毛毯。崔华盾将毛毯给已呈半昏迷状态的曾紫陌裹上，怒视着高胜寒："飞狼！你这个疯子！浑蛋！"

高胜寒哆嗦着，表情僵硬。崔华盾怒视着高胜寒，走到他面前。曾紫陌还在挣扎："放开我……我能坚持，高胜寒！放开我……我能坚持……高胜寒……"

崔华盾愣愣地看着怀里哆嗦的曾紫陌，高胜寒的表情很复杂。王浩站在一旁也是暗自叹息。崔华盾把曾紫陌推到高胜寒的怀里，发狠地怒吼道："你真的是一个不折不扣的浑蛋！！！"说完崔华盾大步走出冷库。高胜寒看着曾紫陌，极度痛苦，哆嗦着嘴唇说道："训练……结束……"秦成和王浩等人赶紧跑到水池子边上拽人。高胜寒满脸痛苦地看着怀里昏迷的曾紫陌。

7

医院病房里，脸色苍白的曾紫陌打着点滴，她的嘴唇没有一点儿血色。曾紫陌缓缓地睁开眼睛。高胜寒穿着常服，站在床前。四目相对，眼神里都是复杂的感情。曾紫陌挣扎着想起身："我被淘汰了吗？"高胜寒赶紧按住她："我非常希望你说出那三个字，可是你没有说，即使在昏迷的时候，你说的还是坚持到底。"曾紫陌微笑着："看来，主动权还在我手里。"高胜寒点头："是的，因为按照规则，在你没有主动犯错的前提下，只要你不说那三个字，我没办法赶你走。"

"我是不会主动退出的。"

"可是华盾，恨死了我。"

"他是个容易心软的人。"

"所以当年他会和你离婚，是吗？"

"离婚是我提出来的。"曾紫陌转过头，高胜寒一愣。曾紫陌的脸上写满了悲伤，"但是，今天，现在，面对你，我不会再说那三个字，永远都不会。"高胜寒复杂的表情看着曾紫陌。

8

　　游泳池边上，集训队员们背手跨立。谢思潇看着面前的水池，心事重重。王星瞥了一眼旁边的谢思潇，低声说："0号，我突然想起来，咱俩还没比过游泳呢。今天机会来了！"谢思潇愣了一下："比就比……姐什么科目都不惧你！"谢思潇骄傲地仰着头，但说话的底气明显不足。王星冷笑："话不要说得那么绝对嘛。透露一句，在下高一的时候，拿过一次全国青少年游泳锦标赛的冠军。要不是造化弄人，哥现在很可能就站在国家游泳队的泳道边儿上了。"谢思潇嗤之以鼻："接着吹吧！"王星得意地笑了。

　　这时，高胜寒和教官们大跨步走过来。高胜寒看着泳池："从今天开始！我们进行水上救援科目的训练！你们准备好了吗？"

　　"时刻准备着——"队员们齐声高喊，只有谢思潇没喊。王星诧异地看她，谢思潇躲开王星的目光。

　　"都会游泳吧？"高胜寒扫视着众人，"我们的淘汰还在继续，所以，不会游泳的，你们很危险了！如果不能快速掌握这一技能，等待你们的只能是淘汰！"说罢，高胜寒指着泳道："007，0号，按照惯例，你们是不是应该为大家展现一下自己的实力，顺便再比试一下？"王星跨步出列："报告！只要0号没问题，我随时愿意奉陪！"

　　高胜寒看着谢思潇，谢思潇也跨步出列，心事重重。两人走到泳道边，谢思潇看着泳池有些发呆。王星侧头低声问："0号，你不会是旱鸭子吧？"谢思潇不说话，王星瞪大了眼，"真是旱鸭子啊？！那就对不起了！"

　　"预备——"

　　高胜寒右手举枪，砰一声枪响，王星一个漂亮的鱼跃入水，快速向前。谢思潇站在泳道边上没动。队员们都面面相觑。王星游了几米，诧异地回头望，看见谢思潇还呆站在游泳池沿上。王星恍然，得意地喊："0号！看来你真的是旱鸭子！哈哈！今天我赢定了！"

　　谢思潇发呆地望着泳池。队员们面面相觑，议论纷纷。马路看高胜寒，高胜寒不动声色。王星踩在水中挑衅地高喊："0号！你只要说出三个字——我认输，我可以教你游泳，免得你被淘汰！"所有人都在看谢思潇，高胜寒也微微皱起了眉。

　　"算了算了，看来我今天没对手了。唉……没劲！"王星得意地往回游。突然，谢思潇猛地睁开眼睛，鱼跃入水！朝着对面飞快地游过去！所有人都愣住。王星也愣住了，赶紧转身紧追："0号！你使诈！"谢思潇不说话，游得飞快。王星赶紧追赶。两个人不相上下，齐头并进。曾紫陌诧异地看着水中的谢思潇，高胜寒若有所思。

　　游泳池里，王星和谢思潇飙着水冲向终点。谢思潇不说话，瞪着眼睛游向对岸。王星赶紧加力。

9

　　谢思潇瞪着眼睛拼命地往前游，眼泪混着水一起淌落。两人几乎同时冲向终点，但谢思潇还在不停地胡乱打水。王星大惊地看她，下意识地伸手拽了她一把："你干吗？！"谢思潇的肩膀重重地撞在泳池沿上，这才停下来，大口地喘着气。王星纳闷儿地瞪着她，谢思潇使劲将脸上的汗水和泪水抚了一把，惊魂未定，王星难以理解地瞪着她。

　　"非常好！棋逢对手，将遇良才。速度都足够快，最终的结果还是平局。"高胜寒话锋一转，"可是——霹雳火不是游泳俱乐部，游泳只是基本功，你们下水的最终目的是——救人！"说罢，于瑞和黄林跃入水中，游到泳池中央，熟练地踩着水。高胜寒看着王星和谢思潇："0号！007！我建议你们再加试一场。这是两个落水者，你们一人面对一个，看谁先把自己的救援对象拖上岸！可以开始了！"

　　王星跃跃欲试地做好准备："0号，左边的归我，右边的归你！"谢思潇呆呆地看着水中的教官。王星看她："你准备好没有？又想使诈呀？我这次不会上当了！"谢思潇忽然举起手："报告！我……我刚才左腿肌肉拉伤了。"王星愣住，诧异地看着谢思潇的左腿："0号，你不会吧……"谢思潇的表情有些慌乱："我疼得厉害，请求休息，等我的伤好以后，我会和007比一次！请批准！"高胜寒点头："批准！但是记住我们的规则，24小时以后，如果你还不能坚持训练，就只能被淘汰。"谢思潇的嘴唇翕动着，良久，才缓缓地说："是！我明白……"

　　在众人诧异地目光下，谢思潇挣扎着爬上泳池。王星目光闪烁："0号，需要帮助吗？"谢思潇瞥了一眼王星："不需要！"说完一瘸一拐地走出游泳馆，黑龙赶紧跟了上去。

　　"0号！"

　　谢思潇木然地回头，看着高胜寒。高胜寒表情严肃地看着她："水上救援，是霹雳火队员必须具备的技能，如果过不了这一关，就一定会被淘汰！"谢思潇表情复杂地点头："明白……"

　　"好好休息一天吧，尽快养好你的伤。"

　　"……是！"谢思潇走出门，王星有些于心不忍地看着谢思潇的背影。高胜寒若有所思，随即收回目光："大家继续！"队员们蜂拥跃下泳池，不停地开始踩水。王星也游了过去，不时地回头看着出口处，他总觉得今天谢思潇有什么不对劲。

　　游泳馆门外，谢思潇神情落寞地走出来，一屁股坐到门外台阶上。谢思潇的眼泪忍不住淌下来，她伸手默默地抚着黑龙的背毛，黑龙也亲昵地蹭着她的腿。突然，谢思潇哭出声来："黑龙，我以为我已经过了这一关，看来我错了，真的错了！……"黑龙茫然地看着痛哭的谢思潇。

　　游泳池里，已经有队员坚持不住了，头不断地没入水中，又强忍着坚持着。高胜寒表情冷峻地站在泳池边上，马路掐着秒表，大声地喊："距离及格还有25分钟！坚持！坚持不了的举手，交出臂章走人！"

队员们咬牙坚持着，曾紫陌焦急地大喊："大家互助一下！007！你们几个水性好的帮帮他们几个！"许飞几人个朝着坚持不住的队友游过去。王星大喊："都别动！"许飞诧异地看着他。

"我们是救援队员，如果自己都救不了，还待在这儿干吗？"

"可我们是一个集体！"曾紫陌气愤地说。

"最终留下来的，才是一个集体。"

许飞有些看不过去，不满地说："007！如果你遇到困难，我们也应该放弃你吗？"

"你觉得我会成为救助对象吗？"

所有人都怒视着王星。王星几下游到那几个坚持不住的队员面前，严肃地指导着："听着，手掌向内压水，两臂再向外！脚蹼同时做蛙泳动作！手脚动作要连贯！按我的节奏调整呼吸，呼！吸！呼！吸！"几个队员按照王星的要求调整动作，效果明显好了很多。马路看王星的眼神里多了一丝欣赏，而高胜寒似乎也有些感慨。

10

停机坪上，顾意驾驶的武直－10稳稳地降落在不远处。舱门打开，顾意跳下直升机，摘下头盔，白鹏等人也追上来，队员们疲惫不堪地往回走。崔华盾摘下墨镜："刚才这一组大家飞得不错！口头表扬一下！"

乌拉！飞行员们发出一片欢呼。崔华盾吓了一跳，愣住，皱着眉头往前走："有那么兴奋吗？"白鹏眼睛发亮："当然了猎鹰，在我的飞行生涯里，算上刚才这句，您一共才说了五次不错。"崔华盾笑。顾意眨巴眼睛看白鹏："瞧你说的！猎鹰有那么苛刻吗？"飞行员们都看她。顾意纳闷儿："怎么了？我就经常被他表扬，见怪不怪了！"

"寒号鸟，标准不一样好不好？你是优等生。我们只能望你的项背。"一名飞行员失落地说。顾意得意地扭了扭肩膀："怎么样？我的项背还可以吗？"飞行们起哄："相当可以！"

"哎……寒号鸟，你现在是一览众山小了，因为曾经距离你最近的那个人不在这儿了。独孤求败的滋味还不错吧？"白鹏说。顾意瞪了他一眼，白鹏可怜巴巴地看着顾意："曾经，有一只呆鸟跟在你的后面，可惜你没有珍惜……"

"就算我已经失去了他，我也不会觉得追悔莫及。别老跟我提那个叛徒好不好？"白鹏眨巴着眼睛，顾意抬头看了一眼蓝得像深海的天空，"再说了，我现在也不是独孤求败呀！真正的独孤求败是猎鹰！他才是我难以逾越的高峰！猎鹰！再次向您致敬！"顾意一脸崇拜地看着崔华盾，抬手敬了一个夸张的礼。白鹏几人目瞪口呆。崔华盾连忙错开她满是热情的目光："哦，寒号鸟……继续加油！"突然话锋一转："和霹雳火的战术合练马上就要开始了，大家回去以后，再好好研究一下几种战术套路。明天一早，我们再飞一组！解散吧！"说完崔华盾匆匆离去。

顾意呆站在那儿，有些失意地放下手。白鹏看看崔华盾远去的背影，又看着顾意："此时你的心境，就是呆鸟一直以来的痛苦所在。"顾意有些恼羞成怒："跟我有什么关系？我乐意！"说完赌气跑了。

11

游泳馆里热火朝天，霹雳火的队员们正在演练着水上搜救科目。许飞、黄宝贵和石磊几个人从水底猛地冒头，大口地喘息着换气。于瑞光着膀子站在水中吹哨，大喊："快下去！下去！继续搜索！"许飞几个人深呼吸一口气，再次潜入水中，搜寻着沉入水底的人体模型。不一会儿，许飞摸到模型，奋力向上抱，黄宝贵几人赶紧过来帮忙。在泳池的另一端，王星冲在最前头，每个人都背扛着一个沉重的人体模型，奋力地朝对岸游去。马路拿着秒表，大声地喊着："007，45秒！28号，51秒！……"

在游泳池边上，黄宝贵和石磊正给捞上来的人体模型做心脏复苏。曾紫陌匆匆走过来："24号不错！025，你的力度太小了！你这样起不到作用，用力！加快频率！"黄宝贵咬牙，发狠地按压着模拟人。曾紫陌大喊："025！你用力过度了……"话音未落，咔嚓一声，模型的"胸腔"塌了下去。黄宝贵傻了，可怜巴巴地看着曾紫陌，曾紫陌苦笑着摇头。

这时，秦成冲了过来，对着黄宝贵怒吼："你是在杀人吗？俯卧撑200次！"黄宝贵哭丧着脸看石磊。石磊看着他笑，黄宝贵瞪他："你还笑！我可是你的陪练！"石磊恍然大悟，放开模型，也趴下："俺陪你！"话没说完，秦成拿起消防水枪，水柱如狂风暴雨般地直接扫了过去。巨大的冲击力让队员们站立不稳，摇摇晃晃地在泳池里摔倒一片。

12

天色暗沉了下来。此刻，队员们穿着泳衣，拎着游泳装备在宿舍楼前整齐列队。高胜寒穿着作战服，黑色的作战靴踩在水泥路面上声音骤响，他扫视着这一群疲惫不堪的队伍，大喊问道："你们对自己今天的训练满意吗？"

"不满意——！"队员们高声怒吼。

"满意——！"只有王星一个人的声音在夜色里显得格外嘹亮。所有人都看他，王星目不斜视，挺胸站立。高胜寒走过去："007！自信心保持得不错。"

"报告！我一贯如此！"

"保持自信最好的办法，就是让自己的训练成绩一直领先。只有这样，你才有傲视群雄的资本。"

"是！我明白！"王星声亮如洪。

"所以——你还得加练。"王星一愣，高胜寒狡猾地笑，"带着你的自信心，回去，把所有的项目，自己再玩一次！"

"是！"王星一个利索的右转，跑步向游泳池冲去。队列中，队员们目瞪口呆地看着王星跑远的背影。郝玲玲一脸花痴，低声道："帅……"李珊和赵小丫诧异地瞪着她。

"解散！"高胜寒高喊，队员们疲惫地解散，朝宿舍走。黄宝贵碰了碰石磊："你说007是不是真有病？神经病。"石磊想了想，缓缓地说："其实，俺真的挺佩服他。"黄宝贵诧异地看着石磊，忽然恍然，"明白了，你是遇到知己了，我差点儿忘了，你也是这么二。"石磊拉着黄宝贵："025，咱俩也去训练场吧！"黄宝贵大惊，赶忙甩走要走："你要再这样，我就退出！我回去继承祖业去！"石磊一脸苦恼地看着黄宝贵，黄宝贵没搭理他，揉着脖子进了宿舍楼。石磊只好无奈地跟上："025，你再考虑考虑，咱俩基础比较弱……"黄宝贵斩钉截铁："免谈！"

许飞拎着衣服，走在队伍的最后，看着石磊和黄宝贵俩人，摇头苦笑着也朝宿舍楼走去。

"呆鸟！"

许飞一愣，回身望过去，只见白鹏站在他身后不远处。许飞兴奋地迎过去："大鹏！我还以为你小子把我忘了呢！"白鹏一脸严肃地看着他："我找过你一次了，你夜间训练没在。"许飞擂了他一拳："算你有良心！"白鹏笑笑："走走去？"许飞左右看看，二人朝着机场走去。宿舍楼门口，赵小丫看见离开的许飞和白鹏，心事重重。

夜色阑珊，月光如水。女兵们哎呀呼叫地推开宿舍门，哭天喊地："累死了！累死了！"郝玲玲揉着脖子，声音有气无力："累还是次要的，我这身上都泡脱皮了……不会影响皮肤光泽度吧？"李珊喊了她一声："你皮肤还有光泽度吗？"

赵小丫打开门，啊的一声尖叫，所有人都是一愣——只见谢思潇穿着训练短裤，无神地躺在床铺上，黑龙蹲在一旁吐着大舌头。

"0号，你怎么在这儿？"赵小丫惊魂未定。谢思潇直直地盯着上面的铺板："我现在是集训队员，当然得搬出教官宿舍了。"郝玲玲看了一眼黑龙，一脸苦恼："你搬来无所谓，可是这狗……"谢思潇瞪她："不许说黑龙是狗！它是军犬！"郝玲玲妥协道："好吧好吧！军犬！这军犬……也住在这儿吗？"谢思潇又躺下去："黑龙和我形影不离，我住哪儿它就住哪儿。"郝玲玲皱眉："人狗……军犬，人和军犬有别，它好像还是公的，住这儿不太方便吧？"谢思潇淡淡地说："有什么不方便的，黑龙不好色，好色也看不上你。"

李珊和其他几个女兵忍不住扑哧一声乐了。郝玲玲不满地想上前理论，曾紫陌莞尔一笑，拦住郝玲玲："好了！0号是训导员，她当然得带着黑龙，再说了，黑龙也是我们的一员，它受过专业训练，不会影响我们生活的。大家都累了一天，抓紧时间洗洗休息吧。"谢思潇目光闪烁，意外地看了一眼曾紫陌。郝玲玲一脸怒气，李珊一把把她拽走了。

队员们在水里扑腾了一整天，都是疲惫不堪，陆续爬上床，睡觉了。曾紫陌走到自己的铺位旁，拿出一瓶药，走到谢思潇床前："0号，我看看你的腿伤吧，帮你敷一下药，做个按摩。"谢思潇愣住了，有些慌乱地拒绝说："不……不用了，好得差不多了。"

"肌肉拉伤可没那么容易好。你别忘了规矩，24小时如果恢复不了，后果可是不堪设想。"谢思潇的表情有些纠结，曾紫陌走上前，"是左腿吗？"谢思潇一把挡开曾紫陌的手："我说了不用！"曾紫陌吓了一跳，药瓶也掉在地上，一脸诧异地看着谢思潇。这时黑龙也猛地起身。

郝玲玲气恼地大喊："0号！你干什么呢？！我们队长好心好意给你治伤，你不用也算了！动什么手啊！还要放你的军犬咬人啊！太过分了！"赵小丫也是不满："0号！既然你现在也是集训队员，就应该明白和大家和睦相处的道理！你不要以为自己高人一等！"所有人都怒视着谢思潇。谢思潇有些尴尬，轻声叫了一声："黑龙！坐！"黑龙乖乖地蹲下了。

谢思潇看着曾紫陌，又把目光挪开："对不起……"曾紫陌一笑，弯腰捡起药瓶，放在谢思潇的床边："看得出来，你今天心情不好。药我放在这儿了，你一会儿自己擦擦吧，记住，涂药以后，用手掌朝着一个方向轻轻揉伤处，200次以后再涂药，再换一个方向继续一次。"谢思潇呆呆地看着放在床头的药瓶，点了点头。曾紫陌转身，安抚着其他队员："都赶紧睡吧，明天还有训练呢。"

夜色深了，谢思潇躺在床上大睁着眼，她也不知道自己为什么会这样，也许是常年的军队生涯让她已经习惯了孤独，还不适应别人的关心，只有黑龙，静静地陪在她身边。

第七章
──── FIRE ────

1

夜里，空旷的机场上，鲜红的国旗在风中猎猎飘舞。白鹏和许飞并肩慢慢地走着。

"干吗呀大鹏？怎么不说话？你找我就是为了溜腿儿啊？我可没那个体力了。"许飞打破沉默。白鹏停下，严肃地看着许飞："呆鸟，回来吧。"许飞愣住了，尴尬地一笑："怎么？没我打呼噜，你睡不着啊？"白鹏神情严肃："我为你觉得不值。"

"这个问题，我来之前咱俩不就讨论过了吗？没什么不值的。"许飞望着漆黑的天空，"我换了一种活法，真的换了一种活法，挺好的，虽然有些辛苦，但是我挺享受的……"白鹏打断他："寒号鸟现在几乎公开向猎鹰发动攻势了！"许飞的表情凝固在脸上，呆呆地看着白鹏。白鹏几乎是恳求地说："回去吧！除非你想连寒号鸟都放弃。"许飞表情有些复杂："猎鹰……猎鹰反应怎么样？"

"还好，猎鹰对她始终保持着合理的距离，对她的爱意表露视而不见，只谈工作。"

不远处，崔华盾匆匆走来，听到两人的谈话，愣住了。

许飞苦笑着摇摇头："猎鹰看不上她，'90后'的小丫头，在猎鹰面前，到底还是太嫩。"白鹏看着许飞："不错，猎鹰是一个很成熟、很优秀的男人！可是难道寒号鸟不优秀吗？不漂亮吗？男追女，隔座山，女追男，隔层纱！猎鹰再眼高，他也是个男人！而且是寒号鸟那么佩服的一个男人！呆鸟，你想过没有？如果有一天猎鹰接纳了寒号鸟，你还有机会吗？别看你年轻，真要是争起来，你不是猎鹰的对手！你承认吧？"许飞呆呆地看着白鹏，点头："我承认。"

黑暗中，崔华盾苦笑着，微微摇头。

白鹏凝视着许飞。许飞目光闪烁，苦笑地望着别处："大鹏，有句话说得好，爱一个人，并不一定要和她在一起。只要她幸福，我……"

"你别跟我扯这个！"白鹏不耐烦地打断他，"那是小说！那是电视剧！咱俩从进航校就在一个宿舍，你心里怎么想的我会不知道吗？你跟我装什么装？你能接受寒号鸟和别人在一起？"许飞无言以对。白鹏看着许飞："呆鸟，别闹了。回去吧！我不敢保证你回去以后一定能追到寒号鸟，但是你我都知道猎鹰的为人，起码他不会和你争！起码你还有百分之五十的机会！除了这个，还有一个最重要的原因，这也是包括猎鹰和寒号鸟在内的所有战虎的心声：战虎需要你！真的需要你！"白鹏期盼地看着许飞。

鸦雀无声。

"给我个答复！你不要有什么顾虑，你现在回去不丢人！我都跟兄弟们交代好了，如果你回去，我们就当是一架武直–10短暂失联，又自己返航了！谁敢说你半句怪话，我他妈弄死他！"白鹏发着狠劲说。许飞笑了笑，拍了拍白鹏的肩膀："兄弟，谢谢你！"白鹏打开他的手："别跟我玩儿虚的！我要的是答复！明确的答复！回去还是不回去？！"

"武直–10能飞回来，它发射出去的火箭弹能飞回来吗？飞回来就完蛋了！"许飞意味深长地说。

"你什么意思？"白鹏转头看他。

"我就是那枚火箭弹！开弓没有回头箭！"

崔华盾愣住了。

白鹏难以置信地看着许飞："那就是说，你不回去，你还想继续留在霹雳火？"许飞转身走开："除非霹雳火把我淘汰！"

"呆鸟——"许飞回头，白鹏看着他，"我意识到一件事儿！你去霹雳火，绝不是仅仅想换个活法！绝不是仅仅因为想和寒号鸟距离产生美！你到底为了什么？你有秘密！"

"你猜！"许飞说罢，一笑扬长而去。白鹏愣立当场，焦急地大喊："呆鸟！许飞！许飞？！"许飞头也没回地走远了。崔华盾若有所思。

"臭小子！你有种一辈子别让我知道原因！我要是知道了，要是你的原因说服不了我！我弄死你！"白鹏气鼓鼓地转身，忽然愣住了——崔华盾站在他身后不远处。

白鹏傻了，快步跑上去，敬礼："猎鹰！你……"崔华盾举手还礼："这么晚不休息啊？"白鹏嗫嚅着："猎鹰，我刚才……您都听见了吧？"崔华盾点头，白鹏傻了："猎鹰！你听我解释！我……"崔华盾笑着打断白鹏："大鹏，我非常感谢你为了帮我们战虎特种航空队拉拢人才做出的努力！呆鸟是我一手带起来的优秀飞行员，就这么给了霹雳火，我还真不甘心。你有时间再帮我好好劝劝他！"白鹏张大嘴，茫然地点头："啊？啊！是！"

"早点儿休息！"崔华盾说完扬长而去。白鹏愣在那里，纳闷儿地挠头："……前面的，他听见没有？"

2

训练场上，探照灯雪亮的灯柱投射在空旷的跑道上。灯下，王星瞪着眼睛，不知疲倦似的做着蛙跳，奔跑着。秦成、于瑞和黄林三人站在办公室的窗前，望着跑道上还在狂奔的王星。秦成咂舌："乖乖……差不多有十公里了，这小子还真是生猛。"黄林笑："打个赌，他什么时候能停下？我猜超不过二十公里。"于瑞摇摇头："估计得多，这小子体能确实惊人。不能用常人的思维去考虑他。"秦成说："再二十公里吧！三十公里顶天了！我押两顿饭。"黄林笑，扭头问："老马！你压多少？"马路正在泡面，一笑："我才不押呢！因为我知道答案。他肯定跑到瘫地上为止。"三人诧异地看着他。

"他有那么二吗？今晚瘫地上，他明天不过了？"

马路笑："他就是那么二。这样的我见过，有经验！"

于瑞问："谁呀？还有和他一样二的人？"

马路笑，端起方便面桶，放在高胜寒的桌子上。高胜寒盯着电脑屏幕，沉声道："老马，我必须得考虑灭口了，你知道的太多了。"

马路就笑。

秦成和黄林不怀好意地看着于瑞。于瑞傻眼了："飞狼！我不是那意思啊！我道歉！我认罚，200俯卧撑怎么样？"说完啪地趴在地上，标准的俯卧撑。高胜寒盯着电脑屏幕："得了吧，没必要，你又不是我的下属了，人走茶凉很正常。"于瑞大惊，发狠地做着俯卧撑："500！诚心道歉！"秦成和黄林幸灾乐祸地笑。马路看看高胜寒："飞狼，你看什么呢？"高胜寒目不转睛地看着电脑屏幕，指了指："一份资料。"马路纳闷儿："什么资料？"高胜寒若有所思："这份资料，揭开了我白天的一个谜团，总算是找到根儿了！"马路、秦成和黄林诧异地看过去，一脸惊讶。于瑞也想看，刚想起身就被黄林一脚踩了下去。

3

深夜，熄灯号早已吹过，兵楼的灯光陆续熄灭。整个军营也进入梦乡，一片安静。宿舍里，女兵都在睡觉。赵小丫躺在床上，翻了个身，被子滑落下来，露出身上遍布的伤痕。谢思潇躺在床上，睡梦里也都皱着眉头。

山区里，巨大的雷电声拍打着岸边，肆虐的洪水夹杂着折断的树枝和石块从山谷奔泻而下，不断冲入早已翻腾的河流中。雨越来越大，冲向围堰和混凝土高墙的连接口，两个碗口大的洞口喷射着泥浆一般的黄水，就像一把利刃，把淤积的泥沙撕开了一条条裂缝。湍急的洪水中，一个小女孩的人影在水中挣扎，她拼命地朝着不远处的人游过去，撕心裂肺地哭喊着叫妈妈。

"潇潇！别过来！快走！……快走啊！朝对岸游过去！"

女孩儿哭喊着："不！我要救你！"

"不要！不要啊！"妈妈挣扎着摇头，"不要过来！潇潇！你还小，你救不了妈妈！你快游到对岸去！向对岸快游啊——加油！加油啊——"女孩高声哭喊着，妈妈的身影忽隐忽现，慢慢地沉了下去。女孩儿撕心裂肺地哭喊："妈——妈——"

……

"啊——"谢思潇尖叫一声从床上猛地坐起，在黑暗里喘着粗气，泪流满面，额头上冒着一层密密的冷汗，惊恐地望着对面的白墙。黑龙被惊醒，站起来惊恐地望着谢思潇。不远处的床上，曾紫陌也被惊醒，她诧异地匆忙起身，走过去："0号，你怎么了？"谢思潇满脸痛苦地摇头："没事！我没事儿……"

"做噩梦了吗？"曾紫陌小心地问。

谢思潇淌着泪，摇头，慌乱地站起身："我……我出去走走！"说完大步走了出去，黑龙紧随其后。曾紫陌看着谢思潇的背影愣住了——谢思潇走得飞快，左腿一点儿都不瘸。曾紫陌诧异地左右看看，赶紧披上衣服，匆匆跟了出去。

4

跑道上，王星几乎瘫倒，他仰面朝天，大口地喘着气，望着天一片黑暗，脑子里闪现过龙丹丹的笑脸，一滴泪水混着汗从眼角滑落。

飞虎旅营区路上，谢思潇流着眼泪，心事重重地走着。她痛苦地闭上眼睛——肆虐的洪水，翻腾的河流里泥浆一般的黄水，还有妈妈在洪水里不停挣扎的身影……这么多年过去了，她以为时间可以治愈一切，但这些忘不掉的影像却始终出现在她的梦里，从来就不曾忘记过。

黑龙静静地在后面跟着，忽然回过身，叫了一声。谢思潇一愣，转身看见曾紫陌也跟了出来。谢思潇赶紧擦了一把眼泪，叫住黑龙。曾紫陌走到她跟前："0号，你没事儿吧？到底怎么了？"谢思潇掩饰地笑笑："真没事儿，我就是想一个人走走。"曾紫陌叹了口气，看着谢思潇："你瞒不了我，你有心事。"谢思潇愣愣地看着曾紫陌。

"0号，训练的时候，你一直是我的榜样，我对你佩服得五体投地。可是在生活中，我比你大好多，也比你经历了更多的坎坷。如果你愿意，可以把你的心事讲给我听，我保证只听，不说，只做你倾诉的对象。你说出来心情就会好受许多。"

"曾队长……"谢思潇嗫嚅着。

"这里没有曾队长了，只有学员019，我们是一样的。"

谢思潇苦笑："好吧，019，做教官的时候，我总难为你。你为什么还对我这么关心？"曾紫陌笑："你怎么理解都行，我只是想帮你。"谢思潇终于忍不住地哭出声来："我救不了人！我根本救不了人！我只会游泳，可是我救不了别人！我很没用！真的很没用……"曾紫陌震惊地看着痛哭的谢思潇，上前扶着她，坐到路旁："告诉我原因吧！或许我能帮你。"谢思潇哭着点头……

跑道上，王星疲惫地起身，沿着跑道朝回去的路走去。

营区路边，曾紫陌擦着泪看着满脸是泪的谢思潇。谢思潇抽泣着："019！你是唯一知道我秘密的人，我也不知道为什么会把这件事讲给你……可是你得保证，不能告诉任何人。就连飞狼也不能告诉！"曾紫陌点头，忧心忡忡地看着谢思潇："可是明天怎么办？"谢思潇愣住了。

"明天我们的训练科目还是水上救援。你继续装腿上有伤吗？别忘了，你只有24小时的时间，现在只剩下十几个小时了。"

谢思潇痛苦地哭着摇头："十年了，我都解不开它，十几个小时你让我怎么办？我做不到！根本做不到！"曾紫陌严肃地把着她的肩膀："你想留在霹雳火，就必须要渡过这一关！必须要解开这个心结！"谢思潇含泪看着曾紫陌。曾紫陌起身，凝视着谢思潇："到游泳馆吧！我愿意帮你！"谢思潇诧异地看着曾紫陌，曾紫陌点头："我给你当救援对象，我们现在就开始训练。"谢思潇流着泪："算了吧，没用的。"

"总得试一下！霹雳火原则第二条：我们永远不会放弃！我不放弃救援对象的生命，也不会放弃我的队友。"曾紫陌站起身，伸出手。谢思潇犹豫着，最终下定决心，两人的手握在一起。

突然，黑龙叫了两声，两人一愣，见王星迎面走来。谢思潇大惊，赶紧又擦了擦眼泪。曾紫陌问："007，你刚回来？"王星点头："你们……去干吗？"曾紫陌笑："哦，0号不是大腿拉伤了嘛，我看她挺痛苦，带她回卫生队擦点药水。"谢思潇感激地看了一眼曾紫陌。

王星上下打量着谢思潇的左腿："你还真伤了？"谢思潇冷着脸："那我让你失望了。"

"确实有点儿失望，你千万别被淘汰，尽快恢复，要不然我就享受不到战胜你的快感了！"说完扬长而去。谢思潇气急，怒视着他的背影。曾紫陌仿佛看出来什么，暗自一笑，对谢思潇说："我们走吧！"

两人刚走开，王星下意识地停下脚步，回身望去，只见谢思潇一瘸一拐地走着。王星满脸疑惑："真伤了？"王星表情复杂，一拍脑门儿自言自语："王星，你想什么呢？啊？你想什么呢？神经病！"说完匆匆而去，刚走了几步，又回头，看着谢思潇和曾紫陌走去的方向，一脸诧异："不对呀……"

游泳馆里，谢思潇凝视着泳池发呆，黑龙坐在一旁哈哧着舌头。曾紫陌看她："0号，你的泳技是没问题的，我们就直入主题吧！"谢思潇发愣地点点头。曾紫陌入水，游到泳池中央踩着水，返身看着谢思潇："来吧！0号！别想太多！别犹豫！"谢思潇茫然地点头，下定决心似的跳下水。黑龙蹲在池边，跃跃欲试。

"我现在处于昏迷状态，不再发力了。"曾紫陌闭上眼睛，仰躺在水面上，谢思潇纠结地点头，愣愣地看着平躺在水面上的曾紫陌。

"0号！你一定可以的！"曾紫陌鼓励地看着她，"我给你10秒钟！10，9，8，7……"谢思潇表情痛苦，当曾紫陌数到1时，身体忽然猛地下沉！谢思潇大惊："019！"曾紫陌不断地在水中上下沉浮："0号！救我！快救我！"谢思潇的眼泪下来了，十年前的一幕再次闪现在眼前，她痛苦地摇着头。

"0号！我坚持不住了！快救我！快救我啊！"曾紫陌大声呼喊着，谢思潇满脸痛苦地摇着头。妈妈沉下去前的呼叫声让谢思潇双手抱头，撕心裂肺地尖叫起来："啊——"曾紫陌愣住了，焦急地抱住谢思潇："0号！你怎么了！0号！"泳池边上，黑龙也狂吠着跃下水！

听到惊叫声，游泳馆的管理员战士惊惧地跑进来："曾医生！怎么回事儿？"曾紫陌笑笑："没事儿！我们在训练！训练！"管理员战士疑惑地看着她，曾紫陌抱着谢思潇，焦急地说："我们真的在训练！小陈，你出去吧，有事儿我喊你！"小陈这才诧异地转身走了。

这时，王星跑了进来，看见水里发狂一样的谢思潇愣了。曾紫陌拼命地抱着她，大喊着："0号！0号！你醒醒啊！"黑龙也游了过去，焦急地狂吠。王星反应过来，飞快地扯掉外衣一跃进入水中，迅速游了过去。

谢思潇痛哭着，抱着头挣扎着。曾紫陌死死地抱着她，人也在下沉。王星飞速游了过来，一把拽住谢思潇。曾紫陌意外地看他："007！"

"你们在干什么？！她怎么了？"

"先把她拽出去！回头再跟你解释！"曾紫陌一脸焦急，王星看着发狂似的谢思潇，顾不了那么多，发狠地拽着她直奔游泳池边。

王星和曾紫陌一起将谢思潇拽了上来，黑龙也浑身湿淋淋地爬上岸，焦急地围着谢思潇转圈。谢思潇双手抱头，痛哭着。王星看着曾紫陌："她到底怎么了？！"曾紫陌为难地摇头："我……我不能说。"王星一愣，焦急地扒开谢思潇的双手，瞪着她："0号！0号！醒醒！醒醒！"谢思潇睁开泪眼，看着王星，愣住了。

"你在干吗？"王星问。

谢思潇一惊，看向曾紫陌，曾紫陌摇头："我什么也没说！"王星纳闷儿："说什么？"谢思潇一把将王星推开："你别管了！"

"可是你刚才发疯了！"王星一个趔趄，差点儿摔倒。谢思潇赌气地站起身："你才发疯呢！"王星瞪着谢思潇的腿："你腿没事儿啊？"谢思潇愣住了。王星暴跳如雷地大喊着："到——底——怎——么——了？！"谢思潇呆了一下，突然哇的一声大哭起来，王星目瞪口呆。

5

高胜寒坐在办公室里，表情严肃地盯着电脑屏幕。这时，马路匆匆跑进来："飞狼！出事了！"高胜寒一惊："怎么了？"

"游泳馆战士刚才打电话，说我们的队员在里面加练，情况很奇怪，其中一个好像出了精神问题。"

"什么意思？加练的是谁呀？"

"曾紫陌，还有一个带狗的，肯定是谢思潇啊！"

"走！"高胜寒腾地站起身，又忽然停下来，"老马！鸣警报！把所有人集合过去！"

"啊？所有人？那谢思潇她……"

高胜寒声音低沉："她迟早要面对现实，必须得过这一关！"马路郑重地点头，转身离去。

6

泳池边上，黑龙抖着身上的水，王星被弄了一身，烦躁地瞪着黑龙："哎呀你有完没完啊！"黑龙也瞪他。王星赶紧向后蹭了蹭："请便！请便！"王星回头，谢思潇一脸尴尬地瞪着王星。王星扑哧一声，赶紧捂住嘴。曾紫陌皱着眉："007，你就别幸灾乐祸了，你既然来了，就赶紧和我一起帮帮0号！"

"帮她可以啊！得先告诉我是什么秘密！"

"007你滚蛋！谁说让你帮了？"谢思潇赌气。

"救了你你还这么横！忘恩负义！"

"谁让你救我了？我淹死了我愿意！"

两人针尖对麦芒，毫不相让，曾紫陌叹了口气出来打圆场："0号，还真得感谢007！否则，你真出了意外，麻烦就大了。"谢思潇语塞，赌气地瞪着王星："019，咱们回去吧！"曾紫陌焦急地说："你……你不练了？"谢思潇赌气地说："不练了！我退出算了！"

"019，不用劝她。她也就是嘴上说说，真让她退出，她比死还痛苦呢！"谢思潇愣住，王星看着别处，"怎么样？被我说到心窝子里了吧？不用奇怪，我向来善于揣摩敌人的心思，有道是知己知彼，百战不殆！"谢思潇气得脸红脖子粗，曾紫陌暗笑。

"咻——"一阵哨音响起！

三人大惊，下意识地望过去，只见高胜寒带着教官，还有其他队员全都走进来。三人连忙迎上去，立正："报告！"

高胜寒黑着脸看着三人。曾紫陌大喊："报告！我……我白天训练得不太好，请0号和007帮我加练一下。如果我违反了霹雳火集训管理规定，我愿意受罚！"高胜寒冷冷地看她："019，包庇队友，同样违反霹雳火的集训管理规定。"曾紫陌语塞。

"报告！"谢思潇大喊，"要加练的是我，019是为了帮我！我愿意受罚！"

"那007呢？"高胜寒问。谢思潇瞥了一眼王星："谁知道他从哪儿冒出来的！"王星气恼地瞪了她一眼。

"好了！好了！"高胜寒看着三人，"不管是谁吧，你们牺牲了宝贵的休息时间，主动到这里来加练，我只有表扬的份儿，哪儿有批评你们的道理呀！"三人愣住。高胜寒指着其他队员，"所以，我把他们全都叫来了！既然加练，就大家一起练。"三人有些尴尬，歉意地望着其他队员。许飞笑："我们都挺惭愧的，你们三个这么优秀都跑来加练，我们哪儿睡得着啊！"

"019！0号！007！告诉我你们加练的效果怎么样？"高胜寒问，曾紫陌一愣，谢思潇抢着说："报告！效果很好！"

"都很好吗？"

"是啊！都很好！好得不得了！"

王星扑哧一声，谢思潇死瞪着王星。

高胜寒看着王星："007，我以为你一定已经累瘫了，怎么还笑得这么灿烂啊？发生什么有趣的事儿了？跟我们大家分享一下！"谢思潇紧张地瞪着王星，曾紫陌也是一脸担忧。

"啊……挺有趣的。我们练着练着，狗……黑龙掉水里了！它慌乱啊，挣扎呀，我勇敢地把黑龙救了上来！"谢思潇鼻子快气歪了。曾紫陌莞尔，赶紧忍住。黑龙蹲在旁边一脸无辜。

"007，你瞎说呢吧？狗可是天生就会游泳。"石磊问。黄宝贵也点头："对呀！我还从没听说过狗被淹死呢！尤其是在游泳池里。"

"谁知道呢！今天这狗……黑龙有点儿异常。"王星瞥了瞥谢思潇，谢思潇恨不得活扒了王星。高胜寒笑笑："确实有趣！把游泳馆的录像给我调出来，大家跟着一起乐和乐和！"

"好嘞！"马路转身就往外走，谢思潇焦急地大喊："别——"

马路停住脚，所有人都看着谢思潇。谢思潇含着眼泪，深呼吸一口："报告！别去调录像！刚才……刚才是我出了状况，是007和019把我救了上来。"曾紫陌忧心忡忡地看着谢思潇，王星也一愣。

"你的泳技比019要好，和007不分上下，怎么会出状况？"高胜寒面无表情。队员们都是一脸诧异。谢思潇纠结着："我……我也不知道，我……"高胜寒凝视着她："你有一个心结！一个无法逾越的心理障碍！"谢思潇愣住了，难以置信地看着高胜寒。

"你的游泳技术很好，从小就很好！"高胜寒凝视着谢思潇，"因为你十岁之前都长在外婆家，外婆家在东海市的一座小渔村里，你三四岁的时候就跟着外公外婆舅舅一起出海打鱼了，你几乎天生就会游泳。这一点来说，你可比你妈妈强多了。你妈妈生长在海边，却天生对海水过敏，所以她从小就不沾水，长大了也远嫁到一座没有海的城市。"谢思潇的眼泪淌下来，王星也是一脸诧异。

游泳馆里鸦雀无声！

"你十二岁那年，父母离异，你也结束了在外婆家的生活，回到了单亲妈妈身边，妈妈见到了日夜思念的女儿，喜不自禁，她尽力补偿你童年离开父母的痛苦，也尽力想让你忘记父亲离开的痛苦，她对你近乎于溺爱，只要你想做的事情，她无不答应。你喜欢吃什么，她就给你做什么，你想穿什么衣服，她就给你买什么衣服，你想去哪儿玩儿她就带你去哪儿玩儿。你说你小时候生活在海边，从来没见过大山，她就贷款买了一辆越野车，每到周末就开车带你去大山里玩儿。"

谢思潇哭成了泪人，所有人的表情都很严肃，似乎都预感到了什么。

"终于，在你十二岁生日那天，那个星期六的中午，你和妈妈开车驶进大山，暴雨就在这个时候下了起来，雨越来越大，道路泥泞不堪，驾驶技术不强的妈妈一不小心将车开到了山路下方，那儿原来是个山谷，可是洪水冲了下来，那里成了一条咆哮的大河！"高胜寒哽咽着，"你们母女拼尽全力，从车里逃出来，可是你妈妈不会游泳。你拼命地朝她游过去，想去救她，可是洪水实在是太大了！你只有十二岁，体力根本无法对抗洪水。可是你并没有放弃，一次次失败，一次次游向妈妈。最终，你还是失败了……你妈妈遇难，你拼尽全力游到了对岸，体力透支，晕了过去……当地的武警部队救了你，一条功勋警犬找到了你妈妈的尸体，它就是黑龙的父亲。以后，才有了你后来的故事。"

谢思潇放肆地痛哭着，所有人都忍不住，有抽泣声从队列里传来。王星强忍着，瞪着谢思潇，可是泪水还是淌了下来。高胜寒看着痛哭的谢思潇，上前扶着她的肩膀："对不起，0号，这个故事我本来应该早点儿了解，可是我直到现在才知道。对不起！"谢思潇痛哭失声："我本来可以的！我真的可以救出妈妈！可是她不让我救她，她说我救了她，就没办法游到山谷对岸去了！她拼命地对我喊：'潇潇！别过来！千万别过来！潇潇！别管我！游到对面去！游到对面去呀……'她本来还可以再坚持的，可是她担心我游过去，她把自己沉进了水底……"高胜寒紧紧地扶着她的肩膀，一字一句地说："0号！看着我的眼睛！我现在告诉你！你妈妈当初的决定是对的！因为一个不会游泳的人，在面临生死之间，会拼命地抓住所有他能抓住的东西！她会下意识地把你拽进水底！那种力量强大到超乎常人的想象，12岁的你根本没办法抵抗！所以她才不让你靠近，所以她宁可选择自杀！她是在和死神谈判，她放弃了自己的生命，把你救了出来！"

谢思潇痛哭着点头，所有人都在落泪。

"这十年你已经做得足够好了！可是你一直逃避着这件事，现在你又一次面对这道坎了！所以！你不能让妈妈伤心对吗？你一定能战胜这道心理魔障，对吗？你现在足够强大！你可以救出落水的人，可以让他们不再像妈妈那样无助地死去！对吗？"谢思潇痛哭着点头。

"报告！"是王星。

所有人都看他，谢思潇也哭着看他。

"飞狼！把这个任务交给我吧！我愿意帮助0号！战胜这道心里魔障！"王星高喊。谢思潇难以置信地看着他。王星走上前，凝视着谢思潇："敢不敢再跟我比一场！把我救出来，我就向你认输！"谢思潇哭着，王星站起身，走向泳池，一跃而下！巨大的水花溅在谢思潇满是泪水的脸上。

泳池里，王星踩着水，看着岸上的谢思潇："0号！接受挑战吧！"

"0号！应战吧！""0号！加油！"所有人都期盼地看着谢思潇，黑龙也狂吠着。谢思潇含泪看着水里的王星，哭着冲上去，飞跃入水！

谢思潇站在泳池里，愣愣地看着水中的王星。黑龙狂吠着，高胜寒低声命令："把黑龙带出去！"秦成牵着黑龙往外面走去，黑龙狂吠着挣扎，谢思潇回身含泪对着黑龙命令："黑龙！去外面等我！"黑龙停止挣扎，听话地离开了。

"0号！加油！""0号！要相信自己！"

高胜寒看着谢思潇："0号！我们所有人都见证了你那段痛苦的回忆，现在需要你还给我们一个美好的回忆！"谢思潇哭着点头，踩着水，纠结地向王星游过去。高胜寒站在池边："0号！在我的印象中，你一直很自信，你的自信程度和007也是不分上下。今天到了你战胜他的时候了，在战胜他之前，你必须战胜你自己！不要让我们失望！也不要让自己失望！游过去！把他捞上来！"队员们纷纷加油，谢思潇泪眼瞪着前方的王星，快速游过去。所有人都关切地望着游向王星的谢思潇。

谢思潇游到王星身边，王星高举起双手，停止踩水，身体慢慢下沉。谢思潇纠结地瞪着王星，王星在水中挣扎着："愣着干什么？你想让我淹死啊！我已经呛水了！"谢思潇咬紧牙关，朝着王星伸出手，一把拽住王星的胳膊！众人一片喝彩！曾紫陌激动地握着双拳："0号！干得漂亮！把他拖上来！快呀！"泳池里，谢思潇淌着泪，使劲儿拽着王星的胳膊，肩颈部扛住王星的前胸，朝着岸边不停地划水。泳池边上一阵喝彩声，谢思潇泪眼婆娑，脸上带着压抑已久的笑容。

仰面躺着的王星看了一眼站在岸边的高胜寒，高胜寒微微点了点头，王星会意，突然一下用胳膊扣住了谢思潇的脖子！谢思潇愣住了，努力想回望，但被王星扣得死死的！谢思潇挣扎着不停地打水，但王星死死拖着她，朝着水底沉下去！队员们大惊："007在干什么？！""007疯了吗？！"曾紫陌目瞪口呆地看着这一幕，只有高胜寒表情凝重，没有动。

泳池里，王星把谢思潇整个人拖入水中，两个人不停地挣扎着，王星死死扣着谢思潇的脖子，两人沉到水底，谢思潇拼命地蹬腿，不一会儿，两人又从水里冒了出来。谢思潇惊叫着出水，大口地喘着气。王星保持着动作再次把她往下拽。许飞一脸焦急："报告！飞狼！我请求下水！007这小子疯了！"石磊也上前："飞狼！俺也下去！0号有危险！"高胜寒怒吼："干什么？！都回去！"队员们难以理解地看着高胜寒。高胜寒看着他们："激动什么？这一关你们也得过！"

队员们愣住了，高胜寒走向泳池边，两人还在水中死命地挣扎着。高胜寒大声喊："0号！现在你应该理解当年你妈妈不让你救她的原因了吧？！一个不会游泳的人，在面临生死之间，会拼命地抓住所有她能抓住的东西！她会下意识地把你拽进水底！那种力量强大到超乎常人的想象！现在，007就是一个不会游泳的人，一个下意识求生的人！他就是十年前你落水的妈妈！"队员们这才恍然大悟，关切地看着泳池里扑腾的两人。谢思潇还在挣扎着，猛然愣住。

"007！扮演好你的角色！如果0号不能把你救出来，你们两个就会被一起淘汰！"高胜寒高声命令。王星死死地揽着谢思潇的脖子："0号！你听见了吧？！就算你不想留在这儿，你也别连累我！"说着王星一把将谢思潇拖入水底。水下，谢思潇拼命地挣扎着，王星就是不松手。

所有人都一脸紧张地站在泳池边上。马路有些忐忑地看着高胜寒，低声道："有点儿危险了吧？万一……"高胜寒严肃地说："没有万一，今天她要是扛不住，我真的不会要她。霹雳火的队员绝不能有任何短板。"马路无奈地点头，关切地看着水中挣扎的两人。

这时，王星和谢思潇再次冒出水面，谢思潇呼吸困难，拼命摆脱着王星。王星双手死死地用力抓住她："0号！如果你战胜不了我，咱们两个都会被淘汰！你不觉得很丢人吗？"谢思潇挣扎着："不……可……能……"王星发力，再次将谢思潇往水底拖，谢思潇剧烈地挣扎着。所有人都睁大了眼睛，紧张万分！高胜寒表情冷峻，盯着两人。

"0号！救我！救我呀！……0号！放弃我！自己游走吧！只要你答应放弃我，我就松手！……0号！你完了！你快失败了！可恨的是你连累了我！"

"你……你浑蛋……"谢思潇哭喊着。王星"恶狠狠"地笑了："对！感觉很好！我就是浑蛋！一个把你往地狱里拖的浑蛋！要么你就把我变回人，要么就跟我一起葬身水底！"说着王星再次将她往水底拽。

两人再次沉入水底，谢思潇怒视着王星，王星"狰狞"地笑。谢思潇咬牙猛地一蹬池底，二人快速上浮，哗啦一声冒出水面。突然，谢思潇回身一肘，砸在王星的下颌上！泳池边上一片惊呼！王星猛然愣住了，鲜血从嘴里鼻子里不停地冒出来，他下意识地松开手，直愣愣地看着谢思潇，谢思潇也愣住。王星满脸带笑，在水中伸出大拇指："0号，真有你的……"说着头一歪，倒进了水里。谢思潇大惊，猛地一把拽住王星的胳膊，大喊："007！007！"王星满脸是血，不省人事。

队员们目瞪口呆，高胜寒笑了。曾紫陌看到了高胜寒的笑容，焦急地大喊："0号！还等什么？快把他拖上来！"谢思潇恍然大悟，扛着王星向池边游去。

众人七手八脚地把晕过去的王星拽上来，曾紫陌愣愣地看着王星。许飞几人也是焦急地大喊着："007！007！醒醒啊！"曾紫陌焦急地在检查："内唇出血！"郝玲玲带着哭腔："内唇出血怎么会晕过去啊？颅内肯定受伤了！0号！你干吗使那么大劲啊！"谢思潇语塞，尴尬地看着自己的肘部。

"要是颅内受伤就麻烦了！"说着，曾紫陌焦急地查看王星的瞳孔，又摸颈动脉，一脸诧异，"也不太像……"

谢思潇一脸紧张，高胜寒若有所思。曾紫陌抬起头说："飞狼，卫生队没有设备，得赶紧把007送基地医院去，进一步检查！"郝玲玲连忙上去作势要背，被石磊一把拦住："还是来个男的吧！"高胜寒狡猾地笑笑："不用了！"曾紫陌诧异地看着高胜寒。高胜寒看着谢思潇："0号，恭喜你，提前通过了水上救援的考核。"谢思潇愣住了："我通过了吗？可是……可是……"谢思潇不好意思地看向王星。

"你做得很棒，不把他打晕，你是没办法把他拖上岸的。"

谢思潇内疚地看着还在昏迷的王星："可是我可能下手太重了，他……"

"他就交给你了。目前这里就你一个闲人。"

谢思潇愣住，尴尬地点点头。

"老马！"高胜寒大喊一声，马路把车钥匙掏出来，递给谢思潇。石磊几人托起王星，放到谢思潇背上，谢思潇有些不知所措，石磊看她："0号！你还等啥啊！快去呀！"

"哦！好！"谢思潇背着王星，焦急地跑了出去。郝玲玲的表情有些复杂。高胜寒扭头看着众人："都不困了吧？！我建议，训练现在开始！"马路和教官们冲下去，催促着："下水！下水！快快快！"黄宝贵站着没动，"不换衣服啊！"于瑞一翻白眼："紧急情况！"

队员们噼里啪啦地跳下水，马路看着高胜寒："007真没事儿？我有些担心。要不我跟去看看。"高胜寒暗笑："我刚才看着呢，这小子没那么不堪一击。"马路一愣："装的？"高胜寒摇头："这个不好说。"马路脸一沉："我看看去！"高胜寒一把拽住他，笑了："不该认真的时候，别瞎认真。"马路恍然大悟，也笑了。泳池边上，于瑞大声高喊："一小时踩水训练！开始计时！"高胜寒下意识地看着水中的曾紫陌，表情很复杂。

7

训练场上，谢思潇挣扎着背着王星，打开车门，把王星塞进副驾驶，随后焦急地跳上车打火儿，她的手有些发抖，忧心忡忡地看着王星："007！007！"

王星没反应。

谢思潇焦急地打开车灯，挂挡，启动。谢思潇边开车边焦急地喊："007！你醒醒啊！你别吓我好不好？007……虽然你非常讨厌，可是你别在这时候出事儿啊！你要真完蛋了，我良心何安啊……"

突然，汽车一个颠簸，王星的头朝着谢思潇肩膀歪过来。谢思潇吓了一跳，尴尬地把王星给推了回去。汽车又一个颠簸，王星的头又歪了过来，谢思潇表情紧张，伸手想推，想了想，叹了口气："唉……毕竟是我打伤的你，毕竟你……你是为了帮我才受伤，毕竟你晕过去了……"

"丹丹……"王星呓语着。谢思潇大吃一惊，一个急刹车，瞪眼看着王星："007！007？"王星眉头紧皱："丹丹……你去哪儿了……丹丹……你到底去哪儿了？你怎么一声不吭就走了……我想你……"谢思潇表情复杂地看着肩头的王星，王星欣慰地笑着，伸手朝谢思潇抱去："丹丹，我可找到你了……这次你跑不了了……跑不了了……"

"啊……"谢思潇一声尖叫，王星猛然睁开眼睛，抬头一看，惊得跳开。

"这……这是哪儿？"王星惊魂未定。

"车上。"谢思潇努力镇定自己。

"我怎么在这儿？"

"你晕过去了，我带你去医院。"

"我晕过去了吗？"

"是啊！"

王星想了想，恍然，瞪着谢思潇："我想起来了！是你把我打晕的！"谢思潇有些尴尬："我……我又不是故意的。再说了，谁知道你那么不禁打呀！"王星愣住，想了想，一笑："明白了。我这不是单纯的休克。是在耗费了大量体能之后，身体透支了，被你刺激了一下，睡过去了。"谢思潇不明白地看着王星。王星得意地说："我说呢！我怎么会被你打晕过去呢？那不成阴沟里翻船了吗？"

谢思潇还看着王星，王星有点儿不自在，下意识地看着谢思潇的肩膀，尴尬地说："那什么……虽然我是睡过去了，可是睡觉的人也是没有意识的。你……你应该不会那么小心眼儿吧？"

"那倒不至于。"谢思潇说，王星如释重负地叹了一口气，谢思潇说，"可是靠在我肩膀上，嘴里喊着自己女朋友的名字，还动手动脚的，我就很介意了！"王星大惊："不可能！"谢思潇吓了一跳："你喊什么？！"王星压低了声音："绝不可能！你讹诈我！"

"丹丹！"

王星愣住了。

"丹丹！你去哪儿了……丹丹……你到底去哪儿了……你怎么一声不吭就走了……我想你……"谢思潇模仿着。王星目瞪口呆，表情复杂。谢思潇看着他："你手机里那张照片就是丹丹吧？"王星错开谢思潇的目光，表情复杂地看着前方。

"怎么，找不着？被人家给甩了？不至于吧！你虽然歪瓜裂枣的，可是那女孩儿也很一般啊……找个清华大学的硕士毕业生，她有什么不知足的？'官二代'？'富二代'？还是嫌你没房没车呀？"突然，王星猛地推开车门，跳下车。谢思潇愣住了，也赶紧推开车门出去。

车外一片漆黑，谢思潇隔着车看着王星："你至于吗？跟你开玩笑呢！"王星淡淡地说："有些玩笑不能开！我和你很熟吗？"谢思潇愣住，赌气地跳上车："一点儿不熟！"说着一踩油门，吉普车一个大回环，疾驰而去。

王星愣愣地看着，吉普车又飞速倒了回来！王星大惊，赶紧闪身躲开。车窗摇开，谢思潇冷然看着王星："刚才训练的事儿，谢谢你！"说罢，挂挡，踩油门，疾驰而去。王星对着车尾巴狂喊："神经病！……我怎么着你了……至于那么大反应吗？！"王星擦着嘴角的血迹，皱着眉往前走去。

8

训练场上一片静谧，谢思潇心情复杂地开着车，突然一踩刹车，吉普吱一声停在路旁。谢思潇心事重重地跳下车，拔腿猛跑。

游泳馆里灯火通明，队员们在教官的催促下紧张地训练着。谢思潇跑进来，一个猛子扎进水里，朝着对岸拼命地游过去。所有人都愣住，诧异地看着她。郝玲玲在水里大喊："0号！007呢？他没事儿吧？！"谢思潇继续向前游："他好着呢！"许飞问："那你是怎么回事儿？"谢思潇停下，在水中转过身，看着众人："我来训练啊！"

泳池边上，马路困惑地看高胜寒："什么情况？好像事情和你想的有出入。"高胜寒苦笑："我可能有点儿落伍了。"马路茫然地看谢思潇。高胜寒黑着脸命令："都愣着干什么？继续啊！"队员们忙不迭地继续踩水。

9

下课铃声响起，夏初牵着蓝妞的手向门口走去。不时有同学拍着篮球从不远处跑过来，夏初和蓝妞笑着和他们打招呼。夏初看着蓝妞："蓝妞，你怎么总喜欢和男孩子一块儿打球啊？"蓝妞撇着嘴："不然怎么办？咱们班的女子篮球队把我开除了。"夏初皱眉："为什么呢？"

"因为只要我一上场，别的班准输，所以我就不和她们打了。我只能当裁判，没劲儿。"夏初恍然笑了，蓝妞失落地说，"夏老师，我爸爸今天又没空管我啊？"夏初点头："他给我打电话说，晚上还有训练，要是太晚就不来接你了。"蓝妞懂事地点点头，还是有点儿不太高兴地说："我快一个星期没见到他了。"夏初笑："没关系，还有夏初老师呢！这样吧，你先跟我回宿舍写完作业，然后老师带你去吃必胜客，好不好？"蓝妞一脸惊喜："真的？！"夏初得意地点点头。蓝妞忽然意识到了什么，看着夏初："可是，夏老师，必胜客挺贵的，您刚换的工作，这样……不太合适吧。"夏初一愣，随即开心地笑了："小蓝妞！你真是太可爱了！你居然心疼起我来了！"蓝妞笑："您对我这么好，我当然得心疼您了。"夏初感慨地蹲下，拉着蓝妞的手："蓝妞，我告诉你，跟夏老师永远都不用客气。你刚才不是跟同学们说过吗？夏老师对你，就像妈妈对你一样好。"蓝妞肯定地点头。夏初若有所思："所以，老师对你就像对自己的亲女儿一样，也是应该的呀。"蓝妞又点点头："夏老师！我明白了。"夏初微笑着捏了捏蓝妞的小脸蛋，站起身："咱们走吧！"

"夏老师，"蓝妞忽然看着夏初，"等我妈妈回来，我一定告诉她，她不在的这段时间，一直都是夏老师照顾我。到时候，我让她好好感谢一下您。"夏初一下愣住了，蓝妞的话让她听着心酸。蓝妞发现了问："夏初老师，您怎么了？"夏初赶紧掩饰地笑笑："哦，没事儿……蓝妞，咱们快去写作业，写完作业出发！"蓝妞高兴地点头，两人向宿舍走去。

10

夜幕中，运输直升机在几架武直－10的护航下从城市上空掠过。高胜寒、马路和秦成等所有队员们全副武装地坐着，都是一脸疲惫。

驾驶舱里，崔华盾戴着耳机，操作着直升机，回头瞥了一眼，对着耳麦："飞狼，我们预计20分钟以后回到驻地。"高胜寒坐在机舱里："收到！山鹰，这一趟辛苦你们了！"崔华盾一笑："哪儿的话！战虎和霹雳火是自家兄弟，一家人不说两家话。"高胜寒微微一笑。

"怎么样？落地以后两队人马会个餐？我个人请客！"崔华盾说。

"好啊好啊！但是请客不能让山鹰埋单，咱们战虎的人人有份，集体请霹雳火兄弟姐妹们撮一顿！"顾意笑着。

机舱内，队员们顿时来了精神，都睁大眼睛期待地看着高胜寒，只有曾紫陌表情有些复杂。高胜寒笑："会餐没问题，不过不能战虎埋单，我建议AA制吧，霹雳火不能白吃啊！不过，我参加不了。"

"为什么？"崔华盾问。

"出去一个星期了，好不容易早回来一会儿，我得看看我的宝贝女儿去！"

崔华盾笑道："你小子还记得自己有个女儿呢？"

"废话！我女儿就是我的命，忘了我自己也不能忘了她呀！"

驾驶舱，崔华盾苦笑。马路刻意看了一眼曾紫陌，曾紫陌的表情更加复杂了。

第八章
——FIRE——

1

停机坪上，运输直升机稳稳地降落。舱门打开，高胜寒和队员们鱼贯跳下直升机。谢思潇牵着黑龙："飞狼！今晚真的不安排训练了？"

"不一定。"高胜寒笑着匆匆前行。曾紫陌看着高胜寒兴匆匆的背影，心情复杂。谢思潇愣在那里，王星笑说："你太天真了，这问题等于白问，夜间训练什么时候提前通知过？"谢思潇白他一眼："我又没问你！"王星无辜地摊摊手："我是觉得你很无知，提醒你一下。"

黑龙抬头看着二人，叫了两声。马路笑："你们两个就不能和平相处一会儿？我告诉你们啊，掐归掐，一会儿和战虎会餐的时候，都给我表现好点儿！"两人悻悻地收回目光，扬长而去。

人群里，许飞下意识地回过身，表情复杂地看着和飞行员们说笑着的顾意。这时，白鹏也看到了许飞，又瞥着顾意，故意大声地喊了一声："呆鸟！"顾意一愣，白鹏迎上去："呆鸟！等会儿我们啊！"

飞行员们笑着都迎了上去，顾意白了众人一眼，只好跟上。另一边，赵小丫看着人群中的顾意，刻意放慢了脚步。许飞不得不迎上来，抬手敬礼："猎鹰！"崔华盾还礼，一笑："你们聊，一会儿到空勤灶集合。"

"是！"队员们啪地立正。崔华盾拍了拍许飞的肩膀，走了。顾意看着崔华盾的背影，欲言又止。

"臭小子！""才走几天啊，想不认兄弟了！"飞行员们你一拳我一巴掌地逗着许飞。许飞笑着："没有没有，我正想过去呢！哎呀呀别闹……"

顾意瞥着许飞，许飞也看见了，笑了笑。顾意不理他，扭过脸去，许飞有些尴尬。白鹏故意地说："哟哟哟，什么情况？寒号鸟，呆鸟，两位绝世高手之间再次见面，面子上总得过得去吧？怎么跟谁欠了谁钱似的？"飞行员们拍手起哄："握个手！""干脆拥抱一下得了！""拥抱拥抱！"许飞皱着眉："别闹……"

"切！谁跟叛徒拥抱啊！"顾意扬了一下头，扬长而去，"——猎鹰！等等我啊！"

顾意追上崔华盾，崔华盾有些不自然地说："寒号鸟，你怎么不跟大伙儿聊聊？"

"跟他们聊什么，我看呆鸟就来气。"

崔华盾一愣，刚要开口，顾意抢先地说："猎鹰，我前几天做出来一套编队方案，你帮我看看？"

"现在吗？"

"用不了多长时间。快走吧！"顾意下意识地拽了一把崔华盾的胳膊。崔华盾一愣，下意识地躲了一下。顾意顿觉失态，尴尬地一笑。崔华盾错开她羞涩的目光："那行，换完装，到办公室找我。"

"是！"顾意兴匆匆地跑了。崔华盾苦笑，下意识地一扭头，只见曾紫陌正看着他。曾紫陌对他微微一笑，点了点头，走开了。身后，赵小丫看看这个，又看看那个，一脸迷茫，又忽然兴奋起来，走向许飞。

白鹏拍了拍许飞的肩膀，压低声音："兄弟！情况你看清楚了吧？我没蒙你吧？"许飞尴尬地闪烁其词："什么呀……"白鹏急了："什么什么呀！再不主动攻击，你就晚了！今天晚上是个好机会，到时候哥儿几个都配合你！我告诉你，我们哥儿几个现在可是冒着谋逆的罪名帮你！"几个飞行员一起点头，许飞目瞪口呆地看着几人。

"014！"

许飞一惊，回头一看，赵小丫笑容可掬地站在他们身后，笑盈盈地迎上许飞："014！晚上咱俩坐一桌儿吧！"所有人都愣住了，面面相觑。许飞皱眉："015，你添什么乱……"赵小丫笑脸盈盈："没有啊，我是说，晚上和你坐一桌，可以好好聊聊，我可爱听你说话呢，特幽默！"赵小丫干脆拽住许飞的胳膊，"走吧！快去换装！"许飞一脸不情愿地被赵小丫拖着走了，白鹏和几个飞行员彻底傻眼儿了。

"大鹏，你觉得我们刚才的行为，是不是犯贱啊？""典型的犯贱。咱还巴巴地给人家帮忙呢，原来人家另有新欢了。"

白鹏叹息一声："贱人们，走吧，这里不需要我们了。"

前面，许飞尴尬地摆脱赵小丫的手："015！你疯了？你什么意思啊？"赵小丫开心地笑："我刚才是帮你摆脱尴尬啊！那个什么寒号鸟直奔着猎鹰飞过去了，你说你尴尬不？"

"可是……"

"不用谢！天涯何处无芳草啊！你说对吧？"赵小丫对着许飞眨眨眼睛。许飞目瞪口呆，麻木地指了指赵小丫："有眼屎！"说完逃也似的走开了。赵小丫站在原地，揉着眼睛："哪儿有啊！我洗脸了！014！等等我呀！我话还没说完呢！"许飞拔腿就跑。赵小丫愣住，随即狞笑着："原来如此啊！014，你跑不出我的手掌心了。"说完开心地跑了。

2

餐厅里，人潮涌动。

夏初回身点餐："服务生，再来两份提拉米苏。"服务生应了一声去了。蓝妞摸着肚子："干妈，我已经吃饱了。"夏初笑："没事儿，再吃点儿甜点，然后我带你去买件衣服。"说罢，夏初站起身，"蓝妞，你等我一下，我去趟洗手间，要是甜点上来，你就先吃。"蓝妞懂事地点点头："嗯，我还是等您回来一起吃。"夏初笑着拍了拍蓝妞："等着我啊，别乱动。"

蓝妞一脸幸福地看着夏初的背影。夏初走到楼梯处，对蓝妞一笑，上楼了。蓝妞双手托腮地等着，左顾右盼地看看。餐厅里都是一家三口在用餐，无限温馨，孩子在爸爸妈妈面前亲昵地撒着娇。蓝妞羡慕地看着，有些伤感。忽然，窗外一个人影闪过，蓝妞一愣，望过去，只见一个穿着迷彩上衣的女子，从门外的路上匆匆而过。蓝妞大吃一惊，猛地站起身："妈妈？！"

穿着迷彩上衣的女人匆匆而去，很快就拐进了对面的一家商场。蓝妞焦急地大喊着："妈妈！妈妈！"周围的人都诧异地看着蓝妞。蓝妞不顾一切地跑到门口，端餐上来的服务员看着空无一人的座位，愣住了。这时，蓝妞已经推开玻璃门，猛跑了出去。

马路上，蓝妞急匆匆跑过，险些被一辆汽车撞到。司机一个紧急刹车，刚要开口，蓝妞已经猛跑了过去，直奔商场大门。

餐厅里，夏初擦着手走下楼梯，望着空空的餐位一愣，四顾寻找着："蓝妞？蓝妞？"这时，服务生匆匆走来："小姐！刚才那个孩子跑出去了！"夏初大惊："跑出去了？你知道她去哪儿了吗？"服务生指了指对面："好像过了马路！"夏初气恼地拎起包："你怎么不拦住她？"服务生无辜地说："她跑得太快了！我根本没来得及反应。"

"那孩子好像看到了谁，然后特别着急，喊……妈妈！就追了出去！"旁边的一个中年女人说。夏初愣住了，抓起包，疾奔出去。

夏初跑到马路边，焦急地看着市区里穿梭的车流，对面的街道上人头攒动，夏初疯了似的焦急大喊："蓝妞！蓝妞！"旁边的行人都看她，夏初快哭了，快速穿过车流跑到马路对面。

商场里人很多，蓝妞焦急地挤开人群，四顾寻找着。蓝妞左右看看，猛地看到前面人群中忽隐忽现的迷彩服，蓝妞奋力地向前挤过去："妈妈！妈妈——"

商场后门，蓝妞跟着跑了出来，只见迷彩服女人上了一辆出租车，蓝妞哭着追了过去，出租车一踩油门消失在城市的车流中。蓝妞哭着沿路追："妈妈！我是蓝妞！你等等我……妈妈！妈妈！"路上的行人纷纷侧目。

夏初在过往行人中焦急地寻找着，她不顾一切地跳上一个花池，站在沿上四顾环顾，眼泪直淌，大喊着："蓝妞！蓝妞！"——没有回应。夏初急得大哭起来："蓝妞，你去哪儿了，蓝妞……"这时，手机铃声响起来，夏初哭着看着手机——是高胜寒。

飞虎旅的大门口，高胜寒开着自己的车正从大门口驶出来。夏初哭着接通了电话，高胜寒兴冲冲地："喂？是夏老师吗？我是高胜寒。"手机里传来夏初的哭声，高胜寒愣住了："夏老师，怎么了？"夏初痛哭着："高胜寒，蓝妞……蓝妞她不见了……"

"吱——"一声尖利的刹车声！高胜寒猛地顿住："你说什么？！"

"蓝妞……不见了！一会儿的工夫我就找不到她了……"

"告诉我你现在在哪儿？！"高胜寒焦急万分地重新启动汽车，"夏初！你先别哭了！快报警！我马上到！"高胜寒加速，汽车疾驰而去。

3

飞虎旅的空勤灶食堂一片安静。在一张由几张餐桌拼起来长方形大桌子上摆着丰盛的饭菜，还有各种饮料。飞行员和霹雳火的队员们相对而坐。石磊挨着黄宝贵，看着桌子上的饭菜垂涎欲滴。王星和谢思潇一人坐一头儿，对瞥着。郝玲玲兴奋地挨着王星，却发现两人隔空对瞪，心情有点儿失落。

另一边，白鹏和几个飞行员怒视着许飞。许飞有些尴尬，皱眉看着身旁的赵小丫。赵小丫满脸带笑地坐在许飞旁边，眼神却看着顾意。顾意无所谓地错开目光，朝一旁的崔华盾挪了挪。崔华盾有些尴尬，下意识地看向曾紫陌，曾紫陌也是尴尬地错开他的目光。崔华盾掩饰尴尬地微笑着："怎么，飞狼不在，你们霹雳火还这么紧张啊？"马路左右看看，有点儿着急地看向众人，随即笑道："没有，大家可能有点儿累，还没缓过来。"马路说着对队员们递了个眼色。队员们都各怀心事，勉强地笑了笑。马路赶紧举杯起身："来来来！我代表飞狼和霹雳火的全体集训队员，感谢战虎的兄弟姐妹协助我们完成这次外训！"众人都举杯起身。崔华盾笑着举起一杯饮料："自家兄弟，都别客气了！来！战备值班部队不许喝酒，咱们用饮料代酒，干一个！"——砰！无数个杯子碰在一起，大家一起笑，但这笑容都有些苦涩。

4

必胜客对面的马路边，警灯闪烁。几个警察围着痛哭不停的夏初。

"姑娘，我们已经把情况通报给指挥中心了，相关的监控视频也正在调取中，你先别哭，我问你，你确定孩子是自己走失的吗？"一个警察问。夏初哭着摇头："我不知道，我真的不知道，我就是听餐厅的服务员说，孩子喊着妈妈就跑了出去。"

"你是孩子的什么人？"

"我是她的老师。"

"那你有没有联系过孩子的妈妈？"

"她……她妈妈，她妈妈，她……"

警察狐疑地看着她，突然一阵急促的刹车声！高胜寒跳下车，焦急万分地跑过来。夏初哭着迎上去。

"到底怎么回事？！蓝妞怎么会丢了？！"高胜寒急问。夏初哭着："我带她去餐厅，中间我去了趟洗手间，出来的时候就发现她不见了，旁边的人和服务生说，她喊着妈妈就跑了出去！……"高胜寒像遭雷击一样，愣住了！

这时，警察们走过来："请问，您……"高胜寒焦急地迎上去："警察同志！我是孩子的父亲！我叫高胜寒！"说着，高胜寒掏出军官证，"这是我的证件！"

警察接过来证件，一愣，脸色严肃地拿起对讲机："指挥中心！指挥中心！025报告，失联的孩子是一名军属！重复，失联的孩子是一名军属。"

"收到，我们马上处理……"

警察将证件递还给高胜寒："您先不要着急，我们现在正在布控，没有意外的话，相信孩子不会走远。"高胜寒伸出手："太谢谢你们了！"夏初哭着："高胜寒，对不起！真的对不起……"高胜寒看着她："现在说这些有什么用？我们必须先找到孩子！"夏初哭着点头。

"025！025！……监控信息显示，大约25分钟前，一名符合丢失女孩儿特征的孩子，沿着新华路一路向南，过红旗路口向左转弯走了，那边监控设备故障，周边没有拍到信息……"

"收到！"警察收起对讲机，皱眉，"情况有点儿复杂了，新华路和红旗路口的监控设备故障，没有拍到孩子的新的视频信息，可是那一带路况复杂，岔路很多，孩子有可能向任何一个方向走。这样吧，我向指挥中心报告，我们在那一带加强警力，挨着街道搜！"高胜寒焦急地点头："好！谢谢你们了！这样吧，我也一起去找！"说着，高胜寒焦急地跑向自己的汽车。夏初也含泪追上去："高胜寒，我和你一起找！"二人上车，疾驰而去。

5

食堂大厅里气氛热烈，队员们已经纷纷离座，互相敬着饮料。谢思潇和王星对坐着，飙着喝饮料，你一杯我一杯。黄宝贵和石磊、郝玲玲等几个队员起着哄加油。白鹏看着几人："什么情况这是？"一名飞行员心有余悸地说："这么喝不得喝拉稀啊！"

旁边，许飞郁闷地坐着没动，赵小丫看着他："014，你怎么不去跟昔日的兄弟们喝一杯呀？"许飞堵着气："你觉得，现在还有人理我吗？"赵小丫说："那个女飞行员叫顾意是吧？前女友还是你暗恋的对象啊？"顾意正和马路、秦成对饮，许飞瞪着赵小丫："015！这和你有什么关系？"赵小丫一笑："好奇，随便问问，顺便监督一下你。"

"你监督我？凭什么？拜托你搞清楚，我和你表姐早就分手了，你亲口说的，你表姐孩子都生了俩了！你凭什么监督我？"

"这和我表姐没关系，和我有关系。"赵小丫目光闪烁，"别装傻了，全世界都知道我看上你了。"许飞转回头："你觉得可能吗？拜托！我对小女孩儿没兴趣。"

"有什么不可能的？你未婚我未嫁的……我都 21 了！不小了！顾意也和我年龄差不多吧？为什么她行我不行？"

"你……"

"你是有心理阴影吧？没关系的！我又不是在你和我表姐热恋的时候追你。"

许飞哭笑不得："015，我确实有心理阴影，我的心理阴影是当年你满脸的鼻涕和眼屎……"赵小丫愣住，不依不饶地捶他："谁还没有童年啊！你没穿过开裆裤啊？你也有过鼻涕啊！你现在就有眼屎！"许飞一脸痛苦地趴在桌子上。

曾紫陌坐在座位上，饶有兴致地看着王星和谢思潇拼饮料。崔华盾微微一笑，拿着饮料坐到她旁边。曾紫陌下意识地回头，看到了崔华盾，有些尴尬。崔华盾一笑："看入神了吧？"曾紫陌笑了笑。崔华盾看着王星和谢思潇："想起当年，我和飞狼也这么拼过，仅仅是性别不同。你猜谁赢了？"

"我……我猜不出来。"

"当然是飞狼那小子赢了！"崔华盾感慨地说，"我撑得肚子疼了一个星期，后来才知道，他把自己喝的那几大桶可乐，提前放了气儿。"曾紫陌忍俊不禁地一笑，又尴尬地收起笑容。崔华盾的表情突然变得凝重起来："飞狼这个家伙，总是骨子里透着狡猾，动心眼儿我动不过他，总被他坑。可是他却是我最好的兄弟！到现在我才发现，我欠他太多了。"崔华盾起身走开。曾紫陌愣住了，表情复杂地看着崔华盾的背影。

这时，顾意走来，微笑着叫了一声："曾姐。"曾紫陌缓过神儿来，顾意拿着饮料："我敬您一杯！"曾紫陌一愣，连忙拿起饮料杯。二人碰杯，都各有心事地相视一笑，很尴尬。

人群中，秦成对马路大喊："老马！给飞狼打个电话吧，这会儿他也该回来了，带蓝妞儿过来热闹热闹。"马路笑着掏出手机："行啊！我也想那小丫头了！"马路拨通号码，"……喂？飞狼！我是老马！你回来没有……什么？蓝妞丢了！！"——现场一片安静，所有人都看着脸色大变的马路。

"飞狼！到底怎么回事儿？"

街上车流攒动，高胜寒边开车边四处环顾，焦急地说："一句话两句话说不清楚。你们别等我了！"

"飞狼！你现在在什么地方？"

"红旗路附近！先挂了！"高胜寒匆匆挂了手机，猛打方向盘，汽车刷地转向朝一条狭窄的街道急驰而去。

食堂里，马路傻愣地拿着电话，曾紫陌关切地问："他说他在哪儿？"

"红旗路附近。"

崔华盾焦急地说："红旗路那一带是旧居民区，岔路口很多，到处是小街道，旁边还有国道穿过！"

"那还等什么？都谁认识蓝妞？一块儿去找啊！"王星焦急地提议。

"我认识！我带上黑龙！"谢思潇说。

"什么认识不认识的！全体出发到那一带，见到独自一人的小女孩儿就多问两句！"许飞说。

白鹏等人看着崔华盾。马路看了看飞行员们，对崔华盾说："猎鹰，你们还要备勤，这事儿就别管了，我们现在就走！有什么处分，我马路扛着！"

"你们怎么出门啊？没有假条，再说这么多人能一起出去吗？"

"我们不需要出门。"

崔华盾苦笑："老马，你可别胡闹啊！"

"没时间想后果了，我来担着！"

崔华盾想了想："这样吧，你们先走，我去找旅长给你们准假！有什么需要随时跟我联系！"

"好！"马路感激地看了一眼崔华盾，带队急匆匆走了。

夜色中，一队人影悄声来到飞虎旅的围墙外，大家都已经换上了便装。马路四处看了看，一挥手，噌噌噌——队员们纷纷跳墙而过。

6

红旗路街上，高胜寒边开车边焦急地四顾。夏初泪水涟涟地边看边哭："蓝妞！蓝妞你在哪儿啊！我后悔死了！我干吗要离开她呀……"高胜寒瞥了她一眼，表情复杂，继续焦急地找。这时，手机铃声响起，高胜寒看着屏幕一愣："老马！"

红旗路口的公交站牌旁，马路率队焦急地聚集着。马路拿着手机："飞狼！现在我们全都到了红旗路口的公交站，你在哪儿？"高胜寒一惊："你们都来了？"马路说："出了这么大的事儿我们能不来吗？你就说吧，怎么找？"高胜寒有些感动，思索着："现在我和派出所的警察都在街道上转，但是这一带的地形很复杂，有许多小胡同，车根本进不去……"

"我明白你的意思！放心吧！交给我们了！"马路挂了电话，焦急地转向众人："这样吧，大家两人一组，就在这一带搜索，尤其是车辆进不去的小胡同和小街道，一条都不能落下！"

"我们都没有带电话，怎么联系？"许飞问。

"谁先找到孩子，就先带到这里！我一会儿告诉飞狼，每隔20分钟回这儿一趟。如果还是没找到，大家一个小时以后全都回这儿集合！"

"明白！"队员们分头急步离开。

7

深夜的胡同里一片黑暗，王星和谢思潇带着黑龙奔跑着。一个路人诧异地看着两人和一条狗在狂奔。王星看到一个中年妇女，焦急地上前："阿姨，您有没有见到一个八岁的小女孩儿从这儿路过？个子大概这么高……挺瘦的，穿着小学校服，长得挺漂亮。"中年妇女摇摇头，两人失望地继续往前找。王星看着黑龙："黑龙，有发现没有？"黑龙一脸茫然地看着他。

"原来你也没招儿啊！"

"它是军犬，又不是大仙儿！没有嗅源你让它怎么找？"

"你不早说！应该先去一趟飞狼家！"

"刚才情况那么紧急，我来得及吗？"谢思潇气急，"007！你觉得咱俩现在吵起来合适吗？"王星语塞，继续往前跑："蓝妞！蓝妞！"谢思潇瞪着他，跟上去："黑龙，跟上！"谢思潇忽然停下，捂着肚子，王星回头："又怎么了？"谢思潇打了一个嗝儿，瞪眼："你说怎么了？！"

"活该，谁让你不服气，非跟我……"话音没落，王星也打了个嗝儿。谢思潇快意地笑了。王星不理她，焦急地四处环顾。

"你干吗？"谢思潇问。

"我帮你找个厕所。"

"谁告诉我要上厕所了！我只是反胃，打了个嗝儿！是你想去吧？"

王星捂着肚子皱眉："我至于的吗我？这么两瓶儿可乐而已……"王星受不了了，拔腿猛跑，钻进了一家小吃部。谢思潇一愣，随即笑道："黑龙，这个讨厌的家伙，有时候还……还挺可笑的，对吧？"黑龙吐着舌头看着她。突然，王星从小吃部跑了出来，惊喜地朝她挥手："0号，快来快来！还真有厕所！"谢思潇瞪着他："都说了我不用！"说完赶紧跟上去。

8

公交站前，一辆公交车驶过来。高胜寒开着车疾驰过来，猛地刹住车——公交站台空无一人。高胜寒焦急地了踩油门，继续前行。夏初泪流满面地看着高胜寒，一脸歉意，欲言又止。

一条小街道上，几个光着胳膊的混混正坐在一个小吃摊前撸串儿喝啤酒。不远处，蓝妞泪眼蒙蒙，一脸疲惫地从路口走出来，茫然地四顾，哪儿也不认识。两个混混醉醺醺地站起身，勾肩搭背地朝前走着，两人直愣愣地瞪着走过来的蓝妞。

"哥！看啥呢？"一个混混问。

"看见没？那小丫蛋子！眼泪哗哗的，左瞅右看的，以哥的经验，指定有事儿，找不着家了！"另一个高个儿的混混说。

"哥你啥意思？"

"忘了？我刚才跟你说过的，就我认识那大老鳖，他干啥的你忘了？"高个儿混混得意地左右看看，目露凶光，"老弟，把她忽悠给大老鳖，最少这个数儿……"混混比画了一个二。

"两千？！"混混眼睛都亮了。

"彪……配合着点儿，完事儿我给你两千。"

两混混走上去，蓝妞茫然四顾地走着。一名混混满脸堆笑地望着蓝妞："小妹妹，你怎么了？大晚上的哭啥呀？找不着家了吧？来，我和我哥送你回家！"蓝妞警觉地后退着："我不认识你。"

"哎呀妈，非得认识啊！你不认识我，有人认识我呀！"他指了指旁边的混混，两人不怀好意的一阵狞笑，"他就认识我！我是有名的好心人，专门帮小朋友的！"

蓝妞白了两混混一眼，绕开两人，径直朝前走了。两混混愣住了，高个儿的混混左右看看，凶光一闪，指了指后面一个胡同口。

"来硬的？"

"出事儿我担着！我给你三千！"

混混狠狠地点头，走向蓝妞。蓝妞还在继续往前走，忽然一只大手捂住她！蓝妞使劲地挣扎着，混混捂着蓝妞的嘴，将她夹起来就往旁边的一条小胡同跑去。

胡同里，蓝妞挣扎着，张嘴一口咬住那名混混的手，混混一痛，手一松，蓝妞哭着要跑："抓坏蛋！抓坏蛋啊——"

黑暗里，一把尖刀闪着寒光对准了蓝妞。蓝妞下意识地靠着墙，愣住了。

"丫蛋子！我看你再喊一个试试！"

另一名混混从地上捡起一块砖头："哥！干脆干晕了整走！"蓝妞焦急地看着两人，忽然目光一动，看着两人："你们不是好人吗？我和妈妈走散了，你们要是帮我找到妈妈，我就跟你们走，不喊也不跑。"混混恍然大悟，惊喜地收起匕首："哎呀……哎呀你看，叔叔刚才喝多了，你说对了，我俩都是好人！你愿意跟我俩走，我俩指定帮你找着你妈！"说罢，咣地扔了砖头。

"两位叔叔，那咱们走吧，你们说往哪儿走？"

混混惊喜地指着胡同前方："那边儿！往那边走！"蓝妞点头，信步朝那边走去。

9

胡同里，曾紫陌焦急地边走边朝前看。对面，蓝妞在前面走着，目光闪烁地边走边向后瞥，笑了笑问："叔叔，还往前吗？"混混堆笑："往前！往前！就快见着你妈了啊！"蓝妞点头："谢谢叔叔！"说完继续朝前走。

混混忧心忡忡地低声问："哥，你应该先问问大老鳖，这孩子智商有问题，能卖上价儿去吗？"

"你管呢！表面上挺机灵的！大老鳖现钱现货，拿钱咱就走……"

小混混忽然瞪着眼睛看着前方："哥！人呢？"混混大惊："哎呀妈！上这丫蛋子当了！快追！"

漆黑的胡同里，蓝妞拼命地边跑边哭："救命啊！救命啊！有坏蛋！有坏蛋！"后面，两混混紧追上来。扑通一声，蓝妞猛地摔了一跤，爬起来继续哭喊着跑："救命！救命！"

胡同幽暗，曾紫陌焦急地走着。忽然，黑夜里隐约传来蓝妞的救命声，曾紫陌大惊，下意识地仔细听着："蓝妞？！"曾紫陌焦急地看着前方，又看看后面，下定决心地猛跑而去。

高个儿混混一把拽住蓝妞，眼里露着凶光："跑！你跑！丫蛋子！我现在就整死你！"蓝妞哭骂着使劲挣扎："坏蛋！放开我！我爸爸妈妈都是解放军，你们死定了！"混混一愣："哥！她说她是军属！"大混混恶狠狠地瞪着蓝妞："军属咋了？军属老子照卖不误！老四，干晕她！"蓝妞惊恐地看着两人。

"住手——"曾紫陌气喘吁吁地站在前方，蓝妞哭着："阿姨……"曾紫陌焦急万分，瞪着俩混混："放开她！"

"哥，咋整……"

高个儿混混狞笑着："一娘们儿，怕个屁呀！"说罢，瞪着曾紫陌："你谁呀？"曾紫陌瞪着两人："少废话！放开孩子！"

"我要是不呢？"

"那你死定了！"

混混猛地拔刀，对着蓝妞的咽喉！蓝妞哭喊着："阿姨……"曾紫陌大惊，瞪着混混："你……你别乱来！放开孩子，什么都好说！"混混得意地笑了："什么都好说是吧！老四，看见没，这娘们儿要是给大老鳖，起码这个数儿！"说着比画了个五。

混混狞笑着看曾紫陌："这么着吧，你跟我们走！我们就放了这丫蛋子！"

"你们先放了孩子，我就跟你们走。"

"你当我俩彪啊！你跑了咋整？"

"我一个女人，还能跑得过你们俩大老爷们儿？"曾紫陌镇定地说。

混混一笑，走过去一把拽住蓝妞，曾紫陌紧张得屏住了呼吸。混混将刀横在蓝妞脖子上，一把扯下腰带递给另一名混混："老四，把她绑喽！"

"好！"混混接过腰带，狞笑着向曾紫陌走去。

"你们得先放了孩子！"

"我兄弟把你绑好，我就放孩子。"

蓝妞哭喊着："阿姨！你别上当！"

曾紫陌一愣，匕首在蓝妞的脖子上闪着寒光。蓝妞泪眼焦急地看着曾紫陌。曾紫陌转过身，混混一把拽过曾紫陌的胳膊，捆绑起来。蓝妞痛哭不已。

"走！"混混拽着曾紫陌走向蓝妞。曾紫陌表情平静："可以放孩子了吧？"混混冷笑着："你傻呀！"蓝妞哭得更伤心了："阿姨，我说不让您上当，您偏不听。您比我妈妈傻多了……"曾紫陌愣住了。

高个儿混混掏出手机："我现在就给大老鳌打电话，让他派人来接！"说着一边拨号，一边把刀递给另一名混混："看着她俩！"混混刚准备伸手接刀，曾紫陌目光一凛，猛地一脚踢飞匕首！混混惨叫着捂着手腕。曾紫陌又一脚踹到混混的裆部，混混惨叫着弯下腰，曾紫陌再一脚踢在混混的脖子上，混混砰然倒地，晕倒了。

高个儿混混大惊，猛地扑向曾紫陌。曾紫陌一脚将他踹到墙上，随即冲上去，一通铁膝盖："浑蛋！浑蛋！你死定了！"蓝妞看得傻眼了。高个儿混混痛苦地跪倒在地，晕了过去。曾紫陌大口地喘着气，扭头看着蓝妞："蓝妞！你没事儿吧？"蓝妞瞪大了眼睛："哇！阿姨！您太牛了！"曾紫陌愣住了，苦笑着："差点儿被你暴露我的计划！"蓝妞不好意思地笑了。这时，李珊匆匆跑过来，看到地上躺着的两人："019！蓝妞？！这是怎么了？"曾紫陌转过身："没事儿，遇见俩不要命的，帮我解开。"李珊匆匆解开曾紫陌的捆绑："蓝妞，你没事儿吧？"

"没事儿，多亏这个阿姨救了我！"

曾紫陌笑，随即把腰带递给李珊："020，我先带蓝妞出去交给飞狼，然后报警。这俩家伙一时半会儿醒不了，这儿交给你了。路上要是遇见咱们的人，我就叫他们来接应你。"李珊点头："放心吧！"蓝妞一脸惊喜："阿姨！我爸爸也来了？"曾紫陌苦笑："蓝妞，你有幸成为了霹雳火救出的第一个人，为了找你，所有人都出动了！跟我走吧？"曾紫陌爱怜地拉着蓝妞的手向公交站走去。

10

小街上，曾紫陌牵着蓝妞的手从胡同口走出来，蓝妞急切地四处望望："阿姨，我爸爸在哪儿？"曾紫陌笑笑："我们约定好，谁先找到你，就去公交站点，你爸爸也会赶到那儿的。"蓝妞点头，忧心忡忡。

"蓝妞，告诉阿姨，你为什么来到这儿了？"

蓝妞一愣，泪水在打转："我发现一个人特别像我妈妈，就一路追过来了，可是她坐着出租车走远了，我没追上，后来就迷了路……"曾紫陌表情复杂地看着蓝妞，蓝妞含着眼泪："阿姨，我现在想明白了，那个人肯定不是我妈妈。"

"为什么？"曾紫陌问。

"如果她是我妈妈的话，既然已经回来了，一定会先去找我的。她得多想我呀！我……我肯定认错人了……"

曾紫陌忍着眼泪，轻抚着蓝妞的头："是啊蓝妞，你……你肯定认错人了，她不是你妈妈。咱们快走吧！"

蓝妞点了点头，走了几步，又忧虑地自言自语："唉，我惹了这么大的麻烦，爸爸一定气坏了。"曾紫陌一愣："你怕你爸爸吗？"

"平时不怕，可是他一发火儿，我就害怕。"

"那……他和你发过火儿吗？"

蓝妞想了想："爸爸很久没跟我发火儿了。就有一次，我半夜梦见了妈妈，醒了以后就哭着闹着找妈妈，爸爸怎么劝我也不听，他就发火儿了，他骂了我，还撕了我画的妈妈的画像……"蓝妞的眼泪扑扑地掉了下来，"……可是我那天真的好想好想我妈妈！"曾紫陌蹲下身，爱怜地看着蓝妞："阿姨猜，爸爸那天可能心情不好，他冲你发火儿，一定很后悔。"

"阿姨，您怎么知道的？"蓝妞惊讶地望着曾紫陌，一本正经地说，"情况就是这样的！他跟我发了火儿之后，就一个人坐在客厅，我看见他把我画的画儿又粘了起来，对着那幅画儿，老说对不起对不起的，然后还流泪了，我从来没见过爸爸掉眼泪，就那一次，我想，他可能是觉得妈妈不在家，他不该对我发火儿，有点儿不好意思了……"曾紫陌看着蓝妞，眼泪在打转。蓝妞诧异地问："阿姨，您怎么了？"曾紫陌忙掩饰地擦了擦眼泪："阿姨没事儿，蓝妞，咱们快走吧，你爸爸一定急死了。"蓝妞点头，走了几步，又叹息地说："夏妈妈肯定也急死了……"

"夏妈妈？"曾紫陌一愣。

"就是我的班主任，她对我可好了，她是我干妈。不在学校的时候，我都叫她夏妈妈。刚才就是她带我出来吃饭，后来我没跟她打招呼，就跑了出去……阿姨，还远吗？"蓝妞迫不及待地问。曾紫陌笑笑："不远，就在前面。"

蓝妞疲惫地点头，曾紫陌一愣，赶紧停下："蓝妞，你是不是太累了？来，阿姨背着你！"

"没事儿，阿姨，我……我还行……"

"你就别跟我客气了！快上来！"曾紫陌不由分说地背起蓝妞。蓝妞趴在曾紫陌背上，感激地说："阿姨，谢谢你……"走了几步，蓝妞若有所思地问："阿姨，您跟我爸爸很熟吗？"

曾紫陌愣住，下意识地停下脚步，掩饰地笑笑："哦……还……还可以吧，你爸爸他……他是我的老同学，现在还是我的教官……"曾紫陌忍着眼泪，向前走去。

"你是不是我爸爸的前女友？"

曾紫陌一愣。

"是不是真的?"

曾紫陌的表情有些复杂,向上颠了颠蓝妞,快步前行:"不是!阿姨只是他的老同学,不是他的前女友……"蓝妞根本不信:"别以为你救了我一命,我就能同意你抢我妈妈的位置!"

"你说的什么话?根本没那回事!"

"我不信!不过我现在不想提这件事,总之,你就别做梦了!"

曾紫陌望着前方,一路向前走着,眼泪哗哗地淌下。蓝妞静静地伏在她背上,疲惫地睡着了。

公交站旁,高胜寒的汽车戛然而止,他烦躁地推开车门走出来,焦急万分。夏初也哭着下车,看着高胜寒的背影。高胜寒忍着焦急的眼泪,瞪着远方,粗重地喘息。夏初哭着上前:"高胜寒,对不起……你要是生气,就骂我吧!你打我也行,只要你能把火儿发出来……都是我不好……"高胜寒烦躁地转身瞪着夏初,发泄似的怒吼:"我骂你有用吗?我打你有用吗?这样我的蓝妞就能回来吗?!我跟你说什么来着?我一次又一次地嘱咐你,帮我看好蓝妞!你就是这么看着她的吗?"

不远处,曾紫陌背着睡着的蓝妞匆匆向公交站走来。

"……你知道吗?现在蓝妞是我唯一的亲人,她也是我唯一的寄托!她在我心里,比我的命还重!现在我怎么办?我找不到我的女儿,你让我怎么办?!"

曾紫陌愣立当场。背后,蓝妞睡眼迷蒙地醒过来,揉着眼睛望着前方。

夏初痛哭着摇头:"对不起,真的对不起……真的对不起……"

"我不想听对不起,我只想我的女儿能平安回到我的身边来。"

"你知道我不是故意的,我真的不是故意的……你知道,我爱蓝妞,我……也爱你……"

高胜寒一愣。

"我爱你,请你原谅我……"

"……我现在根本不想考虑这些问题。"

"你知道我对蓝妞就像对自己的女儿一样疼爱,我愿意做她的妈妈……"

"我说了,我现在根本不想考虑这些问题!"高胜寒转过身。蓝妞哭喊着叫了一声:"爸爸!"高胜寒猛然一惊,曾紫陌泪流满面地背着蓝妞,蓝妞一脸震惊。二人都愣住了。

"蓝妞?!"高胜寒不相信地看着两人。蓝妞挣扎着从曾紫陌背上下来,跑向高胜寒。

"蓝妞!你跑哪儿去了!快急死夏妈妈了!"夏初哭着抱住蓝妞。蓝妞瞪着夏初,一把推开她:"我不要你,我要妈妈!"高胜寒急忙抱起蓝妞,夏初愣住了,气氛十分尴尬。

"爸爸,你不是会变心的男人,对不对?"高胜寒心如刀割,点头。蓝妞幸福地抱着高胜寒的脖子："爸爸和妈妈，和蓝妞幸福生活在一起，我们三个才是一个家。"高胜寒抱着蓝妞，拼命地笑着："蓝妞说得对。"

高胜寒抱着蓝妞走了，曾紫陌和夏初看着他们的背影，两个女人对视一笑。夏初的眼泪又出来了，曾紫陌急忙拿出纸巾，递给她。

"谢谢，不用了……"夏初一笑，仔细打量曾紫陌。曾紫陌急忙掩饰着："你，你别误会……"夏初擦擦眼泪："我没误会，我们都是女人。都是，爱他的女人。"

"我和高胜寒已经是过去时了。"曾紫陌说。

"他看你的眼神，我看得懂。"

"夏老师，我不知道你们之间是怎么回事，我和高胜寒，现在只是战友。"曾紫陌说，"我叫曾紫陌，是高胜寒同志的战友。"说着伸出右手。夏初迟疑了一下，也伸出手。

"高胜寒应该有属于他和蓝妞的幸福，我希望，你不要因为我造成困扰。"曾紫陌笑笑，转身走了。夏初诧异地看着她的背影，恍然不知所措。

11

高胜寒抱着满脸泪痕的蓝妞，心情沉重地打开房门。他将蓝妞轻轻地放在床上，盖上被子，怜爱地擦掉蓝妞脸上的泪痕。高胜寒看着可怜巴巴的蓝妞，泪水淌落，他默默地起身，朝屋外走去。蓝妞缓缓地睁开眼睛："爸爸……"高胜寒愣住了，忙擦掉眼泪，转身走回去："蓝妞，你怎么醒了？"

"不要抛弃我和妈妈，好吗？"

高胜寒再也无法抑制自己的眼泪，沉默地流了出来。

"我们是一个幸福的家庭，对吗？"

高胜寒看着蓝妞看着："爸爸答应你，不管在什么情况下，我们都是一个幸福的家庭。"蓝妞笑了，含泪微笑着："那我放心了，爸爸说话是算数的，我相信爸爸。晚安，爸爸，蓝妞乖乖睡觉觉了！"

"……晚安！"高胜寒关上灯，轻轻地出去了。

客厅里一片黑暗，月光透过窗户投射在桌面上。高胜寒看着桌子上放着的全家福相框，眼泪哗啦啦地从脸上滑落。自从妻子离去，他以为自己的眼泪已经干了，不再担忧，也不再惧怕。黑暗里，高胜寒坐在沙发上，突然发出了一阵压抑不住的撕心裂肺的哭声。

第九章
──── FIRE ────

1

入夜，黑暗笼罩着训练基地，一片寂静。宿舍里，女队员们都睡得很熟。曾紫陌躺在床上，望着头顶的铺板，眼泪不断地滑落下来。谢思潇跳下床，轻手轻脚地走到曾紫陌床边，月光下，曾紫陌强忍着擦了擦泪水："你……你怎么不睡？"谢思潇看着她："咱们出去走走吧。"曾紫陌轻轻摇了摇头，谢思潇将她一把拽起来，低吼道："憋在心里是不行的！"曾紫陌泪眼婆娑，犹豫地点点头。

机场上空无一人，只有静静的风声穿堂而过。谢思潇松开手，看着曾紫陌："这儿没人，你想哭一场，可以放开了哭！"曾紫陌泪眼看着谢思潇，摇头。

"哭出来吧，你需要发泄。"谢思潇说，"我能体会你现在的心情，你这样憋在心里会很难受。"曾紫陌还是摇头："好多事你不会理解的。"

"我怎么不理解？我虽然比你小，但我也是女人，没吃过猪肉还没见过猪跑吗？不就是十年前的一场错爱造成的遗憾吗？不就是在你企图挽回这个遗憾的时候，又出现了什么夏老师吗？"曾紫陌睁大眼睛看着谢思潇，谢思潇问她："干吗这么看着我？"

"是的，你说的都对。"

"你要是难受，就哭出来吧。"

"不哭了，哭不出来了。"

"我说，你要真哭不出来，那就去战斗吧！"

曾紫陌愣住了，一脸诧异："战斗？和谁战斗？"

"就像你那天鼓励我那样，向自己的命运战斗！向曾经的遗憾战斗！先战胜自己，再去战胜爱情！我要是你，宁可被爱情撞得头破血流，也绝不会流一滴伤心的眼泪。"曾紫陌惊讶地看着谢思潇，谢思潇目光闪烁，"这话不是我说的，是我妈说的。我妈和我爸当年离婚，这事儿你知道，离婚的原因和你差不多，她没有找到一个真正爱的男人，错过了太多。所以她一直很后悔。她跟我说这句话的时候我还小，理解不了，现在我理解了。只可惜，她没你这么幸运，早早地走了，连翻盘的机会都没有……"黑夜里，谢思潇心酸地叹了口气。

"那你找到你爱的男人了吗？"曾紫陌问她。谢思潇一愣，有些慌乱地瞥了一眼曾

122

紫陌："我……我当然还没有了！我这样的，一般的男人扛不住。"曾紫陌笑。谢思潇看她："你……你笑什么？"曾紫陌还在笑："你的爱情很单纯，已经看见了幸福的未来。"谢思潇有些慌乱，掩饰地说道："谁啊，你说的什么啊？"

"我说的什么，你自己知道。"

谢思潇一脸慌张，突然反应过来："哎？不对呀！我是来开导你的，怎么说着说着跑题了？"曾紫陌笑着看着她，由衷地说："谢谢你，蜘蛛蟹。"谢思潇一愣。曾紫陌握着她的手："我本来心情特别不好，听你这么一说，我心里舒服多了。"谢思潇笑："哈！你把自己的快乐，建立在别人的痛苦之上？果然，人是最没品的！看见别人郁闷，自己就不郁闷了！"曾紫陌一扬头："怎么样？来个冲刺？"谢思潇不屑地："你跟我比呀？"曾紫陌笑："怎么？嫌我老了？"谢思潇做好准备："你老什么呀，别那么不自信。"曾紫陌笑，两人大喊着冲出去。

此刻，高胜寒无力地坐在沙发上，一阵敲门声响起，高胜寒一愣，起身开门，只见崔华盾拎着塑料袋站在门口。高胜寒有些意外："这么晚了，你怎么来了？"崔华盾进门，把东西放在茶几上："知道你没睡呢，也肯定没吃晚饭。给你带过来，顺便陪你聊聊天。"高胜寒苦笑，两人相对而坐。

崔华盾从袋子里拿出一瓶二锅头，高胜寒一愣："你怎么喝酒了？这不是你的作风。"崔华盾笑："怎么？你要举报我啊？专门给你买的。"

"战备值班部队……"

"战备值班部队的值班官兵不许喝酒，那是在营房里面值班的时候，今天又不是你和我值班，我们又不在营房。这是在你家，休息时间，喝一口缓缓。"

高胜寒接过二锅头，咬掉瓶盖，大口地喝着。崔华盾没说话，默默地看着，也打开了一瓶，喝了一小口："我不可能像你那么喝，抱歉了。"高胜寒一口气喝了小半瓶，咣当一声将酒瓶放在桌上。他长出一口气，眼泪在打转，高胜寒囫囵着抹了一把脸。崔华盾看他："想哭就哭出来吧。"高胜寒指了指卧室，崔华盾明白了，苦笑着："这有孩子跟没孩子就是不一样。"高胜寒压低声音："我们小点声，她睡得不沉。"

崔华盾叹了一口气："你还能瞒她多久？"高胜寒痛苦地摇了摇头："我不知道。欺骗真的是很不好的体验，每分每秒我都担心会穿帮，每分每秒我都提心吊胆……我欺骗的是自己的亲生女儿，是我这一生都不应该欺骗的人，我承受着煎熬，我不知道什么时候是个头……有时候我觉得她已经知道了，只是不愿意去面对，自己也在学着欺骗她自己，我更不能去戳穿这个美丽的谎言。"

"谎言再美丽，也终究是谎言。"崔华盾说，"就好像肥皂泡，在阳光下多姿多彩，但是早晚有破碎的一天。那一天，她可能受到的伤害更大。"高胜寒不说话。崔华盾看着他："你不能再这么欺骗她，已经到了瞒不住的时候了。"

"……为什么瞒不住？"

"你自己知道。"

"因为曾紫陌？"高胜寒说。

"你嘴上可以不承认，你心里已经在呼唤她的名字。"崔华盾喝了一口酒。

"你是我肚子里的蛔虫吗？"

崔华盾苦涩地笑："世界上，还有人比我更了解你吗？"

"你了解的，是过去的我。"

"江山易改本性难移，你和我都是曾经沧海难为水，都在部队这么多年，好些话非得明说吗？"

"你什么意思？"高胜寒问。

"那个女老师是怎么回事？"

高胜寒没说话。

"怎么了？不肯告诉我吗？"

"你跟踪我？"

崔华盾摇头："没有，我怎么可能跟踪你？你是干什么的？我是干什么的？我能跟踪得了你吗？"

"你怎么知道的？曾紫陌告诉你的？"高胜寒问。崔华盾摇头："她什么都没说，我也很久没有和她单独见面了。"

"那你怎么知道的？"

"我在这儿多少年了？这是我的第二故乡。"

高胜寒苦笑："她是蓝妞的班主任。"

"你的什么人？"崔华盾追问。

"不是我的什么人。"

崔华盾凝视着高胜寒，高胜寒有些发毛："能不能别这么看着我？我欠你什么吗？"崔华盾苦笑："你什么都不欠我，是我欠你。"

"你到底想表达什么？"

"我知道你现在心里很乱，但是已经到了决断的时候了。紫陌，那个女老师，你注定要选择一个。"

"我还有自由吧？没有到你替我做主的时候吧？"

"我相信不管她们哪一个，都会对蓝妞视如己出，你和蓝妞也会幸福的。但是你不能这么吊着，你必须要选择一个。"

"我哪个都不想选。"

"为什么？你还有别人？"

"我谁都没有，你到底在想什么？"

"你既然谁都没有，我建议你选曾紫陌！"

高胜寒叹息："老天爷，她又不是商品，可以被你推荐，让我随便选！"崔华盾有些感慨："以前，我们都曾经做过错误的抉择，为了那个错误的选择，我们都付出了惨重的代价！现在到了弥补这个错误的时候了，胜寒，没有人比我更了解你们两个——只要你松嘴，我去跟她说！我负责把她拿下！"高胜寒轻轻摇了摇头："不是你想得那么简单。"崔华盾低吼："到底复杂在哪里？你没办法面对自己的女儿？你也知道这早晚会被拆穿的，无非是早晚！"

"是心境。"崔华盾一愣。高胜寒说，"心境，心境和过去不一样了。我们都走过太多的艰难坎坷，回到原点的你我她，都不是原来的自己，每个人的心境都变了。如果感情的事那么简单，当初我们就不会做出那个选择。现在探讨错与对，都是事后诸葛亮，我们已经走过了青春，不管是遗憾还是缺憾，都已经走过去了。我们回不去过去的心境，再面对过去的情感，没有人知道应该怎么办，这真的不是单选题。"崔华盾看着他："你说得没有错，但你应该明白，紫陌的心里，一直是你！"

"我心里也一直是她。"高胜寒迎上崔华盾的目光，时间似乎在此刻停止了，一片安静。高胜寒看着他："我不想骗你，我也不能骗自己，我心里也一直是她。但是我现在没办法解决面前的困境，这又不是打仗，把敌人歼灭了就行了！这是人生，各种情感交织起来，像枝蔓一样盘根错节，动哪根都会疼，是真的心疼。"

"你爱那个女老师？"崔华盾问。

"怎么可能呢？"

"我明白了，又绕回来了。你心中最疼的那根藤，是你绕不过去的藤——你的女儿，你不想伤她的心，一点都不想，所以你选择自己疼。"高胜寒不说话。崔华盾叹了口气："我没有孩子，我暂时不能体会你的这种疼，但是我能理解。喝酒吧。"

"谢谢你。"高胜寒举杯，两人相视而笑，笑出了声，眼泪却又出来了。

其实女人这种动物是需要降服的，越优秀的女人越难降服，只有更优秀的男人才能成为她的男人。但是女人这种动物一旦被降服，那么就是死心塌地。那么，男人和女人之间，才是战争呢！——更何况还是两个那么优秀的男人！

天边，一声闷雷宣示着暴风雨即将到来，两个像山一样强壮的大男人，借着酒劲，都哭了起来。

2

机场上，霹雳火的旗帜在飘舞，直升机正在进行飞行训练，不停地在机场上起降。一辆越野车停在旁边，高胜寒戴着墨镜坐在越野车上，看着直升机时起时降。学员们背着背囊，全副武装地在跑 5 公里武装越野。曾紫陌在队伍当中，声嘶力竭，不时跌倒在地。高胜寒转脸看她，曾紫陌也看见了他，继续嘶哑招呼着大家前行。墨镜下，一行眼泪悄然滑落，高胜寒深吸一口气，挂挡，踩油门，越野车高速离去。

旅部办公室，高胜寒笔直地戳着。王浩看他："你真的要这么干？"

"还得您的批准。"王浩犹豫着，高胜寒目不斜视，"战争本身就充满了不确定性，如果只是为了业绩好看，那我就是糊弄您，糊弄飞虎旅，糊弄军区和总部首长。"

"干吧，我批准。"

"是。"高胜寒抬手敬礼，转身出门。王浩看着高胜寒的背影，苦笑着摇头。

3

战虎飞行员的大楼门口，白鹏和其他飞行员正拎着头盔工具包，互相打着趣儿走进门，顾意一脸疲惫地走在后面。这时，一声清脆的口哨声传来，顾意一愣，停下脚步左右看看，只见在楼侧的墙角，许飞正探着头，对她招手。顾意愣住，转回头赌气地朝门里走，许飞又打了个口哨，顾意瞪着眼睛走过去，没好气地说："叛徒，你干什么？跟特务接头的似的！"许飞有些紧张："有些话我想……想跟你谈谈。"

"谈什么？你在霹雳火玩儿够了，想来战虎？求我跟猎鹰说说情？"

"不是不是，我要想回来还用别人说情吗？"

"你可真看得起自己！"顾意不屑地白了他一眼。许飞正色："我时间有限，说正事儿。"

"说！"顾意不耐烦。许飞看着她，吞吞吐吐地："其实……那什么……"

"你到底想说什么？"

许飞想想，下定决心似的说："其实就是想和你解释解释！我和015没什么关系，纯同志关系！"顾意皱眉："说什么呢？谁是015啊？"许飞目光闪烁："你不都看见了吗？就一直在我旁边缠着我那女孩儿。"顾意瞪大了眼睛。许飞不敢看她，望着天啰唆地解释："她就是一厢情愿，我根本就没感觉，因为在我眼里，她就是一个小丫头，扎俩朝天辫儿，整天流鼻涕……唉！话说到这儿，我干脆承认了吧，我和她也不是一点儿渊源没有，她有个表姐，是我高中同学，上学的时候我和她表姐有点儿那个意思，不过那时候都是青葱年少，也没什么恋不恋的，全是朦胧的小暧昧，手都没牵过……"许飞下意识地看顾意，发现眼前没人了，猛地四处找，低头一看，顾意捂着肚子蹲在地上笑抽了。许飞有些尴尬："你笑什么呀？"顾意捂着肚子："哎呀……不行了不行了，呆鸟，你快逗死我了……"许飞急了："寒号鸟，我很严肃地跟你解释呢！这些话我昨天想了一晚上！"顾意勉强直起腰来，忍着笑看着许飞："所以呢？"

"所以请你不要误会，不要……介意。"

"呆鸟同志，我一点儿也不误会，更不会介意，因为这件事儿从头到尾跟我没关系。你为什么要跟我解释呢？"

许飞急了："你看？你还是误会了，还是介意了，这话说得多带情绪呀！"顾意严肃起来："你非要这么想我就没办法了！"

"寒号鸟！"许飞大喊，"也许是我太自作多情了。可我真是很认真地在跟你解释，我解释的目的你也应该明白，我其实对你一直都……"顾意打断了："得得得！接下去的话就请不要说了。呆鸟，我倒是觉得，你和那个什么015倒是挺般配的。"许飞傻了："为什么？"

"你和她一样，都挺幼稚的。"

"我怎么幼稚了？我承认我不太成熟，可是怎么说我也不幼稚啊？"

顾意脸上的笑意一闪而逝："好了，呆鸟，姐点到为止，你自己好好揣摩吧。再一次祝福你和你的015，并且强烈建议你，把你当年那段儿朦胧的小暧昧跟人家解释解释，她才更应该搞清楚这事儿。拜拜！"顾意说完扬长而去。许飞愣立当场："我幼稚……我幼稚吗？难道非得猎鹰那样的才不幼稚？难道她真是'大叔控'啊……"

咳咳！

许飞下意识地回头——崔华盾背着手就站在他身后。许飞大惊，急忙敬礼："猎鹰！"崔华盾看他："你们霹雳火不是训练呢吗？你在这儿干吗呢？"许飞眼珠一转："啊，我上个厕所。"崔华盾皱眉："机场有厕所呀。"许飞慌张地指着战虎大楼："我上这里面的习惯了！其他地方拉不出来！猎鹰，我得回去了！再见！"说完拔腿就跑。崔华盾看着许飞兔子似的逃走，摇头苦笑着进了大楼。

4

机库里，穿着作战服的队员们神情肃然地在整理各自的武器装备，许飞满脸忧郁地跑了回来。所有人都在齐声高喊："31！32！33！34！35……"赵小丫一脸焦急地挥手："停停停！别喊了，他回来了！"许飞跑了回来，大喊："报告！"马路问："喊到哪儿了？"

"35！"

马路看向许飞："014，你比规定的上厕所时间迟到了35秒，按照规定乘以10倍数量的俯卧撑，可以开始了。"

赵小丫一脸心疼地看着许飞，许飞身体前倾，猛地趴在地上："报告教官！凑个整吧！400个！"所有人都是一愣。马路点头："那就再凑个整吧，500个！"

"是！1，2，3……"许飞发泄似的做着俯卧撑。队员们看着他面面相觑。谢思潇看了一眼王星："他今天颇有你的风格。"王星一笑："不可能，要是我，直接凑整1000了。"谢思潇微笑着看着他。王星吓了一跳："干吗？你今天表情不对呀！吃错药了？"谢思潇笑容不减："我应该什么表情？"

"撇嘴，白眼儿，嗤之以鼻。"

谢思潇嫣然一笑："你以后恐怕要熟悉我现在的表情了。"王星纳闷儿："为什么？"谢思潇笑意盎然："因为我开始欣赏你了。"王星震惊地看着谢思潇，赶忙扭过脸去。黄宝贵双手抱着胳膊，笑："哎呀，这是精力无限的路子啊。"石磊问："他咋了？受什么刺激了？"李珊摇头。郝玲玲看了一眼王星，又看谢思潇，叹息地说："应该是情殇。"赵小丫诧异地看着郝玲玲："我没伤他。"郝玲玲还伤感地看着王星和谢思潇："我又没说你。"

"55，56，57……"许飞还汗淋淋地做着俯卧撑。

突然，一阵尖厉的警报声骤响！墙上的红色警报灯不停地闪烁着！所有人都愣住了。马路焦急地大声命令："救援警报！快！快！全体集合——！"队员们焦急地起身往外跑去。许飞站起身，气喘吁吁："我呢？"马路头也不回："寄存443次！回头加倍补上！"许飞愣住了，赶紧跟着其他人迅速往外跑去。

警报声中，战虎特种航空队的直升机已经在机场待命，螺旋桨卷着飓风开始高速旋转。崔华盾和飞行员们戴着耳机，正做着起飞前的各项准备。

运输机舱里，队员们全副武装，携带武器分坐在机舱的两侧，脸色严峻地面对面坐着。黄宝贵低声问石磊："出……出什么事儿了？"石磊一脸紧张："俺哪儿知道？"谢思潇用胳膊碰了碰王星，王星皱眉："干吗？"谢思潇看他："嘴唇哆嗦什么？"王星挺直腰杆："谁……谁谁哆嗦了？"谢思潇一笑："没参加过实战，所以紧张吗？"王星语塞，目光闪烁："没吃过猪肉，还没见过猪跑吗？"谢思潇得意地笑："真要是实战，你跟着我，姐经验丰富，罩着你。"王星翻着白眼不理她。

"同志们！"马路大步走过来，神情冷峻，"刚刚接到上级紧急命令，位于基地100公里外的0号山区，发生紧急突发事件！上级命令霹雳火全体人员前往事发地点接受任务！是否明确？！"

"明确！"队员们齐声怒吼。

几分钟后，舱门慢慢关上，运输直升机鸣响着巨大的轰鸣声在晨雾中拔地而起，几架武直-10护在两侧，飞向天际。

空中，队员们分坐在运输机机舱里表情都有些僵硬，身体随着气流不停地颠簸着。王星看着坐在对面的马路一脸严肃，试探地问："哎哎，老同志，到底什么任务啊？"所有人都关切地看着马路。

"不知道！"马路眯着眼。

"会是实战吗？"

"不知道！"

"飞狼怎么没来？"

"不知道！"

王星只好讪讪地缩回去。马路睁开眼："不要猜谜语了！我就知道一点：你们最好抓紧时间休息一下！不管任务是什么，这一次有你们受的！"说完马路又闭上眼睛，闭目养神。

队员们面面相觑，许飞喊："他说得没错！0号山区我以前飞过！从上往下看，崇山峻岭、原始森林、荒原、沼泽，应有尽有！别说是执行任务了，就算去旅游，走一圈儿也得累掉一层膘！"石磊一脸忐忑地看着黄宝贵："025！俺……俺又紧张了！"黄宝贵拍了拍他的肩膀："有我呢！我罩着你！乐观！乐观知不知道？"石磊感激地直点头："俺知道！025，你真好！"黄宝贵赶忙烦躁地捂住耳朵，直升机机群快速地从空中掠过。

5

密集的丛林上空晨雾缭绕，从远处望去，隐约能看见有湿热的空气在丛林上空升腾。远处，一架涂满野战迷彩的运输直升机在武直－10的护航下低空掠过，高速旋转的螺旋桨卷起飓风，丛林上空一片汹涌。

在丛林的一片开阔地，临时搭建起来的指挥中心隐匿在密林深处。空地上，几架运输机同时悬停，数十名特战队员鱼贯索降，快速集结，他们的左臂上绣着一枚狼牙臂章。高胜寒和旅长王浩并肩站着，王浩赞叹地看着快速集结的特战队员，心生感慨："狼牙特战基地，特种部队的摇篮，果然名不虚传啊！"狼牙特战队员们快速列队，带队的少校跑过来，啪地立正，敬礼："首长好！"王浩还礼。少校笑着转向高胜寒："飞狼！终于又见到你了！"高胜寒笑着打量着他："雪貂，几个月不见，你小子有点儿发福啊！"雪貂笑："不光我一个！你走了以后，兄弟们平均体重涨了两斤多！"后面，队员们一阵哄笑。雪貂转过身："飞狼，看见了吧，来的全是你训出来的兵！最好的兵！"高胜寒笑："1号算是给足我面子了。"王浩苦笑："我倒是希望他们弱一点儿。毕竟霹雳火是我飞虎旅的！我看着心疼！"众人哈哈大笑。雪貂看着高胜寒："飞狼！可以开始了吗？"高胜寒点头："可以，布防吧。"雪貂低声问："然后呢？怎么玩儿？"高胜寒狡黠地一笑："我当初是怎么玩儿你们的，你们就怎么玩儿他们！"雪貂坏笑："飞狼，你不是在开玩笑吧？真那么玩儿，你这几个月不白忙活了？"王浩听得直苦笑。

"别说那么绝对，真以为我这几个月白训的？"高胜寒说。雪貂一愣，讪讪一笑："明白！"说罢，雪貂转身对队员们挥手："各组按原计划行动！"狼牙特战队朝着密林疾奔而去，很快消失在树林深处。

丛林上空，战虎直升机编队在0号地区上空飞行。队员们从舷窗望着下方的山区，表情凝重。驾驶舱里，崔华盾对着耳麦提醒道："最后一分钟准备。"马路竖起大拇指："最后一分钟准备！"

"最后一分钟准备！"队员们忐忑地竖起大拇指表示明白，开始检查着各自的武器装备。武直－10低空盘旋，崔华盾驾驶运输机缓缓降落，舱门打开，一根大绳从机舱底部打开的舱门抛撒下去，队员们快速起身，马路站在舱门口，大声命令："下——"王星走在第一个，紧了紧肩带，吐出一口气，顺着绳索刺溜快速滑下。轮到石磊了，他探头看了看舱外，紧张地咽了口唾沫，一咬牙，嗖地下去了。

队员们陆续从悬停的运输机鱼贯滑下，茫然四顾，诧异地看着周围的荒野密林。运输机轻点机头，高速起飞，驶入山区深处。黄宝贵抬头看着消失的黑点："这就走了？"石磊也是一脸担忧："把咱们扔这儿，到底干啥呀？"

马路低头看表，一阵轰鸣声传来，马路抬头望去，只见高胜寒驾驶着突击车疾驶而来，后面跟着一辆空着的运输车，几名警卫连战士坐在驾驶座里。队员们的下巴惊得快掉了："飞狼在这儿？""飞狼来了……""什么情况？"

突击车急停，高胜寒跳下车，马路高喊："立正！"

刷——队员们整齐立正。

马路走上前，大声地："报告！总教官同志，霹雳火全体集训队员集合完毕！应到43人，实到43人！请指示！"

"请稍息！"高胜寒命令。

刷——队员们背手跨立。

高胜寒走到队列前，扫视着众人，一声虎吼："同志们——！"

刷——全体立正。

"请稍息！"

队员们跨立，全都期待地看着高胜寒。高胜寒扫视众人，又看看四周："怎么样！这里风景还不错吧？！"众人一愣，面面相觑。

"报告！"石磊高喊。

"讲！"

石磊笑呵呵地："是挺不错的！让俺想起俺老家来了！俺老家的秋天也这么美！"所有人都紧张地看他。石磊有些紧张："俺说真的，俺老家真这么美，就是没这儿这么大。"

"没错！这片山区很大！无边无际！这里也很美！在这片山区里面，你们能欣赏到最原始的，也是最美的自然风光！丛林，野花，山泉小溪，奇山异石，山的那边还有一大片的原始湿地，沼泽，各种风景，真是美不胜收啊……"队员们越听越不对劲儿。

"可是，你们有人会觉得我是带你们来郊游的吗？"

队员们一愣，随即齐声高喊："不是！"

"当然不是！因为现在这片山区已经不太适合郊游了，这片山区现在危机四伏！遍布杀机！到处都是险境，随处都隐藏着最可怕的敌人！这里已经成了战场！你们即将要面对的残酷的战场！"队员们一片寂静，紧张地看着高胜寒。王星大声地："报告！我们的任务是什么？"

"活下去！"

王星愣住了！

"第一步，就是保证自己活下去！你们需要一路向北，徒步穿越大约五十公里的封锁区，在明天清晨六点之前，到达我为你们设立的接应点，记住，接应点就在你们的正北方向！在那里，你们有半个小时的休息时间，会得到一次饮食补充，确定没有问题的话，你们才能领到真正的任务简报，根据简报的内容，完成你们的最终任务。不要问我是什么任务，在你们活着到达那里之前，一切都是军事机密！在此期间，你们随时随地都面临着神秘敌人的伏击！到达接应点之前被敌人俘虏或者击毙的人，将被自动淘汰，注意，不是淘汰出这次任务，是被霹雳火永久淘汰！"
高胜寒凝视着众人，"当然，有挑战就会有机遇。这是对你们的最终考核，最后完
成任务的队员，将成为霹雳火战地救援队的首批正式队员！"队员们目光灼灼。

"报告！规则是什么？"谢思潇高喊。

"我刚才说的就是规则。不管你们用什么办法，能活着到达接应点，这就是规则。
对你来说，还有一个规则，黑龙得留下，我帮你照看，因为你们第一步的角色是被搜索
者，黑龙没用。到达接应点之后，黑龙再还给你。"

谢思潇眉头紧皱，下意识地看看黑龙，黑龙蹲坐着呼哧呼哧地吐着大舌头。王星高
喊："报告！我们可以出发了吗？"

"你们还差最后一项准备工作。"众人一愣，高胜寒狡猾地笑，"卸下你们身上所
有的武器装备！每人只保留一把刀和一个单兵急救包。"

队员们傻眼了！

"报告！没有其他武器装备，我们怎么作战啊？"许飞大声问。

"你们不需要作战，只需要逃命。"高胜寒背手走到他面前，"到了接应点之后，
我会把武器装备还给生还者。"

"总得给我们单兵电台吧？要不我们之间怎么联系？"谢思潇问。

"到了接应点会给你们的——只给生还者。"

"报告！"是曾紫陌。

高胜寒看着她："讲！"

"进入山区以后，我们怎么辨别方向？"

"北斗系统已经给你们准备好了，在接应点。"

"那这五十公里呢？"

"随便！看树，看星星，看风水，扔鞋，甩钢镚儿，随便你们。只要能在明天早上
六点之前到达接应点就可以了。"

"报告！"又有几个队员不约而同地大喊。高胜寒怒吼："你们的问题太多了！我
有些不耐烦了！这样吧，我给你们一个最直截了当的选择：去接应点，还是直接退出？"
所有人都不吭声了。马路抬手看表："两分钟之内！卸下所有武器装备！否则……"话
音没落，队员们利索地卸下所有武器。

这时，两个战士抬着一个大箱子走过来，高胜寒走过去，掀开盖子，队员们面面相
觑——一整箱烟雾弹。高胜寒拿起一个分发下去："这是我为你们增加的一件装备。它
的功能只有一个：当你们受伤失联时，或者意志消沉时，拉下引信，救援直升机会在第
一时间发现你们，并且带着你们离开这片山区，当然，也离开霹雳火。"队员们凝重地
看着手里的烟雾弹。

"有现在就想拉开的吗？"高胜问。

没人说话。

高胜寒笑笑："你们可以出发了！"说罢，高胜寒一跃上了突击车。他转头看了一

眼望曾紫陌。曾紫陌面色平静，错开他的目光。高胜寒苦笑："黑龙，上来！"谢思潇抚摸着黑龙的头，松开缰绳："黑龙！上车！"黑龙听话地跳上突击车，两辆车疾驰而去。

队员们愣立当场，不知道该怎么办。王星大喊："走吧？！"谢思潇提醒着大伙儿："大家注意方向！一路向北！"在王星的带领下，队员们很快消失在密林深处。

6

一所由简易帐篷搭建的临时指挥中心，屋里各种现代化设施一应俱全，机器不停地运转着，红灯闪烁，对面的大屏幕上显示着山区的卫星地图。高胜寒穿着迷彩作战服，和其他几人匆匆走了进来。马路和秦成看到雪貂，笑着走上前，兴奋地举起拳头碰在了一起。

王浩看着暗黑的密林，有点儿担心："这就开始了？"高胜寒点头："开始了！"王浩指了指自己和旁边站着的几个干部，笑着问："我们这些人做什么？"高胜寒笑笑，指了指地上的箱子，于瑞和黄林打开，王浩看着满箱吃的喝的，还有扑克，瞪大了眼睛："就干这个？"高胜寒笑着看王浩，王浩扭头看了看大屏幕："于心何忍啊……"高胜寒笑："与民同乐嘛，您习惯了就好了。"其他人大笑。王浩苦笑着摇摇头："算了，我还是该干什么干什么去吧。我去接应点了，随时向我通报情况！"高胜寒笑："是！"王浩摇头出了门。秦成拿起扑克："来吧？！"黄林和于瑞笑着拽凳子抓椅子，几个人忙成一团。

7

远处群山苍莽，丛林深处，队员们气喘吁吁地走着。许飞望了望看不到边际的丛林问王星："007！方向没错吧？"王星抬头看天，又看看树冠："应该没错。"赵小丫疲惫地看着四周："这地方怎么哪儿哪儿都一样啊！也没路，几百年没人走过似的。"

"对！深山老林就是这样。俺小时候经常跟俺爹钻老林子采药，俺们老家那边儿的山也这样！"石磊从小在深山里长大，对这种环境一点都不陌生。许飞问："024，你是不是特别想家了？"石磊憨笑："哪儿能不想啊，俺都两年没回家了。"

"不是有探亲假吗？"

"他都让给别的战友了！"黄宝贵没好气地替他回答。

"哟？雷锋同志啊？"

石磊有些尴尬地笑笑："什么啊……025，别老揭俺的老底。"许飞走在前面，一

132

脸诧异地回头问："哎？你们说……飞狼刚才说的那些神秘的敌人到底是谁呀？"黄宝贵说："我猜就是我们警卫连的那帮货。要不然还能有谁呀？"许飞想了想："有道理，咱们旅能出来的也就他们了。总不能派机务连出来伏击咱们吧？"李珊问："那他们人呢？"郝玲玲拍了她一下："你还盼着他们来呀？"李珊刚要开口，前方刷地一片响动！众人大惊，连忙就地蹲下，警惕地看着前方——响声没了！郝玲玲一脸紧张："不会是……狼吧？"谢思潇冷声道："不像！"刷——左侧方向又是一声响动！队员们又是一惊，纷纷向左方看去——响动又没了！

就在所有人都觉得诧异的时候，忽然，几个草球从右边方向猛冲了过来！王星大惊："是人！"——一阵枪声响起！两名队员身上浓烟滚滚！王星立刻大喊："快跑！"——一伙人慌不择路，朝着前方撒丫子猛跑。后面，几个披着吉利服的老鸟边追边开枪。

丛林深处，菜鸟们在密林里漫无目的地快速狂奔。在他们身后，几个草球穷追不舍，突然一声枪响，又一个队员中弹冒烟，旁边的菜鸟们嗖嗖地跑得更快了。几个草球跑过来，笑着看着前方仓皇逃跑的菜鸟们。其中一个草球拽出通话耳麦："梅花鹿！梅花鹿！菜鸟向003号方向去了！交给你们了！"

"收到！收到！"无线电传来声音。

很快，几个草球迅速消失在树林中，剩下冒烟的菜鸟站在原地目瞪口呆。

菜鸟们在黑莽莽的山林里狂奔，谢思潇气喘吁吁地跑来，停下脚下意识地回头望："他们没追来！"菜鸟们这才惊魂稍定地喘息着。许飞吐着舌头："什么人啊！速度太快了！"谢思潇看着黄宝贵和石磊："024，025，你们警卫连还有这样的人？"石磊喘息着摇头："俺……俺是没听说。除了我们俩……没这样的人了。"

谢思潇皱眉，王星若有所思。曾紫陌一脸担忧："咱们没有武器，根本没有还手之力，他们为什么不追了？"

"只有一种可能——"王星说，"他们布好了网，分区域布防，以逸待劳！"众人一惊。许飞问："那我们怎么办？敌暗我明，这刚几分钟啊，咱们已经报销三个人了！"王星眉头紧皱地思索着，很快抬头看着众人："分组突围吧！他们分区域伏击我们，如果我们还是几十个人聚在一块儿，目标太大，很容易被他们发现！"曾紫陌点头表示同意："那我们怎么分组？"

"我们一共四十个人，五个人一组，分成八组，各组分散开行动。"

"怎么联络？在哪儿会合？"许飞问。

"不联络，各走各的，一直向北，到接应点会合。"

所有人都是表情凝重。黄宝贵有些犹豫："这样也不好吧，这不等于力量分散吗？万一被人家各个击破怎么办？"队员们也随声附和。

"敌暗我明！他们手里是自动武器，我们手里是刀，他们是狼我们是羊，在狼面前，一群羊和几只羊有区别吗？一旦他们玩儿够了，聚而歼之，咱们连跑的机会都没有了！"王星扫视着众人，"飞狼说得对，现在我们真的危机四伏。能活着到达接应点的人，只

133

能是侥幸漏网！"

　　菜鸟们愣愣地看着王星。谢思潇诧异地看他："007，你今天话头不对呀！你不是挺狂的吗，怎么说话这么没底气？"王星难得严肃一回："因为我们面对的敌人太强大了！"

　　"你认识他们？"谢思潇问。王星看着她："难道你不熟悉他们吗？你没被他们虐过？"谢思潇思索着，大惊道："你是说他们……"

　　"他们不是飞虎旅的警卫连，他们是狼牙的特战队员！"

　　"狼牙？！"所有人都张大了嘴！

　　王星看着密林深处："除了狼牙的人，我想不出还有谁能这么玩儿咱们！"郝玲玲带着哭腔："这叫什么事儿啊！这不是欺负人吗？这不是故意坑我们吗？"

　　"我们这是要放弃吗？"曾紫陌扫视着众人，有些激动，"几个月了，我们经历了那么多磨难，接受了那么残酷的训练，现在到了最后关头了！如果现在放弃，真的太可惜了！"

　　"可是我们要想通过这一关太难了！"一名队员含着眼泪。

　　"这仅仅是选拔阶段！如果这都觉得难，我们即使成了霹雳火的正式队员又能怎么样？我不管别人怎么想，我决不会放弃！"曾紫陌目光坚定。王星也若有所思地看着曾紫陌。赵小丫拉着许飞："我也不会放弃！014，我和你一组！"许飞愣住，一脸纠结地看着赵小丫。赵小丫目光坚定："你要是不要我，我就真放弃了！"说着，赵小丫拽出烟雾弹。

　　"别呀！"许飞大惊，"你别后悔就行，我一直没那么幸运。"赵小丫笑："没事儿，我一直挺幸运，分你一半儿。"许飞表情复杂地看着赵小丫，又看看其他队员，问："谁跟我们一组！"三名队员走了过去。石磊拽着黄宝贵："俺和025肯定在一组，谁和我们干？"另外三名队员响应了石磊的号召。

　　谢思潇看着王星："007，要不要再强强联合一把？"王星一愣。郝玲玲有些不快。另一名队员说："你们两个高手就不要在一组了吧，我们各组的力量总要平均一些。"谢思潇有些尴尬，下意识地看王星："要不……算了吧。"

　　"019，020，033，你们三个和我们一组。"王星说。郝玲玲大喜："好啊好啊！我同意！"曾紫陌有些犹豫："007，我们三个会拖累你们俩的。"王星一笑："能者多劳嘛！这样一来，力量就平均了吧？"王星看看其他队员："其余的，大家赶快分组！"

　　很快，小组成队，大家碰拳告别，场面还有点儿悲壮。王星一挥手，各小组兔子似的消失在密林里。

8

指挥帐篷里，还在斗地主，黄林、秦成和于瑞的脑门儿上贴着纸条，马路站在边上看热闹。高胜寒坐着，正拿着一根火腿肠喂黑龙，他抬头看着刚刚放下对讲机的雪貂问："几个了？"雪貂回身："三个！"高胜寒一笑："我就说你们这帮小子退步了吧？"雪貂笑了笑，拿着对讲机走过来，坐下："你还真不能这么冤枉我们。你这队伍里有高人。"高胜寒一愣："什么意思？"

"兄弟们报告，这帮人分成了若干个小组，正在分散突围呢！目标一下子散开了，我这几十个人还真有点儿不适应。"雪貂说。

高胜寒笑："这就对了。"

"高人是谁呀？我认识吗？"

"有那么一两个你应该能认识。"

雪貂一笑，看着黑龙："起码谢思潇我认识。对了，你是怎么把她挖来的？还连人带狗的，当初狼牙都挖不过去，武警怎么就放人了？"高胜寒有些得意，嘴上仍谦虚地说："其实我也没那么大本事，上面直接下的命令。"雪貂笑，又问："就她一个？"高胜寒点头："还有一个，你也认识，王星。"雪貂一愣："这小子也在？"高胜寒点头。

"飞狼，我现在严重怀疑你假公济私！老实说，当初你在狼牙淘汰他，是不是留了心眼儿了？"雪貂眼睛发亮。高胜寒眼一瞪："扯！我有那么狭隘吗？我是在淘汰王星以后接到的调令。"雪貂咂咂舌："哎呀，你这儿还真是人才济济呀，这俩就够让我眼馋的了。"高胜寒摸摸黑龙的脑袋："你少打歪主意，跟我玩儿，你还嫩点儿。"雪貂笑，拿起对讲机："各组注意！有两个目标特别关注一下，你们好多人都认识，一个是谢思潇，一个是王星！可能的话，先把他俩给我拿下！我有重赏！"雪貂坏笑着看高胜寒："损吧？全跟你学的。教会徒弟，饿死师父啊！"高胜寒也笑："别高兴那么早，你未必能赢！"

第十章
—— FIRE ——

1

　　丛林深处，阳光穿过密集的树叶投射在地上，影影绰绰。王星一行人在林间跑得呼哧带喘，沉重的脚步踩在湿地上，没有半点声响。王星举起右拳，其余几人立刻蹲下，警惕地四处观察着。王星上前几步，仔细观察着周围的树枝和草叶，一挥手，队员们立刻跟上。突然，空中传来一阵怪异的声响——一架无人机正在空中盘旋，王星一惊，紧急挥手，几人赶紧卧倒，隐蔽在旁边的树丛下。谢思潇皱着眉头："无人机都用上了！他们脸皮够厚的。"王星不屑地一笑："他们一贯如此。绝不吝啬使用高端武器装备。"

　　"007，咱们走不走？"谢思潇回头看了一眼郝玲玲，郝玲玲并不太友好地看着谢思潇，故意看王星，"007，我等着你下命令呢！"王星无奈地站起身："走！注意隐蔽！"郝玲玲起身直奔王星，王星一把拽住她："让你注意隐蔽！"郝玲玲连忙蹲下："好好好！听你的！"曾紫陌看到了谢思潇的表情，一笑。王星匆匆向前，郝玲玲想跟上，被谢思潇挤了一下，谢思潇跟上了王星。郝玲玲赌气地跟在后面。

　　前方，谢思潇瞥着王星，低声道："你非带她干吗？"王星一笑："不是为了平衡一下各组实力吗？"谢思潇不屑："实力差的有的是，你为什么选她？嗲声嗲气的，看着就来气。"王星皱眉："你跟她有仇啊？她得罪你了？"谢思潇语塞："就是看不惯，怎么了？"

　　"都跟你似的假小子，还要女人干吗？"

　　谢思潇怒视着王星："色鬼！你故意选女人！就你一个男的！"王星脱口而出："你不算女人。"谢思潇气急，王星严肃起来："000，注意场合，现在不是打架的时候。"谢思潇怒视王星。王星回望了一眼，低声说："跟你说个正事儿。"谢思潇没好气："干吗！"

　　"多照顾一下019。"王星说，"你应该明白我的意思吧？"谢思潇白了他一眼："废话！要不是你选了019，我还不乐意呢！"王星笑："差点儿忘了，你们俩关系好像不错。"谢思潇脱口而出："女人当然同情女人了，尤其是同被情感困扰的女人。"王星诧异地看着谢思潇。谢思潇一愣，目光闪烁。王星哑然失笑。谢思潇瞪他："你笑屁呀！"王星苦笑："她有我信，你有，打死我都不信！"突然，一阵急促的枪声响起！几人大惊着四处隐蔽!

在不远处,三名菜鸟浑身冒烟,一脸沮丧地从密林深处走出来。随后,一个戴着狼牙臂章的中尉走出丛林,笑着拿起对讲机:"雪貂!雪貂!梅花鹿报告,击毙三个,逃了两个!"

"收到!有我要的人吗?"

梅花鹿仔细看了看三个倒霉蛋儿:"没有你要的人。"

"继续搜索!"雪貂命令。

"明白!"

2

在洼地一侧的树丛中,王星几人隐蔽在树丛后,吃惊地望着这一幕。郝玲玲悄声叹息:"唉,又失去了三个队友。"谢思潇皱着眉:"他们好像在找人?"王星若有所思地望着梅花鹿离开的方向。很快,几个人战战兢兢地起身,随后身影消失在丛林当中。

在密林里另一边,两个漏网的菜鸟慌不择路地狂跑着。突然,一枚爆震弹划着弧线落下!两人急忙卧倒,轰一声爆响,爆震弹轰然炸响!趴在地上的两名菜鸟晃了晃脑袋,都有点晕!两人还没反应过来,突然从周围涌出六七个狼牙队员,枪口对准了他们。两个菜鸟趴在地上,目瞪口呆。

黄宝贵和石磊一组人被附近炸响的爆震弹吓了一跳,五人急忙闪身隐蔽,躲在树丛里大气不敢出。石磊左右看看,指着左前方低声说:"是那边儿!"黄宝贵诧异地问:"你咋知道?"石磊指了指相反的方向:"回音是从那边儿传回来的!"黄宝贵乐了:"你怎么分辨的回音和实音?"石磊得意地指着自己的耳朵:"俺耳朵好使。"另一名对员问石磊:"那咱们怎么走?"黄宝贵指着相反的方向:"当然得走这边儿!"

"可那边不是北方啊!"

黄宝贵狡黠地笑笑:"迂回!走!"五人站起身,匆匆走着,咚的一声闷响——一个队员愣住了,不相信地盯着身上的滚滚浓烟。黄宝贵大惊:"狙击手!——"石磊猫身钻进树丛里,大喊:"散开!快跑!"四人狼狈地赶紧分散,"S"形迂回着钻进了树林。

大树顶上,一把85狙击步枪从密集的树叶中伸出来,旁边,观察手放下望远镜,对着耳麦:"棕熊,棕熊!05区域过去五个!"说完两人收好武器,快速溜下大树,匆匆而去。

3

山泉边上,五名菜鸟满头是汗,气喘吁吁地跑来,四下隐蔽着。观察了一会儿,一名队员挥手,菜鸟们起身扑到山泉边,大口地喝水。一名菜鸟捧起一口水,正要喝,忽然愣住了——小水潭对面草丛里，一根鱼线做成的绊绳连着反步兵地雷在水中若隐若现。他下意识地侧头一看，一名队员的靴子正好缠在从水中探出来的绊绳上，那名队员一挪步，绊绳在水中一动！轰！地雷炸响，水花四溅。浓烟中，三名菜鸟浑身冒烟，另外两名逃也似的钻进树林，噗！噗！两声枪响，两人背后中弹，身上冒烟。小水潭对面的树丛里，七八个狼牙队员大扛着枪，大摇大摆地走了出来。

4

山沟内，许飞带着几名队员还在气喘吁吁地奔逃着，子弹呼啸着在密林里穿梭，菜鸟们不时躲闪隐蔽着，继续向前。后面，一组狼牙队员在丛林中跳跃着猛追过来，停住脚一看——没人影了！

"跑得够快的！战术规避动作也挺标准啊！"

另一名队员就笑："可别真把他们当菜鸟！别忘了，他们可都跟咱们一样，是飞狼训出来的！"队长看着空无一人的丛林："我敢保证，要是也给他们等同的武器装备，他们比咱们不弱！"队员们笑："那咱们算不算欺负人啊？"队长想了想："不算！算轮回，当初咱们不也是这么过来的？"几人轻笑。队长一挥手，狼牙队员们快速消失在前方。不一会儿，周围的树丛里一片声响，许飞几人匆匆跑出来，全都瘫在地上，大口地喘息着。

"真让……真让007给说中了！他们就是狼牙的！"许飞大张着嘴，深呼吸。赵小丫也累得够呛："大师兄全副武装欺负手无寸铁的小师弟，他们居然还理直气壮，真不害臊！"许飞拍了拍腰间："也不能说手无寸铁，咱不是还有刀吗？"赵小丫嗤之以鼻："刀能顶什么用啊！"许飞挣扎着爬起来："走吧走吧！大难不死，必有后福。"

5

丛林上空，崔华盾驾驶的救援直升机缓缓降下高度，低空悬停，旁边，顾意驾驶的武直-10在护航。舱门拉开，两名战士将软梯抛下。在直升机下方的丛林里，三名被淘汰的菜鸟神情沮丧地走向软梯。崔华盾坐在驾驶舱里，探头看了看下方，表情复杂。顾意看到崔华盾的举动，对着耳麦："山鹰，你在看什么？是不是在找他们的019？"崔华盾一愣，表情有些复杂："寒号鸟，做好你分内的事儿。"顾意语塞，操纵着直升机："明白！"

舱门关闭，救援直升机在武直-10的护航下迅速拔高，掉头飞向另一处。

临时指挥部里，高胜寒一个人在下围棋。雪貂得意地看看表，回身坐到高胜寒面前，低头看着他："45分钟，17个。飞狼，你还能坐得住？"

旁边，正在玩斗地主的秦成、于瑞和黄林下意识地停下手里的动作，马路也抬头看着高胜寒，都有点儿紧张。高胜寒头也不抬，继续摆弄围棋子："45分钟，一帮号称精锐当中的精锐，你是特种兵，以逸待劳，才干掉17个毫无反抗能力的菜鸟，有什么可得意的。我要是你，这会儿都不好意思说话。"雪貂一下愣住了，马路几人脸上贴着纸条在窃笑。

"你就真不担心我把他们全干掉？"

高胜寒抬头看着雪貂："你能干掉的就不是我要的，我要的，你干不掉。"雪貂腾地站起身："我还不信了！"高胜寒笑，继续下一局。马路看他："这盘棋，到底是左手赢了还是右手赢了？"

"都没有。"

"我很好奇，这盘棋你下了多少年了？"

高胜寒抬起头："从我初中开始吧，就没有看见过结局。很多事情，开始的时间太久了，就开始期待结局赶紧到来。但是这个结局总是不来，非常消耗我的耐心。渐渐地，我就开始靠这盘棋来磨炼我的耐心。我们的战士不缺勇敢无畏，缺的是耐心。"

6

密林深处，在一处不太陡的山坡上，王星和谢思潇从树丛里冒出头，谨慎地观察着。远处，直升机低空悬停，周边的丛林里三三两两地冒着浓烟。王星观察着各处烟雾点，若有所思。

山坡后面的密林中，王星和谢思潇猫身返回，曾紫陌悄声问："情况怎么样？"谢思潇叹息着摇头："惨不忍睹！"谢思潇看着王星："007，你什么结论？"王星皱眉："他们在我们所有的必经之路上都设下了埋伏，并且随着我们的移动随时变换，越往北，埋伏点就越密集。"谢思潇一脸愁容："那你的结论就是我们死定了对吧？"曾紫陌三人郁闷地看着他们俩。

"天网恢恢，疏而不漏，我们逃得了初一，逃不过十五。再这么走下去，真的死定了！"王星看表。谢思潇皱眉："那你想怎么办？放弃？还是提出抗议？"

"按照飞狼的规则，放弃和抗议是一个意思。"

谢思潇抱怨："说半天你等于白说！"

王星沉默着，没接话。郝玲玲神情落寞："看来我们真的过不了这一关了。无所谓了，我已经做好心理准备了。大不了我还回去当我的小护士。"李珊瞪她："你真想得开，都到这个地步了，怎么好意思回去呀！"郝玲玲撇嘴："有什么不好意思的，就当玩儿了几个月拓展训练。"说罢，郝玲玲看着王星："007，你要是被淘汰了，下一步去哪儿啊？要不你跟飞狼说说，继续留在飞虎旅吧，哪怕先在警卫连干一段儿也行啊，等下一期选拔你还上，我也继续报名……"王星皱眉，刚要开口，谢思潇撇着郝玲玲："033！你烦不烦啊！007去哪儿跟你有关系吗？"郝玲玲回瞪她："我又没说你！"

"你是在惑乱军心！"

"你少给我扣帽子，我只不过是想得更周全一点儿。"

"那你干脆把烟雾弹拉开！自己周全去吧！"

"你……"

"好了！飞狼把我们带到这儿来，绝不是为了把我们全都淘汰！大家好好想想吧，肯定还有办法能让我们生存下去！"曾紫陌说。郝玲玲看着曾紫陌："019，你怎么胳膊肘往外拐呀？不帮我说话，帮外人说话。"曾紫陌皱眉："033，我们都是队友，这里没有外人！现在确实不是吵架的时候，我们应该团结一致！"

"好了，我不说话了，你们有什么办法，我跟着你们走就行了。要死一起死，要活一起活！"郝玲玲赌气地蹲下，瞪着谢思潇，嘴里嘟囔着，"醋坛子！"谢思潇愣住了："你说什么？"郝玲玲站起身："我说你是醋坛子！你就是看不得我关心007，你才处处针对我！"

曾紫陌和李珊目瞪口呆。谢思潇连忙慌张地掩饰道："你……你胡说！我会……我会吃你和007的醋？你开什么玩笑！我……"谢思潇下意识地扭头看王星。王星直愣愣地看着谢思潇。谢思潇目光闪烁："007！你……你别瞎想啊！她胡说的！"王星镇定地说："我当然不会瞎想了。兔子还不吃窝边草呢！我有女朋友！"谢思潇语塞。郝玲玲大惊："007！你有女朋友了？"

"我这么优秀的男人，可能没女朋友吗？不合逻辑吧？"王星对着几个女兵们，"我说大小姐，现在是在训练，被抓住很惨的！能不能先消停会儿，不谈这个问题？！"

郝玲玲一脸失落，都没人说话。

"好了，都吵够了，咱们该走了。"王星一挥手，曾紫陌问他："咱们往哪儿走啊？"李珊不耐烦地跟上去："你刚才不是说天网恢恢？再走也是自投罗网。"谢思潇冷着脸："不活了！大不了鱼死网破！"说罢，谢思潇朝山坡下走去。

"站住！——"

谢思潇扭头看着王星，王星皱眉："什么鱼死网破呀，你要拿着刀跟狼牙拼命吗？那只能鱼死，网破不了。"曾紫陌看着王星："007，你是不是早就有办法了？"王星神情严肃："我是有个办法，可是我一直在犹豫。"

"有什么可犹豫的？说！"

王星从腰间拔出一把多功能匕首，在地上划了一个大弧线。女兵们蹲在地上，看着弧线，又看王星。王星目光灼灼。

"你是说，绕开？"曾紫陌问。

"对，绕开这张网！"

李珊看着地上的大弧线："那就不是50公里了……"

"初步预计，这条路线的总距离至少得120公里，而且一路上同样是丛林密布，高山峻岭，一切都是未知的，危险暂且不说，这对我们的体能是一个巨大考验，所以我在犹豫。"说罢，王星忧虑地看着曾紫陌。曾紫陌苦笑，但眼神坚定："我们好像别无选择了。这对我来说的确是个巨大的考验，但我决不会退出。"王星感慨地点头，又看谢思潇。谢思潇瞥了一眼郝玲玲："我的体能决不会有问题。如果019顶不住，我还会帮她！别的人就说不好了……"郝玲玲一扬头："我当然也没问题！又不是没练过体能！"谢思潇笑："这可不是赌气的事儿！"

"谁跟你赌气了？"说罢，郝玲玲拍了拍身上的烟雾弹，"就算真扛不住了，我也不会当累赘的！"

"一旦我们选择了这条路线，烟雾弹就没用了。"王星面色冷峻。几人愣住了，都看他。王星咽了咽唾沫，"我说的这条路线已经远远超出了直升机的搜索范围，如果我们在那儿拉烟雾弹，除了我们自己，没人会发现。"李珊有些发慌："也就是说，我们得自己……自生自灭了！"王星点头："也可以这么说吧。"——一片沉默。曾紫陌坚定地看着几人："我们都想留下，所以我们别无选择。"

又有几声枪响传来，郝玲玲叹息道："唉，又不知道有多少兄弟姐妹被他们干掉了。"枪声还在响。曾紫陌有些激动："我们要坐视他们被干掉吗？"王星沉声："当然不能！"谢思潇苦笑："没办法，谁让我们是霹雳火呢？我们就是干这个的！"几个人看着谢思潇笑。谢思潇皱眉："你们笑什么？"郝玲玲揶揄着说："我还以为你会说，哎呀，又要多出好多累赘了。"谢思潇瞪着她："你最不可爱的地方就是自作聪明，多嘴多舌。"郝玲玲一扬头："我觉得这是我的优点，说明我坦率。"

"说明你傻。"

"0号！我想我们没必要再针锋相对了吧！人家都有女朋友了，我们还争什么？"众人目瞪口呆，郝玲玲赶忙捂住嘴，曾紫陌一脸苦笑。

"谁跟你争了！033，别把你自己的自作多情强加给我好不好？"说罢，谢思潇往下走去。曾紫陌叫住她："0号！你去哪儿？"谢思潇头也不回："去找他们啊！难道要在这儿点烽火引他们来呀？到时候他们没来，狼群来了！"王星大喊："0号！这活儿你一个人干不了！我和你一块儿去！"

"用不着！"谢思潇气呼呼地跑了下去。王星一笑。曾紫陌焦急地说："007！你快去追上她吧！她一个人太危险了！"

"那你们原地隐蔽！"王星转身下山，又停下脚，回头，"记住！我们不回来，你们千万别动！"说完加快速度追赶谢思潇。

李珊看着一脸沮丧的郝玲玲："你就不能矜持点儿？人家有女朋友。"郝玲玲叹息了一声："这种时候，有什么可矜持的？不是没结婚吗？只要他没结婚，所有人的机会就是均等的！我知道我机会不大，但是好歹我得努力争取吧？矜持能换饭吃吗？自尊心能换来终生幸福吗？"曾紫陌听着苦笑，又若有所思。

山下密林，谢思潇急匆匆地跑着，忽然，身后有一阵轻微的响动。谢思潇猛地闪身，隐蔽到大树后，警觉地拔出匕首。脚步声越来越近，谢思潇杀气腾腾，猛地闪身出来，雪亮的匕首刺过去——叮的一声，两把匕首碰到一起！谢思潇一惊："你干什么？"王星收起刀，笑笑："试试你的警惕性。"

"我是问你下来干什么？"

"这活儿你一个人干不了。"

谢思潇收起匕首："我一个人反而自由！"

"你就别意气用事了。"

谢思潇回身瞪着王星："我是怕担嫌疑。"王星笑："你还当真了？"谢思潇瞥眼："你才当真呢！"王星笑："不可能，我有女朋友，再说了，我对男人婆没兴趣。"谢思潇愤怒地挥拳，王星皱眉："干什么干什么？都说你是男人婆了，你不用再证实一遍了。"谢思潇低声怒吼："007！"

"先找人！先找人！等考核结束，我陪你大战三百回合！"

"好！"谢思潇愤怒地收回拳头，赌气地往前走。王星跟在后面，苦笑，又若有所思："她不会是玩儿真的吧？"谢思潇在前面回过头："走不走？"王星赶紧跟上。

7

在密林深处的一棵大树下，石磊侧头紧贴着大树根部，在他旁边，黄宝贵和另外俩队员屏住呼吸，盯着他。石磊抬起头："周围没人！"黄宝贵感慨地拍了拍石磊的肩膀："024，我今天才发现，你这耳朵还真是个宝贝，怎么练的？"石磊憨笑："也没咋练过，小时候在山上放羊，经常有单个儿的羊离群，山高林密的不好找，俺就全靠耳朵听。"黄宝贵赞地伸大拇指，左右看看，皱眉："咱这是迂回到哪儿了？"石磊四下看看："这地方咱应该走过。"

"何以见得？"

石磊指着不远处的一棵大树："俺记得它，当时那个狙击手击毙了咱一个人，咱们逃跑的时候就是从这儿绕过去的……"黄宝贵大惊："你是说，咱绕了一个多小时，又绕回来了！"石磊认真地点头："错不了！"黄宝贵瞪着石磊："那你还用耳朵听个蛋啊！傻子也知道这儿没人了！"黄宝贵沮丧地一屁股坐到地上："我的亲娘啊！我这一个多小时的奔波呀！累得跟驴似的，我又绕回来了。"石磊笑："咱还真跟个驴似的，驴就是拉磨的，一圈儿一圈儿一圈儿……"黄宝贵气恼地抓了一把草扔过去："你还笑得出来！"石磊憨笑："你不经常告诉俺要乐观吗？"黄宝贵语塞，仰面朝天躺到地上。

"025，咱不走了？"石磊看他。黄宝贵哀叹着："一圈儿都绕回来了，不在这几分钟了，你让我歇会儿，我有点儿乱……"

"025！咱不能歇！咱好不容易摆脱了追击，可是又回到起点了，咱得抓紧时间了！天快黑了……"

"024，求你了，别说话了，我想静静！"

石磊纳闷儿地问："静静是谁？"

扑哧一声，另外两名队员乐了！黄宝贵烦恼地起身扑向石磊："我弄死你……"突然，一阵脚步声传来！几人大惊，快速起身闪避——十几个穿着破烂迷彩服的菜鸟们迎面跑过来，黄宝贵闪身出来："都回来了？"一名菜鸟沮丧地说："走投无路，只好往回跑。"黄宝贵叹息："幸福的理由有一万种，不幸的理由总是出奇地一致。"

"是007和0号让我们返回的。他们还让我们留意着你们，现在好了，我们省事儿了。"黄宝贵几人一愣。石磊惊讶地问："007和0号啥意思啊？为啥让你们返回？"菜鸟摇头："具体不知道，他俩让我们到这儿等着，说是有新的方案要和我们商量。"

另一处密林深处，草丛里枪声大作，许飞和赵小丫拼命地在跑。赵小丫气喘吁吁："014！这是哪儿啊？"许飞顾不上回头："我哪儿知道？！"

"你不是飞过这儿吗？"

"我飞过，可我没钻过呀！"前面一个深坑，许飞脚一个踩空身体失去平衡！眼看着就要摔出去，赵小丫惊叫着扑上去，一把将许飞拽住，许飞身体向后挣扎着，眼看着坠落，赵小丫忽然猛地横向一拽，将许飞硬生生拽上来，自己却摔落在坑里！

许飞倒在地上，愣住了，焦急地起身："015！你没事儿吧？"坑里，赵小丫满脸是土，疼得龇牙咧嘴："没事儿。"许飞伸手将她拽了上来。赵小丫浑身是土，身上沾满枯枝败叶，脸上也被划伤，手臂上划开一道口子，渗着血，笑嘻嘻地看着许飞。许飞表情有些不自然，低吼："谁让你拉我了！"赵小丫笑意盈盈："我保护你呀。"

"我用得着你保护吗？——你能不能别这么肉麻呀？"

"我只对你肉麻。"

许飞目瞪口呆，尴尬地错过脸去，赵小丫向前凑了凑："生气啦？"许飞不理她："一边儿去！"赵小丫撒娇似的又往前凑了凑，许飞无奈地看着赵小丫："015，我对你真的没感觉。"

"我做得不够好吗？"

"你做得非常好，刚才和他们遭遇，要不是你，我就挂了，这儿也是，掉进坑里的本来应该是我！"

"那你为什么还对我这样啊？"

"抵触，下意识地抵触，我的潜意识不允许我对你有什么想法，明白了吗？"

赵小丫一脸惊讶："你什么潜意识啊？"许飞嗫嚅了半天，才缓缓说道："我一看到你，就想起你表姐……"赵小丫一脸震惊："你还爱着我表姐？"

"你等我把话说完！"许飞一瞪眼，"我一想起你表姐，就想起当年那个扎着俩朝天辫儿，吸溜着大鼻涕的你。"赵小丫下意识地蹭了蹭鼻子："然后呢？"

"然后就没有然后了。"

"为什么呀？你嫌我脏？"

"我嫌你小。"许飞说。

赵小丫下意识地看向自己的胸部："我哪儿小啊？我不小！"许飞哭笑不得："我嫌你年龄小。"

"男的怎么会嫌女的年龄小呢？"

"我跟你解释不清楚，总之，我对你真的没那种感觉，要说有，我挺愿意你当我妹妹的。"

赵小丫的眼圈儿红了："你少来这套，我懂！男的一说这种话，基本上就是嫌弃女的！"许飞目瞪口呆。赵小丫赌气地站起身："我知道，你心高气傲，你喜欢天上飞的，不喜欢我这个地上跑的！可人家天上飞的有自己的心上人了，我这个地上跑的对你一往情深的……"许飞打断她，一脸认真："015，给我点儿时间，让我考虑考虑，行吗？"赵小丫愣住，赌气地说："这一套我也懂！你这是拖延战术！我不吃你这一套！"

"过来！"赵小丫愣住，许飞招手，"我让你过来。"赵小丫尴尬万分，红着脸跑了过来："这么快就考虑好了？"

"坐下！"

赵小丫有些激动，紧张地向前靠了靠，急促呼吸："014……不合适吧？咱们还在考核呢……环境也不太浪漫……我脸上这么脏……"赵小丫激动地闭上眼睛。许飞忍着笑，从急救包里掏出药品和纱布，拽过赵小丫的手臂，赵小丫睁开眼睛，尴尬万分："我还以为你……"许飞一丝不苟地给她处理伤口："拜托，我是军人。别说我对你没感觉了，就是有感觉，我也不能这么轻浮啊。"赵小丫幸福地笑："可你还是疼我。"许飞瞪她："闭嘴！现在你什么也不要想，我们是战友，懂吗？因为我们是战友，所以我帮你处理伤口！"赵小丫点头如捣蒜："好好好！"许飞苦笑："你说你一个小丫头，哪儿那么多想法呀？"赵小丫噘着嘴："我不小了！忘了我的朝天辫儿吧，我现在是短发，除了感冒，我也不流鼻涕了。"

突然，空中传来直升机的声音，许飞抬头，看见救援直升机在武直-10的护航下快速掠过，许飞望着武直-10，若有所思。

空中，顾意操纵着武直-10，调整了一下航向——是许飞和赵小丫。

"寒号鸟，你飞偏了！"崔华盾提醒她。顾意一惊，连忙调整航向："对不起，山鹰。"顾意继续操作直升机，一笑："山鹰，我觉得呆鸟和那个赵小丫挺般配的，你觉得呢？"

崔华盾没有说话，顾意若有所思："呆鸟有个归宿也好。"

"寒号鸟，现在我们的任务是救援，请集中注意力！你想受罚吗？"

顾意一愣，连忙正色道："明白！山鹰！"

密林深处的草丛里，许飞望着消失的直升机愣神，赵小丫干咳了几声："还包不包了？"许飞缓过神，继续包扎。赵小丫看着心不在焉的许飞："是她吧？叫什么鸟儿来着？"许飞低头包扎："寒号鸟，顾意。"

"她好像看见咱们了。"

"那又怎么样？我们又没干别的。"

赵小丫叹息："那你又得去解释解释了。"许飞大惊，瞪着赵小丫："你怎么知道？"赵小丫幽怨地叹了口气："上次你说上厕所，我看你情绪不对，有点儿担心，就也请了假，跑出来以后，我发现你去了战虎的宿舍楼……"

"你全看见了？"

"我也全听见了。她说你和我一样幼稚。"

许飞尴尬地看着赵小丫："你……你不会介意吧？"赵小丫笑："没关系！我承认我幼稚。爱上一个人，才会显得很幼稚。"许飞睁大了眼睛看着赵小丫。赵小丫惨然一笑，望着天："只可惜呀，我是因为爱上你才显得幼稚，你是因为爱上她才幼稚。"许飞表情复杂地看着赵小丫。赵小丫揉了揉包扎好的手腕，站起身来："没关系，我挺得住！我喜欢你又不是一年两年了！"许飞皱眉，站起身，诧异地看着赵小丫："我一直搞不明白，你为什么喜欢我呢？"赵小丫表情复杂地扭头看着许飞："这个是我的秘密。"

"你们两个聊够了没有？"

许飞和赵小丫大惊，回身望过去，王星和谢思潇从树丛里钻了出来。许飞震惊地看着他俩："007，0 号，你们怎么在这儿？"谢思潇笑："幸亏我们不是狼牙的人，要不然，你们两个死定了！什么时候了，还玩儿暧昧！"许飞和赵小丫一脸尴尬。

"你们组就剩你们两个了？"王星问。许飞点头："你们呢？也剩两个了？"赵小丫焦急地问："019，020，033 她们全挂了？！"

"我们组没损失。"

赵小丫惊讶地："怎么可能？"

"因为我们基本上没动。"

"没动？"许飞和赵小丫震惊地看着王星和谢思潇。

"你们没看出来吗？这种情况下，谁动谁死！"

谢思潇也是一声叹息："刚才我们几乎是顺着'尸体'找到你们俩的。"许飞神情黯然："007，我们到底该怎么办？"

"往回走！"王星说，"现在我们能找到的所有人，都在起点附近集合了。我们要换个办法过关了。"

"什么办法？"许飞眼睛一亮。

"一会儿再说吧！这儿是狼牙的伏击圈，快走！"谢思潇一招手，四人匆匆而去。

8

临时指挥部里，雪貂茫然地盯着大屏幕上的卫星地图，诧异地回头问高胜寒："飞狼，你确定你的队员没人主动退出考核吗？"高胜寒盯着棋盘落下一子："确定。他们手里都有烟雾弹，只要一拉弦儿，就算退出了。山鹰那边没有给我任何队员主动退出要求救援的信息。"雪貂一脸纳闷儿地走过来："奇了怪了！整整两个多小时，我这边的数据还是 17 个！我布置的第二、第三道防线，一个人毛没见着。"高胜寒眨巴眼睛："也许是你的网布设得不够周密，被人家钻了空子呢！"雪貂肯定地摇头："不可能！要是连这点儿小活儿都干不好，我们早就集体转业了。"马路也走了过来，脸上有一丝忧心："飞狼，他们不会出什么意外吧？"秦成脸上贴着纸条说："挂了 17 个，还剩 23 个，总不能全出意外吧？"

所有人都看高胜寒。

高胜寒神秘地一笑，起身走到牌桌旁，抓起扑克："怎么不玩儿了？继续啊！时间还长着呢！"

密林里，七个黑影正拼命地跑着，急促的喘息声和脚步声在幽暗的密林里节奏分明。一棵大树下，黄宝贵和众队员焦急地等待着。这时，王星和谢思潇等人气喘吁吁地跑了过来。石磊松了一口气："你们可回来了！俺们还以为你们出啥事儿了呢！"王星一笑："往回走还能出什么事儿？"曾紫陌关切地看看在场的队员，王星命令："各组的，看看自己的人，有没有落下的。"

"007！你说的新方案到底是什么呀？快说说，天可快黑了！"黄宝贵等不及地问。所有人都看王星。王星目光灼灼："方案很简单，我们一起来一个 100 公里大越野！"石磊大惊："啥意思？不是说五十公里吗？"黄宝贵也挠头："一来一回已经五十多公里了，再跑回去？"

"跑回去就等于自投罗网——"王星看着两人咬牙切齿地说，"我的意思是，我们继续往回走，沿着出发时候的那座山，一路向东，再向北！"众人面面相觑。黄宝贵摇头："没听明白！"谢思潇沉声道："007 是说，我们绕开这张网，把路线从一条直线变成一个半圆。"王星抬手看表："时间不多了！明天天亮之前，我们必须要到达接应点。情况你们也看见了，除了这个办法，没有第二条路可走。"

众人沉默着。

"我不勉强大家，愿意跟我们走的，现在就出发！不愿意跟我们走的，就地留下。队友一场，咱们各自珍重。"王星将手里唯一的武器插在腰间。气氛有些沉闷。

"我走！"

"我也走！"许飞和赵小丫表态。郝玲玲左右看看曾紫陌："我们是早商量好的，一起走！"

石磊看着黄宝贵："025，你走俺就走！"黄宝贵思索着，看着石磊："只要你走，我就继续罩着你。"石磊笑了，俩人一起走向王星。队员们陆陆续续都表了态，还有五名队员低头沉默着。谢思潇看着几人："你们不走吗？"一名队员沮丧地看着众人："别人我不知道，我是走不成了。"说罢，撸开自己的裤腿——他的小腿上包着浸血的纱布，肿胀得很粗。曾紫陌声音低沉："67 号，只要你想走，我们轮流扶着你，轮流背着你。只要你自己不放弃，我们就不会放弃你！"67 号再也忍不住眼泪淌下来："019，有你这句话我就知足了。直说吧，我不想走，不仅仅是因为腿上的伤……"67号哀伤地扭过脸去。谢思潇不再说话，看看其他几人："你们呢? 决定不走了?"几个队员低头不说话。王星看着几人，一抱拳："各自珍重吧!"

9

指挥部里，雪貂拿着对讲机一脸兴奋："收到! 收到! 继续搜索! 一草一木也别给我放过! 哈哈!"雪貂回头看着高胜寒，得意地说："02号区域，又击毙5个，还剩18个。飞狼，你怎么看?"高胜寒看着卫星地图："你怎么看?"雪貂笑："这5个菜鸟解开了我心里的谜团，怪不得我后面的防线没见到人呢! 原来他们窝在02号区域没动窝儿! 由此可见，其余的人也离他们不远了，我快收工，准备下一场节目了。"马路和秦成三人忧虑地看高胜寒。高胜寒淡然一笑。

很快，临时指挥部的电台传来前方最新战报。

"雪貂! 雪貂! 梅花鹿小组报告，02区域搜索完毕，没有发现新的菜鸟!"

"雪貂! 雪貂! 棕熊小组报告，03区域一切正常。"

雪貂脸上的笑容消失了，皱着眉头问："棕熊! 一切正常是什么意思?"

"就是……没人。"

"雪貂! 雪貂! 云豹小组报告! 04、05区域搜索完毕，没发现情况。"

雪貂眉头紧皱地看着卫星地图："各小组! 各小组! 第一，请确定你们对每个区域的搜索非常彻底! 第二，如果做到了第一点，就给我继续往下搜!"对讲机里传来一阵明确声。雪貂一脸疑惑，高胜寒不动声色地坐着。

后面正在打牌的几人面面相觑，诧异地看高胜寒。马路悄悄走过去，高胜寒抬头看他："干吗?"马路回头瞄了一眼雪貂，压低声音："飞狼，给透个底，省得我们心都悬着。"

"透什么底呀! 我没底!"

"那人呢?"秦成问。

"我哪儿知道! 我又不是神仙。"

几人语塞。这时，崔华盾掀开帐篷帘子走了进来，高胜寒笑着抬头，手里还拿着棋子："哟! 山鹰来了，辛苦! 快请坐!"雪貂回身敬礼，又盯着大屏幕，拿起对讲机："云豹! 云豹! 你的左侧有一条山谷，进去看看……"

崔华盾看着高胜寒下棋："这残局还没下完呢?"

"下不完了，坐吧。"

"我都替你可惜。"

高胜寒笑："可惜什么?"

"你说可惜什么? 100多个精英队员，被你训来训去，剩十几个了!"

"那有什么不好的? 我这是搂草打兔子，顺便帮各部队加强一下基层人员军事素质。"

崔华盾苦笑："没错，霹雳火现在快成教导大队了！"

"五十步笑百步，战虎的训练不比我轻松，咱俩外号儿都差不多，我是高疯子，你是崔阎王。"

"我的淘汰率比你差远了。"

"那是因为你没那么多飞行员，否则的话，你以为你能比我心软啊？"

"我跟你说点事。"崔华盾看着高胜寒，正色道。高胜寒起身跟他走到帐篷的角落。

"你现在什么感觉？有没有感觉于心不忍？"崔华盾看他。

"训练嘛！不能心软。"

"我是说对她！"崔华盾低吼，高胜寒一愣。

"已经五个多小时了，天也快黑了……说真的，刚才救援那些被淘汰的队员，我真的希望在其中能发现她。可惜没有。"崔华盾目光复杂地看着高胜寒。

"你要我怎么办？总不能暗箱操作把人家淘汰掉吧？凭什么？这对她不公平。"高胜寒声音低沉。崔华盾凝视着高胜寒："所以，你其实是在庆幸，是吗？"

"你为什么老想揣摩我的心思呢？"

"因为我想让她得到幸福！因为她的幸福，与你息息相关。我必须得知道你是怎么想的，才可能确保她能幸福。"

高胜寒苦笑："你真有点儿烦。"

"随便你怎么想吧，这次，我会为她护航到底。"崔华盾转身，甩手出了门。高胜寒看着崔华盾的背影苦笑。他端起水杯，下意识地看大屏幕上的卫星地图。

10

深山密林里到处都是高耸入云的参天大树，荒草丛生，遮天翳日。王星率着队员们气喘吁吁地在林间穿梭，不时用手里的匕首劈砍着身前的枝枝蔓蔓。许飞满头是汗，抬头看着头顶上密不见天的树冠："我敢保证，咱们应该是有史以来第一批走过这片丛林的人类。"曾紫陌喘着粗气问："咱们走了多远了？"

"有20公里吧。"王星说。黄宝贵一脸沮丧："也就是说，距离接应点，还有80公里。"王星点头："没那么绝对，100公里只是预估，前方的地形咱们完全不熟悉，也许遇到特殊地形，还会绕道呢。就算不绕道，谁能保证咱们走的是直线？"赵小丫满脸愁容："盼着晚上是大晴天吧，看着星星走，不至于迷路。否则咱们就惨了！"

丛林上空，一架无人机呼啸着低空掠过。密林深处，一队穿着丛林迷彩的狼牙特战队员分散队形，持枪在丛林中搜索。崔华盾和顾意驾驶着武直-10，神情严肃地注视着丛林下方的动静。

指挥部里，雪貂严肃地看着高胜寒："飞狼！我强烈建议你将现在的情况向你的上级报告！"高胜寒没抬头，还在下棋："报告什么？报告你们实在抓不到我的人了，申请退出？"

"飞狼！我是认真的！"雪貂一脸认真，"现在我完全可以确定，剩下的这18个人，根本不在你给我设定的演习区内！在0号山区这样复杂的地形中，这将意味着什么，你应该比我清楚。"马路看着大屏幕上的卫星地图，震惊地看着高胜寒："飞狼！他们不会真的绕道了吧？！"高胜寒不为所动，目光盯着棋盘："我给他们设定的本来就是一个死局，凭借一把刀，能躲开全方位的立体围追堵截吗？他们不绕道，怎么过关？"

众人大惊。

"如果他们绕道，至少要走一百多公里的路！这条路可全是原始森林，什么复杂的地形都有！"秦成张大嘴，"他们手里可只有一把刀啊！连北斗都没有！万一迷了路……"马路也是一脸担忧："飞狼！风险太大了！"高胜寒目光灼灼，继续下棋："要想救人，先得学会自救！他人的生命高于自己的生命，首先就要不怕死，连这点儿风险都不敢冒，算什么呢？"众人语塞，都忧心忡忡地望着大屏幕上的卫星地图——黑漆漆的森林里一片寂静。

浩瀚的原始森林枝繁叶茂，灼热的太阳照射在丛林上空，一层湿热的雾气逐渐在林叶间升腾。在一处十几米高的断崖上，风不断地从空寂的空地上呼啦啦地刮过，崖壁很陡，几乎成九十度角。王星抓着长在崖壁的树丛根部，艰难地曲线下行，不断有落石被踩下去，掉进下面的荒草树丛中，发出的一阵阵闷响伴随着山风在林间回响。队员们小心翼翼地跟在他身后，每个人浑身都混着汗水和泥浆，脸上和手臂上的划痕都渗着血丝。良久，队员们艰难地爬下断崖，颤巍巍地爬起来，互相搀扶着继续前行。

11

夜晚的深山里，队员们仍在青纱帐之间穿行，犹如出鞘的黑色利剑与黑夜融为一体。夜幕下，一群直升机编队闪着红灯在丛林上空掠过。

指挥部的帐篷里，灯火点点。旅长王浩和几个干部匆匆进来，众人急忙起身敬礼："旅长！"高胜寒也从棋盘前站起来，敬礼："旅长，您亲自来了？"王浩还礼，冷着脸走到大屏幕前。几名干部表情凝重地跟了上去。教官们面面相觑，下意识地看高胜寒，高胜寒不动声色。这时，门帘掀起，崔华盾拎着头盔，冷着脸进门，怒视着高胜寒。高胜寒有意错开他的目光。

王浩站在卫星地图前，黑着脸问："你有多大把握？"

所有人都不敢说话，都看高胜寒。高胜寒一挺腰背："没把握。"王浩严肃地凝视着高胜寒："他们有没有生命危险？"马路几人面面相觑，紧张万分，雪貂也紧张地看着高胜寒。

"我不知道。"

众人沉默。

"旅长！我的意见，马上结束这次考核，派战虎的直升机搜索0号山区所有区域！人命关天，真出了事儿，那可不是闹着玩的！"崔华盾怒气冲冲。王浩在犹豫。崔华盾痛心疾首："旅长！战虎全员已经做好搜救准备，随时可以起飞！"王浩凝视着高胜寒："飞狼，你的意见呢？"高胜寒不吭声，王浩看他，"你在想什么？"

"我在想，派救援直升机去搜救霹雳火救援队，这件事会不会成为一个笑话？"

"可他们都还是集训队员！"崔华盾低吼。

"他们肯定会有人成为霹雳火的一员！如果这一幕成为现实，对他们每一个人来说，都是耻辱！也是霹雳火永远难以抹去的耻辱！"高胜寒声音低沉。

"你这是谬论！"崔华盾趋前一步，低声怒吼，"你明明知道他们当中有卫生队员，她们根本不能跟你的特种兵相比！她们根本不可能在这样的山林夜晚这样长途跋涉！你所说的尊严和荣誉，难道会比她们的生命还重要吗？！"

"对她们来说，尊严和荣誉，当然比她们的生命还重要。"崔华盾语塞。高胜寒看他："我不会比你好过，我也担心她们。"

"那你为什么还要这么干？"崔华盾怒气未消。

"为中国陆军的未来。"

崔华盾一愣。高胜寒看向王浩："我们未来是要打仗的，对吗？"王浩不吭声，崔华盾表情复杂。王浩没有说话，转身走了。崔华盾着急地叫："旅长，旅长？"王浩没吭声，转身出了帐篷。崔华盾回身怒视着高胜寒："你干的好事！"高胜寒面不改色："换了你，你也会这样做。"崔华盾咬牙瞪着高胜寒："她……她要是出了事，我和你没完！！！"说完，崔华盾气冲冲地出去了。高胜寒看着大屏幕上幽暗的密林，也是忧心忡忡。

12

密林深处，月色变得有些黯淡，四周一片黑漆漆的。王星率队疲惫不堪地在林间穿梭，这种林子平时少有人行走，到处都是凹凸不平。突然，曾紫陌脚下一个趔趄，摔倒在地，赵小丫和郝玲玲惊叫着扶着她。曾紫陌痛苦地靠着树坐下，大口地喘着粗气。谢思潇看她："019，你还行吗？"曾紫陌摇头，挣扎着想站起身，忽然一声惨叫。谢思潇蹲下，小心地脱下曾紫陌的鞋，愣住了——曾紫陌的脚肿胀不堪。

"怎么会伤这么重？"谢思潇愣住了。曾紫陌挤出一丝笑："就是肿了而已，不严重。"谢思潇看着她红肿的脚："还说不严重！你再走下去，你这只脚就废了！"曾紫陌一笑："别危言耸听，我自己就是医生，心里有底，真没那么严重。"郝玲玲含着眼泪："下午过河的时候她就崴了脚，一直不让我们说。"曾紫陌强忍着痛："我……我当时没感觉有这么严重，谁想到它居然肿了。"

"你的话前后矛盾，你刚说过，你自己就是医生，怎么可能判断不出伤势重不重？"谢思潇看着她，"你是担心我们反对你继续走。因为过河的时候，我们还没有完全跳出包围圈。"曾紫陌苦笑："是的，我不想给自己留下放弃的余地。我不想放弃。"

　　所有人都看着曾紫陌。

　　"019，我们不会放弃你的。"王星认真地说。许飞也点头："已经走到这儿了，我们都在绝境之中，绝境求生，不放弃别人，也就等于不放弃自己。"曾紫陌含着眼泪点头："谢谢！谢谢大家！"谢思潇小心翼翼地把鞋给曾紫陌套上，曾紫陌咬牙强忍着。谢思潇努力搀扶起曾紫陌："我先扶着你走，如果你走不动了，我就背你。"郝玲玲含泪："0号，还是我们来吧。019好歹算我们一个单位的。"谢思潇冷声："等你们被淘汰以后再拉山头儿去吧！这儿只有霹雳火。以你们的体能，能照顾好自己就不错了！"说罢，搀扶着曾紫陌向前走。郝玲玲愣在那儿，但这次她没有生气。王星下意识地看看谢思潇，苦笑着对队员们一挥手："走！继续前进！"

　　李珊不满地看着谢思潇的背影："她怎么这样啊？！每句话都尖酸刻薄的。"郝玲玲叹息一声："嗨，她主要是针对我，你只是躺枪。"曾紫陌回头看了一眼郝玲玲和李珊，苦笑着对谢思潇："你根本就不是一个刻薄的人，为什么老刺激她们俩？她们两个人都挺不错的。"谢思潇难得一笑："现在不是交朋友的时候。"曾紫陌诧异地看着她。

　　"我刺激一下她们，对她们没坏处。"

　　"我明白了，你是用激将法，变相鼓励她们。0号，没想到你一个小姑娘，做事还这么有谋略。"

　　谢思潇笑："别把我想得那么高深莫测，我是依葫芦画瓢，跟飞狼学的。"

　　"飞狼？"

　　"飞狼就是这样一个人，当年我在他们那儿特训的时候，他损我可比我损她们俩狠多了！那时候我恨死他了，每天在训练之前，都把他骂上一百次，然后一整天都活力无限！可是等特训结束才发现，他那一套全是装的，他比谁都和蔼可亲。"曾紫陌尴尬地一笑。谢思潇一愣，讪讪地："我是不是不应该在这种时候说他的好话？"曾紫陌苦笑："没事儿！——我比你了解他。"两人相视一笑，继续前行。

13

　　清晨的丛林里树木葱郁，雾气缭绕，阳光包裹着密林，透过密林间的缝隙投射在地上，斑斑驳驳。除了沙沙的脚步声外，四周一片安静。

　　王星担任着尖兵，小心翼翼地从丛林中走出来，队员们一脸疲惫，眼里都是血丝，紧随其后。王星观察着四周："原地休息一会儿吧。"众人一下子瘫坐在地上，谢思潇小心翼翼地扶着曾紫陌坐下。赵小丫和郝玲玲急忙上前："019，你怎么样？"曾紫陌喘息着："有0号扶着我，好多了。"谢思潇故意扭头看别处，起身问瘫在地上的队员们：

"都能挺住吗？有没有受伤的？有就说出来，别等走不动的时候添麻烦。"郝玲玲瞪着谢思潇："什么话呀？这不是指桑骂槐吗？"曾紫陌一笑："你们还行吧？"赵小丫赌气地看着谢思潇："不行也得行啊。"王星站起身："你们原地别动，我去前面探探路。"许飞也站起来："走，我跟你一块儿去！"

14

　　山间风动，树叶沙沙。黄宝贵大躺在地上喘着气。石磊坐在他旁边，有点儿于心不忍地看他："俺现在觉得特别对不起你。"黄宝贵闭目养神："为什么呢？"石磊带着哭腔："你是为了罩着俺才受这份儿罪的，你一直都是为俺着想。要不是因为俺，你现在都转业了，没准儿都开了兽医站，当上小老板了。"黄宝贵枕着双手，白了他一眼："是主治医师！我对当老板没兴趣。"石磊一脸憨厚地问："兽医有这职称吗？"

　　"怎么没有？现在在城里，兽比人金贵，兽医院比人医院还豪华，别说主治医师了，主任医师都有，还有专家坐诊呢！"黄宝贵振振有词。石磊恍然大悟，歉疚地拉着黄宝贵："宝贵，俺真对不住你，为了俺的理想，俺爹的面子，耽误你实现自己的理想了，还跟俺在这儿受苦。"黄宝贵眨巴着眼睛看石磊："你好像特别擅长自我批评。"石磊快哭了："俺本来就对不起你……"黄宝贵笑了笑，安慰他："行了行了！傻实在！实话跟你说吧，我跟你来这儿也不光是为了罩着你。"石磊睁大了眼睛："那你还为了啥？"黄宝贵抬头看着高耸入云的古树，一脸憧憬："我是想啊，在霹雳火干上几年，等将来老了，干不动了，我就回家开一个宠物紧急救助中心，现在这宠物不光是得病，被车撞的，被别的狗咬的，挂树上的，掉下水道的，什么样的没有？你想吧，咱连飞行员都能搜救，还救不了猫啊狗啊的吗？"石磊一脸崇拜地看着黄宝贵："025，俺太佩服你了！你这想法太好了！俺全力支持你！等你干这个救助中心，俺去给你打工！"黄宝贵撇着嘴看他："你就算了吧！你要是脱了军装给我打工，你爹还不把我的救助中心给拆了呀？"突然，前方树丛传来一阵轻微的沙沙声，所有人都一个激灵，起身寻找隐蔽，原来是王星和许飞气喘吁吁地狂奔回来。王星表情凝重地看着所有人："大家都过去看看吧！"众人一惊，面面相觑。

第十一章
——FIRE——

1

阳光包裹着密林，除了沙沙的脚步声，四周一片安静。王星担任尖兵，小心翼翼地带领队员们来到一处山林边缘，众人气喘吁吁地走出树丛，全都愣住了——只见前方一片沼泽，望不到头。

"怎么绕这来了？"许飞看着面前的沼泽地，又抬头看了看周围，一脸纳闷儿，"我记得这个地方，我从它头顶上飞过，从南到北，至少有十公里。"谢思潇皱眉："能绕过去吗？"许飞摇了摇头："这片沼泽地是东西长，南北窄，想绕过去，咱们至少得多走50公里以上。"

"就算咱们能绕过去，时间也来不及了。我们没退路。"王星面色严峻。曾紫陌也是一惊："看来，咱们只能从这儿穿过去了。"

众人一片沉默，鸦雀无声。

王星看谢思潇，一笑："怕死吗？"谢思潇反问他："你怕死吗？"王星嘴角浮起一丝微笑："我生出来，就没打算活着回去。"说完，王星起身拿出插在腰间的刀，砍了一根粗一点的树枝，迈步向沼泽地走去。

沼泽地里，王星拄着一根粗树枝在探路。许飞、黄宝贵和石磊紧随其后，一人拄着一根木棍，小心翼翼地往前挪，生怕一脚踏错陷进去。在他们身后，菜鸟们将裤腿卷得老高，军靴脱下来挂在肩上，也是手里一根木棍，在沼泽地里深一脚浅一脚地走着。郝玲玲抽抽鼻子，皱着眉头问："什么味儿啊？"李珊闻了闻："枯枝败叶，动物尸体，混在一起就应该是这个味道。"

郝玲玲一脸沮丧，谢思潇和赵小丫扶着曾紫陌艰难地在淤泥中前行。

"019，还是我背你吧。"谢思潇往前一站。曾紫陌痛苦地摇头："你们的体能也有限，再说这里都是淤泥，两个人的重量加在一起，踩进去就拔不出来了。走吧，我能挺住！"谢思潇只好继续搀扶着曾紫陌，挣扎着往前走。

2

夜色笼罩下，队员们都很狼狈，满身泥泞，深一脚浅一脚地在沼泽地里小心前进。突然，寂静的四周传来一阵窸窸窣窣的声音，队员们刷地卧倒在沼泽地的芒苇丛中，有的队员掉头就往回跑，一只惊恐的野兔从沼泽地的芦苇丛中暴起，狂奔着逃命。

"回来！兔子！是兔子！"王星低吼，"快，抓住它！"队员们小心地围合着，野兔子惊慌失措地在人群中四处乱窜。

"扶着她！"谢思潇把曾紫陌交给赵小丫，说罢，一个鱼跃扑进了水里，野兔子惊慌失措地奔向沼泽深处。谢思潇扑了个空，气恼地爬起来，直奔野兔追过去："你还敢跑！"许飞看得目瞪口呆："速度真快呀！"黄宝贵打趣："她这是拿自己当黑龙使啊！"王星紧张地看着谢思潇大喊："0号！你小心点儿！"所有人都异样地看着他，王星一愣，眼里闪过一丝复杂的表情，随即喊："——别伤着兔子！抓活的！"众人瞪大眼还看他。郝玲玲吃醋地问："007！你是关心兔子还是关心人呢？"王星一愣。突然，"啊"的一声大叫！谢思潇猛地扑进沼泽中——人没影了！

"0号——！"众人大惊！王星也瞪大了眼睛！

哗啦！沼泽深处的小水潭中，谢思潇双手举着还在垂死挣扎的野兔露出头，冲着众人欣喜地大喊："抓住啦！活的！"说着，谢思潇湿漉漉地爬出来，挣扎着跑向众人："活的活的！晚饭有着落了！"队员们第一次看到欣喜若狂的谢思潇，目瞪口呆。王星望着欣喜若狂的谢思潇，表情复杂地笑了。突然，谢思潇忽然一个趔趄，整个下半身落入一个泥潭中，举着双手，一动不动。

"0号！你干什么呢？过来呀！"赵小丫大喊，谢思潇还是没动。曾紫陌对赵小丫说："她跑不动了，你们快去接接她！"

"俺去！"石磊和几个队员一起朝谢思潇走去，谢思潇低头看着自己下半身，忽然大喊："别过来！"郝玲玲纳闷儿地看她："她好像……在下陷！"王星突然嘶吼："0号！别动！千万别动！"谢思潇表情凝重，野兔子还在挣扎，谢思潇的身体也随着野兔子的挣扎缓缓下陷。

"0号！把兔子松开！快松开！"王星大喊。谢思潇看着野兔，目光一动，一掌把兔子打晕，奋力扔了过去："接着！"野兔子划着一道弧线飞向众人，一个队员接住了。这时，谢思潇身体一动，下沉了一大块，已经到了腰间！她下意识的一声惊叫："啊……"

"我让你别动！"王星怒吼。

"你们别管我了！快走吧！"谢思潇屏住呼吸，大气不敢出。

"扯淡！"

曾紫陌带着哭腔："0号！你千万别动了！我们马上去救你！"

"别过来！前面全是淤泥！"在谢思潇的周围，淤泥不断地冒着气泡。谢思潇沮丧地说："怨我，我应该原路返回的。"王星焦急地思索着，目光一凛，猛地把自己衣服脱下来："快，解腰带！0号！你别动！一动都别动！我马上来救你！"说着，王星焦急地把腰带扣连到一起。

队员们的腰带接成了一条长绳索，王星抓住绳子一头，把另一头扔给众人："抓住我！"说着扯着绳子另一端，挣扎着走向谢思潇。

"007！你当心！"

"让你别说话！稳住呼吸！"王星怒吼，谢思潇看着满脸关切的王星，含泪点头。

王星继续前行，队员们屏住呼吸，拉着绳索，紧张万分地看着。王星小心翼翼地接近谢思潇，淤泥快湮没他整个大腿，他挣扎着，一步步前行。眼看离谢思潇只有两米的距离，王星突然脸色一变，停下脚，看着身前冒泡的淤泥。沼泽已经淹没到谢思潇的胸部，谢思潇含着眼泪："007！你过不来的，再往前走，你也陷住了……"王星瞪着眼睛："别说话……调整呼吸。"王星向后看了看，大喊："抓住了！"许飞和队员们抓紧绳子，紧张地点点头。

王星回头，将绳子一头扔向谢思潇！谢思潇挣扎着伸手去抓，没有抓到，身体却猛地下陷一大块，队员们一片惊叫。王星愣住，焦急地抓回绳子："0号！再来！"谢思潇在一点点儿地下陷，呼吸有些困难："007，我……我用不上力气了……"曾紫陌焦急地喊："0号，坚持住……"

"007，你真的有女朋友吗？"谢思潇含泪看着王星，哭着，"告诉我，你真的有女朋友吗？"王星点点头。

"你很爱她？"

王星点头。

"我知道了……"谢思潇还在继续下陷，"你要是没有女朋友的话，我……我可以考虑考虑……"谢思潇在下陷。王星眼泪淌下，焦急万分。谢思潇几乎陷到脖子了，她高举着双手，艰难地呼吸着。王星忽然焦急地大喊："0号！坚持住！"说着，王星将绳子结着绳套。谢思潇一惊："你……你干什么……"王星将绳套高举着："0号！你听着！憋住气！你听我数到三，就把双手举过头顶！这样一来，你会加快下陷的速度，不要管！只要感觉到绳子套到你双臂上，你就死死抓住它！听见没有！"谢思潇点头。王星回头大吼："你们看到0号抓住绳子，就使劲拉，听见没有？！"

"明白！"众人做好准备，将绳子拉得更紧了。

王星吐出一口气，凝视着谢思潇："0号！准备！1——2——"谢思潇下意识地看着已经被没过的双肩，深吸了一口气。

"3——"王星一声大喊，谢思潇拼命地一动，双手挣扎着举过头顶，身体猛地下陷，整个头部陷了进去！王星猛地扔出绳套，套到谢思潇高举的双臂上！淤泥中，谢思潇挣扎着死死抓住绳套！王星瞪眼，高声大喊："拉——！"

许飞率众人嘶吼着拽绳子！谢思潇的头被拽出淤泥，她大口地呼吸着。王星兴奋地大喊："拉！继续拉呀！"

谢思潇浑身都是泥水，露出肩膀来，她哭着看着王星，王星笑。众人兴奋地继续拽。啪！——绳子一个结忽然断了，众人猛地坐到地上！谢思潇被惯性猛地向后一仰，惊叫着再次快速下陷！王星忽然挣扎着跃起，向前一扑，一把抓住谢思潇手中的断绳子！

王星趴在淤泥上，奋力地拽着绳子："0号！过来！过来呀！"谢思潇用力拽着绳子，两手干拔，向王星靠近，逐渐脱离淤泥。王星大喊："趴着走！快！"谢思潇身体趴在淤泥上，拽着绳子，艰难地朝着王星爬过去。许飞大喊："快去接应他们！"

谢思潇慢慢接近王星，王星看着她笑。谢思潇带着哭腔："你还能笑得出来……"王星缓缓探出手去，一把抓住谢思潇的手："继续爬！"

"你怎么办？"

王星将身体缓缓转动，仰躺过来："从我身上爬过去，然后再拽我。"谢思潇愣住。王星看她："愣着干什么？通过速度一定要快，要不我也下去了！"谢思潇点点头，爬向王星。两个人头部一上一下相对而视，谢思潇的一滴眼泪滴落在王星眼睛里，王星皱眉："能不能不哭了？"谢思潇哭着："哪有！是泥水……"

"准备！"王星说。谢思潇点头："我准备好了。"

"干！"王星一声大吼，谢思潇奋力向前，身体快速从王星身上爬了过去！王星的身体猛地一下陷，整个头部陷入淤泥。谢思潇越过王星，快速抓住王星的双脚："007！"王星一个仰卧起坐，从泥水中挺起来，一把扳住谢思潇的脖子。谢思潇猛地往后仰，带着王星向后一跃，王星整个人压在了谢思潇的身上。两人再次相对，心境却不同。

王星看着谢思潇："0号，我真有女朋友了，我很爱她。"谢思潇痛苦地含着眼泪："那就忘了我刚才的话，别跟任何人说，否则我跟你拼命！"王星表情复杂地点点头。

"抱歉，打扰了……"

王星和谢思潇一惊，只见许飞、黄宝贵和石磊等一帮人全站在俩人身后。谢思潇慌乱地把王星掀翻，爬了起来。王星一声惨叫："你干吗？！你神经病啊！给我个心理准备呀！"谢思潇头也不回，挣扎着朝前方走去："007，谢了。"许飞几人目瞪口呆，忙把趴地上的王星拽起来："好悬！"

谢思潇走向曾紫陌，下意识地擦了擦眼泪："谢谢大家了。"曾紫陌含着眼泪笑："0号，你没受伤吧？"谢思潇摇了摇头。王星满身泥泞地走过来："我们没有多少时间可以耽误了！出发——"

3

清晨，日出东方，山林笼罩在晨雾里一片寂静。队员们疲惫不堪地继续前行，许飞边走边用刀割着兔子肉，分发给队员们。许飞赶上走在最前面的王星，割了一块血淋淋地递过去，王星看都没看，塞进嘴里大嚼着："嗯！还挺香！"许飞又割了一块递给他，王星看看队员们："狼多肉少，我够了。"许飞冲前面走路的谢思潇努了努嘴，王星不明白："干吗？"

"给人送去呀！"许飞努嘴。

"为什么是我？"

"她需要你安慰。"

王星一愣，许飞笑："别瞒着了，我们都听见了。就算没听见，也看出来了。0号爱上你了。"王星表情有些复杂，没说话，许飞悄声说，"拒绝一个人的方式有许多种，你偏偏选择了最残酷的一个。对于那么高傲的一个女孩儿，你于心何忍啊？"

"我不是故意拒绝她。我真有女朋友！"

"好好好，那你告诉我，你女朋友姓什么，叫什么，今年多大？家住哪儿？在什么单位工作？"

王星讪讪地："我不知道。"

"那你还编？"

"我真不知道！"

"你这样就没意思了。一起这么久了，不是知己也算哥们儿了吧？"

"我跟你解释不清，你爱信不信吧。"王星一把抢过兔子肉，向谢思潇走去。许飞一愣，苦笑："俩人一样，死要面子活受罪。"

王星走到谢思潇身旁，把肉递过去。谢思潇看了一眼："你吃吧，我没胃口。"

"吃这个可不是为了胃口。"

"那我也不吃，我体能跟得上。"

"你蒙谁呀？刚才在泥潭里你都成强弩之末了，要不然不可能抓不住绳子。"谢思潇停下脚，瞪着王星。王星嬉笑着："再说了，这兔子可是你用命换来的，你不吃我们哪儿好意思吃啊！"谢思潇瞪着王星，一把抢过兔子肉塞进嘴里："伪君子！我看你吃得挺香的。"王星一愣，擦了擦嘴，跟上谢思潇。

"还跟着我干吗？"谢思潇闷头往前走。王星向后看看，悄声说："0号，跟你商量件事儿。"

"说。"谢思潇加快脚步。王星赶紧跟上："咱俩的事儿，他们可都知道了。"

"我跟你什么事儿啊？"

"行了！坦率一点儿吧，又没外人。"

谢思潇瞪王星，王星很坦诚地看着她。谢思潇目光闪烁看着别处："那你说吧，你什么意思？"

"我的意思，咱俩打来打去的都好几个月了，也差不多了。说实话，我对你还是印象非常好的。说句可能让你欣喜若狂的话，我要不是因为已经有了女朋友，我是很愿意考虑你的……我是说，咱俩爱情不成友情在，以后都是一个战壕的队友，老这么针尖儿对麦芒的不合适……"

谢思潇打断他："007，我有一个要求，一个你肯定能做到的要求。只要你答应我的要求，我们就能和睦相处，你能答应吗？"

"你说！在所不辞！做不到的，我创造条件也要满足你！"

"等有时间，带我你见见你女朋友。"

王星噎住了。谢思潇看他："怎么？这个要求高吗？你放心，我就是想见见。我决不干涉你和她的事儿。"

"你这是为什么呀？"

谢思潇凝视着王星："你说为什么？难道我有病吗？我刚才说的都不是人话吗？你听不懂？"王星愣住。

"你没必要瞪眼睛，你又不是傻子。我见你女朋友，就是想知道我死在哪儿了！看到我和她的差距，我死而无憾！"

王星表情复杂地凝视着谢思潇："你比她一点儿不差。"

"我见了才知道。"

王星朝前走："对不起，这个要求我做不到。"谢思潇追上他："你至于吗？这么小气？"王星语气坦诚："我不是小气。"谢思潇紧追不舍："那你让我见见！"

"你见不到她！"

"为什么？她不在地球上？"

"她在地球上，可是我找不到她了，我都见不到她，你怎么见？"王星有些伤感，表情痛苦地大步往前走去。谢思潇愣住了，赌气地说："哼，你就是小气！"

4

清晨，临时指挥部附近的接应点军车林立，旅长王浩和高胜寒、崔华盾、雪貂等人面色冷峻，肃立不动，空地上的霹雳火大旗在丛林上空飘扬，黑龙蹲坐在旁边，有些不安分。另一旁，军队医疗车和卫生队的医护人员焦急地等待着。王浩抬手看表，又看着远方的山林："飞狼，距离考核结束的时间只剩下一刻钟了。"

"战虎已经做好准备，时间一到，我们马上开始搜救。"崔华盾高声怒吼。马路忧虑地看高胜寒。高胜寒一直不吭声。气氛有些压抑。马路看表，冷声道："还有10分钟！"高胜寒岿然不动。崔华盾看着他："你不能保证他们安然无恙，我也不能保证一定会找到他们。这个时候，早一分钟，都是希望。"高胜寒还是不吭声。崔华盾低吼："你天天装大尾巴狼，很过瘾吗？！"

"每一秒钟，我都在祈祷奇迹。"

"难道你就是靠祈祷带兵的？"

"不是靠祈祷带兵……只是没有放弃希望。"高胜寒的眼睛里有一种力量在涌动。崔华盾冷眼看他："我当年怎么没感觉到，你是个冷血动物？"高胜寒也不生气："我们未来是要打仗的，对吗？"崔华盾扭头："你少拿这话来唬我！"

黑龙绕着旗杆，焦躁不安地嗅着。时间一分一秒地过去，所有人越来越焦急。黑龙忽然猛地停下动作，竖着耳朵望着一个前方的丛林，大声地狂吠着。

丛林中，一群"泥猴儿"挣扎着跑出来，黑龙狂吠着兴奋地扑了过去，所有人都睁大了眼睛。

黑龙狂吠着飞奔着扑向谢思潇，谢思潇疲惫地上前抱住它："黑龙，想我了没有？"黑龙亲昵地狂蹭着谢思潇。王星满身泥泞，咬牙激动地望着飘扬在空中鲜红的霹雳火战旗："我们到了！"黄宝贵咧着嘴大哭："乐观！大家要乐观！谁也不许哭！"曾紫陌满脸是泪，郝玲玲和李珊搀扶着曾紫陌，所有人精疲力竭地朝着战旗方向跑去！马路眼神里都是激动："是他们！他们来了！"

"奇迹！这真的是奇迹！"旅长王浩欣慰地直点头。高胜寒不动正色："旅长，这不是奇迹，是我训练的他们。"王浩笑："好小子，想让我表扬你就直说！"

医护人员背起医药箱快速冲了过去。崔华盾望着人群中被众人搀扶着的曾紫陌，眼泪在打转，他猛地扭头看着高胜寒。高胜寒仰头，凝视着在风中猎猎飘舞的战旗，忍着眼泪。

"旅长，您不见见他们？真是太不容易了！"一名干部说。王浩回头看了看高胜寒："飞狼，这里交给你了！完成考核以后，我在指挥部等他们！"高胜寒啪地立正："是！"

"飞狼，我也去准备下面的节目了！"高胜寒点头，雪貂跑步离开。

崔华盾瞪着高胜寒，咬牙切齿："你是不忍心看她吗？她好像受伤了，一瘸一拐的。"高胜寒还是不看他："你说对了，我真不忍心看，不光是她，我不忍心看所有人。"

"所以呢？"

"所以刚才我是正确的，不到最后一分钟，决不放弃他们！"

"别人我不管，我会劝她退出下面的考核。"

"拜托了。"崔华盾一愣，高胜寒看着崔华盾，"只有你可以劝她退出，我不能，这场戏还没有完，我必须要继续演下去。"

崔华盾眼神复杂，望着越来越近的队员们，大步迎上去。高胜寒转过身，望着蹒跚而来的队员们，又看着一瘸一拐的曾紫陌，他戴上墨镜，但眼泪还是顺着眼角淌了下来。

队员们蹒跚而来，崔华盾看着曾紫陌，又看看她肿胀的脚。曾紫陌勉强地对他笑了笑。崔华盾不知道该说什么，曾紫陌挣扎着走上前："猎鹰，你有事儿吗？没什么事儿的话，我们要找飞狼报到了。"崔华盾看着曾紫陌，欲言又止。曾紫陌坚定地看着他，对其他人招招手："咱们走吧。"

崔华盾伸手拦住曾紫陌，眼神里都是恳求的目光："因伤退出考核，不算丢人。"曾紫陌道："谢谢你。我能挺住。"崔华盾伸着手："退出吧。"曾紫陌坚定地看着他："你有什么资格不让我继续下去？有什么理由不让我继续下去？"

"我没有理由，算我求你。"崔华盾于心不忍。曾紫陌一愣，坚定地摇头："我决不会放弃的。"说完绕开崔华盾，继续前行。崔华盾回身再次拦住她："紫陌……我替飞狼求你！退出吧！他不好说，你以为他不想你退出吗？"曾紫陌一愣，下意识看着战旗下的高胜寒。高胜寒戴着墨镜，也正看着她。

"我送你回去。"崔华盾上前。曾紫陌忽然咆哮："让开！"所有人都是一惊。曾紫陌猛地推开崔华盾，大步向前，瞪着前方的高胜寒。高胜寒忍着泪，不忍直视曾紫陌的目光，把头转向一边。

队员们默默地跟上。人群里，许飞走向崔华盾，抬手敬礼："猎鹰……"崔华盾盯着他，高声咆哮："自作自受！"许飞吓了一跳，举着手纳闷儿地看着崔华盾。曾紫陌愣了一下，没有回头。队员们面面相觑，不知所以然。

"呆鸟！你瞪什么瞪？你就是自作自受！飞行员的工作很辛苦吗？比这里还辛苦吗？我对你不好吗？"崔华盾怒吼。许飞一脸无辜地看他："可是当初我来这儿是经过您同意的。"

"我同意了你就可以来吗？！你有没有考虑过别人的感受？会有人很心疼你，你知道吗？你这样做太自私了你知道吗？你本来不用这么辛苦的，你会得到你想得到的，你的理想，你的事业，你的爱情！你什么都可以得到！你这是何苦呢？"崔华盾连珠炮似的对着许飞怒吼。许飞目瞪口呆，试探地悄声问："您是说……寒号鸟吗？"旁边站着的赵小丫一愣。

"呆鸟！"崔华盾高喊。许飞一脸茫然，"我去了……"崔华盾回身，望着曾紫陌一瘸一拐的背影，痛苦地转身，大步走开。队员们疲惫不堪地走到猎猎飘舞的战旗前，高胜寒看着他们，抬手敬礼。

"请稍息！"高胜寒一声虎吼。

唰——队员们背手跨立。曾紫陌脚一疼，皱眉。高胜寒目光一软，错开目光，扫视着众人："刚才有人跟我说，你们创造了奇迹。我实在不敢苟同！你们只不过是选择了一个比较聪明的笨办法，完成了一次最普通不过的山地越野而已，如果这都算奇迹，那奇迹实在太多了。"

队员们表情严肃，不为所动。

"不过，我和教官们依然比较欣慰。因为你们好歹还是在规定的时间内到了接应点，总算是没让我和他们丢人丢到家！作为对你们的奖励，你们可以在这里得到大约一个小时的休息时间。吃饭，喝水，再处理一下你们身上的伤口。你们需要想一个问题：继续，还是放弃。选择继续的，我就继续给你们新的游戏规则，选择放弃的，恭喜你们，你们可以更轻松一点儿地活着了。"队员们目光坚毅，抬头看着鲜红的军旗。

"解散！"说罢，高胜寒大步走开。

医护人员们匆匆过来，李珊一脸焦急："快！先给019处理一下，她的脚受伤了！"高胜寒继续往前走，脸上都是痛苦，他忍着泪，不回头，脚下却放慢了步子。

军医小心翼翼褪下曾紫陌的袜子，所有人倒吸了一口凉气——曾紫陌的脚肿胀着，表皮破损，渗着血。曾紫陌淡然一笑："快点儿吧，我们还得准备下一个任务呢！"军医猛地站起身，看着曾紫陌："队长！我郑重请您放弃这次考核！"曾紫陌皱眉："我让你帮我处理伤口，谁让你劝我放弃了？"

"可是您的伤……"

"需要我教你吗？"曾紫陌说，"消毒，擦涂消肿药水，重新包扎一下，然后给我打一个消炎针，再打一针封闭。"

"您不能再走了！您最好跟我们回去，我需要检查一下骨头……"

"骨头没事儿！"

"队长，您这是何苦呢……"

"除非他们淘汰我！否则我决不放弃！"曾紫陌目光坚毅，"你们要是处理不了我的伤，把药品和器械留下，我自己来！"军医不再说话，开始小心处理曾紫陌的伤。

马路回过头来看着高胜寒："要不……你出面吧？和她好好谈谈。她的伤确实有点儿严重。"高胜寒悄声："如果我能劝得动她，还会等到今天吗？"

"那怎么办？"

高胜寒压低声音："想办法，在不违反规则的前提下，尽快淘汰她！"马路点点头，回头看了看疼得龇牙咧嘴的曾紫陌，叹了一声，跟上高胜寒大步离开。

5

山林深处，一架武直-10低姿悬停在半空中，急速旋转的螺旋桨卷起的飓风，刮得地上的枯枝败叶一阵乱飞。机舱里，狼牙特战队员打着手语，哗啦一声打开机舱门，用力抛出下降绳，熟练地扣上滑降索，转身嗖地滑了下去。脚刚落地，右手便解开滑降扣，快速向前警戒。其他的队员们也鱼贯落地，快速分组进入丛林深处。

山林的一边，几辆军用卡车停在路上，警卫连的战士们快速跳下车，闪身进入一片荒草丛生的开阔地，开始设置路卡，一排机枪架在掩体上，一片肃然。

接应点，队员们整齐列队，高胜寒背手走在队列前，目光冷峻地扫视着众人："没有退出的吗？"

"没有！"队员们一声虎吼，地动山摇。

"很好！士气高涨！好像体能也恢复得不错。"高胜寒点头，队员们面面相觑，一起看着高胜寒。高胜寒从文件夹里拿出一张任务简报："一架载有两名飞行员的武装直升机被敌防空火力击落，指挥中心收到了飞行员发来的卫星求救信号。由于技术原因，目前还不能准确定位。找到他们，带回来。是否明确？"队员们表情凝重："明确！"

"有无疑问？"

"报告！"黄宝贵挺身高喊。

"讲！"

"我们还拿一把刀去吗？"

"不！你们所有的武器装备都会发还，除此之外，我还给你们准备了一个小型武器库，你们可以随意选择称手的武器。"黄宝贵笑了，队员们一下子轻松了许多。高胜寒话锋一转："不过，我还是提醒你们，不到万不得已，你们最好不要与敌人交战，因为你们要面对的敌人是很强大的。飞虎旅的警卫连，附近驻扎的红箭步兵旅两个满编营和配属分队，还有昨天和你们交过手的那些来自狼牙的特战队员。真打起来，你们就等于捅了马蜂窝。"

所有人都傻眼了。

"报告！那什么，我知道不太可能……但是我们会有空中支援吗？"许飞问。高胜寒一个冷眼瞪过去："不可能你还问？"许飞垂死挣扎："那个，我们应该是空降救援突击队是吧？既然是空降，那应该有空中支援，我知道我们的陆航还是很精锐的……"高胜寒冷冰冰看着他。许飞低头："好吧，他们被击落了……"

"现在还没有人退出吗？"高胜寒扫视着众人。都不吭声。高胜寒点头："很好！记住，我的游戏规则不变：被俘超过两个小时或被击毙，即视为淘汰！祝你们好运！"

不远处，马路挥手，开过来一辆军用卡车，秦成刷地掀开帆布——露出整整满车厢的武器装备。

许飞、王星和黄宝贵几人站在军用卡车上，兴奋不已地往下卸着各种武器装备，各种枪支、特战装备、急救装备和反步兵地雷。卡车下，队员们开始将各种武器装备往身上和背包里装。

赵小丫调试着PDA，上面显示着北斗系统，她懊恼地："唉！昨天咱们要是有这东西，也不用白走那么多冤枉路了！看见没有？昨天晚上咱们要是从这里向东偏30度走，直接就能绕开那片沼泽地，还能少走至少20公里！"李珊哀叹："马后炮！现在说还有什么用啊？"郝玲玲一笑："也不能这么说，有得有失嘛！要不是进入沼泽，我们怎么可能吃到那么新鲜的野生兔肉呢？要不是进入沼泽，我们怎么能见证那么虐心的情感大戏呢？"郝玲玲说罢，下意识地看谢思潇。

谢思潇正给黑龙穿战术马甲，怒视着她。郝玲玲一笑，走了过去，蹲下："0号，你别误会，我不是讽刺你，我是说真的。昨天那一幕，真的太让人感动了。"谢思潇不理她。郝玲玲真诚地看她："0号，我全力支持你。"谢思潇一愣，抬眼看着郝玲玲："你支持什么？"

"你和007呀！"

"我听不懂你的话。"

"你是装傻，近水楼台先得月，现在我退出了，转而支持你，你的希望当然大增。"

"033，你能不能少说几句这种无聊的话？什么跟什么呀！"

"不识好人心！"郝玲玲嘟囔着，讪讪地起身走开。

谢思潇神情复杂，下意识地看了一眼车上忙着搬装备的王星，低下头，心事重重地给黑龙固定马甲。一旁，曾紫陌一脸同情地看着她。

军用车上，黄宝贵擦了擦汗，看着王星和许飞："差不多了吧？这些武器装备够咱们打一场局部战争了。"石磊忙点头："差不多了，再带就影响体能了。"许飞看王星："走吧！时间快到了。"王星扫视着车上的武器，又走过去搬开几个弹药箱，从里面掏出一个 40 火，递给许飞："拿着！"许飞愣住："这老古董，拿它干什么？"王星坏笑："别看它老，对付敌人的步战车、隐蔽机枪阵地什么的，没有比它更好使的了。拿着！"许飞转身下车："我不拿！"王星愣住，石磊接过王星手里的"40 火"，笑："还是给俺吧。他对这玩意儿反感。"王星恍然大悟："差点儿忘了，这小子是飞行员出身。"几人刚跳下车，就听见一阵轰鸣的马达声从高空传过来——崔华盾驾驶的救援直升机在顾意驾驶的武直 -10 护航下低空飞来。

驾驶舱里，崔华盾侧头望着下方的霹雳火队员们，寻找着曾紫陌的身影。顾意也看着地面上，对着耳麦："猎鹰，尽快想办法淘汰 019，是你的建议吗？"崔华盾表情复杂："不是！"顾意点头："我猜也不是你，真想不明白，谁会这么卑鄙呀？这对 019 太不公平了吧？"崔华盾一愣："寒号鸟，我们的任务是救援，其他的事儿你就不要考虑了。"顾意讪讪地说："明白！……我就是好奇。"

6

接应点，一阵急促的哨音响起。队员们一惊，快速列队集合，身上挂满了各种武器。高胜寒和马路、秦成等人快步走过来。高胜寒扫视着身上挂得满满登登的队员们："嚯！东西带不少啊！你们累不累呀？还真想跟蓝军大战三百回合呀？"

高胜寒歪着头看着石磊肩膀上的 40 火："干吗？负重训练吗？"石磊讪讪地："报告！是 007 让俺带的。"高胜寒看王星。王星站得笔直："报告！有备无患！"高胜寒轻哼一声："随便！"说罢，高胜寒走到曾紫陌面前，低头看看她裹着纱布的脚，又看看她："019，你确定自己还能继续下去吗？"

"报告！我会坚持到底！"曾紫陌目光坚定。

"你有没有想过，有可能成为他们的累赘？"

曾紫陌一愣。谢思潇高喊："报告！关于这个问题，我们已经达成一致了！我们共同选举 019 号做我们的代理队长，确保 019 最终通过考核，是我们给自己定的额外目标。"

"报告！是这样的！"王星说，"如果 019 被淘汰，我们不管剩下多少人，都会主动放弃考核！"

高胜寒愣住，马路几人面面相觑，都有点感慨。曾紫陌感激地看着众人，大声高喊："报告！我们已经准备完毕，可以出发了吗？"高胜寒无奈地高喊："出发！"

"是！"曾紫陌高喊，"全体向右——转！跑步——走！"

队员们跑步向丛林方向而去，黑龙紧跟着谢思潇。曾紫陌跑起来微瘸，但仍然咬牙坚持着，后面的队员不断地扶她一把。高胜寒望着曾紫陌的背影，忍着眼泪。马路走过来，感慨地看着队员们跑远的背影："别的不说，单凭这一点，他们就已经达到霹雳火的选拔要求了。"高胜寒点头："没错，我要的就是这样的人。"马路看着高胜寒："那我是不是通报各单位，暂时收回……重点照顾 019 的指令？"高胜寒苦涩地说："没那个必要。"马路焦急地说："他们可不像是闹着玩儿的！"

"你觉得我会对他们妥协吗？"高胜寒转身大步而去。马路茫然地看着高胜寒的背影，问秦成："你们说……他到底想不想淘汰019啊？"秦成琢磨着，点头："想！他心疼019。"于瑞摇头："不想！他需要019。"马路一脸纠结地看着高胜寒，苦笑着摇头。

7

丛林深处，王星和队员们匆匆赶来，快速进行战术动作，建立防御。曾紫陌低声对谢思潇："0号，确定卫星信号方位！"

"是！"谢思潇打开PDA，双手快速操作着，终端上的卫星地图上，红星闪烁。谢思潇蹙眉："方位……距离我们大约20公里！"王星盯着地图，划了一个线路："走这条线吧。"曾紫陌摇头："地形太复杂了！"

"越复杂的地形，越便于我们隐蔽。不到万不得已，我们不能跟敌人交火。"王星说，曾紫陌和谢思潇点头同意。石磊问："他们为啥去那儿啊？"黄宝贵一撇嘴："傻呗！"许飞瞪了黄宝贵一眼，黄宝贵讪讪地说："得了得了！都几个月了，归属感还没转换过来？"许飞一愣，讪讪地低头看地图。曾紫陌抬头看着众人："出发！——"队员们身上挂着的武器装备一路叮当直响，很快就消失在茫茫山林之中。

8

在一处丛林边缘的山坡后，队员们停住脚，迅速建立环型防御。曾紫陌叫住谢思潇："0号！确定一下路线。"谢思潇看着PDA："没走错！"曾紫陌放心地点头，低声道："走！"

"等等！"谢思潇忽然愣住，"卫星求救信号消失了！"

"什么？！"王星和曾紫陌几人围上去，"怎么回事儿？"谢思潇指着PDA："刚才的卫星求救信号消失了！"许飞一惊："什么意思？技术故障？还是人为添麻烦？"郝玲玲忧心忡忡："要不要联系一下飞狼，问问情况？"谢思潇看她："飞狼现在是敌方指挥官，咱们不是找死吗？"郝玲玲语塞。曾紫陌想了想："我的建议，我们还按原路线继续走，具体什么情况，等到了刚才求救信号发出的点，也就明了了。"所有人都点头同意，队伍继续朝山坡方向前行。

很快，队伍来到山坡顶，王星赶紧招呼队员们快速趴下——山坡下，由铁丝网和栅栏设置了一道严密的封锁线，周围机枪林立，往来的蓝军不时地来回穿梭，一片凛然杀气。黄宝贵看着下面挂着的一道横幅，扑哧一声乐了，众人看过去，只见封锁线一侧的两根旗杆上高挂着一道横幅，上面写着"死字这么写"几个大字，黄宝贵咧嘴笑："是我们警卫连的那帮货！嘿嘿，挺精神啊！"许飞斜眼看他："什么你们警卫连的？你的归属感在哪儿？"黄宝贵咂咂嘴："嘿，你的心眼儿真不大。"许飞刚要开口，赵小丫瞪着黄宝贵："025！你心眼儿倒是够大的，敌人赤裸裸地挑衅我们，你居然咧嘴笑，这和叛徒汉奸卖国贼有什么区别？"说罢，满脸和蔼地对着许飞："015，别理他。"许飞困惑地看着赵小丫。黄宝贵一脸委屈："我错了还不行吗？唉……谁让我没对象呢？"队员们一阵窃笑，许飞皱着眉头："别闹了！到底怎么办？"曾紫陌观察着山坡下方："没办法，只能绕道了。"谢思潇操作电脑："我再选一条路线！"

队员们悄声来到山林中的一个隘口——关卡重重，沙袋掩体，周围也是机枪阵地，戒备森严，两辆运载着满车战士的卡车轰隆隆通过，在封锁线又挂了一条横幅："欢迎找死。"队员们猫身躲在隘口的对面山林，皱眉望着前方的关卡，无奈地再次匆匆退走。

丛林里，坦克的轰鸣声隆隆作响，王星率队小心翼翼地前行。在丛林下方谷底的出口处，山道口设着一座关卡，几辆轮式装甲步战车停在关卡口，卫兵对来往的人员验证放行。石磊小心翼翼地低声道："也是俺们警卫连的。"黄宝贵气恼地起身要出去："这帮孙子！太过分了！是可忍，孰不可忍！我强烈建议下去干掉他们！"众人苦笑。黄宝贵看众人："笑什么？干吧！我是认真的！警卫连那帮人我熟得很！真打起来，他们不是咱对手！"石磊点头："俺看行！正好儿跟他们叙叙旧……"黄宝贵一眼瞪过去，石磊连忙讪笑："俺是说把他们干掉以后，跟尸体叙叙旧。"谢思潇观察着下方："省省吧。干掉他们倒是不费事儿，枪一响，那几辆步战车就得回来，100毫米低压线膛炮，30毫米机关炮，7.62毫米车载机关枪，你想怎么死？"黄宝贵愣住了，下意识地看着石磊手里的40火："唉！这玩意儿带少了。"王星苦笑："留着吧，关键时刻再用。"许飞问王星："我们接着绕道吗？"曾紫陌扫视着众人："大家怎么看？"

众人犹豫着。谢思潇下意识地看了一眼PDA，忽然一愣，急切地说："信号又出现了！"曾紫陌一惊："还在原来的位置吗？"谢思潇点头："在！"许飞叹息一声："可惜咱们过不去呀！"众人面面相觑，一片忧愁。

王星望着下方的关卡："我有预感，这次咱们的方案定错了。昨天我们的任务仅仅是突防，敌暗我明，我们又没有武器装备，只能选择绕道，只要我们绕开敌人设置的那张网，我们就可以完成任务。现在我们的任务是搜救，我们除了要保全自己之外，还要把生死不明的飞行员救出来，而飞行员就在敌人控制的区域内，所以我们不管怎么绕，最终还是绕不出敌人的控制区，绕不出这张网。"

"可是飞狼说过，不到万不得已，我们最好不要和敌人交火，一旦交火就会陷入他们的围攻……"

"所以，我们都被飞狼误导了！"众人一愣，王星目光炯炯，"你们想吧！现在敌人三步一岗，五步一哨，所有路口全都设立关卡，期间又有机械化部队和巡逻小分队往来巡视。如果我们见关卡就绕，见人就躲，怎么突防？"曾紫陌眼睛一亮："007，你的意思是，我们得打？"王星点头："我们手里有武器，弹药充足，有北斗导航系统，不用担心迷路，最主要的，现在是敌明我暗，我们为什么不能打？我们只有主动出击，才能把敌人精心布置的防御网打破！"

"万一像飞狼说的那样，我们一打，捅了马蜂窝怎么办？"许飞说。谢思潇也点头："没错，咱们的轻武器打不了敌人步战车，也跑不过人家！"王星笑："那我问你们，当年八路军武工队打鬼子怎么打的？鬼子也有装甲车，也有摩托部队。"

"地道战？"石磊一脸兴奋。黄宝贵一个暴栗甩过去："扯！你挖呀？"王星看着黄宝贵，一笑："地道战打不成，地雷战能打，闪击战能打，麻雀战也能打，前辈们当年还有个游击战十六字诀呢！"郝玲玲雀跃不已："这个我知道！敌进我退，敌退我进，敌疲我扰，敌驻我打！"王星伸出大拇指："聪明！只要咱们把敌人的部署打乱，咱们才有可能找到缺口，突破他们的防线！大家同意不同意，表个态！"曾紫陌笑："我觉得这个办法可行！同时，我愿意把我这个代理队长的指挥权交给007！"

"我同意！"许飞点头。

"俺也同意！"石磊一脸崇拜。队员们也纷纷表示同意。王星看着谢思潇："0号，就差你表态了。"谢思潇淡淡地："我少数服从多数。"王星笑："全票通过！那咱们干吧！"谢思潇看着下方："先从这儿打吗？"

"对！先打一场闪击战！宣告一下我们的存在！"队员们一笑，准备战斗，王星看着众人，"没几个敌人，用不了这个多人！014、024、025，你们三个跟我去就行了。"

"不行！我也去！"谢思潇喊。

"你对我们没信心吗？"王星看她。谢思潇表情复杂。曾紫陌暗笑，看着谢思潇："0号，下面就6个人，又是闪电战，他们四个应该没问题。"谢思潇皱眉："他们人少，可是火力强，射界这么开阔，怎么打？"

"我自有办法。"王星一笑。谢思潇点头，冷声道："你们别阴沟里翻船。"许飞笑："放心吧！没那么大的阴沟。"

"走！"王星领着四人弓着身子，悄然钻进下山的树林中。谢思潇一脸忧虑，曾紫陌握着她的手："别担心，007聪明着呢，出不了事儿。"谢思潇急忙慌张地掩饰着："我哪儿是担心他呀，我是担心他们动静太大，把步战车引回来。"曾紫陌一笑。

9

隘口处，四名警卫连战士持枪站岗。一旁，沙袋掩体后设置着机枪阵地，有两名战士在驻防。黄宝贵大喇喇地笑着迎上去："解放军同志！辛苦啦！"战士们望过去，只见黄宝贵和石磊笑呵呵从山坡树丛中走过来。

"是黄宝贵和石磊！""他们不是霹雳火的吗？"

班长顿时恍然过来，低声命令："警戒！"几支黑洞洞的枪口对准了黄宝贵和石磊。

班长掏出对讲机。黄宝贵焦急地一挥手："别动！李小群你干吗呢？把对讲机放下！"石磊也是一脸可怜样儿："小群！千万别报告！你一报告俺俩就惨了！"班长愣了一下，小心收起对讲机，警惕地看他俩："你们站着别动！"

黄宝贵和石磊两人听话地停住脚步，班长纳闷儿地问："常宝贵，石磊，你们这是什么情况？"黄宝贵眨巴着眼："还能什么情况啊？走累了，渴了。看见自己兄弟了，讨口水喝。"班长眯着眼："这不合规矩吧？现在可是演习！你们是敌军！"黄宝贵皱眉："我说李小群你怎么越来越轴了？当班长当出官架子来了？不是你当初新兵蛋子的时候我教你打枪？"班长一愣，有些尴尬地看看左右两旁的小战士。一名年轻的小战士低声提醒："班长，他们不会有什么诡计吧？别掉以轻心，赶紧报告吧！"石磊脸一沉："吴越！你个新兵蛋子咋那么聪明呢？还真是人走茶凉啊！都是一个排的来着，你至于这么认真吗？"小战士愣住："班长，这你都听得见？"

"他耳朵灵着呢！"说罢，班长看着二人："宝贵，石磊，虽然咱们都是一个排的兄弟，可是现在是在演习，确切地说，是你们在考核。临出发的时候连长可是三令五申，谁敢不把演习当回事儿，犯了错误，立马滚蛋！这样吧，也别说我们不讲究，你俩赶紧回去，我们就当没看见你们，这总行了吧！"黄宝贵和石磊对视，叹息一声："唉！还真是人走茶凉啊！得得得，我们兄弟领情了！水呢？给来一壶吧？"

几个人面面相觑。另一名战士好心地说："班长，算了吧，抬头不见低头见呢。咱们是协助单位，何必呢？"班长想了想："给他们！"战士摘下身上的军用水壶："宝贵！石磊！接着！"水壶扔了出去，黄宝贵接过一笑，拧开就喝。周围的机枪手们依旧警惕十足，枪口一直对着两人。

黄宝贵大口地喝着，石磊皱眉："你给俺留点儿！"黄宝贵把水壶递给石磊："给给给！大半壶呢！"石磊接过来，迫不及待地喝起来。

战士们面面相觑："看来他们还真渴坏了。"班长叹息："唉，放着好好警卫连不待，非去那地方受苦，自找的。"战士们笑。石磊喝完，笑着："谢谢啦！壶还给你们！"说罢，石磊把水壶猛地一扔，水壶划着一道弧线，咣当一声砸在地上！战士们愣愣地看着水壶咣啷落地，小战士皱着眉弯身去捡："扔准点儿……"

"这回准啦！"黄宝贵一脸兴奋，一枚手雷旋转着扔进了机枪手掩体！轰一声巨响，手雷在掩体里剧烈爆炸，顿时白烟四起，爆炸掀起的泥土硝烟把这一片丛林笼罩在层层烟雾中。俩机枪手看着身上不断冒出的浓烟，傻眼了！班长大惊，慌忙举枪，砰！砰！黄宝贵和石磊同时举枪瞄准，班长震惊地看着自己身后冒着的白烟，气恼地大骂："妈的，专打熟人啊！一群狼崽子！……"

丛林中，王星和许飞突然跃起，敏捷地边打边变换体位，猛烈开火！枪口闪着火焰，密集的弹雨呼啸而来，警卫连的战士们狼狈地四散躲避着，但还是被机枪扫中，林里子冒起滚滚浓烟。

10

山坡上，曾紫陌和谢思潇等人看得目瞪口呆。六个警卫连战士身上冒着烟，怒视着走来的黄宝贵和石磊。

"卑鄙！""无耻！"

黄宝贵乐呵呵地瞪眼："你们还好意思骂人吗？我在的时候怎么跟你们说的？警卫连警卫连，你们责任重大！是敌是友都分不清，你们就这警惕性？演习就是实战！这个道理还用我再重复吗？"战士们懊恼地低下头，石磊走上前："算了算了，宝贵脾气暴，你们别介意啊。放心吧，俺俩绝对不会把今天的事儿说出去的！以前都是老战友，哪儿能这点儿面子都不给呢？下次注意吧。"班长罩在白烟里，鼻子快气歪了："石磊！要光是黄宝贵，我们不会上当的！我是看在你平时老实的分儿上才……"石磊打断他："俺是老实，可俺也不傻呀？"

"七班！七班！听到回答！"对讲机响起来，班长愣住："是连长？！"黄宝贵和石磊也是一愣。王星笑着拽下班长的对讲机递给黄宝贵："他们都阵亡了，你跟警卫连长说吧。"黄宝贵讪讪地把对讲机递给石磊："石磊，还是你说吧。你跟连长关系不错，还是你说吧。"石磊一脸为难地接过对讲机："连……连长！连长！俺是石磊！"

"什么？你是谁？"

"连长，俺是石磊！才几个月您就听不出来俺了？"

"什么情况！你怎么会是石磊呢？李小群呢？"

石磊憨笑："李小群刚刚阵亡了！他的据点儿被俺们端了！连长，先这样吧！咱们回头聊！"石磊心虚，赶紧关了对讲机。王星掏出一枚地雷，压在机枪掩体下，笑着拉下拉环："撤！"——轰的一声巨响，机枪掩体被炸飞，关卡周围一阵浓烟，警卫连的战士们沮丧地蹲在地上。

第十二章
—— FIRE ——

1

山坡上，王星等四人兴冲冲跑回来，赵小丫迎上去，兴奋地大喊："太棒了！你们谁想出来的主意呀？"许飞笑："当然是 007。"王星笑着看黄宝贵和石磊："还得是024 和 025 演技超群。"黄宝贵不好意思地一抱拳："不敢当不敢当！还是导演导得好！"谢思潇皱眉："你们能不能别这么互相吹捧啊？肉麻死了！"王星看她："难道不精彩吗？"谢思潇皱眉："你从哪儿来的这么多鬼主意？"

"怎么能说是鬼主意呢！我这是典型的战略战术！我把中宣部、中央文明办、教育部、文化部、国家新闻出版广电总局、共青团中央六部委联合推荐 100 部爱国主义教育影片其中的战斗片看了好多遍才总结出来的。"谢思潇忍俊不禁，强忍住笑，瞪着王星："你不怕一口气憋死呀！下一步怎么打？"王星严肃起来："赶紧离开这儿，找个距离远的关卡，再干他一个！"一群人迅速消失在丛林中。

不一会儿，王星率领众人来到另一处山坡的树丛后，队员们小心翼翼地在树丛中冒出来，望着山坡下的关卡。十几名警卫连战士全副武装，严阵以待。谢思潇看了一眼王星，沉声问："这次怎么打？总不能再演一回戏吧？"赵小丫一脸兴奋："好啊！这回让我演吧！"黄宝贵看着下面："不行！下面驻防的又不是卫生队，你演有什么用？"赵小丫忙说："没关系呀！我们剧情变一下，演三个迷路的小姑娘什么的！家境贫寒，进山采蘑菇……"王星皱眉看着她："你们还真以为拍电视剧呢？刚才那招儿这辈子也就只能用一回了！"

"没错儿！不灵了！"许飞努努嘴，"没见下面那帮人吗？眼睛都瞪圆了，显然是接到了通报，憋着要替警卫连挽回颜面呢！"赵小丫沮丧："那怎么打？"王星想了想："全员参战，我带一组，0 号带一组，兵分两路，强攻！该让他们感受一下霹雳火的战斗力了！"谢思潇点头，下意识地看黑龙，有些忧虑："黑龙也参战吗？"

"黑龙的职能是搜救，怎么能让它参战呢？"

"那怎么办？"

"先把它安置在这儿，一会儿走的时候再带上它。"

谢思潇点头，牵着黑龙转身走了。

"等等！"王星从背包里掏出两根儿火腿肠扔过去，黑龙猛地起身，眼睛都直了。谢思潇愣住："干吗？"王星笑："给黑龙吃啊！总得安抚一下吧？"谢思潇问："你哪儿来火腿肠？"王星嘿嘿笑："以前搜索训练的时候，黑龙专跟我作对，没办法我才想了这招儿。包儿里常备着呢。"谢思潇瞪着黑龙："好啊黑龙！我说你后来怎么搜不着他了！原来你腐败了！"黑龙眼巴巴地看着火腿肠，又抬头看谢思潇，口水不断地流。谢思潇又气又急："你也太没出息了吧？！"王星狡猾地看着黑龙："不许你批评我的卧底！什么叫别人啊？我们关系好着呢！赶紧赶紧，别耽误事儿。"谢思潇一把抢过火腿肠，拽着黑龙向后方树丛走去。

蜿蜒的下坡路，山林里的风带着浓重的凉意刮过。队员们穿着军靴，踢踏的脚步声渐行渐近。王星和谢思潇走在队列前，王星一举右拳，众人蹲身停下。王星指了指左侧方向，谢思潇会意点头，带着许飞，赵小丫和曾紫陌等人向左而去，其余人跟着王星向右方运动过去。

山下关卡处，警卫连的战士们全副武装，警惕地注视着各个方向。一名战士举起望远镜，朝一侧山坡望去，啪的一声枪响！战士拿着望远镜，身上冒烟，一脸茫然。排长焦急地据枪瞄准："有情况！"战士们紧急就位。砰砰砰！一阵急促的枪声从四周传来，王星和谢思潇带领的两组队员分别从左右两边迂回进攻，谢思潇举起手里的自动步枪精确射击，队员们也尖叫着开始扫射，警卫连的战士们纷纷中弹冒烟——全军瞬间覆没。

许飞笑着看着一片浓烟升腾，对王星说："没有活口。"王星一脸坏笑："炸！——"队员们狡猾地笑，将地雷埋在关卡四处，轰然一声巨响，关卡处烈焰升腾，瞬间白烟四起，十几名警卫连的战士们目瞪口呆地看着一群人消失在山坡树林中。

2

指挥部的帐篷里，王浩和几个干部急匆匆掀帘走进，高胜寒、马路和秦成起身敬礼。王浩拉着一张黑脸问高胜寒："怎么，听说霹雳火队员们在防区内打起游击战来了，把我的警卫连快打残了？"高胜寒一脸肃然："不是快打残了，是已经打残了。"马路几人忍住笑。王浩声音低沉："是吗？什么情况，介绍介绍。"

高胜寒指着对面的大屏幕，卫星地图上，到处闪烁着红色的叉叉："这上面每一个红叉，代表一个被他们干掉的关卡。"王浩眉头紧皱："这么多？"高胜寒点头："目前还在增加。而且有的关卡是重复攻击，刚建立好，就被他们端掉，再增派一拨上去，他们又杀回来了！等大部队增援上去，他们已经没影儿了，很快又会有下一个关卡或者巡逻队倒霉。"干部们惊讶万分："这是什么路数啊？东一榔头西一棒子的。进攻路线完全没有规律可循，他们的目的何在？"高胜寒目不斜视："没有目的，就是想把水搅浑，把网撕破，乱中突防。很显然，他们的目的达到了，因为目前的网已经千疮百孔了，他们可以在其间自由穿梭。"王浩侧头看着高胜寒："你教他们的？"高胜寒笑笑："青出于蓝，我说过，他们会创造奇迹的。"王浩一愣，凝视着大屏幕上的卫星地图："他们现在在哪儿？"高胜寒摇头，指指上面："天知道。"王浩冷色问："那我们的那两位生死不明的飞行员，现在在什么位置？"高胜寒还是摇头，王浩皱眉："连我也瞒着？"高胜寒嘴角浮起一丝微笑，这笑容稍纵即逝："不是，我真不知道他们在哪儿。我是敌军指挥官，我要知道他们在哪儿，这考核不就失去意义了吗？只有参训队员凭借飞行员发出的求救信号，才能找到他们。"王浩恍然，想了想，如释重负地看着高胜寒："我们好像还有一支部队没用上呢。"高胜寒笑："该用上的时候，自然就用上了。"

山地雾气缭绕，王星等人气喘吁吁地跑进一处茂密的丛林里。谢思潇停下脚步操作着 PDA，屏幕上有一个红点在闪烁。曾紫陌皱眉问："怎么回事？"谢思潇面色严肃："他在移动。"黄宝贵皱眉："傻子啊！不在失事飞机旁边待着等着救援，瞎跑什么呀？"许飞看了一眼黄宝贵，严肃地说："这有什么奇怪的？直升机如果坠毁在敌人控制的区域，飞行员在可以移动的情况下，理所当然会远离失事的直升机，避免被敌人的搜索部队发现……"许飞忽然愣住了，"对呀！敌人也有搜索部队啊！"

"他停下了！"谢思潇看着 PDA，神色凝重。王星焦急地问："0 号！信号点距离我们多远？"谢思潇盯着 PDA："九点钟方向，大约 5 公里——前提是他不再继续跑了。"王星霍地起身："我们必须尽快找到他！走！"许飞刷地起身，一队人马朝着九点钟方向迅速行动。啪！一声枪响！子弹穿越树丛缝隙，一名队员冒着黄烟，茫然地四处寻找着开枪方向。王星焦急地大声嘶吼："狙击手——！"队员们快速四散寻找隐蔽。

四周一片安静。王星藏身在树丛里，看着石磊低语："024！什么方位？"石磊侧耳倾听，指了指丛林的三点钟方向。

"不对……"石磊侧耳又听，"他在移动！——那边！"石磊指着一点钟方向。咚！又一声枪响，另一名队员中弹冒烟！王星暴起，朝着一点钟方向猛烈开火。队员们趁着王星的火力掩护，快速移动着方位。忽然，黑龙朝着他们的左前方向一阵狂吠，谢思潇望去，丛林中几个黑影在快速闪动！谢思潇抬手射击："这边有人！"王星掉转枪口，快速火力支援。

对面的丛林中，一名狼牙队员中弹冒烟，其余几名嗖地隐蔽，快速还击！另一侧方向，几名幽灵般的狼牙特战队员突然出现，朝着众人不断地精确射击。王星瞄准了一名正在射击的狼牙队员，扣动扳机——砰！狼牙队员瞬间被烟雾笼罩，这时，埋伏在四面八方的枪手开始射击。双方交火，暴露在路上的菜鸟们明显处于劣势。队员们顽强地抵抗着，不时地有人中弹冒烟。谢思潇心急如焚："007！他们在圈我们！"王星嘶吼："撤——"队员们交替掩护着，快速撤离，狼牙队员们穷追不舍。

曾紫陌后退着边打边撤，突然，一个趔趄倒地，李珊和郝玲玲焦急地拽起她，曾紫陌脸色苍白，一脸痛苦。王星焦急地大喊："020！033！保护好019！"两个人点头，架起曾紫陌匆匆向后跑。许飞边开枪边喊："007！快想办法！咱们甩不掉他们！"王星也是心急如焚："他们追太紧了！没办法！"

"019走不动了！"赵小丫大喊，只见李珊和郝玲玲架着曾紫陌，但是曾紫陌脚步蹒跚，肿胀的脚几乎不能着地。曾紫陌带着哭腔："别管我了！你们快走！"谢思潇还击隐蔽着大喊："019！你不能放弃！"

"我不能拖累你们！"

"你忘了自己说过的话吗？！"

王星瞪眼："都听着！别忘了咱们的承诺！决不能放弃019！"

众人应和，奋力还击，曾紫陌一声惨叫，再次摔倒。石磊回望着曾紫陌，对着黄宝贵和许飞大喊："025！014！掩护俺！"说罢，石磊把枪挂到脖子上，拎着40火跑到曾紫陌面前，蹲下："019！俺背你！"曾紫陌流着眼泪摇头："背上我你跑不动！"石磊没动："俺体能好着呢！你就别纠结了！咱们再不走就真走不了了！"曾紫陌哭着点头，爬上石磊的背上。石磊把40火扔给郝玲玲："帮俺拿着！"郝玲玲被沉重的40砸了一个趔趄，又赶紧把40火背上。王星回望，大声嘶吼："手雷！"队员们纷纷掏出手雷，打开保险，奋力投掷出去。

狼牙队员们看着一片手雷在空中打转，大惊着急忙卧倒。轰！一声巨响，一团白色的浓雾升腾，再抬头，菜鸟们已经不见身影。雪貂气呼呼地一把扯下身上的伪装网，大吼："给我追——！"

3

茂密的丛林里，河流潺潺，生长在两岸的灌木都长得很茂盛。王星带领着队员们焦急万分地在丛林中奔跑着。曾紫陌趴在石磊的背上大喊："024，放下我吧！我影响大家速度了！"石磊喘着粗气狂奔："不行！俺们都说好了，你要是被淘汰，俺们就都退出，可是俺不想退出！俺必须得留下！"后面，狼牙队员们赶上来，菜鸟们慌不择路地往前狂奔。丛林里，几个狼牙老鸟边追边开枪。曾紫陌滑下来，奋力地单腿站着："求你们了！放弃我吧！你们快走！我掩护你们！"

石磊上前拽曾紫陌，曾紫陌一把甩开他："你快走！你走了就不会被淘汰了！"石磊焦急地看王星："007！咋办？"王星回望着曾紫陌，嘶吼："决不放弃019！宁可全军覆没也不放弃！"队员们咬牙开火，曾紫陌忽然拔出烟雾弹，拽着拉弦："你们走不走？！"队员们全愣住了。谢思潇也拔出烟幕弹，一脸决然："只要你拉弦，我们就全都拉弦！"曾紫陌愣住了："我跑不动了！我认命了！我认命了还不行吗？！"

"024！愣着干什么？"王星大吼，石磊啊了一声，恍然大悟，举起手一掌砍在曾紫陌的脖颈上，曾紫陌瞬间晕了过去。石磊盯着自己的右手，问："俺是不是手重了？"王星咬牙："背上她跑啊！"石磊哦了一声，急忙将晕倒的曾紫陌拽上后背，拔腿就跑。

密林里，子弹呼啸而至，队员们急忙躲避着四下还击。谢思潇心急如焚："拼了吧！咱们跑不过人家！"许飞眼神坚定地点头："最后一战！"赵小丫跑到许飞身旁："014！

我跟你死在一起吧！"许飞无语："你傻呀！又不是真死！"赵小丫才不管："我就是想让天上飞的看见！咱俩是一起阵亡的！"许飞愣住，看着一脸认真的赵小丫，奋力开枪。黄宝贵看着石磊，又望着渐渐逼近的狼牙特战队员，他焦急地思索着，猛地打出一排子弹，几个翻滚趴到石磊不远处："024！乐观！"石磊吼着："025！俺现在心情很不好！乐观不起来！"

"我问你，如果背上019，你能不能速度再快点儿？"

石磊一愣："不是说一起死吗？"

"我就问你，还能不能跑快点儿！"黄宝贵急吼。

"要是还能跑，俺就拼命！"

"好！024！记住你的话，拼命跑！越快越好！为了能留在霹雳火，你也得拼命跑，为了你爹的面子，你也得拼命跑！"

石磊泪眼婆娑地看他："俺知道！025，你啥意思？"黄宝贵一笑："我罩着你！"说着跑向王星和谢思潇："007！0号！我有个方案！"王星和谢思潇一愣："什么？"黄宝贵指着后面："后面的树林！咱们扔一通手雷，然后退进去！"谢思潇摇头："没用！他们追疯了，后面就是刀山火海他们也得追进来！"黄宝贵说："进去以后，你们就地隐蔽，我引开他们！"

"那你怎么办？"

黄宝贵看着谢思潇："0号，你给我一个会合地点！我摆脱他们以后，去那儿等你们！"

"万一你摆脱不了他们怎么办？"

"别犯傻了025！他们是什么人你应该看清楚了！你不可能摆脱他们！"

黄宝贵瞪着眼睛："总比全军覆没强吧？"

王星和谢思潇都不说话了。黄宝贵咬牙看着两人："你们回头看看！就剩下这几个人了！019坚持到现在了，她必须得留下！024是我兄弟，他不能转业！他也必须得留下！你们两个呢？你们能接受被淘汰吗？我看过了，剩下的所有人，都必须得留下！"谢思潇看他："那你呢？你就能接受被淘汰吗？"

"我家开兽医站的！我是富二代！我本来来这儿就是为了给024当陪练的！我走了无所谓！再说了，我也不是傻子，不会跟他们瞎打的！保不齐我就幸存了！到时候你们都得谢我！别犹豫了！快呀！"

王星看了看还在拼死还击的队员们，纠结地点头。谢思潇举枪："掩护！"王星疯狂开火。谢思潇在PDA上寻找着一个点："025！就在这儿！记住方位！"谢思潇操作PDA，将方位发了过去。黄宝贵掏出自己的终端："收到！……一个小时！一个小时以后要是我没到，你们要是先到了，就别管我了！"黄宝贵回望了一眼朝这边张望的石磊，对王星和谢思潇："别跟024说！"黄宝贵掏出手雷，王星和谢思潇也掏出手雷。王星一声大喊："干！"

手雷被用力投了出去，在前方的树丛里轰然炸响，烟雾弥漫。王星大喊："快走！

进树林！"众人回身撒腿朝树林方向撤退。很快，浓烟散去，狼牙队员们从烟雾中冒出来，雪貂一挥手，队员们紧急追击。

4

树林里，王星担任尖兵，石磊背着曾紫陌走在中间，许飞和其他几个队员紧随其后。王星焦急地命令："快！散开！就地隐蔽！隐蔽后保持静默！"众人四散开去，王星和谢思潇看着黄宝贵。

"祝福我吧！"说罢，黄宝贵跑向树林的另一侧方向。石磊愣住："025！你去哪儿啊？"所有人都诧异地冒头看着狂奔而去的黄宝贵。王星瞪眼："快，隐蔽！"众人赶紧隐蔽，王星和谢思潇带着黑龙，一起跑进树丛中。石磊焦急地从树丛缝隙看着渐渐跑远的黄宝贵，一脸茫然。

一阵窸窸窣窣的脚步声传来，所有人都紧张地俯下身子，谢思潇打了一个手势，黑龙乖乖地趴下，不出声。雪貂带领着狼牙队员交替掩护着进入树林，愣住了——没人。队员们面面相觑。突然，啪的一声枪响！一名狼牙队员中弹冒烟，不相信地看着雪貂。雪貂一挥手，所有人就地蹲下。一名队员指了指，雪貂狐疑地挥手，四个队员交替掩护着过前进，其余人就地警戒。

树丛后，隐身在后面的霹雳火队员们紧张地从树丛缝隙里望着狼牙队员们，大气不敢出。石磊焦急万分，下意识地扭头看王星，王星轻轻摇了摇头。

前方，四名狼牙队员悄然前行，作战靴踏在草丛里扑叽作响。突然，一名队员脚下一拌，低头一看，大惊！只见在一棵大树的根部埋着一枚反步兵雷，轰轰轰！一连串的爆炸在离队员们不远的地方轰然炸响！三名队员身上冒烟，全都愣住了。啪的一声枪响，唯一一个幸存的狼牙队员也中弹冒烟，一脸震惊。

雪貂大惊着拔枪冲了过去，丛林里，激烈的枪声再次响起！子弹呼啸着从树丛里飞射而至。雪貂气恼地看着枪响的方向："天天玩儿鹰，今天被鹰啄了眼！给我抓活的！"狼牙队员们快速扑向黄宝贵的方向。

四名中弹的狼牙队员沮丧地走回到空地上，席地坐下，相视苦笑。在他们身后，一片树丛响动。四人望过去，王星和队员们走了出来。四人目瞪口呆。王星举手做了一个杀的动作，回头扫视着队员们，指着相反的方向："走！"石磊背着曾紫陌心急如焚："025呢？咱们不管他了？他刚才跟你们俩说啥了？"所有人都看着王星和谢思潇。王星叹息："他说他是富二代，家里开兽医站的，所以……"石磊带着哭腔："扯淡！——你们谁帮俺扶着019，俺去追他！"谢思潇拦住他："024！你不能去！"石磊抹着眼泪："凭啥？！俺不能眼睁睁看着025一个人当炮灰！"

"025说了，他有摆脱追兵的办法，我们约好了会合点，到时候他在那儿等我们。"
石磊将信将疑："真的？"

谢思潇不敢看石磊的眼睛："当然是真的！025说了，他很乐观。他肯定没问题！"石磊破涕为笑："俺就说吧，这小子有的是鬼主意。"除了石磊，所有人似乎都意识到了什么，脸上带着心酸。王星扫视着众人："我们先去救人，然后去和025会合！快！"

丛林深处，王星率领队员们气喘吁吁地跑来，石磊背着仍在昏迷的曾紫陌，喘着粗气。王星观察着四处，命令："原地警戒！024！看一下019！"石磊连忙放下曾紫陌，曾紫陌缓缓地睁开眼睛。石磊掏出水壶递给谢思潇，谢思潇小心翼翼地喂着。很快，曾紫陌缓过气来："你们还是没放弃我。"王星看她："我们不可能放弃你！"

曾紫陌感动地点头，石磊看她："019，俺接着背你。"曾紫陌刚要说话，石磊一脸歉疚，"你别说话了，要不他们又得让俺把你打晕。"曾紫陌苦笑着看着石磊："谢谢你。"石磊转身蹲下："快上来吧。"曾紫陌动作有些迟疑，看着众人焦急的目光，爬上石磊的后背。王星看着谢思潇："确定一下求救信号位置！"谢思潇点头，看着屏幕上闪烁的点，睁大了眼睛。王星看她："怎么了？"谢思潇抵制住内心的激动："十点钟方向……500米！"许飞松了一口气："太好了！快走吧！"

队员们来到求救信息附近的灌木丛，小心翼翼地拨开树丛，冒头观察着。谢思潇低头看着PDA，皱眉："应该就在这儿啊！"王星诧异地四顾："没人啊！"黑龙突然叫了两声，朝着一个树丛跑过去。谢思潇一惊，黑龙从树丛中跑了回来，嘴里叼着一个卫星信号发射器。谢思潇拿过来："飞行员的！"王星皱眉："那人呢？！"黑龙又叫了两声，盯着一个方向。王星用手势示意警戒。附近传来一阵闷哼声，大家都纳闷儿地观察着。突然，王星焦急地大喊："是野猪！"许飞大惊："野猪！飞行员有危险！"

"快！"王星率领着队员们朝着猪叫的方向狂奔而去，边跑边拔刀。

5

山沟边，队员们气喘吁吁地跑到指定位置，谢思潇跌跌撞撞地跑着，忽然脚下一空！王星连忙拽住她，队员们停下脚步，全傻了——只见在山沟下，一头大腿上血淋淋的肥猪侧身躺在草丛里，头上还绑着一个飞行员的破风帽，眼睛上绑着墨镜。黑龙好奇地围着肥猪绕圈，又抬头看谢思潇。

队员们瞪大了眼睛看着肥猪。谢思潇哭笑不得："它……它就是飞行员？"李珊傻傻地点头："应该……应该是吧。戴着飞行头盔呢……"郝玲玲自嘲地看着队员们："二师兄？"

众人下意识地看向许飞，许飞脸红脖子粗地："看我干吗？"曾紫陌也是一头雾水，说："别管它是什么！它现在就是飞行员，是我们的搜救对象！"李珊皱眉："飞狼也太损了吧！"王星看着地上戴着飞行头盔的肥猪，为难地命令："055、011、078、101、106，在附近设置警戒雷区，建立交火线！其余人下去看看！"

"是！"队员们匆匆离去，王星一挥手，率队往下走去。

山沟内，队员们围着肥猪，大眼儿瞪小眼儿。曾紫陌也从石磊背上滑下来，一筹莫展地看着肥猪。肥猪的大腿上血淋淋的，身上也满是划伤，一脸惊恐地哼唧着。许飞咽了咽唾沫："看来它很痛苦。"曾紫陌一脸认真："得给它检查一下伤口。"所有人都看曾紫陌，曾紫陌尴尬地解释："我们应该接受现实，现在它就是我们的搜救对象，它是其中一个飞行员。"许飞无奈地说："还不如干脆给它一枪！吃了它，补充体力钻出山沟去！"曾紫陌蹲下身："别胡说了，现在是要完成任务，给它检查。"王星脱下上衣："别说没用的，开始吧。"众人面面相觑，王星将手里的上衣猛地蒙到肥猪头上，一个猛扑上去按住猪头。肥猪嘶叫着拼命挣扎。谢思潇一脸关切："007 你当心它咬你！"王星使劲按着猪头："上啊！"队员们这才恍然大悟，许飞、石磊和另外两个男队员扑上去，按头按前腿按身子，肥猪嘶吼着挣扎。女队员们大呼小叫，黑龙也在一旁焦急地狂吠。

　　王星瞪眼给了猪一拳！许飞大吼："不许虐待飞行员！"王星看着他："刚才你还说给它一枪！"许飞一愣，随即咬牙翻身，骑在猪身上："冷静！冷静！"——猪真不动了。众人愣住，一起看许飞。谢思潇笑道："我去！到底是同行啊。"许飞骑在猪身上："什么同行啊！它没劲了！赶紧检查！"王星按着猪头："抓紧时间！这家伙喘呢！喘匀了气儿还得闹腾！"

　　郝玲玲和李珊扶着曾紫陌，小心翼翼地上前。曾紫陌一脸认真："左后腿胫骨骨折，肌肉韧带撕裂，右后腿开放性伤……未伤及主动脉。"众人面面相觑。许飞骑着问："怎么办？"曾紫陌说："按正常流程来！"赵小丫难以置信地看着曾紫陌："019，你……你不会是要给猪做手术吧？你要当心晚节不保啊。"曾紫陌苦笑："它是我们的搜救对象，这种情况，必须要先进行战场急救手术，再给它骨折的部位上夹板！"

　　"然后呢？"谢思潇问。

　　"然后把它抬回去。"王星说。

　　谢思潇愣住，下意识地看着硕大的肥猪："你是说……我们要扛着它回到接应点吗？"王星按着猪头，无奈地点头："不然还有什么办法？它腿部重伤，赶着回去是不可能了。"许飞苦笑着叹息："这只是第一头。简报上说，有两个飞行员遇险。你们还指望第二个是人吗？"

　　肥猪又开始拼命挣扎，众人大惊，拼命地按着它。许飞骑在猪身上，安抚着："冷静！冷静！"这次不好使了，猪拼了命地挣扎着。王星看曾紫陌："019！干吧！给它全身麻醉！"曾紫陌焦急地回头："准备手术！"李珊、郝玲玲和赵小丫手忙脚乱地卸下背包里的手术器械和药品。曾紫陌戴上手套和口罩："注射器！麻醉药！"

　　李珊将器械递过去，曾紫陌熟练地操作着，却猛地愣住了。王星看她不动："019！怎么了？"曾紫陌茫然地问他："猪该用多大剂量？"

　　所有人全都愣住了。

　　"唉！025 要在多好啊！"石磊叹息一声。王星一闭眼："你看着来！先少量，如果不行就增加剂量！"曾紫陌点头，开始给猪注射麻醉药。猪还在哼唧着挣扎，一帮人死死地按着它。

不一会儿，猪不动了。王星几人气喘吁吁地从猪身上下来。许飞擦了一把汗："019，差不多了。"曾紫陌点头："我要开始手术了！015、020、033，跟我留在这儿！"随后又对王星："007，我需要15分钟！"王星点头，起身对着众人："其余人跟我上去警戒！黑龙留下吧。"谢思潇一愣："干吗？"王星看着猪苦笑："保护急救人员。"队员们忍着笑。谢思潇也笑，拍拍黑龙的头："黑龙坐！看着它！"黑龙听话地坐下，哈哧着盯着猪头。

突然，左前方传来轰的一响巨响，一名队员大惊着汇报："007！九点钟方向地雷响了！"王星焦急地冲过去："快！"众人飞奔上去。曾紫陌焦急地给猪做了手术。

山沟上方的丛林里，警戒队员与对面的众多机械化步兵连的战士正激烈交火。王星率众人匆匆赶到，嘶吼着："坚守一刻钟！"山沟里，曾紫陌满头大汗地在给猪缝合伤口，黑龙哈哧着舌头蹲着，不时地看着上方。

王星率领队员们躲避着还击，谢思潇焦急地大喊："007！咱们必须马上离开这儿！否则敌人会越来越多！"王星大吼："再急也得等019把手术做完！"谢思潇焦急地回身大喊："019！加快速度！"

曾紫陌满头是汗，冷静地一针一线缝合着猪的伤口，又焦急地喊："015！给我夹板！"赵小丫递给去，曾紫陌焦急地给猪断了的左后腿上夹板。忽然，猪睁开眼睛，挣扎了一下。黑龙吓了一跳，站起来，瞪着猪。赵小丫焦急地望着曾紫陌："它快醒了！再给它来一针麻醉吧！"

"不行，已经是最大剂量了！再打麻醉它会心脏衰竭的！"

"它只是头猪嘛……"

"它现在是人，是飞行员！"

"我还是不能把它和飞行员等同起来。"

"你就当它是014！"

赵小丫愣住，随即焦急地上前，伸手安抚着猪耳朵："好猪猪，乖猪猪，我们正在救你，你千万不要动。"猪蒙眬地哼唧着，安静了许多。李珊和郝玲玲目瞪口呆。曾紫陌笑笑，随即命令："快！帮我按住！"曾紫陌迅速上好夹板："015！快去通知他们，可以走了！"赵小丫点头，拎着枪迅速往山沟上方跑上去。

6

山沟里，王星几人匆匆跑下来。许飞看着地上硕大的肥猪，一然茫然："怎么走？"王星神色严肃："扛着呀！它腿有伤！"

一跟长长的粗树枝，前面俩队员，后面许飞和王星，受伤的"飞行员"被架在中间。石磊背着曾紫陌，三个女的掩护着跑上来。黑龙在后面狂吠。所有人都愣住。王星眨巴着眼睛："愣着干什么？赶紧撤！"谢思潇咽咽唾沫："就这么扛着它？"王星抬着起身："它还没清醒呢！清醒了就更麻烦了！快！"众人抬着"飞行员"步履艰难地离开。不一会儿，一队步兵战士们持枪涌过来，看着一片狼藉的手术现场，无奈地掏出对讲机。

深山丛林里，枪声激烈。王星和队员们扛着猪在丛林中飞奔。

"换人换人！"王星抬得吭哧吭哧，焦急地问谢思潇："0号！距离和025会合的地方还有多远？"谢思潇看着PDA："十一点方向，大约两公里！"

"咱快走吧！025肯定等急了！"石磊着急地说。王星向后望，只见树丛里的追兵影影绰绰。王星将树枝交给其他队员："你们先走！014！我们布雷！"许飞点头，和王星一起拽下背包。谢思潇和众人扛着猪先行。

王星和许飞取出反步兵地雷，快速布设，又往前猛跑几步，继续布。随后两人背上背包，回身打了几个连射，快速消失在前方丛林。

后面传来一阵地雷接连的炸响声，王星回头望着冒起的浓烟，得意地笑了："快走！"一名队员扛着猪，吃力地说："再换一组吧！扛不动了！"四个队员跑上去接替下来。王星看着硕大的肥猪："飞行员要都这样，这活儿就没法儿干了！"队员们都不约而同地看向许飞。许飞气恼地："干吗又看我？！"所有人都笑，一路疯跑。后面，扛着40火的郝玲玲气喘吁吁地追赶上来："谁跟我换一下啊！我……我也扛不动了！"赵小丫一愣，跟上去："给我吧！"郝玲玲把40火递给赵小丫，龇牙咧嘴地揉着肩膀。许飞于心不忍地看着赵小丫吃力地扛着40火，"015，要不……给我吧。"赵小丫惊喜地看着许飞："014！你有这个心我就知足了！我知道飞行员都不喜欢这个，没关系，我扛得动！"说着开心地跑了。许飞愣住，看着一脸开心的赵小丫，心情复杂。

山林间，救援直升机和武直-10匆匆掠过。崔华盾俯视着下方丛林中冒着烟的步兵战士，眉头紧皱，操作着直升机："猎鹰报告，东经××，北纬××有五人需要救援，请求降低高度。"

"收到！猎鹰，地形复杂，注意安全。"

"猎鹰明白！我开始下降，高度150米……140米……"崔华盾驾驶着救援直升机，在持续下降高度，武直-10在旁边盘旋护航。

顾意驾驶着武直-10低空盘旋，她看到了侧方向丛林中扛着猪在奔跑的队员们，也看到了石磊背着的曾紫陌，她想了想，对着耳麦："猎鹰！猎鹰！寒号鸟报告，我看到了霹雳火队员……"崔华盾操作着直升机："寒号鸟！他们有人请求救援吗？"

"没有。"

"那就跟我们没关系。"

"他们的019号好像伤得很重，有人背着她。"顾意说。崔华盾一下愣住，面色闪过一丝痛苦，沉声道："如果他们没有请求救援，就没我们什么事。"

"……明白。"顾意又看了一眼侧方向跑进丛林的众人，叹了口气，继续操作直升机。

7

丛林深处，王星和队员们吃力地扛着猪，气喘吁吁地跑来。谢思潇停下脚步："到了！"石磊将曾紫陌轻轻放下，焦急地四顾："025！025！"——没有回应。队员们也焦急地四处呼叫。王星打开单兵电台，呼叫："025！025！这是007！听到请回答！"——还是没有回应。

石磊似乎预感到了什么，含着泪，眼巴巴地看着众人："他肯定在路上！说不定电台出问题了，或者是关闭了！咱们等一会儿！"王星沉声："追兵快到了，咱们等不了多久。"石磊愣住："啥意思？"谢思潇沉声："当初我们和025约好在这儿见面。他说，如果一个小时候他没来，就不用等了。现在已经一个半小时了。"石磊快哭了："那是要放弃025吗？！"

没人回答。

"不行！绝对不行！025是为了掩护咱们才走的！咱们凭啥不等他？你们说话呀？007！0号！俺就问你们，凭啥不等他！"石磊泪流满面。王星痛苦地看着石磊："025本来就凶多吉少！他本来就是为了保护咱们，把自己当诱饵引开敌人！他可能早就被淘汰了！"石磊哭了："俺不信！"

"024！现在我们有任务！我们必须要确保完成任务！"

"就是那头猪吗？！"

"它是飞行员，是我们搜救的对象。我们必须要保证它的安全！"

"那025呢？"

谢思潇沉默了。许飞含泪："他人的生命，永远比我们自己重要。这是霹雳火的信条！"

石磊愣住了，眼泪簌簌地淌下。曾紫陌也含着眼泪："024，我们走吧……"石磊哭着："俺不走！俺和025早就说好的，同进同退！当初在警卫连的时候俺俩就这么说好的！来霹雳火报名的时候俺们也是这么说好的！俺要是知道他当初这么跟你们说的，俺说啥也不让他去！"石磊说着从包里掏出烟雾弹，哭着："你们背上019先走吧！俺在这儿等着025，他要是不来，俺就拉弦儿。"

忽然，一声巨响传来，是前面的地雷炸响了。谢思潇一惊："快，追兵上来了！"王星瞪着石磊："024！跟我们走！"石磊坚定地摇头："你们快走！俺掩护你们！"许飞急吼："你一个人顶不住！"石磊红着眼睛："那俺就自杀！俺不会连累你们的！可是俺必须要跟025共进退！"王星瞪着眼睛到石磊面前："024！你听着！我不管你和025关系多好，现在我们是在战斗，是在执行紧急军事任务！作为一名军人，你必须要服从命令！你可以选择退出霹雳火，但是你不能用这种方式让自己的军人形象蒙羞！"石磊淌着泪："俺再呼叫他一次，就一次，行吗？最后一次！如果他再不回答，俺就跟你们走！"王星含泪看着石磊，点头："尽量简短，我们不能长时间开电台。"石磊点头，打开耳麦，哭着："025！025！024呼叫！024呼叫！听到请回答！听到请回答！"

指挥部里，黄宝贵的电台通话器放在桌子上，里面传来石磊的呼叫声："025！025！024呼叫！024呼叫！你到底在哪儿？你还活着吗？回答！请回答！025！如果你再不回答，俺们可真走了！"——没有回应。

高胜寒沉声走到桌子前，拿起通话器。高胜寒看了一眼一旁正在用仪器定位的秦成和马路。马路点头，高胜寒一笑，对着耳麦："024！你好啊！"丛林深处，石磊猛然愣住了。

"是飞狼！"曾紫陌愣住。

石磊纳闷儿地拿着对讲机："飞狼！你咋会跟俺通话？俺串台了？"

"不不不，给你们配备的单兵电台很先进，不会出现这种技术故障的。所以，你们应该猜到了，025被俘了，他在我手里。"说着，高胜寒回头，只见黄宝贵被五花大绑着，嘴上缠着胶带，呜呜呜地拼命挣扎着，黄林和于瑞死死压着他。高胜寒笑着拿着对讲机："顺便再告诉你一个消息，你们要搜救的另外一名飞行员已经被俘了，它现在也在我手里。"众人目瞪口呆。

"记住任务的核心，是营救两名飞行员！——救出去一个，不算数！"

所有人都瞪大眼盯着扛着的猪，愣住了。许飞翻着白眼，吐了一口唾沫："妈的！这我们还有活路吗？！他们耍赖！直接把一个飞行员抓回去了，我们怎么去救？这摆明了是让我们黄铺子啊！"王星沉声问："飞狼！这里是007！我想问，你们打算把025怎么办？"

所有人屏住呼吸倾听着。高胜寒一笑，看了一眼瞪着眼睛的黄宝贵，对着耳麦："他嘛……两个小时以后，将和另一名飞行员一起处死。这也意味着，025退出考核，被淘汰了！"高胜寒看向马路，点点头："就这样吧！祝你们一路顺风！"

8

丛林里，所有人呆若木鸡，黑龙哈哧着舌头，看看这个，又看看那个。石磊愤怒地大声怒吼："咱们不能放弃025！决不能放弃他！"

"可我们又能怎么样？025被关在指挥部，那儿离咱们这儿足足50公里，50公里全是原始丛林，前有堵截，后有追兵，两个小时，走都走不到！"许飞咬牙说道。石磊怒吼："你们还有没有良心啊！"

"024，你的心情我们都理解！我们也不想放弃025！可是现在我们又能怎么办呢？我们根本做不到！要么放弃025，大家努力突防，通过考核。要么……大家一起死。"郝玲玲说。

"那就一起死！你们怕？俺不怕！"石磊梗着脖子怒吼。

"你不怕没办法跟你爹交代？"郝玲玲问。

石磊心一横："俺就是被俺爹打死！也不放弃025！"

"我们确实不能放弃025！"曾紫陌严肃地看着大家，"就算我们要放弃025，也不能放弃另外一名飞行员。飞狼给了我们两个小时时间，就是在考验我们。"

王星若有所思："如果我们选择放弃025和那名飞行员，那也没用啊，还是会输！再说了，就是不会输，我们也不能丢下任何一名战友，归根结底——他人的生命，高于自己的生命！"谢思潇点头："与其这样，我们还不如一起退出考核！"石磊含着眼泪："019！007！0号！俺同意你们的意见！明知是死，咱也不能放弃他们！"郝玲玲小心翼翼地问："说归说！可是只有两个小时时间，50公里，我们怎么去呀？关键是我们还扛着一头……受伤的飞行员，019也行动不便。"

队员们眉头紧皱，陷入沉思。空中传来一阵直升机的轰鸣声。王星下意识地抬头看，空中，一架救援直升机和武直-10呼啸掠过。王星一脸坏笑，谢思潇会意，狠狠地点了点头。许飞望着天苦笑，赵小丫扛着40火一脸诧异。

9

指挥部里，黄宝贵被反铐着坐在椅子上，一把匕首闪着寒光在黄宝贵的脸上贴着慢慢滑过，黄宝贵紧张地低眼看着雪亮的匕首，脸上的肌肉不由自主地轻微抽搐了一下。对面，高胜寒玩着植物大战僵尸，马路和秦成正襟危坐在两旁。黄林面色狰狞，吹了一口刀刃上的汗毛儿，瞪着黄宝贵："说，还是不说？"黄宝贵瞪着眼睛："打死也不说！"黄林扭头看于瑞。于瑞撕开一包方便面，把里面的辣酱包儿撕开，挤进黄宝贵嘴里。黄宝贵挣扎着，辣得鼻涕眼泪一起淌。于瑞又拿起另一袋儿方便面，撕开，拿出酱包："说不说？"黄宝贵痛苦地泪流满面："辣死也不说！"高胜寒低头玩着游戏："何必呢？我是看你舍己为人的精神非常可取，给你一次机会。"秦成拿着一张纸条儿："他们的方位我们已经知道了。现在只要你说出来，和我手上的这个一致，就视为你通过考核。"说着摇了摇手里的纸条。马路一脸关切地盯着黄宝贵："025，机会难得呀！"

于瑞把面饼放进饭盒里，端起水壶倒开水："说了吧！说了给你泡面吃。"黄宝贵看着泡面，咽了口唾沫，坚定地闭上眼："我绝不干卖友求荣的事儿！"

"你真不说呀？"

"打死我，我也不说！"

黄林和于瑞无奈地看高胜寒，高胜寒头也不抬地一甩头："押下去！"马路看着似乎要英勇就义的黄宝贵，笑了。随后看向高胜寒，问："飞狼，你觉得他们会来救025吗？"

"如果他们不来，他们就不是我想要的人。"

"两个小时，突防50公里，还得面对我们，他们来也白来呀！"

高胜寒放下手机，站起身："留下老马和警卫排就行了，你们三个跟我进去。"秦成愣住："我们也去？"高胜寒活动着手腕："坐了两天了！不得活动活动筋骨啊？

起来！"

指挥部的帐篷后面，警卫连战士押解着黄宝贵走来。黄宝贵傻眼了——前面铁笼子里，一头绑着破飞行头盔的猪正哼哼地看着他。一名战士走过去打开笼子锁头，回身笑着："黄班长，进去吧？"黄宝贵看着两人："什么情况？"战士笑："你俩关一块儿。"黄宝贵愣着："开什么玩笑？！我是人！"战士笑着把黄宝贵推进笼子："它是被俘飞行员，哎，军衔比你高呢。"黄宝贵看着肥猪，一脸苦恼："兄弟！通融通融，把我绑笼子外面吧，我级别太低，不合适……好歹咱们也是一个连的来着……"战士瞪眼推搡着黄宝贵："你给我进去吧！你还好意思说一个连的！李小群班长的事儿还没跟你算账呢！"黄宝贵大呼小叫被推进去，两战士锁上门，瞪着黄宝贵，转身站在笼子两侧。

黄宝贵无奈地看着绑着飞行头盔的肥猪。肥猪看着他，哼唧着伸着鼻子往前凑。黄宝贵惊恐地直往后靠："别过来！告诉你别过来！没跟你开玩笑！老子家祖传兽医！敢过来我阉了你！"肥猪哼唧两声，转身回去了，黄宝贵瘫坐在笼子里，一声叹息。

10

丛林上空，救援直升机在武直-10的护航下低空飞行。崔华盾操作着直升机，白鹏放下望远镜，指着侧下方："猎鹰！11点钟方向发现求援信号！"崔华盾侧头望过去，只见侧方向丛林上空，白烟滚滚。崔华盾操作直升机转向，对着耳麦呼叫："寒号鸟！11点钟方向，警戒！"

"收到！"顾意熟练地推动操作杆，直升机朝着浓烟处迅速飞去。

浓烟上空，顾意望着下方，愣住了，焦急地对着耳麦呼叫："猎鹰！地上躺着的好像是019！"崔华盾一愣，驾机猛冲了过去。

空地上，赵小丫、李珊和郝玲玲哭喊着摇晃着昏迷不醒的曾紫陌，曾紫陌一脸痛苦地紧闭双眼。在他们旁边，几枚烟雾弹嘶嘶地冒着浓烟。李珊扭头望着空中，兴奋地大喊："看，直升机来了！"郝玲玲和李珊急忙起身，冲直升机使劲招手。

崔华盾驾驶着救援直升机驾驶舱，焦急万分地放下望远镜，对着耳麦呼叫："寒号鸟！掩护我！我要降落了！"顾意驾驶着武直-10，一愣，焦急地喊："猎鹰！下面空地太窄了！危险！还是放软梯吧！"

"019昏迷了！情况不明！……我要降落了！"崔华盾操作直升机，对着耳麦，"鹰巢！鹰巢！下方有参训队员昏迷，情况危急，我请求降落！"

"猎鹰！确定要降落吗？下方地形很复杂！"

"放心吧！这地形对我没难度！救人要紧！"

"好的！好的！猎鹰，可以降落，注意安全！"

"收到！"崔华盾紧张地操作直升机，拿起扩音话筒："下方人员注意！直升机准备降落！直升机准备降落！请保证伤员安全！准备登机！"

第十三章
——FIRE——

1

救援直升机缓缓拉低，风吹杂草，密林里一片汹涌。直升机缓缓停在不远处的空地上，崔华盾焦急地拽着驾驶舱门，白鹏看他："猎鹰，你去哪儿？"崔华盾心急如焚："受伤的是曾紫陌！"说罢，崔华盾打开驾驶舱门，一跃跳下直升机，几个救援队员也抬着担架跑了下去。空中，武直-10低空盘旋着。

"猎鹰！猎鹰！情况怎么样？"耳机里传来顾意焦急的声音。

"猎鹰下去了！这是大鹏，情况还不明确。"顾意一愣，无奈地望着下方。

丛林空地上，崔华盾焦急地扑过去，大喊："紫陌！紫陌！"曾紫陌紧闭双眼，没反应。崔华盾焦急地看着赵小丫三人："到底怎么回事？！"赵小丫哭着："我们也不清楚！她只是脚受伤了，可是走着走着突然就晕倒了！"郝玲玲也哭："我们各种办法都用了，就是不醒，怀疑是急性脑出血！"崔华盾愣住，猛地抱起曾紫陌："担架！"崔华盾把曾紫陌轻轻放到担架上，焦急地喊："紫陌！你坚持住！坚持住啊！快！上飞机！平稳一点儿，不要颠簸！"

四名救援队员小心翼翼地抬着曾紫陌，崔华盾一路护着。郝玲玲三人面面相觑，于心不忍。赵小丫递了个眼色，三人急忙跟上去。

救援队员快速登机，将躺在担架上的曾紫陌轻轻放下。崔华盾关切地看着曾紫陌，对救援队员嘱咐道："你们一定要看住她，有什么情况随时告诉我！"崔华盾痛苦地看着曾紫陌，转身要走，突然，一把枪顶在崔华盾的后背上："别动！"崔华盾下意识地回过头，只见曾紫陌拿着枪，对着他。

2

救援直升机里，崔华盾穿着短裤和背心，苦笑着看着曾紫陌。曾紫陌有些于心不忍地看他："猎鹰，对不起……"崔华盾笑："没什么对不起的。干得漂亮，演得也漂亮。"

"真对不起！刚才我见你……"

崔华盾打断她："我是真的着急了！"

"对不起……"

"真的不用说对不起。你没事，我就放心了。否则的话，我真的会杀了飞狼那小子！那个时候，他说一万次对不起也晚了！下一步呢？你们打算怎么办？寒号鸟可是带弹护航的。"郝玲玲一笑："这个呀，就不用您操心了。"

空中，武直-10低空盘旋着。顾意焦急地看着空地上迟迟不动的救援直升机，对着耳麦呼叫："猎鹰！猎鹰！情况怎么样？可以起飞了吗？"——没有回应。

"大鹏！大鹏！这是寒号鸟，猎鹰在干什么？为什么不起飞？"——还是没有回应。顾意满脸诧异，想了想，拉动操作杆，降低高度，绕着救援直升机盘旋。

这时，空地对面山坡的密林里，一枚40火悄悄探出树丛。许飞扛着40火箭筒，瞄着低空盘旋的武直-10，紧张万分。后面，王星和队员们焦急地看着他。王星有些于心不忍："014！还是我来吧！"许飞瞄准着武直-10："我来！"谢思潇皱眉："你倒是打呀！再磨蹭下去，等她发现异常，咱们就前功尽弃了！"许飞扛着40火，摇头："不行，寒号鸟的自尊心特别强！如果她被一架破40火击落，她这辈子就没脸见人了！"王星皱眉："所以还是我来吧！你下不去手。"许飞苦笑着摇头："我来吧！我击落她，她会好受得多。"谢思潇不明白："为什么？"许飞一脸苦涩："因为在这之前，我被她击落过18次！"

前方，顾意驾驶的武直-10又盘旋回来。王星瞪眼："给你最后一次机会！"许飞瞄着武直-10，纠结着，一咬牙，狠狠扣下扳机——火箭弹呼啸而出！

空中，顾意惊叫着想闪避，但是晚了！武直-10瞬间冒起了白烟。密林里，王星和谢思潇击掌欢呼："打中了！"许飞放下空炮管儿，大口地喘着粗气："我击落她了！我击落她了！"

驾驶舱里，顾意目瞪口呆地看着显示屏，直升机已经被炸毁。顾意气急败坏地操作着直升机。武直-10在救援直升机不远处降落，顾意推开驾驶舱跳了下来，歇斯底里地喊："啊——"喊罢，顾意瞪着山坡方向："出来！出来！谁干的？你给我滚出来！"

山坡上人影闪动，王星、谢思潇等人从树丛里跑出来，愣愣地看着气急败坏的顾意。顾意甩下头盔，猛冲上去："你们谁干的？说话呀！"谢思潇皱眉："尸体，你至于那么横吗？"

"谁干的！我做鬼也不放过他！"

队员们自动闪开，顾意一愣，望过去，只见许飞拎着空火箭筒，面红耳赤地走过来。顾意难以置信地看着许飞："你？呆鸟？！"许飞喘着粗气："是我。"

"是你击落我的？就用这破玩意儿？"

许飞看了看手里的发射筒，尴尬地说："不是我多厉害，是你太大意了。"顾意冲上去，一把抢过许飞的发射筒，狠狠砸在地上，使劲地用脚踩："该死！该死！我可怎么做人哪，啊——"许飞尴尬地看着喊叫着的顾意，走上前："寒号鸟，算了吧，脚疼。"顾意气呼呼地看着许飞。

“你击落了我8次，我就击落你这一次，我也不计较了，咱俩算平手吧。”

“凭什么？！”

“寒号鸟，你听我说，我心中一直有个梦想，当有一天我击落你的时候，我就……”

“你就干什么？”

“我就会对你说……”

“014！”许飞一愣，赵小丫穿着驾驶员服装，疯狂又兴奋地跑到许飞面前，晃着他的肩膀：“014！你太棒了！用一个破40火就击落了一架武直-10！简直是奇迹！这种奇迹只有你能完成！因为你是最棒的！我太崇拜你了！我太爱你了！我可以拥抱你一下吗？谢谢！”赵小丫紧紧抱住许飞，所有人都目瞪口呆。

许飞好不容易推开赵小丫：“015！注意影响！”赵小丫笑：“啊……对不起对不起，我好像失态了，让人家难堪了。”说着，赵小丫瞥着顾意。顾意气恼地转身就走。许飞追上去：“寒号鸟！寒号鸟？！你听我解释……”赵小丫在后面冲着许飞喊：“解释什么呀！人家心里正难受呢！014，你看我穿这身儿飞行服好看吗？稍微有点儿大……要不我从尸体上扒一件？我担心她的有点儿瘦，因为她没我丰满……”

“你一边儿去！”许飞恼怒地一挥手，望着走远的顾意，无可奈何地叹息。

3

林间的空地上，许飞驾驶的救援直升机腾空而起，迅速拔高，向远方飞去。崔华盾、白鹏和四个救援队员都穿着短衣短裤，顾意沮丧地看着救援直升机远去：“我不甘心！”白鹏看她：“寒号鸟，算了吧，你天天过年，也得让人家呆鸟吃顿饺子啊！”顾意瞪他：“你幸灾乐祸！”白鹏立马摇头：“我没有！我也很窝火！”崔华盾打断他：“好了！现在不是窝火的时候，是应该总结教训的时候！寒号鸟，你也应该好好总结一下这次的教训。”顾意哭了：“我知道，我就不该低空盘旋，我应该先向鹰巢报告。我就是好奇你为什么不飞，好奇害死鸟儿！”崔华盾苦笑。

丛林深处，高胜寒带着秦成、于瑞和黄林全副武装，在丛林中快速行进。空中传来直升机的轰鸣声，高胜寒诧异地抬头，秦成笑：“不知道有没有我们的人？”于瑞摇头：“但愿没有。到这个份儿上了，淘汰谁都跟割肉似的疼。”高胜寒心事重重地一挥手，几个人在丛林里快速前行。

直升机驾驶舱内，许飞对着耳麦呼叫：“007！我开始了！”

“好！”王星转身对着众人：“检查武器装备！”众人一阵忙碌。

许飞打开通信系统，赵小丫有些紧张地看着许飞。许飞看着赵小丫，一笑：“把眼泪擦擦吧。”赵小丫赌气地一噘嘴：“就不！”许飞苦笑。

“猎鹰！猎鹰！我是鹰巢，刚才是怎么回事？为什么联系突然中断了……”电台里突然传来前方指挥部的声音。许飞一惊，连忙压低声音："系统发生故障！我正在寻求降落……重复，系统发生故障！我正在寻求降落……"

"请报告具体情况！"

"好的！我现在接近蓝军指挥部，请求紧急降落，排查故障！请鹰巢协助我联系蓝军指挥部。"

"好的！马上为你接驳信号……"

指挥部里，马路正狼吞虎咽地吃着方便面。电台呼叫："狼穴！狼穴！猎鹰紧急呼叫！猎鹰紧急呼叫！"马路愣住，快速起身拿起通话器："猎鹰！猎鹰！我是黑马！我是黑马！请讲！"

"我的直升机载有五名霹雳火受训队员，现在出现紧急状况，两分钟之后将在你处降落，请确认信息，尽快回复！"

"明白！我马上向飞狼报告！"马路想了想，焦急地拨通频率。

"飞狼！飞狼！老马呼叫！"

高胜寒一愣："老马，怎么了？"

"刚刚接到猎鹰的呼叫，他的直升机出现紧急状况，要求在我指挥部临时降落。直升机上还有五名我们的人。"

高胜寒一愣："鹰巢那边确认了吗？"

"我刚刚联系鹰巢，他们确认了。"

"明白！允许他降落！"

"好的！"

高胜寒一行人继续前行。秦成担忧地问："没什么危险吧？什么故障？"高胜寒摇头。黄林纳闷儿："奇怪呀，猎鹰的直升机距离鹰巢和指挥部距离差不太多，他停指挥部干吗？"高胜寒猛然愣住，惊叫道："不好！"

"怎么了？"

"就是刚才那架直升机！可是他没有武直－10护航！如果他发生故障，怎么可能没有护航？"高胜寒转身，"回去——！"众人匆匆往回跑。

4

指挥部的前空地，救援直升机缓缓降落，螺旋桨也慢慢停止转动。马路站在大帐篷外，抬头看着降落的直升机。这时，驾驶舱门哗啦一声打开，许飞和赵小丫戴着头盔，低头跳下飞机，"救援队员"们抬着担架，匆匆下飞机。马路和十几个战士连忙迎上去，忽然，王星猛地抬头，一声大喊："干——"顿时，枪声大作！马路和战士们纷纷中弹，全都愣住了。

王星抬头，笑嘻嘻地看着马路，拍了拍马路的肩膀："老同志，你太大意了。"马路看着王星苦笑。王星收起笑容，低声命令：“一组向左，二组向右，攻击前进，注意我们的人，其余的，格杀勿论！干！”

“是！”队员们兴奋地朝着指挥部猛跑。

指挥部后方的铁笼子，黄宝贵听见枪声，猛然站起身，隔着铁笼子瞪着外面，兴奋地大叫：“哈哈！我们的人来啦！我有救啦！”

“黄宝贵！别动！”两名战士回身瞪着黄宝贵，枪口对准了他。黄宝贵大惊：“你干吗？”

“飞狼临走的时候有交代，如遇特殊情况，先行处决俘虏。我们先杀了你，再杀这头猪。”

黄宝贵愣住，苦着脸哀号：“你们是反动派吗？你们对战俘做出这么卑鄙的事情，就不怕受到谴责吗？”

哗啦一声，子弹顶上膛！

“这个你跟我们说不着！赶紧想个姿势吧，尽量别太难看。”

“等等！等等等等！容我和战友诀别一下！”

“你有病啊？你跟猪有什么可说的？”

“它现在是飞行员！你们总得讲点儿人道吧？”

“你快点儿！”

黄宝贵目光闪烁着，可怜巴巴地凑到猪跟前，声泪齐下：“呜呼哀哉！战友情深！今天永别！共赴黄泉！”绑着飞行头盔的猪哼哼两声，看着他。黄宝贵的眼泪下来了，声嘶力竭地唱着：“你挑着担，我牵着马，迎来日出，送走晚霞……”

指挥部帐篷之间，王星和谢思潇两队会合。谢思潇焦急地四处看着：“人呢？”王星摇头。许飞谨慎地说：“我们得赶紧走了！”

“赶紧找！”王星心急火燎。

“等等！”石磊忽然愣住，侧耳倾听。

只听见黄宝贵声泪俱下，边哭边唱：“踏平坎坷，成大道，走罢艰险，又出发，又出发……”俩战士直愣愣看着黄宝贵：“他真哭了！”一名战士摇摇头：“可能是知道自己快被淘汰了，心里难受吧，他是个感性的人。”

“咱们怎么办？前面还不知道能不能顶住呢！”

“等他唱完最后一句吧。”

黄宝贵快急疯了，大声嘶吼着：“啦啦啦！啦啦啦啦啦！一番番春秋冬夏，一场场酸甜苦辣！敢问路在何方，路在脚下……”两名战士举枪瞄准了他，黄宝贵瞪着俩人身后：“敢问路在何方，路——在——脚嗷嗷嗷……”两人扣动扳机，黄宝贵翻着白眼儿还在嗷，看到上来的王星和石磊，王星做了个手势，黄宝贵如释重负地唱出最后一个字，突然向一旁一滚，抱着猪倒在地上。两名战士子弹落空，大惊。突然，后面枪声响起，两人中弹冒烟。

“025！”石磊率先冲上来，一脸兴奋地看着黄宝贵。黄宝贵死死地抱着猪，猪剧烈挣扎着。王星大喊："025！快松开那头猪！当心它咬你！"黄宝贵松开猪，坐了起来，大口地喘着气，泪眼蒙眬。石磊也哭着："025！你要乐观！一定要乐观！"黄宝贵哭着点头。猪也起身，凑过去拱黄宝贵。

指挥部的空地前，王星、谢思潇和许飞狂奔向直升机。猪嘴被胶带封住，黄宝贵死死抱着它，石磊协助着抓着猪后腿。机舱门打开，众人欢呼着登机，朝马路挥挥手。马路苦笑着泛着泪，抬手敬礼。王星站在舱门口，95自动步枪背跨在后背上，队员们携带武器，低姿跃上直升机。机舱门关闭，许飞坐在驾驶舱，推动操纵杆，直升机的螺旋桨高速旋转着拔地而起。

空地上，高胜寒和秦成三人，雪貂带领着狼牙队员们飞奔赶到，众人望着远去的直升机，心情复杂。马路欣慰地看着高胜寒："飞狼，他们成功了！"高胜寒嘴唇翕动了一下，脸上绽出微笑点头。

5

救援直升机在丛林上空飞行，穿过丛林，穿过山峦，穿过沼泽。大家欢呼着，谢思潇看着下方的沼泽，红着眼睛，又看王星。王星心领神会，对她一笑，很快错过她的目光。谢思潇伤感地扭头看向别处。

在他们身后，数架武直-10快速飞来。顾意驾驶着武直-10飞在最前端，近距离掠过许飞，挑衅地看他。很快，武直-10编队快速包抄，将救援直升机团团围住！

许飞望着武直-10编队愣住了，赵小丫忧心忡忡："他们想干吗？报复啊？"许飞表情凝重，对着耳麦："007！我们被包围了。"王星望着外面的武直-10编队，冷声道："问问他们想干什么？"

驾驶舱，许飞拿起通话器，刚要开口，电台里传来顾意的声音："救援1号！救援1号！我是寒号鸟！现在你们已经被包围，不要做无谓的抵抗！下面向你发送新的航线数据，请按照此数据飞行！"许飞冷着脸："我们的考核内容里没有这一项！"

"你们的考核内容里也没有用诡计骗取直升机这一项。"

"你们这是报复吗？"

"随便你怎么认为，航线数据发送中，请接收。"

许飞愣住，问王星："007！怎么办？"

机舱里，所有人都看着王星。王星望着舷窗外的武直-10机群，苦笑："还能怎么办？人家是武装直升机，咱们是运输机，一架就能干咱们十架，咱们想逃都逃不掉。"

"那我就从了。"许飞问。

"从了吧！到地面再说！"

谢思潇怒气冲冲："大不了鱼死网破！"队员们冷着脸，检查着自己的武器装备。许飞按照顾意发来的航线数据，转向飞行。顾意冷然一笑，对着耳麦："猎鹰！猎鹰！寒号鸟报告，救援 1 号从了！"

一架直 -9 在武直 -10 护航下低空飞行。崔华盾驾驶着直升机，沉声："寒号鸟，跟上救援 1 号！"顾意点头笑："明白！"

崔华盾操作着直升机，扭头看坐在副驾驶上的高胜寒，高胜寒泰然自若，看着前方。崔华盾问："飞狼，说说感受吧？"高胜寒笑："飞得挺稳。"崔华盾皱眉："别打岔。"高胜寒笑而不答。崔华盾回头："我最讨厌你这种笑容！"

"为什么？"

"因为我对这笑容印象太深刻，那时候咱俩打赌，每次你赢了的时候，都这么笑。"高胜寒笑。崔华盾严肃起来，感慨地说："你也只有在这种时候，笑得才最真诚。"

"我什么时候笑得不真诚了？"

"我们的婚礼上。现在回忆起来，你那天笑得真假！"

高胜寒愣住，脸上的笑容一闪而过："别老翻旧账好不好？"

"好！不过我有个条件。"高胜寒看着他，"在你们的婚礼上，你真诚地笑一次。我这辈子都不再跟你翻旧账了。"崔华盾复杂地看着高胜寒说。

6

许飞神色凝重地驾驶着救援直升机，谢思潇诧异地望着下方："这是返回基地的路。"许飞点头："没错！按照他们给的航线数据，五分钟之后我们将降落在基地机场。"

"他们到底什么意思？我们的考核任务还没完成呢！按照要求，我们得把两个飞行员送到接应点。"

"刚刚接到指令，接应点改在基地机场，要求我们一切流程照常进行。"

"然后呢？"

许飞撇撇嘴："没说。"

队员们面面相觑，心情忐忑。黄宝贵笑着招呼大家："乐观！都乐观点儿！大不了跟这帮飞行员干一场！谁怕谁呀？到了地面他们不是对手！"曾紫陌有些忧虑："尽量克制吧，都是战友。"石磊说："就怕人家不克制。丢了这么大的人，他们能克制得了吗？"郝玲玲不满："我不担心别人，就那个寒号鸟，她就不像能克制的人！搞不好这场意外就是她挑起来的！"李珊问："那猎鹰呢？猎鹰就不管吗？"

"你得了吧！猎鹰的飞行服还在呆鸟身上穿着呢！他不默许，这帮人敢这么干？"

曾紫陌严肃地说："猎鹰不会的，我了解他。"郝玲玲还要说话，被李珊用眼神制止了。

"各位，我有个请求。"许飞回头，"真闹起来，我对付寒号鸟。"黄宝贵吃惊地看着他："哎呀 014！你现在归属感很强啊！我们都很欣慰。"赵小丫带着醋意："什么呀！他是怕寒号鸟吃亏。不过我能理解他，男人就应该这样，面对旧爱多少仁慈一些。"许飞低吼："你闭嘴！"赵小丫看他："你对新欢态度好点儿！"许飞有些懊恼："再说一遍！闭嘴！要不然你后边儿去！"赵小丫噘着嘴："好好好，全听你的，死鬼……"众人目瞪口呆，苦笑着看着两人。

7

基地机场，两辆救护车闪着警灯在待命。空中，救援直升机飞来，数架武直-10机群在空中盘旋。救援直升机缓缓下降，救护车快速驶过去，戛然而止，车门打开，医护人员和担架队员快速下车，跑向直升机舱门。

队员们快速跳下直升机，将两头肥猪依次抬下来。曾紫陌一脸严肃地向医护人员介绍"飞行员伤情"，医护人员将两头肥猪固定在担架上，匆匆抬上救护车，救护车闪着警报快速驶离现场。

霹雳火的队员们聚集在一起，大家表情都不轻松，下意识地望着机场一端。武直-10编队依次降落，飞行员们纷纷下了直升机，摘下头盔，朝着众人方向走来。许飞看着一个个熟悉的面孔，感慨万分。曾紫陌焦急地四下环顾，王星冷声："019，别看了，这个时候，领导是不会来的。"曾紫陌焦急地说："我还是希望大家冷静一下！要不然我先和他们谈谈！"黄宝贵不屑地说："有什么好谈的？咱们又不惧他们！"石磊还是有些紧张："这可是严重事件！万一处分下来……"黄宝贵活动着手腕儿："024，我罩着你，一会儿你别动。"

"还是我先过去吧！"许飞拎着头盔，"都是战友，我下不去手。"黄宝贵点头："那也行，咱们先礼后兵！"

许飞长吁了一口气，迎上去。飞行员们停下脚步，诧异地看着许飞。许飞有些尴尬："各位兄弟，寒号鸟，能不能容我说几句？"顾意甩给他一个冷脸："你想说什么呀？你有什么可说的？"

"我们都是军人！"

"对呀，我们都是军人啊。"

"呆鸟，你怎么了？表情这么怪？"白鹏问。

"你那帮兄弟姐妹好像也不对劲儿，摩拳擦掌的干什么呢？"站在旁边的一名飞行员伸着脖子看。许飞回头："冤家宜解不宜结！以后大家还要密切配合呢！这样真的不好！"

飞行员们面面相觑，顾意上前看着许飞："呆鸟，你怎么越来越呆了？我们只不过是按照猎鹰的指令，过去和你们霹雳火一起列队，这会影响团结吗？"

"啊？"许飞张大嘴。

"我们都是军人！你以为我们会干什么？打群架呀？切！你好歹也是飞行员出身，你觉得我们会那么小气吗？"顾意白他一眼。白鹏走过去，拍了拍他的肩膀："兄弟，我还是有个建议，回头把猎鹰这身儿衣服洗干净，熨好了送回来。还有我的。"许飞愣住。黄宝贵皱眉："014！你干吗呢？人家战虎的战友等着列队呢！你挡道了！"王星大喊："快回来吧！咱们也得列队！"石磊一脸歉疚："014，俺觉得你刚才的话说得特别不合适。太给咱霹雳火丢人了！"许飞震惊地回身望着队员们，一脸无奈。

这时，空中传来一阵直升机的轰鸣声，一架直9在武直-10的护航下低空飞来。顾意招呼着队员们："快！战虎全体集合！"曾紫陌也低声大喊："霹雳火，全体集合！"众人快速列队，两个整齐的方阵站立在丛林中。

直9稳稳地停在空地上，舱门打开，崔华盾、高胜寒和马路几人跳下直升机。马路擎着一面鲜红的霹雳火战旗。曾紫陌高声大喊："立正！——"高胜寒扫视着队员们，个个都是疲惫不堪，浑身血污和泥污，曾紫陌一脸憔悴，一只脚肿胀着。

啪！高胜寒抬手敬礼！马路持旗敬礼，所有人的教官们也都举手敬礼。队员们一愣，赶紧立正，举起右手。高胜寒看着队员们，眼泪淌落。队员们也凝视着高胜寒，热泪盈眶。

"请稍息！"

刷——队员们整齐跨立。

"我曾经带过许多集训队，经历过许多次这样的场面，每次在这个时候我都很激动，但是这一次，我的感觉确实很特殊。"高胜寒感慨地看着队员们，"我今天……我今天抑制不住自己激动的心情！因为今天与以往不同！在我的军人生涯当中，今天是最特殊的一天！一支崭新的特种部队成立了！这就是霹雳火，中国陆军航空兵空降战术救援突击队！我们的霹雳火诞生了！而你们，就是这支崭新的陆军特种部队的第一批特战队员！"

没有欢呼，也没有掌声，队员们静静地站立着。

"从今天开始，霹雳火将履行自己的职责，成为飞行员的守护天使！不管在什么情况下，我们都会第一时间出击，营救身陷重围的飞行员们！不管在什么情况下，他人的生命高于自己的生命，不管在什么情况下，我们——永不放弃！"

"战虎特航大队，半面向右——转！"崔华盾大声命令。飞行员们刷地集体右转，望着霹雳火队员们："向我们的守护天使致敬！敬礼！"所有的飞行员面色严肃，抬手敬礼。曾紫陌等泪流满面，高喊着举起右手："敬礼！"

刷——又是整齐的一声，队员们抬手敬礼，女兵们陆续流下眼泪，现场一片肃静。队员们看着霹雳火鲜红的战旗在丛林里高高飘扬，高举起的右手久久没有放下。

夜晚，后山上篝火通明，一面鲜红的霹雳火旗帜刷地展开，火焰映着旗帜，看着更加鲜红。队员们整齐列队，高胜寒注视着他们："戴臂章。"

刷——队员们的右臂上一排整齐的霹雳火臂章。

高胜寒转身面向鲜红的霹雳火战旗，燃烧的火光映照着队员们年轻的脸，篝火噼里啪啦地不停在燃烧，高胜寒神情凝重，举起右拳。

刷——队员们也举起右拳，目光炯炯。

"我宣誓——我是霹雳火，终生为生命守护。他人的生命，高于自己的生命。我是黑暗中的利剑，我是战场上的盾牌。我是雷霆救兵，我是天降卫士。我是时刻准备为你献血的迷彩天使，我是甘愿牺牲自己，去挽救你的勇士。我不需要你记住我，我不需要你纪念我。我将生命和光荣献给霹雳火，今夜如此，夜夜如此！除非死去，永不放弃！"

"除非死去，永不放弃——！"队员们抬手敬礼，庄严而肃穆。霹雳火的军旗在火光映照下，猎猎飘舞。

8

漆黑的跑道上，谢思潇黯然神伤地独自奔跑着，黑龙紧跟在她身边。谢思潇跑累了，停下脚，一下子瘫坐在地上。黑龙也蹲坐着，哈咻着舌头看着她。

谢思潇满脸是泪，声音里带着哭腔："黑龙，我这是怎么了？你知道吗？我从来都没有这么伤心过！在别人眼里，我是个高傲的女孩儿，高傲得简直不像是个女孩儿。原来在武警，就没人拿我当女的。可是……我现在是怎么了？"

黑龙似懂非懂地看着谢思潇，伸过头蹭着谢思潇的腿。

谢思潇在夜色里哭着："黑龙，我想起妈妈日记里说过的那句话，有的时候喜欢上一个人，是很痛苦的事儿。因为你明明喜欢他，却又明明知道和他不可能……我和他就是不可能嘛！人家对女朋友一往情深的，可是我就是控制不住，还会因为这件事伤心，黑龙，我没救了，我死定了……"谢思潇痛苦地闭上眼睛，她努力抑制着，不让自己哭出来，眼泪哗啦啦地从谢思潇的脸上滑下——她能怎么办呢？从来没有一个人以这样强势的姿态占据她的心！暗黑的跑道上空空如也，谢思潇站起身，继续疯跑起来，她的身影孤独而又坚定，军靴踩在道上落地有声。

9

机场角落，王星站在高胜寒面前，高胜寒看他："非得回去呀？我还想着利用这几天假期，带你去和战虎的飞行员做几个模拟救援方案呢。"王星挠挠头笑笑："下次吧，飞狼，这次我必须得回去。"高胜寒问他："出什么事儿了。"王星目光闪烁："我……回去找人。"

"找谁？"

王星有些尴尬："找……找女朋友。"

高胜寒哑然失笑："你神经啊！非得去母校找女朋友？"

"是已经有的女朋友，丢了，我去找找她。"

高胜寒愣住："你还真有女朋友啊？"

"其实也不算女朋友，还没正式确立关系呢。"

"那就是人家玩儿消失把你甩了嘛！没皮没脸你还好意思找去呀？"

王星一脸焦急："飞狼！她……她不是那样的人！她消失一定是有原因的！说不定是出了什么事儿！我必须得找到她，问个清楚。只要她没事儿，不管最后怎么样，我保证按时归队。"高胜寒叹息，拿起请假报告："看来，谢思潇是真没戏了。"王星一惊："您也知道这事儿？"

"废话！谁不知道这事儿？"高胜寒凝视着王星，"你确定……你那位还没确立关系的女朋友，会比谢思潇还适合你？"王星诧异地看着高胜寒。高胜寒有点儿挂不住："啊！本来我没这么八卦，是老马他们老在我耳边嚷嚷，都说你们俩特别合适。你也应该考虑考虑。"王星皱了皱眉。

"怎么，嫌谢思潇不漂亮？我告诉你，谢思潇那是因为在武警部队跟那些糙哥汉子们待惯了有点儿迷失，稍施粉黛，可比大街上那些娇小姐们漂亮不是一点儿半点儿的。"

"飞狼，我跟你说实话吧，我不是嫌弃谢思潇，我也觉得我和谢思潇挺……挺合适的……怎么跟您说呢，这就是个排队的问题，先来后到。"

高胜寒笑："看把你给狂的！"

"不是我狂，丹丹那女孩确实也不差。"

"有照片吗？我看看。"

王星一愣。

"谢思潇好歹也是我的爱徒，我不能任由她让你挤对吧？我看看那什么丹丹的照片，要是真好，我二话不说。要是你小子言过其实，这假我就不批了！"王星无奈地掏出手机，打开递过去，高胜寒拿过照片不动声色地撇着嘴："嚯，还真挺凑合的。"

"什么叫凑合啊！这张是我偷拍的，真人比这个漂亮多了。"

"你是真想跟人家结婚还是玩玩儿算了？"

"当然是结婚了……如果可能的话。"

"那你就得考虑考虑了，你要是想结婚，就得考虑现实问题，夫妻两地分居，这可是个大问题。现在愿意随军的也没几个吧？"

"我还没想这个问题，飞狼，您就准假吧，我一天不找到她，我这心就悬着，时间长了会影响工作的。"

"少来这套，威胁我啊？"

王星讪讪地笑："没有没有，飞狼，我求您了行吗？"高胜寒凝视着王星："真想去？"王星狂点头："要不我求您干吗？我必须得去。"

"要是找不到人呢？"

"那我就死心了！乖乖回来训练。"

"你说的。"

"我说的！"王星拍着胸脯。高胜寒把手机还回去，在假条上签上字："别超假啊！"王星拿过假条，一脸兴奋："是！我现在就走，坐午夜的航班。"王星兴冲冲地跑出去。高胜寒表情严峻，想了想，拿起手机。

第十四章
—— FIRE ——

1

宿舍里，王星兴冲冲地在收拾东西，旁边，许飞、黄宝贵和石磊都直愣愣地看着他。王星一抬头，皱眉问："干吗呀干吗呀？我又不是不回来了，至于那么痛心吗？"许飞抬头望天："真要是你不回来了，我们没这么痛心。"黄宝贵摇头叹气："唉，有道是近水楼台先得月，你可倒好，放着眼巴前儿的月亮不要，跑出去找星星。"王星开玩笑地瞪了几人一眼："关你们屁事儿啊？"许飞一声叹息，躺倒在床上："是不关我们的事儿，纯出于义愤。"

王星没说话，背上背包走到门口，转过身看着几人："没人送送我？"——所有人刷地扭过脸去。许飞扫视着众人："我说，你们这帮人就没个争气的？谢思潇正经不错！"

"得了吧。就拿我来说，不是没想过……"众人目光齐刷刷地盯住他，黄宝贵慌乱地一摆手，"想想！想想而已！我还想过和玛丽莲·梦露呢！"石磊连忙在一旁帮他打圆场："他一直这样，怀旧。"黄宝贵不在乎地说："我的意思是说，就算别人有想法，就谢思潇那样的女汉子，谁能接得住啊！"石磊忙点头："还别说，咱们全队，还就王星能接住她，俩人惺惺相惜的多好啊！"许飞叹息着："唉……这才是所谓郎才未必遇女貌，才子未必配佳人啊！二虎相争，必有一伤，一山难容二虎。男女要是都强势，未必有好结果。"石磊一脸茫然地看着许飞："你说的这是啥呀？"许飞从床上腾地坐起来，看着站在门口的王星："我是说吧……"

"你们说得都对，我自己也知道。但是我总是要有个结果，我得知道到底怎么回事，做人要有始有终。再见，各位。"王星笑笑，转身出了门，大门砰的一声关了。

基地，月黑风高，王星背着背包急匆匆走着。黑龙飞也似的从暗处跑过来，蹭着王星的腿。王星笑着摸摸黑龙的头："黑龙，不好意思，我出来急，没带火腿肠。等我回来给你买一包……"黑龙还是不甘心地嗅着他。

谢思潇从阴影里走过来，四目相对，各有心事。很快，谢思潇调整好心绪，瞥着别处问："真回去啊！"王星点头："是，机票都订好了。"谢思潇心事重重地点点头："红眼航班都要去啊。哦……黑龙，咱们走了。"谢思潇错身让过王星，继续朝前走。

"那什么……"王星叫住，谢思潇扭头看他，"我要是能找到她，就带她和你见见。

你不是想见见她吗？"谢思潇一笑："算了吧，我现在没兴趣了。黑龙，我们走！"谢思潇背过王星，晶莹的眼泪在暗夜里泛着冷光，黑龙低声呜咽了两声，跟着谢思潇走了。王星看着谢思潇渐暗的背影，咬咬牙，表情复杂地转身走了。

2

清晨，天空泛着鱼肚白，陆航旅的大院里军号嘹亮，出操声此起彼伏。办公室里，旅长王浩坐在宽大的办公桌后面看文件，高胜寒和曾紫陌一身常服，精神干练，两人笔直地站着。王浩放下手里的文件，满脸堆笑地站起来："祝贺你们，成功地完成了组建霹雳火空降战术救援突击队的任务。今天一大早叫你们两个来，是要宣布对你们的任命命令。"

曾紫陌很纳闷儿，侧眼看了看旁边的高胜寒。高胜寒目不斜视，一副胸有成竹的样子。政委秦明站在旁边笑笑："高胜寒是吧？我刚从北京学习回来，总部首长对你的评价是两头冒尖。月月做检查，年年上红榜啊！"曾紫陌扑哧一声乐了。高胜寒讪讪地，脸上没有了刚才的自信："政委，那时候，那时候……我还年轻。"政委嘿嘿一笑："年轻嘛，我年轻的时候也经常做检查，你紧张什么呢？不做事，就不会错，做事，就有可能做错事。年轻干部，还是应该有点儿闯劲，错了不要紧，改过就是了。容错率，也是考验领导艺术的一个课题，放手让部下去做事，就要做好会出错的准备。这个世界上没有不出错的人，人都是在成长的。"高胜寒这才松了一口气，绷紧身子一个立正："谢谢政委。"

"总部首长也说了，你现在成熟了，我看，他们说得没有错。"

"我还有很多地方需要继续努力。"

"根据旅常委会研究决定，同时上报集团军党委和军区党委批准，决定任命你为我旅霹雳火空降战术救援突击队队长，祝贺你。"秦明笑笑，将一纸命令递过去。高胜寒双手接过，抬手敬礼。秦明转过头，曾紫陌有点儿紧张："政委，我……"

"你怎么了？"

"我不知道，我来干吗……"

"刚才宣布的是队长。"曾紫陌不明白，站得笔直，秦明笑笑，"根据旅常委会研究决定，同时上报集团军党委和军区党委批准，决定任命你为我旅霹雳火空降战术救援突击队教导员，祝贺你。"曾紫陌瞪大了眼睛："啊？我，我怎么……"

"霹雳火不需要政工干部吗？"秦明看她。曾紫陌忙摇头："不是不是，我不是那意思，我是说，我……我不够格。"

"这是经过慎重考虑的。"王浩说，"我们都觉得你合适，你就不用谦虚了。"曾紫陌看高胜寒："你事先知道？"高胜寒的脸上看不出表情，轻轻点了下头："对，但是要在你能顺利过关以后，才能确定。"秦明笑笑："不推脱，敢担当，也是一个共产党员、革命军人的应有品德。"曾紫陌深呼吸一口气，郑重地抬头敬礼："保证完成任务！"秦明举手还礼："我相信你，相信你们！"王浩笑眯眯地看着高胜寒，高胜寒一愣，不敢吭声，曾紫陌也是一脸忐忑。

3

旅部大楼下，曾紫陌的眼泪在打转。高胜寒侧头，纳闷儿地问："你怎么了？"曾紫陌猛地醒悟过来，急忙抬头擦去："没事，这沙子，迷眼。"高胜寒抬眼看看，大楼前的军旗纹丝不动。曾紫陌忍住眼泪，看他："你非要点破吗？我知道没风。"高胜寒看她："我又没说话。"曾紫陌气急："这就是你，能把人活活气死！自己还觉得什么都没做！"高胜寒一脸无辜："我确实什么都没做啊？"曾紫陌的胸部起伏着，随即叹了口气，收回目光："算了，没什么，我刚才突然想起来，咱们在航校的时候，你给我们做牛扒的往事了。多快啊，好像在刚才一样。"

"你还记得？"

"我怎么可能不记得？历历在目，活灵活现。难道你忘了？"

"我也记得。"

"……你去吧，我需要好好静一静。"高胜寒无声地转身，曾紫陌叫住他，"高胜寒！"高胜寒站住，回头看着她。

"我能问你一个问题吗？"曾紫陌翕动嘴唇。高胜寒看她，眼里闪过一丝柔情，随即斩钉截铁地说："爱。"说完转身走了。曾紫陌的眼泪在眼眶里打转，嗓音哽咽着："你都不知道我要问你什么问题……"

曾紫陌呆呆地站在原地，愣了好一阵儿，眼泪终于夺眶而出，顺着脸颊不停地往下滴落。清晨的阳光洒在她的身上，洒在她的军装上，凛冽的寒风中，滴落的眼泪似乎被冻结成鲛人的珍珠，在阳光下泛着亮光。

4

早上的东方市区一片繁忙，赶着上班的人们行色匆匆地在人流里穿梭。王星背着背包站在街头，尽管穿着一身便装，却仍然精神抖擞，一举一动都透着军人的精气神儿。王星伸手拦了一辆出租车，立刻就汇入了城市的滚滚车流中。

很快，出租车在都市猎人格斗俱乐部的门口停下，王星匆匆跳下车，迫不及待地跑了进去。大厅里，教练们正在指导学员们练习，老板坐在服务台看着电脑上的监控视频，他忽然一愣，诧异地起身望着门口："王星？！"王星走过来，老板起身过去："王星，你不是去当兵了吗？怎么又回来了？"王星没心情和他叙旧，焦急地问："杨老板，我想和你打听一下龙丹丹的情况。"老板一愣，随即转身："你跟我去后面吧。"

办公室里，老板打开抽屉，掏出一封信："这是丹丹临走的时候，特意嘱咐我，如果有一天你回来找她，就把这封信交给你。"王星诧异地接过信，撕开后掏出信纸。

"王星，当你看到这封信的时候，你一定在找我。我只能跟你说抱歉了，由于一些原因，我不得不离开这座城市，也由于一些原因，我无法告诉你我要到哪里去。我很高兴能和你一起度过那段快乐的时光，这必将成为我们之间永远的美好的回忆。就这样让它成为回忆吧。不要找我了，也不要再等我。祝福你！丹丹。"

王星愣愣地看着信，忍着眼泪："她什么都没说吗？"老板不知道发生什么事，纳闷儿地摇头："什么都没说，她突然跟我提出辞职，而且是马上就走，我留也留不住。我还真问过你和她的事儿，她就给了我这封信。"王星痛苦地站起身，挤出一丝笑："杨老板，谢谢你。"王星背上背包，转身就走。

"王星！"杨老板叫住他，走过去，"王星，我也是过来人了，我奉劝你一句吧，女人心海底针，有些事儿，你别太认真。"王星压抑着自己的情绪，一字一句地说："我一定要找到她！"

大街上，王星孤独地走着，他表情凝重，边走边盯着那封信，一个字一个字地看。忽然停住脚，凝视着最后一句话：不要找我了，也不要再等我。王星眉头紧皱，急忙掏出手机，伤感地凝视着那张偷拍的照片，手机屏幕上的丹丹笑容满面地看着王星。突然，王星抬头，望着前方一个网吧，猛跑过去。

网吧大厅里，屏幕闪烁，周围的光线有点暗，大部分都是些十几二十岁的年轻人在玩游戏。王星急匆匆进门，直奔服务台："我要你们这儿最好的电脑。"老板接过王星递过来的身份证看了看："直走向右拐，1 号 VIP。"

包间里，王星坐在电脑前，深呼一口气，将手机接上电脑，飞快地敲击着键盘，一层密汗从额头上冒出来。突然，王星震惊地盯着电脑屏幕，一脸疑惑，若有所思。

5

大街上，人头攒动，黄宝贵穿着刚买的一身新衣服，神清气爽。石磊替他拎着装着旧衣服的袋子，笑着打量他："宝贵，你这身儿新衣服确实好看。去相亲都行！"黄宝贵叹息一声："我倒是想去相亲呢，谁跟我相啊！"石磊笑："你急啥？早晚能遇见合适的。"黄宝贵看着茫茫人流，半天低沉地说："我不急，我妈急了，原来打算等我转业就给我介绍对象，听说我留队了以后就开始发愁了……"

正说着，一声尖利的刹车声和撞击声轰然响起！两人一愣，急忙跑过去。奔驰车前面的保险杠掉在地上，车头上全是血，女司机失魂落魄地从车上走下来。

车头前面，李小芹抱着一个六十来岁的老头儿，撕心裂肺地大喊着："爹！爹！你醒醒啊！"老头儿的头上汩汩地冒着血，满身血污，昏迷不醒。路人们围站着，议论纷纷。小芹哭着看着周围的人，哭着："你们谁能救救我爹！救救我爹呀！"

围观的人面面相觑，但没人上前。李小芹焦急地大哭："爹！爹你醒醒啊！"

石磊和黄宝贵分开人群挤了进去，看着一身是血，躺在地上的李老头儿："妹子，你别晃他呀！"李小芹泪眼望着黄宝贵，黄宝贵冲上去，蹲下身："把他交给我！你退后。"

"你是医生？"李小芹流着眼泪。

"我懂点儿……石磊，帮忙！"

石磊连忙上前，接过李老头儿，两个人将李老头儿平放在地上，李小芹站在一边茫然而焦急地看着。

黄宝贵将头贴近李老头儿的胸部，一惊，又探了探鼻息，脸色大变："呼吸和心跳都没了！"石磊脸色一变，女司机也傻了。李小芹号哭着扑了上去："爹呀……"黄宝贵大惊，连忙拦住她："妹子，你先别急呀！"李小芹不顾，黄宝贵焦急地一挥手："石磊！拽住她！"

"哎！"石磊一把拽住李小芹，"妹子，你别激动……"小芹一把甩开石磊，又哭着扑上去："爹，你死得好惨啊！！"石磊再次拽住她："别哭了！你爹不一定死！俺战友正救他呢！"小芹立马止住哭，睁开眼睛，看见黄宝贵正焦急地给李老头儿做着心脏复苏和人工呼吸。

"我爹还有救吗？"李小芹小心地问。

石磊神情严肃："我战友是不会放弃你爹的！"

小芹一愣，下意识地看向黄宝贵。黄宝贵忙得满头大汗，一次又一次地重复急救动作，身上的新衣服全是鲜血。

"宝贵！俺换换你吧！"石磊说。

"我不能停！石磊，赶紧联系120，告诉他们伤员的基本情况，让他们做好急救准备！然后报警！"

"好！"石磊连忙掏出手机拨了出去。

围观的群众焦急地议论纷纷，女司机满脸是泪，焦急万分。躺在地上的李老头儿紧皱着眉头。黄宝贵瞪着眼睛，将外衣脱下摔在一边，继续急救。李小芹哭着："爹！爹！你醒醒啊！你快醒醒啊！"

黄宝贵快速按压着李老头儿的胸腔，又转到头部，深吸一口气，俯下身去。李老头儿忽然眉头一皱，噗地一口鲜血吐了黄宝贵满头满脸，咧嘴痛苦地叫唤着。黄宝贵愣住，随即惊喜地大喊："活啦！活啦！"李小芹激动地哭喊着扑上去："爹！爹你醒了！你可算是醒了！"现场的人都猛然愣住，看着痛苦呻吟的李老头儿，随即爆发出一阵热烈的喝彩声和掌声。女司机泣不成声地瘫坐在地上。

很快，120鸣响着警报声急驰而来，穿着白大褂的急救人员匆匆跑下来。黄宝贵看着李小芹："小妹妹，你先别哭了！你爹还得去医院进一步检查呢！快让开。"李小芹哭着点头，急忙让开。这时，交警也来到事故现场，井然有序地处理着。

黄宝贵一笑，向石磊递了个眼色，两人悄然离开了现场。这时，急救人员将李老头儿抬上担架。医生四处望着："家属呢？"李小芹焦急地走上前："我是！"医生上车："家属也一起上车吧！"李小芹满脸是泪地点头。医生目光一动："对了，刚才谁给我们急救中心打的电话？够专业的！"李小芹下意识地扭过头："在这儿呢……"——没人影了。

李小芹大惊："人呢？"围观的一名大妈笑着说："姑娘，那两个小伙子已经走了！"李小芹愣住，茫然四顾，看到地上黄宝贵那件带血的上衣。李小芹想了想，捡起上衣，跟着担架匆匆上了急救车。

街角，黄宝贵接着石磊倒出来的矿泉水洗了一把脸，抬头："还有血吗？"石磊笑："没了！"黄宝贵直起腰，一脸得意："救人一命的感觉，真爽！"石磊也笑："做无名英雄的感觉也挺爽的！"石磊忽然一惊，"宝贵，你衣服呢？"

救护车上，李小芹坐在打着点滴、罩着氧气罩的李老头儿身边，手里拿着黄宝贵那件带血的衣服。李小芹想了想，抚摸着上面的片片血迹，忽然一愣，翻过衣服，从衣兜里掏出来一看——士兵证。

6

海边，风吹浪涌，寂静如常。崔华盾提着钓具、椅子匆匆走来，诧异地看着空无一人的海滩。

"猎鹰！"

崔华盾一愣，扭过头，只见顾意站在不远处的礁石上向他招手。崔华盾诧异地走过去："寒号鸟，怎么就你一个人？大鹏他们呢？"顾意一笑："他们啊，他们去爬山了。"崔华盾一脸意外："爬山？不是说一起去海钓吗？"顾意背着手，莞尔一笑："我要不用这个办法，能把你约出来吗？"崔华盾一愣，顾意走下礁石，站在崔华盾对面："猎鹰，这儿就咱们俩。"崔华盾表情有些不自然："寒号鸟，你把我诓出来，要干什么？"顾意收起笑，指着海滩："我们走走吧，我就想和你单独聊聊天。"

"聊什么？"

"反正不聊工作。"说罢，顾意走向海滩，头也不回地说，"猎鹰！你别想扭头回去，我和你之间迟早要谈一次，赶早不赶晚。"崔华盾目光复杂地看着顾意的背影，想了想，放下钓具和椅子走了过去。

海滩上，崔华盾和顾意并肩走着，两人都不说话，一路寂静。崔华盾表情复杂地看着顾意："你不是想和我谈吗？怎么又不说话了？"顾意看着大海深处："我在想该怎么措辞。"崔华盾苦笑："好吧，等你想好了再说。"顾意回头看着崔华盾："我现在已经想好了。"

"那你就说。"

顾意目光灼灼地看着崔华盾："我想做你女朋友！"崔华盾惊呆了，直愣愣地看着顾意。顾意一笑："很直接对吗？我想了好久，千言万语的，最后还是觉得直接一点儿比较好。现在轮到你了。你愿意做我的男朋友吗？"崔华盾纠结地看着她："寒号鸟……"

"还是叫我顾意吧。"顾意看他，"崔华盾，你愿意做我男朋友吗？"崔华盾望着大海深处，没有说话。

"你不愿意，还是没想好？或者有什么顾虑？"

崔华盾严肃地看着顾意："顾意，我要谢谢你的坦诚。今天我也不和你绕弯子。"顾意期待地看着崔华盾。崔华盾认真地说："我确实还没想好。"顾意瞪大了眼睛："天哪！你……从来只有我拒绝别的男人，没想到还真的被你拒绝了。"崔华盾坦诚地看她："你知道我的心里有人。"顾意点头："卫生队的曾队长？你们不是离婚了吗？"崔华盾转头看着静静的海面："我和紫陌之间，已经超越了爱情，是亲情。"

"我知道，一夜夫妻百日恩嘛！可是，你们已经离婚了啊？你们在法律上，已经是没有关系的两个人，你并不承担对她的什么义务和责任。"

"如果感情的事那么容易说清楚，那么容易掰清楚，就不会有那么多的爱恨情仇了。可能对于你来说，爱恨分明，快意恩仇，这是你们90后的特点；对于我们这些老同志来说，好多事不是那么容易在心里彻底割裂的。"

顾意看他："你还爱她？那你就去把她追回来，我会理解的。"

"我已经说不清楚是不是还爱她。我们在航校的时候，就是好战友，好兄弟。是我的错，确实是我的错，现在的局面都是因为我导致的。我不可能在她还没有好的归宿以前，去考虑自己是不是幸福。"

"你有必要这样惩罚自己吗？"

"这不是惩罚，我的心还牵挂她……还有他。"

"那个高队长？"顾意问。

崔华盾点头："对，我们是最好的兄弟，是航校铁三角。是我破坏我们之间的关系，现在，他们就在我的眼前，即便不在我的眼前，我也得为这件事负责。他们之间能有个好的结果，是我想看见的，也是我欠他们的。顾意，我欠他们一个幸福。"顾意发呆地听着。崔华盾转头看着她："我承认，我喜欢你，但是在他们，尤其是紫陌没有得到幸福以前，我不想考虑自己的事。"顾意愣愣地看着崔华盾："那……要是她这一生都找不到自己的幸福呢？"崔华盾凝视着她："所以，顾意，决定权还是在你。我心甘情愿地等下去，哪怕等她一生一世，但是你没有义务更没有必要去等。你好好考虑吧。"崔华盾转身走了。顾意看着他的背影："崔华盾！——"崔华盾停住脚步，转身，顾意走到他面前："我不用考虑，现在就可以答复你，一个有情有义的男人，值得我等下去，哪怕我要等一生一世。"崔华盾感动地看着顾意。顾意笑："我们一起等吧，一起祝福曾紫陌早一天找到自己的幸福！不过我没你那么悲观，我觉得这一天不会太晚，听说她当了霹雳火的教导员，高队长不是和她朝夕相处吗？"崔华盾笑了，可是笑容里却有些苦涩，忧心忡忡。顾意收起笑容："我……说错什么了吗？"崔华盾意味深长地："你没说错什么，我们一起祝福她吧。"崔华盾转身："海风怪冷的，回去吧。"顾意兴冲冲追上前："我可以挽着你走吗？这儿没有别人，就当是提前演习一把！下不为例！"崔华盾一愣，苦笑着伸出胳膊。顾意一把挽住，兴冲冲地走着。崔华盾看着表面一片平静的大海，心事重重。

7

大街上，王星站在东方大厦的门口，他抬头凝视着高耸的大厦，大楼在阳光的照射下泛着刺眼的白光。王星若有所思，走了过去。门口，保安急忙起身拦住他："先生，等一下。"王星一愣，保安职业性地微笑着问："先生，请问您有什么事儿吗？"

"我找人。"

"您有预约吗？"

王星一愣："预约？什么预约？"

"这里是东方集团的总部办公大楼，集团有规定，所有访客都必须有预约，经过预约对象同意之后，才可以登记入内。"

"我找……许静。我没有预约。"

保安一愣，随即一脸为难地说："这……要不您给她打个电话？让她下来接您一下。"

"我没有她电话。"

保安笑："先生，那就不好意思了。"王星皱眉："我见她一眼马上就走。"保安拦住他："先生，请您理解一下我的工作。"王星一脸郁闷，无奈地转身朝门外走去。

大厅处叮咚一声轻响，电梯门打开，一身职业装的龙丹丹陪同着一个中年男人走了出来。中年男人微笑着看着丹丹："许小姐请留步吧。"丹丹微笑着："李总，那我就不远送了，祝您一路顺风！"中年男子伸手："我回到纽约以后，马上安排财务把款打到贵公司账上。"龙丹丹也微笑着伸出手："谢谢您！我们收到货款以后，会第一时间给您的公司供货。"门口处，王星猛地转过身，一脸震惊地看着，大喊："丹丹！"

龙丹丹一愣，慌乱地和中年男人告别，匆匆转身按着电梯按钮。王星不顾一切地冲上去："丹丹！"三个保安连忙拦住他："先生！你不能进去！"王星的身手哪是三个保安可以制得住的，他稍微一使劲，三个人猛地被推开，王星几步冲到龙丹丹面前："丹丹！你……"龙丹丹恢复好心绪，微笑着打断王星："这位先生，你认错人了吧？"

"丹丹！我怎么可能认错人呢？"

龙丹丹焦急地看着电梯屏幕："我不叫什么丹丹，你肯定认错人了。"旁边的中年男子瞪着王星："小伙子，你真认错人了。她确实姓许，名字也不叫丹丹。"王星不耐烦地打断他："没你的事儿！——丹丹，告诉我，到底发生了什么事儿？你怎么会来东海？你怎么改名字了？"龙丹丹皱眉："我再说一遍！我姓许，叫许静！什么丹丹啊？我根本不认识！——保安！怎么搞的？这个人是谁呀？你们怎么放进来的？"保安一脸为难地："许经理，对不起，他……"龙丹丹转头，不看王星："啰唆什么？还不把他带走？"

三个保安急忙拦着王星："先生，你再无理取闹，我们可不客气了！"王星不理保安，焦急万分："丹丹！你到底怎么了？"

电梯门打开，龙丹丹匆匆进了电梯，王星猛地一晃胳膊，一把甩开保安，挡住电梯门，瞪着龙丹丹："丹丹！今天你不把事情说清楚，我决不会离开！"龙丹丹愣住，表情复杂地看着王星。中年男子掏出手机："许小姐，我马上报警！"王星扭头怒吼："都他妈滚蛋！——"所有人都愣住，中年男子的手机啪地掉在地上，龙丹丹焦急万分地思索着。

一辆黑色的商务车里，两个便衣坐在电脑前，屏幕上，王星满脸怒火地拦着电梯门。两人互相看看，随即拿起对讲机。

大厅里，王星扳着电梯门，两人对峙着："丹丹！不管发生了什么事儿，你跟我说清楚就可以了！你现在这么对我，我不服！"龙丹丹咬咬牙："你快走吧！我真的不认识你！"

"你跟我出来！咱们出去说！"王星抓着龙丹丹往门口走，龙丹丹甩手："你放手！"

"你动手啊！动手打我我就放手！咱们再大战三百回合！"王星怒吼。龙丹丹不再挣扎，看着他："我不知道你在说什么……"

突然，一阵嘈杂声响起，七八个混混拎着棍棒冲了过来。其中一个头目恶狠狠地指着周围看热闹的人群："闪开闪开！"随即指着王星："就是这小子偷了我的车！给我打！"混混们一拥而上，抢起家伙就打！王星抓着龙丹丹的手，挨了两棍子，瞪着眼："你们干什么？"

"给我打死这个偷车贼！"

混混们一阵乱棍，王星气恼地招架着："你们认错人了！"混混头目咬牙切齿："打！化成灰我都认识你！"突然，一个混混举着铁管砸向王星扶着电梯的手，王星下意识地一松手，铁管落空，龙丹丹趁机使劲按着电梯按钮，电梯门关上，王星大惊，冲回去："丹丹！"混混们拦住他的去路，又是一阵乱打。王星焦急地看着电梯上升，怒视着一群举棍的混混，冲了上去。

王星之前顾忌着龙丹丹，没心思对付这群人，现下眼里腾腾地冒着火，怒火冲天，眼睛里一下子射出寒光，直接抬脚踹过去，脚尖带着风直击离他最近的一名混混，那名混混被踢中下阴，惨叫着一声倒地，周围几个混混看了看，猛地全冲了上去，王星出手，一套眼花缭乱的格斗拳，七八个混混被打得步步后退，趴在地上痛苦不堪！这时，外面警车鸣响，一群警察冲进大厅，举枪大吼："都不许动！"

街边的商务车里，两名侦查员一脸震惊地看着屏幕。屏幕上，王星和众混混们被戴着手铐押出写字楼，王星不甘心地挣扎，被塞进门口停着的一辆警车里。一名侦查员皱眉，飞快地操作着电脑："查查这小子是干什么的！"

8

一栋普通的住家小楼，餐厅里，高胜寒系着围裙在厨房里忙活，蓝妞趴在饭桌旁看着一桌子的菜和蛋糕。高胜寒端出两份牛扒，解开围裙，点亮了蛋糕的蜡烛。高胜寒笑着看着蓝妞："蓝妞，许愿吧。"蓝妞认真地点点头，闭上眼，许愿。高胜寒欣慰地唱着生日歌，一行眼泪从蓝妞的脸上慢慢滑落。

蓝妞睁开眼，泪眼婆娑。高胜寒满眼心疼："怎么哭了？姑娘？"蓝妞努力挤出一丝笑："妈妈……妈妈还记得今天是我的生日吗？"高胜寒笑着点头："妈妈当然知道了，妈妈给爸爸打过电话，祝蓝妞生日快乐呢。"

"妈妈为什么不给我打电话啊？"

高胜寒一愣："……妈妈现在的工作性质很特殊啊，没办法跟蓝妞打电话，爸爸不是说过了吗？"

"爸爸，我真的好想妈妈啊……"

高胜寒点头："爸爸知道……"

蓝妞靠在高胜寒怀里，眼泪簌簌地往下掉，高胜寒紧紧抱着女儿。

"妈妈会回来的对不对？"蓝妞问。高胜寒点头，蓝妞挣脱高胜寒的怀抱，看他："妈妈没有死对不对？"高胜寒抚摸着蓝妞的头发，眼泪落下来，嗓子蠕动着："妈妈……没有死……"

"爸爸不会给蓝妞找新妈妈的，对不对？"

"对，爸爸答应过蓝妞……"蓝妞哭出声来，高胜寒不说话，抱着女儿。

"我知道……我什么都知道……可我不想要新妈妈……"

高胜寒并不意外，柔声说："不会有新妈妈的……"

"爸爸……对不起……"

高胜寒紧紧抱着蓝妞："我只有你这么一个女儿，你的快乐，就是我这一生最大的幸福……"蓝妞哭着。高胜寒的眼泪也不停地落下来。这时，一阵急促的电话铃声响起。

9

办公室里，高胜寒匆匆走进屋，抬头敬礼："旅长！您找我？"王浩表情凝重地将一份文件推到高胜寒面前："看看吧！"高胜寒接过文件，愣住，随即焦急地说："旅长，我去处理！"王浩点头，高胜寒匆匆而去。

拘留所里，阳光透过囚室的玻璃投射在屋子角落。王星一脸郁闷地坐在地上沉默着。这时，急促的脚步声在走廊里响起，一个高大的人影站在囚室的铁栅栏外，王星一愣，抬头看去，只见高胜寒站在门口一脸严肃地凝视着他。王星猛地跃起："飞狼？！"

　　王星跟着高胜寒走进一个空房间，高胜寒坐到王星对面："手续都给你办完了。"王星沉默着，没说话。高胜寒压着火，看着他："你的假期提前结束了，跟我回去吧。"王星看着高胜寒："飞狼，我想再请几天假。"

　　"还请假干什么？继续堵着人家公司大门找人吗？"高胜寒声音不大，却透着寒冷。王星愣住，表情复杂地沉声道："我不甘心！不服气！她明明就是龙丹丹！为什么改了名字，还不认我了？！我必须问个清楚！"高胜寒冷声道："你问不清楚！"王星愣愣地看着高胜寒。高胜寒从兜里拿出王星的手机，屏幕上是龙丹丹的照片，王星诧异地看着。高胜寒手指点上删除键，王星大惊，扑上去。高胜寒一脚把他踹了回去，手指一按，照片删除！王星瞪眼，怒吼："您干什么？！"高胜寒淡淡地看着王星："忘了她吧！"王星一脸愤怒："为什么？！凭什么？！"

　　"你们不是一个世界的。"

　　"什么意思？"

　　"你忘了她。"

　　"如果她和我不是一个世界的人，那她为什么会出现在我的生活中？为什么又让我深深地爱上她？"

　　"这只是你一厢情愿，都是你幻想出来的。"

　　"不可能！她也是爱我的！"王星腾地站起身，高胜寒凝视着他，王星的声音软下来："飞狼！我求你了，你再给我一天假，就一天！让我见她一面，我把话问清楚就归队！要不然，我死也不甘心！"高胜寒缓缓站起身："用不了一天那么长。"高胜寒拉开门，王星愣住："丹丹？！"龙丹丹走进来，高胜寒看着龙丹丹："我给你五分钟时间，快刀斩乱麻，不要再折腾我的人了！"高胜寒关上门，出去了。

　　王星愣愣地看着龙丹丹："丹丹，真的是你吗？"丹丹点头："是我。"

　　"白天的许静就是你，对不对？"

　　龙丹丹点头。

　　"那你为什么不认我？！"

　　"我有我的苦衷。"

　　"告诉我，你为什么突然消失了，又改名换姓，来到东海，你怎么就成了东方集团的销售经理了？"

　　"王星，真的很抱歉，我没办法给你解释这一切的原因。你的领导刚才说得对，我和你不是一个世界的人，我们之间的相逢和过往，只是一个误会。你不要再为这件事纠结了，你只需要忘了我就可以了。"

　　王星含着眼泪："我怎么可能忘了你呢？我天天都在想你！每时每刻都在回忆和你在一起的那些日子！"

　　"对不起，王星。我和你之间，也只能存在于回忆中了。你可以忘不掉，但是不能放不下！你就当我已经死了吧，你记忆中的丹丹，已经死了。现在只有许静，没有丹丹。总之，别再找我了。"说罢，丹丹转身就走。

"丹丹！"王星叫住，龙丹丹转身回望着王星。王星凝视着她："最后一个问题，请你一定要回答我……"

"不爱。"

王星愣住，痛苦地摇头："不可能！你在撒谎！你爱我！我能感觉出来！"

"随便你怎么想吧，我真得走了。"

王星冲上去拦住丹丹："这到底是为什么？！我死也要搞清楚！你不说原因，我决不放你走！"龙丹丹表情复杂地看着王星："王星，我不想伤害你！你还是别问了。"

"你不告诉我原因，才是对我最大的伤害！"

龙丹丹叹息着点头："那好吧。我说完就走，你不能拦我。"王星点头："只要你告诉我原因，我决不拦你！"龙丹丹惨然一笑："其实这件事特别狗血，一个嫁入豪门的有夫之妇，在某一段时期内忽然觉得特别空虚和无聊，于是隐姓埋名，到了一个陌生的城市，想做一个普通的打工者，过一段普通而平凡的日子。在这段时间里，她认识了一个倔强的大男孩儿，和他一起度过了一段所谓快乐的时光。可是她终归不是一个真正的普通女人，她被丈夫发现了踪迹，于是不得不匆匆回归到原来的生活中。当她再次面对这个大男孩儿的时候，只能装作不认识，为了保守这个秘密，她不惜使了一个诡计……"王星愣住了，难以置信地看着龙丹丹："这个有夫之妇，是你吗？"龙丹丹点头，王星一惊，脚步往后退了几步："这不可能！"龙丹丹看着他："王星！这就是现实！我可以走了吗？"

王星的泪水唰地淌下，丹丹绕过他，匆匆走出门。王星跌跌撞撞地坐回椅子上，泪流满面。

门外，龙丹丹长长地叹了一口气，表情复杂地走到高胜寒面前。高胜寒看着她："解决了？"龙丹丹惨然一笑。高胜寒叹了一口气："剩下的事交给我吧。"龙丹丹点点头，擦泪走了。高胜寒想了想，大步走进大楼。

房间里，王星痛苦万分地瘫坐着，淌着眼泪。高胜寒推开门走进来，看着王星："知道答案又能怎么样？徒增痛苦。"王星不回答，只是流泪。

"成长就会付出代价，如果你过不了这一关，你永远不会成长。"高胜寒看看手表，"你也不小了，该知道控制自己，给你时间释放一下，别再给我整出幺蛾子来。你的假期延长到明天早上八点。八点之前再不归队，清退！"高胜寒不再说话，转身出门而去。王星愣愣地坐在椅子上，心如刀绞。

10

夜晚，东海市的街上灯红酒绿，车水马龙，霓虹灯在黑夜里闪耀着五彩的光芒。夜店里，舞台上摇滚乐手声嘶力竭地吼着，台下的年轻男女们尽情地狂舞，劲爆的音乐声混合着人们的嘈杂声，在这个城市欢歌笑语。在夜店的一角，地上胡乱地摆着几个空酒瓶，王星醉醺醺地将大半瓶酒一饮而尽，又抓起一瓶，拧开继续喝，痛苦的表情在夜色里透出一股悲凉。这时，两个衣着妖媚的女人扭着腰身凑过来："帅哥，别老喝酒啊！一起跳个舞吧！小妹陪你解解闷儿？"两个女人媚笑着，王星一瞪眼："滚！"两人扫兴地走开。

门内，谢思潇穿着便装，冷着脸走了进来，她扫视了一圈，径直向角落走了过去。舞台中央，一群乱舞的男女阻挡住谢思潇，谢思潇不耐烦地拨开众人，一个男人嬉皮笑脸地拦住谢思潇："妹妹！挺清纯啊！大学生吧！"谢思潇冷眼："让开！"

"别介呀！哥请你喝一杯？"谢思潇杀气腾腾地瞪了他一眼，男人一激灵，讪讪地闪开。谢思潇走向王星。王星灌了一大口酒，晃了晃，空了，正在抓起另一瓶，被一只手拦住。王星抬头看过去，含糊地一笑："你……怎么来了？"

"你想在这儿喝死吗？"

"关你屁事儿……一边儿去……"王星拿酒，谢思潇不松手，王星瞪着谢思潇："松开！"谢思潇奋力推开王星的手，抓起那瓶酒，仰脖干掉。王星愣愣地看着谢思潇。

啪的一声，谢思潇把空酒瓶子砸在地上。

音乐猛地停了，现场一片安静，所有人都看着这边。谢思潇一声大吼："服务生！"一名服务生匆匆过来，谢思潇掏出钱塞给他："再拿二十瓶酒，打包！"谢思潇看着王星："换个地方，我陪你喝个够！"王星醉醺醺一笑。

海滩，夜晚的黑幕像一张黑色的巨网，笼罩着整个海面。远处，灯塔的亮光在黑夜里微闪。谢思潇一手半扛着王星，一手拎着一兜子酒走来。

在一座礁石旁，谢思潇随手把王星扔在海滩上，王星摇摇晃晃地坐起来，眼神呆滞地看着黑茫茫的大海。谢思潇也在旁边坐下，把二十瓶酒挨个儿摆在王星面前，单手开着盖儿。王星愣愣地看着地上一字摆开的二十瓶开着盖儿的酒，谢思潇拿起一瓶："来吧？"王星醉笑："我都……这样了，你……还跟我比呢？你……胜之不武啊……"谢思潇看他："那好，我先喝几个，赶上你的进度！"谢思潇一仰头，一瓶干掉，又抓另一瓶，再干。

王星愣愣地看着谢思潇。谢思潇剧烈地咳嗽，扔掉空酒瓶，又抓起一瓶。王星猛地抓住她的手，谢思潇红着眼睛看着王星："别喝了……我认输了！"谢思潇摆脱王星，又喝，王星抢过她的酒瓶扔到一旁，瞪着她："谢思潇！我知道，你想安慰我！不用！我也不值得你安慰！"谢思潇含泪看着王星。

"飞狼说了，这就是成长的代价，我在为我付出的代价埋单。"

"用酒精麻痹自己的方式吗？"

"不……我只是想把自己彻底彻底地灌醉，然后痛痛快快哭一场。可是我越喝越哭不出来，所以我就一直喝，一直喝，一直喝，越喝越清醒，我把和她一起走过的那些日子，一点一滴的事儿全都想起来了！包括下午她跟我说的那些话，我一个字一个字地琢磨，我不知道她说的是真还是假，总之，她离开我了，再也回不来了！这是真的。"谢思潇流着眼泪看他："然后呢？你从此意志消沉吗？陷入这段痛苦的情殇，一辈子拔不出来是吗？"王星惨笑着摆手："不不不……不会的！我王星不是那种拿不起放不下的人！飞狼说了，我的假期到明早八点，过了八点，我就会被清退。谢思潇，我不想离开霹雳火！我已经是霹雳火的一员了，这一路走来不容易！我必须得珍惜，我不能消沉，我就是想大哭一场，然后把这件事儿忘掉！明天早起，我还是我，王星！那个不可一世的王星！牛皮哄哄的王星！可我哭不出来了……"王星痛苦地抓起一瓶酒，谢思潇挣扎着起身，抢过王星的酒，猛地扔进海里。

王星愣愣地看着她。谢思潇一股脑儿地把所有的酒全都扔进了海里。王星愣愣地看着她："谢思潇！你干什么？"谢思潇上前拽起王星："你干吗要忘了她？成长的代价是需要回忆的，不是要忘记！你一个大老爷们儿，被女的甩一回不丢人！你不想离开霹雳火是吧？那就别喝了！跑！我陪你跑！把酒精全都跑出去！明早八点去见飞狼！"王星愣愣地看着谢思潇，谢思潇使劲拽着王星："跑啊！"

黑压压的海滩上，海风裹着一股浓重的海腥气迎面扑来，王星跌跌撞撞地跟着谢思潇在海滩上疯跑。谢思潇哭喊着："王星！加油！加油！"王星瞪着眼睛，甩开谢思潇，猛跑，摔倒，起身，再跑。谢思潇紧随着他。王星忽然转向，跑向海里，谢思潇追上去："王星！"

王星一个趔趄跪倒在海水中，冲着海深处嘶吼："啊——"王星歇斯底里地嘶吼，最后，嘶哑的吼声变成了哭声，他尽情地哭号着。谢思潇哭着看着王星，忽然冲上去，从后面紧紧地抱住王星："王星！你这个浑蛋！你放着爱你的女人不去爱，你为别的女人号什么？谁是来安慰你的？我才不想安慰你呢！我是来爱你的！我早就爱上你了，可是你跟我说你有女朋友，你知道我多伤心啊？！现在你没人要了吧？我又不嫌弃你，你哭个屁呀！"王星愣愣地扭头看着痛哭着的谢思潇，猛地一把抱住她："就这么着吧！反正除了我也没人要你了，凑合了！"

海滩上，两人抱头痛哭。在海滩不远处，人头涌动，一群人探头看着抱头痛哭的谢思潇和王星，目瞪口呆。许飞躲在礁石后面，低声问："他们这是什么逻辑呀？我有点儿看不明白。哪位大师给指点一下？"黄宝贵难得正经地摇摇头："不懂。"郝玲玲酸溜溜地说："嗨！其实俩人吧，早就心生爱意，只不过一个高傲冷艳，下不来脸，一个心里有别人，下不来决心。现在王星失恋了，一切阻碍烟消云散，两人借着酒劲儿就把窗户纸给捅破了！"众人心悦诚服地看着郝玲玲，伸出大拇指。郝玲玲得意地一抱拳："承让！承让！"李珊看她："郝大师，你这么明白，什么时候能帮忙把曾紫陌和飞狼那层窗户纸捅一下？"郝玲玲撇嘴，叹了一口气："这个太难，江湖事，江湖了，我只做分析，不做媒婆。"黄宝贵目光一动，看了一眼石磊，又看李珊："李珊，石磊有层窗户纸，要不我帮你捅开？"李珊满脸迷茫："关我屁事儿？"石磊大惊，慌忙捂住黄宝贵的嘴，讪笑："就是，不关你事儿。他瞎咧咧呢。"

　　海边，皎洁的月光照在黑茫茫的海面上，泛着一层银光。王星和谢思潇静静地坐在海滩上，看着开阔无边的大海，雄浑而苍茫，此时此刻，心里所有的嘈杂都已被清冽的海风吹得烟消云散，一片安静。

第十五章
——FIRE——

1

基地，机库里灯火通明。郝玲玲和李珊拿着测量工具和笔记本，疲惫地从直升机舱下来。在机库中央，桌子上平铺着一张图纸，曾紫陌站在一旁的折叠桌后，拿着绘图的笔和尺子，头也不抬地说："你们两个别磨蹭了，快把数据报给我。"

李珊把笔记本递给曾紫陌，曾紫陌接过来仔细地看着数据，接着不断地在图纸上进行标注。郝玲玲和李珊苦着脸看着，曾紫陌下意识抬头，看着二人，一笑："谢谢你们，快去睡吧。"李珊心疼地看着曾紫陌："曾姐，天都快亮了，你不睡呀？"曾紫陌手里没停："快完活儿了，我把它弄完就回去。"郝玲玲小心翼翼地问："曾姐，你这算是化悲痛为力量吗？"曾紫陌抬头看了她一眼，表情复杂："说什么呢！"郝玲玲讪讪地："不好意思我话多了！"

"关你什么事儿？多一个字都是错，快去睡觉！"曾紫陌继续埋头绘图，郝玲玲和李珊无奈地急忙跑了。

两人走出机库，看到崔华盾在外面，一惊，连忙敬礼："猎鹰！"崔华盾抬手还礼："还没睡呢？"郝玲玲一愣："噢，这就去睡！"崔华盾看着机库："谁还在里面？"两人都不说话，崔华盾一下明白过来。郝玲玲拉了拉李珊，说："猎鹰，我们先走了！"崔华盾点头，两人匆匆离去。

崔华盾下意识地抬头看着机库方向，走了过去。后面，郝玲玲和李珊回望着崔华盾的背影："猎鹰现在扮演的是什么角色？"郝玲玲叹息一声："水太深，我道行不够，不敢乱分析。走吧！"

机库里，曾紫陌认真地在绘图，一滴眼泪啪地掉落在图纸上，曾紫陌一愣，急忙擦掉。崔华盾走了进来，曾紫陌赶紧用尺子把泪痕遮住，崔华盾轻声说："不用擦了，我都看见了。"曾紫陌表情复杂地看着崔华盾："你怎么来了？"

"查哨，看见这还亮灯，过来看看。"曾紫陌点头。崔华盾上前凝视着她："刚才为什么哭？"曾紫陌扭过头，一笑："没事儿。"

"在我的印象中，你不是一个爱哭的人。"

"可能是年龄大了，更多愁善感了吧。"

"年龄大了，连自信也没有了吗？"

曾紫陌目光闪烁："为什么这么说……"

"一个人在十年里，会发生一些变化，但是他内心深处，绝不会随着岁月的流逝发生改变的，尤其是高胜寒。"

"是吗？我不这么认为。"曾紫陌含着眼泪，"十年，他饱经沧桑，不再是那个傲气凌人、锋芒毕露的毛头小伙子了，他比以前成熟了许多。感情方面，他的变化更大，他结了婚，又经历了丧妻之痛，他还有了一个八岁的女儿。一个单身父亲，怎么可能没有变化呢？至少他应该比十年前更现实、更理性。"

"你想表达的是什么意思？"

"你不觉得他现在正在做一件很现实、很理性的事情吗？"

"你指的是……他和那个女老师吗？"

曾紫陌含泪点头："我和那姑娘虽然没有过什么接触，但是能看得出来，她是个很体贴很善良的姑娘。毫无疑问，她深爱高胜寒。而且她是蓝妞的老师，和蓝妞的关系很好，她也很会照顾孩子。她是真正可以帮到高胜寒的人，这个是我做不到的。"

"所以呢？你是想……退出吗？"

曾紫陌苦笑："退出？我压根儿就没想进去过，谈什么退出？可能这对我来说，也算比较现实、比较理性的抉择吧。"

"我们都已经错过一次了，到了弥补这个错误的时候了。"

曾紫陌叹了口气，强忍哀伤地一笑："算了，别说这个了，我们谈谈正事儿吧！你看看这个。"曾紫陌拿起图纸来递给崔华盾。崔华盾一愣，接过图纸——飞行手术室设计草图。

"飞行手术室？"崔华盾看看图纸，又下意识地回头看看机舱，"你是想把这架直升机的机舱改造成一个手术室？"曾紫陌点头，认真地说："是的。一旦这个设计方案取得成功，在未来的搜救行动中，如果遇到急需手术的伤员，我们就可以在救援途中的第一时间为伤员实施必要的手术，而不必非要把伤员运回之后再急救。这样一来，我们就节省了大量的时间，对于伤员来说，早一秒进行抢救，他们存活的可能性就增加一分！"崔华盾看着图纸："可是在直升机上做手术，难度太大了吧？毕竟这座手术室是在天上飞呀。"

"对于一名技术成熟的医生来说，只要手术环境没有问题，在哪儿做手术都是一样的。所以，在空中进行手术，需要两个必要条件。第一就是这座手术室在硬件设施上必须要达到可以进行手术的标准，这是我努力的目标。第二个条件，我想你应该可以做到。"

"我？"崔华盾一脸茫然。

曾紫陌看着直升机："熟练地驾驶这架直升机，与手术人员密切沟通，在手术进行期间，每到医生实施操作的时候，确保直升机平稳地、几乎无抖动地飞行。"崔华盾看着直升机，点头："我可以做到！"曾紫陌微笑点头："那我的方案就成功了一半。"

崔华盾点头，又看着曾紫陌："飞狼知道这件事吗？"曾紫陌摇头："我这只是草图，需要解决的技术难题还很多，八字没一撇呢，我就没跟他说。"崔华盾看着曾紫陌："所以，你是想给他一个惊喜。"曾紫陌表情有些复杂："没有……"

"你骗不了我。"曾紫陌低头，崔华盾看她，"所以，你口口声声地说自己一直是被动者，表面上理智地萌生退意。但其实你的潜意识里，从来就没有放弃对他的爱，而且你现在已经在主动争取了。"

"我……"

崔华盾笑："好了，不要做无谓的解释了，我知道答案了。"说罢，崔华盾把图纸交给曾紫陌："工作上的事情，你有什么需要我帮忙的，我义不容辞。感情上的事情，不用你自己说，我会支持你到底。注意身体，别熬太晚。"说完，崔华盾大步走了出去。曾紫陌望着崔华盾的背影，欲言又止。崔华盾走到门口，突然停下脚步，转身看着曾紫陌："在爱情面前，人的理智永远无法战胜潜意识。你越纠结，就越痛苦。"曾紫陌心事重重地看着崔华盾离开的背影，感慨万千。

2

清晨，霹雳火的旗帜在基地上空飘扬，一群直升机编队在空中飞快地掠过。高胜寒推门而进，又回头看看："我走错了吗？"曾紫陌正在布置办公室，起身回头："没错啊，这是队部。"高胜寒想想，看看新加的办公桌："我知道了，教导员和队长是一个办公室。"曾紫陌点头："对啊，按照规定，我跟你说了，搭班子，这搭班子，可不是说着玩儿的。"高胜寒苦笑："没想到，咱们俩一个办公室了。"

在曾紫陌办公桌上，放着一张照片，一身学员制服的曾紫陌英姿飒爽，高胜寒看着。曾紫陌问："怎么了？"高胜寒一笑："没什么，好像许多岁月一转眼就从眼前流过去了，你那时候真水灵。"曾紫陌苦笑："现在？老了，菊老荷枯了。"高胜寒说："哪儿能呢？不同年龄有不同年龄的味道。"两人看着以前的照片，都是心生感触。

3

飞虎旅大门口，李老憨头上缠着纱布，双手捧着一面锦旗，李小芹一手扶着父亲，一手拎着一个袋子。后面跟着一大群建筑工人敲锣打鼓。

站岗的警卫连战士急匆匆跑上前，敬礼。李老憨连忙挥手示意工人们停止敲打，笑呵呵地："解放军同志好！"

"大叔，请问您有什么事儿吗？"

李老憨笑呵呵地托了托锦旗："俺是来给救命恩人送锦旗的！"李小芹说："俺们

要把锦旗献给俺爹的救命恩人，他叫黄宝贵！你们认识黄宝贵吗？"

"认识是认识，可是……"两人看着锦旗，"没听说黄宝贵会医术啊，你们这写着'华佗再世，妙手回春'的……我们就听说，黄班长他们家祖传……祖传……兽医！"

李老憨一惊："小芹，真是这个人救了爹一命？"小芹焦急地："错不了，就是他！"说罢，小芹从衣兜里掏出士兵证，"你们看，就是这个人！那天他救俺爹，俺就在跟前看着呢！"

这时，旅长王浩的车停下，王浩走下车。俩战士一惊，赶紧上前敬礼："旅长！"王浩还礼，诧异地看着李老憨和小芹众人："怎么回事？"

"他们是来送锦旗的，给黄宝贵送锦旗。"

"黄宝贵……霹雳火的队员？"王浩皱眉想想。

"对！以前是我们警卫连的。"

王浩看着锦旗，一愣，随即微笑着："大叔，黄宝贵确实是我的兵，我看这样吧，您跟我进去，我了解一下情况。"小芹目光一动，焦急地："旅长大叔，俺也得进去，俺爹他……他伤还没全好呢！"王浩看着李老憨头上的纱布，笑着点头。

基地路上，李老憨托着锦旗，王浩边走边问："李大叔，您是做什么工作的？"李老憨笑："工作谈不上。俺办了个工程公司，带着十几个施工队，给人盖楼，也拆楼，天南地北的，哪儿有活儿就奔哪儿去。现在也有一千多工人了，五六个项目，都在忙！"

"哦，这么说，你是个农民企业家了。"

"哈哈，什么农民企业家啊，就是个包工头。"

王浩指着前方："咱们到了。"李老憨和小芹一愣——模拟伞降训练场，霹雳火队员们一个接一个地从伞塔上往下跳。小芹惊喜地喊："爹！我看见他了！那个站在架子顶上的就是他！"

伞降训练场，霹雳火的队员们全体集合，整齐跨立。石磊看着黄宝贵，纳闷儿："宝贵，俺好像见过这俩人。"黄宝贵点头："我也觉着面熟呢……"

"俺想起来了，那天在街上，你不是救了一个老大爷吗？"

黄宝贵恍然："没错儿……老大爷我不记得了，那姑娘我记得，还是那么水灵。"说罢，黄宝贵诧异地，"怪了，他们是怎么找到这儿来的？"

王浩走上前，高胜寒连忙高喊："立正！——"

刷——队伍立正。

高胜寒上前敬礼："报告！霹雳火正在进行体能训练！请您指示！"旅长还礼，刚要开口，小芹激动地跑了过去，一把抓住黄宝贵的胳膊："黄大哥！你不认识我了？我是李小芹！"黄宝贵一脸尴尬地不知道说什么。李小芹激动地："哎呀！我忘了，我那天没诉你我的名字！黄大哥，我可找到你了！爹，这就是那天救了你的黄宝贵黄大哥！"

李老憨激动地走过去："恩人啊！"高胜寒诧异地看旅长："旅长，什么情况？"王浩笑，示意高胜寒看着。

众目睽睽下，李老憨哭着跪倒在地，双手举旗："救命恩人在上，受我一拜！"黄宝贵大惊："你们这是干什么？快起来！快起来！石磊，帮忙啊！"石磊连忙上前："大叔！李……李小芹！你们千万别这样！乐观，乐观，快别哭了！"

"黄宝贵，到底怎么回事儿？"谢思潇悄声问。

"就那天俺和宝贵上街，正好看见这位大叔出了车祸，当时大叔的呼吸和心跳骤停，宝贵对他实施了心脏复苏术和人工呼吸。"石磊不好意思地挠着头。

李老憨恍然，连忙把锦旗双手托起："恩人，请收下这面锦旗！"黄宝贵看着锦旗，大惊，连忙摆手："不敢！可不敢！这锦旗我可不能要！"王浩莞尔，上前："黄宝贵，出列！"

"是！"黄宝贵啪地上前一步，前趋出列。

"黄宝贵同志，情况我已经了解了。你这件事做得确实漂亮！李大叔和小芹姑娘专程来部队感谢你，这锦旗是你应得的荣誉。你也别谦虚了，该接受就接受！"

黄宝贵脸红脖子粗："报告旅长！不是我谦虚，我是确实不敢要这锦旗。您看这上面的题词，华佗再世，妙手回春，我……我哪儿担得起呀。就一个简单的心脏复苏术外加人工呼吸，跟华佗挨不着边儿。"

众人一片哄笑。

王浩笑着看锦旗："李大叔，您这题词，确实夸张了点儿。"李老憨苦笑："嗨！这事儿怨俺！俺一醒过来，小芹就把这事儿说了。俺这个人见不得别人对俺的好，何况是救命之恩啊！俺刚能下病床，就带着大伙儿去买锦旗，可人家锦旗店里没有现成的，俺当时着急，就把锦旗店里给别人做好的高价买了下来，绣上名字就拿回来了。"说着转向黄宝贵："大侄子，你看这样好不好，这旗俺回去重新做，你稀罕啥词儿，俺就让他们绣啥词儿，回头再让小芹给你送过来。"黄宝贵一惊，连忙："不用不用，真不用。"小芹亲热地挽住黄宝贵的胳膊："黄大哥，你就别客气了！你救了我爹一命，你说啥我们都照办！"黄宝贵尴尬地："唉……那要是这样，你们就别麻烦了。我就要这个吧！"

黄宝贵尴尬地拿着锦旗，红着脸向众人敬礼。小芹含情脉脉地看着黄宝贵，看傻了。李老憨发现了女儿的表情，若有所思地一笑，捅了捅小芹。

王浩看着黄宝贵："黄宝贵同志，替我送送李大叔和小芹姑娘。"

"是！"黄宝贵有些尴尬，曾紫陌接过黄宝贵手里的锦旗："快执行命令。"

"你刚完成一组训练，时间还长，不用急着回来。""旅长和飞狼都在呢，请个假也是可以的。"队员们一阵哄笑，小芹惊喜而羞涩地看着黄宝贵。

基地路上，李老憨笑笑："那啥，小芹啊，爹先出去跟工友儿们说一声，省得他们着急，你跟你黄大哥慢慢聊着！"

李老憨匆匆走了，头也不回地："小芹啊，不急，俺在门口等你。"小芹和黄宝贵愣住，四目相对，有点儿发呆。黄宝贵尴尬地笑笑，小芹打破沉默："黄大哥，你当兵几年了？"

"五年了。"

"那你还要当几年兵啊？"

"怎么说呢……我还真没想过。原来想转业来着，最近不怎么想了。"

"嗯，当兵好，我就喜欢穿军装的男人，多可靠啊！"黄宝贵一愣，小芹大囧："我是说……我要是个男的，肯定也来当兵。"小芹目光闪烁，"那你……你就没找个女兵当女朋友啊？"黄宝贵笑："没有，没感觉吧！"小芹笑："那你对什么样的女孩有感觉呢？"黄宝贵尴尬地挠挠头："这个可不好说。"

两人走到门口，李老憨和一帮工人都笑嘻嘻地看着他们。小芹羞涩地说："黄大哥，你……你就送到这儿吧。"黄宝贵恍然："啊！啊！好！小芹，那你慢走，我……我回去训练了。"小芹点头，往前走，黄宝贵愣愣地看着小芹的背影。

突然，小芹停下脚步，跑了回来。黄宝贵愣住："小芹，还有事儿吗？"小芹红着脸从衣兜里掏出手绢，塞进黄宝贵手里："看你脸上全是汗，擦擦。"小芹说罢，扭头跑出大门。黄宝贵拿着手绢儿："小芹，你的手绢儿……"

"送给你啦！"黄宝贵愣立当场。门外传来小芹娇嗔的声音和工人们的哄笑。

4

军人俱乐部，马路和几个队员喝着咖啡饮料，盯着电视在看新闻。不远处，王星和谢思潇拿着球拍正打得不可开交。黑龙坐在球案子中间，眼睛随着乒乓球来回地动。王星一记扣杀，得意地："7比6！"黑龙飞快地跑过去把乒乓球叼给谢思潇。谢思潇发球："再来！"

另一侧，几个台球案子，许飞和队员们正在打台球。郝玲玲和李珊几人在电脑前上网玩儿战地。李珊抬头看了看屋里："曾姐又画图去了？"郝玲玲狂按着键盘："她魔怔了。"李珊摇头："真佩服她那股劲儿，干什么事儿都那么执着。唉，我要是有她一半儿的精神，当年也考上研究生了。"

"往事不堪回首啊。当年我要是有她那精神，现在也从军艺毕业了，说不定已经小有名气了。咱也跟着央视搞搞军营大拜年什么的，手拿麦克台上一站，聆听着台下如雷的掌声，不要太潇洒哦……"这时，曾紫陌端着咖啡走来："你们俩又憧憬什么呢？"郝玲玲回头："哟，您老人家今天怎么了，这么快收工了？不合常理呀！"曾紫陌笑："完活儿了！已经提交上级审核。"曾紫陌走向电视前，坐到马路身旁，马路对她一笑。

此时，高胜寒正坐在家里的沙发上，聚精会神地看新闻。蓝妞从卧室开门出来，皱着眉："爸爸，您能不能小点儿声啊，我写作业呢。"高胜寒赶紧拿起遥控器关小音量，忙不迭地说："对不起对不起，爸爸忘了你在写作业了。"蓝妞不高兴地说："爸爸，人家别的同学，晚上都有家长辅导功课，就你对我不管不问的。"高胜寒忙站起身："好好好，爸爸这就去辅导辅导我的宝贝女儿。"蓝妞一扭头进了卧室："您还是继续看吧。今天作业，放学后夏初老师都给我讲过了。"高胜寒苦笑，又坐下，继续看新闻。

"下面播报一条紧急新闻，十分钟以前，我国西南部 A 地区突发 7.8 级特大地震……"高胜寒愣住，蓝妞走到门口，下意识地回过头。

5

旅长办公室里，王浩表情凝重地抓起电话，拨号。战虎基地，崔华盾的手机响起，他掏出手机，看到号码，表情一凛，严肃地命令："旅长的电话，全体待命吧！"崔华盾匆匆出门。飞行员们面面相觑，表情凝重。

高胜寒站在客厅里，挂断手机。蓝妞看他："爸爸，您该走了吧？"高胜寒看着女儿，目光一颤，上前抚了抚她的头："蓝妞，去午休吧，下午自己去学校。爸爸得去开会。"蓝妞懂事地点点头。高胜寒匆匆走到门口，出门而去。蓝妞紧张地看着电视上关于地震的报到。

作战指挥中心灯火通明，对面的大屏幕上，播放着关于地震的最新报道。崔华盾、高胜寒、曾紫陌和众多军官表情凝重地坐着，凝视着大屏幕。王浩和几个干部匆匆进屋，众人刷地起身，立正敬礼。王浩匆匆还礼，示意众人就坐，严肃地看着所有人："同志们，现在我们召开紧急作战会议。会议的内容我想不用我再多说，大家也都猜到了。"

"旅长，上级的命令下达了吗？"崔华盾问。

"到目前为止，我们还没有接到命令。不用等命令了，作为陆军航空兵的精锐力量，总部的战略预备队和快速反应部队，我们肯定要上去。我们开会的目的，就是要未雨绸缪，在上级的正式命令下达之前，做好一切准备工作！"

众人纷纷点头。

"现在我宣布，正式启动战时紧急预案！要求：一、飞虎旅所有休假人员，立刻通知返回，所有已经批准假期还没有走的，假期一律取消。二、从现在开始，全体人员进入战时紧急状态。马上成立地震救援领导小组，由我任组长，李华同志、崔华盾同志担任副组长，其余常委同志担任组员。救援领导小组立刻开始工作，组建救援部队，要求侦察、飞行、救援、通信、医疗、后勤等各个单位，连夜筹备救援物资，各个飞行大队所有直升机加油待命，飞行员和地勤人员就在机库待命，随时准备出发！三、除常规救援部队之外，我们还要成立一个救援突击队，由高胜寒同志担任突击队队长，队员为霹霹雳火空降救援突击队和战虎特种航空队！救援突击队成立后，立刻整装登机，就在机上待命！只要军令下达，你们马上出发！"

"是！"高胜寒起身领命。

王浩神情肃穆地扫视着在座的众人："好了！同志们，养兵千日用兵一时！祖国和人民需要我们的时刻到了！你们准备好了吗？"

"时刻准备着！——"一群身着笔直军官制服的军人刷地起身，声如洪钟，果断干练。

6

飞虎旅基地，尖利的警报声骤响，充满了战前的紧张气氛。基地里，几架警用直升机停放在停机坪，车库的车都开出来了，战备警报在高声尖叫着，一队特警队员高喊着口号，全副武装地从大院里跑过，呼啦啦一阵狂奔，纷乱的脚步声掀起一阵烟尘。

机场，一座座机库大门哗啦啦打开，各种型号的直升机缓缓滑出机库。地勤车辆快速地驶近各个直升机，地勤工作人员也是匆忙认真地检查着飞机的各项指标。不远处，几辆卡车分别驶向几架舱门打开的运输机，开始卸载救援物资，战士们忙碌地将物资装上直升机。

跑道上，高胜寒神情肃穆，霹雳火的全体人员也是全副武装地朝着停机坪奔跑着，黑龙也在其中。在队伍最后，石磊边跑边看着黄宝贵："宝贵，你给家里打通电话没有？"黄宝贵摇头："没有！"石磊焦急地："你再试试……"黄宝贵说："我根本就没打！"石磊不解："为啥？你家里……"黄宝贵拽了他一把，低声道："没时间！别喊！石磊，这事儿就你知道，跟谁也别说！"

"为啥？"

"你哪儿那么多为啥？叫你别说就别说！"

石磊难以理解地看着黄宝贵。黄宝贵眼里闪着泪："受灾的又不光我一家！嚷嚷有什么用？"石磊含泪点头。

直-8B前，舱门打开，高胜寒带队赶到。驾驶舱里，崔华盾向高胜寒手势致意。高胜寒回复后，随即沉声道："登机！"队员们携带武器快速跑向直升机，鱼贯而入。

机舱里鸦雀无声，队员们相对而坐，表情凝重，目光如炬。黑龙哈哧着鲜红的舌头蹲坐在谢思满身边。高胜寒凝视着队员们，严肃地说："同志们，从现在开始，我们就在这架直升机上待命，吃饭喝水都在这解决，上厕所要跑步来回。作为救援突击队，我想大家都明白，这对霹雳火意味着什么。它意味着在上级的命令发出时，我们霹雳火将作为尖刀部队，先行深入灾区！哪里最艰苦，哪里最需要我们，我们就要在哪里降落！这既是我们霹雳火成立之后，执行的第一次重大作战任务，同时，也是对我们前一阶段艰苦训练成果的一次综合检验。所谓养兵千日，用兵一时。我希望大家做好一切心理准备，包括牺牲的准备！告诉我，你们准备好了吗？！"

"时刻准备着！"十几个精锐的战士高声怒吼，黑白分明的眼睛炯炯有神。高胜寒肃然点头："检查武器装备和医疗器械之后，抓紧时间休息！"

"是！"队员们有条不紊地检查着各自的武器装备，高胜寒的目光扫视着每一个队员。目光转到曾紫陌身上，四目相对。曾紫陌坚定地点了点头，高胜寒会意。

飞行指挥中心，传来数声无线电声："飞行一大队准备完毕！""飞行二大队准备完毕！""飞行三大队准备完毕！"……

王浩焦急地抬手看表，已是凌晨四点。王浩一脸严肃地扭头问："命令到没到？"一个参谋从电脑前回头："报告！还没有！"王浩没说话，脸上都是焦虑。

机场上，一架架直升机整齐排列着。直-8B的机舱里，霹雳火的队员们都在打盹。高胜寒坐在舱门处，低头看表——凌晨五点半。高胜寒对着耳麦，低声问："猎鹰，有命令吗？"崔华盾坐在驾驶舱里，摇头："没有！不过我有预感，快了。"

指挥中心，王浩目光灼灼地看着大屏幕上的卫星地图。旁边的参谋拿起一张纸，腾地起身，跑到王浩面前："报告！上级加密电传！"王浩焦急地接过电传，目光一凛，抓起对讲机，高声命令："我是一号，突击队出发！"

7

机场上一片繁忙。直-8B的螺旋桨轰鸣着高速旋转，卷起一阵飓风。高胜寒站在舱门口，抬手敬礼。舱门慢慢关上，直升机在晨雾中拔地而起。旁边，顾意驾驶的武直-10也同时升空护航，紧跟着直-8B随之升空。

家属楼门口，蓝妞和夏初站在一起，仰头望着空中的机群。夏初一脸关切，表情复杂地看着升空的机群，流下眼泪。

繁忙的城市街道上，空中传来庞大的直升机群发出的轰鸣声，路上的行人们纷纷抬头仰望，正在路口等车的司机们也全都走了出来，仰头望着机群掠过城市上空。突然，人群里不知是谁兴奋地大喊着："解放军一定是去灾区救灾的！"行人们不约而同地朝着机群挥手致意，路口的交通岗，正在执勤的交警唰地立正，向着掠过头顶的直升机群庄严敬礼。

在通往灾区的高速公路上，军队纠察和交警正在地面执勤。一辆辆满载陆军官兵和救灾物资的军用卡车在公路上疾驰，在卡车的侧面贴着大红的"抗震救灾"的横幅，路上所有的车辆都自动让路。这时，空中传来一阵隆隆声，卡车上的官兵们下意识地仰头望去："是咱们的陆航！他们要先到了！"卡车上，官兵们纷纷抬手敬礼，车队在高速公路上全速前进，到处都是一片紧张肃然的气氛。

8

地震区里，这个不知名的小镇一片废墟，满目疮痍。公路上，大地开始震动，巨大的石块从山上滚落下来，将道路完全阻断，一批满载着救灾物资的卡车被阻隔在道路的一端。乱石堆前，战士们手拿各种工具，肩扛手抬，搬运着巨大的石块。人群中，一个陆军中校拿着工兵镐，身着泥泞不堪的迷彩服声嘶力竭地吼着："同志们！加快速度！时间就是生命！"战士们一个个灰头土脸，疲惫地劳碌着。

忽然，大地猛地一阵震颤！少校焦急地嘶吼着："余震！快退后！退后！"战士们纷纷跌跌撞撞地往后退，顷刻间，震起的灰尘在天空中飞舞，刚刚清理的一段路面再次被山体滑落的乱石堆满。陆军少校和战士们悲愤地看着一大片乱石，中校咬咬牙："同志们！上！"疲惫不堪的战士们嘶吼着再次冲了上去。

废墟上，乱石堆积，完全没有路，一队陆军战士在乱石堆上挣扎前行。带队的少校大口地喘着粗气，他下意识地望着前方，前方依旧是乱石嶙峋，望不到边际。少校焦急地抬头，空中阴云密布。少校嘶吼着："同志们！加速！加速！"突然，少校一个趔趄从乱石上摔落下去，战士们惊呼着下去将他扶起来："营长……"少校猛地甩开战士们，挣扎着爬上乱石堆，朝前方走去，卫生员跑上去，少校顾不上脸上的血："擦破点皮，省着点！我们要救助老乡！大家跟上！"满目疮痍的山路上，鲜红的军旗在一条迷彩色的长龙上空猎猎飘舞。

9

在一处用简易帐篷搭建起来的临时指挥部里一片忙碌，周围废墟环绕，车辆往来。军地人员穿梭着，陆海空和各地军警都参与到了此次的抗震救灾中。帐篷里，大屏幕上显示着灾区的卫星地图。

总指挥是个五十多的军人，头发花白却目光凛然，肩上金灿灿的将星宣告着他的威严。中将焦急地拿着电话："我知道你们很疲劳！很艰苦！可是身为人民子弟兵，这个时候我们责无旁贷！请转告同志们，这是一场战争！一场检验我们人民军队战斗力的真正的实战！就算再苦再难，我们也要坚决完成党中央交给我们的救灾任务！"总指挥挂了电话，急匆匆到卫星地图前，焦急地问："参谋长！115团到什么位置了？"

"刚刚接到报告，他们目前距离文澜县城还有大约60公里的距离！"

"太慢了！他们在学蜗牛爬吗？"

参谋长皱眉："通往文澜县城的路已经被山体滑坡完全阻断了，115团的车队无法前行，团长带着两个营在紧急疏通道路，另外一个营徒步先行向文澜县城出发了，可是由于前方完全没有路，余震又不断发生，他们也进展缓慢。"中将眉头紧皱地看着卫星地图，一脸愁容。

10

空中，直升机群呼啸而来。崔华盾驾驶着武直-8B，侧头望着下方的云层，表情凝重地对着耳麦："飞狼，我们已经到达灾区上空了！"高胜寒望着窗外厚厚的云层，沉声道："收到！"

霹雳火的队员们已经纷纷醒来，众人下意识地看着舷窗外。黄宝贵红着眼睛，迫不及待地望着，有些失望。高胜寒看着众人："不用看了，云层挡着什么也看不到。一会儿降低高度之后，你们就全看见了。"所有人收回目光，黄宝贵依旧再看，压抑着泪水。石磊含泪看着他，向他伸出拳头，低声道："宝贵……乐观！"黄宝贵忍着眼泪，目光望着舷窗外，与石磊撞拳。

崔华盾看着驾驶舱的显示屏，呼叫："指挥部！指挥部！我是飞虎陆航突击旅……我已到达灾区上空，请求降落！"

指挥部里，参谋长兴冲冲地走到中将面前："总指挥！好消息呀！东南军区81集团军飞虎陆航突击旅的空中救援队到了！"中将兴奋得一声大吼："太好了！他们来得可真是时候啊！马上引导他们在临时野战机场降落！让他们带队的指挥员马上到这儿来！"

"是！"参谋长匆匆离去。

野战机场上空，直升机群在集结。高胜寒对着耳麦："我们先下去，地面引导部队着陆！"崔华盾操纵着直升机，沉声道："我准备降低高度了！"

机舱里，无线电内传来崔华盾的声音："……3000米……2500米……"队员们表情凝重，下意识地望着舷窗外。黄宝贵含泪盯着舷窗外，目不转睛。

直升机在云层中穿行，不断地降低高度。崔华盾汇报着高度："1500米……1000米……"直升机从最低的一片云层中现身，所有人都是目光一紧！——大地上一片废墟，昨天还是一片繁华的城市现在已是断壁残垣，这场突如其来的大地震毫不留情地摧毁了这座城市，数万人的生命就在那一瞬间消失殆尽，似乎一切都突然从天堂变成了地狱。谢思潇凝视着下方："这就是地震吗？"王星有些哽咽："我没有经历过，从来没有经历过……"郝玲玲已是满眼泪水："小的时候，我的家乡发生过一次地震，可就是倒了几间旧房子，没见过这样的，好像山都塌了……"黄宝贵坐在旁边，一言不发，只是眼泪齐刷刷地往下淌落，紧紧攥着拳头，手臂颤抖着，石磊含泪紧紧抓住黄宝贵紧握的拳头。

临时野战机场，地面部队已架设好引导降落的设施，雷达不停地旋转着。在一片巨大的轰鸣声中，直升机群出现在空中，缓缓下降高度。崔华盾驾驶的直-8B稳稳降落，救援突击队员们跃下直升机，在高胜寒的指挥下搭设设备，在地面引导机群着陆。

崔华盾跳下直升机："飞狼，我们去指挥部！"高胜寒点头，回头对着曾紫陌："这儿交给你了！"曾紫陌点头，崔华盾和高胜寒匆匆跳上一辆军车，疾驰而去。

队员们在引导机群着陆，黄宝贵愣愣地看着远方发呆。石磊凑过去，低声道："这儿离你家多远？"黄宝贵茫然地摇头："我不知道。"石磊诧异地看着他。黄宝贵的泪水淌下："变了，哪儿都变了。山没了，河断了，房子全塌了，我上哪儿找我的家去？"石磊含泪："要不……你请个假。"黄宝贵扭头瞪着他："可能吗？"石磊有些哽咽："飞狼肯定知道这儿是你的家乡！老马也肯定知道，要不俺先跟他说说。"黄宝贵收回目光："石磊，我来这儿是执行救援任务的，不是来探家的。你答应过要替我保密。"石磊淌泪。黄宝贵忍着泪，惨然一笑："石磊，放心吧，我全家都跟我一样，都特别乐观，他们没事儿，肯定没事儿。"石磊点头："肯定没事儿！"

第十六章
—— FIRE ——

1

抗震临时指挥部前，一辆越野车高速驶来，在门前戛然而止。崔华盾、高胜寒和一个参谋跳下车，几人都是疾跑而行。

指挥部里，崔华盾和高胜寒严肃地向总指挥敬礼。

"总指挥！陆军第八十一集团军陆航飞虎突击旅参谋长兼战虎特种航空队队长猎鹰，向您报到！""总指挥！陆军第八十一集团军陆航飞虎突击旅霹雳火空降救援突击队队长飞狼，向您报到！"指挥部里，所有人的目光都关切地注视着两人。中将抬手还礼，面色严肃："你们来得真是时候啊！"

"总指挥，我们所有的直升机和救援人员都在机场待命，随时可以展开救援行动！请您指派任务吧！"崔华盾说。总指挥严肃地看着两人："我现在就有一个棘手的问题，想听听你们两个的意见！"崔华盾和高胜寒一愣，中将挥手："你们跟我来！"二人跟着总指挥匆匆走向大屏幕。

"参谋长！把文澜县城的情况跟他们介绍一下！"

"是！"参谋长拿起激光笔，点着卫星地图上一点，"这里就是文澜县城，它处于群山环绕之中，是整个震区的震中位置，也是整个震区人口最密集的县城。强震发生以后，通信完全中断，所有通往县城的路也全都由于山体滑坡和路面塌陷的原因被阻断，我们无法知道那里的受灾情况，也无法及时派出救援部队。即使在我们拍摄的卫星图片里，那一区域也被厚厚的云层覆盖着。换句话说，现在我们与文澜县城之间，完全失去了联系！"

"目前，我们派出的地面部队正在徒步前往这里，可是由于道路阻塞，余震不断，他们的行进速度极慢，更为严峻的问题是，徒步赶往这里的部队没办法携带大量的救援物资，即使赶到县城，也根本无法开展大规模的救援行动。按照现在震区的情况，要想将道路彻底疏通，即使不再发生余震，也至少需要一周以上的时间！一周之后，后果不堪设想啊！"

中将看着高胜寒和崔华盾，目光如炬："地上的不行，只能靠你们空中的直升机了！指挥部有三点要求：第一，必须要在最短的时间内进入文澜县城，了解那里受灾情况的第一手资料！第二，情况搞清楚以后，我们的救援行动立即展开。救援部队、医疗人员和救援物资都必须快速且大量地运抵灾区。第三，文澜县城的问题解决之后，陆航部队要将空中运输和救援的范围扩大到整个震区！总之，这次救援行动，你们陆航部队是真真正正的主力军！两位，谈谈看法吧！"

崔华盾凝视着卫星地图："直升机机降，需要一定的气候气象条件，现在在气候气象条件复杂，空中有积云，气流不稳定，一旦强行突破云层，很可能会遭遇机毁人亡的危险。我们不是不能强行降落，只是在这种极端环境下，还需要有准确的地面引导。可是目前的情况，余震还在继续，降落到地面，直升机会有不确定的安全因素，一旦余震，可能需要救援的还包括直升机飞行员了。"崔华盾突然住嘴，表情凝重地看向高胜寒。

"只能派地面突击队员下去。"高胜寒面色冷峻。中将和参谋长对视一眼，又看着崔华盾和高胜寒。高胜寒淡淡地说："我去。"中将点头："你具体谈一下！"

高胜寒站起身，走到屏幕前："地面余震，空中乌云，我带队在乌云上的高空实施伞降！我们使用翼伞进行高跳低开，北斗导航精确引导，自由落体穿破乌云云层，在地面100米至150米左右开伞！落地之后，快速建立卫星通信设施，首先将县城的受灾情况及时向指挥部报告。根据当地的实际情况，开辟出一块可供直升机起降的机场，为后续的直升机提供地面降落引导。一切顺利的话，霹雳火将留在震中地区，与后续到达的救援人员一起，就地展开搜救行动！"崔华盾表情凝重地看着高胜寒。

参谋长忧虑地看着高胜寒："这可不是闹着玩儿的！据我所知，伞降需要有详细的气象资料，要有引导，有地面标志，这是现在的情况一样也不具备的呀！"高胜寒笑："首长，要是什么条件都具备，还要我们空降救援队做什么？"

"伞降之后呢？下面的情况你们可是一无所知啊！你们怎么确定降落地点？"

"高跳低开，我们突破云层以后，目视观察，随机应变调整降落方向和角度，寻找可以安全降落的区域。"高胜寒说。

中将摇头皱眉："太冒险了，震中心乱石林立，建筑物倒塌以后也会有钢筋裸露，你们是在冒生命危险。"高胜寒面色严肃，声音低沉："他人的生命，高于自己的生命。"

现场一片安静，所有人都看着高胜寒。

"这是我们霹雳火空降救援突击队的信条。请首长批准。"

中将看着高胜寒："好吧，为了救人，我们解放军，总是要准备牺牲的……需不需要给你一点儿时间，做做队员们的思想动员工作？"高胜寒啪地立正："首长，您只需要发布战斗命令就可以了。一秒钟都不需要耽搁，我们就可以出发。"中将表情一动，有些激动地看着别处："总得写封遗书吧。"所有人目光一动，看着高胜寒。

"我会让大家抓紧时间写一封，但不是遗书，是请战书！"高胜寒说。中将感慨地看着高胜寒，点头，严肃地说："好兵！你们真是好兵！我……批准你们的行动计划！"高胜寒和崔华盾立正："保证完成任务！"

2

崎岖的山路上，一辆越野车颠簸着疾驰。高胜寒和崔华盾对视一笑，崔华盾："你笑什么？"高胜寒看着前方："不笑干吗，难道要哭吗？"崔华盾白了他一眼。高胜寒看他："你现在是不是特别恨我呀？"

"我恨你干什么？"

"我刚才有点儿绑架你的意思。"

崔华盾一笑："你不一直就这个德行吗？我早习惯了。"

"不然怎么办？总得侦察清楚灾区情况，现在没部队进得去，只有我了。"

"别给自己找辙！还是你冒险心理爆棚，自己愿意去！"

"所以你得陪着呀。说正经的，这种高空跳伞，对飞行员的要求十分苛刻，得你亲自去。别人去我心里没底。"

"你还有没底的时候啊？你别小看我的那帮人，把你小子往下一扔就回去了。我那儿是个人就能干这活儿。"

"要光是我一个人，也就无所谓了。"

崔华盾扭头看着高胜寒，两人四目相对。崔华盾赶紧错开目光，望着前方："我真希望她不去。"

"怎么可能呢，她是急救专家，落地之后，她是主角。"

崔华盾看高胜寒，高胜寒郑重地点头："放心吧，我会保护好她的。"

"她训练有素，不用你保护。你得照顾好她，不光是这次，还有以后，你最好能照顾她一辈子。明白我的意思吧？"高胜寒表情复杂，没说话。崔华盾看着前方，故作随意地说："怎么？你和那个小学老师有结果了？"

"跟她没关系。"

"怎么没关系？出发之前，你不是把她叫过来照顾蓝妞了吗？"

"不然我找谁呀？我妈两天以后才能到呢。再说了，蓝妞也就跟夏初在一块儿能乖点儿。"

"所以你倾心于选择夏初了，是吗？"

"大战在即，咱们能不能不谈这些杂事儿了。我只有一个女儿，她不想再找新妈妈了。"崔华盾愣住，高胜寒甩甩头，让自己冷静下来："我现在没办法考虑更多的，先工作吧。"蜿蜒的山路上，越野车一路颠簸着快速前行。

3

野战机场上，霹雳火全体列队身穿加厚的伞降防护服，背着伞包，拎着钢丝面罩，连黑龙也全副武装，一动不动地坐立着。所有人的目光瞪视着高胜寒。高胜寒怒吼："你们准备好了吗？！"

"时刻准备着！"队员们的喊声地动山摇。

"你们准备好为人民牺牲了吗？！"

"时刻准备着！"队员们的声音在群山之间回响。

"灾情就是军情，人民需要就是命令！作为中国人民解放军第一支空降救援特种部队，面对重大自然灾难，我们早已经做好了准备！面对千千万万需要我们去搜救的灾民，我们责无旁贷！我们做好了一切准备，包括牺牲自己的准备！我们的信条是什么？"

"他人的生命，高于自己的生命！"

"对，他人的生命，比我们自己的生命更重要！此时此刻，请忘记个人的一切！包括我们的亲人，朋友，爱人，孩子，我们的家庭，前途，利益，等等的一切！我们心里所想的，将只有军人的职责、信仰和荣誉！我们要用自己的实际行动，去履行我们的职责，去体现我们的价值，去兑现我们的承诺！"队员们热血高涨，目光炯炯。

"他人的生命，高于我们的生命！"高胜寒凝视着每一个队员的脸，"准备吧，我们马上出发。"队员们开始穿戴伞具，高胜寒一声高喊："黄宝贵！"黄宝贵一愣，急忙停下脚步，转身跑向高胜寒。

石磊不放心地看了一眼黄宝贵，忐忑地登机。黄宝贵面对高胜寒，立正："飞狼！有事儿吗？"

"你一直在掉眼泪。"

黄宝贵表情复杂："我……我……这场地震太惨了……"高胜寒打断他："文澜县，是你的家乡。"黄宝贵顿住，忍着眼泪："是。"

"都有谁在家里？"

"我爸，我妈，我爷爷，都在。"

"和他们联系过吗？"

"没有，出发前想打个电话来着，后来没来得及。"说罢，黄宝贵惨然一笑，"现在一想，打也没用……"说着，黄宝贵眼泪下来，赶紧擦了擦。

"我刚才的话，有一半儿是说给你听的。"

"我知道。"黄宝贵泪流满面，点头。

"极端环境下进行高跳低开，需要情绪的平稳，这一点甚至比跳伞技术还重要。如果你觉得有困难，可以不参加这次行动，跟着后面的直升机和我们会合就可以了。"

"不需要。"

"你确定？"

"放心吧飞狼！我这个人一贯非常乐观。我不会因为这件事影响情绪的。"高胜寒看着他，黄宝贵表情复杂地一笑："我顶多哭一鼻子就没事儿了。""那我就放心了！"黄宝贵点头："飞狼，我上去了！"高胜寒点头，抬手敬礼。

<h1 style="text-align:center">4</h1>

机舱里，黄宝贵挨着石磊坐下。队员们都默默地看着他。黄宝贵表情复杂："都看我干什么？"马路探过身来，拍了拍黄宝贵的肩膀。黄宝贵忍着泪，大喊："石磊！"石磊赶紧摆手："不是俺说的！都写在档案上，这谁不知道？"黄宝贵看着众人，惨笑着大声地喊："兄弟姐妹们！欢迎来我家乡做客！"黄宝贵再也抑制不住情绪，捂住自己的脸，号啕大哭。石磊和一旁的许飞紧紧抓着他的肩头。高胜寒最后一个登上直升机，看着这一幕，含泪关闭机舱。直-8B的螺旋桨轰鸣着高速旋转，卷起一阵飓风，拔地而起。机场上，中将举起的右手久久没有放下。

云层间，直升机群低空掠过一片废墟。山路上，战士们正紧张地疏通着道路，直升机的轰鸣声从高空远远传来，陆军中校和战士们激动地放下工具，抬手敬礼："同志们！陆航先过去了！咱们也加把劲儿啊！"战士们一片欢呼声，嘶吼着加快了行进步伐。

县城的大街上一片废墟，县委书记和几个工作人员衣衫凌乱，伤痕累累，狼狈不堪地在废墟上艰难前行着。

"陈书记，目前能联系上的县委、县政府，各局的工作人员全都派出去了，可是现在到处都是灾情，我们的人根本不够用。"一个工作人员小心地扶着。

"不够用也要坚持住！这个时候，如果我们停止工作，整个县城就会陷入一片混乱，天灾加上人祸，后果不堪设想！"县委书记艰难地走着，"临时安置点的情况怎么样？"

"设在县城小广场的安置点已经聚集了大批的受灾群众。可是现在我们孤立无援，一没有物资，二没有医疗，大家都看不到希望，情绪很不稳定！"

县委书记皱眉："走！过去看看！"

市区广场上，大批的灾民伤痕累累地聚集在废墟之间狭小的空地上。一个孩子躺在担架上，脸上蒙着白布，一对年轻的父母围在他身边，绝望地哭泣着。昨天还是一片繁华的城市现在已是横尸遍野，满目疮痍，失去父母的孩子在苍老的奶奶怀里哭号。县委书记匆匆赶来，看着眼前的一切，不觉泪水模糊了双眼。一位群众看见了，大喊："县委陈书记来了！"灾民们闻声而动，纷纷涌上去，将县委书记和几个工作人员团团围住。

"陈书记！我们还要在这儿待多久？""陈书记！我们一家人已经一天一夜没吃没喝了，要饿死人了！""陈书记，救救我丈夫吧！他挺不住了！""陈书记！我老婆和孩子都被埋在地下了！我求求你！派人帮我把他们挖出来吧！晚了就来不及了！"

县委书记泪水淌落，激动地挥着手："乡亲们！乡亲们！大家安静一下，听我说！"灾民们看着县委书记。县委书记流着泪："乡亲们！我们遭遇的，是一场罕见的巨大的天灾！在这场灾难面前，我们所有人都是受害者！我们不仅要承受家园被毁的损失，还要承受亲人遇难的痛苦，我们有的失去了父母，有的失去了爱人和孩子，包括我们县委县政府的工作人员在内，他们之中许多人都失去了亲人，包括我自己在内。他们自己，也有许多人遇难了。就在今天凌晨的一场余震中，我的爱人和女儿，也不幸遇难了，我和居住在镇里的老父老母，至今也没有联系上……"

现场安静下来，人们流着泪看着县委书记。

"陈书记！没人管我们了吗？"一个女人痛哭着大声问。所有人都泪眼看着县委书记。县委书记含泪坚定地说："不！绝对不会！我来到这里，就是想告诉大家，我们的党和政府，决不会置我们于危难而不顾，决不会放弃我们！虽然我们暂时和外界中断了联系，但是我坚信，外面的救援人员一定在想尽办法，尽快赶到我们这里！乡亲们！在他们到达之前，我们所有人都必须要团结起来，坚强起来！我们要在确保安全的情况下，积极开展自救，我们要像一家人那样，相互照顾，相互帮助！我代表县委县政府，向大家保证，我们将与父老乡亲们生死与共！"在场的灾民们含泪鼓掌。突然，大地忽然猛地震颤！众人大惊。县委书记焦急地大吼："是余震！大家不要慌！不要乱跑！快蹲下！"顷刻间，周边的建筑物残骸在不停的晃动中继续倒塌。

5

半空，厚厚的云层中，一股强大的气流呼啸而上，武直-10和直-8B在云层中震颤！机舱里，队员们随着机身震颤剧烈摇晃着，高胜寒嘶吼："大家坐稳！"震颤中，顾意操作着直升机，焦急地大喊："猎鹰！气流太强了！"崔华盾焦急地稳定住操纵杆："寒号鸟！拉高！马上拉高！我跟上你！"顾意操纵着直升机："明白！——猎鹰！你小心！"

"好！"崔华盾快速操作直升机，对着耳麦："飞狼！我要继续拉高了！你们坐稳！"震颤中，高胜寒沉声道："收到！"

半空中，武直-10快速拉高，顾意驾驶着直-8B紧随其后上升。震颤中，直升机斜上方倾斜，高胜寒和队员们紧张地抓着扶手，谢思潇紧紧抱着黑龙。两架直升机继续升高。

顾意面色冷静，对着耳麦汇报着高度："目前高度3800米！……4000米……4200米……"突然，又一股强气流呼啸而上，崔华盾大喊："寒号鸟，继续拉高！"顾意操作着直-8B："收到！高度继续上升！……4300米……4400米……"很快，三架直升机从云层中冒出来，平稳飞行。崔华盾表情严肃地操作着直升机，对着耳麦："飞狼！目前我们的高度是5500米！暂时安全了！"机舱里，队员们稳定下来，大口地喘着粗气，心有余悸地望着舷窗外。

"如果我的判断没错，刚才这股强气流，应该是地面余震引发的。这种情况下，我很难再把高度降下来了。"崔华盾表情凝重，"一个更加不利的消息是，我们目前已经接近文澜县城上空。飞狼，你现在有两个选择，第一，马上将情况向指挥部报告，我们掉头返回，等待时机再回来。第二，你们现在就跳下去，生死由命，成败在天。"

所有人静静地听着，表情凝重。

"飞狼！我的油箱燃油充足，你们有的是时间考虑，别轻率地下决定。"

高胜寒一脸严肃地扫视众人。众人面面相觑，沉默着。王星目光一凛："机不可失，时不再来呀！等着风和日丽再跳伞，还有意义吗？"谢思潇抚着黑龙的头："我觉得挺刺激的！可行。"马路忧虑地看着两人："你们两个想好了再说！"王星一笑："来之前不就想好了吗？来都来了，再飞回去，霹雳火丢不起那个人啊！"许飞点头："跳吧！5500米高空来个高跳低开，想想都刺激。"大家都笑起来。高胜寒欣慰地看着队员们："好了，大家做准备吧！猎鹰，转告总指挥，我们准备跳下去！"崔华盾一愣，沉声急问："你们确定吗？"

"确定！"

"……好！我马上报告！"崔华盾表情复杂，呼叫，"指挥部！指挥部！这里是猎鹰……"

指挥部，参谋长拿着无线电通话器，满眼忧虑："总指挥？"所有人都停下手头的工作，一起看着总指挥，屋里鸦雀无声。半晌，总指挥下定决心，抬起头，眼中有泪光在闪动："回复他们，同意！"

驾驶舱里，崔华盾关闭按钮，表情严肃："飞狼！等我的指令！"

"明白！"高胜寒扫视着队员们，都是一脸坚定。顾意忧虑地看着下方的云层："猎鹰，他们真要跳啊？"

"军中无戏言。"

"猎鹰，我现在真佩服霹雳火！"

"寒号鸟，你佩服得有点儿晚了。"崔华盾一笑，"寒号鸟，我大约四分钟之后打开舱门。"

"明白！"顾意操作着直升机。

云层之上，直-8B在武直-10的护航下平稳飞行。机舱里，队员们都站起身，做着跳伞前的最后准备。崔华盾操作着直升机，看着屏幕上的数据，对着耳麦："飞狼！一分钟准备！"高胜寒扶着把手起身，扫视着众人："一分钟准备！"队员们表情凝重地点点头，纷纷扣上风镜和氧气面罩，起身，做好跳伞准备。突然，机舱里一阵颠簸，气流乱窜，队员们抓住扶手，稳住重心。

广场上空隐约传来直升机的轰鸣声，灾民们诧异地抬起头，四顾眺望。一名工作人员问："陈书记，这是什么声音？不会是周边山体滑坡吧？"县委书记仔细听着，摇头："不像，山体滑坡的话，不可能持续这么长时间。"忽然，一个孩子指着头顶："声音好像是从上面传来的！好像是飞机！"所有人全都诧异地仰望着天空，除了厚厚的云层，什么也看不见，一个老人苦笑着摇头："别看了，就算是飞机，它也是过路的。"众人一片失望。县委书记仰望着天空，若有所思。

空中，直-8B在高空悬停，保持着平稳，顾意驾驶的武直-10在一侧悬停护航。机舱里，队员们扶着把手，做好准备。崔华盾操作着直升机，大吼："打开舱门！"白鹏点头会意："是，打开舱门！"——哗啦一声！舱门打开，一股强风吹了进来。队员们眯着眼，望着下方白皑皑的云层。崔华盾沉声吼道："飞狼！我会等着你们平安的消息，祝你们好运！"高胜寒一笑："谢了！"

这时，机舱里的蜂鸣器开始促响，一片红灯闪烁。石磊下意识地回头看了一眼黄宝贵。面罩里，黄宝贵红着眼睛，有些迫不及待。这时，机舱里红灯骤停，绿灯亮起，高胜寒站在舱门口，猛地跃出机舱！队员们紧跟着，毫不犹豫地依次鱼贯跃出！队员们戴着风镜，尽量张开身体，保持着姿势。顾意驾驶着武直-10，有些激动地看着在半空中只有一个小黑点大的人影。队员们飞速下落，穿透厚厚的云层，渐渐消失在她的视线中。顾意含泪看着，抬手敬礼。

空中，谢思满的背上趴着黑龙。黄宝贵飞速下落，他努力地睁着眼睛看着下方的云层。高度在快速下降，除了云层，还是云层，气流乱窜，下方一片模糊。黄宝贵使劲瞪着眼睛，石磊从他身侧降下。哗啦！队员们快速下落，一个个翼伞在空中打开！队员们熟练地操作着翼伞，缓缓飘落。云层逐渐变薄，依稀可见下方的树木和梯田，黄宝贵激动地在空中嘶吼："爸！妈！爷爷！我来啦——爸！妈！爷爷！对不起——"然后，他的嘶吼声很快被风声湮没，石磊在他侧边大吼："宝贵！乐观！乐观！"这时，高胜寒通过无线电高声命令："全体注意，调整角度，向县城方向靠拢！"

"明白！"队员们操作翼伞，调整好方向，十几个翼伞在空中形成一个一字，朝着县城方向飘去。

广场上，一个孩子兴奋地指着斜上方的空中："你们快看啊！"所有人都抬头看去，只见云层上方，一排翼伞鱼贯飘来！工作人员满脸激动："陈书记！您看！穿着迷彩服呢！是伞兵！是解放军！"县委书记含泪大喊："乡亲们！解放军来了！解放军来了！"众人一愣，紧接着一片沸腾的欢呼声，人们哭着挥手，都流着激动的泪水。

高胜寒俯瞰着下方，整个县城满目疮痍，一片废墟。黄宝贵完全傻了。高胜寒整理好心绪，高声命令道："自行寻找合适的降落地点！大家注意安全！"一群翼伞向着县城废墟上空飘去。灾民们望着远方飘落的翼伞群，哭喊着挥着手。县委书记焦急地："距离太远了，他们根本看不见！"说罢，对着几个工作人员："小张！你带几个人，赶快去那边，等他们降落以后，把他们带到这儿来！大家小心点儿！当心余震！"工作人员猛点头，对着身旁的几名工作人员一挥手："跟我来！"众人一起猛跑，县委书记激动地维护着秩序："乡亲们！大家少安勿躁！原地等待！"

废墟上，翼伞群飘然下降。曾紫陌俯瞰下方，全是废墟，残垣断壁中支棱着钢筋断茬。曾紫陌焦急地呼叫："飞狼！下面全是废墟，有钢筋断茬，落下去太危险了！"

"看见了！"高胜寒焦急地在空中四顾，在建筑废墟的一侧，有个树木葱郁的小公园，树木略有倒伏。高胜寒大吼："大家注意看！下方偏左，有个小树林，我们在那儿降落！注意安全！"无线电里传来一片回复声，队员们调整翼伞，朝着小树林方向飘落。突然，黄宝贵死死抓着翼伞绳子，直落下方的废墟，置若罔闻。石磊下意识地回望，看到依旧在下落的黄宝贵，大惊着嘶吼："宝贵！宝贵！"

黄宝贵满脸痛苦，根本没听到，他钢丝面罩后，泪水从风镜缝隙淌出。石磊紧急调整翼伞，朝黄宝贵而去。黄宝贵看着满眼的废墟，视线渐渐模糊。在他的后方，石磊焦急地追上来，嘶吼："宝贵！黄宝贵！看你下面！"这时，黄宝贵才猛然醒悟，使劲晃晃脑袋，在他模糊的视线中，赫然出现一片废墟和钢筋断茬！黄宝贵焦急地调整着伞绳："石磊！你躲开！"石磊不顾一切地调整伞绳，紧随着黄宝贵，嘶吼着："宝贵！注意角度！躲开钢筋断茬！向左！向左！那儿有一小块空地！"黄宝贵焦急地调整着："来不及了！"黄宝贵直奔废墟降落下去，石磊大惊，无奈地紧急调整伞绳，飘向废墟中的空地。

小树林上方，高胜寒高声命令："调整降落角度！找树和树之间的空隙！"队员们纷纷寻找着安全位置。王星找到一处空隙，快速奔跑几步，稳稳落地。在他后方，谢思潇和黑龙也相继落地，就地翻滚，紧紧抱着黑龙。队员们纷纷落地，举起大拇指示意安全。高胜寒大喊："动作快点儿！全体集合！"

废墟中，黄宝贵满脸痛苦地捂着小腿，一截钢筋断茬穿透防护服，通体带血地露着头儿。石磊焦急地跑过来，大惊失色："黄牛！"黄宝贵痛苦地低吼："你别喊！"石磊焦急万分地蹲下，看着黄宝贵的伤，急忙把耳麦拽下来："黄牛你忍住，俺马上向飞狼报告！"黄宝贵挣扎着抓住石磊的耳麦："石头，这事儿不能让大伙儿知道！"

"这怎么行呢！你的腿……"

黄宝贵看着小腿，摇头："没伤到骨头！你把急救包拿出来。准备给我包扎！"石磊痛心地看着他："宝贵！你这样不行！"黄宝贵额头上冒着豆大的汗珠，忍着疼："什么行不行的！赶紧！！"石磊坚决地拽着耳麦："不行！俺必须得报告！"

"石磊！"黄宝贵一声大吼，"石磊，这儿是我的家乡！你自己看看，我的家乡成什么样儿了？我来这儿是救灾的！我家乡的乡亲父老等我去救呢！我爹，我妈，我爷爷等着我去救呢！我能一下来就当伤员吗？我不能！我得去救他们！"石磊点头咬牙拽下急救包。这时，耳机里传来高胜寒的声音："黄牛！石头！我是飞狼！听到请回答！听到请回答！"

废墟中，石磊看着黄宝贵，又看他受伤的小腿。黄宝贵忍着疼拽下耳麦，努力地平复着自己："飞狼！我是黄牛！我已经落地，一切正常！"石磊也含着眼泪："飞狼！一切……一切正常！"

高胜寒长出一口气，伸出大拇指。马路一脸担忧地问："你们在哪儿呢？"

"俺俩落地的时候被风吹了一下，落在树林外面了！飞狼，俺们马上和你们会合！"

高胜寒点头："速度要快！"

"明白！"石磊关了耳麦，解开急救包，拿出药品和纱布等物，又看着黄宝贵："我准备好了。"黄宝贵抓下手套，看着石磊："石头，你准备。"石磊抓住他的脚："你可要坚持住！"黄宝贵看着自己的小腿，表情凝重，他移开视线，看着周围的残垣断壁，发狠地把手套咬在嘴里，含混不清地嘶吼："来吧——"

"三！二！"石磊没喊一，直接抬起他的脚，黄宝贵一声嘶吼，仰面倒在地上，钢筋断茬上的血在淌落！黄宝贵大口地喘着粗气："你骗我……为什么不喊一……"石磊急忙给黄宝贵包扎伤口，黄宝贵仰面躺着，望着厚厚的云层，泪如泉涌。

6

小树林里，队员们都是一脸焦急。高胜寒冷着脸，拽下耳麦。这时，石磊扶着黄宝贵一前一后地跑来，黄宝贵的小腿部位渗着血痕，走路有些瘸，但强忍着。两人走到近前，对高胜寒敬礼："飞狼！"高胜寒收起耳麦，皱眉："怎么搞的？"黄宝贵咧嘴笑："刮了一阵儿风，树枝擦伤的，大意了！"谢思潇看他俩："哪儿有风啊？注意力不集中吧？"黄宝贵和石磊一愣。石磊目光一动，黄宝贵赶紧给他递眼色，随即："飞狼！对不起！"高胜寒点头："入列吧！"黄宝贵捅了捅石磊，两人赶紧跑进队伍。

曾紫陌下意识地看到黄宝贵腿上的血，惊叫："黄牛，你腿怎么了？"黄宝贵愣住，掩饰地笑道："没事儿，落地的时候被树枝子划了一下，流了点儿血，石头已经帮我处理好了！"石磊泛着泪，不说话。高胜寒审慎地看他："确定没事儿？"黄宝贵笑："真没事儿！你看——"黄宝贵蹦了两下，石磊大惊。黄宝贵忍着疼："没事儿吧？"高胜寒点点头，黄宝贵咬牙，眉头紧皱地跑进队列里，额头上已是一层密汗！石磊入列，站在他旁边，使劲忍着泪。高胜寒扫视着众人，对着马路大吼："黑马！"马路点头，打开卫星通信设备。

空中，崔华盾焦急地拿起通话器："飞狼！飞狼！情况怎么样？"高胜寒表情凝重地拿着海事卫星电话："猎鹰，我们一切顺利，全员平安落地，只有一人轻伤。"

直-8B驾驶舱里，白鹏兴奋地双手握拳，崔华盾也有些激动："飞狼！太好了！祝贺你们，你们创造了奇迹！对了，文澜县城情况怎么样？"高胜寒面色严峻，看着满目疮痍，声音低沉："比想象的还要糟糕。"崔华盾一愣，高胜寒对着耳麦："猎鹰！你可以返航了，我们马上展开行动！"

"好！飞狼，余震不断，你们一定要注意安全。"

"明白！"高胜寒关上卫星电话，崔华盾长吁了一口气，表情严肃："寒号鸟，霹雳火一切顺利，我们可以返航了！"

指挥部里，参谋长兴奋地放下卫星电话："总指挥！刚刚接到飞狼报告，他们已经在文澜县县城安全落地了！"指挥部里一片欢呼的掌声。总指挥脸上都是兴奋，随即焦急地命令："告诉飞狼！马上设法联系当地政府，尽快向指挥部报告文澜县县城的受灾情况！"

"是！"参谋长匆匆拿起通话器。

7

县城的废墟外围，队员们在废墟间快速地奔跑着。黄宝贵一脸痛苦，石磊含泪拽着他，低声问："黄牛，你咋样？"黄宝贵咬着牙："没事儿！"

"黄牛！"

黄宝贵一愣，匆忙忍着疼跑到高胜寒面前："到！"高胜寒焦急地问："黄牛，你是本地人，告诉我，县委县政府在什么位置？"黄宝贵茫然地望着前方。

"大概的位置！"

黄宝贵左右看，最后指着一个方向："县委和县政府大楼应该在那个方向！可是现在看不见了。"高胜寒望着废墟远方，焦急地一挥手："走！"

废墟上，众多的群众和县委工作人员迎面跑来，大喊着："解放军同志！解放军同志！"高胜寒率队连忙回头迎上去，敬礼。

"解放军同志！我是县委办公室的工作人员，我姓张！我们县委陈书记派我们来迎接你们！"

"太好了！我们正找你们呢！县委书记在哪儿？"

工作人员指着后方："陈书记和一大批受灾的群众，都在县城小广场呢！我带你们过去！"

"好！"高胜寒转身命令："全体队员，跟上！"

石磊看着痛苦的黄宝贵："黄牛，你看，咱们多顺利呀！你要乐观，说不定你家里人就在小广场了！"黄宝贵含泪点头："对，乐观……我要乐观！"石磊忙扶着他，黄宝贵甩开石磊的手，左右看看，挣扎着走。石磊满脸痛惜，小心翼翼地跟着他。后面，曾紫陌看着黄宝贵的腿，若有所思。

小广场上，工作人员领着高胜寒匆匆赶到："陈书记！解放军同志到了！"县委书记和灾民们蜂拥围了上来，高胜寒望着伤痕累累，痛哭流涕的灾民们，喉头一阵发紧。黄宝贵下意识地在灾民中搜寻着，一脸失望。石磊看着他："有没有你家里人？"黄宝贵含泪摇头："我一个也不认识……"石磊没说话，含泪拍了拍他的肩膀。

这时，县委书记挤进人群："大家让一让！让一让！"县委书记看着高胜寒，"解放军同志！我是县委书记陈平！哪位同志负责？"高胜寒敬礼："陈书记！我们是抗震救灾总指挥部派来的先遣救援人员！我是霹雳火空降救援突击队的队长，我姓高。这位是教导员——"曾紫陌上前一步，抬手敬礼："我姓曾。陈书记，情况怎么样？"

"高队长，曾教导员，我……我们……"县委书记泪水淌下，说不下去了。灾民们都痛哭着。高胜寒平复着自己的心情："大家不要哭。我们的救援部队已经到达灾区了，大部队正在日夜兼程往这边赶！请放心！大家一定会得到及时的救援！"县委书记握着高胜寒的手："高队长，有你这句话，我这心就放到肚子里了！"曾紫陌严肃地问："陈书记，我们空降到这里，有两项紧急任务，第一，就是要了解县城的受灾情况，将这些情况向总指挥部报告！第二，我们要迅速开辟出一块可供直升机起降的临时机场，将大批的救灾物资和救援人员空运到咱们县城里来，以县城为中心，快速展开救援工作！"县委书记点头："县城的受灾情况我都了解，临时机场的话……"县委书记想了想，眼前一亮，指着小广场："高队长，曾教导员，你看这里怎么样？"

高胜寒打量着周围。一名工作人员说："高队长，我们这座小县城的建筑本来就特别密集，地震这么一倒，连下脚的地方都难找了，这座小广场，应该是整座县城最开阔的地方了。"高胜寒扫视着各处，目光转向不远处一片废墟，严肃地说："陈书记，如果把这里做临时机场的话，那片废墟必须要清走！"

县委书记看着那一大片的废墟，眉头皱紧。旁边，一个年轻的灾民大声说："陈书记！把这个活儿交给我们吧！"说罢，年轻人大喊："大伙儿都听见了吧？解放军要在这儿清理一个临时机场！到时候直升机就可以在这儿降落了！救援物资和搜救人员全靠直升机运过来！他们早来一会儿，咱们县城的老百姓就早一点儿得救！不缺胳膊不断腿儿的，还能干得动活儿的，都上来呀！"

众多的灾民涌上来，有男有女，还有老人和孩子，开始焦急地搬动废墟上的砖石和杂物。县委书记泪流满面："乡亲们！谢谢！谢谢了！"高胜寒感动地看着众人，高声命令："黑马留下！其他人过去帮忙！"

"是！"王星率队朝废墟方向跑去。一个女人哭喊着冲上来："解放军同志！解放军同志！求求你们，救救我丈夫吧！他的腿被压折了！流了好多血，他快挺不住了！"曾紫陌一惊，望过去，只见一个汉子痛苦地躺着呻吟着，曾紫陌拽下急救包："医疗组跟我来！"高胜寒看着曾紫陌几人，又焦急地命令："黑马，马上拨通指挥部的卫星电话！请陈书记向总指挥报告县城受灾情况！"

"是！"马路焦急地操作海事卫星电话。高胜寒转向县委书记："陈书记，你准备一下，汇报的时候，越详细越具体就越好！"县委书记含泪点头。

曾紫陌焦急地检查着男人的伤口，女人哭着问："解放军同志，我丈夫怎么样？他……"曾紫陌表情凝重，抬头看着她："你丈夫的腿应该是粉碎性骨折，而且他失血过多，现在确实很危险。"女人痛哭："我可怎么活呀……"曾紫陌焦急地低吼："大姐！你先别急！我们马上给他止血，再给他注射一针强心剂，这样可以防止他因为失血过多导致心脏停止！等我们的战地手术室架设起来，我们第一个给他做手术！"女人愣愣地看着曾紫陌："你……你们还能做手术？"曾紫陌肯定地点头："能！"赵小丫也含着眼泪："大姐，你放心吧！我们副队长说他没事儿，他就肯定没事儿！"女人哭着磕头："我谢谢你们了……"曾紫陌焦急地扶住女人："大姐，你千万别这样！你快帮我们扶住你丈夫，先给他处理伤口！"

旁边，马路将接通的海事卫星电话交给高胜寒，高胜寒严肃地呼叫："指挥部！指挥部！我是飞狼！"

指挥部里，高胜寒的声音响彻整个指挥大厅："我现在所处的位置是东经××，北纬××，这里是文澜县城的中心小广场！"总指挥严肃地站在大屏幕前："飞狼！我代表指挥部，祝贺你们霹雳火成功伞降！"

"谢谢首长！"

"飞狼！文澜县县城的情况到底怎么样？"

"报告总指挥！我们找到了文澜县委书记陈平同志，下面请他向您介绍具体情况！"

县委书记焦急地拿过电话，悲痛地说："总指挥同志，我是文澜县委书记陈平。目前，文澜县县城受灾非常严重，整个城区几乎看不到完整的建筑，成了一片废墟，县城的电力，水，通信，完全瘫痪。县城通往周边各乡镇的道路也被完全堵塞了，县城，各乡各镇，周边的村庄，全都成了一座座孤岛。"指挥部里，所有人都含泪。总指挥控制着自己的情绪，沉稳地问："陈平同志，人员伤亡情况怎么样？"陈平泪流满面地拿着话筒："总指挥同志，非常抱歉，目前，我没有办法统计具体的伤亡数字，我只能用两个字形容目前的情况：惨烈！现在，在文澜县的县城里，到处都有伤亡，几乎每座建筑的废墟下面都埋着人，我们不知道他们是死还是活，从昨天晚上到现在，余震已经发生了二十多次，每次余震，都会造成新的坍塌，都会造成新的伤亡……总指挥同志！我以文澜县委县政府的名义，代表全县六十万受灾群众，向您请求，请您尽快派遣救援部队，尽快展开搜救行动！再晚一点儿，那些埋在废墟里的人，就真的没有希望了！"

"陈平同志！请你放心！我们参与救灾的中国人民解放军、武警部队指战员，一定会全力以赴！请转告受灾的父老乡亲，请他们坚强起来，请他们再坚持一下，人民子弟兵就是他们的希望！"

县委书记声泪俱下："谢谢！谢谢！"

高胜寒接过话筒："总指挥！我是飞狼！请讲！"

"飞狼！临时机场的建设工作开始了吗？"

高胜寒看着忙碌的人群："已经开始了！"

"什么时候可以完成？我要最晚的时间！"

高胜寒凝视着忙碌的人群，斩钉截铁地说："报告总指挥，最晚一个小时，一个小时之后，我们确保直升机可以在文澜县城起降！"

"好！飞狼！加快速度！继续加快速度！行动结束之后，我亲自为你们霹雳火请功！"总指挥放下话筒，略作思索，焦急地命令："参谋长！马上通知各单位！做好准备！一个小时之后，我们对文澜县县城的救援工作，立刻展开！"

"是！"参谋长领命而去。

8

临时野战机场，各机型直升机整装待发。一组救援物资向运输直升机机舱紧急搬运，各类救援人员匆匆登机。直 -8B 舱门大开，战士们将一辆运输车上数个标记着红十字的大箱子往机舱里运动。崔华盾站在一旁，大声地喊："同志们！小心！一定要小心！箱子里全是精密的医疗设备！"

这时，白鹏匆匆赶到："猎鹰！"崔华盾看着白鹏："大鹏！我估计文澜县的搜救行动开始以后，我们恐怕要歇人不歇机了，你去猫头鹰的直 -9 上，两个人轮流驾驶。"白鹏看着直 -8B，又看崔华盾："那你呢？你一个人？"崔华盾整理着飞行服："现在飞行员紧张，你们轮班休息。"

"你呢？"

崔华盾瞪眼："去呀！"

"你一个人开直 -8B 吗？"

"不相信我的技术？去！"

"是！"白鹏无奈地匆匆而去。崔华盾看了看装箱的情况，直奔驾驶舱。

"猎鹰！"

崔华盾回头，顾意走上前："猎鹰，你怎么把大鹏支走了？"

"人手不够，他在我这儿浪费。"

"你一个人不行！"顾意一脸焦急。

"不是还有你呢吗？"

"我只能给你空中护航，无法代替你驾驶啊！"

崔华盾一笑："这就足够了！赶紧就位吧！霹雳火的时间只会提前，不可能拖后。"

"你别逞强！"

"你觉得我是逞强的人吗？别废话了！再磨叽我连护航都不要了！"崔华盾直奔驾驶舱，顾意无奈，只好走向不远处的武直 -10。直 -8B 驾驶舱里，崔华盾疲惫地捏了捏额头，戴上头盔。

第十七章
—— FIRE ——

1

广场上，群众和队员们奋力搬运着废墟上的砖石和瓦砾。黑龙哈哧着舌头，在废墟间跑来跑去。黄宝贵几乎是不间断地扔着砖石，石磊看着他："黄牛，你慢点儿！"黄宝贵置若罔闻，忍着泪拼命搬。这时，一块破水泥板砸在黄宝贵腿上，黄宝贵痛苦地捂着伤口，鲜血从手指缝里渗出来。石磊一惊，赶紧蹲下："黄牛！俺得给你重新包扎一下！"黄宝贵忍着剧痛："不用！"黄宝贵蹲下，隐秘地紧了紧绑带，继续搬砖石。石磊含泪看着黄宝贵，忽然下定决心："老乡们！俺跟你们打听件事儿！你们有没有福星七街的人啊？！"黄宝贵焦急地抓住石磊的胳膊："石头！你……"石磊甩开他，含泪追问："谁是七街的？俺想打听打听，那儿临着街，有个黄氏兽医站！谁知道兽医站的情况？"

王星和队员们看着石磊和黄宝贵，瞬间明白，焦急地一起问："有没有福星七街的？谁是福星七街的？兽医站怎么样了？"灾民们面面相觑，纷纷摇头。石磊不甘心："一个福星七街的也没有吗？"

"小伙子，我不是福星七街的，可是地震的时候，我正好儿从福星七街路过来着。"一个四十多岁的中年男人说。石磊焦急地跑到他面前："大叔！那俺问你，福星七街咋样了？那个兽医站还在吗……"男人叹息着摆手，打断了石磊："别提了！全塌了！整个街筒子，哭号声一片啊！那个黄氏兽医站，我以前去买过兽药，路过的时候我还真看了一眼，啥都没了！房顶都没见着！"黄宝贵愣立当场，强忍着眼泪。

一名工作人员摇头叹息："我们县城，福星五街和福星七街是老城区，房子最旧，受灾也应该最严重——这位同志，你问那个兽医站干什么？我怎么看你有点儿眼熟？"黄宝贵忍着眼泪："没事儿！我们……我们原来有个战友在福星七街，他家好像就是开兽医站的……也搞不太清楚了。随便问问！大家赶紧干活儿吧！直升机等着降落呢！"队员们心酸地看着黄宝贵。黄宝贵低着头，发泄似的搬动着砖石，眼泪一滴滴掉落在身下的砖石上。

很快，小广场上清理出一片空地。县委书记看着高胜寒："高队长，你看怎么样？够不够用？"高胜寒扫视着，点头："够了！"说罢，高声命令："马上设置地面引导！"

"是！"队员们奔向空地，卸下背包，开始布设装备。指挥部里，总指挥放下话筒，高声命令："通知陆航救援部队，向文澜县县城出发！"

机场上，数架满载物资和救援人员的直升机群呼啸着拔地而起。驾驶舱里，崔华盾冷静地操作着直升机。

2

广场上，大批救援物资堆积如山，解放军、武警消防队等各兵种救援人员纷纷集结，随即又快速分散奔跑而去。广场的一侧空地上，红十字设备箱子打开，曾紫陌几人焦急地指挥救援人员搭建野战手术室。旁边，女人抱着醒来的丈夫，指着渐渐成型的野战手术室激动地说着，丈夫淌泪点头。尘土飞扬中，霹雳火突击组整齐列队，队员们群情激扬，黑龙也瞪着眼睛，支棱着耳朵听着。

一处废墟处，高胜寒、马路、王星、谢思潇、黑龙、黄宝贵、石磊等人拿着搜救工具匆匆跑来。高胜寒望着这一片废墟，焦急地命令："大家两人一组，分散搜索！记住，一块水泥板也不能漏下！"

"是！"队员们两人一组，快速分散开进入废墟。石磊和黄宝贵在废墟上弓着身子，贴着水泥板挨个儿地倾听，呼喊着："有人吗？……有人吗？"

黄宝贵一个趔趄，差点儿摔倒。石磊一愣，黄宝贵一瘸一拐，小腿处鲜血已经浸红了沾满土的裤管。石磊焦急地上前拽住黄宝贵："黄牛！你给我站住！你不能再干了！"黄宝贵焦急地左右看看，瞪着石磊："你喊什么？生怕飞狼他们听不见是吧？"石磊不管不顾地上前抓住黄宝贵胳膊："回去，让教导员给你处理伤口！"石磊使劲架起黄宝贵，黄宝贵不耐烦地摆脱石磊，瞪他："你有病吧！现在教导员的大门口儿躺着一片伤员呢，哪个不比我严重啊？"石磊含泪："你的伤也不轻！你不是没学过这方面知识，你这种伤流血过多的话，也会致命的！"黄宝贵往前走了几步："我没那么脆弱！赶紧的！"石磊倔强地拽住他："你必须跟俺回去！"黄宝贵挣扎着，俩人一起倒地，大口地喘着粗气。石磊哭了："宝贵！算俺求你了行吗？俺知道你想救人，想救你家乡的人，俺也知道，你的家人很可能遇难了，你心里难受，可你不能不要命啊！"黄宝贵淌着泪："……你来过我家乡吗？！我家乡以前多美呀！山清水秀，绿树成荫，鸟语花香，花红柳绿，草长莺飞，江山如画，我……我觉得我能想出来的所有的赞美风景的成语，都可以形容我的家乡！可是现在你看看？你看看！我的家乡现在成什么样儿了！你知道吗？我刚从云层里落下来的时候，看到这一幕，我心都碎了！"

石磊哭着点头。

"你再看看我家乡的人，我的父老乡亲们！他们死的死，伤的伤，还有更多的人埋在这些砖头石头堆里，这些破水泥板子下面！我们要不救他们，他们就算活着，早晚也得渴死、饿死、流血流死！石磊，咱霹雳火的信条之一是什么来着？他人的生命永远比自己的生命更重要！更何况是我父老乡亲们的生命呢？"黄宝贵哭着，挣扎着爬起来，"石头，你算说对了！我今天就是不要命了！我也不能让一个乡亲埋在地底下！"黄宝贵一个趔趄，再次扑倒在地上。石磊哭着上前拽着他，黄宝贵大哭着，用手不停地刨开废墟，血和泪不停地滴答在废墟上……

3

另一边，黑龙在废墟当中嗅来嗅去，突然冲着一片废墟狂吠，谢思潇和王星急忙跑过来："里面还有活着的人！"王星问："你怎么知道不是一条活着的狗？"

"黑龙是受过搜救训练的！"谢思潇说，黑龙心急如焚，又冲着他们汪汪汪。谢思潇和王星贴在废墟上听着，水泥板下方深处传来微弱的呻吟声，王星一惊："真的有人？黑龙，好样的！快想办法救人！"

王星打开头盔上的手电，爬到水泥板下方，谢思潇也凑过去。强光下，悬着的水泥板与下方废墟形成一个空洞，狭窄的空洞深处露出一个小女孩儿的头。小女孩儿挣扎着探着头，微弱地哭："解放军叔叔，解放军阿姨！救命，救救我……"谢思潇焦急地："小妹妹！你别急！我们救你！"

"小妹妹，告诉叔叔，你受伤没有？"

小女孩儿带着哭腔："叔叔，我……我的腿疼，我的腿被压住了……"

"是哪条腿疼？"

"两条腿都疼，一开始特别疼，现在没感觉了，可是我动不了了……"

王星和谢思潇对视，一惊。

"小妹妹！你等等！坚持住！叔叔想办法！"王星蹲起来，看着巨大的水泥板。谢思潇一脸焦急："太大了，抬不动！我去叫人！"

"等等！"王星叫住她，"你学过物理没有？这个水泥板就不能抬！现在这还有平衡，下面全是碎砖渣子，根本不能承重，只要它一动，破坏了这个平衡……"小女孩儿哭着："解放军叔叔，我是不是没救了……可是我不想死，我想我爸爸妈妈，想我的同学，我的假期作业还没做完呢……呜呜呜……"王星心如刀绞："小妹妹，别哭了，你听叔叔说，叔叔向你保证，一定会救你出去！你肯定能见到你爸爸妈妈，还有你的同学，肯定能完成作业！"

"叔叔，那你快点儿救我吧，我……我有点儿困了……"

"小妹妹！不能睡觉，千万不能睡觉！"

"小妹妹！你等着，叔叔这就救你！你不能睡觉！你要是睡着了就再也醒不过来了！"俩人焦急地起身，看着水泥板。王星焦急地思索着，目光一动，又趴下，开始脱身上的救生装备："帮我拿着！"

"你干什么？"

王星趴下，压低了身子："我估摸了一下，我能进去！"谢思潇拉住他："太危险了！我进去！我比你个小！"王星盯着她："你胸比我的大！"谢思潇一愣，低头一看："你胡说什么？！"王星正色道："我没胡说！这是事实！你自己看看这个口子！你别的地方没问题，你的胸能过去吗？我进去，你在外面等我。"没等谢思潇说话，王星低下身，转身就钻进去了。

4

空洞里，到处都是断壁残垣，稍微一用力，就不断有碎石乱渣往下掉落。王星在头盔手电的帮助下小心翼翼地往里爬："小妹妹！小妹妹！你千万别睡着，叔叔来救你了！"小女孩儿虚弱地睁开眼睛："叔叔……我……我真的很困……"王星努力爬过来："你别睡！千万别睡！叔叔来救你了！……小妹妹！千万别睡觉，叔叔给你唱首歌行不行？"小女孩儿无神地看着他，微微点头。王星努力向前爬着："你想听什么歌儿，告诉叔叔。"

"我……我想听……"

"你别急，慢慢想！认真想！你想听什么歌儿叔叔都会唱！"

"叔叔……我想听……想听我们学校的校歌。"小女孩的声音越来越弱。王星一愣："小妹妹，你换一首吧。"

"我就想听校歌，叔叔，你是不是不会唱啊……那我不听了，我睡了……"小女孩的声音暗了下去，王星心急如焚："别！小妹妹，叔叔会唱！叔叔就是忘了歌词了！你告诉我歌词，我给你唱！"——没有声音。王星大惊，焦急地大喊："小妹妹！小妹妹！"

"青山脚下……绿水边，有我可爱的……校园……"黑暗里传来小女孩微弱的声音，王星松了一口气："好！那我唱了！你听着！"

其实王星根本不会唱这歌，就随便唱了一个调儿，小女孩一听不对："叔叔，你……唱得不对。"王星故意："不对吗？挺对的！我记得你们的校歌就是这么唱的！"小女孩摇头，王星沉住气："那你告诉叔叔，应该怎么唱？要不你教我吧，你唱一句，我唱一句。"就这样，小女孩唱一句，王星就跟着学一句，一点一点地往前蹭。

洞口外，谢思潇听见隐约传来的歌声，满眼含泪。

"团结奋斗，自强不息，我们是祖国未来的接班人……"小女孩的声音渐渐低了下去，王星满头是汗，在洞里小心翼翼地接近小女孩。小女孩儿的眼睛暗了下去，虚弱地问王星："叔叔……你……你学会了吗？"王星凝视着她，点头："叔叔学会了！学会了！小妹妹！快，把手递给叔叔！"小女孩挣扎着缓缓伸出小手，王星使劲够着那只手。

忽然，大地猛地一颤！洞外面响起一片尖叫声，人们四处躲避着余震。谢思潇在洞口站都站不稳，急喊："007——王星——快出来！"原本倒塌的房子又是一阵震动，黑龙朝着洞口狂吠，谢思潇大哭喊着王星的名字！

洞里面一片尘土飞扬，碎石掉落！王星的身体摇晃着，水泥板发出一阵恐怖的声音，头顶上有碎石不断掉落，王星瞪着眼睛，努力朝小女孩伸着手。小女孩哭着："叔叔……你快走吧！别管我了……"大地在晃动，王星继续向前蹭了几步："叔叔答应你了！一定会救你出去！"——大地在震颤！死神的啸叫声在回荡。王星终于爬到小女孩身边，摘下自己的头盔给她戴上，整个身子护住她。这时，洞里突然一片黑暗——碎石掉落，洞口坍塌。王星埋着头，抱住小女孩，石块和灰烬不断砸在他的身上和头上……

<h1 style="text-align:center">5</h1>

大地恢复平静，尘土飞扬中，再次倒塌的废墟将大水泥板完全埋住！谢思潇从地上慢慢爬起来，洞口被碎石封住，谢思潇扑上去，撕心裂肺地吼："王星！王星！"——没有回应。黑龙也跑过来，呜呜呜地叫着。谢思潇哭喊着左右看看，捡起旁边的一把钢钎，发疯似的清理着碎砖石："王星，王星你说话！——飞狼！飞狼——"

另一处废墟，高胜寒和马路正在搜索着，耳机里传来谢思潇撕心裂肺的哭喊声，高胜寒沉声问："我是飞狼，蜘蛛蟹，怎么了？"谢思潇泣不成声："飞狼！007被埋在废墟里了！"高胜寒愣住，随即焦急地问："报告你的位置！"谢思潇哭喊着："已经传输到你的PDA上！"高胜寒下意识地看着石磊所说的标志物，焦急地说："不要慌，我们马上到！"

废墟处，谢思潇的脸惨白，焦急地呼喊着："007！王星！你听见没有？答应一声啊！……"高胜寒和几个人猛跑过来，看到废墟，全都愣住了："怎么回事？"谢思潇哭着抬起头："这下面有一个小女孩儿，007为了救她，从水泥板下面的空洞钻进去了！本来是能爬进去的，余震了，就都塌了！"

"他的单兵电台呢？"高胜寒急问。谢思潇哭着指着一旁的单兵电台和其他装备："那个洞太窄了，他把身上的装备全都卸下来了……"

黑暗中，王星满身满脸都是水泥灰，他用身体紧紧地护着小女孩，他的身上堆满了碎石和钢筋，额头上不断有温热的血流下来。王星艰难地活动了一下身体——还好，没有骨折。

小女孩在他怀里，头盔和他的身体挡住了余震掉落的碎石。王星拿下头盔上的手电，照着小女孩："小妹妹，小妹妹？"小女孩声若游丝："叔叔……"王星擦去脸上的血污："小妹妹，你没事儿吧？"

"叔叔，我疼，除了腿不疼，到处都疼……"

王星一愣，他下意识地伸手摸着小女孩的两腿，大惊！小女孩虚弱地问："叔叔，我的腿怎么了？"王星挤出一丝笑："你的腿没事儿，好好的。"

"叔叔，我们是不是永远都出不去了？"

王星打量着四周："大难不死必有后福，我们一定能出去的！"

这时，外面传来隐约的呼喊声和犬吠声。小女孩问："叔叔，好像有人在喊，还有……还有狗叫。"王星点头："是叔叔的战友！"

"那狗呢？也是叔叔的战友吗？"

王星眨巴眼："……也是！"

小女孩笑了："我可喜欢狗了！我能摸摸它吗？"

"当然能，那是叔叔的军犬，叫黑龙！等咱们出去，黑龙给你玩！"小女孩笑着点头，王星朝着洞口处高喊："你们能听到吗？！外面的人！蜘蛛蟹！飞狼！黑龙！"

废墟上，众人还在不停地呼喊，黑龙忽然一愣，猛地跳到水泥板上，转着圈儿地狂吠！谢思潇目光一动，顾不上抹泪，焦急地说："都安静！黑龙有反应！它肯定听到什么了！"所有人猛地安静下来。

"黑龙！安静！"谢思潇侧耳听着，黑龙不再狂吠，看看谢思潇，又看看水泥板下方。谢思潇猛跑几步，把耳朵贴在水泥板上，所有人都屏住了呼吸。

废墟下的空洞里，王星在嘶吼："蜘蛛蟹！飞狼！黑龙！都听见了吗？我在这儿！我还活着！"

谢思潇头贴着水泥板，瞪着眼睛，激动地笑着："是他！听见了！他在喊呢！他说他还活着！"高胜寒几步跨过去，朝洞口大喊："007！我是飞狼！你听见没有？"

"飞狼！我听见了！"

"007！你现在怎么样？受伤没有？"

"我没事儿！"

"告诉我伤员的情况？"

王星看着小女孩，焦急地说："飞狼！她现在情况很不好，两条腿……"小女孩问他："叔叔，我的腿怎么了？断了吗？"

"没事！你的腿没断——"王星大喊，"她的腿被压着时间太长，已经暂时失去知觉！要赶紧把她救出去！"小女孩哭了："叔叔，你别骗我！"王星努力一笑："我没骗你，你的腿一定没事！相信叔叔！"

废墟外，谢思潇心急如焚地看着高胜寒："飞狼，怎么办？你拿个主意啊！"高胜寒焦急万分地看着脚下的水泥板："王星，现在情况有点儿复杂，有几块很大的水泥板压在你们的身体上方。不过你放心，我们一定会尽快想办法把你和那个小女孩救出来。你现在需要做的，是坚持！一定要坚持住！另外，你也要让那个女孩坚持住！决不能放弃！"所有人都含泪看着脚下的那些巨大的水泥板，谢思潇泪如雨下。

"飞狼！我听见了！你放心吧！我们一定会坚持到底的！"

小女孩眼巴巴地看着王星："叔叔，我们还能出去吗？"王星目光坚毅，点头："一定能，他们不会放弃你的。他人的生命高于自己的生命——我们的信念。霹雳火空降救援突击队，不会放弃任何一个伤员。"

黑暗中，小女孩的眼睛泪光闪闪。

马路焦急地看着四周巨大的水泥板，问高胜寒："飞狼！咱们怎么办？"所有人都看他，高胜寒看着脚下的水泥板："先要想办法把输送管送进去，给他们提供通信视频设备、水和食物，还有必要的药品，不然他们顶不住多久。"马路点头。

"我们怎么把这个水泥板搞起来？不知道下面的结构，动哪块都可能彻底坍塌。"许飞一脸焦急。曾紫陌看看四周："这得需要专业的地震救援队了，我们没有这方面的工具设备。"

"是，这不能蛮干，"高胜寒点头，"——我向指挥部求援，中国国际救援队已经到灾区了，就在我们附近展开，他们是最棒的专业地震救援队。"高胜寒转身，谢思潇拉住他，眼巴巴地问"飞狼？他们有救吗？王星……王星能救出来吗？"高胜寒声音低沉："我们要尽最大努力，现在余震还在持续。"谢思潇愣住了。高胜寒拍拍她的肩膀："现在别分心，你来想办法让黑龙从缝隙钻过去，把设备和输送管送进去，我去联系国际救援队。撑住，他们会没事的。你们别在这傻站着了，那边还有很多工作！该干吗干吗去，等我叫援兵来！"谢思潇稳定住自己，忍住眼泪点头。

黑暗中，王星挣扎着起身，半靠在废墟砖石壁上："小妹妹，刚才我和上面的叔叔阿姨说话，你都听见了吧？"小女孩点头："我听见了，叔叔阿姨们让我们坚持住，他们很快就会把我们救出去。"王星使劲点头："没错！所以，从现在开始，你要和叔叔一起加油了，咱们要一块儿坚持到底！等着上面叔叔阿姨把咱们救出去！"小女孩儿含泪点头。王星移动了一下，拿出止血带："小妹妹，叔叔现在要给你的两条腿止血，可能会有点儿疼，你要坚持住！"小女孩看着王星："叔叔，我的腿现在不疼。"王星鼻子一酸："那是因为你的腿断了以后，身体要保护它，所以，就……就不让它疼了。叔叔开始了！"王星用止血带勒住小女孩断腿的上方："叔叔先把你的腿勒住，过一会儿再松一松，这样，又能止血，还能保证你的腿保持血液流通……"

"叔叔，你是医生吗？"小女孩好奇地问。王星笑笑："叔叔是战地救援队的，当然是战地医生了！"

"那太好了！有医生在，我的腿肯定没事儿。"

王星忍住，故作微笑地点头："肯定的！等咱们出去以后，叔叔请外科医生给你做手术，把腿一接上，你就又能走路了。"王星给小女孩扎好止血带，又小心翼翼地拖过另一条腿，继续包扎止血。小女孩看着王星，眼皮渐渐耷拉下去："叔叔，我又想睡觉了。"王星一惊，焦急地："不能睡！千万不能睡！你忘了刚才叔叔刚钻进来的时候，怎么跟你说的了？！小妹妹，咱俩聊天吧，你叫什么名字？"

"叔叔，我叫叶小李。"

王星故作轻松地一笑："叶小李，挺特别的，谁给你起的？"

小女孩儿勉强一笑："我爸爸给我起的，他姓叶，我妈妈姓李。"

王星一愣："……你爸爸真有文化！"

"你叫我叶子就好了，我爸爸妈妈和同学们都这么叫我！叔叔，那你叫什么名字？"

"叔叔叫王星。"

"王星……这名字真好听啊！你这号码怎么是007啊？"

"叔叔的代号是007。"

……

6

时间一分一秒地过去。废墟外面，谢思潇把单兵电台、水袋，还有食物插在黑龙的战术背心上，黑龙的头上戴着摄像头，谢思潇心疼地拍拍黑龙的脑袋："黑龙，看你的了！"黑龙汪汪叫了两声，纵身跳上废墟，钻进了缝隙。

黑龙在狭窄的缝隙里穿行。很快，谢思潇看着手里的终端，黑龙戴着的摄像头不断传来现场的画面。

黑暗的洞里，王星抱着小女孩在等待。小女孩声音有些颤抖："叔叔，我冷……"王星抱紧她："不冷，叔叔给你取暖。"

"我好困啊……"

"不能睡着，叶子，知道吗？睡着了，你就可能再也看不见爸爸妈妈了，再也看不见叔叔了……"

叶子努力坚持着："我坚持，不睡着……叶子最乖了……叶子不会睡着的……"王星鼻头一酸，抱紧叶子："别睡着，叶子，我们一定会得救的……"缝隙里，黑龙焦急地拼命往里钻。谢思潇看着终端监控画面，泪如雨下。

7

另一处废墟，身着橘红色制服的中国国际救援队队员们正在废墟各处忙碌着。高胜寒驾车快速赶到，跳下车高喊："哪位是负责人？"队长匆匆迎过来："我是国际救援队队长林茂！"高胜寒伸出手："你好，我是中国陆军航空兵飞虎突击旅霹雳火空降战地救援队的，我是队长高胜寒！我们有麻烦了！"

"我接到通知了！怎么回事？你们的人被困住了？"

"对！我们有一名同志，为了救出废墟下面的小女孩钻进去，赶上余震，被压在下面了，现在都还活着！"

"明白了！"队长转身一招手，"——中队，跟我走！"

黑暗的洞里，王星抱着叶子，这时，黑龙的头从缝隙间冒出来，叶子瞪大了眼："狗狗！"王星也是一脸惊喜："黑龙！"

黑龙拼命地往里钻，凑过去不断地舔王星的脸。王星摸摸黑龙的脑袋："好狗！黑龙！好样的！"叶子笑："狗狗！好可爱啊！"王星笑："没事，你摸摸它，不咬的！黑龙，这是小叶子！"

王星取下黑龙身上的装备，把摄像头装在角落高处，拍拍黑龙："黑龙，辛苦了！快回去吧！"黑龙不肯走。王星吼出来："快走，一会儿再有余震就麻烦了！"黑龙还是眼巴巴地看着他。

"听见没有？！别不听话！等到你再陷进来，再救你吗？快走！"黑龙呜呜呜地转着圈，依依不舍地。王星的声音软下来："听话，黑龙，你还有任务没完成。"黑龙看看王星，蹭蹭他的脸，转身钻进缝隙出去了。王星拿起电台："这里是007，我已经收到给养。"

废墟外，谢思潇擦去眼泪，看着终端："007，蜘蛛蟹收到，我们在想办法救你们出来，你们一定要保持冷静。"

"放心，我很冷静，你怎么了？哭了？"

"谁谁谁哭了？我没哭！"谢思潇擦着眼泪，"我现在把流食和营养液从输送管传输过去！"王星笑，把输送管的一端接上吮吸口："张嘴，好吃的。"

"是可乐吗？"

"不是，输送管不能送碳酸饮料，会有气体，等咱们出去了，叔叔保证给你喝不完的可乐！"叶子笑了，张嘴含住输送管。

这时，高胜寒和国际救援队的队员们跳下车，急跑过来。谢思潇迎上去："飞狼！"

"现在怎么样了？蜘蛛蟹？"

"已经把输送管送进去了，国际救援队来了？"

队长笑笑，招呼队员们卸下装备："我们来接手吧，交给我们了。"谢思潇眼巴巴地点头，眼泪不断在流。高胜寒拍拍她："相信他们，他们是最专业的地震救援队。"谢思潇狂点头，捂着嘴不哭出声来。

8

在通往文澜县城的山道上，山路崎岖不平，两侧都是清理出来的滑坡和乱石。一支挖掘机和装载机组成的车队快速行进着。李老憨亲自驾驶着装载机，表情凝重，他拿起车上的扩音喇叭："公司的兄弟们，大伙儿都注意了！咱们老树根建筑工程公司，是第一支到达灾区的民间抗震救灾组织……咱这一趟，也带着政府交给咱们的重要任务！那就是要帮着前面的解放军的救援部队，疏通到县城的道路。于公于私，咱们都得全力以赴。我提几个要求……"这时，有人在拍玻璃，李老憨扭头一看，李小芹站在驾驶室外面的梯子上："爸！别提要求了！咱到了！"李老憨一愣，看过去，只见前方的道路被滑坡的山石阻塞，两侧停满了车辆，工兵团战士们正热火朝天地搬撬着山石。李老憨目光灼灼："要求一会儿再提！准备开工了！"说罢，李老憨放下喇叭，操作装载机，"小芹！扶好！"小芹点头，紧紧抓着栏杆。

工地现场，战士们正忙碌着，一阵轰鸣声传来，战士们纷纷起身望过去。团长满怀激动："同志们！咱们的援兵到了！"李老憨跳下车，大喊："哪位是杨团长？杨明远团长在不在？"团长和几个干部匆匆迎了上去："我就是杨明远！"

"杨团长！你好，我们是老树根建筑工程有限公司的，我就是公司的董事长李老憨！这是我闺女，总经理李小芹！"

杨团长敬礼："两位好！我们早就接到指挥部的通知了，一直在盼着你们尽快到达！"

小芹焦急地看着四周的巨石："杨团长，情况怎么样？"

"你们跟我来！"杨团长指着前方的石头堆："你们看，这片塌方区，是一个多小时之前的余震造成的，现在我们距离文澜县城，仅仅五公里，这是最后一个阻碍，只要能把它疏通，我们的物资车队和救援车辆，就能到县城！"李老憨打量着前方的塌方区，又紧走几步直奔一块大石头，爬上去，小芹连忙扶着他。

李老憨站在一块巨石上，眺望着前方，表情严肃。杨团长问："怎么样李董事长？"李老憨从石头上下来："杨团长！把它交给我们吧！顶多一个小时，我保证通车！"杨团长激动地握住李老憨的手："好，好，那就交给你们了！"

9

废墟处，很快，满身尘土和血污的王星和小女孩被抬了出来，谢思潇急忙扑上去。王星满脸尘土，闭眼昏迷着，谢思潇急眼了："王星！王星！你醒醒！"——王星纹丝不动。曾紫陌急喊："快！快把他们抬到手术室去！"大家七手八脚地抬着他们下了废墟，谢思潇紧紧跟着跑过去，哭着："王星，你可不能有事啊，你有事我也不活了！"

突然，王星的嘴角跳了一下，谢思潇恍然大悟，伸出手挠着王星胳肢窝，王星猛地一下子从担架上翻下来："不带挠痒痒肉的！"正抬着担架的黄宝贵和石磊急眼了："你这是累死战友不负责是吧？！都什么时候了，你还跟我们玩这个？！"王星笑："对不住，对不住两位！等回去以后我请客！"

"你个浑蛋！"谢思潇满脸泪痕，怒视着王星。王星转身就跑："我就是开个玩笑，开个玩笑！"小叶子躺在担架上："007叔叔……"王星赶紧过去："叔叔在这儿呢！"小叶子忽闪着大眼睛："我想喝可乐……"王星一笑："叔叔一定给你送去！"小叶子笑着点头。

后面，黄宝贵望着四周的废墟上来往的人群，一脸茫然，忽然皱了皱眉，一低头，小腿处不断有血渗透出来。这时，耳机里传来高胜寒焦急的声音："黄牛！石头！你们马上到12号位置，引导受灾群众向第七、第八安置点撤离！"

"收到！"石磊和黄宝贵急忙向目的地跑去。

10

道路中间，两台挖掘机轰鸣着，一起用挖掘铲推搡着一块巨石。巨石晃了几晃，轰然落下路沟——前方豁然开朗！工兵团的战士们欢呼雀跃："通了！"李老憨对工兵团长说："怎么样？我说一小时，现在才55分钟！"工兵团长激动地握着李老憨的手："李董事长，谢谢你们，太感谢你们了！！"

"一家人不说两家话！杨团长，我们把前边儿的路清理清理，咱们一块儿进县城！"

"好！我让运输车队做好准备！"

李老憨点头，举起扩音喇叭："挖掘机退后，装载机上！"工程车轰鸣交错着向县城方向开去。

废墟现场，受灾群众们拖家带口地往临时安置点撤离。黄宝贵一边招呼着乡亲们，一边带着哭腔不停地问："你们有认识黄大力的吗？"所有人都摇着头。石磊看他："黄牛，你休息一会儿吧！这都第五天了，你还这么死扛着，不行的！"黄宝贵焦急地看着县城的废墟，身体打着晃，突然，脚下一软，晕了过去。石磊大惊着跑过去："黄牛？！黄牛？！"

11

　　野战病房里，一条湿毛巾小心翼翼地在黄宝贵脸上擦拭。小芹拿着毛巾，心疼地看着黄宝贵。黄宝贵眉头一皱，嘴里嘟囔着："小芹……小芹……"小芹激动地放下毛巾："宝贵！我在呢！我在这儿呢！"黄宝贵缓缓睁开眼睛，笑了："小芹，我又梦见你了。"

　　"宝贵，你没做梦，我真在呢！"

　　"小芹，别闹。让我尽情地享受美好的梦境吧。一会儿起床哨一响，你又没了。"

　　小芹苦笑，伸手在他胳膊上拧了一把！黄宝贵惊叫一声，震惊地看着小芹。小芹看着他："你没做梦。要不我再掐一把？"黄宝贵赶紧摇头："不用不用……"小芹笑了，起身拿水："你渴了吧，快喝水。"黄宝贵喝着水，目不转睛地看着小芹。

　　"你慢点儿喝。"小芹含情脉脉，拿毛巾给黄宝贵擦拭着嘴角。黄宝贵如同梦境一般。小芹笑着看他："怎么，你还没清醒呢？"

　　"醒了……小芹，你咋来了？"

　　"说来话长，反正我来到灾区了，正好遇见你受伤昏过去了，我给你输了血，然后就一直在这儿陪着你。"

　　黄宝贵难以置信地看着小芹。小芹一笑，含情脉脉："黄宝贵，你经常梦见我啊？"黄宝贵醒悟过来，摇头："我……也没有，我……"

　　"那你刚才为什么要说一个'又'字呢？"

　　"我说了吗？"黄宝贵死撑。

　　"你说了。你还在梦里喊我的名字呢！"

　　"我喊了？"黄宝贵咽了口唾沫。

　　小芹点头："喊了！你昏迷的时候也在喊我的名字。"

　　"没喊别人？"

　　"还喊你爸爸和妈妈了，但是喊我的名字最多。我挺开心的。"

　　黄宝贵有些心虚："你开心就好。"

　　"黄宝贵，我也经常梦见你。听我爹说，我也在梦里喊过你的名字。"

　　黄宝贵脸一红："真巧……"小芹动情地看着黄宝贵："宝贵，这不是巧合，这是缘分，是爱。这说明你心里有我，我心里有你，你爱上我了，我也爱上你了。"黄宝贵直愣愣地看着小芹："这……就是爱呀……"

　　"你装什么糊涂呢？你再这样我可走了！"小芹起身。黄宝贵赶紧一把拉住她："小芹你别走啊！我只是觉得幸福来得太突然了，一时没反应过来。"小芹笑了："你闭上眼睛。"黄宝贵警觉地："干吗？"

　　"给你个小礼物。"

黄宝贵哦了一声，闭上眼睛。小芹凑过去，在黄宝贵脸上快速亲了一口。黄宝贵大惊，睁开眼睛，看着满脸通红的小芹。小芹有些羞涩地："怎么了？不喜欢啊？"黄宝贵大喜："太喜欢了，我是不是得回赠你一个小礼物啊？"小芹嗔怪地一笑："随你便。"黄宝贵坐了起来，舔了舔嘴唇："我回你个大的吧。"小芹幸福地闭上眼睛，扬起下巴。黄宝贵幸福地凑上去，抱住小芹，两个人的嘴越来越近……

"宝贵……"门砰然打开，石磊冲了进来，黄宝贵咬着牙，皱眉："石磊，你说你……"黄宝贵看过去，愣住了："爸！妈？！"

屋里的人看着小芹，俩人这才意识到还抱着呢，赶紧松手。黄大力笑："别别别，你们继续，我们等会儿再进来。"黄大力笑呵呵地示意老伴儿往外走，黄宝贵跳下床："爸！妈！你们别走啊！我都快急死了，可算是见到你们了！你们快回来！"小芹也赶紧起身，不好意思地笑着："叔叔阿姨，你们回来吧。"

两人笑呵呵地过去，宝贵妈笑盈盈看着小芹："姑娘，你多大了，叫啥名字？哪儿人啊？家里……"小芹脸一红："阿姨，我……"黄大力瞪她："你查户口呢？儿子喜欢就行了！问那么多干啥？"随即高兴地看着黄宝贵，"哎呀，真好，儿子没事，还搞上对象了。还挺漂亮，哎呀……"

小芹尴尬地看黄宝贵。黄宝贵苦笑："爸，妈，先别说我们了，你们是咋知道我在这儿的？"

"这不刚才我和你妈往安置点走，正好遇见石磊了嘛！"

"我一看见叔叔阿姨，就赶紧把他们带过来了。"

黄宝贵感动地点头，焦急地问："咱家怎么样了？"两人一愣，黄大力叹息了一声："房子都塌了，咱兽医站也塌了。"黄宝贵安慰地一笑："爸，妈，没事，房子塌了咱们再建，你们俩没事就好。"宝贵妈擦着眼泪："对！人没事儿就好！看外面死了那么多人，咱家人都没事儿，我和你爸就知足了。"黄大力看着小芹："不但没少人，这还要多一口子，多好！"宝贵妈一愣："对对对，不光是多一口子，过两年还得再多一口子呢！"小芹尴尬地站在一旁笑。

"小芹！小芹？！"外面传来声音。李小芹往外走："是我爹！"石磊目光一动，抢着出门："俺去接他！"

小芹正愣神，石磊已经领着李老憨进门了，小芹连忙迎上去："爹！你怎么来了？"李老憨说："我正好儿在附近，听根宝儿说在这儿看见你了，我就过来看看。"说罢，李老憨看着黄宝贵，"宝贵，伤没事儿吧？"黄宝贵笑："没事儿！"李老憨笑着点头，目光转向黄大力夫妇，喜笑颜开地伸手："哟，哟，我知道，我知道！不用介绍，不用介绍了！两位亲家好啊！"所有人全都愣住了。黄大力反应过来，连忙迎上去握手："好好好！亲家你好！"黄宝贵和小芹目瞪口呆地看着。石磊站在一旁，心生感慨："总有一个爱情故事，会是好的结局，必须的！"

12

　　帐篷外贴着红白十字，输液瓶滴答着，小叶子盖着被子，两眼红肿，泪流满面地躺在病床上。这时，病房门轻轻推开，王星走了进来，压抑着情绪，轻轻关门，走到病床前。小叶子看着他。王星强挤出笑容，把两瓶可乐拿在她面前："小叶子，你看这是什么？"

　　"可乐……"

　　王星笑："对，是可乐。叔叔找了好久才找到这么两瓶，全给你拿来了。"小叶子看着那两瓶可乐，王星强忍着挤出微笑，"怎么样，007叔叔说话算话吧？"小叶子哇的一声哭出来："007叔叔是骗子！"王星拿着饮料愣住了，小叶子大哭："007叔叔跟我说，我的腿没事儿，只要接上就能走路了，可是她们把我的两条腿都锯掉了！我没有腿了，再也不能走路了！也不能再跳舞了！我想要我的腿！她们把它扔了吗？007叔叔，你不是什么事都能做到吗？你帮我把我的腿找回来……"王星的眼泪淌落下来，他放下可乐，俯身紧紧抱着痛哭的小叶子："小叶子，对不起，叔叔骗了你……可是你知道吗，叔叔是为了救你才骗你的。叔叔不想让你死，想让你活下去，因为叔叔知道，世界上没有什么能比生命更重要……叔叔想看到活着的小叶子，可以喝可乐的小叶子……她虽然没有了腿，但是她还可以上学，可以唱歌，如果她愿意，她还可以继续跳舞……"小叶子尽情地痛哭着，王星的泪水唰唰落下。

　　"007叔叔，我又想喝可乐了。"

　　王星擦着泪水起身："好！叔叔给你拿。"王星拧开一瓶可乐，送到小叶子嘴边。小叶子流着泪，喝了一小口。王星忍着眼泪："好喝吗？"小叶子点头："真好喝。"

　　"那就再来一大口！"

　　小叶子没动，看着王星，王星小心翼翼："怎么不喝了？"小叶子看着王星："007叔叔，谢谢你。活着真好，我一定会好好活下去的。"王星含泪点头："好！那你说话算话。"小叶子坚定地点头，缓缓伸出小手，两人一起拉钩约定。小叶子一口一口喝着，布满泪痕的脸上露出甜甜的微笑。门口，曾紫陌和刚刚进门的谢思潇看着这一幕，热泪滚滚。

第十八章
—— FIRE ——

1

空中，直升机的轰鸣声惊天动地，数架直 -8B 在武直 -10 的护航下低空飞行，黑压压的如同乌鸦群。顾意驾驶着武直 -10，下意识地看着侧方向飞行的直 -8B 驾驶舱的崔华盾，拉下耳麦："猎鹰！"

"寒号鸟，怎么了？"

"这趟结束以后，你休息一下吧。"

崔华盾一笑："你觉得可能吗？"

"文澜县城道路已经畅通了，一部分伤员和物资可以通过地面运输。"

"县城运输是缓解了，下面各乡镇还等着咱们呢！一些危重伤员和精密仪器还得通过直升机运输。"顾意皱眉："所以，你现在要是不休息，后面就没机会了。猎鹰，你已经连续飞行超过 24 小时了！"崔华盾努力甩甩头，想让自己更清醒一些："你不也一样吗？我们来这儿就不是为了休息的。别说了！等任务结束，全体放假，有的是机会补觉！"顾意无奈地叹息一声，直升机群在空中低空掠过。

一处用临时帐篷搭建起来的小学门口，"八一抗震小学"的横幅在废墟间异常鲜艳，官兵们都在各自忙碌着。帐篷里，孩子们脸上带着泪痕，坐在小马扎上，曾紫陌和高胜寒站在前面，都是忧心忡忡。

"孩子们，同学们，你们并不孤独，你们……"曾紫陌站在讲台上，努力挤出一丝笑容，眼泪却忍不住往下掉，"……部队和地方都在关心着你们，你们……的家园，你们的明天，会更美好，更幸福……"曾紫陌说不下去了，强忍着眼泪。

一个小女孩站起来："解放军阿姨，谢谢您的祝福。可是……可是我们一点儿也不幸福。"一片哭声响起来，小女孩抹着眼泪："我们的家都没有了，亲人也都去世了，我们全都成了孤儿。人们都说，孤儿就像是野地里的小草，没人管没人问，一辈子也不可能幸福的！"曾紫陌眼含热泪："同学们！你们千万别这么说！你们怎么会没人管没人问呢？我们不是来了吗？"

"可是您早晚都要回去的。你们都走了，我们不还是孤苦伶仃的吗？"

曾紫陌看着一张张单纯可爱的脸，张着嘴，却一个字也说不下去，泣不成声。高胜寒的喉结蠕动着："同学们，大家不要哭了，听叔叔说几句话。"孩子们都安静下来，含泪看着高胜寒。"同学们，说心里话，你们确实很不幸，因为你们这么小的年龄，就遭遇这样一场巨大的灾难。就像刚才这位同学说的，你们的家没有了，亲人没有了，全都成了孤儿。但是叔叔告诉你们，你们的未来会不会幸福，不是由命运决定的，而是由你们自己决定的！"孩子们都睁大了眼睛看着高胜寒。

"人的一生，总会经历这样那样的磨难，总会有这样那样的不如意。如果大家心里老是想着自己好可怜，自己不幸福，那就等于自己承认失败了，大家想想看，如果自己都承认自己失败了，还怎么去追求幸福呢？一点儿斗志都没有了，就只能做一辈子的可怜虫了。同学们，你们愿意成为这样的可怜虫吗？"

"不愿意！"孩子们异口同声。

"叔叔，那我们应该怎么做呢？"小女孩问。

"鼓起勇气，战斗！"

"可是我们又不是解放军，怎么战斗啊！"一个十来岁的小男孩问。高胜寒笑："谁说只有解放军才能战斗啊？叔叔告诉你们，你们全都是战士，自己的战士，你们每个人都可以去战斗！和谁战斗？和命运去战斗，和不幸去战斗！当然，你们现在还小，最好的战斗，那就是要好好学习了！你们只有好好学习，才能取得好的成绩，将来才能考上好的大学，有一个好的未来。到那个时候，你们还会觉得自己是不幸福的吗？"孩子们忽闪着大眼睛，纷纷摇头。

"还有，叔叔告诉你们，你们也不是一个人在战斗！你们看，现在在你们的家乡，有许许多多的解放军和从全国各地赶来的救灾队伍，大家都在帮助你们重建家园，你们当地的政府也给你们安排了住处和食堂，还有夏初老师她们，她们担心你们因为受灾影响学习，从全国各地赶来给你们补课，教你们知识。叔叔还看到了许许多多运到灾区的粮食、衣服、学习用品，还有许多外地的小朋友，把他们喜欢的玩具都寄到了你们手里，这说明什么？说明你们一点儿也不孤单，根本不会没人管没人问，全中国的人都在帮你们渡过难关呢！所以，叔叔希望你们一定不要辜负大家对你们的希望，一定要坚强起来，勇敢地去战斗！而且，等将来你们战胜了困难，得到了幸福之后，还可以去帮助别的需要帮助的人！你们还要用自己学到的知识，让自己的家乡变得比以前还要美丽！你们还要报效祖国，做一个对国家有用的人才！到那个时候啊，谁再说你们不幸福，不快乐，叔叔第一个不同意！"

孩子们破涕为笑。小男孩腾地站起来，举起右手敬了一个不标准的军礼："叔叔！我长大了也想当解放军！"高胜寒笑："好啊！等你长大的时候啊，叔叔都老了，正好你来接班！"小女孩也站起来："叔叔！女孩儿能当兵吗？"高胜寒笑着点头："当然可以了！叔叔的部队就有好多优秀的女兵！"孩子们七嘴八舌地向高胜寒说着自己的理想，高胜寒连连点头，不断伸出大拇指。曾紫陌擦着眼泪，钦佩地看着高胜寒。

2

火车站出站大厅里人头攒动，人们背着大包小包的行李疾步穿梭着。在大厅一侧的大屏幕上，正在直播着地震现场的最新消息，人们都聚集在屏幕下方，表情凝重地关注着。旅长王浩和政委秦明以及几个干部站在出口处焦急地等待着。在他们旁边，夏初也带着蓝妞关切地看着。

大屏幕上，几个志愿者和众多灾区孩子聚集在帐篷群前方。一名记者眼含热泪："……观众朋友，现在我身边的这些孩子，全都是在这场地震中失去了亲人的孤儿。他们没有了亲人，也没有了熟悉的家和学校，现在只能安置在简易帐篷里，由为数不多的几个志愿者负责照顾他们的日常生活。孩子们心灵受创，需要志愿者的照顾和心理辅导，可是我们志愿者的数量太少了，根本没有时间满足孩子们的要求，我想在这儿向广大电视机前的朋友们呼吁，请大家踊跃加入到我们的行列中来，特别是老师们，孩子们真的很需要你们……"

大屏幕上，一个孩子举着书包走上前，哭着："我想我的学校，想我的老师和同学们，我想上学！"夏初心酸地看着孩子们，泪流满面。忽然，夏初睁大了泪眼，若有所思。蓝妞含泪抬头看着夏初："夏老师，您怎么了？"夏初擦着眼泪："老师没事。"

"咱们在灾区有多少部队？"政委趋前一步问。旅长王浩声音低沉："战虎特种航空队，霹雳火空降救援突击队，还有一些辅助单位。他们的救灾工作还很重。"

"再重，我们也得想办法帮助孩子们上学啊！"秦明说，"老王，我打算带一些机关干部去支援灾区小学。"

"好，不过，虽然咱们的机关干部文化水平都不低，但是毕竟不熟悉现在的教育体系啊？也只能临时凑合帮帮忙，还是需要正规的小学教师。"

秦明看一眼站在不远处的夏初："那是高胜寒同志的女朋友吗？"王浩看过去："没听他提起过，不知道。"

"和他的女儿在一起。"

王浩摇头苦笑："现在的年轻人，我们不知道他们都是怎么想的。"

"感情的事，我们是不太好过问。不过我听说，高胜寒和曾紫陌之间，曾经有过一段感情？"

"对，高胜寒、曾紫陌和崔华盾，他们是一起来咱们旅的。他们之间的故事就多了，高胜寒为了成全崔华盾，一个飞行员跑去参加特种部队集训选拔，怎么劝都不听。后面的事，你看干部档案就该知道。两个离了，一个丧偶，又调回来了。现在呢，你知道了，面对面，坐一个办公室。"

"这真是狭路相逢啊，那他们俩现在到底是怎么回事？这个女孩又是怎么回事？"

王浩苦笑："我哪里知道？"

"干部的婚恋问题，也是我们应该重视的，尤其是像他们三个，都是优秀骨干青年干部，是组织上要重点培养的对象。我们更不能掉以轻心，我这次去灾区，得和他们三个好好谈谈。我们不光要关心他们的事业，也要关心他们的爱情和婚姻。很多事，我们需要未雨绸缪。"

"政委说得对，以前我关注不够，总觉得他们都是成年人，感情的事我就少插嘴，他们自己能处理好。现在想，我还是欠缺考虑了。"王浩看了一眼夏初，"我明白了，我确实要提高警惕，小心青年干部走弯路。"

"倒不一定真的是什么弯路，只是沉浸在感情的旋涡当中，没有人能心情舒畅。他们都是天上飞的，空中跳的，水里潜的，军队当中的高危行业——你是老飞行员，我说多了，班门弄斧。"

"不不不，政委，你真说得挺对的。我是真的疏忽了，他们虽然成年了，但也是军人，更是党员，组织上确实应该重视他们的个人生活，尤其是婚恋。成家立业，成家立业，他们确实应该有一个和谐的家庭，才能更好地投入工作，我们要随时准备战斗，不能让我们优秀的军事干部有后顾之忧……"王浩眼睛密布血丝，表情凝重地点头。

"蓝妞——！"有人叫了一声。

王浩和秦明闻声看过去，只见高云飞和冯芸在三个年轻技术人员的陪伴下走出站，蓝妞惊喜地跑过去："奶奶！"冯芸一把抱住蓝妞："好孙女，奶奶想你快想疯了！快让奶奶亲亲！"高云飞走上前去："怎么，不想爷爷啊？"蓝妞跳起来扑倒在高云飞的怀里："我也想爷爷！"

王浩和秦明笑着走过去，举手敬礼："高工，冯教授。"高云飞还抱着蓝妞，连忙伸出手："王团……不，王旅长！祝贺祝贺，高升了！"王浩笑："高工，你又拿我开玩笑！"冯芸说："这可不是开玩笑！老高知道你们扩编成陆航突击旅，兴奋得不得了呢！"

"可以理解，搞了一辈子国产先进武装直升机设计，终于看到批量装备的这一天了！"政委也举手敬礼："高工您好，我是去年刚调到飞虎旅的政委，我叫秦明。久仰高工大名，今天终于见到了！"高云飞和他握手："秦政委，你好。"

"高工，冯教授，一路辛苦了。车在外面，我们走吧。"

冯芸伸脖子："胜寒呢？"

"哦，他没有告诉你们吗？他现在带队在地震灾区执行救援任务。"王浩说。

"哟？这孩子，怎么不说一声啊？这好久都没给我们打电话了。"

高云飞笑："他什么人你还不清楚吗？军事行动，他不会告诉我们的。不错，刚回到陆航，就带队去灾区救援了，还算干了点正事儿！直升机机降的吗？"王浩点头："伞降。当时灾区情况复杂，只能派伞兵伞降，他们是空降救援队，接受了这个光荣的任务。气象情况复杂到直升机都下不去，高胜寒带队，5500米高跳低开，安全着陆。"

高云飞和冯芸都不约而同地松了一口气。秦明的声音有些颤抖："从这个高度跳到地震后的灾区，危险系数很大，高胜寒的表现非常出色，是一个真正无惧死亡的勇士。"

旁边，夏初的眼泪滑落，她抬手擦掉，冯芸注意到了夏初："这位是？"蓝妞抢答："是我老师！"夏初擦去眼泪，笑："叔叔，阿姨，你们好，我是蓝妞的班主任，我叫夏初。我是送蓝妞来的。"

"哦，哦，夏老师，你好你好！"冯芸握住夏初的手，"哎呀，真麻烦你了，还送蓝妞来！"

"没什么，这是我应该的。"

蓝妞看着夏初，冯芸还想说什么，蓝妞说话了："夏老师，您已经把我送到了，可以回去了。"夏初尴尬地笑笑："对对对，我该回去了，一会儿还有我的课。今天就给你放假，明天我来接你啊！"蓝妞嗯了一声，夏初笑笑，跟两位老人告辞，转身走了。

冯芸看着夏初走远了，这才低下身问蓝妞："怎么了？奶奶跟你老师说几句话怎么了？"蓝妞撒娇地抱住冯芸："没什么啊，您是我奶奶！奶奶，我可想你了！"高云飞招呼着众人："那什么，咱们也别在这傻站着了，走吧！"王浩和政委急忙打破冷场："走走走，咱们先到旅里面安顿下来。"一群人这才向停车场走去。柱子后面，藏着的夏初擦去眼泪，坚强地走了。

3

陆航机场，几十架武直整齐地停在停机坪上，还有不少直升机降落后，迅速加油。空中，武直–10低空掠过，表演着各种炫目的特技动作。

高云飞的心情很激动，拿着望远镜，不时地观察着上空。王浩走上前："高工，水也不喝一口，就直接来机场？"高云飞放下望远镜："你该理解我的心情啊，我这半辈子都在做梦，我们中国，要有自己的先进武直直升机！梦实现了，但是还有更多的梦，那就是要形成大规模作战的实战能力！你们的战虎特种航空队，就走在前沿。可惜，我现在看不到他们——崔华盾是队长吗？"王浩点头："对，崔华盾现在是特级飞行员了，是旅副参谋长，也兼任战虎特种航空队的队长。"高云飞欣慰地点头："崔华盾是个好孩子，比高胜寒那可争气多了！"大家哈哈大笑。冯芸嗔怪地看他一眼："咱们胜寒也不错嘛！"高云飞一瞪眼："什么不错？差点儿给我气得心脏病复发！哪有他那样的，啊，跟我说得好好的，要第一个飞我设计的武直，结果呢？自己跑特种部队去了！当步兵了！居然忽悠老爹！"大家哄堂大笑。

"他现在也回到陆航了，虽然不是飞行员，但却是飞行员的救星，您也该原谅他了。"政委笑着说。高云飞苦笑："自己亲生儿子，有什么原谅不原谅的？我是拿他这孩子没任何办法！"冯芸拉着蓝妞的手："这样，我先带蓝妞回家去，你们聊你们的工作。涉及我这个领域的，不在现场。"蓝妞笑着拉着奶奶的手走了。

高云飞目送着她们离开，转身沉声问道："现在我们谈谈你们在使用当中遇到的具体问题吧。"王浩点头："好，我们到那边机库去吧，飞行员、机械都在那边等着。"

4

超市里，冯芸推着小车在挑菜，夏初悄悄跟在后面，一脸犹豫。冯芸挑着菜，摘下眼镜擦拭着。突然，眼镜一动，看见了后面的夏初。冯芸不动声色，戴上眼镜继续走。

夏初推着小车从对面走过来，冯芸继续埋头挑菜。夏初鼓足勇气，停在对面："啊？阿姨，这么巧啊？"冯芸抬起头："哟，这是……夏老师吧？"

"阿姨您好，您还记得我？"

"这刚见面，怎么记不住呢？这么巧，你也来买菜？"

"啊，是很巧啊，阿姨您这是要做什么菜啊？"夏初看了看冯芸挑的菜，"阿姨还真的很擅长营养搭配啊！"

"咳，大半辈子都伺候高胜寒他爸，他爸爸是个仔细人啊，什么都懂，我还能不跟着学点吗？就连我这博士，也是为了陪他在法国读博士，被逼无奈读来的！"

两人推着小车，边走边聊。冯芸笑着看夏初："夏老师，你对蓝妞很关心啊。"夏初一笑："啊，我和蓝妞挺投缘的。"冯芸问："那你和胜寒呢？"夏初一愣："我和他……还蛮聊得来的。"冯芸看了夏初一眼，推着车继续往前走："我看你和蓝妞不投缘，可能和胜寒也未必聊得来。"夏初有些尴尬，冯芸看她，"我看，我们还是找个地方聊会吧，我确实需要了解一下现在的情况。"

5

城市的街道上人潮汹涌，在街角的一家咖啡厅里，此刻没什么客人，很安静，小提琴悠扬的旋律飘扬着，带着感伤的味道。

冯芸和夏初面对面地坐着。冯芸放下咖啡杯："这个地方的蓝山还凑合，好多地方的蓝山就是糖水。"夏初笑："阿姨对咖啡很有研究。"冯芸点头，靠坐在沙发上："毕竟在欧洲求学了十年嘛，我和胜寒爸爸经常被胜寒取笑，生活太小资了！"

"胜寒他……他钢琴弹得很好！"

冯芸笑："从小他就喜欢，我一直以为他会考音乐学院呢！没想到，他会去考陆航学院。"

"那是因为他爸爸吗？"

"不完全是，他自己也喜欢，从小就喜欢做各种武器装备的模型。这个儿子学习上很让我省心，就是调皮捣蛋，经常打架。"

夏初笑："看得出来，打成特种兵了！"

　　冯芸脸色一沉："他去当特种兵，是违背他父亲意愿的。"夏初一愣。冯芸看着远处，"他父亲的心愿，是能够让自己的儿子成为自己设计的武装直升机第一个试飞员，在他父亲心里，直升机是他的第三个儿子。"

　　"谁想到，胜寒莫名其妙地给他父亲打电话，说自己不想干飞行员了，打算去特种部队。要知道，那时候他刚刚航校毕业一年，部队也很器重他，有心培养他，他居然不想干了，报名参加特种部队选拔。他父亲真的是气得心脏病都要发作了，但孩子大了，又远在部队，我们也没办法阻止他。这孩子就是这样，决定的事谁都拦不住，我们也只好随他去吧。"

　　"那……胜寒他……为什么不想做飞行员了呢？"

　　"因为爱情。"

　　夏初一愣："因为爱情？"冯芸苦笑："是啊，因为爱情，放弃了自己心爱的飞行员岗位，背叛了自己父亲的心愿，不管不顾地去了特种部队。一切，都是因为爱情。"

　　"什么样的爱情？"

　　"这一点，胜寒很像我。我们家是音乐世家，我父母一向希望我和一个钢琴家结婚，但是我却选择了胜寒他爸爸，一个学理工的农村男青年。"

　　"他的恋人……也就是他的妻子，在特种部队？"夏初问。冯芸摇头："不是，这里面蛮复杂的。他的恋人，在陆航。"夏初苦涩地一笑："我明白了，是她。"

　　"你见过？"冯芸有些意外。夏初点头，冯芸叹了一口气："你现在应该知道，胜寒真不是一个小男生，他的心里背负着太多的委屈和辛酸。他不是一张白纸，是一个承载着许多往事的成熟男人，换句话说，他的内心隐藏着的不一定是你能接受的。"

　　"阿姨，您，您跟我说这些，我……我有点不知所措。"夏初有点惶恐。冯芸静静地看着她："不用伪装，你喜欢高胜寒。"

　　"……是，阿姨，但是我没有……"

　　"所以我要了解你，要知道你是一个什么样的女人。"冯芸笑笑，"我不干涉你们年轻人之间的感情，我只是想说，我儿子命运多舛，情路坎坷，我希望他能得到幸福。"

　　夏初无限伤感，点头："阿姨，我明白您的意思。"

　　"我儿子爱谁，不爱谁，想和谁结婚，还是不想结婚，我都不会干涉。有些事，是需要你们自己去争取的。你说是吗？"夏初眼一亮。冯芸看她："我知道，你是一个好女人。"夏初的眼里有泪花在闪动："我爱他！"冯芸笑笑："——不用对我说，对他说。"

6

　　空旷的马路上，夏初若有所思地大步走着。她下意识地停住脚，抬头看着蔚蓝的天空，长长地吁了口气。刚刚她与冯芸在咖啡厅里的对话萦绕在她的脑海里，"对他说"

这三个字像重锤一样砸在她的心里。夏初想了想,长吁一口气,掏出手机:"……喂? 杨校长吗? 我是夏初! 我有件急事想和您面谈……"

7

灾区,峡谷之间,云山雾罩。直升机群在浓雾里飞行。崔华盾驾驶着直-8B,望着前方的云层,沉声道:"各单位注意,能见度太低,提升飞行高度!"

"收到!"队员们纷纷回复。崔华盾操作直升机拔高,疲惫地打了个哈欠。

"2000米! ……2200米……! "直升机编队逐渐拔高。

"2500米……猎鹰! 我看到阳光了! "顾意汇报。

"很好! 各单位跟上! "

"明白! "机群从云层中拔高出来,阳光温柔地洒在直升机上,泛光粼粼。

崔华盾推动操纵杆,直-8B渐渐拔高,忽然,直升机猛地一震! 一阵急促的报警器呜呜地响起! 崔华盾愣住,直-8B在气流中震颤着。崔华盾焦急地操作着直升机,汗水淌落。

顾意坐在武直-10的驾驶舱里,看着显示屏,忽然愣住了,急吼:"猎鹰! 猎鹰! 你在哪儿? 我怎么看不到你? ! "

直-8B剧烈地抖动着,报警器乱响。崔华盾焦急地操作着直升机:"寒号鸟! 紧急情况,我的直升机遇到复杂气流,高度在下降! "顾意心急如焚,拉动操纵杆:"猎鹰! 我马上下去! "崔华盾高声急吼:"寒号鸟! 不要下来! 太危险了! "

"猎鹰! 不要急,我正在下降! "

"叫你不要下来! "崔华盾怒吼,"我的引擎失灵了! 正在坠毁! "

"猎鹰! 我不可能不管你! "顾意急得哭了出来。

半空中,直-8B在空中盘旋着下落! 崔华盾在旋转震颤的驾驶舱里大喊:"寒号鸟! 不要下来! 其余各单位,保持现有飞行高度! "

"猎鹰! ——"

崔华盾嘶吼:"这是命令! "

云层里,只看到盘旋下落的直-8B一瞬间的影子。乱流冲撞,顾意驾驶的武直-10开始震颤,副驾驶看着顾意:"寒号鸟! 拔高! 赶快拔高! "顾意哭着拉动操纵杆:"猎鹰——"

直-8B继续盘旋下落,尾翼螺旋桨不断地冒着火星折断,快速坠落,转眼便消失在峡谷之间的云雾之中。顾意看着一片漆黑的屏幕,哭着急吼:"指挥部! 指挥部! 我是寒号鸟! 猎鹰坠落了! 猎鹰坠落了! "

"各单位注意! 现在通报紧急情况,现在通报紧急情况! 一分钟以前,一架满载救援物资的直-8B运输直升机坠毁。坠毁地点在1024地区,要求各单位,马上组织救援部队，到事发地点展开搜救行动！重复……"

山道上，两辆军用卡车在震后崎岖的山道上疾驰，卡车上满载武警官兵和搜救犬。两辆消防车也从另外一处疾驰赶来。

8

文澜县城的临时机场，顾意驾驶的武直-10在空中悬停。一架直-8盘旋停落，舱门哗啦一声打开，高胜寒和霹雳火全体队员紧急集合，持枪待命。高胜寒全副武装："现在是我们的本职工作，大家一定要全力以赴，把猎鹰找回来！找不回来猎鹰，我们就不回来了！"

"除非死去，永不放弃！"队员们的吼声地动山摇。

"出发！"高胜寒一声令下，王星背着背囊，95自动步枪背跨在后背上。队员们携带武器，低姿跃上直升机。高胜寒最后一个登上直升机，他转身，哗啦一声关闭舱门，飞行员随即推动操纵杆，直升机的螺旋桨高速旋转着拔地而起。

空中，武直-10和直-8在云层中平稳飞行。高胜寒拿着地图，面色凝重："根据卫星地图显示，直升机坠毁地点是峡谷之间的1024地区，那是一片原始森林，地形非常复杂，地震以后更不可知！大家下去以后，注意力要保持高度集中，搜索过程中，一定要仔细再仔细！"队员们表情凝重，曾紫陌含着眼泪，高胜寒停顿一下，怒吼，"总之——活要见人！死要见尸！"

9

1024地区，高山密林，云雾缭绕，浩瀚的林海一眼望不到边。上空，武直-10和直-8犹如一只矫健的雄鹰从低空掠过。

机舱里，队员们全副武装，目光如炬。高胜寒的耳机里传来顾意的汇报声："飞狼，我们已经到达坠机区域。"许飞看着手里的终端："自动求救信号就在这一带，但是山区有信号折射，不能准确判断他的坠机位置。"高胜寒望着舷窗下云雾缭绕的茫茫林海，沉声问："寒号鸟，大鹏，下面能见度太低了，你们能不能试着把高度再降低一下。前提是一定要保证飞行安全！"

"明白！"顾意降低高度，低空在林海上空疾行。

森林边上，一支由武警部队、消防队员和当地群众组成的搜救队快速下车，跑步进入密林深处。

顾意操作武直-10转向，她忽然睁大了眼睛，只见森林深处，一团浓烟升腾发散。顾意大惊，焦急地操作直升机，直冲着烟雾方向，颤声道："飞狼，我看到……看到一团浓烟！"

　　高胜寒目光冷峻，看下去，曾紫陌也是泪如雨下。只见一股滚滚浓烟从树林缝隙里冒出来，顾意泪流满面，焦急地操作直升机在浓烟上空盘旋，但由于大面积的浓烟遮挡，看不到下面的情况。顾意盘旋着急吼："飞狼，下面树林太密了，我看不到详细情况……"

　　"我们准备下去！"高胜寒腾地站起身，看着还在流泪的曾紫陌，"……霹雳火组建的意义，是为了营救坠机的陆航飞行员。我从不希望，我们真的去完成这个任务，我相信你们也一样……擦去眼泪，我们去完成任务。"

　　森林上空，武直-10逐渐拉高，直-8悬停在浓烟侧方向一处上空。王星拉开舱门，将大绳抛了出去，队员们快速起身，陆续从悬停的直-8上滑下。

　　峡谷深处，霹雳火队员们滑降在山林当中，快速集结。顾意驾驶着直升机在低空盘旋，泪眼婆娑地看着下面。高胜寒挥挥手，黑龙打头，大家立刻呈扇形展开搜索。

　　密林深处，云雾遮蔽，不见天日。王星担任尖兵，在密林中快速穿行，队员们陆续跟进，犹如出鞘的利剑与丛林融合为一体。空气中弥漫着一股硝烟的味道，黑龙在最前面，走走停停。高胜寒看着谢思潇："怎么样？"谢思潇说："黑龙在找。"前面，黑龙左右看看，朝着一个方向跑去，谢思潇和队员们连忙跟上。

　　黑龙钻出一片树丛，停下了。队员们快速跟了出来，气喘吁吁，都关切地看着黑龙。王星皱眉："怎么回事？"曾紫陌看着黑龙："它好像很疲惫。"谢思潇表情严肃："这里植被太密集了，气流也很复杂，这对黑龙的嗅觉干扰非常大。"队员们面面相觑，屏着呼吸都看着黑龙。黑龙不停地四处嗅着。谢思潇有些忐忑："黑龙，加油！"黑龙左顾右盼，忽然对着一个方向狂吠，猛跑了过去！谢思潇跟着猛跑："它有发现了！"

　　黑龙在密林中狂奔，队员们拼命跟随。黑龙飞速钻出一片树丛，站住，对着山沟下方一阵狂吠。

　　高胜寒跑到崖边，只见山沟下茂密的树丛中，直升机的残骸不断地冒着滚滚浓烟。所有人含泪愣立当场。曾紫陌捂住嘴，泪水淌落。高胜寒忍着泪，沉声："下去！"队员们拿出绳索，快速行动。

　　空中，直升机在盘旋，顾意着急地问："飞狼！飞狼！你们在什么位置？有没有发现？"高胜寒看着山沟里的残骸，沉声道："寒号鸟，五分钟之后告诉你结果。"顾意愣住了，颤声道："飞狼，你们发现他了吗？他怎么样？他到底在哪儿？"高胜寒严肃地："寒号鸟，请耐心等待，我会告诉你结果。"高胜寒一挥手，队员们转身向崖底滑下去。

　　白鹏看着一脸愣意的顾意："寒号鸟，冷静！咱们一块儿等待飞狼的结果！不管结果怎么样，我们……我们都要做好准备！"顾意含泪操作着直升机："大鹏，我知道了！不管结果怎么样，我……我都准备好了。"顾意含泪，望着下方的茫茫林海。

10

山沟里，黑龙在狂吠。高胜寒率队员飞跑下来，愣立当场——树丛中，直升机残骸一片漆黑地冒着烟，驾驶舱部分严重地扭曲变形。高胜寒看着残骸一片，颤声道："医疗组准备。突击组准备破拆！"

曾紫陌低头整理着急救包，泪水淌落。许飞泣不成声地组装着破拆工具。高胜寒一步一步走进驾驶舱，下意识地停下，不忍心再向前。马路含泪，拍了拍高胜寒的肩膀："还是我去吧。"高胜寒看着马路，点了点头。

马路走向驾驶舱，探着身子四处查看，所有人都忐忑地看着他。突然，马路一脸惊喜，转身大喊："空的！"队员们大惊，全都涌了上去——只见变形的驾驶舱里空空如也。许飞下意识地看着驾驶舱门，惊讶地睁大了眼睛："飞狼！你看！——"

高胜寒看驾驶舱门，目光一动："舱门是从里面打开的！"许飞一脸惊喜："这说明，猎鹰在直升机坠毁之前，就已经脱离了直升机！那他去哪儿了？"所有人面面相觑，高胜寒嘶吼："找！"

队员们四散开去，紧张有序地四处搜索着。黑龙在树丛中仔细嗅着，谢思潇紧紧抓着黑龙的牵引绳。空中，武直－10和直－8还在低空盘旋。顾意一脸焦急："飞狼！飞狼！情况怎么样？你们找到猎鹰没有？"

密林深处，高胜寒拽下耳麦："寒号鸟！大鹏！现在我正式向你们通报搜索情况，我们在东经××，北纬××发现了猎鹰驾驶的直升机残骸，直升机已经完全损毁。"顾意带着哭腔："飞狼！他怎么样？"

"……算是一个好消息吧。经过检查，直升机舱门是从内部打开的，我们至今没有发现猎鹰。"高胜寒说。顾意愣住："他……他自己打开了舱门！"

"是的！"

白鹏有些激动："飞狼！也就是说……猎鹰有可能还活着？！"

"至少我们没有发现他的尸体！"

顾意的泪水哗地淌下，焦急地操作着直升机："飞狼！我们马上飞过去，低空搜索！"两架武直降低高度，朝着密林深处低空掠去。

11

直升机的残骸旁，霹雳火的队员从各个方向会集过来。高胜寒急问："有什么发现吗？"都摇头，高胜寒眉头紧皱。

"猎鹰，我们得扩大搜索范围！"曾紫陌忍住眼泪，"直升机受到气流的影响，不可能垂直坠毁，如果猎鹰是在空中自行打开舱门跳机的话，只有一种可能，那就是他在空中选择了一个有可能生存的跳机地点！"郝玲玲皱眉："有没有另一种可能？他只是潜意识里不想和直升机一起坠毁，所以跳了下去，并没有做出什么选择？"

"没有这个可能！"高胜寒斩钉截铁，"猎鹰经验丰富，在没有十足的把握可以逃生的情况下，他肯定选择待在驾驶舱里。因为对于直升机驾驶员来说，驾驶舱是他们最好的保护罩。"

"可是这茫茫林海，怎么可能有适合跳机逃生的地点呢？"

"不管有没有可能，我们都不能放弃！"高胜寒严肃地看着苍莽的林海，目光坚毅，"现在我命令，两人一组，扩大范围，分散搜索！"

"是！"队员们快速结组，有条不紊地朝各个方向分头搜索。

12

密林中，曾紫陌跌跌撞撞地跑着，忽然脚下一绊，一个趔趄，高胜寒赶紧扶住她。曾紫陌含着眼泪："我真的希望他还活着！"高胜寒声音低沉："我和你一样……他是我兄弟。不能哭，要知道现在我们还在救人，你是医疗组长，你要冷静地工作。"曾紫陌点头，赶紧擦去眼泪，两人继续向前搜索。

山林里白雾茫茫，密林中升腾着一片浓雾。白鹏驾驶着武直-8，一脸焦急："寒号鸟！下面起雾了，我们必须拔高！"顾意含泪看着模糊的密林，带着哭腔："大鹏！我们再找一会儿，再找五分钟，行吗？！"

"寒号鸟，我理解你现在的想法。我也想继续找下去，一直找到猎鹰为止。可是现在我们的寻找是无济于事的，只能增加我们自身的风险。"白鹏的喉头蠕动着，"寒号鸟，你想一想，假如是猎鹰在指挥，他会允许我们在这样的情况下继续低空冒险，做无用功吗？"

"可是我们现在是在找他！"

"霹雳火也在找他！他们是最专业的搜救队。我们都了解霹雳火，了解飞狼和猎鹰的感情，我们应该相信霹雳火！走吧，我们去高空等霹雳火的消息！"白鹏痛心疾首，"寒号鸟！你应该不想让霹雳火再多找一架直升机，多找两个人吧？"顾意流着眼泪："……我们……我们拔高！"白鹏长吁一口气，两架直升机迅速拔高，在他们下方，一片浓雾升腾。

密林里，浓雾萦绕，气温骤降。谢思潇牵着黑龙，王星紧随其后。谢思潇苦恼地看着眼前的浓雾："这破地方怎么说起雾就起雾啊！"王星眉头紧皱："突然起雾，肯定是地壳变化引起的。咱们必须得尽快找到猎鹰，万一再发生余震就麻烦了！"谢思潇一惊："我都忘了我们是在震区了。"

王星掏出 PDA，一愣，看着前方："我们走偏了！"谢思潇愣住："偏了？"王星皱着眉头："向北偏了整整 20 度。"谢思潇纳闷儿："我们是怎么走偏的？"两人对视，忽然恍然地看着黑龙——黑龙低着头，鼻子不停地嗅着树丛。王星问谢思潇："黑龙在嗅什么？"谢思潇诧异地摇摇头。突然，黑龙挣脱牵引绳，狂吠着冲向前方。谢思潇大惊："黑龙！"两个人猛追上去。

浓雾中，王星和谢思潇跑来，左顾右盼，大喊："黑龙！黑龙？！"侧方向传来黑龙的犬吠声，谢思潇指着一个方向："那边！"两人猛跑过去，只见黑龙站在草丛中，嘴里叼着一个飞行员头盔！

谢思潇抢着拿下头盔，王星凑上去，战虎标志赫然在上，王星惊喜地叫道："是猎鹰的头盔！人呢？！"黑龙一阵狂吠，箭一般冲出树丛，王星和谢思潇猛追上去。

一片堰塞湖边，浓雾稀薄。黑龙焦躁不安，王星指着湖中央："谢思潇！那是什么？！"谢思潇瞪大了眼睛，薄雾中，崔华盾身穿橘红色救生衣，漂浮在湖中央。谢思潇激动地抓住王星："是猎鹰！——"王星激动地拽下耳麦："飞狼！飞狼！我们发现猎鹰了！"

密林里，高胜寒猛地停住脚，激动地问："王星，现场什么情况？！"

"这儿有一个堰塞湖，猎鹰穿着救生衣，漂在湖中央！"

曾紫陌的眼泪下来了，高胜寒看她："情况怎么样？"

"目前情况不明！请求增援！"

"我们马上到！"高胜寒焦急地拉下耳麦，高声命令，"全体注意！向东经××，北纬×× 靠拢！黑马！联系寒号鸟和大鹏，准备营救！"

13

空中，直 -8 和武直 -10 在浓雾之上疾飞。堰塞湖边，王星套上救生衣，快速跑向武直 -10，将腰间保险绳挂钩锁在武直 -10 的起落架上，两腿钩住起落架，头手向下。武直 -10 缓慢拔高，朝湖面飞去。许飞几人打开自动充气橡皮艇，曾紫陌几人打开急救装备准备急救。

武直 -10 横掠湖面，逐渐降低高度。王星倒垂着身体，瞪着湖面上双眼紧闭的崔华盾。王星沉声："寒号鸟！继续降低高度！"

武直 -10 在下降。

"再降！"

顾意屏住呼吸，推动操作杆。王星的手距离崔华盾越来越近，一把抱住崔华盾，将腰带上的攀登扣扣在崔华盾的腰带上，高声嘶吼："寒号鸟！我抓到他了！拔高！"

"收到！高度提升，三米，五米……"武直 -10 缓缓拔高，王星死死地抱着崔华盾。湖面上，许飞等人乘坐橡皮艇快速划过来。武直 -10 贴着水面飞行，接近橡皮艇，缓缓下降，低空悬停。队员们起身，从王星手中接过崔华盾，又将王星接下来。橡皮艇掉头，朝着湖边猛划。

岸边，队员们七手八脚地从橡皮艇上接过崔华盾。白鹏驾驶的直-8在空地上缓缓降落，贴地悬停，舱门打开。曾紫陌焦急地挥手："快!"队员们抬着崔华盾直奔机舱，迅速登机，直-8快速拔高。

机舱里，曾紫陌焦急地对崔华盾做着心脏复苏术："猎鹰!醒醒!醒醒!猎鹰!我们不会放弃你!你也不要放弃我们!"

曾紫陌筋疲力尽，瘫坐在地上。高胜寒突然冲上去，一把将曾紫陌拽开，继续按压崔华盾的胸腔："猎鹰!猎鹰!给我活过来!活过来!我把什么都让给你了!我连爱情都让给你了!你欠我的，你给我活过来!"

高胜寒把头贴近崔华盾的胸腔，愣住了。所有人都屏住呼吸看着他。突然，崔华盾咳嗽着，吐出一口血："快……弄死我了……"大家兴高采烈，曾紫陌喜极而泣。高胜寒一屁股坐下，笑着，脸上都是眼泪。武直-10里，顾意满脸是泪地笑着。

14

茂密的山林里群山叠嶂，一辆中巴车沿着山路盘旋而上。在中巴车的车身上贴着"支援灾区教育，安抚受伤心灵"的大红条幅。夏初坐在座位上，望着各处废墟和忙碌的救灾部队，心生感慨。

临时安置区的帐篷群边上，两个志愿者领着二三十个孩子翘望着山道转弯方向。一辆中巴颠簸着渐渐驶来。一名志愿者激动地指着远处："孩子们!你们看，老师们来了!"

中巴车停下，孩子们欢呼着迎上去，将老师们团团围住，大声喊着："老师好!"夏初和其他老师们热泪盈眶地蹲下身子，一个小女孩把手里的野花束双手递给夏初："老师，这是送给您的。"夏初接过，抚着孩子的头："小同学，谢谢你。"小女孩看着夏初："老师，你可真漂亮。和我们杨老师一样漂亮。"夏初一笑："是吗?那……哪个是你们杨老师呢?"小女孩流着眼泪："杨老师死了……她为了救我和两个同学，被塌了的房梁压死了。"夏初愣住了，抓住小女孩的手："小同学，我姓夏，你以后就叫我夏老师，我会和杨老师一样教你们读书，和她一样保护好你们的!"小女孩含泪点头，夏初紧紧抱住她。

第十九章
—— FIRE ——

1

夜幕降临，废墟堆上，八一军旗在夜空猎猎飘舞。野战医院的医疗帐篷外，简易木杆挑着的灯下，崔华盾打着点滴，眉头紧皱地躺着。一旁，顾意扭头看着众人："你们都回去休息吧，晚上我值班。"白鹏眼圈一红："寒号鸟，医生说，猎鹰没事儿了。你就等着做他的新娘吧！我们都会祝福你们的！"白鹏看了看众人，大家默默地退出去。

顾意站起身，轻轻地给他盖了盖背角，拿过纸巾擦拭着他额头上的密汗。突然，崔华盾眉头微皱，顾意吓了一跳，惊讶地看着崔华盾，颤声叫道："猎鹰！猎鹰？"

崔华盾缓缓睁开了眼睛，顾意泪流满面："猎鹰，你总算是醒了！"崔华盾无力地问："我睡了多久？"顾意泪水淌落："我不知道该怎么算时间。霹雳火找到你的时候，你的心跳都停了，他们在飞机上对你进行了急救，回到野战医院又抢救了两个多小时，一直到你脱离危险。后来你就一直这么躺着，我分不清你是昏迷了还是睡着了……"崔华盾苦笑，看着哭得梨花带雨的顾意："好了寒号鸟，我这不醒过来了吗？别哭了。"顾意哭着点头，又赶紧起身："你渴了吧！我给你倒水！"

顾意小心翼翼地吹着杯子里的热水，崔华盾挣扎着想起身，顾意连忙拦住他："你别动，还是我喂你吧。"崔华盾有些尴尬地看着顾意。顾意赶紧上前，一手端着杯子，一手轻轻托起崔华盾的脖子："疼吗？"崔华盾尴尬地一笑："还……还行。"

门口，曾紫陌拿着输液药品匆匆进门，看到这一幕，愣住了。顾意扶着崔华盾："你慢点儿喝，一小口一小口地喝，管够。"崔华盾擦了擦嘴角："差不多了。"

"什么差不多啊！还得喝。"顾意说，"曾医生说了，你醒过来以后，要多喝水，对排除你体内的炎症有好处。再喝！"崔华盾没喝，表情复杂地看着顾意："是曾紫陌抢救的我？"

"对呀！你是没看见，曾医生一边流泪一边抢救你，那场面可感人了。把我看得眼泪稀里哗啦的。"崔华盾尴尬地看着顾意。顾意纳闷儿："你看我干什么？"崔华盾收回目光："没事……"顾意目光一动，笑："哈哈，我明白了，你是担心我吃醋吧？不至于吧猎鹰同志，你也太小看我了！咱90后才不在乎这个呢！而且我能看出来，你和曾医生之间现在是纯粹的友情。说实话，我挺佩服你们的，现在离婚的两个人能保持真挚友情的有几个呀……好了，你快再喝几口吧！"曾紫陌悄声站在门口，看着两人，欣慰地笑了，悄然退了出去。

夜色如水，曾紫陌站在帐篷外，长长地嘘了一口气。帐篷里，顾意放下杯子，扶着崔华盾的脖子躺好，替他盖了盖背角，忽然很严肃地看着他："猎鹰，话说到这儿了，有件特别重要的事我想和你谈谈，你愿意听吗？"崔华盾苦笑："愿意不愿意我不都得听啊？你说吧。"顾意一笑，又严肃起来。帐篷外，曾紫陌目光一动，转身想离开。

"你曾经跟我说过，你要看到曾紫陌找到幸福，才会考虑自己的幸福。"是顾意的声音。曾紫陌愣住，下意识地停下脚步。崔华盾严肃地微微点头："是的。"

"可是我等不及了！"顾意含着眼泪，"就在大家在原始森林里找你的时候，我宣布了一件事，我说，不管你是死是活，我一定要嫁给你，你活着，我做你的新娘，你要是死了，我就做烈属。可是后来我想了想，如果你真的死了，我不可能是烈属，因为我还没来得及嫁你呢。"

崔华盾愣愣地看着顾意。

"猎鹰，我真的很庆幸你活着，所以我迫不及待地想嫁给你，我不想留下什么遗憾。我知道，这个想法有些自私。可是在经历了你坠机的事件之后，我觉得我有必要自私一次！我只想让幸福来得越早越好，只想珍惜和你在一起的每一天。猎鹰，我希望你能答应我！"

崔华盾表情复杂地凝视着顾意："寒号鸟，谢谢你的坦诚。可是我不能答应你。"顾意愣住，问："为什么？"

"因为这对曾紫陌来说不公平！"崔华盾有些激动，"因为在感情方面，我已经自私了一次，由于我的自私，我最好的两个朋友，曾紫陌和高胜寒，都付出了沉重的代价。所以，一定要等到曾紫陌找到自己的幸福，我才会考虑自己的事儿！对不起寒号鸟，这是我的原则，不容改变。"

哗啦一声，帐篷门猛地被打开，曾紫陌站在门口，顾意有些慌乱地起身："曾教导员，你……你都听见了？"曾紫陌的眼里泪花闪动："我不是故意的。"说罢，曾紫陌看着崔华盾："猎鹰，你又错了！你因为我的原因拒绝了寒号鸟，这难道不是另一种自私吗？你的决定对寒号鸟来说，同样是不公平的。如果你不爱她，你可以拒绝她，如果你爱她，你就应该给她幸福。至于我，你真的不用那么内疚，我从来没有认为你伤害过我，因为你当初对我的爱是真诚的，不是吗？"

崔华盾愣愣地看着曾紫陌。

"猎鹰，寒号鸟，我祝福你们！也请你们祝福我，我在加倍地努力着！我一定会找到属于我的幸福！"曾紫陌擦了擦眼泪，微笑着走上前，"好了，话题有点儿沉重了。我不会耽误你们太长时间，换了药就走。你们也别聊太晚，猎鹰刚刚醒过来，身体很虚弱，需要多休息。"崔华盾看着曾紫陌，不知道说什么好。顾意含泪看着曾紫陌，开心地笑了。

2

很快，曾紫陌换完药走出帐篷，感慨万千地仰头望着夜空，下定决心一般，大步走开。

"曾紫陌！"

曾紫陌一愣，回头，政委秦明正笑眯眯地看着她。曾紫陌一愣："政委？您怎么来了？"秦明竖起食指，嘘了一声，压低声音："你们这些精锐，旅里面的心肝宝贝，都在抗震前线，旅里面的主官能不来看看吗？"曾紫陌回头看看，不好意思地低下头："政委，您都听见了？"

"慷慨陈词，我能听不见吗？"秦明笑，"我可不是想听墙根，我下了直升机就来看崔华盾，没想到看到这一幕感情戏。"

"政委，这，我，我和他……"

"我都听到了。"

"我不希望您对我们有什么别的看法。"

"没有，真没有。"秦明看着曾紫陌，表情严肃，"你们都是老党员了，我相信你们能处理好自己的感情问题。曾紫陌同志，不知道你想过没有，身为教导员，你确实应该尽快解决自己的个人感情纠葛。你是带兵的人，在某种程度上，也是需要以身作则的。"

"我明白您的意思，政委。"

"来之前我和旅长沟通过，我说过要找你们三个人谈一谈。我看，我已经不需要和崔华盾同志谈了。"

曾紫陌笑："啊，那肯定，他已经找到自己幸福的归宿，无非是一层窗户纸的问题。"秦明伸手指了指曾紫陌："——前提是先解决你的个人问题。"曾紫陌一愣。秦明说："我确实需要跟高胜寒同志好好谈谈。"

"别，别，政委，您不能跟他谈。"

"为什么？我还不能跟我手下的党员谈谈心了吗？"

"不是，我不是那意思。"曾紫陌连忙摆手，"我是说，高胜寒是个太特别的人，他宁愿选择放弃，也不会……"

"我能想到。"秦明打断她，"高胜寒是个特别有个性的青年干部。他的出身、家庭教育，都和别的干部不太一样。跟他谈心，需要方式方法，我会注意的。"秦明转身要走，曾紫陌连忙叫住。秦明回头笑："怎么？不相信我的工作能力？"曾紫陌脸一红："那倒不是，是……高胜寒没办法面对自己的女儿。"

"什么意思？"

"他的女儿，不接受别的女人做自己的妈妈。"

"她现在还小，孩子总是需要妈妈的啊，尤其是个女孩，爸爸一手带，总是有很多不方便。"秦明说。曾紫陌犹豫着看着秦明："他……他没有告诉他女儿，她妈妈去世了……"政委恍然大悟，曾紫陌欲言又止，"所以，您知道，小孩子都是有动物性的，还没什么社会性，都是自私的。"秦明若有所思地点点头："那我更得跟他谈谈了，这样瞒下去，以后会更麻烦。"

曾紫陌没说话，抬头望着深如墨色的黑夜，心在扑腾扑腾地跳着——那些存放在心底深处的往事不断在她眼前闪过，心中生起一片悲凉。

3

夜晚，山区的星星很亮。高胜寒的帐篷驻扎在废墟不远处，霹雳火的旗帜在夜空飘舞，探照灯雪亮的灯柱投射在空旷的废墟上。

帐篷里，咖啡机在转动，香味四溢。高胜寒倒着咖啡："感谢政委在百忙之中，到前线来慰问我们。"秦明笑："你高胜寒什么时候也会说这种客套话了？虽然我没带过你，但是早就久闻你的大名。"高胜寒抬起头："此一时彼一时嘛，政委见笑了。"秦明接过高胜寒递过来的咖啡，喝了一口，连连点头："没想到，在这儿还能喝到这么正宗的蓝山。"

"政委对咖啡也有研究？"

"谈不上，我在法国进修过一年，我也是飞行员出身。"

高胜寒唏嘘："没想到。"秦明笑："在你眼里，我就不会飞了？"高胜寒连忙说："我不是那意思，我是真没想到。"

"政工干部也要懂军事，这是总部要求。"秦明放下杯子，"我刚刚接到转行命令的时候，也不是很想得通。但是我们这支军队和外军最大的区别，就是政治工作，我们是有坚强信仰的党领导下的革命军队。大道理我就不和你多说了，你在部队多年，该明白的都明白。"

"是，政委，我明白。"

"坐，别老站着。"秦明脸色严肃起来，"我今天想和你谈的，是你的个人问题。"高胜寒不说话。秦明看他："你愿意和我谈吗？"高胜寒抬起头："从我个人来说，我不喜欢和任何人交流个人问题，但我是军人，是党员，向组织交心，是我应尽的义务。"秦明哈哈一笑："我并没有想勉强你，恋爱自由，婚姻自由，我只是想了解一下，你的想法。"高胜寒苦笑："我真的没有什么复杂的想法，就想带好部队，好好工作。"

"你还有个女儿，你带部队，孩子怎么办？"高胜寒不吭声。秦明问，"我见到你的女儿了，她还小，很可爱，她是需要一个妈妈的。"

"我知道。"高胜寒点头。

"你没有告诉她实话？"

"我要是说，她都猜出来了，您信不信？"

"信，现在的小孩都鬼怪精灵的，我一点都不意外。"

帐篷里一片寂静，半晌，高胜寒抬起头："我答应过她，不给她找新妈妈。"秦明叹了口气："小孩的心态我能理解，但是这终归不是长久之计。你还年轻，孩子还小，你又从事的是特战，你该知道我的意思。"

"我不知道怎么跟她张嘴，政委，您有孩子吗？"

"有个儿子，十五岁了，上高一。"

"您能拒绝儿子眼巴巴看着您的恳求吗？"

"分什么事。"

"如果是，您自己咬牙就可以做到的事呢？"

"不会拒绝。"

"我也一样。"高胜寒苦笑，"父亲在孩子面前，总是有这样的心态的，我不知道怎么张嘴。"秦明看高胜寒："你早晚是要面对的。"高胜寒苦笑着摇头："能拖多久是多久吧，我在寻找一个合适的契机。"

"我懂你的意思了——"秦明点头，"那你和曾紫陌，还有那个女老师，到底是怎么回事？"高胜寒苦笑："我知道，您会问这个问题。我和夏初之间没有什么，她一直很照顾蓝妞。我知道她喜欢我，但是我没有考虑过和她有什么关系。"

"你的回答，在故意回避曾紫陌。"秦明的话一针见血。高胜寒咽咽唾沫，点头："是，我在回避。"

"你和崔华盾、曾紫陌，都是旅里面重点培养的青年干部，旅党委、集团军党委、军区乃至总部，都对你们三人寄予厚望。从我而言，我不希望你们这样耗下去。我刚才去看了崔华盾同志，没进去，那个年轻的女飞行员在照顾他。"

高胜寒一笑："顾意。"

"对，是叫顾意，也是优秀的飞行员。"

"他确实应该得到自己的幸福。"

"你呢？当初错，现在还要错吗？"

"我知道现在的局面每个人都不想看到，也包括我自己。"高胜寒笔直地坐着，保持着标准的军姿，"太难了，真的是折磨。可是我想不出办法改变这一切，我女儿，曾紫陌，我不知道她们能不能和睦相处。我并没有折腾什么三角恋，我和夏初是什么都没有的，这一点请您相信我。"秦明重重地点头，高胜寒苦笑，"我只是不知道该怎么面对，怎么处理，蓝妞的个性特别的强。"

"组织上可以出面。"

高胜寒苦笑："蓝妞是我女儿，她的世界只有我和她妈妈。"秦明为难地点头："也对，我也没办法去和小孩谈，这个问题还是只能你自己解决。在问题解决以前，不要分心，你的工作是带有很高危险性的，你还带队伍，明白吗？"高胜寒蹭地站起身："我明白，我会对整个救援突击队的安全承担责任。"秦明重重地拍了拍高胜寒的肩膀："我相信你是拎得清轻重缓急的。"高胜寒点头："给我一点时间，政委。"

"我知道，肯定会给你时间的，我只是需要了解你们现在的思想状态，知道没有事，我还能过问什么？总不能下命令，让你们结婚吧，这又不是打仗。我只希望，你们三个都能幸福。"秦明说得很真诚，高胜寒嘴唇翕动着，良久，才缓缓地说："幸福，这个词距离我好遥远了。"秦明心生感慨："远在天边近在眼前，你要好好把握，不能再拖了。"高胜寒沉思着，点点头。

4

帐篷外，夜凉如水。曾紫陌和谢思潇并排站着，两人都是一脸沉重。谢思潇望天："搞不懂你们这些老年人，心里喜欢就说爱嘛，干吗啊这是！"曾紫陌忧心忡忡："我觉得事情没你说得那么简单。蓝妞的事儿你又不是不知道。"谢思潇一愣："这小丫头是有点儿不好对付……不过，我觉得这个问题不大。蓝妞的思想工作可以慢慢做。我和蓝妞还算是交情不错，必要的时候我帮你。接着说，还有什么顾虑？"

曾紫陌望着夜空，苦涩地说："还有夏初。"谢思潇皱眉："夏初？夏初是威胁吗？"曾紫陌苦笑："第一，她和蓝妞关系很好。第二，她很漂亮。第三，她……她比我年轻，也没有结过婚……总之吧，我觉得和夏初相比，我的差距太大了……"

谢思潇撇着嘴看着她，曾紫陌尴尬地问："干吗这么看着我？"谢思潇叹息："真没想到，堂堂的曾紫陌少校会这么自卑，思想会这么封建？"

"我说得很客观。"

"你客观什么呀？你这是典型的妄自菲薄！"谢思潇说，"夏初确实漂亮，难道你不漂亮吗？再说了，飞狼是那种肤浅的男人吗？显然不是！真正的爱情面前，年龄是问题吗？婚史是问题吗？显然都不是问题！如果这些因素可以决定爱情，那大家干脆不要谈恋爱了，把自己的情况做个电子简历，电脑自动匹配不就行了？"

"可……我和夏初的差距是显而易见的，我总得面对现实吧？"

"你和夏初的差距，是不能通过你和她之间的比较而得出结论的。评判的标准是飞狼！飞狼选择谁，谁就是优胜者。"曾紫陌若有所思，谢思潇扳过她的肩膀："要我说，你和夏初之间唯一的差距，就是勇气！夏初的勇气我们可是见识过的！你要想赢得这份爱情，就必须要成为一个主动的人，主动大胆地向飞狼表白！记住，情场就是战场，不是你死，就是我活。优秀的男人比优秀的女人要珍稀得多，出手越晚，你就越被动。"

曾紫陌听得目瞪口呆。是啊，男人和女人之间才是战争呢！要么他征服你，要么你征服他！

5

清晨，一轮朝阳缓慢升起，震区的临时教室里传来一阵琅琅的读书声，夏初带着孩子们正在念课文。帐篷外，高胜寒和队员们开车运输着救灾物资，高胜寒跳下车，想了想，走过来。曾紫陌回头："嗯？怎么了？有事吗？"高胜寒点头，曾紫陌有点不自在，看着别处："那你说。"高胜寒想想，刚想张嘴："我觉得我们俩应该……"

"胜寒！"

高胜寒一愣，回头，只见夏初从教室里走出来，惊喜地看着他。

"夏初？你怎么到这来了？"高胜寒有些意外。夏初快步走过来："我是来支援灾区教育的，我是志愿者老师啊！"

"哦，哦，志愿者，那蓝妞呢？"

"你爸妈来了，你不知道吗？"

"啊？真的？"

"真的，我还能骗你吗？蓝妞现在和她奶奶在一起，我就到灾区来了，你妈妈还让我带东西给你呢！"夏初看向曾紫陌，笑："你好，我们又见面了！"曾紫陌很尴尬，心里有些酸酸的，挤出一丝笑："你好……那什么，我到那边去一下，他们在干活。"曾紫陌匆匆跑了，高胜寒看着她的背影，欲言又止。

夏初看着高胜寒："这样，你跟我去拿啊！"高胜寒想想，还是跟她去了。曾紫陌跑向远处，回头，脸上闪过一丝难过。队员们目瞪口呆，都不敢说话。

高胜寒跟着夏初走进帐篷："夏老师，我妈给我的东西呢？"夏初拿出包裹："哎，这是你妈妈让我给你带的衣服和好吃的，她说你从小就喜欢吃她做的牛肉干，专门给你折腾了两天呢！"高胜寒接过来，说了声谢谢，转身想走。

"高胜寒！"夏初叫住他。高胜寒站住，但没有回头。

"你……真的对我一点儿感觉都没有吗？"夏初低声说。高胜寒犹豫着："我不想考虑这些问题。"

"你总是在搪塞，总是在推脱，要么你干脆给我个痛快的！"

高胜寒回过头："我给你痛快的，你能接受吗？"夏初的眼泪在打转："你还是不要说了……"

"我得走了。"高胜寒转身。

"高胜寒！"夏初叫他，高胜寒不回头："还有什么事？"

"我，我能抱抱你吗？"

"你该知道，我是军人。"

夏初流着眼泪："我知道，就因为你是军人，我才这么爱你！你以为我夏初嫁不出去吗？就因为你是军人，你是顶天立地的男人，我才这么爱你！我什么都可以接受，只要你能接受我！"

"感情的事，是不能勉强的。"

"你就那么看不上我吗？"

"不是一回事，你是个好女孩，但是……我的心里，已经有人了。"高胜寒抬脚几步走出帐篷，夏初看着高胜寒离去的背影，伤心地哭出声来。

6

临时机场，鲜红的八一军旗在空中猎猎飘舞。一个迷彩方阵，不动如山。高胜寒站在队首，马路站在队列的前排，王星手持81式自动步枪，霹雳火的队员们目光炯炯，背手跨立。旁边，黑龙蹲在谢思潇身边，吐着鲜红的舌头，哈哧哈哧地喘着气。战虎也在旁边整齐列队。半空中，直升机盘旋着拉低高度，停在不远处的空地上。

高胜寒出列，扫视着队伍，大声嘶吼："同志们！霹雳火战地救援队，已经圆满完成了上级交给我们的救援任务。根据旅党委指示，我们将和战虎特航大队一起，撤离灾区，返回基地！同志们！全体向后转——"

刷——全体向后转。

高胜寒跑步来到队伍前方，大声命令："向灾区父老乡亲们告别，敬礼——！"高胜寒高举右手，庄严敬礼。

刷——全体队员敬礼。

机场边，县委书记带领着众多的灾区群众，向霹雳火队员们挥手告别，孩子们含着眼泪，举起右手向高胜寒敬着少先队队礼，夏初看着高胜寒，高胜寒的目光扫过夏初，表情复杂。高胜寒放下手："礼毕——"

这时，政委秦明看着这一列威武之师，信步走到队列前。

"同志们！——"政委秦明高喊，队员们唰地立正，"请稍息！——"所有人背手跨立，落日的余晖映在他们的脸上，均匀的呼吸一致的动作，每个人都是精神抖擞，眼里闪着亮光。

"我代表旅党委，全旅指战员，和全旅官兵家属，来探望你们！来慰问你们！来勉励你们！"秦明厉声高喊，"——你们，是我们飞虎旅的骄傲！是我们陆航的骄傲！也是我们集团军乃至我们军区的骄傲！更是我们人民解放军的骄傲！在大灾大难面前，在急难险重任务面前，你们没有退缩！没有胆怯！勇敢地肩负起与地震灾害作战的任务！你们从5500米高空伞降，不顾恶劣天气，不顾余震危险，毅然决然，投身到天空当中，为我们的军史，谱写了新的篇章！你们——无愧于党领导下的革命军队的称号！同志们，我感谢你们！"

刷——全体敬礼。

"我十八岁穿上军装，进入航校，从那一刻开始，我就非常自豪！因为我属于中国人民解放军，这是一支老百姓自己的队伍！在我的从军生涯当中，我时刻牢记这一点！进入 21 世纪，尤其是"80 后"、"90 后"的指战员开始成为部队的主力军，说实话，我曾经有过忧患。我不知道，在社会变革时期成长起来的年轻人，还能不能让部队永葆红军本色！你们的表现，交出了一份让我这个老兵、老共产党员满意的答卷！"

在场的官兵们目光炯炯。

"红军不怕远征难，万水千山只等闲！同志们，我们的队伍，从南昌起义，一路艰苦卓绝，毛主席的旗帜高高飘扬，我们向着太阳，不畏牺牲，勇往直前！换服装，不换内心，换装备，不换军魂！牢记我们的信仰，我的话完了！"秦明举起右手，向自己的士兵敬礼。

"敬礼——"高胜寒高喊。刷！全体官兵敬礼。萧条的营地前鸦雀无声，只有方阵里面几十个小战士压抑不住的哭声——还有什么声音？那面鲜艳的五星红旗在他们的头顶猎猎飘展的风声。

7

后方医院，住院部的楼上拉着鲜红的大横幅，"大爱无疆，众志成城，无私奉献，情系灾区"的硕大字体赫然在立。

病房里，黄宝贵穿着军装，忙不迭地收拾着自己的背包，黄一刀困惑地看着黄宝贵，伸手捅了捅宝贵妈，宝贵妈没动，瞪眼看他，黄一刀就怂了，干咳了两声，起身走过去："宝贵？"黄宝贵抬头："爸，怎么了？"黄一刀板着脸："宝贵！你妈还没痊愈呢！你的伤也没好利索呢！你两年没回家探亲了！你就这么走了？"黄宝贵低着头："爸，我妈的伤已经好得差不多了，安心静养就行了，我的伤早没事儿了，这段时间任务重，等过阵子吧，等不忙了我请个探亲假，好好陪你们一个月。"一旁，宝贵妈抹着眼泪。黄宝贵上前扶着黄一刀坐下，立正，含泪："爸，妈，我知道，你们都想让我多待几天，我也想多待几天，可你们儿子是军人。部队归队的命令已经下达了，我不得不走啊。"宝贵妈抹着眼泪："你少骗妈，要不是你一天八个电话给高队长，他能同意你归队吗？"黄宝贵尴尬地一笑，又严肃起来："妈，您说这次任务，我一开始就受了伤，后面的救援全都没赶上，我心里急得跟火烧的似的，觉得挺对不起大伙儿的。现在部队归队了，马上就要开始新的训练，没准儿还会有新的任务，我们队的队员都有分工，各负其责，少一个，执行任务的时候就会有缺口儿，我要是再赶不上，那不耽误大事儿了吗？"

黄一刀叹息着看宝贵妈："老伴儿，算了，咱别劝了。宝贵就算人留下，心也早就回部队了。再说了，他是当兵的，咱这回也看见了，要没有解放军，咱们老家还指不定得多死多少人呢！他想去就让他去吧。"宝贵妈擦着眼泪，忽然抬头看着黄宝贵："儿子，你走可以，但是得答应妈一件事儿。你先把小芹的事儿给我定下来！"黄一刀在一旁也猛点头。

黄宝贵愣住，面有难色："爸，妈，我真来不及了。"宝贵妈不依不饶："那你就抓紧时间！小芹就在楼上她姐姐病房呢！"说罢，宝贵妈摘下手腕上的银镯子："这镯子是你姥姥给我的，你把她叫下来，我送给她，这事儿就定了！等下次你探亲回来，你们就赶紧结婚！明年给我生个大孙子！"黄一刀站在一旁狂点头："对对对！我还等着把咱们老黄家的兽医手艺传给我大孙子呢！"黄宝贵哭笑不得："你们就这么急呀？"正说着，小芹兴冲冲跑进来："宝贵！叔叔，阿姨，我爹来看你们了！"

门口，李老憨拎着一大包东西，乐呵呵地走进来："亲家公！亲家母！姑爷！你们好啊！"后面，李小芹的姐姐和姐夫也跟着走进来。李小芹羞涩地看着黄宝贵。

黄一刀亲切地握着李老憨的手："亲家公，你怎么有空来这儿了？"李老憨笑呵呵地："我是来这儿招工的，顺便看看亲家母。"

"招工？"

李老憨点头："我们建筑公司和你们县的县政府签合同了！要在县城盖两座住宅小区！这嘛，人手不够了！"

"哎呀！这可是大工程啊！"

"是啊！是啊！我们公司承建这个项目，那是县委陈书记亲自推荐的！他说了，我们公司是在震后第一个赶赴县城参加救援的，他就看重我们公司有良心，有责任心！哈哈，说不定啊，以后你们就住我们公司给盖的新房了！"

黄宝贵低头看表，一脸焦急。李小芹一愣，诧异地问他："宝贵，你有什么急事儿吗？"黄宝贵支吾着，宝贵妈着急地抢着话："小芹，宝贵接到命令了，要回部队！"李小芹一愣，看着黄宝贵："你怎么不跟我说呢？"黄宝贵低着头："我……我不是怕你不高兴嘛。"

"你接到命令回部队，这是正事儿，我怎么能不高兴呢？可你不跟我说就太过分了，我好歹得送送你呀……"

黄宝贵低着头讪讪地："对不起小芹，我错了……"两家人都面面相觑，一脸暗笑。黄一刀脸都笑烂了："唉，怕老婆，祖传的！"众人大笑。

李老憨笑着站起身："话都说到这份儿上了，咱们两家儿就别光嘴上叫亲家了！正好我今天也在，我看啊，就在宝贵回部队之前，把这事儿定下来，两位亲家，你们说呢？"宝贵妈一拍大腿："我刚才就是这么跟宝贵说的……"

李小芹和黄宝贵都红了脸。宝贵妈笑着："小芹，你过来。"李小芹红着脸走上前："阿姨……"宝贵妈笑着拽着李小芹的手："小芹啊，阿姨手头上也没什么值钱的东西，这个镯子是宝贵姥姥给我的，今天我送给你了。"

"阿姨，我……"

宝贵妈笑着："戴上！这个阿姨你先叫着，等回头叫妈的时候，我再送你个大红包！”

　　旁边，李老憨上下忙活着摸兜儿，李大芹纳闷儿地问：“爹，你找啥呢？”

　　“礼尚往来，我得回送姑爷一件东西呀，这可是订婚的信物！不能坏了规矩，我这……我这也没准备……”

　　“大叔，您别找了。”说罢，黄宝贵把李小芹送给他的手绢儿拿了出来，“这是上回在部队，小芹送给我的手绢儿。”李老憨一愣，笑着看小芹：“好啊，丫头！原来你是早就送完了！”众人一片大笑，小芹羞红了脸，含情脉脉地看黄宝贵。

第二十章
—— FIRE ——

1

清晨，艳阳高照，阳光照射着飞虎旅的营地，旗帜在飘舞。机场边上，旅长王浩，还有政委秦明带着全旅数百官兵们列队，旁边站着家属方队，手里拿着小国旗，脸上都洋溢着期待的笑容。蓝妞兴奋地挥舞着手中的小国旗，高云飞、冯芸站在一旁，也是一脸笑意。

空中，隐约有轰鸣声传来，蓝妞兴奋地挥舞小国旗："爸爸，是爸爸，爸爸回来了——"轰鸣声越来越近，数个小黑点组成的战斗机群钻出云层，越来越近。家属们兴奋不已，在场的官兵站得笔直，纹丝不动。机场上，直-8B直升机的螺旋桨刮着飓风轰鸣着，飘扬的八一军旗被飓风拉得笔直，呼啦啦响。军乐队开始奏乐。

机群逼近，低空掠过。

直升机梯次缓缓降落，舱门打开，队员们鱼贯跳下直升机，整齐列队。崔华盾被抬了下来，顾意推着轮椅。高胜寒跑步来到旅长王浩和政委面前，举手敬礼："报告！旅长同志、政委同志，我旅抗震抢险部队完成任务，申请归队！"旅长和政委还礼："你们辛苦了，我批准你们归队！"

"谢谢旅长！谢谢政委！"高胜寒再次敬礼，军旗飘舞。

王浩走到站得如山的迷彩方阵面前，眼神锐利，扫视着排列整齐的队列："同志们好！"

"首长好！"队员们怒吼。

"同志们辛苦了！"

"为人民服务！"这一次吼声震天。

旅长王浩注视着大家，营地上鸦雀无声，只是一个整齐的方阵，不动如山。

"为人民服务！不是一句口号，是我们的行动！你们做到了！中国人民解放军的本色，永远也不会变！"王浩声如洪钟，"中国人民解放军的宗旨，永远是——为人民服务！我们陆航突击旅作为应急机动作战部队的尖刀，作为抗灾救援行动的尖刀，在养兵千日用兵一时的关键时刻，表现出日常的训练有素，不经战前装备，不经战前培训，一声军令，就投入战场！数千里机动，不顾疲惫，以对人民群众的大爱，克服一切危险和困难，创造了地震灾害当中的空降奇迹！好兵，你们都是好兵！请接受，一个老兵的致敬！"王浩举起手，在场的所有官兵都庄重地举起右手敬礼。王浩放下手，笑笑："好了，不影响你们和家属团聚的时间了，解散！"

轰的一声，队伍里一阵哄笑起来。蓝妞一路跳跃着跑过去："爸爸——爸爸——"高胜寒一把抱起蓝妞："乖女儿——让爸爸看看，想爸爸没有？"蓝妞抱住高胜寒就亲："可想爸爸了！"

高云飞和冯芸走过来，高胜寒立刻放下蓝妞，立正敬礼。高云飞板着脸，冯芸着急地拉着高胜寒："哎呀！儿子！你这没良心的儿子哦！可得让妈好好看看！我这傻儿子啊！"说着就抹起了眼泪。高云飞瞪她一眼："你哭什么？"冯芸一甩手："都跟你似的？好几年没见儿子了，一见面板着脸跟个黑包公一样，儿子现在不是回陆航了吗？不也是事业有成了吗？你还想怎么样啊？快，胜寒，跟你爸爸认错！你们俩就差这一句话！"

高胜寒不说话，高云飞也不说话，都板着脸。蓝妞吓得不敢说话，看看这个，又看看那个。冯芸着急："快啊！你们是亲生父子！有多大仇啊？胜寒，难道要你爸爸向你认错吗？"父子俩板着脸对视着，在场的人都不敢说话。旅长王浩和政委秦明看着，也不敢说话。

父子俩谁都不相让，目光交战。高胜寒看着父亲花白头发，眼中慢慢溢出泪花，高胜寒的脸扭曲着，缓慢地张开嘴："爸……"高云飞的泪水也夺眶而出。高胜寒摘下军帽，跪下了，泣不成声："爸，我错了……"高云飞的右手颤抖着，抚摸着儿子的头，老泪纵横。在场的人无不动情，曾紫陌的眼泪哗啦啦的。高胜寒痛哭："爸，我错了，我好想你……"高云飞慢慢扶起来儿子，仔细打量着。高胜寒竭力忍住哭泣，看着父亲。

"爸……"

高云飞一把抱住自己的儿子，父子俩相拥而泣。谢思潇擦眼泪："什么仇什么怨……"王星俯在她耳边悄声说："这你就不懂了吧？父亲和儿子之间，如果个性都很强，那就是天生仇家！飞狼都那么有个性，老狼也差不了，今天这算是冰释前嫌了。"谢思潇白了他一眼："就你能耐是吗？"王星纳闷儿："我这是解释给你听，怎么又吃枪药了？"

高云飞松开高胜寒，看着他。

"爸，原谅我，是我不好，我错了……"

"你啊，你不错，真的，他们都说你不错……"

"我不好，我没做飞行员。"高胜寒哽咽着。高云飞苦笑："算了算了，我二儿子是飞行员！"崔华盾擦去眼泪，从轮椅上站起来，顾意急忙扶住蹒跚的他。

崔华盾举起右手，敬礼："高伯伯好。"高云飞关切地问："怎么？受伤了？"崔华盾一笑："没事，早好了。"高云飞看着站在一旁的顾意："这位是？"顾意连忙敬礼："高总工好！我是顾意，战虎特种航空队飞行员。"高云飞连连点头："好，不错，巾帼不让须眉！你是武装直升机飞行员？"顾意笑得很自信："是！飞的就是您设计的武装直升机！"高云飞笑得合不拢嘴："不错，太棒了！你比高胜寒强，他都没飞过呢！"高胜寒尴尬地笑。顾意不好意思了："哪儿敢哪儿敢，他可是大名鼎鼎的飞狼啊！陆航和特种部队的传奇人物，我们都很敬佩他！"

高云飞转向曾紫陌。曾紫陌抬手敬礼："高总工，我……我叫曾紫陌。"冯芸的脸色微变，上下打量着："你就是曾紫陌？"曾紫陌硬着头皮："是，我就是曾紫陌。"高云飞恍然："哦，我想起来了，我想起来了，曾紫陌，这个名字我有印象。"高胜寒急忙说："曾紫陌同志是霹雳火的教导员，我工作上的搭档。"冯芸没说话，上下打量着曾紫陌，曾紫陌有些尴尬。高胜寒意识到现场气氛的尴尬，赶忙说："那大家先搬东西归库，海豚，你带下队伍吧，我陪我爸妈女儿一会儿。"曾紫陌如释重负，转身去了。

2

宽阔的战备机场，高云飞抚摸着一架武直-10，高胜寒默默看着父亲。

"我这辈子，再也没什么盼头了，唯一的指望，就是看着自己亲手研制的武装直升机能够形成真正的大规模作战能力。"高云飞看向儿子，感慨地说，"我一直希望，你能驾驶这架战机，翱翔祖国的蓝天，成为中国陆军的王牌飞行员！那是我的梦想。"

"对不起，爸，我没能做到。"

高云飞笑："你已经道过歉了。"

"是，我的错，那时候太年轻，不懂事。"

"解开这个心结，你现在也很好啊，战地天使，飞行员的雷霆救兵，陆航霹雳火空降救援突击队的队长。你也是中国陆军航空兵发展史上不可或缺的一环，而且是非常重要的一环，是中国陆军航空兵能否形成真正的大规模作战能力的关键因素。"高云飞说，"我们的飞行员飞到战场上，被击落或者故障降落，就面临巨大的危险。没有一支专业的救援突击队，我们辛辛苦苦培养出来的武装直升机飞行员就少了安全的保障。儿子，你现在也是我的骄傲。"高胜寒有些激动："谢谢爸爸。"冯芸站在一旁，笑："哎呀，我这才算松了一口气啊！咱们这一家，这才算和和美美，和和美美啊！"蓝妞闷闷不乐。冯芸问她："蓝妞？你怎么不高兴啊？"

高胜寒知道晓妞在想什么，沉默不语。蓝妞看着远方，眼里渐渐有泪花要闪动："我想妈妈，妈妈要也在，该多好啊……"高胜寒摸摸蓝妞的脑袋："妈妈会为我们高兴的。"蓝妞一把扑在父亲的怀里，紧紧抱着高胜寒。高云飞和冯芸面面相觑，不知道说什么。

3

队部办公室，曾紫陌注视着手里的二等功勋章，嘴角浮起一丝笑容。这时，高胜寒推门进来，曾紫陌急忙盖住，高胜寒只好没话找话："还在回味呢？"曾紫陌一笑："回味什么？一个二等功而已，我又不是没得过。"

"不太一样吧？"高胜寒说，"我由衷地告诉你，你成功了，你做到了我没想到的事情。"曾紫陌纳闷儿："什么意思？还有你高胜寒没想到的？"高胜寒笑："你是我训练过的年龄最大的特战队员。"曾紫陌气不打一处来："你不就想说我老吗？我是老，谁年轻找谁去！"转过身不理他了。高胜寒纳闷儿："怎么，我说好话，也不爱听？"曾紫陌白了他一眼："有你那么说好话的吗？"起身就出去了。砰的一声，门关上。高胜寒还愣在原地："我确实想说好话，但这是为什么呢？"

4

中午，太阳晒得正烈，训练障碍场上，王星一个人背着背囊，运动敏捷，全副武装地在跑 400 米障碍。王星跑完一趟，汗流满面，呼哧带喘，一屁股靠着障碍场坐下，看着天空愣神儿。想想，又从兜里掏出一个红色的小盒子，打开，是一枚灿灿发光的钻戒。

王星愣神儿地看着手里钻戒，这是他和龙丹丹在一起的时候他偷偷跑到商场，花了所有的积蓄买了这枚戒指，但是他想不明白，为什么丹丹会不告而别，当再次见面的时候竟然装作不认识他。王星的脑子很乱，他凝视着手里的钻戒，将盒子缓缓盖上，闭上眼睛长长地叹了一口气。

突然，黑龙的犬吠声传了过来，王星一惊，急忙把钻戒放进身边的坑里，用手刨了刨土盖上。黑龙跑了过来，王星赶紧起身，使劲踩踩刚才刨坑的地方。谢思潇不明白："你干吗呢？"王星敷衍着："啊？没干吗。"谢思潇忽然看着王星："你怎么了？好像哭过。"王星一惊，掩饰着："哪儿啊！我刚打了俩喷嚏，你找我什么事？"谢思潇说："下午有事吗？没事陪我爬山去。"王星皱眉："你神经啊，好不容易歇一天。"谢思潇嗔怪地一笑："你就知足吧，找到我这样不爱红装爱武装的！真让你陪着购物去你就惨了！"王星讪笑："购物我也没钱，卡被许飞这小子借走了。"谢思潇问："他借你卡干吗？买什么去了？"王星一惊，赶紧掩饰："谁知道他也没说。走吧，爬山去。"谢思潇撇着嘴起来："这小子，跟我预备役男朋友借钱也不经过我批准，太不像话了。"

"怎么还预备役啊？"

"你以为呢，哪儿那么容易？想进现役啊，看你表现！"

王星笑笑："好吧，预备役就预备役吧！"谢思潇拉他走："走，运动运动，看谁爬得快！"两人走了几步，黑龙没跟来。王星一愣，扭头一看，黑龙正趴在那儿刨土。王星脸色一变："黑龙，你干吗？"

黑龙抬起头，嘴里叼着钻戒盒子。王星大惊，扑上去："黑龙！快给我！"黑龙躲闪着，直奔谢思潇，王星慌乱地追过去。谢思潇眼疾手快，把钻戒盒拿在手里，直接打开。谢思潇看着钻戒，又看看王星，声音颤抖了："王星，这是你……给我买的？"王星窘迫至极，不知道该怎么说，他看着谢思潇激动万分的表情，只好硬着头皮："啊！"谢思潇的眼泪快下来了："王星！我……我都不知道说什么好了！这，这可是钻戒啊！你要跟我求婚啊？"王星目光闪烁，不敢看谢思潇，支吾着："啊……那什么，先把它给我吧，我……我不得走个形式吗？我还在想，怎么谋划下呢……"谢思潇笑眯眯的："走什么形式啊！我不在乎那些虚头巴脑的！我试试合适不合适。"说着就拿着钻戒往手上套。王星大惊，上前一步抓住谢思潇的手腕，谢思潇愣住，震惊地看着他："怎么了？"王星愣住，纠结万分："我……我觉得这个款式不太适合你，我想拿商场去换一下，你把它给我，再等两天……要不下月初吧？等许飞还了钱……"谢思潇看他："你不是去换吗，怎么还要钱啊？"王星慌乱地："啊？啊，我想换个更大的。"谢思潇笑，甩开王星的手："得了吧，换什么大的呀，我还不知道你几斤几两啊！姐不在乎这个！这个就挺好！"说着，谢思潇把钻戒套到了手指上。

王星一脸震惊，纠结地看着谢思潇。谢思潇打量着手上的钻戒："真漂亮！王星，我这辈子还是第一次戴戒指呢！没想到第一次戴就戴求婚戒指，姐也算个传奇吧？"谢思潇下意识抬头，看着目瞪口呆的王星："你发什么呆呀？王星，我觉得你今天神色有点儿不对！"王星赶紧一笑："不对吗？挺对的！"谢思潇看他："你……不会是又想起她来了吧？"王星表情复杂："谁呀！"

"少装傻！"谢思潇凝视着王星，"王星，当初咱俩可是已经说好的，你忘掉那份感情，我们两个好好地在一起。我也有言在先，我谢思潇绝对不勉强你，你要是觉得自己还放不下她，那就还做革命战友！"谢思潇含泪要摘戒指，王星纠结着，目光一动，上前一把抓住谢思潇的手："戴着挺合适的，摘下来干吗？"谢思潇看他："你放下了吗？"王星支吾着："我……我钻戒都给你了，还能不放下吗？我就是有点儿伤感，伤感总可以吧？我又不是木头。"谢思潇看着王星，扑哧一笑，推开他的手，打量着钻戒："行，看在你一片诚心的分儿上，姐大度一回，允许你小小地伤感一下。"王星苦笑："爬山去吧？"谢思潇看着王星："哎，你打算什么时候娶我的？"王星说："现在肯定不行啊！"谢思潇问："为什么不行啊？"王星苦笑着看她："你多大？"谢思潇一本正经："21啊？"王星拉着她："这都没到23周岁呢，忘了部队的规定了？走吧！"谢思潇叹了一口气，随即又高兴起来："哎，走吧走吧！还好，姐还可以放松玩几年！谁稀罕跟你结婚！爬山了，看谁先到终点！"

5

宿舍里，黄宝贵在一旁打电话报喜，石磊喜滋滋地坐着，看着手里的军功章脸都笑烂了。黄宝贵挂了电话，递给石磊，石磊一脸兴奋地拨通电话，响了几声，没人接，石磊有些着急："哎？这个点儿俺爹应该在家呀。"想了想，又拨，还是没人接听。石磊皱眉，重新拨了一个手机号，电话响了两下，通了："喂？"石磊一脸兴奋："英子！是俺，你哥。咱爹呢？"石英言语支吾："哥，咱爹……咱爹串门儿去了。"

"去谁家了？"

"啊？他去……去二叔家了。"

石磊兴奋地："英子！快把咱爹叫回来，俺有个喜讯要告诉他，他听了肯定高兴！"石英支支吾吾："哥，要不……要不你等等吧。等过一会儿咱爹回来我让他给你打过去。"石磊等得着急："哎呀英子！你又犯懒！赶紧去！真是特别大的喜讯！哥立功了，得了军功章！"石英愣住，激动地："哥，你立功了？！太好了！"

"你先别跟咱爹说，俺亲口告诉他！你快去，俺一会儿再打过来！"石磊说完挂了电话。石英一下子愣住了，扭头看看手术室亮着的红灯，含着眼泪自言自语："爹，俺哥立功了，得了军功章！您可一定要挺过去呀！"石英看着自己的手机，眼泪刷下来了，咬咬牙，按下了关机键。

"您好，您所拨打的电话已关机……"石磊拿着电话愣住："这丫头！咋关机了？！"再播，还是关机。石磊脸色一沉。一旁，黄宝贵皱眉："石磊，你不说石英挺听话的吗？今天是怎么了？"石磊也纳闷儿："俺也不知道，石英平时不这样。"黄宝贵笑："是不是正在跟男朋友约会，抽不出空来呀？干脆就把手机关了。"石磊一瞪眼："她敢！肯定不是因为这个。"说罢，石磊脸色严肃："宝贵，俺觉得不对劲儿。刚才石英说话的语气就不对，她肯定有啥事儿瞒着俺呢！"黄宝贵一愣："你确定？"石磊点头："俺娘死得早，俺爹年轻的时候总去外地出工，石英是俺从小哄大的，俺还能不了解她？俺觉得，应该是俺爹出啥事儿了！"石磊想了想，按通了支书的电话。

电话接起来："谁呀！"石磊焦急地："二伯，是俺，石磊！"村支书有点意外："啊……噢，是石磊呀！石磊，你在部队呢？"

"二伯，俺在了。二伯，俺跟您打听打听，俺爹在家吗？"

村支书支支吾吾："你爹他……他应该在家吧！"

"可是俺刚才跟俺爹打电话，他不在。英子说他去二叔家串门儿了，俺让她去叫俺爹，她手机又关机了……"石磊话没说完，村支书忙打断他："那啥……石磊呀，二伯现在不在村儿里，在……在镇上呢！你别急，你爹他肯定没事儿，那就这么着吧，二伯有事儿先挂了……"

石磊拿着响着忙音的电话目瞪口呆，腾地起身，眼圈红了："宝贵！俺敢肯定，俺爹肯定出事儿了！"黄宝贵也站起来："石磊，你先别急。这么着吧，你赶紧去跟飞狼请个假，回家看看！——要不我跟你一块儿去！"石磊一脸痛苦："宝贵，不行！现在咱们是在备勤，俺这个时候不能离队。"黄宝贵着急："这不特殊情况吗？"石磊很严肃："霹雳火备勤期间，没有特殊情况这个说法，你又不是不知道。"黄宝贵忧虑地看着石磊，若有所思。

6

办公室里，高胜寒拿着电话在想事情。曾紫陌走进来："怎么了？忧心忡忡的？"高胜寒声音有些低沉："刚才是石磊老家的武装部长打来的电话。"

一名干事站在宿舍门口，石磊一脸诧异："飞狼找俺？"干事点头："石磊，你赶紧过去吧，飞狼等着呢！"黄宝贵催他："赶紧去，你去了不就知道了！"石磊点头，跟着干事匆匆而去。

石磊走进办公室，抬手敬礼："飞狼，海豚，你们找俺？"高胜寒示意他坐下。曾紫陌看着他，笑："坐吧，别紧张。"石磊坐下，期待地看着高胜寒和曾紫陌："两位领导，到底啥事儿？"高胜寒看他："多长时间没回家了？"石磊不明白："……有两年多了吧。"

"警卫连没有探亲假吗？"

"不是，是俺爹……他老不让俺回去。"

"为什么？"

石磊苦笑着挠挠头："俺爹特别倔，他觉得吧，当了兵就得报效国家，报效国家的时候就不能想着自己的小家。"

"那你不想家吗？"曾紫陌问。石磊眼圈儿一红："想，哪儿能不想呢！"高胜寒神情严肃："我们经过研究，你在部队表现不错，可以回家看看！"石磊大惊，看着二人，腾地起立："可是现在咱们不是在备勤吗？"曾紫陌笑："哎呀，让你回家看看就回家看看，队里这么多人呢，备勤不差你一个。"石磊纳闷儿："为啥呀？"高胜寒不看他："不为啥，算我们良心发现吧。回家替我给你爹带个好儿，别忘了把军功章带上。"石磊一脸惊喜："哎！俺知道！谢谢飞狼，谢谢海豚！"石磊抬手敬礼，匆匆跑了。

曾紫陌看着石磊的背影，忧心忡忡："你打算什么时候告诉他？"高胜寒有些伤感："我也没想好。"

"第一次看见你没主意。"

"我不是没主意，我总是想寻求对他人更小伤害的处理方法。"

曾紫陌似乎想起了什么，看着窗外。高胜寒看她："我是好心，却常常办错事。"曾紫陌表情平静下来："你跟我说不着这个。"

"我的性格就是这样，总是希望对他人的伤害最小，却往往造成不可挽回的伤害。我也想改变，只是江山易改本性难移了。"

"那是因为你压根就不想变。"

"我在寻求改变的方法。"

曾紫陌看他："除了训练和打仗，你真是个懦弱的男人。"高胜寒点头："我承认，我害怕面对很多事情，所以总是回避。"

"你把所有人都逼疯了……"

"我自己也快疯了……"

7

县医院 ICU 门口，穿着白大褂的医生走了出来，石英焦急地跑上去："大夫，俺爹怎么样了？"医生摘下口罩，看着石英："石建国的家属就你一个人吗？"石英点头："俺是他女儿，家里就俺一个人，俺哥当兵呢。"医生一下子愣住了。石英含着眼泪："医生，您有啥话就跟俺说吧！俺能挺住！"医生点头，严肃地："手术进行得很成功，那颗脑瘤已经切除了，但是目前他还没有脱离生命危险，我们还在尽力抢救……姑娘，你可得有个心理准备呀！"石英眼泪淌下，哭着："医生，俺……俺能进去看看俺爹吗？"医生摇头："现在还不行，等他醒过来，我们会通知你的。"石英哭着点头。医生有些于心不忍："小姑娘，坚强点儿！你不是还有个哥哥吗？给他打个电话吧。"医生戴上口罩，返回重症监护室。石英愣立当场，泣不成声，她下意识地掏出手机，最终又哭着装了回去。

8

穿着一身军装的石磊刚走进村口，一条壮硕的大黄狗就迎了上来，亲昵地在他面前摇头摆尾，不断地发出亲切友好的轻吠声。石磊一溜小跑到家门口，院门紧闭，上着锁。石磊愣住，大喊："爹！爹！石英！"——没人应答。四周的邻居们纷纷出来，石磊焦急地问："三婶儿，二奶奶，俺爹和石英去哪儿了？咋锁着门呢？"众人面面相觑，不吱声。石磊心急如焚："你们咋不说话呀！"

"石磊，你快去县医院看看吧！"一个村民说，"你爹前两天得了重病，正抢救呢！支书和村长今天都去了！"石磊大惊，手里提的东西咣当掉了一地，泪如泉涌，猛地冲出人群跑去。

9

县医院，石英两眼红肿地站在重症监护室的门外，村长，支书，镇干部，还有武装部部长都围坐在门口。支书含泪："英子，你千万别急。你看，咱们镇里的领导，县武装部的领导都来了，你家里的情况我和村长也都跟他们讲了，他们都会帮你们的！"武装部长点头："是啊，你们家是军属，现在家里出了这么大的事儿，有什么实际困难，我们会帮你们解决的。"石英流泪点头。

"还有啊，你哥哥所在的部队首长也给我打过电话了，我估计，他们也会很快派人过来的。"

石英大惊："我哥的部队？他们咋知道俺爹病了？"

"这么大的事儿，我们当然要和部队领导沟通了。"

石英焦急地打断他："这可咋办啊！我哥他们部队咋能知道俺爹的事儿呢，他们要知道了，那俺哥肯定也知道了！这可坏了……"

"石英姑娘，你怎么了？"

石英哭："反正不能让俺哥知道！"

"英子！——"石磊站在门口，一声怒吼。石英看过去，一脸震惊："哥？！"石磊冲向石英，给了她一巴掌："你个死丫头！你越来越不懂事儿了！咱爹得了这么大病，你还敢不告诉俺！"石英哭着，村支书和村长赶紧拽住石磊："石头你干啥？！这事儿根本不怨英子！是你爹嘱咐大伙儿，谁也不能告诉你的！"石磊大惊："为啥呀！"

"那天晚上，你爹倒在地上，浑身都动不了了，还嘱咐大伙儿呢，谁也不能跟你说他得病了！他是怕影响你在部队的工作！你爹那倔脾气，你还不知道吗？"

石英哭着："哥，咱爹嘱咐完大伙儿，就晕过去了，到现在还没醒过来呢！哥，俺吓坏了！一点儿主意都没了！俺多盼着你能在家呀，你要是在家，俺就有主心骨儿了。俺好几次都想给你打电话，可是一想起咱爹的话，俺不敢……"

石磊泪如泉涌，趔趄着走向重症监护室门口，扑通跪倒在地痛哭失声："爹！爹……石头回来了！爹，您一定得醒过来呀！石头都两年多没见到您了！……"石英哭着上去跪倒，扶着石磊："哥，你别哭了，你起来吧！说不定咱爹都听见你喊他了，他要是听见了，肯定能醒过来！你不知道，咱爹在家的时候，经常看着你的相片偷偷抹眼泪，他可想你了！他要是知道你回来了，还能不醒过来？"

石磊埋头，痛哭失声。一只大手拍在石磊的肩膀上。石磊泪眼回望，愣住了："飞狼，俺爹……"高胜寒声音低沉："天塌下来，我们一起扛。"石磊哭着点头。

这时，重症监护室的门打开，一名医生走出来："石建国家属！"石磊和石英大惊，匆匆跑过去，高胜寒和后面的众人也跟了上去。石磊焦急地问："医生！俺爹怎么样了？"医生看了看石英，又看石磊："你是他儿子吧？刚从部队回来？"石磊点头。医生长舒一口气："病人已经醒了，基本脱离了生命危险！"石磊和石英喜极而泣："哥！太好了！咱爹醒了！我就说咱爹肯定能醒吧！"高胜寒也长吁一口气。

医生脸色凝重，轻叹一口气，高胜寒发现了不对，走上前："医生，有什么特殊情况吗？"医生一愣，石磊忙介绍说："他是我所在部队的首长。"医生点头，看着几人："这样吧，你们跟我到办公室，咱们详谈。"石磊看着医生，又看看高胜寒，紧跟上去。

办公室，医生将脑 CT 照片放在灯箱上，指着照片上的一处阴影："你们看，这里就是石建国头部脑瘤的位置，现在我们通过手术，已经把它切除了。病人的各项生命体征也在向好的方面发展。但是……由于脑瘤太大，在送医之前轻微出血，被它长期压迫的脑神经现在已经部分坏死，基本上没有复原的希望了。"石磊颤声问："医生，这对俺爹有啥影响？"医生叹了一口气："最直接的影响就是，病人可能永远都站不起来了。"石磊腾地起身："医生，你说啥？俺爹他站不起来了？！"

"另外，你们还要有一个心理准备。"医生说，"病人这种情况，后期还需要持续进行康复性治疗，我实话告诉你，这项费用可不是一笔小数目。"

武装部长走上前："石磊同志，我和你们镇领导已经把你的情况向院方做了说明，他们正在考虑减免一部分你父亲的治疗费用。放心吧，这项工作我们会继续跟进的。"

"石头，俺和村长这就回去，号召咱村里的父老乡亲给建国捐款。不管钱多钱少吧，是大伙儿的一份心意。"村长把一叠钱塞给石磊："石头，这是俺跟支书的！你先拿着！"石磊含泪接过钱，鞠躬："俺和英子谢谢大伙儿了！"高胜寒表情凝重，心酸地看着石磊兄妹。

武装部长看向高胜寒："高队长，我们先回去了，咱们随时保持联系。如果有什么需要，我们会尽力帮忙解决。"高胜寒点头，两人握手离开。

石磊擦干眼泪，看向石英："英子，哥渴了，你去买两瓶矿泉水。"石英一愣，点头走了。周围没有其他人，石磊表情复杂，支吾地看着高胜寒："飞狼，俺想跟你……跟你说个事儿。"

"说吧。"

"俺……俺想转业！"

高胜寒看着他，不说话。石磊淌着泪："飞狼，俺爹的情况您也看到了，他如果站不起来的话，每天都需要人照顾。可是家里就俺妹妹一个人，她是个女孩儿，早晚得嫁人，俺不能耽误了她。还有，俺刚才问过医生了，医生估算了一下，俺爹后续的治疗费用，起码得二三十万。俺不想欠太多的人情，俺想自己把这笔钱扛起来。如果俺转业的话，不要工作，安置费还能高一点儿……"石磊说不下去了。高胜寒凝视着他："不要工作，你怎么生活？"石磊流泪："俺在部队学到了不少本事，俺觉得，足够俺找工作用了。"

"你舍得离开霹雳火吗？"

石磊哭着："俺也不想，可是俺……俺真的没别的办法可想了。"高胜寒看着他。

石磊哭着："飞狼，怎么办？俺怎么办？"

"石头，你的假期还剩下九天，我给你九天时间考虑这件事。不管你做出什么决定，我都表示理解和支持。"

石磊泣不成声地点头。高胜寒拿出一个信封："这里面有两万，你先拿着应急，是我个人的。"

"飞狼，俺不能要你的钱……"

"战友战友，亲如兄弟，你忘记了？"高胜寒转身，大步走下楼。石磊拿着信封，痛哭流涕，他下意识地扭头，忽然发现石英两手空空，一脸惊愕地站在不远处："石英，你……你咋没下去？"石英匆匆上前，哭着："哥！你真的要脱军装啊！那你跟咱爹咋交代？！"石磊愣住了，流泪看着重症监护室紧闭的大门，艰难地一字一句地说："英子，等见了咱爹，你一个字也不许提俺要转业的事儿。"

"可是咱爹早晚得知道！"

"他是咱爹！"石磊哭着咆哮，"他一把屎一把尿把咱哥儿俩拉扯大的！俺得救他的命！俺得给他养老送终！"石英看着哥哥，泣不成声。

10

机场上，训练间隙，霹雳火的全体队员哀伤地坐着。高胜寒表情凝重。黄宝贵眼睛通红地看着高胜寒："飞狼，他不能走啊……"黄宝贵说不下去了，一拳砸在腿上。

"飞狼，你是怎么跟他说的？"曾紫陌问。

"我告诉他，无论他做出什么决定，我都表示理解和支持。"

众人震惊地看着他。

"他要是真的决定转业呢？您也支持？！"王星急问。

高胜寒看向他："你说呢？"王星语塞。黄宝贵瞪着眼睛哽咽着："反正石头不能转业！咱们不能眼睁睁看他离开霹雳火！"

"黄牛说得对！霹雳火永远不会放弃，不放弃别人，也决不会放弃自己的兄弟！"马路说。

许飞拿出一张卡递过去，王星一看："哎哎，那是我的卡！"许飞忙说："我借你的，行不行？本来想给小鸭子买件衣服的，先缓缓吧。"

"那我捐什么？"王星急眼了。谢思潇拿出钱包，抽出卡："算了算了，我也用不到钱，这算俩人的吧！"

所有人都掏兜儿，钱，保障卡，银行卡，全都集中到一起，看着高胜寒。黄宝贵看向高胜寒："飞狼，咱把钱打过去吧，告诉他这些钱他先用着，要是不够，下个月咱继续凑！可他人得回来！"高胜寒皱眉："钱可以打给他，但是阻碍石头归队的，不是钱的问题。"众人一愣。高胜寒纠结着："忠孝不能两全。我想，他现在所面对的就是这个难题，作为他的战友，我们可以帮他渡过经济上的难关，但是无法帮他做出最后的决定。我们还是给他点儿时间吧。"

11

病房里，病床旁边挂着输液瓶。石建国脸色苍白，缓缓睁开眼："石头？！"石磊含泪叫了一声："爹！您睡醒了？"石建国一瞪眼，挣扎着起身要打儿子，突然身体一震，一脸痛苦。石磊和石英大惊，赶忙焦急地扶住他。石建国气得发抖："英子！爹咋跟你交代的？"

"爹，您消消气儿，这事儿不怪英子。是俺正好儿有探亲假，正赶上……"

"你给俺闭嘴！"石建国打断儿子，"俺不是告诉你了吗？家里的事儿不用你管，你就给老子当你的兵，当好兵！天塌下来，有爹顶着呢！不用你操心！"石磊流着泪，不知道该说什么。

"石头！你赶紧回部队去！"

"爹，俺的假期还没结束呢。"

"那就去部队休假期！不就是休假吗，在哪儿不能休啊，在部队还能多训练训练呢。"

"爹，您不是生病了吗？"

"我生病，又没死！不是有英子呢吗？赶紧走！"

石磊跪倒在病床边，石英也哭着："爹，为啥非要让俺哥回部队呀！他都两年多没回家了，您不是天天想他吗？现在他可回来了，您一睁开眼睛就让他走。您为啥这么心狠啊。咱村也有别的当兵的，邻村儿也有当兵的，人家年年都能回家，为啥俺哥不能回家？"石建国泪眼看着石磊："那几个当兵的，不是一个个都复员了吗？俺就是担心他老惦记着家里，当兵不用心！到时候也把军装给脱了，回家种地！打小工！"石磊愣住。石建国老泪纵横："石头啊，你是你们这辈孩子里第一个当兵的，也是当兵时间最长的。爹一想起这事儿来呀，那心里美得呀，就跟喝了蜜似的。爹在村儿里走着，那脚板儿砸在地上啪啪地响，为啥？我儿子是解放军，我石建国是军属！可是你要是脱了军装，你让爹的脸往哪儿搁呀？"

石磊低着头，不说话。石建国于心不忍："起来吧！"石磊忽然抬起头，含泪看着父亲："爹，您让俺当兵，就是图个脸上有光吗？"石建国看着儿子："这还不够吗？"

"爹！您要是光图个脸面，俺这个兵……当着也没啥意思！"

石建国愤怒地全身在发抖："混账！你长能耐了？敢顶撞你爹！"石磊倔强地站起身："爹！俺从来没跟您顶过嘴，可今天俺就是要问个明白！要不然，俺高低不当兵了！"石建国愣住，暴怒地指着门口："你给俺滚出去！滚！俺没你这个混账儿子！"石磊赌气地起身，夺门而去！石英大惊，焦急地追了出去。

"哥，你这是咋了？咱爹的脾气你又不是不知道……"石英追了出去。

"俺想不通！"石磊赌气地站在楼道口，忽然看着石英，"英子，俺实话跟你说吧，这事儿俺想了好几年了，咱爹非让俺当兵，肯定不光是为了脸面！肯定有啥别的原因。"

"可是你问他，他也不说呀。"石英忧虑地说，"哥，俺劝你还是别转业了，你刚才都看见了，就爹那个脾气，你要是真转业了，他还不得活活气死啊。"石磊没说话，满脸纠结地大步走开。

12

石磊郁闷地走过来，颓然地一屁股坐在花坛沿上，愣愣地发呆。短信提示音响起，石磊擦了一把泪，掏出手机，愣住了——"小石头，我刚刚把 48326 块钱打到了你的银行卡上。这些钱是咱们霹雳火全队的兄弟姐妹给你凑的，为了给你凑这笔钱，下半个月兄弟姐妹们可能连管牙膏都买不起了。不过，这都无所谓，谁让咱爹需要治病呢？另外，我还听说，战虎特种航空队，还有咱们老连队警卫连，旅部机关，各飞行大队，都在号召为你捐款，以前，是我一个人罩着你，现在是整个霹雳火在罩着你！整个飞虎旅的人在罩着你，你小子就偷着乐吧！"石磊看着黄宝贵发来的短信，痛哭失声。

"钱的事儿你就别发愁了。至于别的事儿，飞狼也都跟我们说了。我们和飞狼是一个态度，第一，不管你做出什么选择，我们都支持你理解你。第二，不管你将来到了哪儿，我们永远都是好兄弟。第三……我也不知道该说什么了。千言万语汇成一句话：兄弟，一定要乐观！"黄宝贵收起手机，长叹了一口气，大步走了。

石磊坐在花坛边，眼泪不断地滴落在手机屏幕上。他压抑着哭声，发狠地把手机关机，朝着医院外面猛跑而去。

13

病房里，石建国虚弱地躺在病床上，石英关切地喂水："爹，您好点儿了吗？"石建国微微地点了点头，目光闪烁："你哥呢？"

"他刚才出去了。"石英看着父亲，"爹，俺哥说，您让他当兵，肯定不是光为了脸面，您到底是为了啥呀，能跟我说说不？"石建国看着石英，不说话。石英拿毛巾擦了擦石建国的嘴角："爹，您放心，俺肯定不跟俺哥说！俺要是说半个字，您就把俺的腿打折喽。"石建国含泪苦笑："唉……爹这身子骨，以后可就打不动你了。"石英心酸地淌泪："爹，您别这么说。您放心吧，有英子照顾您呢！您啥事儿都没有。"石建国含泪看着女儿，目光闪烁："英子，这件事儿憋在爹心里二十多年了，再不说，没准儿哪天爹真把它带到坟里去了。英子，你哥他……他不是你亲哥！"石英大惊："爹，你说啥？"

"爹是说，你哥他不是爹和你娘生的。"

石英难以置信地看着石建国："爹，这……这到底是咋回事儿？"

"那一年，爹刚和你娘结婚没多久，就和你娘一块儿，跟着镇上的一个建筑班子，去了南方一个小县城里，给人家盖楼。爹当泥瓦匠，你娘干小工，给俺递砖递水泥。是去的第三天还是第四天，俺记不清了，那天到了晌午，工友们都收工了，爹负责的那面墙还差一层砖，俺和你娘吃完饭，就没走，想把那层砖垒完，可就在这时候，旁边一面墙哗啦一下就倒了半边儿，俺和你娘全都被压在砖头堆里，动弹不了了。"

石英睁大了眼睛："爹，那后来呢？"

"当时，工友们吃完饭，都回工棚歇着去了，现场一个人都没有。俺露着个脑袋，你娘被压在最下面，俺就拼了命地喊啊，就在这时候，跑来一个穿军装的解放军干部，岁数和爹差不多大，他当时正好路过，看见墙倒了就跑了过来……救了你爹，后来，你娘压在最下面，我们费了好大劲把砖头都搬开，把你娘救出来了，谁知道……旁边的一道墙突然倒下来，那位解放军同志为了救你娘，砖头全砸在他身上了……"石建国老泪纵横，"后来，俺和你娘被听见声音跑过来的人们给送到了医院。在医院里，俺们听说，那个解放军干部被砖头砸中了头，没抢救过来，牺牲了！"

"爹，再后来呢？"石英哭着。

"俺和你娘出院以后，就带上东西，去了那个解放军干部的老家。到了他家俺们才知道，他有个刚出生不到半年的儿子，老婆生这个孩子的时候大出血死了，孩子交给他七十多岁的老娘养着，可听说儿子出事儿以后，他老娘连心疼带发愁，一口气没上来，也去世了，孩子被街坊照看着。"

"爹，那个孩子，他……他就是俺哥？"

石建国流泪点头："是啊！当时我和你娘看着那孩子可怜，又想到孩子的爹是为了救俺们才牺牲的。就找到了当地的派出所和乡政府，把孩子给领养了。我和你娘又在工地上干了一年多，就抱着你哥回了咱老家。村里的人都以为石头是俺们两口子在外面生的，这么多年了，俺是一句都没对外人讲啊！"石英哭着给他擦泪："爹，这回俺知道你为啥非让俺哥当兵了。"

"俺就是想着，你哥他是解放军的儿子，俺就觉得，让你哥当兵，当解放军，才对得起俺和你娘的救命恩人，他的亲爹！英子，你记着，这件事你这辈子都不能跟你哥说！他永远都是我亲儿子，你亲哥！"石建国泣不成声，石英哭着点头。

14

马路上，石磊眼含热泪，发泄似的猛跑着。行人们纷纷侧目。石磊不管不顾，沿着便道一路狂奔。路口，一辆宝马车开着巨大的音响快速冲了过来，转弯处丝毫不减速，一个女孩儿躲闪不及，惊恐地尖叫！石磊大惊，猛冲过去，在宝马车撞上女孩的瞬间把她推到路边！

吱一声尖叫，宝马车一个急刹，惯性撞向石磊。石磊敏捷地跃起，双手撑住车身盖儿，猛地一跃，从前盖儿上下来，毫发未损。女孩儿惊魂未定，震惊地看着石磊。石磊看着女孩儿："小妹妹，没事儿吧？"女孩儿摇头："叔叔，您……您没受伤？"石磊笑笑："没有。你没事儿就行，快上学去吧。"女孩儿感激地鞠了一躬，上学去了。

石磊皱眉看着宝马车，开车的胖子痛苦地捂着脑袋，怒骂着开车门："他妈的！"几个混混也都跟着全部下车。

"你他妈不要命了！"胖子指着石磊的鼻子骂。石磊皱眉看着他们："你们还跟俺发火儿？你咋开的车！拐弯儿那么快的车速，还冲到逆行车道上了，多危险啊！"胖子冷笑，歪着脑袋看着石磊："哟呵！新鲜啊！还他妈有人教训起老子来了！"几个混混也附声冷笑。石磊厌恶地看着胖子："你这么开车，教训你两句还不行啊？你呀，下次注意吧！"说罢，石磊掸了掸身上的灰土，"幸亏是遇见了俺。"

"嘿嘿？！什么意思？我还他妈挺幸运是吧？你谁呀？变形金刚啊？"

几个混混哄笑，石磊白了他一眼，没理他，扭头要走。胖子一把拽住石磊，恶狠狠地："小子，你他妈是谁，老子不感兴趣了，但是你走不行，你得赔老子的车！"石磊厌恶地摆脱他的手，指着车："你好好看看，你的车啥事儿没有！"胖子斜着眼："不用看，赔钱！"

"你咋不讲道理呀？是你撞了俺，你的车也没事儿，俺凭啥赔你钱？！"

胖子狞笑着："我的宝马刚才被你骑了，这车就是我的小老婆，你他妈骑了我的小老婆，不得给点精神损失费呀？"

"无理取闹！"石磊转身要走，几个混混伸手把他拦住："你他妈还真是个生瓜蛋子，你真不认识他是谁？""龙哥你都不认识，你怎么混啊！""少他妈废话！不给钱你走不了！"

石磊瞪眼："你们讲不讲理呀！"胖子瞪着石磊："龙哥在县城这一亩三分地儿就没讲过理，怎么了？"石磊气急："反正俺不会赔你一分钱！要不你就报警吧！让警察来处理！"

旁边，一名混混看见地上的士兵证，捡起来打开，笑："哈哈！龙哥！怪不得人家这么横呢！原来是个当兵的！"石磊一愣，焦急地："还给俺！"胖子推了他一把，拽过石磊的士兵证，不屑地冷笑："还以为你是什么人物呢！啧啧，上士，上士是干吗的？"混混笑："龙哥，上士，顶多是个班长。"

"班长啊？靠！军长老子也不怕！少他妈废话，赔钱，2000块钱，少一分也不行！"

石磊瞪着他："俺说过，俺不会赔你钱，赶紧把证件还给俺！"

"我他妈就不信了！"胖子把石磊的证件扣在地上，一脚踩上去，瞪着石磊："少一分钱，龙哥就把这破玩意儿碾碎喽！"石磊瞪着他脚下的证件，目光一凛："把你的脚拿开！俺的证件上面有八一军徽！"胖子瞪着他："八一军徽算个屁呀！给钱！"

突然，石磊猛地抓住胖子的手腕，用力一攥！胖子脸色都变了，手腕在颤抖，他使劲想挣脱，根本动不了。石磊瞪着胖子："你再说一遍？"

"八一军徽算个屁……"

石磊一用力，胖子嘶声惨叫，发狠地："你们他妈的给我上啊！"几个混混目光对视，一起冲向石磊，石磊一手拧着胖子，看都不看四个混混，连续出脚。四个混混腾空落地，惨叫着在地上挣扎。胖子傻了，冷汗冒出来："兄……兄弟，我服了，服了行吗？放开我吧……"石磊瞪着他："拿开你的脚。"胖子哆嗦着挪开踩着士兵证的脚，石磊猛地一拧，胖子惨叫着胳膊背过去，半跪在地上。

"捡起来，给俺擦干净。"

胖子疼得龇牙咧嘴，拿着士兵证在衣服上蹭干净，哆嗦着递给石磊："兄弟……不不不，解放军同志，对不起还不行吗？放开我，我……我胳膊快折了。"石磊拿过士兵证，瞪着胖子："你给俺记住，八一军徽是神圣而庄严的，不容亵渎！中国人民解放军是人民子弟兵，你必须要尊重！"胖子连连点头："记住了！记住了！"

石磊松手，胖子惨叫着瘫坐在地上。石磊凝视着手中的士兵证，看着上面庄严的八一军徽，若有所思，他将士兵证郑重地装进衣兜，摸了摸，转身大步向回走去。

第二十一章
—— FIRE ——

1

医院里，石磊心事重重地推着轮椅，老爷子回头瞥了一眼儿子："石头，你回来几天了？请了几天假？"石磊若有所思："今天是第九天，假期是……十天……"老爷子一愣："停！从咱这儿到你们部队，咋也得坐一天一夜的车，你不赶紧走，还等啥呢？"石磊说："爹，俺是觉着您还没出院呢，俺想……想跟部队再申请申请，延长几天假期。"

"扯！噢，俺要是在医院住上一年，你就一年不回部队呀？"石磊无言以对。老爷子的声音缓和下来："石头，爹知道你孝顺，爹也知道你心里想啥呢！俺现在就告诉你，没门儿！石头，这几天，爹躺在病床上，也想了好多的事儿。原来，俺对你管得是有点儿严，尤其是在当兵这件事儿上。用英子的话说，俺给你造成了挺大的精神压力。现在俺也想通了，以后，你要是不忙，能得着假期，就回来看看爹。其他的事儿不用你管，英子将来要是出嫁了，还有咱村儿的父老乡亲照顾俺呢。你就在部队好好干吧！只要部队还要你，你就不能自己说回来，要是哪天部队不要你了，你回家，爹不怪你。"石磊热泪盈眶，直点头。

"行了，大小伙子的哭啥？赶紧收拾收拾，回部队，可不能超假期。"石磊擦泪点头，想了想说："爹，您该生日了，俺送给您一个礼物。"老爷子皱眉："咋当了几年兵还玩儿起这个来了？你还用送俺啥礼物？"

啪！——一枚金灿灿的军功章！

老爷子直愣愣地看着，声音颤抖着："石头，这……这是啥呀？"石英笑："爹！这是俺哥在部队立了功，部队奖给他的军功章！"

"这……这是军功章啊？！你咋不早说？"

"前几天您刚做完手术，医生说不能让您太激动，俺就没跟您说。"

老爷子颤抖地伸出手，把军功章小心翼翼地拿出来，放在眼前打量着，眼睛里闪着泪花："嘿！嘿嘿！这就是军功章啊，俺儿子得的军功章！"石磊含泪笑："爹，好看不？"老爷子眼睛泛湿："好看！好看！"石磊蹲下身："爹，俺给您戴上！"老爷子一脸诧异："你得的军功章，给俺戴上干啥？"石磊含泪："爹，要没有您从小儿管着俺，教育俺，俺当不上兵，也得不上这枚军功章。这枚军功章里，有您多一半儿的功劳。"老爷子忽然目光一动，躲开石磊的手："等等。"

石磊一愣。

老爷子抬起手，把军功章缓缓地举过头顶，像是在举行仪式似的："看看吧！来看看吧！儿子得了军功章了！来看看吧……"老爷子老泪纵横。石磊诧异地看着父亲的举动："爹，您这是干啥呢？"老爷子一愣，连忙放下军功章，掩饰地擦了擦泪："噢，俺……俺给你娘看看，让她也高兴高兴。"一旁，石英若有所思，泪流满面。

"石头，这枚军功章，爹就不戴了，爹等着你拿更多的军功章，等爹七十大寿的时候，爹沾你的光，把它们全戴上！"

石磊含泪点头："爹，您放心吧！俺一定好好干，得好多的军功章，到时候把您的胸脯上挂满！"石建国含泪点头："好小子！有志气！爹等着！"石磊后退两步，啪地立正，举起右手，向父亲敬礼："爹！您保重身体，俺归队了！"老爷子感慨万千，手里紧紧攥着那枚军功章，老泪纵横。

2

清晨，静谧的霹雳火驻地楼前，尖利的战斗警报突然响起，队员们全副武装，陆续冲出大门，紧急集合。曾紫陌整队，跑向高胜寒："队长同志！霹雳火战地救援队全体集合完毕，应到 28 人，实到 27 人，一人休假，报告完毕！"黄宝贵忐忑地站在队列里，高胜寒冷声道："入列！"

"是！"曾紫陌转身入列。高胜寒上前："同志们！——"

——唰地立正。

"请稍息！"高胜寒低头看表，扫视着队员们，"怎么了？心神不定的？"队员们都不说话。高胜寒声音低沉："我们不能代替他做决定。我和你们一样，等着他的归来。但是我们是军人，我们的等待不能在无所事事当中度过！老规矩，六公里武装越野开始！全体立正！向右——转，跑步——走！"

队列中，黄宝贵有些伤感地悄声说："最后一天了。"谢思潇边跑边说："黄牛，你和石头关系那么好，给他打个电话，再劝劝他。"黄宝贵摇头："没用。我了解他，他要是想回来，自己就会回来，要是不想回来，劝也劝不住。要不，他怎么叫石头呢？"

"报告！——"

迎面，石磊背着背包，大步跑来。黄宝贵一惊："石头？！"石磊看着众人憨笑。高胜寒高声命令："停止前进！"石磊大步走向高胜寒，举手敬礼："报告！飞狼！俺申请归队，参加训练！"高胜寒看着石磊："今天是你假期的最后一天，坐了一天一夜的车，休息休息吧。"

"俺在车上睡足了！就当俺提前归队吧。飞狼！俺真等不及了！俺九天没训练了，浑身憋得难受。"

高胜寒看着他，一笑，抬手看表："给你五分钟时间换装！"

"是！"石磊兴奋地朝后跑，突然被众人拦住，连掐带拧又踢屁股。石磊挣扎着："哎呀！干啥呀！俺只有五分钟时间，俺得去换装！"没人听他的，继续收拾，干脆把他按倒，抓着胳膊腿往地上蹾。石磊龇牙咧嘴："飞狼！海豚！黑马！你们管管他们啊！队列纪律！哎呀，俺的屁股！"三个人笑着扭头假装没看见。

石磊被大伙儿蹾着屁股，哭了。众人一愣，停手放开他。石磊泪如泉涌。黄宝贵一惊："哭什么？"谢思潇纳闷儿："真疼了？石头，大伙儿跟你开玩笑呢。"石磊哭着："俺是感动的哭，俺觉得俺……俺太幸福了！你们没放弃俺，俺也没放弃你们。谢谢你们！俺代表俺全家谢谢你们！"王星看表，冷冷地："石磊，就剩三分钟了，你还来得及吗？"石磊大惊，撒腿就跑，众人一片欢笑。

3

"结婚？"崔华盾张大嘴，目瞪口呆地看着站在病床旁的顾意。

"对啊，结婚，怎么了？"顾意看他。

"等等等等，这好好的，怎么扯到结婚了呢？"

"难道我不能结婚吗？"

"你当然能！但是……"崔华盾不知道该怎么说。

"但是不是跟你是吧？"顾意看着他。

"我可没这么说，我是说，凡事不要急，慢慢来。都像你这么急性子，那不就乱套了吗？"

"哎，崔副参谋长，你离异我未婚的，我个黄花大闺女，你还吃亏了怎么的？"

"顾意，寒号鸟，话不是你这样说的，这结婚的事儿，可是人生的大事，要从长计议！"

"我管不了那么多了！"崔华盾一愣。顾意眼泪汪汪，"你知道不知道，当你坠机失去消息，不知生死，我是怎么想的？你死了，我也不想活了。"

崔华盾看着她："傻话，你是飞行员，是国家和军队培养的骨干武直飞行员，你承担着重大的历史使命，强军使命！你不能这么想，这是你的职责！"

"可是，可是我没办法控制我自己啊！"

"那你要学会控制！"

"我学不会！"

"你必须学会！"

顾意的眼泪流下来："崔副参谋长，猎鹰，崔华盾——算你狠！我在向你求婚，你知道不知道？！你难道要我跪下来求你吗？"

"正因为涉及婚姻，所以我才要慎重考虑！也包括你，必须要慎重考虑！结婚不是儿戏，我是离过婚的人！"

"我不在乎！"

"我在乎！"崔华盾感叹，"我在乎……你还不知道，婚姻意味着什么，离婚意味着什么。离婚，就是生生从身上扒下一层皮啊！曾经朝夕相处的两个人，已经习惯了彼此，习惯了在一起，突然之间，咫尺天涯，彼此没有了任何关系。你睡醒了，习惯性地叫她的名字，可屋子里空空荡荡；你看见什么好吃的，就会喊她来吃，却发现身边没有她；你去演习或执行任务，上面说有风险，留个遗书吧，你都不知道写给谁……"顾意呆呆地听着。

"你说，婚姻能这么草率吗？不是两个人相爱，就应该是夫妻的。婚姻有太多的问题要面对，爱，不能解决所有的问题。哪对夫妻结婚的时候，不是真心相爱的呢？起码说，日子是能过下去的，那为什么还要离婚呢？开始的时候，谁都没想过会结束，如果不是准备白头到老，很少有人会去打结婚报告——但是，婚姻真的不能轻易下决心，我知道，你什么都不怕，什么都考虑好了。但是你还不了解什么叫作婚姻，那和爱情是两回事。"

"你的意思，是根本不想和我结婚？"顾意泪眼婆娑。

"我还没想好。"

"没想好？"

"我是真的没想好，我是不是还有勇气去面对一段新的婚姻，能走下去，并且带给你幸福。"崔华盾的喉头蠕动着，"你很直率，很聪明，很可爱，带着一点点的霸道，我很喜欢你，但要谈及婚姻，我们都需要冷静地思考。"

"那要思考到什么时候？"

"等我想明白了，彻底想明白了，我能放下所有的包袱和过去，我一定会慎重考虑这个问题的。"

顾意擦着眼泪："我太没面子了。"

"这不是面子不面子的问题，成熟男人要都考虑清楚，考虑周全。如果我们有缘，一定不会错过的。"

"好吧，我等你想清楚，你这是给我洗脑。"

崔华盾苦笑："我只是说出我的心里话。"

"知道吗？多少小男孩追我，我都看不上，我就喜欢成熟男人，你说得有道理。我说洗脑，在这儿不是贬义词，我爱你，我的脑子里面，本来就应该是你。"崔华盾不知道说什么。顾意看着他，眼神坚定："总有一天，你的脑子里，也都是我！"正说着，两人的电话同时响起来。崔华盾看看，是队里的。

4

战虎特种航空队的俱乐部，拉着窗帘，灯光幽暗。飞行员们已经列队站好，还有霹雳火的队员们也整齐列队。这时，已经换好飞行服的崔华盾和顾意匆匆进来。白鹏在那边调试着视频设备。

"什么情况？有任务吗？"崔华盾急问。

"旅长和政委通知，要战虎和霹雳火看一段网络直播视频。"高胜寒声音冷峻，"前一段Y国飞行员在敌后坠机被俘，根据情报，恐怖分子要处决他。"崔华盾脸色一沉："没有日内瓦公约吗？"高胜寒抬手看表："恐怖分子还讲什么日内瓦公约？好了，要开始了……"

视频里，飞行员被困在囚笼里，周围有蒙着面的恐怖分子持枪看守。大家静静地看着。突然，飞行员被卷入烈焰当中，女兵们都瞪大眼，眼泪在打转。尤其是战虎的飞行员们，感同身受。陈天龙擦着眼泪："还不如坠机的时候就拼了算了！"曾紫陌含着眼泪："我现在真的明白，为什么要组建空降救援队了。"

"还不够，我们不能干等你们来，在你们来以前怎么办？"崔华盾的声音掷地有声。高胜寒点头："我明白了，旅长政委用心良苦。"

视频结束，灯刷地打亮。崔华盾扫视着队员们："战虎的飞行员都看见了吧？"飞行员们怒吼："看见了！"

"我们……感同身受，我们都是战机飞行员，我们无法逃避。"崔华盾睁大眼睛，"我们要补上这一课，我们要能在敌后躲避，反抗，逃脱，战斗，不能干等霹雳火来救我们。我们除了在天空战斗，也要在地面战斗。我们不能坐以待毙，绝对不能，否则可能生不如死。战争不是小孩打架，什么情况都可能发生。我们要学习地面作战，要能像特种兵一样生存和战斗！"高胜寒站在队列前："我可以教你们，霹雳火可以训练你们。大家都想活着回来。"

"我们调整训练计划，加入地面特战训练课时，新的训练大纲拟定以后会发给大家。现在，我们为这位勇敢的外军同行默哀。"崔华盾摘下帽子，默哀。

机场路上，曾紫陌看向崔华盾："你可想好了，这可是你没接受过的训练。"崔华盾一笑："训练吃苦，总比敌后送命强。那火，真像烧在我自己的身上。再说了，你都能通过，我更能了。"高胜寒笑："我不会手下留情的。"

"留情也罢，绝情也罢，我是战机飞行员。我驾驶战机的时候，天下无敌；一旦离开战机，兄弟，你不会不希望我活着坚持到你们来接我吧？那我可太失望了。"

"别说傻话，我肯定希望你活着。"

"那就训练我，我和我的飞行员……一切为了活下来！"

"对，活下来！"高胜寒抓住崔华盾的后脖子，"你一定要活下来，我会去救你的！"

崔华盾突然哭起来："我刚才一直想哭，我不敢哭，我不能哭，我的部下都在那儿！我不能让他们知道，其实我害怕了！我害怕会那样死去！训练我们，不要让我们有那样的结局！让我们活下来！"高胜寒也忍不住了："不要恨我！"曾紫陌的眼泪被勾出来："你们俩大男人，真是的，都是部队的人物了，在这哭算怎么回事？"崔华盾抹了一把眼泪："你别笑我，我从来没有感受过这样的恐惧！我……我从当兵那天起，我就不怕死！但是，我……不想那么死……帮帮我，帮帮我们，我知道他们都恐惧！我们不想被折磨，我们不想被虐杀，我们想活着回来……从战场上，活着回来……"高胜寒坚定地看着他："我答应你……"

旁边，曾紫陌捂着嘴，哭出声来。

5

办公室，旅长王浩看着面前站得笔直的三人，放下手里的训练计划："这是你们两个队伍共同的训练大纲？怎么？提前一步打算合并了？战虎打算参加地面作战了？"高胜寒一挺："战虎提出的。"

"是，特种航空队要执行急难险重任务，一定在敌后，一定很危险。我们被击落的概率很大，地面特战训练会对我们在未来战争当中的生存有很大的帮助。"崔华盾说，"在霹雳火到以前，需要被营救的飞行员，要有自救的打算，撑到我们救援队伍过来。"

王浩暗笑看着三人："你们三个都很聪明，都知道为什么让你们看那段网络视频直播——我相信你们懂我的意思。"高胜寒抬头："旅长明察秋毫。"王浩笑："少给我戴高帽子。我也是飞行员，政委也是飞行员，我们飞虎旅上上下下几乎都是飞行员或者飞行员出身，包括你，高胜寒，也曾经是优秀的飞行员。我们感同身受，那火，我相信大家都感到了疼。我们可以执行人道主义的俘虏政策，敌人可真的未必。有人说，那是发生在国外的战争，与我们无关。这样说的人，忘记了，地球其实是一个整体，牵一发而动全身。我们本身就要做好战争准备，而且，现在我军的维和行动和境外行动，已经越来越多。我们要做好一切准备，才能实现军委主席对我们提出的高标准要求——全部心思向打仗聚集。解放军要实现现代化高科技战争当中的大规模作战能力，这是我们的使命。希望你们——不辱使命！"王浩抬手在训练报告上签字。

"是！"三人抬手敬礼，掷地有声。

6

闷雷宣示着暴风雨即将到来，空旷的训练场上一片沸腾。很快，大雨倾盆，正在战术训练场上的战虎队员们浑身都是雨水和泥水，被驱赶着在泥泞的路上艰难爬行。轰！

轰！预埋在路边上的炸点不断地爆炸，烟雾弥漫，泥巴满天飞。崔华盾一头栽了下去，再起来满脸都是泥水。高胜寒冷冷地看着："忘了看的资料了？"曾紫陌于心不忍："我没忘，但是毕竟还是看着难受。"

"这时候心慈手软，战场上是害了他和他的飞行员。他们都是我们军队的宝贝，我们组建的本意，也是为了营救他们。在我们去以前，他们要能在敌人的包围圈里面逃脱出来，并且生存下来。"

曾紫陌深呼吸一口："道理我都明白。"

"他们很刻苦——给他们加料！"

路边上，王星拿起一桶泥水，哗啦一声直接浇在了崔华盾的头上。崔华盾甩头大口呼吸着："啊——好爽——"顾意怒吼："你们干什么？！"谢思潇一笑："哟？还有还嘴的？"说完又拎起来一桶，直接浇了上去。顾意吐出一嘴泥："我饶不了你！你个母夜叉！男人婆！"谢思潇不生气，笑笑："先打得过我再说吧！"

旁边，许飞拎着桶，看着白鹏。白鹏眨巴着眼："哥，哥们儿……"许飞咬咬牙："来吧来吧，反正早晚这一桶！闭眼，闭嘴！"——哗！浇了上去。白鹏大吼："我跟你什么仇什么怨？！"

"我得回车里去。"曾紫陌看不下去了，转身要走，高胜寒一把拽住她："你看看他——"曾紫陌看向崔华盾，崔华盾在泥泞中艰难爬行："我很好！我没事！战虎加油！"曾紫陌的眼眶湿润了。

"他不希望你怜悯他，你该了解男人的心态。"高胜寒说。曾紫陌闭上眼："我承认这样做的必要性，我只是不忍心看！"

"他希望你看见，他其实和我一样坚强。"高胜寒说。曾紫陌看过去，崔华盾对她笑笑，继续爬："战虎特种航空队——"

"——沉默行动！高效杀敌！"战虎的声音在雨中怒吼，队员们嗷嗷叫着继续往前爬。

7

CQB训练场上，战虎队员们戴着头盔，身上穿着防弹背心，手持微冲正在进行战术演练。谢思潇在台上笑眯眯的："哟，不错啊，飞行员们。"崔华盾一脸正色："谢谢教官！"谢思潇蹲下："哎，说正经的，你们觉得你们练得怎么样？"顾意白她一眼："还行啊！怎么了？蜘蛛蟹教官？"白鹏拉了顾意一把："你能不说话就别说话，这女的不好惹！"顾意的声音更大了："哟？女的？我还以为……"谢思潇笑："怎么？有问题吗？从我当兵开始，就没人敢把我往女队划拉。"顾意讥讽地笑笑："我还以为，是不男不女呢！"

飞行员们都憋住笑，谢思潇腾空而下，顾意后退两步，举手拉开架势。谢思潇冷笑："哟？练家子？看不出来啊！"顾意盯着谢思潇："我怕把你打哭！"崔华盾悄声说：

"你根本不是她的对手！就你学那点比赛花架子，根本打不过她！"顾意脖子一挺："我偏不信这个邪！"

"怎么着？来不来？"谢思潇笑。崔华盾挡在顾意面前："算了算了，教官，是我们的错，我们表现不够好，我们再来一次！"顾意压住火："为什么要拦着我？"崔华盾低吼："难道要我们白白看你挨打？"

顾意忍不下去了，瞬间出腿，谢思潇敏捷躲闪开，双手背在身后："我要是动手，那就是瞧不起你。"顾意怒火中烧，飞身而起，屈起肘部攻向谢思潇，谢思潇抬起一脚，踢在顾意的腹部，顾意应声栽倒，痛苦地捂着小腹。谢思潇站好，笑："还玩儿吗？"顾意想站起来，崔华盾急忙扶住她："输了，我们输了！我们训练，走走走，去训练！"顾意不服气，还想说话，崔华盾低吼："这是命令！"顾意不吭声了，恨恨地看着谢思潇，被崔华盾扶出去。

高胜寒放下望远镜："他是真的关心她。"曾紫陌笑："我早就知道，她喜欢崔华盾。"

"怎么还满脸不高兴？"

"没有啊！我和崔华盾，和你，现在都只是革命同志，革命战友！"曾紫陌说。高胜寒想了想："我想和你谈谈。"

"我没工夫！"曾紫陌转身，抓起滑降索，直接下去了。

8

大雨哗啦啦地下着，泥潭边上，黄宝贵一只手按着崔华盾的脖子，猛地一把按进泥潭里，周围不断地在冒泡。飞行员们都看着，顾意心急如焚。马路看着秒表："六十秒。"崔华盾埋在泥潭里，一动不动。黄宝贵抬眼看马路，马路看着秒表，铁青着脸不吭声。

"他不行了，你们放开他！"白鹏拽住顾意，"你干什么？他是我们的队长啊？"

"及格时间是两分钟，猎鹰是不会想让我们为他求饶的。"

"你要看着他被弄死啊？"顾意怒吼着。崔华盾一动不动，"喂！那个，黑马教官！你们不能再这么玩儿了！"马路没理他，继续看表："一分四十秒——他还有20秒及格！你希望我们现在放开他吗？"顾意哑口无言。

"我相信他希望自己及格——两分钟。"

哗啦一声，黄宝贵急忙把崔华盾拉出来。崔华盾满脸是泥，顾意扑上去："猎鹰！猎鹰！"崔华盾长出一口气："我没事，就当作在游泳池憋气潜水了！"马路轻笑："不要高兴得太早了，这只是刚开始，你们选择的是天堂路，这只是入门。首长要求我们，能打仗，打胜仗——打仗，就要靠人去操作武器装备，人的生存是第一位的，上战场不是为了求死。空中力量虽然优势巨大，但是也很脆弱，坠机敌后的飞行员是最脆弱的一环。现在你们好好想想，真的要经受这样的训练吗？"飞行员们都看向崔华盾。

"沉默行动，高效杀敌！"崔华盾怒吼着。

"——沉默行动，高效杀敌！"连着，战虎的方阵喊了三声，浑厚的声音在大雨里久久回荡。

9

陆航旅家属区，四周种着各种不知名的绿植，一片生机盎然。曾紫陌穿着一身常服，犹豫地停住脚。谢思潇穿着一身迷彩拉住她："走啊！你前怕狼后怕虎的干什么？"曾紫陌摇摆不定："这，这合适吗？"

"有什么合适不合适的？他爱你，你也爱他，无非是一层窗户纸！今天正好他们家人都在，你单刀赴会，杀他们个片甲不留！"

曾紫陌苦笑："这又不是打仗，怎么叫杀他们个片甲不留啊？"

"哎呀！这你就不懂了吧？从战略上说，你这叫奇袭珍珠港，攻其不备出其不意！他们家人没想到你会出现吧？你出现了，战略上已经达成了绝对的奇袭！从战术上说，你这叫黑虎掏心！不入虎穴不得虎子！你管他三七二十一，进门就是女主人！你说，高胜寒还能阻止你吗？我打赌他不会！显然的，他巴不得你是他内心那个冷寒宫里的女主人呢！"

"可蓝妞……蓝妞不喜欢我啊？"

"蓝妞是小孩，小孩啊，就跟犬差不多！你连好处都没给过人家，人家干吗喜欢你？你看我训黑龙，那都是火腿肠做诱饵的！没有小恩小惠，小孩儿才不理你呢！你看，我这都给你准备好了！"谢思潇掏出一个漂亮的米奇铅笔盒，"关键时刻，还是姐们儿给力吧？我这可是精心选购！拿着拿着！"

"那他妈妈呢，他妈妈看我那眼神……"

"我说姐姐啊，你怎么比我还幼稚啊？高胜寒那种人，主意正得很，他要是打定了主意，他爸妈肯定没招，只能接受！你要嫁的又不是他爸妈，是高胜寒！只要高胜寒爱你，你还怕什么啊？"

曾紫陌苦笑着看她："你从哪儿学来的一套一套的？怎么感觉，你比我更适合教导员呢？"谢思潇笑："咳！不识庐山真面目，只缘身在此山中！你不是不明白，是你自己在局内，只能是旁观者清了！加油！走了！我侦察好了，他家住7号楼，就在前面！走！"曾紫陌没办法，只好跟着谢思潇走。

高家客厅里，灯火明亮。高胜寒端着最后一盘菜从厨房走出来："都齐全咯！来啊，开饭！"蓝妞高兴地敲着碗。这时，一阵轻微的敲门声响起，蓝妞纳闷儿地一开门，是夏初。高胜寒一愣。

"哟！是夏老师啊！快快快！进来进来！"冯芸笑着忙招呼。蓝妞满脸的不高兴："夏老师，你来干什么？"夏初尴尬地笑笑："啊，我来看看你的爷爷奶奶啊！"蓝妞站在门边："我的爷爷奶奶？你干吗要看他们啊？"夏初很尴尬，不知道怎么说。冯芸拉着夏初的手："啊，你站在门口干什么？快进来，进来！"

高胜寒看向老娘，瞬间明白了。蓝妞站在门口，带着敌意看着夏初。夏初笑着："蓝妞？怎么了？你不高兴？"蓝妞冷着脸："你越界了。"说完转身跑回自己的房间，咣当一声关上门。

气氛有些尴尬，高云飞走过来："你们这是搞什么？蓝妞怎么生那么大的气？"高胜寒不说话，看老娘。冯芸笑着："哎呀，我就是请夏老师来吃顿饭，夏老师那么照顾蓝妞，来家里面吃顿饭不正常吗？"夏初尴尬地说："那什么，我来得不是时候，我先走！"

"好！""不！"夏初看着高胜寒和冯芸，走也不是，留也不是。这时，门声响起，高胜寒一开门，曾紫陌站在门口，干笑："你，你们都在家啊？叔叔，阿姨好……"曾紫陌猛地看见站在客厅间的夏初，夏初也看见了她。两个人都愣住，气氛更加尴尬。

"那什么，我正准备走！"夏初笑着告辞。

"别别，是我来得……不是时候，我告辞了。"曾紫陌转身走，突然又想起什么，转身把铅笔盒给高胜寒："这是给蓝妞的！我回队里了！"说完转身跑了。高胜寒看着，不知道说什么。夏初换好鞋："我，我也走了。"高家人都默默看着。

楼下，夏初追了出来："曾教导员！"曾紫陌没回头，擦着眼泪，继续走。夏初快跑几步，拉住曾紫陌："你，你别误会！"曾紫陌没看她："我没误会，我来错了。"

"我，我不知道怎么跟你说。"

"我知道，你爱高胜寒。"

夏初不敢说话。曾紫陌擦去眼泪，笑："这没什么，他是个有魅力的男人。当初是我错过了他，我在你面前没什么不好说的，我爱他，十年来，我想的都是他。但是理智告诉我，他已经不是当初的那个高胜寒了。"

"我，我说实话，我真的不想扮演这样的角色。"

"我相信，你是个知书达理的女孩。"

"我，我就是太爱他了！我没办法控制我自己，真的！"夏初说，"我其实很讨厌自己现在这样做的，换第二个男人，我绝对做不出来！可是，可是他是高胜寒啊！"

"高胜寒，呵呵，高胜寒。是啊，他就是高胜寒，不是别人。"

夏初哭着："求求你原谅我！"曾紫陌强颜欢笑："你说什么呢？夏老师，感情的事没有什么原谅不原谅的。我和他，高胜寒，曾经相爱过。我确实因为忘不掉他离的婚，但是我和他有十年没有见面了！在我的脑海当中，我的爱情还停留在十年前，也包括高胜寒，他还停留在十年前……我这十年，都活在过去，活在回忆……"

"我，我真的不是故意的……"

"好好爱他，他是一个表面看着坚强无比，其实内心脆弱敏感的男人。"

"我，可是他不爱我，曾教导员，你不是没有机会的！"夏初哭着，"我，我……我不知道怎么说，是我的错！真的是我的错！我，我该走了……"曾紫陌一把拉住她："你不能走，你要回去。"

"我回去干什么啊？刚才好尴尬啊！"

"这是你自己选的男人，是你自己选择的路，就是打掉牙，你也得自己咽进去！再痛也不要说痛，再苦也不要说苦，不管结局是什么样的，都要勇敢去面对，去接受！记住，高胜寒虽然看上去很硬朗粗线条，但他其实是个感情特别细腻的人，他是最不愿意伤害别人的人，尤其是……对他好的人，所以他总是在两难当中，哪怕牺牲自己，也希望对他好的人得到幸福。所以，在战场上，我们会信任他，他会为了战友而牺牲自己，这是他的优点，反过来说，也是他的弱点。"

"我，我不知道该说什么……"

"他是个在感情上优柔寡断的人，对他好，对蓝妞好，对他的父母好——他会陷进去，去思考怎么办的。"曾紫陌苦笑，"他是个古典的英雄主义者，激发他牺牲自我，保护弱小的本能。你……一定要对他好……他……挺苦的……"曾紫陌忍住自己的哽咽，转身就走，夏初愣愣地看着。躲在暗处的谢思潇愣住了："这都是什么情况啊？敌我关系不断发生变化啊？看不懂！"探头看着跑远的曾紫陌，赶紧追了过去。

10

客厅里，高云飞埋怨着老伴："你管他们的事儿干什么？你也是受过高等教育的，也是在国外生活了十年的，还是在法国，儿女感情的事，你怎么还乱插手啊？"冯芸抹着眼泪："你这话说的，蓝妞不是你孙女吗？你一天到晚脑子里面只有武装直升机，武装直升机，你的脑子里面有过孙女吗？"冯芸哭起来："高总工，我不要求你分心管家里的事，我也不要求你分心管蓝妞的事，我都管，反正我也退休了。但是，你能不能支持支持我啊？我这个老太太，也六十了啊！我也有心脏病，也有关节炎，我什么都不抱怨，我全力支持你们父子献身国防，没问题！但是，我的孙女她才八岁，还是个孩子……她就是献身国防，也是十年后的事，你现在难道要牺牲你的孙女，让你们父子放心献身国防吗？"高云飞无语。冯芸擦干眼泪："你不要操心这些事，为了蓝妞，我会安排好的！"

敲门声响起，冯芸擦擦眼泪，去开门。夏初在门口，红着眼睛："阿姨，我……"冯芸笑着拉她进来："来，让她爷爷也认识认识你。"夏初笑着进来："高总工好。"

11

房间里，蓝妞蜷缩在床上角落，泪眼婆娑地抱着玩具熊。高胜寒走过去，坐在床上，看着女儿。蓝妞抬起泪眼："你不是答应我，爸爸，妈妈，蓝妞，是一家人吗？"高胜寒痛苦地点头："是。"

"可是你没做到。"

"……妈妈……"

蓝妞看着他，高胜寒咬牙，眼泪在打转。

"你想告诉我，妈妈死了。"

高胜寒忍不住，痛哭起来，蓝妞却很平静地看着爸爸："我早就知道了。"高胜寒擦擦眼泪："我应该想到，你这么聪明，瞒不住你。"

"一定要有新妈妈吗？"蓝妞看着高胜寒，"如果一定要有新妈妈，你选谁呢？是少校阿姨，还是夏初老师呢？"高胜寒不知道怎么回答。蓝妞扭头："我知道，你喜欢少校阿姨，你们是老情人了。"

"我都不知道怎么接我八岁女儿的话。"

蓝妞笑笑："这有什么啊，心里喜欢就说爱嘛！别看我八岁，我想得可多了。我一直在抗拒有新妈妈，是因为，我害怕爸爸的爱分给了别人……"蓝妞的眼泪出来了，"蓝妞没有妈妈了，如果爸爸再不爱蓝妞，蓝妞就没人爱了……"高胜寒心疼地搂住女儿："不会的，蓝妞，爸爸永远爱你，你是爸爸的心肝宝贝。"

"现在你这么说，等你有了新娘，可能就忘了蓝妞了。"

"不会的……"高胜寒的心都快要碎了。

蓝妞笑笑："爸爸，你还没回答我呢，你会选谁？"高胜寒不说话，抱紧女儿："这是一个我现在没办法回答的问题。"

"你选少校阿姨吧。"

高胜寒看着蓝妞："为什么？"

"你爱她。"

高胜寒苦笑："你真的是什么都知道。"

"我都想过了，夏老师会照顾好我，但是爸爸心里，会一直想着少校阿姨的，爸爸会不快乐。"高胜寒愣住了。蓝妞忽闪着大眼睛："我不要爸爸不快乐，不快乐，会很难过的。"蓝妞抱紧了高胜寒，高胜寒鼻子一酸，眼泪也掉了下来。

12

机场上，曾紫陌快步走着，谢思潇追上来："教导员！教导员！"曾紫陌不回头，继续往前走。谢思潇怒吼着："海豚！海豚！你个逃兵，给我站住！"曾紫陌突然回头："我不是逃兵！"谢思潇差点儿撞上，赶紧站住："妈呀吓死我了，你这是恐怖片啊！"

"听你的主意，去了，结果呢？我活了三十多年，也没这么尴尬过！"

"那不是必然的吗？你比我了解飞狼吧？你就这样拱手相让了？"

"可是现在情况真的很复杂，真的很复杂！我讨厌复杂！十年前，情况就很复杂！十年后，情况还是很复杂！为什么我面对的情况都这么复杂？我只是爱上一个男人，我有什么错？为什么我总是面对复杂的情况？为什么我不能像你，像你这么简单直率地活着，简单直率地相爱！我……我脑袋都要爆炸了！"

"你怎么会觉得我活得简单直率啊？"

"你不是喜欢王星吗？王星不是也喜欢你吗？你们两个这么年轻，心无旁骛，难道不是简单直率吗？"

谢思潇脸色也不好看了。曾紫陌一愣："嗯？怎么？你们还有情况？"谢思潇叹了一口气："要真的是简单直率就好了。"谢思潇想想，从兜里取出钻戒。

"钻戒？！他向你求婚了？你还没到晚婚年龄呢吧？"

"是没到，他也没求婚。"

"那这钻戒哪儿来的？"

谢思潇笑笑："我抢来的！"

"抢来的？"

"对，抢来的！"谢思潇笑，"有的时候啊，就要装糊涂！幸福不是天上掉的，是要靠自己去抢的！这钻戒不是王星给我准备的，我都知道，但是——我抢来了！海豚，该出手就要出手！你拱手相让，痛苦的只有你自己！"

"等等，王星是什么情况？脚踩两只船了吗？"

"那倒没有，但是我知道，他还惦记着消失的那个女人。"曾紫陌一脸狐疑。谢思潇反应过来："哎呀！现在是讨论你的问题啊，你真的是要出手啊！"曾紫陌低下头："我，我没有你这么勇敢。"谢思潇气急："你跟高胜寒真的是一模一样！表面上勇敢顽强，其实啊——遇到点挫折就往回缩！俩蜗牛，没治了！逃避能解决问题吗？"曾紫陌哭起来："我不知道该怎么办！我真的不知道……"曾紫陌一哭，谢思潇也手足无措："我，你，你别哭啊，我们总会有办法的啊？"曾紫陌抬头望天："我现在什么办法都不想想，我只想能让自己安静下来，能放松下来，十年了，我太累了！"曾紫陌转身跑了，谢思潇愣在原地还在想。

13

高家客厅里，夏初和冯芸谈笑风生，高云飞在一边看材料。房间里，蓝妞拿着米奇铅笔盒，一脸惊喜："爸爸，你给我买的啊？我好喜欢啊！"高胜寒摸着蓝妞的头："曾阿姨，就是少校阿姨给你的礼物。"

啪！铅笔盒掉在床上，蓝妞拿起来，带着泪却在笑："喜欢，喜欢！少校阿姨送我的，我喜欢……我喜欢得不得了……"高胜寒的心在疼："不喜欢，不要勉强自己，蓝妞，你别这样……"蓝妞哭出来："爸爸别不要蓝妞，蓝妞喜欢，蓝妞都喜欢——"

"我的女儿！"高胜寒一把抱住蓝妞，"爸爸不能让你受委屈！爸爸不能让你受一点点的委屈！"

第二十二章
—— FIRE ——

1

客厅里，冯芸和夏初正聊得热火朝天，蓝妞打开门，站在门口："我没事了，我们吃饭吧。"高胜寒心疼地看着蓝妞。蓝妞看向夏初，夏初心中一悸。高云飞忙招呼大家坐下："对对对，吃饭！再不吃饭，菜都凉了！快，都坐下，吃饭！"

夏初尴尬地站着，不知道要坐哪里，她走了两步想往高胜寒那坐，蓝妞的目光逼视她。夏初不敢坐。高胜寒拿女儿没办法。冯芸急忙起身，拉着夏初坐在自己身边："坐这儿，坐这儿，来来来，筷子都给你准备好了。"夏初小心翼翼坐下，强颜欢笑。高云飞拿起筷子："吃啊，都愣着干什么？"

蓝妞拿着筷子机械地扒拉着饭，高胜寒心疼地看着女儿。冯芸张罗着给夏初夹菜："小夏老师，来来来，吃这个，这是胜寒最爱吃的！回头我教你做啊！"蓝妞扒了两口不吃了，放下筷子："我吃饱了。"转身进屋了。

高胜寒追过去，敲门，蓝妞就是不开门。夏初尴尬地看着，眼里泛起泪水："我，我先走了，我还有事。"冯芸挽留："吃完饭再走吧？"夏初笑："我是真的有事。"高云飞说："那好吧，那谁——你去送送。"夏初赶紧摆手："不用了，我车就在楼下。"

楼下，高胜寒不说话，夏初低着头默默跟着他。

"你觉得这样有意思吗？"高胜寒问。夏初惨然一笑："没意思。"

"感情的事，是不能勉强的。"

"我也不想这样，我也没想到我会这样。可是，你为蓝妞考虑过没有？"

"这不是你的话。这是我妈的话。"

夏初无语。

"你也是一个现代女性。"高胜寒看她。夏初眼里噙满泪水："你妈妈说得有道理啊，不是说我没主意，我本来就喜欢你，你知道的。只是我以前没考虑那么多，那么长远。你妈妈说得对，蓝妞需要人照顾，需要母亲的照顾，我愿意照顾蓝妞，我可以不生孩子！我只要蓝妞一个孩子就够了，请你相信我，我会视同己出，蓝妞不会受委屈的！"

高胜寒不知道该说什么。

"高胜寒，我从来没有想过自己会这样卑微，会去……会去追求一个男人，这是第一次，也是最后一次！我再也不要活得这样卑微，再也不要爱得这样疲惫！我知道自己有错，我的错就是……"

"你没有错。"

"你听我说完，我的错，就是爱上了你！你有情有义，忠肝义胆，勇敢忠诚，我……我都没办法用词来形容你！你是我心中最完美的男人！快乐给他人，痛苦自己扛！我愿意分担你的痛苦，我愿意！"

"我没有你想得那么好。"高胜寒一脸歉意。

"你有！"夏初看着他，"你现在说什么都没有用，我就是爱上你了！"高胜寒不敢看她："我告诉过你，我心里有人了。"

"你自己会衡量……我真没想到，这些话会从我的嘴里说出来，我，我以前高看自己了。对不起……我是真的，想对你好，想对蓝妞好。希望你能理解我，我也是不得已。"

"我从来都没有不理解你。"

夏初苦涩地一笑："可能我今天说得有点多，我并不想给你造成任何压力和困扰，那不是我的本意。我爱你，干脆坦荡荡，你知道就好，爱选谁随你。我爱你，不会缠着你，想我的人自然来找我。我会帮你把蓝妞照顾好，一直到不需要我照顾她的那天……得之我幸，失之我命。"高胜寒不知道怎么说，夏初笑笑："谢谢你听我说这些，我走了。"夏初上车，高胜寒默默看着消失在夜色里的夏初，若有所思。

2

机库里，灯火通明。飞行员们整齐列队，右腿上插着92手枪，95微冲绑在左腿大腿上。霹雳火的队员们戴着 SERE 调查间距臂章，也是全副武装。黑龙坐在那儿哈哧着鲜红的舌头。高胜寒站在队前，扫视着二十多个精锐的飞行员："今天对你们进行综合测试，测试的名字叫'抓野猪'。战虎特种航空队的飞行员是野猪，霹雳火是猎人。你们应该了解我，大家熟归熟，我们不会手下留情。测试的背景是你们在敌后被击落，算你们命大，没死。"

崔华盾和队员们站得笔直，不吭声。高胜寒笑着站在崔华盾跟前："怎么？说你没死，你还不乐意？"崔华盾目不斜视："飞行员很忌讳你这么说！"高胜寒点头："很好，你说出心里话！别忘了，我也是飞行员出身！你所说的禁忌我都知道！我今天就是要故意刺激你们，让你们面对一个残酷的现实！你没坠过机吗？那还是抗震救灾，在我们自己的地盘上，如果是战争呢？如果地面有枪林弹雨呢？如果遇到防空导弹呢？别跟我谈什么禁忌，今天的训练内容就是——你们在战场上被击落了！你们要逃生！两人一组，把这段时间学的拿出来，看你们的运气怎么样。"

崔华盾不说话了，白鹏站在旁边，牙齿开始哆嗦。高胜寒冷笑着看他："你们是逃不掉的。"顾意小声嘟囔着："那我们还跑什么啊？"

"你说什么？大声说。"高胜寒高喊。

"报告！那我们还跑什么啊？"顾意怒吼着，眼里冒着光。高胜寒笑："我告诉你，你们还跑什么——体验逃生的绝望！唯有绝望，才是人生。你很快就懂了。"

3

山地丛林间，枪声大作，不断有狗吠声传来。此时，崔华盾和顾意穿着飞行服，手持微冲，在山林间猛跑。远处，蒙着面罩的霹雳火队员们持枪狂奔，紧随其后。嗒嗒嗒嗒！……队员们拿着81自动步枪对天射击，枪口喷出烈焰，驱赶着四处逃散的飞行员们。

"我们要节省子弹！"崔华盾边跑边换弹匣，顾意喘着粗气："我也只剩一个弹匣了！"崔华想了想，解下胳膊上的伞。

山地上，马路带石磊和黄宝贵快速追过来，扑通！马路被绊了一跤，飞身而出——一根细细的绿色伞绳拉在枝蔓之间。石磊和黄宝贵也是措手不及，三人倒在树丛当中，都摔得不轻。黄宝贵爬起来吐出嘴里的土问："石头，你没事吧？"石磊捂着脑袋："没事，就是在树上撞了一下！"马路愤愤地爬起来："没想到啊没想到！玩儿了一辈子鹰，最后被家雀儿给啄了眼！飞行员，可以啊！"

另一处山地丛林里，白鹏和陈天龙小心翼翼地搜索着前进。

咻咻！暗处响起一阵口哨声。两个人转身持枪，甄大同露出一张迷彩大脸："是我！"白鹏吐出一口气："吓死我了，我还以为是霹雳火那群土豹子呢！"三人正低声抱怨着，一阵窸窸窣窣的声音响起，谢思潇低吼："黑龙，上！"——三人急忙转身，狼狈不堪地落荒而逃。黑龙一狗当先，一口直接咬住了甄大同的胳膊，甄大同惨叫着猝然栽倒："走！快走！"白鹏无奈，和陈天龙拔腿就跑。

谢思潇和王星冲过来，叫开黑龙，按住了甄大同。甄大同疼得龇牙咧嘴："你们放狗算什么本事？有本事一对一？"王星轻哼一声："谁有工夫跟你一对一，要抓的人还多呢！"谢思潇笑："姐倒是想试试，要不等你进了战俘营，咱俩一对一？"甄大同恨恨地瞪着谢思潇："魔头啊！太社会了！女魔头！"

4

雨夜，一个废弃的水泥工厂，四周一片静谧。崔华盾在警戒，顾意的头盔上戴着夜视仪，小心翼翼地露出脑袋观察着四周："里面不像有人的样子。"崔华盾观察着四周："还是要小心。"顾意轻笑："这都老远了，他们怎么也想不到我们能跑这么远。"崔华盾想想："我们进去，是得找个地方补充点营养，再这么跑下去，不被抓也拖得差不多了。"两人起身，小心地交替掩护着前进。

工厂里到处都是废弃的砖头，空无一人的寂静。崔华盾小心翼翼地踏上台阶，扑通一声猝然滑倒，顾意急忙回头："猎鹰！"崔华盾忙说："我没事，踩油上了……"崔华盾站起身，突然愣住了——对面暗处的麻袋片下面，王星眨巴着眼，两人对视着。顾意匆忙跑下来，暗处一个黑影闪过，登时就是一个扫堂腿，顾意惊叫着飞身出去，撞在墙上，咚地落地。

谢思潇从暗处闪身出来，枪顶着她的脑袋，顾意松开手，把枪放在地上："你赢了！"谢思潇一笑，把枪收回来，放在地上。顾意纳闷儿，谢思潇起身，看着她。顾意一下子明白过来，站起身，对视着。

顾意眼神锐利，冲上前飞起就是一脚，谢思潇信步举手一挡，稳住重心。顾意随即扑了上去，谢思潇就地起身，一个漂亮的燕子摆尾，准确地踢在了顾意的脸上，顾意瞬间飞了出去。顾意咬牙撑起身，一声大喊继续冲了上去，谢思潇连续出腿，左右开弓，顾意再次被连环踢倒，两人都是打红了眼，但顾意明显不占上风。

另一边，崔华盾和王星还对视着。王星笑笑，放下枪："我也陪你玩玩，崔副参谋长。"崔华盾冷笑："那你就别后悔！"王星嘿嘿一乐："哟，飞行员还这么大口气？"崔华盾笑："你忘了我和谁是航校同学？在航校，我可和他对打了四年！"

王星明白过来，伸手去拿地上的枪。崔华盾瞬间出腿，一脚把他踢了出去。王星飞身而起，撞在墙上。崔华盾猛扑上去，王星急忙闪身，崔华盾一脚踹坏了对面一堵废旧的墙，王星大惊失色："来真的？！那别怪我不客气了！"崔华盾怒吼一声，又冲上来，王星敏捷地向后一闪，两个人打成一团，拳头落在身上都是咚咚带响的。

哗啦一声，窗户被撞碎，两个人腾空摔出来，落在大雨中。两人脸上都带着血，爬起来，王星大口地喘着粗气，血红的眼瞪着崔华盾，摇晃着向前几步嘶吼着扑了上去，崔华盾措手不及，被逼得步步后退，疲于招架。

崔华盾一脚踢向王星前胸，王星一侧身，敏捷地闪过，随即抱住崔华盾的右腿就要往下摔。崔华盾腰部一转，左腿起来直接踢向王星后脑。王星被踢中，一下子扑在地上，鼻血顷刻直往下流。王星爬起来，抹了一把鼻血，怒吼着再次冲上来。大雨中，两人打成一团，拳脚不长眼睛，落到身上都带响，落到脸上就带血。

黑暗里，高胜寒冷冷地看着。曾紫陌站在旁边，心急如焚："你就让他们这么打吗？"高胜寒冷声："训练就是实战。"曾紫陌低吼："这么打，会出事的！"说着就要冲过去，高胜寒一把抓住她："战争来临的时候，没有人会去喊停。"

"可现在不是战争！！"

"你别无选择。"高胜寒看着她，"是我们选择的这个职业。"曾紫陌看着在大雨里撕打的两人，眼里带着泪光。

5

工厂里，谢思潇和顾意两人都是打红了眼，但顾意明显打不过，仍怒吼着猛冲上去。马路和黄宝贵、石磊几人躲在暗处探出脑袋，在边上看得起劲，嘿嘿笑着："乖乖，这哪儿是女人啊，明明是俩母夜叉！"黄宝贵看得直咂舌："太给力了，比看武打片还过瘾！俺怎么没想到那个女飞行员那么能打？"

这时，顾意原地起身飞腿，一记重踢踢在谢思潇的胸口，谢思潇眼前一黑，飞了出去。顾意笑："再来啊？"谢思潇爬起来："我要不是故意让着你，想看看你有几两本事，你早就废在这儿了！"顾意得意地看她："那你废了我啊？！"

"这可是你说的！"谢思潇一咬牙，起身就是一串飞腿。顾意连忙举手格挡，匆忙退后躲闪着。几个男兵在高处看得瞠目结舌，龇牙咧嘴的，仿佛拳头都落在自己身上似的。

厂区外，王星飞身起来，重重地落在地上，吐出一口鲜血，摇摇晃晃地站起来："再……来……"说着猝然栽倒。崔华盾站在雨里，身体开始发飘。高胜寒走过去，曾紫陌一惊，赶忙拉住他："你要干什么？"高胜寒冷冷地甩开她："不关你事。"曾紫陌急吼："我是教导员，也是军医！我不允许你这么做！"

"敌人会考虑这些吗？让开！"高胜寒一甩胳膊，曾紫陌一个趔趄差点儿摔倒，高胜寒大步走过去。崔华盾眯缝着眼，急促呼吸着，血水顺着脸颊流下来和雨水混在一起。崔华盾注视着他。高胜寒一边走一边脱去上衣，崔华盾怒吼着冲了过去。

雨夜里，泥水溅起雨水，两双不再年轻的眼睛在雨里黑白分明。两个人撞击在一起，进入双峰对决，打得很残酷。他们都知道，这一场对决对两人来说，是一次真正的对话，一次真正长久压抑的爆发。

6

建筑物里，谢思潇一个漂亮的正后蹬，顾意一下子飞了出去，重重地落在地上，爬不起来。谢思潇见状大惊，跑过去："你没事吧？！"顾意躺在地上，咬牙："死……死不了……"马路几人见状也急忙闪出来。

顾意躺在地上，一脸痛苦。谢思潇走过去，伸手一把把她拉起来，顾意"啊"的一声惨叫。谢思潇松了口气，松开手："知道疼，骨头就没事，别喊了，这都是小意思。疼就喊出来啊？"顾意倔强地看着她，咬牙不吭声。马路等人急匆匆跑来，一番查看："骨头没事，抬走！"顾意被七手八脚地抬上担架走了。剩下谢思潇一个，突然眼前一黑，吐出一口血。谢思潇笑笑，抬手抹去："还真不能小看了飞行员！"

大雨里，崔华盾重重地倒在地上，喘着粗气，雨水溅在他脸上。高胜寒绕着他："起来！"崔华盾艰难地想爬起来，高胜寒起身，一膝盖顶在他的脸上，崔华盾猝然栽倒，满脸是血。高胜寒怒吼着："起来！你不就是想和我打吗？！"崔华盾艰难地撑起胳膊，高胜寒又是一脚，崔华盾仰面栽倒。

"我知道你不服我！我一直都知道！十四年了，你一直在伪装！你不服我！"崔华盾艰难地想站起身，却起不来。高胜寒冷冷地看他："我什么都让着你！我不想你不开心！我什么都可以让给你！我把自己心爱的女人都让给你了！可是你还是不知足！"

"我……没有……"

"你有！"高胜寒在雨中怒吼，"你是我兄弟，我什么都可以让给你！可是你到底想要什么？！我都不知道你到底想要什么？！我什么都给了你，可你却没有告诉我，你到底想要什么？！"

"我不要你可怜我——"崔华盾在雨中撕心裂肺，泣不成声。

"我没有可怜你！"高胜寒站在雨中，眼神在冒火。

"你一直在可怜我……你一直在施舍我……高胜寒，你太骄傲了，以至于你根本不知道你所谓的对我好，是对我的侮辱……"

"我没有侮辱你！"

"你有——"崔华盾满脸是血，咬着牙，"你一直在侮辱我——十四年了，你根本没有觉察到，你一直在侮辱我——"高胜寒愣愣地看着他。崔华盾哭起来："你什么都让着我，但是你想没想过，那是对我的侮辱？我也是一个男人，我不比你差！你在的时候我压抑着，我无所适从，我不知道怎么才能表现出真正的自我！你不在的时候，我还是压抑着，我还是无所适从，但是……我用事实证明我不差，我并不差！你睁眼看看，在我这个年龄，有几个特级飞行员？"

"我从来没有觉得，你比我差啊？"高胜寒的眼泪流下来，很快和雨水混在了一起。崔华盾看着他："这就是你——高胜寒，你是那种把人气死不偿命的浑蛋！你觉得自己什么都没做，但是你伤害了所有人！不管谁和你接近，你都会伤害他们！你还觉得你自己什么都没做？"

"我确实什么都没做！我做错什么了？！你说！我到底做错什么了？！为什么你们都这么看待我？！我可以把我的心掏出来给你们！我的心，都是你们的！"高胜寒突然哭了起来，一道闪电将他的脸映得惨白，高胜寒仰面哭喊着跪下："我把什么都给了你们，为什么老天要这样对待我——"

"为什么……老天要这样对待我……我努力地忘记这一切，我结了婚……有了女儿……我努力地让自己忘记这一切，我用了我所有的方法……幸福，我以为我已经拥有了幸福……可是，都没了……什么都没了……"高胜寒痛哭着闭上眼，雨水打在他的脸上和身上，一片悲凉。

7

夜里，雨已经停了，只是淅淅沥沥地滴答着。废弃的建筑里，点着一堆篝火，战虎的飞行员们被下了装备，光着头，关在几个铁笼子里面。崔华盾躺在前面的担架床上，旁边吊着输液瓶。曾紫陌蹲在旁边检查："39.5度，他还没退烧。"顾意在旁边着急地问："他不会真的生病吧？"曾紫陌看看她："要送到山下，到旅卫生队检查才知道。"

"他哪儿都不能去。"一个冷冷的声音响起。顾意和曾紫陌回头，高胜寒赤裸着上身，坐在旁边的火堆旁。顾意心急如焚："他在发高烧！"

"他现在是我的俘虏。"

"可是他在发高烧！"

"我不能因为他发高烧，就把他给放了。"高胜寒冷冷地看她。曾紫陌走过去："他确实需要医疗，我们现在只能简单处理。"高胜寒看了她一眼："你都不应该处理他，没有阻止你，是我不对。"曾紫陌气急："你？！"高胜寒站起身，转身走过来，马路把一件背心抛给他。

"那你到底想怎么样啊？人都已经这样了，你还想怎么样啊？"顾意眼眶发红。高胜寒看马路："为什么她还站在这儿，跟我趾高气扬地说话？难道说，我是她的俘虏吗？"马路啪地立正："我的错——把她带进去。"顾意不明白："什么意思？"

李珊和郝玲玲快步走来，架着顾意："快快快！好汉不吃眼前亏，你赶紧进去！"顾意挣扎着："松手，你们想干什么？"郝玲玲无力地笑："飞行员姐姐，这里可真不是你说了算！你再不进去要倒霉了！"顾意还在挣扎："我就不进去——"

关在铁笼子里面的飞行员们立刻骚动起来，高胜寒毫不犹豫，夺过石磊手里的卡宾枪，一枪托砸在顾意腹部。顾意痛苦地捂着肚子，高胜寒又是一枪托，直接砸在她的后脖颈子，顾意啪地倒下了。李珊叹了一口气："我说你要倒霉了吧？"说着把顾意拉起来，黄宝贵刚打开一个铁笼子，白鹏和陈天龙等人要往外冲。

黄宝贵痛心疾首："我说飞飞们，咱认赌服输对不对？别说你们冲不出来，你们就是冲出来，是我们的对手吗？你们是天上的鹰，我们是什么来着？你们怎么说我们的？土豹子，对，土豹子！你觉得，在地上，是土豹子厉害，还是鹰厉害？"白鹏恨恨地："你最好心里有点数，又不是一锤子买卖！都还得回飞虎旅呢，回到旅里面，你说是鹰多，还是土豹子多？"黄宝贵笑："是鹰还是家雀儿，可不是嘴上说说的。你们不是天之骄子吗？不是眼都长到脑门儿顶上的吗？怎么？这就受不了了？我告诉你们，你们吃的这点苦，我们土豹子全都吃过！这才哪儿到哪儿，跟休假差不多——让开！"

白鹏不服气地瞪着黄宝贵，站在旁边一直不吭声的许飞走过来："你们别闹了，真的没什么选择。"顾意满脸痛苦："呆鸟，你也是我们这儿出去的！你今天就这么对我们吗？"许飞求饶道："姑奶奶，寒号鸟，是我逼你的吗？你们走到这儿的每一步都是自己选的，你怪我做什么？！我还能做什么？！我能把你们救出去？！我心里比谁都难受，你现在还这么跟我说，你说吧，你让我干什么？我拿枪把他们都毙了？可能吗？"顾意看着他："你变了！"许飞警觉地后退一步："别动！我告诉过你，别动！动就要倒霉！这是训练，训练你们怎么在敌后活下来！一点点的委屈都吃不了，干吗要参加训练？好话不好听是不是？待着！"顾意一愣。许飞讪讪地："怎么了？没见过？"

"以前你不这样啊？你们这是公报私仇！"

"以前你哪儿拿正眼儿瞧过我？"许飞惨然一笑，"你现在喊破天也没用，除非你不想干了。怎么说你都不明白，你到底想怎么的？你说说你，你们到底想怎么的？这不是我逼你们，是你们自己逼自己！"——哐的一声，大铁门关上。顾意急眼了："浑蛋！看我怎么收拾你！"许飞难过地回过头："训练结束，我随时奉陪，现在不行……"

崔华盾躺在担架上，微微睁开眼，看着顾意："沉默……行动！……高效……杀敌……"飞行员们关笼子里，默默念叨，声音逐渐大起来："沉默行动！高效杀敌！沉默行动！高效杀敌！"……他们的声音越来越响亮，脸上的晦气一扫而光，取而代之的是视死如归的豪气。

高胜寒看着他们："很好，血气方刚，视死如归，我很高兴看见这样的表现。口号，热血沸腾的口号，在心中不断重复，这会是你们最开始抵抗痛苦的信念！能够喊出这样的口号，说明你们还有希望，你们的内心还残存着被营救出去的希望！但是你们不要忘了，我是干什么的？"高胜寒环视着笼子里的飞行员们，"——我是行家。"

"你是浑蛋！"崔华盾挣扎着。高胜寒笑笑："这个称呼不错，我就是浑蛋行家！我熟悉飞行员，在这里，除了躺在这儿的他——就是我，飞行的资格最老，你们都是小杆子。十几年前，你们还是毛孩子的时候，我就在驾驶直升机了——你们可以问问他，你们视为空中战神的猎鹰同志，他是我的对手吗？"崔华盾挣扎着想要爬起来："那是过去，你不信我们上去比比看！"高胜寒轻哼："我十年没飞行了，你要现在和我比？赢了光彩吗？我只是告诉他们，你的学生们，你的徒弟们，你不是不败的空中战神！如果我不走，根本没你什么事儿！"

"胡说八道！"崔华盾着急起身，一把拽掉针管，站起来，"高胜寒，你到底想干什么？！"高胜寒冷酷地看着他："我在摧毁你的自尊心，和他们的自尊心。"

"为什么要这么做？！"崔华盾的眼里腾腾地冒着火。

"是你自己的选择，不是我替你选的——我说过，不要恨我。"崔华盾一愣。高胜寒看着他："不要恨我的意思，不只是肉体的折磨和痛苦，那对你这种军人来说，根本不算什么。真正的折磨和痛苦，能够摧毁你堪称顽强的意志力的，是精神的折磨和痛苦。是你自己选择，到这儿来承受这一切的，不是我！你现在问我，我到底想干什么？！你是怎么问出口的？！"崔华盾呆住了，在场的其他人也愣愣地看着两人。

"我现在就可以把你放了，把你们都放了，让你们继续在飞虎旅做天之骄子，战虎特种航空队，精锐当中的精锐，暗夜杀手，王牌飞行员的摇篮——没问题！你是这样想的吗？你只要说一声是，我有什么必要继续下去？你和你的飞行员，又不是我负责选拔，我只是辅助你们训练，我管你们训练成什么样？"

崔华盾说不出话。

"是你要我帮你的！你要我帮助你和你的飞行员，能够从战场上活着回来的！不要搞错了，我没那么多闲工夫，来给你们补特种部队最初级的入门课程！好，我们现在不浪费时间了。解散。"高胜寒转身就走。王星也松懈下来，转身："哎！还以为有什么好玩的呢！没戏了没戏了，各回各家各找各妈。"

铁门被打开，飞行员们走出来，白鹏盯着许飞，许飞被看得有点发毛："你……你看我干什么？"白鹏咬牙："断交！"其他飞行员也随声附和。顾意走出笼子，擦肩而过，许飞一把拉住："你也断交？"顾意冷眼看他："我认识你吗？"崔华盾站着没动，满脸纠结。高胜寒大步流星地往外走。

"高胜寒——"

"我没空！"高胜寒头也不回。

"高胜寒，我让你站住！"

"你凭什么？"

"我是飞虎旅的副参谋长，我命令你！"

高胜寒猛地站住了，立正，转身："报告！副参谋长同志，请指示！"

"我命令——"崔华盾的眼里含着泪，高胜寒平静地看着他。顾意和飞行员们都纳闷儿地看着。

"我命令，训练继续！高胜寒同志，除非我上一级首长下达命令，训练不会再中止。"

高胜寒轻笑着摇头："你顶不住的，你太脆弱了，脆弱得不堪一击。"

"我命令你。"

"……你已经反悔过一次了。"高胜寒冷冷地说。

"再也不会了。"

"我不信。"

崔华盾惨笑："你非要在我的部下面前这么奚落我吗？"高胜寒的脸上没有表情："对，我就是故意在你的部下面前奚落你，揭你的短。"

"为什么？"崔华盾痛苦地闭上眼睛。

"算了，你玩不起的。"说着转身要走。

"等等！你刚才说玩，你知道，你在玩的是什么吗？是我作为一个军人的自尊心，作为一个领导的尊严和权威。我们都是带兵的，你应该知道这意味着什么。"

"我知道，他们会看扁了你，你不再是他们心中无敌的猎鹰。"

崔华盾的眼中闪过一丝悲凉："这是我十几年来仅存的尊严了。"

"你是外行吗？"高胜寒说，"搞笑！你应该清楚，像你这个级别的陆航指挥军官，王牌特级飞行员，参加过国庆大阅兵，多次出国参与联合演习，还去外军留过学，你的档案资料在对象国家和地区军队的情报库里面，起码有五十页 A4 纸那么多！我敢说他们搜集的你的照片，绝对比我们任何一个部门保存得都齐全！你以为他们不知道我和你的关系吗？就算不知道详细的，起码知道你我是同学吧？你还以为是多高深的机密？"

崔华盾睁开眼："别说了，我懂了，来吧。"

"再反悔就没意思了。"

"等等！我跟我的部下说几句话，可以吗？"

高胜寒想想："可以。"

崔华盾转过身，年轻的飞行员们都不太敢说话，看着他。

"同志们！"崔华盾抬起头，"他说的都是真的，以前我隐瞒了你们。我……我欺骗了你们，不管是有心还是无意，我确实欺骗了你们。你们一直传说，我是飞虎旅不败的空中战神，我没有承认，但是也没有否认。出于虚荣心，我选择了默认。我……是他的手下败将。"

一片鸦雀无声。

"他的代号是飞狼，飞狼的名字不是白来的，是当时的飞虎团参谋长，也就是今天的旅长王浩大校亲自给他起的。当他驾机在空中，真的是一匹活脱脱的飞狼，天马行空，没人追得上他的轨迹。他的出现让整个飞虎团震惊了，而我没有震惊，因为，我和他是航校的同班同学。"崔华盾的眼泪在打转，"我们一起吃饭，一起睡觉，一起上课，一起训练，一起打球，一起洗澡……我们甚至还一起……爱上了同一个女人……他一直比我强，他真的不愧叫高胜寒！他什么都比我强，他好像生来就是为了比所有人都强的，你们不知道那时候他到底有多强！没有人可以比得上他的光芒，没有人可以超越他的巅峰，他自己都没有意识到，他给身边所有的人，造成多大的压力，带来多深的伤害……你们不用看他，他其实也不想，他只是……太强了……

"我……一直是他的兄弟，我们一直是兄弟……在遇到他以前，我从来没有丧失过那种唯我独尊的自尊心，少年的自尊心，一直到遇到他……经过很多次悄悄的尝试，我才知道，我根本不可能超过他，他就是我心里那完美的军人……我只能在他的光芒下面，成为千年老二……你们不知道那种感觉，我从被动到主动，中间经历了多少内心的反复挣扎，我自己都记不清了……我只知道，我只能做千年老二，因为有他在。我努力克制嫉妒的火焰，不让嫉妒烧毁我的理智，不让嫉妒毁灭我的信念。我告诉自己，我要面对现实，如果高胜寒是长机，我就是他最忠诚的僚机。在空战当中，我会为他去吸引敌人的火力，不惜一切代价掩护他的行动，哪怕是牺牲掉我自己。我是一个革命军人，我要有理智，一切为了人民解放军，一切为了陆军航空兵，一切为了打赢！我就是这样告诉自己，就这样坚持下来……"

高胜寒的喉头蠕动着："……原谅我，我也刚知道。"崔华盾惨然一笑，摇头："你没有做错什么，你唯一的错就是你太强了，强大到任何靠近你的人都会被你的烈焰所灼伤！我是这样，紫陌……曾教导员也是这样，她比我受的伤还要深。"

曾紫陌捂着嘴，泪流不止："你说这些干什么呢，都是过去的事了……"

"不，我今天要说出来，"崔华盾深情地看着她，"因为这是他们这些年轻人，也包括霹雳火的年轻人们，一直在猜测，一直在迷惑的。当有一天战争爆发，他们要跟我们上战场，去杀敌，去出生入死，我不能让他们有猜测和迷惑。我们应该告诉他们，他们的指挥员，不会是他们所不信任的那种人。"

曾紫陌忍住自己的眼泪，高胜寒的眼中也隐约有泪光在闪动。

"我犯了一个错误，一个我后悔终生，也不知道如何弥补的错误。从我们在航校认识开始，世人都叫我们航校铁三角。其实，我知道，高胜寒爱着曾紫陌，曾紫陌也爱着高胜寒，只是他们两个的性格太接近了，都是那么骄傲，谁都不肯先说出口。而我，也爱曾紫陌，他们也知道，我们的关系就是那么微妙，一直到飞虎旅，当时还是飞虎团。我……我有私心，我做了错事，我利用了……利用了高胜寒的骄傲。我知道，他会让我的……"

曾紫陌再也忍不住了，失声痛哭，崔华盾的眼泪也是哗哗地往下流。高胜寒错开眼，不让他们看见自己的眼泪。

"这是我用一生，可能都无法弥补的错。我的自私伤害了三个人，两个是我的兄弟，一个是我自己。你们现在知道，你们面对的猎鹰是个什么样的人。猎鹰不是一个完美的男人，不是一个不败的战神，他也犯过无法弥补的错误。猎鹰也有虚荣心，希望你们认为他战无不胜，但实际上不是，猎鹰从来也没有赢过飞狼，不管在空中还是在地面，不管在战场还是在情场……唯一的一次可笑的成功，还是利用了飞狼的骄傲……我告诉你们一直想知道的真相，包括我不想让你们知道的真相，我从你们心中无敌的空中战神，落在地面上成为一个有缺点的普通人。这一刻，我卸下所有的装甲外壳，我本来以为我会惶恐，可是我没有。我早就应该这么做，我不该骗你们，因为你们是那么信任我，愿意跟随我去出生入死……对不起……"崔华盾闭上眼，泪如雨下。

现场一片安静——很快，一个掌声响起来，眼含热泪的许飞看着崔华盾，掌声越来越响亮，所有的人都鼓掌看着崔华盾，唯一没有动的是曾紫陌，她反而冷静下来。

崔华盾呆住了，看着自己的队员们。年轻的飞行员们热泪盈眶，热烈鼓掌。顾意走上前去，流着泪在笑："猎鹰，我们信任你！"说着，所有的飞行员们猛地扑过去，和崔华盾紧紧拥抱在一起。高胜寒平静下来，侧头看旁边，曾紫陌不在，高胜寒急忙追了出去。

8

楼顶处，天色已经拂晓，空气很清冽。曾紫陌坐在楼顶的边缘，默默地看着远方，目光忧伤。高胜寒站在她身后，没说话。曾紫陌知道是他，也不回头："你是想来告诉我，当初你把我让给他，是出于兄弟的情谊？"高胜寒默然："我是真的希望你们两个都能过得好。"曾紫陌淡淡一笑："你看见结果了？"高胜寒一脸歉疚："如果开始的时候，我就知道是这个结果，就不会有这个结果。"

"到今天，你还不想说一声你错了？"

"对不起，我真的错了。"

曾紫陌苦笑："十年，我等这句话等了十年……一个女人，有几个十年？从23岁，到33岁……我人生当中最宝贵的十年，就在这等待和煎熬当中度过。你可曾想过，你拍屁股走了，到了一个新的部队，一个新的环境，远离我和他，远离飞虎团，在环境的作用下，你会很快渡过那种痛苦……你确实渡过了，开始了新的生活，有了妻子，有了女儿……我呢？"高胜寒无言以对，曾紫陌泪流满面，"我怎么办呢？我是怎么过来的呢？我有多苦呢？每天，我都在这熟悉的环境里面，看着直升机飞起来，又看着直升机落下去。看着崔华盾上班，又看着崔华盾下班，看着太阳升起来，又看着太阳落下去……十年，看着门前的树，渐渐地从碗口粗细，长成大树了……十年……我都快得抑郁症了……"

　　"对不起，我真的……没想到……"

　　曾紫陌笑笑："十年，我从一个青春美好的少女变成了一个少妇……你们兄弟两个是冰释前嫌了，我的这十年，到底算什么呢？"高胜寒看着她："我回来了，我们可以重新开始。"曾紫陌笑得很苦涩："别逗了，高胜寒。"

　　"我一直有这个打算。"

　　"可是我没有这个打算了……你以为我是什么？"曾紫陌的眼泪掉下来，"我是一个小动物吗？你挥挥手，我就要跟别人结婚，你招招手，我就要贴到你身边来？我是一个活人啊，高胜寒，不能因为你是高胜寒，你就要欺负人吧？我没有怨恨你，也没有怨恨他，我只是在心疼我自己，心疼我自己的这十年……"

　　"我可以弥补的！"

　　曾紫陌笑着哭了："高胜寒，你还是一点都没改，你真的是太……我刚才说的话，你一点点都没有听懂——我不是宠物，你说怎么样，就怎么样的……"

　　"那，那你说怎么样？"

　　"我不知道……我不知道……你昨晚说，为什么老天爷要你承受这些痛苦……其实，有哪一个人是好过的呢？我不也在承受这些痛苦吗？此时此刻，你想招招手，让我再次回到你的身边，把你放进我的心里，你知道，我要克服多少障碍吗？我自己都不敢想……"

　　"我明白了。"高胜寒点点头，转身要走。曾紫陌急了："你这就走了？！"高胜寒平静地看着她："你，你可能需要静静吧？"曾紫陌苦笑："……我服，我真服。"高胜寒不明白："怎么？我，我这次真的没说什么啊？"曾紫陌转过身："没事，你走吧，我需要静静。"

　　"我，我可以留下的！"

　　"不需要！"

　　高胜寒想想，还是走了。曾紫陌听着他消失的脚步声，流着泪看远方："老天爷啊，为什么让我爱上这种男人啊……"

第二十三章
—— FIRE ——

1

废弃的工厂里，火堆燃烧，噼里啪啦响，高胜寒坐在飞行员面前。

"肉体的痛楚，虽然难耐，但是经过适应性训练，结合内心的顽强信念，不是不可以克服。"高胜寒说，"我会教授你们，如何适应严刑拷打的痛楚，如何在敌人的审讯人员面前演戏，在不出卖军事机密的前提下，减轻个人肉体所遭到的虐待。注意，我强调了一点——内心的顽强信念。这是我们的精神防线，这个精神防线才是最核心的，是不能被攻破的，一旦精神防线出现了缺口，你很快就会溃不成军。这种顽强的信念来自对党和人民的忠诚，对人民解放军的热爱，也来自你的坦荡内心。"高胜寒看着崔华盾，"我现在可以告诉你，我是故意逼你的，我知道你一定会告诉大家，他们信任你，你不能欺骗他们。如果你对自己要带入险境的部下都不能说实话，一旦他们发现，他们的信念也会产生裂痕，严重的话，就是缺口，甚至崩溃——唯有坦诚，才有忠诚。"

"我没有资格教育你们，我不是你们的上级，只是一个教官。这只是我就本专业教学所谈的经验——唯有坦诚，才有忠诚。对战友的隐瞒，一旦被揭穿，会造成严重的信任危机。在危难关头，生死之间，如果战友之间不再相互信任，结果就是被各个击破。全世界军队，都有干我这行的，我同意你们的观点，这叫浑蛋行家——无耻浑蛋！我们熟悉人性的弱点，擅长制造俘虏内心的恐慌和猜疑。"高胜寒站起身，"在这些无耻浑蛋的眼里，你们是什么？你们就是实验室里面的小白鼠，这些无耻浑蛋会用各种手段，肉体的精神的，来折磨你们这些小白鼠。除非特别急迫，否则，真的不着急让你们开口。那会失去很多乐趣，这种乐趣在别的地方可不容易见到。"

顾意小声嘟囔着："死变态！"高胜寒眼里闪着寒光："你说什么？"顾意腾地站起身："报告！我是说——死变态！"高胜寒笑："认识很准确，一旦你们被俘，你们面对的就是一群——死变态！日内瓦公约到底管多大用，我估计在看过那一次烈火金刚以后，没有哪个年轻人会跟我较劲。日内瓦公约是好的，是战争当中人性的太阳光芒，但是——总是有太阳照射不到的地方，总是有黑暗和黑夜，伸手不见五指。有阳光和天堂，就会有阴暗和地狱。"

"你怎么知道，我不是他们的地狱呢？"高胜寒笑了，顾意扬起头，"你笑什么？"高胜寒鼓掌："很好，我喜欢这丫头，她让我想起我的学生……"顾意咬牙恨恨地："那个带狗的女魔头是吧？"高胜寒笑："看来你们已经很熟悉。"顾意还想说，被崔华盾的眼神逼回去了，坐下不吭声了。高胜寒笑笑："你的学生不错，有勇气，有胆识！我很欣赏你，你的豪情让我觉得你该是我这一队的。你愿意加入……"

崔华盾一愣，顾意斩钉截铁："不愿意。"

"这么果断？"

"必须果断，我才不跟那呆鸟学呢！好好的空中雄鹰不做，非要做土豹子！土……我，我说错了！"飞行员们扑哧一声，许飞站在对面脸色很难看。顾意白他一眼。高胜寒笑笑："坐下吧，我很喜欢你的答案。"

顾意扬扬得意，刚要坐下，高胜寒突然一把抓起顾意，把她拽到前面。崔华盾一惊："你干什么？"高胜寒不说话，抓着顾意拽到前面，按在篝火边跪下，直接往篝火里面拽。顾意拼命挣扎着："你干什么？！你这个疯子——你浑蛋——你要干什么——啊——"火光映着高胜寒的脸："你不是喜欢出头吗？这就是出头的代价！"顾意死命挣扎着，许飞于心不忍："飞狼！"高胜寒呵呵一乐："呀，内部还有反水的？"许飞尴尬地说："我不是那意思，我是说，我是说……别伤着她……"高胜寒笑笑："你心疼了？看来你还是战虎的人啊？你可以归队了。"

"我来都来了，哪儿还有那么多想法？飞狼，我是说，毕竟这是自己的战友，不能真的伤着了……"

"你知道现在的规定情境吗？我们演的是匪！"高胜寒的眼里射出寒光，"你现在是想英雄救美，滚出霹雳火，还是完成自己作为教员的职责？"许飞的内心挣扎着，顾意跪在地上挣扎着："呆鸟，这不关你事！"许飞看着她，心里很难过。马路走过来："你可以出去。"许飞忍住眼泪，看看顾意，又看看飞行员们，摘下武器，转身出去了。

高胜寒转向顾意，顾意硬挺着："我是不会怕你的！"崔华盾看向高胜寒："如果你非要折磨一个人，那你就折磨我，我是她的上级！"队员们也纷纷应声。

"够了！"高胜寒一声虎吼，"对你们，我已经够了！现在轮不到你做主，这个变态的地方，我这个死变态说了算！"高胜寒看着顾意，"知道你犯了什么错吗？""——扑！"顾意一口唾沫吐在高胜寒的脸上，高胜寒纹丝不动，"有本事，你就毁了我的容！没那胆量，就给姑奶奶松开！"

高胜寒一把把她拉起来，抓起篝火里面烤着的烙铁。高胜寒一松手，马路死死地抓住她，一根通红的烙铁就上去了，吱！——顾意闭眼一声惨叫，面前升腾起一阵油烟。马路一把丢开，顾意倒在地上捂着脸还在惨叫着。

旁边，王星举着铁锅收回来，拿起里面支支冒油的牛肉闻了闻："带血丝的还是好吃。"王星张嘴想吃，谢思潇一把抢过牛肉，随手一扔，牛肉划出一道弧线，黑龙跳起来一口叼住，吧唧着吃了。崔华盾苦笑："你真会玩人。"

高胜寒看着地上惨叫着的顾意，笑笑，顾意反应过来，摸摸脸，什么事儿也没有。她坐起来，看着高胜寒。高胜寒脸上没什么表情："痛苦，不足挂齿；恐惧，才是真正的敌人——这是我给你们上的第一课。"

2

许飞从屋里走出来，大步流星，站在空地上仰头长啸。赵小丫跟在后面，心疼地看着他。许飞回头："你跟着我干什么？"赵小丫藏不住了，走出来："我说你能不能别跟个娘们似的，多大点事儿啊？"许飞不看她："说得轻巧，你根本不知道我内心的感受！"赵小丫若有所思："那你又知道别人内心的感受吗？"

"什么感受？你个小丫头片子，还能有什么感受？"

赵小丫的眼泪在打转："你知道我内心的感受吗？"

"不知道，和我有关系吗？"

"有关系！"赵小丫哽咽着，"你知道我为什么到陆航旅来吗？你还记不记得你上高中的暑假，天天在我表姐家玩游戏！"

"记得啊，《武装直升机》，那时候游戏机稀罕，就你表姐家有，我就是因为……"

"我明白了，你就是因为想玩游戏，才和我表姐谈对象的！"

"我也没答应她啊，我就是想去玩游戏……"

赵小丫哭笑不得："可是我表姐是真喜欢你啊！"

"那跟你有什么关系啊？"

"我，我那时候也是真喜欢你啊！"赵小丫眼泪流了下来，"你还说你要去陆航做武装直升机飞行员！就那天在表姐家里，你一边儿玩儿着《武装直升机》，一边跟表姐说的。她听见以后，嗤之以鼻，嘲讽了你几句，说当兵有什么好的，你想做飞行员还不如去民航。你很生气，你告诉她你说到做到。你们俩吵了起来。我在屋里写作业，一直听着你们吵。后来你摔门走了，然后就再也没有理表姐。"许飞愣愣地看着赵小丫："没错，我们俩就是那天分手的。你记得？"赵小丫哭着："我当然记得！你说过的每一句话我都记得！"许飞呆呆地："你……你不会是那个时候就喜欢上我的吧？"

"是又怎么样？"赵小丫哭着，"你跟我表姐分手以后，我也没机会再见到你了。但是我一直关注着你，后来，我听说你真的考上了陆军航空兵学院，当上了飞行员。我就拼命地学习，我也想考陆航学院，想跟你一样当飞行员，幻想着有一天能见到你！可是我体检没过关，我特别失落，只能上军医大学。毕业分配我放弃留校读研，就是因为用人部队有飞虎旅，你知道吗？我见到你了，我的梦想实现了吗？你又在乎过我内心的感受吗？我抱怨过什么吗？哪里像你，你连个男人都不是！还不如我这个小丫头！"赵小丫转身跑了。许飞愣在原地，他是真的被震撼了。

3

陆航旅作战指挥中心，高云飞和几名技术人员一起观看着武直 -10 的各种战术动作。高云飞脸色严肃，旅长王浩坐在旁边："战虎特种航空队正在全力挖掘装备潜力，已经有了不小的突破。"高云飞笑着点头："很好，我想亲眼见证实战化条件下的表现。"旅长笑："我们早就有这个打算，从装备到现在，我们也希望能够提供一些改进可能给高总工啊！"高云飞苦笑："我就知道，你还不是很满意！"旅长连忙说："哪里话，哪里话！"高云飞的脸色严肃起来："科学无止境，研究无止境，改进也是无止境的！那就安排一下，我想尽快看看，也尽快赶回去，把在部队获得的经验变成我们的改进方案！"

"好，正好我们准备组织一次实战环境下的实兵实弹救援突击演习，代号呼啸山鹰。战虎特种航空队和霹雳火战术救援突击队协同作战，顺便说一下，高胜寒也担当重要的角色啊！"

"那孩子，不成器！不成器！"高云飞说着，却笑了起来。

4

飞虎旅办公室，李珊站在门口："报告！"

"进来！"

李珊推门进来："海豚，你找我？"曾紫陌示意桌上的电话："啊，你的电话，你爸爸打来的。"李珊一愣，没动。话筒里传来声音："珊珊，珊珊是你吗，珊珊？我都听到你的声音了，接电话啊？珊珊……你总不能永远不和爸爸说话吧？哎呀，珊珊，爸爸是亲爸爸，又不是后爹，你快接电话啊……"曾紫陌站起身："那什么，你先接电话，我去一下机场。"说着拿起帽子走了。

李珊还愣在那儿，心一横，拿起电话："喂？说，什么事？"电话那头沉默着，李珊冷声道，"没事我挂了。"

"珊珊，别挂，我是爸爸。"

李珊深呼吸一口气："我知道你是谁，你说，什么事儿？谁让你往我部队打电话的？"

"珊珊，我毕竟是你亲生父亲，就算我跟你妈离婚多年，你也还是我的骨肉……"

"你现在想起来，我是你的亲骨肉了？"

"……珊珊，爸爸有错，爸爸都知道。爸爸对不起你，你就看在爸爸风烛残年的分儿上，宽恕爸爸吧……"李珊的眼泪落下来，"爸爸身体已经不行了，百病缠身，难道我的亲生女儿，就不能原谅我吗……"李珊擦了一把眼泪："谈不上原谅不原谅，只求你不要再给我打电话了。我和你……没有任何关系，再见！"——啪！挂了电话，转身跑出去了。

走廊里，曾紫陌跟郝玲玲走着在说事，李珊捂着嘴跑出去了。两人一愣，曾紫陌在想着什么。郝玲玲说："海豚，我，我去看看！"曾紫陌点点头，思索着。

5

办公室里，曾紫陌坐在电脑前，高胜寒推门进来："怎么了？"曾紫陌皱着眉："是不对啊。"高胜寒走过去："什么不对？"曾紫陌看着电脑："她……她母亲去世，是单亲家庭，等于是个孤儿。"高胜寒一点儿也不意外："对啊，这些材料我都看过。"曾紫陌看向高胜寒："刚才她父亲打电话找她。"高胜寒走过去，倒了一杯水："她和她父亲，肯定是关系一直不好，不然也不会写单亲，母亲去世了。"曾紫陌若有所思："我们要不要了解下她父亲的情况？"高胜寒点头，曾紫陌拿起电话："给我接军务股。"

高胜寒把手里的文件夹递过去，曾紫陌接过来："这是什么？"

"演习计划，呼啸山鹰，你抓紧看一下。"

"好，放这儿吧。"曾紫陌拿着电话，"军务股吗？我是霹雳火曾紫陌，找一下方股长。"高胜寒看看她，转身出去了。曾紫陌的脸上露出一丝不易觉察的忧伤。

6

黄昏的余晖中，李珊坐在直升机前，看着远方，脸上有干涸的泪痕："你们父母都来队探望过你们，那时候我强颜欢笑，其实……我也好想有健全的家庭啊，好想我的爸爸妈妈，可以来看我，像你们一样……把我捧在手心里，做心肝宝贝……十五岁，我父母就离了婚，你们根本想不到，我是怎么长大的……在同学眼里，我是个沉默寡言的小怪物，浑身带刺……好像从十五岁开始，我的世界就变成了灰色调的，没有了笑容……我和妈妈相依为命，武汉的夏天那么热，我们都不敢吹空调，因为交不起电费……"李珊的眼泪下来了。赵小丫和郝玲玲面面相觑，不知道该说什么。

"我妈妈精神状态一直不好，离婚对她的打击很大，医院诊断她得了抑郁症。还好，病情得到了控制……她是教师出身，我爸爸生意做大了以后她就辞职了，又重操旧业开了英语辅导班……我高二的时候，我妈妈就……抑郁症发作，跳楼了……我不可能，决不可能再原谅我那个父亲。"李珊流着眼泪，"十八岁，我高中毕业就报名参军了，我想远离那个城市，远离那些烦恼……我想重新开始……"郝玲玲满眼心疼："玉兔，我，我没想到，你还有这些故事。"

"我怎么说啊？我难道逮着谁跟谁说，我父母离婚了，我爸爸又结婚了吗？"

"那，那你爸爸这次打电话给你，是想？"

李珊苦笑："他再婚了，没孩子。医院检查过，是当年太花了，得了病，治疗以后，就没有生育能力了。"

郝玲玲瞪大了眼："你是他在这个世界上唯一的亲骨肉了？"李珊苦笑："我很想否认这一点。"

"那他现在找你，是想和你重归于好？"

李珊苦笑："重归于好？他能离开我妈妈和我，你说我还能相信他还看重这份感情吗？几年了，没和我联系过，知道自己不能生育了，拼命和我联系！简直了！明明是他知道自己不可能再有孩子了，才想起来找我。"

"不管怎么说，他也是来找你了啊？他也是你亲爸爸啊，对吧？我觉得，你还是应该和他好好谈谈。"

"他怎么想的，你们都不知道。他现在生意做大了，满脑子都是赚钱经，他想我退伍，去继承他的所谓事业！"

赵小丫吐吐舌头："我去！玉兔，没想到，你还是土豪的女儿啊？你打算怎么办？"

"什么土豪的女儿，我和他没有任何关系。"李珊擦干眼泪，"我不想理他，也不想见他，更不可能退伍——我热爱解放军，热爱飞虎旅，热爱霹雳火，只有在这儿，我才有家的感觉……"李珊哭出声来，跟姐妹们抱在一起。

7

清晨，山地丛林一片静谧，空气很好，不远的林子里传来几声清脆的鸟鸣声。突然之间，地动山摇，96A坦克方阵抖落掉身上的枝叶伪装，冒着青烟，一队整齐的坦克方阵在荒原上疾驰，轰鸣声起，掀起漫天尘土。

山丘上，军区副司令、旅长王浩和政委秦明，还有高云飞坐在观礼台上，拿着望远镜在观察。旅长侧头，看着高云飞："这是蓝军部队，机械化步兵旅，红箭旅。一会儿我们的战虎该上了，高总工，好戏可在后头。"高云飞拿着望远镜，笑了。

山林间，武装直升机机群擦着树枝低空飞行，高速掠过。崔华盾驾驶着直升机："注意，这是战虎组建以来首次实战演习，也是我们真正的亮相！大家打起精神来，战虎特种航空队——"

"沉默行动！高效杀敌！"

荒野上，庞大的坦克方阵轰鸣着在疾驰，身后一片滚滚浓烟。突然，武装直升机编队从枝头冒了出来，车长嘶声高喊着："空袭——"

观礼台上，高云飞紧张地站起身，拿起望远镜，举目远眺。

武装直升机低空掠过，机身下的反坦克导弹赫然在目，崔华盾果断按下发射键，反坦克导弹带着尖利的啸叫声在空中飞行，瞬间，荒野上的坦克方阵陷入一片火海……

军区副司令严肃地拿着望远镜看着，脸上浮起微笑。观礼台上，将校们纷纷鼓掌。空中，武装直升机低空掠过，下方一片火海。崔华盾拉动操纵杆，武装直升机迅速拉高。

一处隐蔽的丛林里，道尔防空导弹车开始旋转，咻！一枚防空导弹打出去，崔华盾大吼着躲避："导弹袭击——！"

武直编队迅速分散，导弹追着崔华盾和顾意。崔华盾果断命令："我们准备迫降！"顾意问："难道一定要迫降吗？"崔华盾笑："不然霹雳火怎么出场？配合下嘛！"顾意一笑，操纵直升机，下降。

观礼台上，高云飞面色严峻。旅长王浩看向军区副司令："下面进入演习的第二阶段，霹雳火空降救援战术突击队要上场了。"高云飞有些紧张地拿起望远镜。

荒野间，两架武直−10在架直−8的护航下从山林上空飞出。机舱里，全副武装的霹雳火队员们脸上涂着伪装迷彩，手持95自动步枪，钢盔下的眼睛炯炯有神，看起来更加精悍生猛。高胜寒拉下耳麦："猎鹰，这里是霹雳火，我们已经出发。"

地面上，武直−10停在丛林空地上，崔华盾和顾意打开舱盖，拿起微冲跳下直升机："飞狼，我们没有受伤，直升机已经失去动力，现在正在建立防线！请霹雳火迅速到位！"

"收到，我们在路上了。"

崔华盾和顾意持枪跑到一处高地上，迅速卧倒隐蔽，四周不断响起爆炸声，穿着敌军军服的步兵从四周渐渐逼近。

观礼台上，高云飞紧张地注视着，突然，高云飞隐隐觉得胸口有些作痛，摸摸心口，忍住不吭声，继续观察着。

丛林间，在武直双机编队的火力掩护下，武直−8迅速抵达上空。驾驶舱里，飞行员侧头看看地面，转头对高胜寒说："到达目的地，准备！"直升机在一处空地上空悬停，螺旋桨发出巨大的轰鸣声，盘旋的飓风刮得地上的树叶乱飞。高胜寒对着飞行员伸出大拇指，随后转身拍拍王星，王星打开底舱，垂下大绳。队员们陆续滑降下去，落地后，立刻组成环形防御，四处警戒。

队员们将崔华盾和顾意保护在队伍中间，持枪护卫，飞行员们来到直−8附近，迅速登机，直−8强行起飞，刚一拔高，地面一片火海……

观礼台上一片掌声，军区副司令露出满意的笑容。突然，高云飞捂着心口，一头栽倒在桌子上，旅长和政委大惊失色。

8

医院里，手术室门口的灯还亮着。冯芸失魂落魄地坐在门口，蓝妞抽泣着，高胜寒抱着她。军区副司令在将校们的簇拥下疾步走过来："情况怎么样？"王浩不敢说话，副司令看向院长。院长面色严峻："情况……不是很好，我们在想办法。"副司令握着院长的手："高总工……是对国家和军队有特殊贡献的科学家，我们……我们没办法向军委首长交代，你……你们要想尽一切办法，挽救他的生命。"

手术室里，医护人员都在紧张地忙碌着。高云飞躺在手术台上，脸色煞白。旁边的心跳仪微弱地闪着红线。主刀医生站在手术台上，动作娴熟地进行着手术，有汗水不断地从他额头渗出，一旁的护士赶忙擦汗。心跳仪越来越微弱，嘀一声长响，主治大夫愣住了，眼泪夺眶而出。

手术室门口，亮着的红灯啪地灭了，所有人都站起来，紧张地盯着门口。大夫走出来，噙着眼泪。冯芸的嘴唇翕动着，不敢问。大夫慢慢地摘下口罩："对不起……"冯芸一下子晕了过去，高胜寒急忙抱住母亲，蓝妞哇哇大哭着要爷爷，曾紫陌也是泪如雨下。

9

高云飞的追悼会是在飞虎旅大队部举行的。大厅，黑白的相框里高云飞的照片赫然立在那里，燃烧的蜡烛，娇艳欲滴的鲜花衬托着压抑的现场和一声声哽咽的哭泣声。此刻，高云飞平静地躺在党旗下，高胜寒身穿常服，坐在他面前。

高胜寒注视着父亲凝视的面容，泪光在闪动。手里拿着一封信，颤抖着。

"我的儿子，当你看到这封信的时候，我应该已经不在人世了，这是我写给你的第一封信，也是最后一封信。在我们30多年的父子关系当中，这确实是一个特例。我们不擅长表达对彼此的情感，我对你要求严格，对你苛刻，你倔强桀骜，个性刚烈。从小我就不知道怎么表达对你的爱，这可能是我们父子永远的遗憾吧。

"儿子，爸爸从小对你照顾就不够，也没有什么关怀，一切都是你妈妈在照料。爸爸现在告诉你，真的不是不想把精力放在你的身上，而是实在腾不开精力，因为爸爸有关系到国家命运和民族未来的使命，这个使命沉甸甸的，压在爸爸的心头，不能忘却。这一点上，爸爸对你是内疚的。爸爸是贫苦山村的放羊娃，在国家培养下，成为一名大学生，是整个地区的第一个大学生，还是学航空。爸爸这一代大学生，说迂腐也好，说执着也罢，是把国家命运看在第一位的。爸爸这一批从山区农村来的大学生，被总理亲切接见，总理能叫出爸爸的名字，还把爸爸称作'山里飞出的雏鹰'，你知道爸爸的内心有多激动吗？

"那时候总理的身体已经很不好了，但是他坚持跟我们这些学理工的大学生一一握手，勉励我们要为国家的崛起而读书，为民族的复兴而献身。看着他老人家花白的头发，殷切的目光，爸爸觉得，责无旁贷，哪怕是付出一切，也要完成总理赋予的使命。爸爸的生命，与国家的命运，民族的复兴，紧密联系在一起，再也不可分割！国家培养爸爸出国留学，培养爸爸成为高级工程师，爸爸只有一个选择，那就是鞠躬尽瘁，死而后已。我们的国家，我们的民族，承受过太多的苦难，太多的屈辱！位卑未敢忘忧国，国家和民族的强盛，和我们每一个人休戚相关！爸爸和战友们，同志们，都有一个中国梦。"

　　高胜寒泣不成声。

　　"这个中国梦，就是中华民族永远不再受欺负，中华民族永远强盛。你是一名中国人民解放军的革命军人，我相信，这也是你的中国梦。说了这么多，就是希望你看见信的时候原谅爸爸，没有告诉你病情。不要责怪你妈妈，是我阻止她告诉你的。你是战士，我相信你最希望的，不是在伤病的时候撤出战场，而是可以牺牲在属于你的战场上。爸爸也一样。

　　"我最亲爱的儿子，让我告诉你，我有多爱你，你比我的眼睛还要珍贵！十年来，我们不说话，不见面，不联系，我的心里跟刀割一样难受！你不知道我爱你，同样，你也不会告诉我，你爱我。我们父子之间，永远羞于说出'爱'这个字。此时此刻，在你看信的时候，爸爸已经永远不可能再告诉你，爸爸好爱你！希望你能原谅爸爸，并且继续努力，爸爸很为你骄傲，希望你能继续让爸爸骄傲下去，做一个优秀的中国人民解放军的革命军人！"

　　高胜寒再也忍不住，哭得撕心裂肺。躺在烛光里的高云飞，面容慈祥，高胜寒努力抑制着，肩膀在耸动，他看着党旗下父亲不再伟岸的身躯，眼泪哗啦啦地从脸上滑下……

第二十四章
—— FIRE ——

1

边境小城，街道上人头攒动，炊烟弥漫，路边上停着一辆面包车。在一处僻静的胡同处，一个少数民族装扮的中年女人佝偻着匆匆走过。

中年妇女拐进一间旅社，关上门，取下头上的头巾——是龙丹丹！龙丹丹来到窗户旁，小心翼翼地拉着窗帘缝隙往外看。面包车上下来两个壮硕的汉子，朝旅社方向走来。龙丹丹拔出手枪，哗啦一声将子弹顶上膛，拿起手机拨出去："我有麻烦了。"

"什么情况？"

"没有等到接头的人，我还被盯上了。"

"马上撤离！"

这时，门外传出一阵急促的脚步声，龙丹丹压低声音："来不及了！他们已经在上楼！"

"电话不要挂，支援小组马上到！"

一阵粗暴的敲门声响起，龙丹丹把电话放在一边，转身持枪对准了门口。砰！门被一脚踹开，龙丹丹举枪："不要找死！"壮汉手里持枪，龙丹丹扣动扳机，一名壮汉中弹倒下，其余两个人猛地扑上来，龙丹丹来不及开枪，举手格挡。壮汉举着一根电棒，猛地戳在龙丹丹的腰上。龙丹丹战栗着倒下，一根针管扎在她的脖子上。龙丹丹被按住，晕了过去。

胡同口，两个劫匪扛着被裹在被子里的龙丹丹快步跑出旅社，跳上面包车，一踩油门快速离开。一辆越野车从对面驶来，剑齿虎和两名便衣在车上，面包车踩足油门，直接把越野车撞到一边。剑齿虎跳下车，拔出手枪："马上通知警方拦截！"

2

刑讯室里，一盏强光在摇晃，蒙着黑口袋的龙丹丹被按在椅子上。刷——面罩被拽下来，龙丹丹眯着眼，桀骜不驯地看着对面。一个身形彪悍的男人冷冷地注视她。龙丹丹深呼吸一口："黑鲨。"黑鲨笑笑："不再伪装了吗？"龙丹丹冷笑："你觉得，能从我这儿得到什么呢？"

"你们打入 K2 的秘密。"

龙丹丹笑出声来："我什么都不知道。"黑鲨冷笑："你觉得我会信吗？"龙丹丹嗤之以鼻："信不信是你的事。"

"说不说是你的事。"黑鲨狞笑着走过去，捏着龙丹丹的脸，"我一点儿也不介意对你残暴无情，你也该知道我的手段。这么漂亮的女人，你真的想承受那种人间地狱的痛楚吗？我知道你的心中有信仰，但是在难挨的痛楚和屈辱面前，你的信仰又能换来什么？你只会求一个速死。"龙丹丹平稳着自己的呼吸。黑鲨走到一堆刑具面前，狞笑着："我知道，你接受过严刑拷打的训练。但是相信我，我的人不会让你失望的，他会比你所听说过的任何刽子手都要变态。说实在的，我也有点怕他，因为他的变态是我没办法有效控制的。我的心肠没有那么硬，我是个行吟诗人，你知道的。作为一个艺术家，我一向悲天悯人。"黑鲨修长的手指从龙丹丹脸上划过："一想到这么漂亮的脸蛋，这么标致的美人儿，要变得惨不忍睹，我真的是于心不忍啊。我觉得，我应该为你作一首诗，谱个曲，唱给你听。"龙丹丹轻哼一声，冷笑道："除了尸体，你什么也别想得到。"

黑鲨把玩着小巧精致的刑具，锋利的尖刀闪着寒光："嘘——死亡太轻松了，活着才是艰难。"

"那又怎么样呢？"

黑鲨笑笑："我知道，江姐这样的革命英雄是你的偶像。你们这些人，在及时享乐的今天还抱着一种古典的信念。虽然你活在当下，但你的脑子却还是一个老古董，都可以当成标本来研究了。没关系，我会给你变化的过程，我很享受这个过程——不要太快，那我会觉得没有意思。"龙丹丹呼吸急促："我们的人，不会放过你的。"黑鲨狞笑着："我从未想过自己会有什么好下场，你也一样。踏上这条路，谁也别想有回头路。"

龙丹丹闭上眼睛，不再说话。黑鲨回头看看刽子手，转身出去了，刚刚微笑的脸上露出一股让人毛骨悚然的寒意。

营地外，黑鲨走到院子中间，一名手下递给他一把吉他。啊！——阵惨叫声从里面传来，黑鲨面无表情，优雅地拨动着琴弦。瘆人的惨叫声和这琴声融合在一起，在黑夜里让人听了毛骨悚然。

3

机场一角的草坪上，不远处，高胜寒和曾紫陌并肩走着。谢思潇正带着蓝妞跟黑龙玩儿，蓝妞抱着黑龙，脸上终于露出了久违的笑容。谢思潇伸着脖子往那边看，蓝妞顺着她的目光看过去，又回过头撇着嘴："有什么好看的？俩闷葫芦。"谢思潇意外地看着她，蓝妞挥挥手，"行了行了，我还不知道你想看什么吗？不就是那点事儿吗？哎，我太了解我爸了，他就是个闷葫芦，说不了什么。"谢思潇一笑："哟，你人不大，懂的还不少啊？"蓝妞叹着气："你们这些大人啊，小孩的心思你们不懂。"谢思潇看她："那，你支持你爸爸和海豚阿姨？"蓝妞无所谓地耸耸肩膀："我支持不支持，人家不还就那样吗？"谢思潇摸摸她的脑袋："你别担心啊，海豚阿姨可善良了，会特别疼你的，再说，还有我们呢！我们一样会疼你的啊！"

"哎！没妈的孩子，你哪里懂啊？"说着蓝妞向后一倒躺在草坪上，双手枕在脑后，"我好想我妈妈。"谢思潇的心被刺了一下，若有所思。蓝妞偏头看她："你怎么了？"谢思潇笑笑："……没什么，我也想我妈妈了。"

"你妈妈在哪儿？老家吗？"谢思潇没说话。蓝妞恍然，望着天，"哎，同是天涯沦落人啊！"谢思潇怜爱地摸摸她的脑袋："蓝妞，你真的很聪明。"

"书上说，女孩失去妈妈，都会特别敏感。躺下，跟我一起看天空。"

谢思潇笑笑，好奇地躺在蓝妞身边："天空有什么？"

蓝妞双手枕在头下，眯着眼看着蓝成一整片的天空，幽幽地："妈妈在看着我……你妈妈也在看着你。"谢思潇眼眶一红，蓝妞看她："我们都是孤独的孩子，没人会知道我们心里到底在想什么。"谢思潇闭上眼，两行清泪顺着眼角悄然滑落。

不远处，高胜寒和曾紫陌两人都不说话，只是来回地走。机场上一片安静，只有风吹过的声音，和他们心跳的怦怦声。高胜寒放慢脚步，打破沉默："我们走了第三个来回了，打算走到天黑吗？"高胜寒站住，看向曾紫陌。曾紫陌有点紧张地看着他。高胜寒顿了顿："我现在很难从失去父亲的悲伤当中缓过来，命运让我和父亲错过十年。"

"我理解，我不知道能为你做些什么。"曾紫陌抿着嘴，缓缓点头，"我知道，其实我也有责任，如果不是因为我，你不会离开陆航，不会离开飞行员这个岗位。"高胜寒的笑容很悲凉："人生没有后悔药可以吃。"

"你……是不是休息一段时间？"曾紫陌的眼神里装满柔情。高胜寒轻轻摇头："我现在休息，只会更久地沉浸在悲伤当中。我需要尽快调整自己，我父亲……不会想看见我沉浸在悲伤当中，不去工作的。我心里很疼，但是我必须扼制自己的这种疼。"

"我不知道怎么帮你，我确实很想帮你。"

"这种伤痛，只能自己扛。"

"你妈妈走了？"曾紫陌问。

"嗯，"高胜寒点头，"她要去带自己那些学生，我能理解她。"

"那蓝妞怎么办？"

"还是老样子，我只能委托夏老师。"高胜寒看了曾紫陌一眼，"暂时没有什么别的办法，我亏欠蓝妞太多了。"

"我知道。"曾紫陌点头，转身继续往前走，"夏初老师是个好女孩，你……你不要……"曾紫陌拼命忍住眼泪，说不下去了。

"我是怎么想的，你应该清楚。"曾紫陌一愣，高胜寒的眼神紧盯着曾紫陌，"只是现在，确实不是时候。有好多话，我一直想对你说，一直都没有找到契机。你会听吗？"曾紫陌没回头："……我明白你的意思。等你梳理清楚，我会的。"

高胜寒没有说话，回首看着武直-10机群轰鸣着从头顶上掠过，直到它们飞过天际，变成很小的小黑点，再也看不见。高胜寒收回目光，声音有些哽咽："我为我的父亲骄傲！祖国终将选择那些忠诚于祖国的人，祖国终将记住那些奉献于祖国的人。"

4

草坪上，谢思潇和蓝妞躺在那儿舒服地晒太阳，黑龙噌地一下直起身子，汪汪汪地叫。谢思潇起身一看，是王星："你怎么跑这儿来了？"王星从兜里摸出一段绳索："我怎么不能来？我这不给黑龙买了个玩具嘛！"黑龙看着新鲜，一下子咬住了，"你看，黑龙还挺爱玩儿！"蓝妞起身："哎！我才不当电灯泡呢，黑龙，咱们走！"说着带着黑龙跑远了。

王星愣愣地看着蓝妞的背影，半天才恍然："小人精啊？"谢思潇笑："是啊，一张嘴字字诛心啊！小时候就这样，长大怎么得了？对了，你来找我干吗？"王星讪讪地摸摸标准的中国军人和尚头："那什么，我有事要跟你谈。"

"谈呗，怎么了，这么鬼鬼祟祟的？"

"我这怎么叫鬼鬼祟祟呢，我这是光明正大，想跟你聊点事儿。"王星看看蓝妞，又看看远处的曾紫陌和高胜寒，叹了口气，"算了，我们还是改个时间聊吧。现在……不太是时候。"

"怎么了？"谢思潇纳闷儿，随即又若有所思地点头，"哦，好吧。"王星愧疚地看着谢思潇，欲言又止。谢思潇笑笑："你不用那么奇怪地看着我，我做好一切思想准备了。"王星一愣，谢思潇故作潇洒地一笑，"我是没谈过恋爱，但是我不傻啊！蓝妞说了，女孩失去妈妈都会特别敏感。"王星刚想说什么，兜里的手机突然响了，几乎同时，谢思潇的手机也在振动。两人拿出来一看，都是短信——"明知山有虎，偏向虎山行。"两个人都是一愣，脸色微变，一路飞奔而去。

不远处，高胜寒拿着手机，面色严肃，曾紫陌沉声道："我带队吧。"高胜寒摇头："你没有实战过！"说着两人往指挥中心方向飞奔。高胜寒边跑边喊："蓝妞，你去门岗那儿等夏老师！我马上打电话给她！爸爸要去工作了！"

"哦！知道了！"蓝妞一脸狐疑，看着高胜寒跑远了。

5

指挥中心，八一军旗在上空飘舞。高胜寒已经换了一身迷彩作训服，脚蹬黑色牛皮战斗靴，背手跨立站在队列前。霹雳火的队员们也是全副武装，持枪伫立。旁边，崔华盾和其他几名战虎队的骨干也站在那儿。两分钟后，穿着便装的剑齿虎驾着一辆敞篷迷彩吉普车卷着尘土疾驰而至，旅长王浩和政委秦明相继跳下车，走过来。

"你们准备好战斗了吗？！"王浩神色严肃地注视着队员们，声如洪钟。

"时刻准备着！"队员们的吼声地动山摇。

"明知山有虎，偏向虎山行！"王浩厉声道，"当初我定这个暗语的时候，就是想让你们知道，你们将要面临的战斗，是充满艰险的！作为我部所属的两支特种部队，你们要有明知山有虎，偏向虎山行的雄心壮志！不惜一切代价，去完成任务！"队员们目光炯炯，注视着王浩。

穿着便装的剑齿虎一直注视着王星，王星觉得有点奇怪。谢思潇看他，又看剑齿虎，也是一脸纳闷儿。王浩走到剑齿虎旁边："这位是三局的同志，这次的特殊任务，就由他们部门来指挥。"剑齿虎一步前趋："同志们好，我来自三局，你们就叫我剑齿虎吧，这是我的代号。"

"三局？"曾紫陌低声嘟囔着，她从来没有听过部队里有这样一个部门。高胜寒神色平静："不该问的不要问。"曾紫陌瞬间明白了，毕竟在部队里待了十多年，这点觉悟还是有的。

"前天，我们的一名侦察员被国际恐怖组织K2在西南边境地区绑架。"剑齿虎严肃地说，"根据情报，她被带到地图上的102地区，这片地区的边境线犬牙交错，方圆上千公里渺无人烟，地形地貌复杂，是真正的原始森林。K2组织在这里有一个秘密基地，大概有二百左右的武装匪徒。不要小看这二百人，都是亡命之徒，其中不乏在外军特种部队服役过的老兵，其余的也大多在丛林山地作战多年，富有战斗经验。"

"我们要去救人？"高胜寒神色平静。

"这是第一个任务，我们的侦查员身负重伤，不仅需要战斗，也需要及时救治。电脑系统里面跳出来的第一选择，就是你们霹雳火。"

"这是我们的专业。"高胜寒的脸上露出天生的自信。剑齿虎看着他："第二个任务，是彻底摧毁这个秘密基地。"崔华盾猛地一挺胸："战虎可以办到！"剑齿虎点头："所有的情报资料都在整理当中，你们在路上会看到。还有什么问题吗？"

"报告，我有一个问题。"是王星。

剑齿虎看他，所有人都在看他。王星的气势下来了："我……我能问吗？"剑齿虎点头："你说吧。"

"我们……我们去救的是什么人？总不能连个照片也不给我们看吧？"

剑齿虎神色复杂地看着他："我一直在犹豫，你是不是要参加行动。"——高胜寒顿时明白过来。王星笑笑："我好像，好像不归你管吧？"

"我是对你没有管辖权，"剑齿虎话锋一转，"——但是我有合理的建议权。"

"怎么了？到底是怎么回事？"

"我可以信任我的队员。"高胜寒厉声高喊。剑齿虎想想，点点头："好吧。"说着他轻点键盘，屏幕上出现一张照片，王星猛地一下子愣住了："怎么，怎么会？她，她……她不是龙丹丹……"

"她不叫龙丹丹。"剑齿虎脸上没什么表情。

"她……她叫什么？她到底是谁？！"

"你无权知道。"

王星表情复杂，呼吸急促，他闭上眼睛，脑海里闪过以往两人在一起的欢乐时光，一行眼泪从王星的脸上滑落下来："她……她到底是……谁？"

"——她在黑暗中，是为了守护光明——你知道这一点就够了。"剑齿虎的语气冒着寒意。

"她一直在骗我。"王星泪流满面。

"不然呢？她还能什么都告诉你吗？"剑齿虎看着王星，一字一顿地，"她和你，不是一个世界的人。"

"你知道我？"王星睁开眼。剑齿虎注视着他："我何止知道你，你的所有资料我都看过。我知道你爱她，你爱错了，她没有办法接受你的爱——起码现在不能。"

谢思潇站在旁边，表情复杂。王星注视着剑齿虎，声音有些发颤："她……她爱过我吗？"

"这你要去问她自己，在你们能够把她活着救出来以后。"

"我会问她的。"王星的眼泪滑落。

王浩的眼睛紧盯着高胜寒："你对他有把握吗？"高胜寒抬头挺胸："我信任霹雳火的每一名队员！"政委秦明有些犹豫："如果出现问题……"

"——我承担责任。"高胜寒的回答铿锵有力。王星一愣。

"这不是你承担责任与否的问题，高胜寒。大战在即，霹雳火和战虎都是首战，首战必须告捷，否则军法无情！"

"完成不了任务，我提头来见！"高胜寒这是下了军令状。王星含泪看他："谢谢，谢谢飞狼……"高胜寒面无表情："我不需要你的感谢，帮我把脑袋留下就行了。"

队员们哄的一声都笑了。王星抹了一把脸："是！我一定帮你把你的人头留下！"高胜寒想想："我怎么听都不太像好话啊！"王星一时语塞，不知道说什么了，谢思潇擦去眼泪，瞪了他一眼："闭嘴吧你！这个时候最好不要说话！"王星表情复杂地看谢思潇一眼，低下头。

"还有问题吗？首长？"高胜寒啪地立正。

"没有了，三局的同志呢？"秦明转向剑齿虎。剑齿虎摇头："我只负责指挥行动，并且提出一些合理的建议，参战人员的决定权，还是在部队。"

"很好，那就都没问题了，我们同意王星同志参战。"王浩说。王星热泪盈眶。高胜寒的眼里射出寒光："我们有多长时间准备？"

"立刻！马上！刻不容缓！"剑齿虎黝黑的脸上，孕育着无穷的力量。

6

机场上，崔华盾带着队员们正在为直升机的起飞做最后的检测，地勤人员匆匆地来来去去。谢思潇在帮黑龙穿战术背心，王星心事重重："我，我想和你谈谈。"

"你也不看看现在是什么时候。"谢思潇没回头。

"我怕，万一……我就没机会……"

"呸！"谢思潇停下手，站起身，盯着王星："听着，你不会有万一的，我也不会！你有什么想说的，等行动结束以后再说，等活着回来再说！"

"……对不起……"王星的眼神闪烁不已。

"我不想听你说对不起！这是我自找的，我明明知道……"谢思潇摇摇头，"算了，现在真不是说这个的时候！听着，王星！和你没关系，这是我自愿的！你不要分心，我们要去打仗！这不是训练，不是演习！我实战过，你没有！我告诉你，此时此刻，最重要的就是不要分心！忘记所有的一切，你和我仅仅是战友！战场上，都是下意识的反应，不要分心！"王星的眼里有泪花在闪动："……我从未想过，我会遇到你。"谢思潇流着泪："那又怎么样？已经遇到了，这就是事实！事实的意思，就是无法改变！不管你现在想说什么，咽回去，我现在也不想听！打仗，是会死人的，死的不能是我们！王星我告诉你，我现在很恐惧，因为我分心了！我在努力让自己不分心，我希望你也能做到！这样才能让我们两个都活下来，我想活下来，我从小孤苦伶仃，长这么大，穿上军装，成为军官，不是为了去送死的！"

"我答应你，我不分心！"

"活下来，答应我！"

"我们一定能活下来的！你，和我，都能活下来！我们，都能活着回来！不管发生什么事，你都记住，我有很多很多话想对你说！等我们活着回来，我一定要亲口告诉你！"王星的眼神变得坚定。谢思潇也含泪笑着："那你就亲口告诉我，不要留信，不要录音，不要视频——我要你亲口告诉我！"王星重重地点了一下头。

机场一角，队员们都各自整理着自己的武器装备，战前的紧张气氛笼罩在基地上空。高胜寒全副武装，和剑齿虎走过来，曾紫陌放下武器："立正！"

刷——队员们整齐立正。

高胜寒看着剑齿虎："你跟大家说几句吧。"剑齿虎问："我？合适吗？"崔华盾点头："我们完成的是你带来的任务。"剑齿虎想想："好。"说着走到整齐的方阵前，目光一一扫过队员们坚毅的脸庞。

"同志们！"剑齿虎一声虎吼。

刷——队员们的动作整齐划一。剑齿虎抬手右手："请稍息！"

刷——又是一片整齐的声音，全体队员背手跨立。

"很高兴，能和训练有素的特种部队一起工作，来以前，我看过你们的资料。我相信，你们会圆满完成这个艰巨的任务！由于工作关系，我不能和你们说太多详情，但请记住！"剑齿虎斟酌着用词，"请记住——你们所要营救的是一个功勋侦察员。她常年战斗在隐蔽战线的第一线，出生入死，默默无闻。她的名字，或许我不能告诉你们，她的代号——雪狐。"

"雪狐……"王星默默地嗫嚅着。

剑齿虎的喉头蠕动着，似乎有千言万语却无法说出来，他饱含着热泪看着面前的队员们，声音哽咽："请你们，把雪狐同志活着救出来！她为了工作……为了祖国，牺牲了太多！同志们，拜托了！"说着，剑齿虎举起了右手。

刷——二十几个全副武装的队员们举起自己的右手，贴在钢盔的边沿或者自己的光头太阳穴上。

高胜寒的脸色变得凝重，举起右手高喊："霹雳火——"

"——除非死去，永不放弃！"队员们举起右手，瞪大血红的眼睛厉声高喊。这喊声坚定浑厚，声厉如洪，在机场上空回荡。

7

机舱里，全副武装的队员们脸上涂着伪装迷彩，身穿猎人迷彩服，手持战术改造过的95自动步枪等各种武器，左臂佩戴的霹雳火臂章让这一群人看起来更加精悍生猛。机舱一角，王星一声不吭地抱着95自动步枪，若有所思。

高胜寒走过来，蹲在王星面前："我把你捞出来，参加这次行动，不是为了看着你在这儿挺尸的。"王星抬眼："对不起，飞狼，我想多了。"

"你想多是正常的，你是当事人。你现在都想明白了吗？"

"我都想明白了，原来一切，都是因为她的工作。"

"你知道她在为祖国牺牲，就更应该明白自己现在要怎么做。"高胜寒低声呵斥。

王星歉疚地点头："是，我明白。"

"别的事儿行动结束以后再说，现在，我需要你保持你敏锐的头脑。我对你寄予重望，你是突击小组的组长，你不能犯浑。"

王星低下头，再抬起来时眼神里已是目光如炬："我向你保证，我会冷静下来的。"

高胜寒拍拍他的脑袋："我相信你。"

高胜寒起身，回头看看坐在对面的谢思潇："蜘蛛蟹！——"

"到。"谢思潇啪地立正。高胜寒看着她的眼睛："我对你的期待是一样的。"

"我不是第一次参加实战。"

"我知道，多句嘴，不行吗？在到目的地以前，调整好自己。"

"我不是那意思……飞狼，我……"谢思潇不好意思。高胜寒不再理她，走过去，直接坐在了曾紫陌身边的空位上。曾紫陌看着两人忧心忡忡："他们两个，能行吗？"

"行不行也得行，我的脑袋拴在他们身上了。"

"你不觉得太冒险了吗？"

"每一次行动都会冒险，都没有万无一失。"高胜寒平静地说，"我尽量让自己做到万无一失，但是我知道，那是不可能的。如果我们不许他参加行动，他会受到什么样的影响，你很清楚，你也是老兵了。我们都了解他，他会挺过去的。"曾紫陌点头，但还是有一些隐隐的担心。高胜寒往后坐坐，找了个舒服的姿势靠着，闭目养神："到目的地还有一段路，最好睡一会儿，下一次合眼就不知道什么时候了。"

曾紫陌转头看了看闭眼休息的队员们，一种战前的紧张气氛笼罩着整支队伍，要知道，这次不是训练，也不是演习，而是真真正正的实战——实战，就意味着以命相拼，虽然她知道这一天总是会到来，但当它真的来到面前时，避免不了的还是有一些紧迫感，但作为军人，这将是义不容辞的责任和使命。

第二十五章
—— FIRE ——

1

深夜，黑茫茫的原始密林隐藏在墨黑的夜空里，只有深处的几点微光在隐约闪烁，夜里气温骤降，只有阴冷的山风从丛林上空刮过。

黑暗的刑讯室里，探照灯的强光射向被吊在房间中央的人。龙丹丹已经被打得不成人形，她低垂着头，双手被高高地吊着，湿漉漉的头发紧贴着她沾满了血的脸庞，奄奄一息。光着膀子的壮汉面无表情地站在旁边，擦了擦脸上的汗和血污。这时，黑鲨微笑着从暗处走出来，站在龙丹丹面前。龙丹丹费力地抬起头，眼里乌青，早已肿得不像样子。

"我只需要你张嘴，你张开嘴，告诉我，我想知道的秘密，你就不必再受这个罪了。"黑鲨狞笑着，"对，张嘴，告诉我。"龙丹丹倔强地抬着头，瞪着他，呸！一口带血的唾沫吐在黑鲨脸上，龙丹丹毫无畏惧地瞪着他。灯光下，黑鲨微笑着抬手擦了擦脸，凑过去，伸出舌头舔去龙丹丹脸上的血污。龙丹丹拼命挣扎，手腕处不断有血顺着胳膊往下流。

黑鲨看着龙丹丹，吧唧吧唧嘴，品尝着血腥。龙丹丹呼吸急促，怒视着他。黑鲨微笑着看她，突然目光一凛，射出一道凶狠的寒光，转手拿起桌上的电钻，龙丹丹凄厉的惨叫声在如墨的暗夜里让人心惊肉跳。

2

丛林上空，无人机在暗黑的夜色里悄然掠过，丛林上空的风声将无人机的声音彻底湮没。密林深处，一座废弃的工地已经被布置成临时指挥部，电脑、大屏幕、监视器材等现代化监控设施一应俱全，红灯闪烁。伪装网让它完全隐身在茫茫的丛林里。指挥部前，岗哨在门口持枪肃立，十几个全副武装的干部们来往穿梭，大战将至，一片紧张肃然。这时，对面墙上的大屏幕上传来无人机捕捉到的监控画面，恐怖分子的营地概貌赫然出现，红色的热感应人像不断地来回穿梭，龙丹丹的惨叫声逐渐消失。

剑齿虎看着大屏幕，牙关紧咬，默不作声。王星怒火中烧，紧握拳头，胸口不停地起伏着努力深呼吸。谢思潇握了握他紧拽的拳头："冷静，行动最需要的是冷静。心静如水，什么都不要想，那是和你无关的人。"王星深呼吸一口，忍住眼泪。谢思潇看他："你答应过我，要活着回去。"王星看着她，重重地点了一下头。

剑齿虎走上前，关掉音频。高胜寒拍了拍他的肩膀。剑齿虎微微点头："没关系。"随即转过身，扫视着特战队员们："K2已经不需要我再介绍了，我现在要给你们讲的是这个人——"

啪！大屏幕上出现一个脸形消瘦的中年男人，眼神里闪着寒光。

"黑鲨，K2的得力小头目之一。他曾经在欧洲的外籍兵团服役，是最精锐的伞兵第二团，突击队员，狙击手，参加过几次战争行动，立过战功。退伍以后浪迹天涯，甚至还出过一张不畅销的唱片，写过游记，也算多才多艺。我们不知道他是什么时候，什么原因加入K2的，但他的罪行累累，在世界上多起针对我国侨民的恐怖活动当中都是头目。在我境内也有过行动。我们一直在寻找他的踪迹，这次，要他——死活都要。"

队员们挺胸怒视，静静地听着。剑齿虎突然看了一眼高胜寒，高胜寒有些纳闷儿，似乎在哪里见过。剑齿虎随即转向队员们："我们还在搜集情报，希望能给你们的行动，提供最大的帮助。"

"我们就这么等着吗？"王星问。高胜寒的眼神唰地扫过去："什么时候出击，是指挥员的战斗决心。"王星讪讪地："我明白，我只是说，我们就眼睁睁看着吗？"

"你想救她吗？"

"我当然想！"

"在捕捉猎物以前，狼群要侦察好全局，否则，抓不到猎物，自己还容易落入陷阱。"王星不吭声了。高胜寒不再看他："下次不要问这么幼稚的问题。"剑齿虎在旁边没说话，转身出去了。

外面，冷风恻恻。剑齿虎走到墙角背后，从兜里掏出一根烟，手有点抖，拿着打火机几次都没打着。突然，一只手夺过他的烟，剑齿虎一愣，高胜寒递给他一块口香糖："吸烟有害健康。"剑齿虎接过来，没有吃，将打火机装进兜里。

"我们见过。"高胜寒看着剑齿虎的眼睛，剑齿虎抬眼看他，不吭声。

"我的记忆力不会骗我，我们见过。"高胜寒目光凛冽，"我妻子去世的那天，在医院。"

"是。"剑齿虎收回目光，高胜寒一把抓住他，按在墙上，附近的便衣警卫伸手掏枪，剑齿虎一抬手，警卫们停止行动。高胜寒眼里冒火："为什么你不告诉我？！"剑齿虎内疚地看着他："我不能告诉你。"

"别和我说什么机密！那是我妻子！是我女儿的母亲！"高胜寒低声怒吼。剑齿虎不吭声。高胜寒压低声音："告诉我，谁干的？！你一定知道真相！"剑齿虎声音低沉："不要为难我了……"高胜寒闭上眼，调整呼吸，努力让自己理智下来，咬咬牙松开了。

"我的权限是有限的。"剑齿虎愧疚地看他。

"我只想知道，是不是和黑鲨有关？"剑齿虎不吭声。高胜寒点点头："我知道了。"

"我什么都没有说。"

"不是你告诉我的，我知道了。"

"飞狼，你要冷静！你是整个营救行动的灵魂，你要冷静！"剑齿虎目光复杂。高胜寒的眼里嗖一下射出寒光："他们为什么要杀她？"

"……你知道，我有权限。"

"他们想杀的是我，应该是我去接孩子的……"高胜寒的眼泪终于流下来了。

"……你太聪明了，又是内行，真的是根本瞒不住你。黑鲨以为车里是你，撞了以后才发现失误。"剑齿虎痛心疾首。

"我明白了，我都明白了……我带队坏过 K2 的事，他们盯上我了。"

"这是一个失误。"

"这个失误杀了我妻子，我女儿的母亲！为什么不是我？为什么不是我？"高胜寒怒吼，剑齿虎的眼里也泛着亮光："如果你不冷静，我要换队伍了。"

高胜寒目光复杂地看着剑齿虎，黝黑刚毅的脸在夜色下变得坚强起来，声音也变得沉稳起来："你看我像不冷静的样子吗？"剑齿虎盯着他的眼睛，点头："我，真的很佩服你。"

"保证完成任务，刚才我们没有过对话。"高胜寒转身走了。

"黑鲨……还是尽可能抓活的。"

"他已经是死人了。"高胜寒头也没回地走了，剑齿虎看着他的背影，在寒风中打了一个冷战。

废弃的工地上，高胜寒黑着脸走进来，压抑着心中的痛楚，走过去坐下。曾紫陌纳闷儿地看他："怎么了？"高胜寒面无表情："没什么，我和他交流了一下最新的情报。"

"什么情报？"高胜寒笑笑，不说话。曾紫陌看他："你应该告诉我的。"高胜寒还是不说话。曾紫陌有些着急："你有事不能瞒着我啊？我是教导员，你应该说的。"

"从工作角度，你说得没错。"高胜寒看她。

"那从别的角度呢？"

"这是我和 K2 的个人恩怨。"

"别给我来这套个人英雄主义！你是解放军的军官，不是个人英雄！你必须对组织坦诚，这是军队性质决定的！"曾紫陌注视着他，"你也是老党员，你认为，你应该对教导员隐瞒吗？别看你是队长，但我是党委书记，我有一票否决权！我可以阻止你参加这次行动，旅党委会尊重我的意见的！"

"你千万不要这么做。"

"那你就告诉我！"

高胜寒的嘴唇翕动着："……杀死我爱人的，是黑鲨。"曾紫陌一愣。高胜寒的眼里射出寒光："这是我一直在等待的一刻。"

"现在是我劝你不要冲动了。"

"我不会影响行动。"高胜寒冷声道。

"我怕你会杀了黑鲨。"

高胜寒看她："奇怪吗？"曾紫陌看着他不说话，良久，才缓缓地说："活着的黑鲨，比死了的黑鲨，更有用。"高胜寒冷着脸在沉思，曾紫陌看着他的眼睛，"你比我懂。"

3

刑讯室里飘散着一股浓浓的血腥味儿，龙丹丹奄奄一息地被吊着，剧烈地喘息。黑鲨伸手轻轻擦去她脸上的汗："作为一个艺术家，一个诗人，我真的很有负罪感。"龙丹丹冷哼一声："那你就……自首……"黑鲨奇怪地看着她："你知道现在你处于什么境地吗？居然还能说出这种话？"

"你自己说过……我的偶像是江姐，是……千千万万的革命先烈……我以为，你足够了解我……"

黑鲨微笑着看她："你是一个年轻的老古董。"

"有种……就杀了我……"龙丹丹咬牙切齿地盯着他。黑鲨的脸上露出一股耐人寻味的狞笑："我确实很想帮你解除生不如死的痛楚，但是我的老板不允许我这么做。他认为你会开口的，你知道你开口我会得到多少钱吗？我这辈子都花不完，我可以隐居在某个大洲的偏远山区，再也不用回到这罪恶的世界。"

龙丹丹轻笑："你有命花吗？"

"你怀疑我的能力吗？"

"你血债累累……逃到天涯海角又怎么样？我们的人，总有一天会找到你……要么活着把你抓获归案，要么让你变成孤魂野鬼……这个罪恶的江湖，不是你说退出就能退出的……"黑鲨脸上的笑容消失，不作声。

"回头……是岸，这是你唯一的出路……放了我，跟我去自首，我们会考虑从轻处理的……"

黑鲨一把抓住龙丹丹的头发，强光射在龙丹丹满是血污的脸上。黑鲨从大腿侧面拔出匕首，龙丹丹仰头看着他。黑鲨手里的匕首在灯光下泛着寒光："我真恨不得把你这个女共匪的舌头割下来！但还不是时候，在你的脑子放弃抵抗以前，我还留着你的舌头！我相信你会张嘴的，无非是时间问题。"

"休想！"龙丹丹冷冷地说。黑鲨拿起旁边沾满血污的电钻，龙丹丹咬牙，屏住呼吸，一声凄厉的惨叫声中，血肉横飞。

4

在一处静谧的丛林河流岸边，霹雳火的队员们全副武装，戴着夜视仪，跳下橡皮舟，涉水上岸。上岸后，队员们据枪低姿前行，犹如出鞘的利剑与丛林融合为一体。从山峻岭中，队员们来到一处密林处，高胜寒据枪警觉地环视着四周，速度稍稍慢了下来。高胜寒伸出手，手语命令，队员们唰地散开，无声地进入丛林，静谧无声。

丛林里，高胜寒在一处林间蹲下，压低声对着耳麦呼叫："剑齿虎，剑齿虎，这里是飞狼，完毕。"没有回应，高胜寒又低声急呼了一遍，这时，耳麦里传来一阵无线电的噼啪声。

"飞狼，剑齿虎收到。完毕。"

"剑齿虎，通信检测。完毕。"

"收到，我看见你们在雷蛇点。完毕。"

高胜寒抬眼看看四周，一片黑暗，隐约能听见高空传来无人机微小的飞翔声。高胜寒低声报告："我们继续前进，敌情是否有变化。完毕。"

"距离目标十公里处有人群在活动，应该是他们的巡逻队。完毕。"

"收到。完毕。"

"你们小心。完毕。"

"收到。完毕。"高胜寒伸出右手，往前一指，队伍起身，继续向暗黑的丛林深处前进。

此刻，野战机场也是一片战前的紧迫气氛。武直–10和直–8B整齐地停在机场，肃然待命。崔华盾忧心忡忡地看着远方，顾意也是满脸担心。白鹏笑笑："他们那群土豹子进了山，不是如鱼得水吗？他们没问题的！"顾意皱眉："马上就要打仗了，你们真不紧张吗？"陈天龙嘿嘿一笑："为什么要紧张？应该紧张的是敌人吧？"顾意紧张地咽了口唾沫："导弹打出去，可就收不回来了。"白鹏走过去拍拍她的肩膀："你这叫战前综合征，打出去有什么好怕的？你不是百发百中吗？"顾意咽咽唾沫："可我打的是地面的靶子啊，没打过人啊？"

不远处，崔华盾回过头，走到顾意面前："怕了？"顾意一挺胸："我，我是说……我是说，我还没打过人。"

"我也没打过。"所有人都看着他，"生在和平，长在和平，参军在和平，演习在和平——和平太久了，都快忘了我们的职责了。"

"对不起，猎鹰。"顾意低下头。

"没什么对不起，这是正常的。我们的武装强大，是地狱之火。沉默行动，高效杀敌——地狱之火，就是死亡之火。我们给敌人带去死亡，这是我们的职责。"崔华盾扫视着自己的队员们，"我知道你们都很紧张，我也紧张，毕竟是初战。初战必须告捷，这是死命令。缓解下压力，调整好心情，等待出击！"

5

清晨，天微微亮，朝阳洒在一片密集的丛林上空，从远处望去，山巅晨雾缭绕，静谧的丛林深处传来几声清脆的鸟鸣声。在丛林深处，一支穿着迷彩服的队伍持枪在林间小心翼翼地前行，黑色作战靴踩在潮湿的地面上几乎没有任何声响，除了粗重的呼吸声外，鸦雀无声。

树林隐蔽处，一只手慢慢拨开周围的枝蔓，王星露出一只警觉的眼睛观察着下面的情况。高胜寒趴在他身边，拿着望远镜，下方的营地一览无遗，岗哨林立，不停地穿梭巡逻。王星皱眉："他们是行家。"高胜寒拿着望远镜还在观察："对，环形防御，立体阵地。还有狙击手，而且不止一组，九点钟方向还有一组。"王星声音低沉："比我们想的要职业。"高胜寒点头："我早就说过，不能轻敌。"

后面，曾紫陌带着其他队员正分散隐蔽。这时，丛林上空有直升机掠过。崔华盾坐在武直-10的驾驶舱："剑齿虎，我们已经在接近目标区域。完毕。"

"猎鹰，收到，看见你们的位置了。霹雳火还没有动手，你们与目标区域保持距离，不要打草惊蛇。完毕。"

"收到，我们沿454方位运动。完毕。"

"收到。完毕。"

"还没动手吗？"顾意驾驶的武直-10跟在后面。崔华盾点头："飞狼肯定有考虑，我们等待命令——各单位注意，我们沿454方向运动，待命出击。完毕。"直升机机群低空从丛林上空掠过。

营地外的丛林高处，晨雾弥漫，草丛里伸出一支伪装极好的枪口，石磊和黄宝贵穿着吉利服一动不动地趴着。石磊放下望远镜，低声说："哪儿都有敌人。"黄宝贵据枪抵眼："我们得找到威胁最大的。"石磊点头，又举起望远镜："那个机枪阵地肯定威胁最大。"

黄宝贵看过去，只见营地边缘有一个沙袋垒砌成的四五米高的机枪阵地，上面架着几挺乌黑的机枪，旁边散落着橙黄的弹链，两个哨兵正靠在沙袋边打盹儿。黄宝贵恨恨地说："这就是个刺猬窝，那边还有俩狙击组，一旦开枪，刺猬窝就炸刺了。"石磊忧心忡忡地点头。

这时，耳机里传来高胜寒的声音："狙击组——"

"狙击组收到。"

"我的九点钟方向，有一个敌人的狙击阵地，看到没有？"

"看到。"

"你们两个从侧翼绕过去，无声接近，无声战斗，明确没有？"高胜寒命令。

"明确。"狙击阵地高处，黄宝贵和石磊收起武器，顺着坡度往下滑，瞬间消失在了密林里。观察阵地上，高胜寒面色严肃，拿着望远镜继续观察着。

<h1 style="text-align:center">6</h1>

刑讯室里，奄奄一息的龙丹丹被放了下来，满身满脸都是血，瘫在地上。旁边的壮汉一把把她抓起来，黑鲨看着她，咂着舌摇头："你是我见过嘴最硬的女人，男人都没你的嘴硬。"龙丹丹无力地抬头，眼神依旧倔强。

壮汉一把把她抓起来，双手按在桌子上，黑鲨拔起钉在桌子上的匕首，在龙丹丹的手指上慢慢滑动。龙丹丹瘫坐在地上，咬紧牙关，胳膊上的血不停地在滴答。黑鲨眼里闪过一丝凶狠，举起匕首，猛地扎了下去，龙丹丹啊的一声仰头惨叫着，昏死过去。

观察阵地上，耳机里传来一声惨叫，高胜寒一愣："她还活着。"王星噌地想起身，谢思潇一把按住他。王星咬牙忍住，眼泪在打转。高胜寒看向王星："她还活着，就是好事——你们到位没有？看来我们要马上进去了！"

——没有回应。

树丛当中，黄宝贵和石磊右手持刀，小心翼翼接近前面两个趴着的狙击手。另一处，马路和许飞把武器背在身后，也是右手持刀背后接近。

观察阵地上，王星眼里冒火，心急如焚："他们没有回音！我们不能等了！"高胜寒冷声道："你如果轻举妄动，我现在就毙了你！"王星低头，高胜寒的手枪正顶在自己的胸前："他们马上要动手了。"

树丛中，黄宝贵和石磊对视一眼，几乎同时冲上去，扼住狙击手的脖子，一人一刀，温热的鲜血喷出来，溅在脸上都是血点子。几乎同一时间，马路和许飞也得手了，两名狙击手软软地倒在地上，许飞呼吸急促，抹了一把飞溅在脸上的血点子。

"黄牛得手。完毕。"

"黑马得手。完毕。"

高胜寒的耳机里一前一后传来汇报声。许飞卧倒在血泊里面，有些不适应。马路看他："穿军装的那一瞬间，就应该意识到会有实战的那天。"许飞点头："我知道，我做过无数次心理准备，没想到还是很乱。"马路轻拍他的肩膀："想太多，要丢命。做好自己的工作。"

"明白。"许飞应声，架起机枪，观察着下面。

观察阵地上，高胜寒站起身，哗啦一声拉开枪栓，子弹顶上膛："我们下去——海豚，你们跟着我，到营地外围待命。完毕。"

"收到。完毕。"曾紫陌回答。

营地边缘，高胜寒带队，分成两组拉开距离，隐蔽着缓慢接近。在接近营地的隐蔽处，高胜寒停下脚步，打手语，谢思潇和王星瞬间错开，高胜寒运动到高处的机枪堡垒下面，拿出手雷。高胜寒靠在堡垒边上，猛地掷出去，一枚乌黑的手雷划出一道漂亮的弧线落在机枪堡垒里，两个哨兵纳闷儿地低头一看，大惊失色。轰！手雷爆炸！掀起的泥土硝烟把这一片丛林笼罩在浓浓的烟雾中。

"干！"高胜寒站起身高声怒吼。

几乎同一时间，王星和谢思潇从两侧闪身而出，起身射击。砰砰砰砰！一阵密集的枪声从侧方向同时响起，营地外围的恐怖分子在弹雨中抽搐着纷纷倒地。三人保持着三角队形，向前射击前进。后面，曾紫陌举枪高喊："掩护他们——"瞬间，枪声大作……高胜寒边前行边隐身在树丛后面，瞄准在门口站岗的恐怖分子，砰！子弹穿过他的眉心，猝然倒地。在两侧方向，石磊和马路两个狙击小组也是精确点射，队员们形成交叉火力，步步逼近……

临时指挥部里，气氛骤紧，剑齿虎目光冷峻，无线电呼叫传来一阵密集的枪声。丛林上空，直升机群快速掠过，崔华盾拉动操作杆："他们动手了，我们上！"

"是！"武直-10和直-8B快速低空掠过，带动的飓风把丛林上空翻得一片汹涌。

营地里，高胜寒和王星三人一路格杀，纵身快步冲进屋里，抬枪就是连续射击，恐怖分子们纷纷中弹倒地……

刑讯室里，龙丹丹坐在地上奄奄一息，手背上还扎着匕首。黑鲨持枪，躲在窗帘后面往看外看，突然，一串子弹将玻璃打得稀巴烂，黑鲨急忙低头，怒骂了一声。壮汉打开手里的箱子，取出一把M60机枪。黑鲨接过来："这里交给你了！"壮汉点头，龙丹丹奄奄一息："你跑不掉的……"

"那就试试看！"黑鲨拿起卡宾枪，哗啦一声顶上膛，从后门闪身出去了。

营地，枪战在继续。咔嗒一声，谢思潇高喊："换弹匣！"王星起身掩护，这时，一个匪徒从暗处冲出来扑向谢思潇，谢思潇正在换弹匣，黑龙纵身一跃，将匪徒拖倒在地。谢思潇换好弹匣一个点射："好样的，黑龙！"两人持枪交替掩护着继续前进。

硝烟弥漫中，高胜寒逼近刑讯室，突然，一个身影从屋子后面刷地闪过，高胜寒举起步枪："黑鲨——"

黑影回头，转身就跑。高胜寒扣动扳机，没中目标。黑鲨一个鱼跃，进入丛林。高胜寒对王星急吼："你们进去救人！"

"那你呢？！"

"我有事要做！"高胜寒纵身向黑鲨追去。王星一愣。谢思潇举枪瞄准侧方扑过来的一名匪徒，高喊："快走啊！你不想救她吗？！"王星急吼："飞狼自己去的！"谢思潇想想："他没事，走了！"两人从隐蔽处出来，交替射击着前进。

丛林里，黑鲨纵身狂奔，高胜寒从远处追来，紧追不舍。

谢思潇和王星交替掩护，冲到刑讯室附近。这时，门突然砰地打开，一支黑乎乎的机枪枪口伸出来，两人大惊失色。嗒嗒嗒嗒！壮汉端着M60一阵疯狂扫射，两人急忙卧倒，滚翻着躲避弹雨。王星藏身在车轱辘后面，皮卡已经被打得弹洞密布。突然，枪声戛然停止，壮汉不相信地低头看着胸口处，鲜血汩汩地往下冒，身体也软软地倒地。王星一个躺倒，出枪射击，子弹穿过壮汉的头部，彻底不动了。王星站起身，喘着粗气，看向谢思潇，来不及说谢谢，几步冲了进去，谢思潇也跟着冲进去。

　　地上，龙丹丹奄奄一息，王星一脚踢开门，一个箭步冲进来，黑龙闪身进来，一个飞身跃起直接扑向窗帘，窗帘后藏着的匪徒被黑龙咬住，嗷嗷地连连惨叫。谢思潇拔出匕首一个鱼跃，刺在窗帘上，一股鲜血涌了出来，黑龙死死咬着不松口。

　　王星扑上去，抱起已经昏迷的龙丹丹，眼泪唰地下来了："丹丹！丹丹！你不能死啊？！"龙丹丹奄奄一息，缓缓睁开眼："……王星……"王星泪流满面，抱住她，高声嘶喊："医疗组！医疗组！——"曾紫陌带人冲进来："交给我——"龙丹丹被曾紫陌抢过去，马上检查，"还活着！打强心针！"

　　李珊点头，从急救箱拿出针筒打了下去。龙丹丹不停地咳嗽着。曾紫陌低吼："别愣了，带她出去！我们还在打！"王星醒悟过来，擦去眼泪。谢思潇冷静住自己："走了！我带队！"

　　营地上，马路和许飞已经冲过来，与敌交火。

　　"掩护我！"马路冲向一辆皮卡，低头钻进去。许飞举枪射击："黑马——你快点——他们比马蜂还多！"另一边，谢思潇和王星掩护着医疗组抬着担架，冲出来。

　　"好了！"马路打着火，皮卡呜呜地开始发动。许飞纵身上车，举枪射击："快！你们快点！"谢思潇和王星掩护着医疗组迅速登车。

　　"狙击组——你们在干什么？！"王星大吼。

　　山头阵地上，黄宝贵趴在狙击阵地上，据枪瞄准："我们在掩护你！"说着，扣动扳机，石磊是他的观察手，拿着望远镜给他提供数据参考："十环！九点钟方向，40火！"

　　黄宝贵迅速掉转枪口，瞄准镜里，一名匪徒正拿起40火起身瞄准，黄宝贵果断扣动扳机，匪徒头部中弹往后倒去，40火飞出去，斜着冲到地面上。轰！一声巨响，40火爆炸了，巨大的热浪掀得皮卡车猛地一震，马路猛踩油门，皮卡车冲出开阔地，冒着浓浓青烟疾驰而去。高处阵地上，黄宝贵狙击掩护，压制着敌人不能露头。另一边，一群匪徒们叫嚣着猛烈射击，丛林上空，直升机群低空盘旋，螺旋桨发出巨大的轰鸣声，飓风刮得阵地上乱草横飞。

　　崔华盾坐在驾驶舱里："听我命令！不要伤了自己人，他们在车上！开火！——"

　　营地上空，武直-10快速超低空掠过，机炮发射——"轰！轰！"营地上到处爆炸，恐怖分子在弹雨中抽搐，整个营地陷入一片火海。马路驾着皮卡，烈焰猛追了过来，马路拼命驾车，油门都踩到底了。皮卡怒吼着冲出营地烈焰，撞开门口的路障，飞速而去。

驾驶舱里，顾意情绪激昂，高声怒喊："高效杀敌！"崔华盾命令："我们再来一次，不留后患！"直升机机群在丛林上空绕着圈，重新进入。

崎岖的山路上，皮卡在疾驰，不时被颠簸起来。曾紫陌和队员们回头望去，营地处已经是一片火山。王星看着龙丹丹，龙丹丹咳嗽着，吐出一口血。王星急问："她怎么样？"赵小丫一把拨开他："还不知道！你让开！我们要干活！"王星急忙退后，抬头看见谢思潇。谢思潇抱着黑龙，眼神复杂，错开他的眼。

这时，曾紫陌抬头："飞狼呢？！"谢思潇说："他去追黑鲨了！"

"他一个人？！"

"对！"

曾紫陌一下子愣住了。

7

丛林里，黑鲨还在拼命狂奔，不时地回头举枪射击。咔嗒一声轻响——没子弹了。黑鲨怒骂着丢掉长枪，转身就跑。高胜寒追过来，几次瞄准都没开枪，咬牙继续追。

营地附近的狙击阵地，石磊望着下方一片火海，笑了："好大的烟火！比俺们村过年的烟火还好看……"话音未落，一串子弹打过来，树叶横飞。两人急忙低头，十几个匪徒持枪冲着高地跑来。

"走了！"黄宝贵一招手，石磊拿起微冲射击，随即甩出一枚手雷："再来个响儿！"一扔，转身就跑。手雷轰的一声爆炸，突然，一颗子弹旋转着飞来，击中石磊的小腿，石磊猝然栽倒。黄宝贵一惊，石磊大喊："走！别管我！我受伤了！"黄宝贵拿起微冲射击，跑过去拉起石磊："别说胡话！走！"

"我走不动……"又一颗子弹打在他的后背，石磊猝然栽倒在黄宝贵的怀里。黄宝贵的眼里冒着火："石头——"石磊的嘴里流着血："你走……"

"啊——"黄宝贵举起微冲，冲着对面一阵射击。两个匪徒中弹，其余的纷纷躲避。黄宝贵放下石磊，拿起微冲，失声高喊："战虎——黄牛呼叫！我需要空中掩护——"崔华盾操纵着直升机："黄牛，战虎收到，报告你的方位！"

"烟就是方位！"丛林深处，黄宝贵丢出一枚烟雾弹，瞬间，密林里一股白色的烟雾升腾起来。

"收到，我们过去了，你们注意隐蔽。"崔华盾在空中掉转机头，压低冲来，掠过地面燃烧着的营区，"我看见你们的位置了，开始轰炸。"

直升机机群发射火箭弹，咻的一声，丛林一片火海，炸得匪徒们飞身而起。黄宝贵扑在石磊身上，埋头躲避。一阵烈焰过去，直升机机群从头顶掠过，崔华盾低声命令："我们再来一次。"说着掉转机头，继续轰炸。

地面上一片火海，黄宝贵死死地压住石磊，起身呆住了。石磊睁着眼，没有了呼吸。黄宝贵小心翼翼地叫了一声："石头？"——没有回应。黄宝贵泪流满面，仰天长啸："石头——"石磊静静地躺着，黄宝贵凄厉的声音在弥漫着硝烟的丛林里久久回荡。

8

丛林深处，树高林密，高胜寒小心翼翼地持枪搜索着，眼睛的余光不断地观察着四周。突然，高胜寒警觉地一个鱼跃，从树上落下的黑影没扑到他。高胜寒转身，同时迅速出枪，黑鲨还没起身，待在原地，狞笑着。高胜寒的手指扣在扳机上，冷冷地盯着他。

黑鲨慢慢站起身，摊开双手，微笑着看着高胜寒："开枪，一了百了！"高胜寒呼吸急促，手指预压在扳机上，黑鲨狞笑着："是我杀了你老婆！你开枪啊？我杀了你老婆，我毁了你的人生，毁了你的家庭，让你的女儿没有了妈妈——你为什么不开枪？！你为什么还不开枪？！"

"双手举起来。"

"你想枪决我吗？"黑鲨举起双手，"来啊？"

"跪在地上。"

"我都满足你，你开枪啊！"黑鲨扑通一声跪下，高胜寒的枪口垂下，黑鲨一愣："干什么？你为什么不开枪？"

"你被俘了。"高胜寒冷声道。

"你为什么不杀我？！"

"因为你要接受法律的惩罚！"

"不，你不能这样！你开枪杀了我！"黑鲨急吼。

高胜寒拿出约束带，走过去，黑鲨突然跳起来："我死也不会上法庭！"高胜寒侧身一让，黑鲨扑了个空："你以为，你逃得过去吗？"

黑鲨从大腿内侧拔出匕首，高胜寒冷声道："想干什么？我不会和你决斗的。"黑鲨举起匕首："是我杀了你老婆！"高胜寒忍住眼泪，黑鲨扑过来，高胜寒侧身一躲，匕首划过胳膊，高胜寒抬手举枪，对着黑鲨。

"开枪！"黑鲨又冲了过来，高胜寒错开手枪，猛地出拳，黑鲨顿时鼻血满脸，拿着匕首叫嚣着。高胜寒收起手枪，拔出匕首，冲上去。黑鲨瞪着高胜寒狂笑着："我知道你想活捉我，你不会得逞的——"又是一阵刀光剑影的格斗厮杀，高胜寒扼住了黑鲨的脖子，举起匕首，黑鲨桀骜地盯着他，高胜寒眼里冒火，匕首在半空中颤抖。

"高胜寒——"曾紫陌闪身出来，气喘吁吁，高喊，"你和他不一样！"高胜寒的匕首僵在半空中，曾紫陌含着眼泪："你是中国军人！不是雇佣兵！"高胜寒的表情很复杂，眼泪一下子夺眶而出。匕首掉落在地上，高胜寒站起身，被揍得爬不起身的黑鲨满脸是血地躺在地上。马路和许飞冲过去，持枪对准黑鲨，高胜寒默默地站在旁边。

　　曾紫陌走过来，看着高胜寒，轻轻地说："结束了。"高胜寒闭上眼，眼泪一直在流。曾紫陌伸手擦了擦他的眼泪："结束了，一切都结束了……"高胜寒的嘴角抽搐着，泣不成声。压抑多年的情感在此刻被释放出来，这个像战神一样的男人此时哭得像个孩子。曾紫陌静静地站在那儿，不由得伸手抱住高胜寒，失声痛哭。

第二十六章
——— FIRE ———

1

丛林里，硝烟还在远处弥漫。石磊静静地躺在地上，睁着眼。黄宝贵跪在旁边，泣不成声。队员们围站在旁边，低头默哀。高胜寒摘掉帽子，久久不能作声。空中，直升机机群压低，在空中悬停，崔华盾坐在驾驶舱，脸色阴沉，泪水滑落。营地上，马路举起枪口，朝着天空，队员们也默默地举起手中的冲锋枪对天70度角齐声射击——"嗒嗒嗒嗒……"枪声震耳欲聋，在山间回响，枪口喷出的烈焰映亮了队员们的泪眼，也呼唤着自己战友的英魂。

武直-8B从城市上空飞速掠过，大街上，车水马龙的人流车流来往穿梭，刚才的激战似乎一点也没有影响到它。驾驶舱里，龙丹丹奄奄一息地躺在担架上，身上裹着保温膜。郝玲玲拿着吊瓶给她输液，赵小丫在给她做紧急医疗。李珊掀开她的眼皮检查："生命体征完好！我们还需要多久？"王星坐在后面，凝视着龙丹丹，脸上都是眼泪。飞行员加速，直升机在空中疾驰而过。

2

手术室门口，龙丹丹的担架车推了进去。李珊和郝玲玲等人这才松了一口气，这时，李珊的电话振动，她拿起来，大惊失色，眼泪瞬间落下来。郝玲玲纳闷儿地问她："怎么了？"李珊说不下去："石头他……石头他……他牺牲了……"

一个晴天霹雳就直接劈在王星的头顶，他站在手术室门口彻底惊呆了，腿像灌了铅似的，一步也迈不动。

3

营地里，直升机机群低空盘旋，飓风吹起军旗的一角，呼啦啦响。追悼大厅一片肃然，石磊身着常服，一面鲜红的军旗覆盖在身上。黄宝贵单膝跪地，泣不成声，眼泪吧嗒吧嗒地掉下来，一束百合静静地躺在石磊的脸边。门口，石英和父亲推着轮椅，旅长王浩和政委秦明走过去，紧紧握住老人的手，石头父亲坐在轮椅上老泪纵横。

追悼大厅里一片悲伤，官兵们肃立站着。旅长王浩满怀悲伤地走到队列前，心情悲痛："今天，是一个悲痛的时刻。我们送别了一位年轻的战友，一名优秀的战士，他年轻的生命，融入到这面鲜红的军旗当中，融入到我们伟大的事业当中。一切为了胜利，而胜利的代价，却是如此的昂贵。"在场的官兵们都注视着他。

"我们失去了石磊，这名忠诚的解放军战士，我们的心情无比的沉痛。但是我们在悲痛的同时，也要牢牢记住，我们的烈士是为了信仰和誓言光荣牺牲的！这个信仰和誓言，就是烈士的生命，我们会永远记住烈士，永远铭记我们的信仰和誓言！为了我们的信仰和誓言，为了烈士未竟的事业——同志们，你们准备好了吗？"

"时刻准备着！"官兵们声如洪钟，高声怒吼。

石英推着轮椅，望着哥哥的黑白照片。石磊父亲坐轮椅上，泪流满面。他知道，儿子走得值，如果他的亲生父亲知道，也会为他的儿子感到骄傲。老人抹了一把脸上的泪痕，眼神变得坚定起来。

追悼大厅外，政委握着老人的手："你们还有什么要求，尽管提，只要我们旅能做到的，一定会全力以赴。"石头父亲摇头："没有了，人都走了，还能有什么要求呢……"旅长王浩忍痛，将一枚闪着金光的一等功军功章递到老人面前："这是石磊同志的军功章，你们把它收好吧。"石磊父亲拿过军功章，突然放声大哭："你咋就走了呢？你咋就走了呢？"曾紫陌连忙搀扶着石父，也是泪流满面。

"俺想当兵！"石英哭着，所有人都看她。石英眼神坚定："俺能不能当兵？俺就这一个要求！俺想给俺哥哥报仇！俺想到俺哥哥生前的部队去！"

王浩和秦明互相看看，都向看高胜寒。

"你的哥哥是一个优秀的空降救援突击队员，他是经过层层选拔才加入霹雳火的。"高胜寒说，"从情理上来说，霹雳火应该答应你的这个要求，这是必须答应的——但是，没有经过严格训练和层层选拔，是不能胜任霹雳火的战斗的。"高胜寒看了一眼旅长和政委，"我相信，旅长和政委已经同意你参军入伍到飞虎旅的要求，但是能否进入霹雳火，还需要看你个人的努力。"石英流着眼泪笑着："谢谢，谢谢……"

4

东南亚一片独特的热带丛林，一座豪华的欧式度假村隐隐坐落在海边，周边遍布着茂密的椰树林。白色的海滩上，海水印映着阳光熠熠生辉，穿着比基尼的外国美女们扭着腰身来回走过。在一幢白色别墅的游泳池边，白鲸不亦乐乎地吃着臭豆腐，身边的保镖悄悄皱眉，捂着鼻子。白鲸戴着大墨镜："这你不懂了，臭豆腐才是天下的美味！哎呦哎呦！真香啊！"

这时，石斑鱼走过来，低头俯在白鲸耳边："黑鲨出事了。"白鲸停了一下，取下墨镜看她。石斑鱼小心翼翼："黑鲨他……他的基地，被连锅端了。"

"我们抓的那个女的呢？"白鲸问。

"被高胜寒的特战分队救走了。"

"高胜寒？怎么又是高胜寒？"白鲸眼里冒火，"当年杀错了人，真的是一个遗憾。后面就没有机会下手了，没想到今天又成为我们的死敌。"

"高胜寒现在是解放军新成立的霹雳火空降战术救援突击队的队长。"白鲸没作声，石斑鱼小心翼翼地说，"我去想办法做了他？"白鲸苦笑："谈何容易啊。在中国境内做掉他太难了，上次还是偶然的机会。结果谁也没想到，去接孩子的不是高胜寒，而是他老婆。"

"现在他和我们可是有了杀妻之恨了。"

"你不了解高胜寒，他这样的人，不会被个人恩怨所左右。不管杀不杀他老婆，他都是我们的死对头。我一直躲避高胜寒，不是因为杀了他老婆。"

"那是？"

"是因为他确实很难对付，是我所知道的最出色的特战队员。哎，很可惜啊，他软硬不吃。"

"我倒是想见识见识，这个高胜寒有多厉害！"石斑鱼眼露凶光。白鲸看她："你不是他的对手。我还没见过这么厉害的人，从来没有。"石斑鱼不服气："我会让他知道厉害的！"白鲸看她一眼，笑了笑："黑鲨也这么说过，现在，成了阶下囚。"

5

夜深人静，训练场上一片寂静。谢思潇心事重重地独自走着，王星从后面大步追上来："我想和你谈谈。"说着看看周围："我们换个地方谈吧。"谢思潇似乎早有准备，平静地说："就这儿吧，有什么见不得人的吗？"

"我……我想和你谈谈……龙丹丹，我不知道到底是不是叫龙丹丹，但是她跟我说她叫龙丹丹，我想跟你谈谈……关于她的事。"王星有些语无伦次。

"谈吧，我听着呢。"谢思潇还是很平静。

"我，我要跟你说实话……"王星咬咬牙，"我向你承认，那钻戒，不是打算送给你的。"谢思潇不吭声。王星内疚地看着她："你骂我也好，打我也罢……我……我开始想娶的，确实不是你。对不起，但是我必须要对你说实话。"谢思潇的眼泪在眼眶里打转，她从兜里拿出那枚钻戒，愣愣地看着，突然把钻戒一把塞给王星。

"我有好多话，想对你说。"谢思潇流着眼泪，转身就走，王星在后面喊，"哎！我还没说呢！"谢思潇捂着嘴："我不想听！"说着跑远了。王星拿着那枚钻戒，愣在原地。

谢思潇跑到一片空旷的草地上，一屁股坐下，失声痛哭。良久，曾紫陌悄悄地走过去，一张手绢递过去："擦擦吧。"谢思潇抬眼，夺过手绢，埋头哭起来。

"哎！没想到你也这么纠结啊。"曾紫陌在旁边坐下来。

"我怎么办？我只能成全他们啊！本身就是我不对啊！他真的很爱她啊！"

"你总得相信自己吧？也得相信他，他应该还不是那种人。"

"看他的眼神，就明白了，他还爱着她……"

"也没有那么复杂吧，毕竟她身处险境，正常人，都会牵挂她的。"

"可是他确实爱着她，我感觉得到。"

曾紫陌苦笑："爱过，爱着，对他来说，应该是已经区分清楚了吧？"谢思潇止住哭："海豚，我不是吃醋，我是……她也是苦命人好吧？我是觉得，如果007真的和她……也不一定不是好事啊！"

"你天天劝我，劝得那么明白的，怎么到你自己就糊涂了呢？你自己都说过，爱不是让来的，是争取来的。怎么轮到你自己，就忘了呢？"

"我……"谢思潇语塞。曾紫陌叹了一口气看她："哎，总是当局者迷旁观者清啊！你怎么不跟他谈谈呢？"

"刚才他想找我谈，我不想跟他谈，我把钻戒还给他了。"

"为什么？"

"本来他就不是给我买的，他自己都承认了！开始想娶的那个人不是我！"

曾紫陌笑："你啊！你啊！傻丫头！开始想娶，'开始'两个字你都不会理解。你好歹也听他说说嘛，对不对？总是要给人家一个解释的机会，感情这种事，不是说一就是一，理清楚不就得了。"谢思潇叹了一口气，望向远方："等等再说吧，也许他还没想好呢。"

6

"又请假？"高胜寒盯着王星，王星有些讪讪地说："我……总不能把她丢下不管吧？"高胜寒看她："你管得了她吗？"王星语塞。高胜寒说："她不归你管，她是三局的人。"

"我知道……我是想去看看她。"

"你到底是怎么想的？"

王星不解："什么怎么想的？"

"我知道你现在心里很乱，但是作为男人，一个成年男人，一个负责的男人，有些事，你得想清楚。"

"我明白，飞狼……"王星低下头，"正因为我是一个成年男人，一个负责任的男人，我才应该去看看她。换了你，你能无视她的死活吗？不管她的情况怎么样，三局都不会告诉我们的，对不对？除了我自己去，我还能有什么办法知道她的情况？我得去，好歹我得知道她能不能好起来。她好起来，我就放心了。"

"如果她好不起来呢？"高胜寒看他。

"我想娶她。"

"什么意思？"

"如果她好不起来，她总是需要人照顾的，她是个英雄，总不能让英雄孤苦伶仃吧？"

"感情的事，尤其涉及婚姻和家庭，可真不是一时冲动。更不能靠英雄主义的牺牲，那是不可能有幸福的。"

"不是英雄主义的牺牲，我考虑过。"

"你对我的学生怎么交代？"

"我不能把自己劈成两半吧？如果我必须要对不起一个人，那就只能选抵抗力更强的那个人。"

"这种事，我也没办法劝你，你自己考虑清楚吧。不要着急，不要冲动，先放一放，就是你想和她结婚，也得等她身体恢复好一点吧？先别随便张嘴说这事，话到嗓子眼儿先转三圈，这一出口，可就真的不好改了。"高胜寒说。

"飞狼，你在担心什么？"

"我所经历过的，不希望你再经历了。"高胜寒说，"我对你有希望，虽然你身上还有很多毛刺，但是你具备一个出色特战指挥员的潜质。我想对你说的是，我不可能当一辈子霹雳火的突击队长，你还有发展的空间。"王星一愣，真的呆住了。

"我还能带一段时间队伍，这段时间对你来说很重要，你要迅速成长起来。"

"你，你要走？"王星还没反应过来。高胜寒笑笑："难道说我永远不升职了？"

王星赶紧摇头："不是……我，我还真没想过，霹雳火没有你的时候。"

"霹雳火不是我的霹雳火，是解放军的霹雳火。我已经接到上级的命令，让我去国防大学学习，这是第二次了。"

王星看他："你要高升了？"

"我现在走不了。这种情况，我怎么走呢？"

"可是我也撑不起这场子啊？我自己几斤几两，我还是知道的！"王星低下头。高胜寒拍拍他的肩膀："迅速成长起来吧，我一直在等着你长大的那天——所以你该知道，我不希望你的个人感情太复杂，这片天空，未来还需要你撑起来。"

"我……我没那个能力。"

"这不是我想听到的，我印象当中的你，不是这么懦弱吧？"

"这真不是懦弱，是我知道自己怎么回事。我怕我不行……"

"我给你成长的时间和空间，你自己也要珍惜这个机会。记住，突击队员的字典里面没有'不行'两个字。"高胜寒拿过假条，唰唰地签了字："我给你准假，你自己要处理好。"

"是。"

"我相信，你有这个智商和情商，不要超假，去吧。"王星敬礼，转身跑了。高胜寒看着他的背影，若有所思。

7

宿舍里，黄宝贵呆呆地看着对面空着的床铺。床铺整理得很干净，黑白的石磊微笑着挂在墙上。这时，马路端着一碗挂面走进来："嗯？黄牛，你怎么不去吃饭？"黄宝贵赶紧擦擦眼泪："我不饿。"

"你得吃点啊，回来以后，一直没吃饭。"

黄宝贵的眼泪下来了："我们一起当兵，一起站岗……是我的错，没保护好他……"马路走过去："我理解你，但是你也不能老这么想。战斗当中，什么事情都可能发生。不是你的错，你不要老自责。"黄宝贵的声音带着压抑不住的哭腔："士官长，黑马，我……我是真的很内疚，他怎么就不在了呢？"马路抱住他，安慰："你要坚强，石头他……他不想看见你这样……"话没说完，他自己的眼泪也落下来了。对面，石磊微笑着看着两人。

办公室，曾紫陌推门走进来，高胜寒换好便服："你得替我下。"曾紫陌问："嗯？你要出去？"高胜寒的喉头嗫嚅着："……我得去看看蓝妞的妈妈。我得让她知道，凶手已经绳之以法。"曾紫陌点头："……我明白。"高胜寒走到门口，转过身："我已经跟旅长请过假了，如果有什么紧急情况打我的电话。"

"好的，你去吧。"

高胜寒走了两步，又停住脚："等我回来，我有话对你说。"曾紫陌点头："嗯，我等你。"高胜寒看看她，转身出去了。曾紫陌长出一口气，有些紧张，却也如释重负。

8

高胜寒从学校接上蓝妞，蓝妞坐在副驾上回头一看，高胜寒的军装挂在车后备厢，整个车的后座放着满满的百合花。蓝妞睁大眼睛问："爸爸，我们去哪儿啊？"高胜寒挤出一丝笑："我们……去看妈妈。"

"妈妈？妈妈在哪儿？"蓝妞问。高胜寒的表情很复杂："是爸爸不好，一直没带你去看过妈妈。蓝妞，以后，爸爸经常带你去看妈妈，好吗？"蓝妞懂事地点点头。

高速路上，高胜寒的越野车疾驰而过。父女俩默默无言。一朵小白花戴在蓝妞的胸口，蓝妞低着头，眼泪吧嗒吧嗒地落下，滴在小白花上。高胜寒不说话，继续开车。

狼牙基地，军旗飘舞。高胜寒驾车停在大门口，哨兵走过来，高胜寒把军官证递过去。

"飞狼？又见面了！你调回来了？"哨兵说。

"没有。"

哨兵看看车里面，看见蓝妞，还有她胸前的小白花，瞬间明白了。拿过证件跑回去："放行。"路障被拉开，越野车疾驰开进。

狼牙烈士陵园，一片静谧。两个礼兵手持 56 半自动步枪肃穆站岗，墓群里整齐地立着一排排墓碑，长明火静静地在燃烧。高胜寒换好常服，蓝妞的手里捧着一大束肃然的百合花，父女俩静静地站在墓碑前。墓碑上，照片上的何卫华微笑着看着他们。

蓝妞抽泣着，高胜寒注视着何卫华的照片。何卫华带着笑容，穿着常服。

"今天我带女儿来看你了，她是第一次来……对不起，我耽搁太久了……是因为，是因为……我没有找到凶手，我不知道该怎么……怎么带女儿来面对你……"高胜寒说不下去了，忍住眼泪深呼吸。蓝妞抽泣着，一把跑住墓碑："妈妈，我好想你……"高胜寒忍住眼泪哽咽着："凶手……抓住了……"高胜寒说不下去了，蓝妞痛苦地哭泣着。

9

机场上，赵小丫和郝玲玲坐在草地上，都很难过。郝玲玲抬头望天，叹息一声："石头没了，真的是空空荡荡的。不知道我们还能为他家人做点什么。"赵小丫说："我们晚上去招待所看看他爸和妹妹吧。"郝玲玲点点头，这时，许飞从远处走过来。郝玲玲纳闷儿："嗯？呆鸟怎么到这儿来了？"许飞在招手："你们俩在这儿呢？"赵小丫看他："你怎么来了？"

"那什么，我有事找你。"许飞笑笑。

"找我？"

郝玲玲站起身："啊，我还有事，我先走了！"说完转身跑了。赵小丫有些尴尬地站起身："怎么了？你说，什么事？"

"我有个东西送给你。"说着许飞掏出自己的飞行员资格证章。赵小丫纳闷儿："这个？你？"许飞眨巴着眼，笑笑："我也没什么别的可以送你的，想来想去，这个对你应该有特殊意义。"

"可这是你自己得来的啊？你为什么送给我？"

"对，这是飞行员的至高荣誉。"许飞说，"——因为，这是你参军的理由。"说着把飞行员资格证章放在赵小丫手里。赵小丫有些感动："谢谢你……"

"不用谢，我这段时间过得很不好，哪方面都觉得失落。我应该谢谢你，是你让我想起自己曾经的热血和青春。我重新找到了人生的方向，从军的方向。"

赵小丫不好意思地笑笑："我，我有那么厉害吗？我自己都觉得，自己只不过是个黄毛丫头。"

"你有。"许飞的眼里燃烧着火焰。

"那你不笑我满脸鼻涕了？"

"你已经长大了，中尉，谢谢你。"许飞笑笑，抬手敬礼。赵小丫一愣："别，我可当不起！"许飞放下手，笑笑，转身走了。赵小丫在后面喊："喂！你这就走了，什么意思？"许飞回过头："有好多事我还没想好，想好了，我会告诉你的！"说着跑远了。赵小丫站在原地，拿着飞行员资格证章笑了。

10

医院的走廊人不多，挺安静的。在三楼的 ICU 病房前，两个便衣站在不远处。这时，一身便装的王星风尘仆仆地走过来，两人立即迎上去："你有事吗？"王星一愣："我，我想来看看龙丹丹。"

"谁是龙丹丹？"便衣问。

"哎，我也知道她不叫龙丹丹，她，她好像有个代号叫雪狐？"

"你是什么人？"两个便衣警觉起来，王星急忙拿出军官证："可以了吧？我想去看看她？"便衣把证件还给他："没有你找的那个人，我们也不知道什么雪狐。"

"可是，可是我知道，她就在里面啊！"王星说着想往里进，两名便衣伸手拦住，王星也不是吃素的，几下便从两人身边绕了过去。便衣一惊："你不能进去！"王星刚要推门，剑齿虎站在门口："吵什么？"两名便衣惭愧地站好："对不起，我们没拦住。"剑齿虎也不意外："你们拦不住他的。王星，你来干什么？"

"我，我想见见她。"

"她现在很虚弱。"

"我只是想看看她。"

"你是不到黄河心不死，不撞南墙头不回啊！"剑齿虎侧身让开，"哎，进去吧，我可不想你再爬窗户闹出别的事来。我们这行的人喜欢低调——记住，你没来过，你什么也不知道。"王星赶紧闪身进去："我知道规矩，谢谢你。"

ICU病房里，龙丹丹躺在病床上，脸色煞白。王星站在门口，眼泪肃然而下。龙丹丹看着他苦笑："我又没死，你哭什么？"王星走过去，看着浑身上下包裹得跟粽子一样的龙丹丹。龙丹丹笑笑："你怎么来了？我没事啊。"王星的眼泪掉下来："你都这样了，还没事？"

"我就是干这行的，都习惯了。"

"习惯？"

"对啊，你现在不也是我的半个同行吗？不是以前那个什么都不懂的小屁孩了，该知道，为什么我习惯了。"

"我没想到你是三局的人，我没想到你是从事这个工作的！"王星有些激动。

"你现在知道了？"龙丹丹看着他。

"对，我知道了，我的心很痛。"

"知道真相，解决了你所有的疑惑，你的心还痛什么？"

"我连你到底叫什么名字都不知道。"

"知道我的名字，有什么意义吗？"

"有意义！"王星倔强地说，"起码让我知道，我不是爱上一个空气人！"

"这真的是我的错……当初我就不该和你来往。你就当我没有出现过吧，王星，真的。"

"那我该怎么骗自己呢？"

龙丹丹笑笑："那时候我在休假，其实我本来真的没打算和你有什么的，只是好朋友，对吧？我也没有承诺过你什么啊？我们两个真的是不合适，你根本找不到我，我也不会去找你，难道人生要靠偶遇吗？做好朋友吧，真的，你会有好女孩爱的。"

王星擦干眼泪，从兜里拿出那枚钻戒。龙丹丹一惊："你要干什么？我不可能接受的。"王星笑笑："这是我打算送给你的钻戒，还是应该送给你。"

"还是留给真爱你的女孩吧，打算和你过一辈子的女孩。"

"我不能那么做，真的不能。"

"为什么？"

"送你的，就是送你的，我会再买新的送给她。"

龙丹丹笑了："我知道你为什么来了。"

"为什么？"

"一个了结，一个结束，一个面对面的告别。"

"是的，不然我一直没办法释怀。"

"当初我不告而别，也确实应该向你道歉，我不知道接下来会怎么样，我压根儿没有谈恋爱的思想准备。"

"不需要道歉，现在我脑海当中的谜团全部解开了。"王星说，"你的伤怎么样了？"

"不碍事，都是皮外伤，很快会恢复的。"

"你好了以后，还会去执行任务？"龙丹丹不说话，王星明白了，"好，不该问的不问，是我多嘴了。"说着他把那枚钻戒放在龙丹丹的枕边，龙丹丹的眼泪忍不住下来了："这还真的是第一次有人给我送钻戒。"

"我爱过你，希望，没有惊扰到你。"龙丹丹哭出声来，王星看着她，声音坦诚，"我能问你一个问题吗？"龙丹丹点头。

"你爱过我吗？"

龙丹丹深呼吸："曾经……有那么一瞬间，我……意识到有爱上你的危险，我才选择了逃避。"王星一下子释然了，笑着看着龙丹丹："我知道了，谢谢你给我答案。"

"希望你能找到真爱。"

"谢谢，我已经知道真爱在哪里了。"王星笑，"我得走了，今天晚上要归队。"

"特种兵，加油！"

"你也是……一定要小心。"王星站起身，俯下头，在龙丹丹的额头上轻轻一吻。随即转身走了。龙丹丹看着躺在枕边的那枚钻戒，眼泪夺眶而出，她紧咬住嘴唇，努力不让自己哭出声来。

走廊上，剑齿虎走过去："谈完了？"王星点头："谢谢你。"剑齿虎拍拍他的肩膀，一声叹息。

"谢谢你给我机会，让我去救她。"王星说。

"是你自己的努力，还有你战友们的信任。"

"我明白，我走了。"

"我们可能永远不会再见面了。"剑齿虎伸出右手，王星握住他的手，"上尉，保重。"

"你也是。"王星转身，大步流星地走了。

11

　　幽静的学校小路上，蓝妞和别的小朋友们在一边玩，高胜寒和夏初肩并肩地边走边聊。高胜寒打破沉默："夏老师，我不在的时候，真的要谢谢你照顾她。"夏初笑笑："哎，这都是我的责任，每一个孩子，都是我自己的孩子。对了，我们学校组织优秀学生与L国学校友好交流，蓝妞名列其中呢！这你可高兴了吧？"

　　"L国？那不是在非洲吗？"

　　"对啊，就在非洲！怎么了？"

　　高胜寒苦笑："没什么，可能我比较敏感吧，职业病。"

　　"哪儿有你所想的那么多战争啊，战乱啊。"

　　高胜寒笑笑："但愿吧，其实我也希望有一天我能脱下军装。"

　　"不会吧？脱下军装？你这么热爱军队的一个人？"

　　"那一天可能永远不会到来吧，我说的是，真正和平的那一天，所有的军人都可以脱下军装，放下武器。"

　　夏初深情地看着高胜寒："没想到你还是个诗人。"高胜寒苦笑："胡说而已，做做梦，我得走了。"

　　"好的，那你同意蓝妞去L国了？"

　　"你们集体活动，她愿意去就去吧。"

第二十七章
——FIRE——

1

机场上，夜凉如水，黄宝贵独自一人坐在水泥地上，在他面前，石磊的黑白相框周围环绕着一圈白色蜡烛，红色的烛火在夜色里跳跃。黄宝贵满脸是泪，从包里拿出一瓶白酒，又翻出两个杯子摆好。

"兄弟，走好啊——"黄宝贵跪在地上泣不成声，鼻涕和眼泪流在一起。对面，石磊的笑脸在烛火中潜然跳跃。黄宝贵抹了一把脸，拿起酒瓶斟满酒，举起来，浓烈的白酒倒洒在烛火前，撕心裂肺的声音在夜空久久回荡。

"我们说好了，同生共死，怎么你就丢下我，先走了呢？我们一起当兵，一起站岗，一起进霹雳火……我们什么都在一起！为什么你就走了呢？我舍不得你啊！"黑夜里，黄宝贵的哭声在机场上空回荡："我的好兄弟——一路走好啊——"黄宝贵哇哇大哭，"你说过，要参加我和小芹的婚礼的，你做伴郎……可是，可是现在没有你了，谁来做我的伴郎啊？你说过，要永远做我的后背，你都忘了吗？你全都说过的！这可都是你说的——你现在在哪儿啊？为什么就这么丢下我啊！石头！我的好兄弟，你让我怎么办啊——"黄宝贵哀号着，发出生平最凄凉的一声惨叫。

远处，两个警卫连的哨兵持枪肃立，目不斜视，但脸上都已是泪流满面，努力压抑着不哭出声来。

黄宝贵抬起泪花闪闪的脸，哭声渐渐停止了，声音变得洪亮起来："岂曰无衣？与子同袍！王于兴师，修我戈矛。与子同仇！岂曰无衣？与子同泽。王于兴师，修我矛戟。与子偕作。岂曰无衣？与子同裳。王于兴师，修我甲兵。与子偕行……"黄宝贵泣不成声，哭声当中，一双锃亮的军官皮鞋出现在面前。他哭着抬起头，看见了笔挺的军官制服，高胜寒黝黑的面庞出现在他面前。黄宝贵向后望过去，曾紫陌、谢思潇、许飞、赵小丫、李珊、马路和郝玲玲等队员们都是泪流满面地站在高胜寒身后，黄宝贵泣不成声地看着大家。

这时，换好迷彩服的王星匆忙跑来，入列。谢思潇看了他一眼，王星说："我刚下飞机。"谢思潇没说话，看着黄宝贵的背影。高胜寒走过去，蹲下，把手放在黄宝贵的肩膀上，黄宝贵哇一声大哭："飞狼！石头他，再也回不来了……"高胜寒抚摸着他的肩膀："你的痛，就是我们的痛……我们都很想他。"

"可是他回不来了……"黄宝贵泪花闪闪。

"他永远和我们在一起。"

曾紫陌走过去，哭着笑道："石头不会离开我们，他还在我们中间。我们是一个整体，永远也不会分开。"王星走上前："没有谁能夺走我们当中任何一个，包括死亡。石头会一直看着我们。"黄宝贵慢慢站起来，看着高胜寒的眼睛，脸上还挂着泪花，郑重地点头。

2

营区空地上，谢思潇牵着黑龙独自走着，清凉的风吹着她的短发。她的脸上还挂着泪痕，她也不知道是在哭自己，还是哭石磊。

"蜘蛛蟹！蜘蛛蟹！"

谢思潇擦擦眼泪，没停留，继续往前走。王星跑过来，拦住她。谢思潇冷冷地看他："你让开！"

"我有话对你说。"

"王星，你还想怎么样啊？有你这么欺负人的吗？你真的当我没脾气吗？"

"我想对你说的是，我爱你。"

谢思潇愣了一下，随即别开脸："别拿我打岔了行吗？"

"真的，这次我是真的想清楚了，我爱的是你。"

"我不想听！你一直在骗我！"

"我以为我一直在犹豫，但是我已经做了个了结！"王星满脸焦急，"对不起，是我不好，以前我，我是真没想明白……"

"你现在也没想明白。"

"我见到她以后，就想明白了，彻底想明白了，我真正爱的是谁。"

"让开。"谢思潇抬脚要走，"没你想得那么简单，你想明白了，我还没想明白呢！"

"我给你时间。"

"我还需要你给我时间？让开，黑龙，走！"说着牵着黑龙走了。王星无奈地看着谢思潇的背影："我会等你的。"谢思潇走着，抬手擦了擦眼泪，脸上却露出一丝笑容。

3

狙击手野外训练场，霹雳火的队旗在空中飘舞。黄宝贵一个人寂寞地在擦拭子弹，旁边，一支"高精狙"和"大口径狙"，还有一支"88狙"放在他的身边。许飞从远处颠颠地跑过来："你一个人，三杆枪，干得了吗？"黄宝贵抬头："你来干啥？"许飞在他旁边坐下："我怎么就不能来，你说的真是！"黄宝贵继续擦子弹："你不是在那边训练吗？"

"他们不要我了。"

黄宝贵纳闷儿地看他："咋？！你被淘汰了？！"许飞没说话，拿起地上的V21，左右翻翻看看："啊。"黄宝贵皱眉："别动，老贵的！"

"什么就别动别动的，这玩意儿现在归我了，我看看灵不灵。"许飞翻着白眼。黄宝贵起身扑倒他："那是石头的！"

"现在是我的！"

黄宝贵举起拳头："信不信我揍你！"许飞躺在地上耍赖："你先放我起来。"

"你先还给我！"

"给你给你。"许飞塞过去，黄宝贵拿过来，小心翼翼地检查着。许飞爬起来，坐在地下："他们不要我了，要我来你这儿。"

"来我这儿？"黄宝贵不明白。

"对啊，你总需要个观察手。"

"我，我不需要什么观察手。"黄宝贵嗫嚅着，眼泪下来了。许飞一本正经："黄牛，你一个人干不了，你得要人帮你。"黄宝贵别过头擦了一把眼泪："除了石头，我谁都不想要！"许飞也是一脸难过："你得接受现实！狙击组，是狙击手和观察手。"

"可是我有观察手了啊！"黄宝贵怒吼。

"——他牺牲了！！！"这句话说出来，许飞也是瞬间泪如雨下。

黄宝贵仰天闭着眼睛，哀号出来。许飞抱住痛哭失声的黄宝贵，用力地拍着他的后背："我们都很难过，但是……他已经牺牲了……"黄宝贵大哭："我天天晚上做梦……都能梦到他！！！"许飞流着眼泪，抱住泣不成声的黄宝贵。良久，黄宝贵才慢慢站起来，拿着V21依依不舍地上下抚摸着，好似抚摸着石头的脸。黄宝贵擦了一把眼泪，随即抬起脸，泪眼看着许飞，许飞郑重地接过来，一阵压抑的哭声回落在训练场上空。

营区外，高胜寒刚走出办公室，手机就响了。他拿起一看，从来没见过的陌生号码，他警惕地按下通话键，沉声问："喂？"

"老爸！"

"蓝妞啊？"高胜寒笑，"你吓我一跳，我还以为什么电话呢，这么多0。"蓝妞在电话那头兴奋不已："这是国外的电话啊，你看，你太老土了吧？我现在在非洲，向您报告！"高胜寒沉声道："请稍息——玩得怎么样？"

"切！怎么是玩啊？我是来交流学习的，我有功课哦！不过我还是去金字塔了，好壮观啊！还去了大沙漠，骑了骆驼！还有还有，这边的人真的好黑哎！"蓝妞第一次去那么远的地方，兴奋也是人之常情。高胜寒笑笑："你见见世面也好啊。"

"对了，老爸，你的个人问题怎么样了？"蓝妞问，"你别跟我装傻啊，就是你跟少校阿姨怎么样了？"高胜寒敷衍着："还那样啊！"电话另一头，蓝妞夸张的一声叹息：

"哎，少了我这个神助攻，你就一笨蛋老爸！"高胜寒赶紧扯开话题："我说闺女，电话费挺贵的吧？"蓝妞才不上当："切——岔开话题！我要上船去海上玩了！不跟你说了，拜拜！"

"对了，夏老师呢……"话没说完，蓝妞已经挂了电话，高胜寒拿着一阵盲音的手机，苦笑着挂断电话，继续往前走。

4

宿舍里，一张世界地图哗啦啦铺在下铺，黄宝贵整个人都趴在上面找什么。许飞走进来："你找什么呢？"黄宝贵头也没抬："这L国在哪儿啊？"许飞拿了马扎在旁边坐下："什么L国？你找那儿干吗，你又去不了！"黄宝贵美滋滋地说："我是去不了，小芹在那儿呢！"

"她去旅游啊？"许飞问。

"不是啊，他们的建筑公司，在L国施工啊。现在不都是走向世界嘛。"黄宝贵想着想着，笑了。许飞惊讶地咂咂舌："乖乖，不得了。"黄宝贵从地图上爬起来："哎，我得搞清楚那边几点，好打电话给她啊。你赶紧帮我算算……"许飞才懒得搭理他，起身跑了。

队部，高胜寒前脚刚刚进来摘了帽子坐下，曾紫陌后脚就匆匆进来："出事了。"高胜寒蹭地站起来："怎么了？"

"不知道，旅部刚刚通知，霹雳火的主官到指挥中心开会。"

"有任务？"高胜寒一惊。曾紫陌也是一头雾水："去了就知道了，走吧。"高胜寒点点头，又拿起帽子，跟着曾紫陌出去了。

5

指挥中心一片忙碌，办公室里烟雾缭绕。旅长王浩坐在会议桌前，烟灰尘缸里已经堆了不少的烟头，看来这个会开了不少时间。高胜寒和曾紫陌站在门口喊了报告，匆匆推门而进，只见政委秦明，崔华盾和顾意已经在会议桌前就坐，两人几步迈过去坐好。

"上级紧急命令——"旅长王浩站在会议桌前，脸色肃然。

唰——在座的人起身立正。

"根据国际局势分析，非洲地区可能会发生局势动荡，就在一个小时前，L国反政府武装对政府军发动了全面进攻，局势岌岌可危。"高胜寒脸色微变，王浩继续说，"L国有我国侨民、游客以及中资企业员工将近三万人，如果局势继续动荡，随时可能处于危险当中。上级决定，未雨绸缪，成立撤侨应急指挥部，抽调各个军兵种相关精锐力量，组建特混舰队，即刻出发，前往L国海域待命撤侨。行动代号，'东方方舟'。"

高胜寒努力克制着，曾紫陌注意到高胜寒的异样，政委看他："怎么了？"高胜寒目不斜视："没事。"政委盯着高胜寒的眼睛："告诉我。"高胜寒的嘴唇翕动着，良久，才缓缓地说："蓝妞……在L国。"所有人都愣住了。高胜寒沉声道："蓝妞是去交流学习的，刚刚才打过电话，应该没事的。"

"你马上打电话告诉她，让她赶紧联系大使馆！"旅长王浩说。高胜寒面有苦涩："……她是拿公用电话打的，我不知道她那边的号码。"

"有带队老师吗？！你知道号码吗？！"秦明急问。高胜寒恍然大悟，拿起电话拨通了夏初的手机："对不起，您拨打的电话不在服务区。"高胜寒讪讪地看着电话："蓝妞刚才说要出海，可能是在海上……"

"你把号码给我，我会安排人不断联系她！"王浩说，"你赶紧去准备吧，特混舰队即将出航。记住，这个参战的机会可是总部和军区首长为我们争取来的！我们是唯一参加撤侨行动的陆军部队——唯一的！你们要明白这意味着什么，只许成功，不许失败！你们准备好了吗？"

"时刻准备着！——"几个人立正高喊，声音如同洪钟，果断干练。

"去吧——"王浩话锋突然一转，"高胜寒等一下。"已走到门口的高胜寒回过身，王浩看他："你……没问题吧？"高胜寒目不斜视："您了解我。"政委秦明点头："我们会向上级反映这个情况，有关部门会想方设法联系到蓝妞，尽快把她保护起来。"

"谢谢……只不过，我现在牵挂的不只是蓝妞。"高胜寒忍住眼泪，"我是霹雳火空降战术救援突击队的队长，我牵挂的还有三万中国同胞的生命安全……我会克制自己的。"秦明重重地拍了拍他的肩膀："挺住，你们是唯一的救援突击队，肯定会有用武之地！"高胜寒的眼神噌一下子射出寒光："我明白，我会排除干扰，全力作战的。"

王浩看着高胜寒，想说点什么，却什么也说不出来，只是抬起自己的右手，敬礼。高胜寒也唰地立正，举起右手。

6

静谧的营区内，一阵凌厉的战斗警报拉响了，尖厉的警报声划破沉寂的夜空，响彻整个营地上空。队员们快速冲向武器库。营区外，戴着头盔，穿着防弹背心的战士们，持枪冲向各自的车辆。越野车打头，警笛鸣响，杀气凌人，完全是一派临战状态。

机场上，机库大门哗啦啦打开，直升机机群被拖曳到机场，崔华盾带着飞行员们快速飞奔而来。这时，直升机的螺旋桨开始旋转，刮着飓风轰鸣着。高胜寒全副武装，微冲大背在背上，带着霹雳火的队员们跑步过来。高胜寒站在机舱门口："不点名了，快登机！"队员们全副武装，鱼贯登机。几分钟后，直-8B的螺旋桨刮起飓风拔地而起。

7

浩瀚的海上，航母编队浩浩荡荡在大洋上航行。J-15 战机从空中掠过，战虎驾驶的两架武直 -10 和三架直 -8B 静静地停在航母甲板上。

一间已经设置成霹雳火集结地的休息室里，三个女兵正在收拾着医疗器械等装备。黄宝贵手里拿着一张照片，坐在角落里发呆，愣愣地看着墙上挂着的世界地图。许飞走过去，伸手在他面前晃了晃："发呆呢？"黄宝贵眨眨巴眼："她咋就去了 L 国了呢？"许飞无语地看着他。黄宝贵叹息一声："世界这么大，她咋就去了 L 国了呢？"

"哎呀，你就别胡思乱想了，兴许她现在已经被大使馆保护起来了呢！"

"电话也打不通，微信也不回。"

"那地方兵荒马乱的，还能有信号吗？你这脑子一根筋，别想了！咱们是来干吗的？"

"撤侨啊？"

"那你还愣着干什么？检查武器装备！"

"哦，你说得对！"黄宝贵收回目光，检查着手里的大口径狙击步枪。

8

甲板上，鲜红的中国国旗升起来。海风吹过，国旗猎猎作响。高胜寒站在甲板边缘，默默看着远处的舰队群。崔华盾走过来："联系上蓝妞没有？"高胜寒摇头："联系不上，手机都打不通。现在 L 国一片混乱，通信公司都被占领了，她们也没有卫星电话，也没办法和我们联系。"崔华盾焦急地看着他。高胜寒甩甩头："大战在即，我不能分心。"

"我们会把她们救出来的！"崔华盾伸出右拳。高胜寒心情沉重地点点头，也伸出右拳，拳头撞击在一起，两人都是感慨万千："同生共死，不辱使命！"这时，曾紫陌悄然走过来："你们都在这儿？"崔华盾回过头："难得一见——多么威武的场面！你们聊，我去看看我的队伍。"说完转身走了。

曾紫陌走过去，站在高胜寒身边，看他："你怎么样？"高胜寒摇头："我没事。"

"我知道你很担心蓝妞，也担心夏老师。"

高胜寒错开她的眼："我现在心里只有任务。这个任务，太艰巨了……我们对 L 国完全不熟悉，地形地貌、社情民情、当地局势等关键信息，都只能通过间接情报来获取。两眼一抹黑，只能随机应变。我们绝大多数队员，都没有经历过这样残酷的战争……"

"也包括我。"曾紫陌说。

"教导员同志，我不是那个意思。"

"我明白你的忧虑，"曾紫陌看向茫茫的大海，"我知道，我们这些从陆航卫生队和警卫连选拔出来的救援队员，没有经历过真正的战斗。跟打毒贩相比，这才是真正的战争。异国他乡，危机四伏，稍有不慎都可能身陷重围……"高胜寒面对着曾紫陌："我把你们带出来，也会把你们带回去。"曾紫陌默默地注视着他："我相信。我们一定会找到蓝妞和夏老师，把她们安全救回来的！"高胜寒注视着曾紫陌，眼神里闪过一丝担忧。

<h1 style="text-align:center">9</h1>

航母任务简报室，霹雳火和战虎的队员们正襟危坐，在看投影。墙上，戴着蓝色头盔和防弹背心的战地记者在 L 国城区做现场报到，在他们身后，有隐隐约约的枪声传过来。

"……L 国局势继续恶化，已经彻底陷入无政府状态。军队、警察不见踪迹，军营的武器库被骚乱分子打开，包括坦克在内的重型装备都参与到战斗当中……市区内枪声不断，很难让人相信这是曾经繁华热闹的首都……"战地记者话音未落，剧烈的爆炸声轰然响起，记者尖叫着抱头蹲下，扛着摄像机的记者也开始一路狂奔，画面不停地晃……

啪！简报室的灯被打开，亮如白昼。高胜寒站起来，忧心忡忡地转身看着自己的队员们。黄宝贵拿着照片坐在下面，抬手擦去眼泪。

"关于 L 国的近况，目前只有这么多资料。"高胜寒说，"可以看出，当地已经完全处于战争状态。目前撤侨正在通过各种渠道进行，根据指挥部的统计，侨民已经按照预定方案在撤离点集结，大使馆和领事馆的外交官们正在不辞辛苦，夜以继日地工作。我们的任务很简单，如果撤侨遇到武装威胁，出动——搜索——救援——撤离。"

大家静静地听着，脸上都是担忧。

"在你们的教材上，这是一个标准的任务程序。你们都学习过，如何在真正的战争当中深入敌后，在濒危绝境当中营救我们的救援对象，科目里面就包括武装撤侨。你们都是最好的学生，不然也不会留在霹雳火空降战术救援突击队。你们都是出色的救援突击队员，但是还没有经受过战争的考验。一旦进入战区，紧张和恐惧在所难免。当子弹不断从耳边和头顶飞过，当炮弹火箭弹在身前身后爆炸，到处都是断壁残垣，到处都是死尸伤员，城市变成炼狱，大地变成血海。你们会发现战争和你们以前想象的完全不同，战争是肮脏血腥的，空气当中都弥漫着尸体的味道，那是死亡的味道。你们从未那么近距离目睹战争带来的死亡，那种压迫足够让意志不坚强的人精神崩溃。

"我们天天训练，经常演习，高喊着演习就是不流血的战争，战争就是流血的演习。但是战争和演习，还是有着本质的不同。在演习当中，不管情况多危急，你都不会有死亡或者被俘的威胁。而战争，战争意味着，枪打出来的不再是空包弹，是实弹，一旦你中弹，也不会只是激光模拟接收器冒烟，而是受伤甚至死亡。你们——做好准备了吗？！"队员们都看着他。高胜寒站直了，高声怒吼："你们准备好了吗？！"

"——时刻准备着！"队员们起身怒吼，坚定的目光，等待那个光荣的时刻。

高胜寒跨立站在队员们面前，看着他们冷峻坚毅的脸，重重地点头。随即又转向崔华盾："我讲完了。"崔华盾点点头，走到队列前面："战虎特种航空队的任务，就是配合霹雳火空降战地救援突击队的营救撤侨地面行动，担任战术掩护和战场输送任务。战前训话，刚才高队长已经讲得很完美了，我只叮嘱一点——果断勇敢！同志们，我们掌控着中国陆军最先进的武器装备，我们轻轻按下按钮，目标区域就是火海炼狱。一旦确定目标，不要犹豫，这个时候没时间跟自己谈什么仁慈，战争就是你死我活！一切都为了我们同胞的安全，一切都为了霹雳火救援队完成地面营救任务！是真金是垃圾，战场上见！你们明白了吗？！"

"明白！"飞行员们唰地起身立正，高声怒吼着，眼睛都冒着光。

L国玛雅思海港，标着中国国旗的航母舰队静静地停泊在海港边上，直升机和预警机在空中来回穿梭。码头上，一条鲜红的条幅悬挂在航母上，在海风中轻轻摇摆——祖国派军舰接你们回家！穿着海洋迷彩服的陆战队员和水兵们正在做登记，数千名中国同胞在有条不紊地往前移动。不远处，穿着笔挺西服的大使馆外交官站在一边，和海军将领正在交谈相关事宜，驻外的武警特战队员们持枪警觉地注视着四周，在他们身后，一列越野车队挂着鲜红的中国国旗，迎风飘舞。

王星和谢思潇持枪巡逻，黑龙哈着舌头跟在谢思潇身边。王星边走边说："真没想到，咱们也有今天啊？跑这么老远来撤侨。"谢思潇牵着黑龙，没说话，一直若有所思。王星看她："怎么了？你不觉得很振奋吗？"谢思潇强挤出一丝笑："振奋啊，可是蓝妞一点消息都没有。"王星也郁闷了："是啊，我刚才问过带他们来的外交官，这一批也没有国内来交流的小学生。"谢思潇停住脚，看向不远处："看见武警特战的迷彩服，好亲切啊……也不知道他们是哪个总队的。"突然，黑龙汪汪地叫起来，一名武警特战上尉回头，笑："黑龙！"谢思潇一脸惊喜："啊？！陈大明！你怎么在这儿啊？"

黑龙猛扑过去，陈大明蹲下身跟黑龙亲热起来。谢思潇跑过去："你怎么跑这儿来了？"陈大明站起身："我在这儿半年了啊，在大使馆做武装警卫。"谢思潇："咱们总队的？那他们，我怎么不认识啊？"陈大明说："都是各个单位抽调来的。"谢思潇恍然："我说呢！但是看见你我就很高兴了！没想到啊，没想到！上万公里的非洲，还能见到战友啊！"王星黑着脸站在后面嘟囔着："陈大明？！什么鬼？！"

10

码头吊车的平台上，五星红旗飘扬。黄宝贵挎着"高精狙"，和许飞拿着望远镜观察着四周，大口径狙击步在他们的脚下。黄宝贵举着望远镜看了一圈："没有看见小芹。"许飞撇嘴："你是千里眼啊？！下面好几千人呢！"

"感觉，感觉不到她。"

"别故弄玄虚了，分心要不得，这地方还在打仗呢，十几公里外就是战场。"

黄宝贵放下望远镜，一脸担忧地摸着自己的心脏："俺心跳得厉害，真的跳得很厉害，小芹……肯定有危险……"许飞拿他没办法："要不你先歇会吧，我先照看。"黄宝贵摇头："没事，俺没事，俺是狙击手，要排除一切可能的危险！"说完又拿起望远镜继续观察。

11

硕大的集装箱上，高胜寒放下手里的望远镜，忧心忡忡。马路站在他旁边："飞狼，不会有事的，这次撤侨的力度这么大。"高胜寒脸色有些微变："我没想太多，我在想还有多少同胞没有脱离危险区。"高胜寒忍住自己的情绪，看着远方。

这时，曾紫陌从下面爬上集装箱，高胜寒问："有蓝妞和小芹的下落吗？"曾紫陌摇头："没有……会不会小芹和蓝妞已经撤离了，只是咱们还不知道？"高胜寒忧心忡忡："所有撤离人员都有记录，但没有她们的。"高胜寒神色凝重，看着远方的大海。这时，耳麦响起："飞狼，飞狼，立即带你的人到码头来。"

码头处，高胜寒带着队员们从四面八方匆匆跑来，敬礼。总指挥面色严峻地看着高胜寒："有个突发情况。"高胜寒打起精神："请下命令吧。"

"在我同胞撤离过程当中，有 57 名中资企业的员工，由于护照丢失，被 L 国临时边防检查哨扣押。"

"把他们营救回来，我懂。"高胜寒啪地挺胸。总指挥看着他，欲言又止："……记住，不要靠枪。"高胜寒一愣。总指挥恢复冷静："靠脑子，不到万不得已，不要动武！"

"是！"高胜寒唰地立正，再抬起头，眼睛里都是锐利无比的光芒。

第二十八章
—— FIRE ——

1

海边的码头寂静如常，晨雾还笼罩在灰皑皑的海面上，远远望去，穿梭似的行驶着的驳船显得很模糊，只看得见一个个黑影子在缓慢移动。

码头的角落处低调地停着两辆破旧的卫士车，挂着民用车牌，停在前面的那辆车系着一面巨大的国旗，陈大明带着几个武警特战等在那儿。不久，一身便装的高胜寒带着同样换好便装的队员们快步走出来。除了身着便装，却也是全副武装——里面套着防弹背心，95 自动步枪大背在背后，腰部别着快枪套，里面插着 92 式手枪。

谢思潇牵着黑龙出来，看见陈大明等在那儿，一脸轻松地笑："哟？亲自送我们啊？"陈大明看着她，脸上却没有笑意，谢思潇看他："怎么了？"陈大明没说话，扔掉烟一脚捻灭，随后拔出后腰上别着的手枪，拉开枪栓检查了一下后递给谢思潇。陈大明拿着枪的手有点颤抖，谢思潇看着他纳闷儿："我带了啊？"陈大明皱眉把枪塞在她手里："再带一把，有备无患。"随即转向高胜寒："飞狼同志是吧？这是你们的车，还有你的外交护照。"高胜寒接过来，打开看看，道谢后收好。陈大明一脸慎重地伸出手："等你好消息。"高胜寒也伸出手："必须是好消息！"两人用力一握，彼此都明白这一握的分量，两人都是带兵之人，行事也是雷厉风行，客套的话也不再多说。

高胜寒一挥手，队员们鱼贯上车。王星走在最后，追上谢思潇，压低声音问："你跟他很熟吗？"谢思潇斜他一眼："我战友，又关你什么事啊？再说就是跟我有什么关系，又关你什么事啊？黑龙，我们上车！"王星无奈，讪讪地拉开车门，坐在驾驶座上开车。陈大明和几个武装特警面色严峻地站在原地，抬起右手敬礼，久久没有放下来。此时，码头上起了风，硕大的吊车在"突突突"地吼叫，伸出的钢臂在淡淡的晨雾中轻轻晃动。但很快，码头又恢复了往日的宁静。

荒原上生长的不知名的草蓬纹丝不动地站立在坚硬的大地上，自然的循环让它们四季更替荣枯，也正是这种环境才造就了它们坚韧顽强的自然品格。广袤的荒原上，两辆车在疾驰，后面扬着两团昏黄的尘土。空中，两架武直 -10 在低空掠过，高胜寒抬头看天，轻敲耳麦："猎鹰，你们不要飞得太低，保持目视不可见距离。完毕。"

"收到，我们拉高了。完毕。"驾驶舱里，崔华盾拉动操作杆："寒号鸟，我们走。完毕。"顾意会意，两架武直–10 迅速拔高。

2

中午气温骤升，骄阳似火。L 国港口附近的边防检查站，周围用铁丝网围成的简易隔离带让这里的气氛一下子紧张起来。没有一丝风刮过，悬停在半空中的 L 国国旗无精打采地在骄阳下晃悠。不远处，两辆 59 坦克停在门外，五对负重轮，几个面色黝黑的黑人士兵戴着坦克软盔，挎着 AK–47 的 L 国士兵黝黑的脸上都是惊恐。远远的，有隐约的炮声传过来。

在用铁丝网围成的简易隔离带里，几十个黄皮肤的中国工人穿着工作服，相互挤坐在狭窄的空间里，瞪着一双双恐惧的眼睛，脸上都是绝望无助。同时，被一起隔离的还有一些白色面孔的欧洲人。突然，站在临时岗亭的哨兵一声高喊，散漫的黑人士兵们猛地爬起来，哗啦一声拉开枪栓。几乎同时，停在附近的坦克上架设的机枪也掉转过去。

远处一片尘土飞扬，两辆破旧的白色卫士 110 急驰而来，车头处鲜艳的五星红旗像一团燃烧的火焰在跳跃。哨兵连长举着望远镜静静地在观察。

车里，穿着便装的高胜寒哗啦一声拉开枪膛，检查着手枪弹匣，上膛，关保险，随后插入枪套。正开车的王星看了一眼后视镜，不动声色地问："打吗？"高胜寒看他："打毛啊，谈，不要带长枪下车。"谢思潇坐在后面："他们开火怎么办？"高胜寒面色严峻地看着前方的 L 国港口，想了想："迎着。狙击手下车，自己找位置。"

路上，一片尘土飞扬当中，黄宝贵和许飞打开两侧车门，抱着狙击枪从后座开门滚翻下车，借助弥漫的尘土迅速消失了。

简陋的检查站，两辆白色卫士车戛然停住，哨兵们持枪，警戒地盯着他们。高胜寒明白，此时如果他们有丝毫的其他动作，对方的实弹都会毫不犹豫地扫射过来。高胜寒看了王星一眼，慢慢地走下车，摊开双手，其他队员也都慢慢走下车，同样空着双手。王星是司机，没有下车，但藏在方向盘下的手已提着步枪，做好临战准备。谢思潇坐在后排，膝盖下面也握着短突。

这时，高胜寒举起双手，用不太熟练的英语跟对方说道："我是中国人。"之前拿着望远镜一直观察他们的哨兵连长走过来："证件？"高胜寒慢慢伸手，取出衣服上兜里装着的公务护照，递过去。哨兵连长看了他一会儿，才伸手接过来，仔细检查着。

"大使馆的？你有何贵干？"哨兵连长一口流利的中文。高胜寒有点意外："你会说中国话？"哨兵连长点头，但脸上还是冷硬的表情："我在中国留过学。"

"那就好办了，我英语不太好。我们的人以前和你们交涉过，那是我们中国的工人，我要把他们带走。"高胜寒笑着，指了指不远处被铁丝网围住的中国工人。

"他们没有护照。"

"兵荒马乱的，他们的护照跟行李一起都丢了。"

"那没办法，没护照就是不能放行。"哨兵连长客气地说，"我并没有难为他们，但是按照规定，我不能放行。"

"我们中国人，是来支援贵国建设的，这你很清楚，我们跟谁都没恩怨。"高胜寒看他，"你在中国有好朋友吗？"哨兵连长的脸上闪过一丝忧伤："有，你问这干什么？"

"你想他们吗？"

"很想，我想我的同学们。"哨兵连长苦涩地一笑笑，"但是我的国家已经完蛋了，我只能留在这儿，等着叛军来战斗到底。"

"我很同情你，上尉！我能想到军人的这种绝望，最后的忠诚。"

哨兵连长眯缝着眼看着高胜寒："你不是外交官。"高胜寒笑笑，没说话。哨兵连长也笑笑："你是军人，他们也是。"——哨兵连长指了指高胜寒的身后。

"对，中国人民解放军特种部队，我来接我国公民回家。"高胜寒的声音掷地有声。哨兵连长点头："我明白了，如果我不同意，你可能会杀了我。"高胜寒不动声色："上尉，事情还没到那一步呢。"哨兵连长抬眼，看向那边山坎上隐藏的狙击手："你以为我怕死吗？怕死，我早就跑了。"

"我们是敌人吗？"高胜寒看他，轻轻摇头，"不是，我们为什么要打仗呢？我只是想带我们的同胞回家！"哨兵连长回过头，被圈在铁丝网里的几十个中国工人眼巴巴地看着不远处飘扬着的那面小小的五星红旗，眼含热泪。他们知道，那面红色是他们的希望，是祖国来接他们回家的。其中几个年岁稍大的已经忍不住热泪滚落，轻轻地抽泣着。

高胜寒的喉头有些哽咽，他眼含热泪看着面前全副武装的哨兵连长："请你帮帮我！"哨兵连长想了想："你怎么证明他们是中国公民？"

"我可以和他们说句话吗？"

"可以。"

高胜寒向前走了两步，哨兵连长伸手拦住，站在旁边的其他士兵唰地举枪，瞄准了高胜寒。站在高胜寒身后不远处的队员们也是迅速拔枪，王星和谢思潇也同时下车，步枪短突刷地举起在手——双方一瞬间剑拔弩张。

寂静的港口只听见一片呼吸声和怦怦的心跳声。高胜寒不卑不亢："怎么？"哨兵连长说："我只是让你把武器交出来。"高胜寒想了想，从后腰拔出手枪，递过去。哨兵连长接过来，看了看他的身后："现在你的人可以把枪放下了。"高胜寒摆摆手，队员们慢慢地放下枪。谢思潇低声说："咱们先放枪，他们开枪怎么办？"

"咱们放不放枪，他们都有坦克。"王星说，谢思潇看过去，两台59坦克的炮塔已经摇过来，黑乎乎的炮筒对着他们的位置。王星轻声安慰她："有战虎呢，不要急。"

3

　　高空，云层很厚。崔华盾和顾意驾驶的两架武直-10隐身在云层里待命。驾驶室里，崔华盾对着耳麦："寒号鸟，我们准备攻击。"坐在后面的甄大同咂舌："乖乖，真要打啊？"崔华盾面色严肃，手指预压在发射键上："如果谈不拢，可能就没别的办法了。"高空下，武直机翼下挂着的反坦克导弹在阳光下熠熠闪亮。

　　哨所处，高胜寒摊开双手："我可以过去了吗？"哨兵连长没点头，一抬下巴："还有你的狙击手。"高胜寒没回头，举起右手，握拳。黄宝贵和许飞收好枪，站起来。哨兵连长看他："你不怕我现在开枪吗？"高胜寒面色无惧，看着那边的同胞："……我只想带他们回家。"哨兵连长点点头："去吧，你证明给我，他们是中国人。"

　　高胜寒迈开步子，一个人走了过去。虽然他只是穿着便装，但多年的军人生涯让他的身上已经烙进了军人的作风，步子走得步步生风。被圈在铁丝网里的工人们心情有些激动，眼巴巴地看着他。

　　"全体集合！"高胜寒突然高喊，用浑厚的嗓子高喊。工人们一愣，随即全都站直了，整齐列队。高胜寒看着面前参差不齐并不能称为方阵的队列，一声虎吼："立正——"

　　唰——工人们动作虽然不标准，却是整齐划一。

　　"唱国歌！起来，不愿做奴隶的人们！"高胜寒心中的情绪是复杂的，可能他自己也不曾想到，会在这样一个场景下亲唱国歌。此时，工人们都是昂首挺胸，热血沸腾，慷慨激昂的歌声在港口上空回荡："起来，不愿做奴隶的人们，把我们的血肉筑成我们新的长城……"虽然没有音乐的伴奏，但此刻清唱的国歌却蕴藏着一股无法言说的巨大能量。

　　不远处，队员们也是标准立正，心绪激动同声而唱。浑厚坚定的《义勇军进行曲》回荡在非洲大地，异国他乡，此情此景，震撼了现场的所有人。不管是L国士兵，还是其他国家的难民，都不由自主地站起来，把目光投向高唱国歌的中国工人们。

　　哨兵连长看着，摆摆手，两个士兵把枪甩在背后，走过去打开了铁丝网的门。穿着工作服的中国工人们列队高唱着国歌鱼贯走出来，没有拥护，也没有怒骂。其他国家的难民们也想一同出来，却被挡了回去，铁丝网门又关上了。

　　高胜寒领着队伍朝着他来的方向齐步走过去，国歌唱了一遍又一遍。哨兵连长笑着看向高胜寒："你赢了。"高胜寒举起右手，敬了一个标准的中国军礼。哨兵连长伸出手："中国军人，再见！回家的路，一路顺风。"高胜寒也伸出手："再见，上尉，保重。"哨兵连长笑笑，没说话。高胜寒转身带着队伍上车，队员们也都收好武器，上车。

　　高空云层里，两架武直-10还在待命，崔华盾轻吐一口气，手指从发射键离开："他们完成任务了，我们走。"顾意意犹未尽："这就解决问题了？真不过瘾。"崔华盾笑笑："兵不血刃最好，走了。"一拉操纵杆，两架直升机掉转机头，迅速离去。

4

空寂的码头，陈大明和几个武装特警还等在原地。他抬起头，武直-10低空掠过，飞向航母。两辆白色军士车载着嘹亮的国歌，急驰开来。在经过海军特战队员的检查哨时，被成功撤离的中国工人们瞬间欢呼起来，高喊着"共产党万岁！""祖国万岁！"可能只有在此刻，他们才真正明白渺小如尘的自己在祖国心目中的位置。

高胜寒把车靠边停下，陈大明带几个武警特战队员匆匆跑来。陈大明眼圈有些泛红，抬手敬礼："辛苦了！"随即握着高胜寒的手，"我们一直在等你们的消息！"高胜寒也抬手敬礼："任务完成。"陈大明抑制住内心的激动："飞狼出手，非同凡响！我们还准备去支援呢！"

"全队的努力，也包括没露面的战虎。"高胜寒爽朗一笑，"车还你们了！"陈大明转向谢思潇："祝贺凯旋！"谢思潇嫣然一笑："还没完成撤侨行动呢，话不能说太早了啊！"两个人默契地握拳拉钩，王星冷着脸看他们俩，心里有些不是滋味儿。

陈大明看着王星，问："上尉，我认识你吗？"王星笑笑："这不就认识了吗？"说着伸出手。谢思潇嗔怪地看了王星一眼："007，你别胡闹！"王星的手一直伸着，陈大明只好握住，两个人都是笑容满面，手里却使着暗劲儿。谢思潇看着两人，紧咬牙关，脸上都开始出汗。王星瞪着眼睛紧盯着陈大明，陈大明也毫不示弱，咬牙问："我表妹怎么看上你的？"王星一愣："表妹？"谢思潇急忙说："我没看上他！"陈大明眨巴着眼："对啊，我表妹！"

王星一走神，手上的劲也就散了，嗷地叫了一声，陈大明松开手："承让咯！"说完带着武警特战们嘻嘻哈哈上车走了。王星还盯着陈大明的背影："那是你表哥？！你怎么不说一声？"谢思潇赌气地转身要走："我为什么要跟你说？！"曾紫陌走过来："都闭嘴，别在这儿丢人现眼！"两人都不敢吭声了。高胜寒依旧忧心忡忡，看着远方。

5

L国海伦码头，灰色大石块砌的堤岸像荒凉的海角和突堤般，把海湾分成了许多石头建筑的街区。远远的，在迷蒙的晨雾中，港湾的水面闪着光芒，渔船的白帆像海鸥似的时隐时现，棱角分明的礁石在日光下闪着银色的光亮。此时，破旧的码头传来隐约的隆隆炮声，码头各处都有武装分子持枪警戒。

一座简陋的库房里，石斑鱼的腿上挎着战术直刀从面前走过，战战兢兢的夏初抱着蓝妞坐在地上。在他们周围，还有其他的学生和两名老师。学生们都吓得不行，咬着牙不敢哭，老师们不停地安慰着。在库房周围，全副武装的恐怖分子散乱在四周警戒，有的挎着枪，随意地喝酒聊天。

石斑鱼走到夏初面前，蹲下身，满脸笑意地看着蓝妞。夏初赶紧把蓝妞护在自己身后，战战兢兢："你……你要干什么？"石斑鱼没理她，还是看着蓝妞。蓝妞也倔强地看着她。

石斑鱼笑笑，伸手想抚摸蓝妞的脸，蓝妞一口咬住她的手指头，石斑鱼一愣，没把手指抽出来，蓝妞盯着她，狠狠地咬着不松口。夏初吓坏了："蓝妞，蓝妞，你别……"石斑鱼一巴掌把夏初打到一边，夏初再起身时，已经被两个高大的武装分子按住，黑乎乎的枪口抵着夏初的脑袋。

蓝妞还是死死地咬着石斑鱼的手指头，一股鲜血涌了出来。石斑鱼的脸上带着笑意，看着蓝妞，蓝妞倔强地盯着刀，还是不松嘴。半晌，石斑鱼忍不住了，抡起巴掌，啪！蓝妞被打到一边，石斑鱼站起身，手指汩汩地冒着血。蓝妞倒在地上，抬着头倔强地看着她。

石斑鱼举起血流不止的手指头，看看，随即塞在嘴里，若无其事地吮吸着。蓝妞倔强地坐地上："敢打我？！你一定会死得很难看！"石斑鱼一愣："我还第一次听到有人这么跟我说话！"

"——也是最后一次听到！"蓝妞说。石斑鱼很好奇，问蓝妞："为什么？"

"因为你在我眼里，已经是个死人了！"

石斑鱼脸上的笑容一下子消失了。蓝妞还是一脸倔强地看着她，石斑鱼冷冷地一把拔出手枪，顶上膛，夏初不顾一切地扑过去，挡在蓝妞身前："不要啊！"石斑鱼看向旁边两名匪徒："把她拉开！"

夏初被架在一边，蓝妞站起来，倔强地盯着石斑鱼。石斑鱼的手枪就顶在她的额头上："我给你一次活命的机会——跪下求我！"蓝妞不为所动："头可断，血可流，革命气节不能丢！随便你吧！"石斑鱼一愣："你从哪儿学的这一套？"蓝妞笑笑："我爸爸教的。"

"现在你爸爸可不在这儿？"

"那又有什么关系？"蓝妞看她，"你开枪，杀了我，然后呢，不管你逃到天涯海角，我爸爸也会抓住你！"石斑鱼笑笑："真不愧是飞狼的女儿啊！"

"看，你说实话了吧？你们都是冲我来的，那干吗抓这么多人？把他们都放了吧，我留下。"蓝妞语气冷静，冷静得简直不是她这个年纪该有的反应。

石斑鱼对蓝妞的反应很意外，稳住声音："果然有胆色啊！"

"蓝妞！"夏初哭着喊，蓝妞转头冲她一笑："夏老师，不用怕，他们是冲我爸爸来的！这和你们都没关系！"随即对石斑鱼说："我留下，让他们走。"

"我喜欢这个孩子，不要委屈她。"石斑鱼笑着把枪收回来，关上保险，熟练地插回枪套，转身走了。

"你放了他们！"蓝妞大吼。石斑鱼头也不回："我优待你不代表我会听你的，把她看好了，她可是飞狼的女儿，还不知道都懂什么呢！"蓝妞气呼呼看着石斑鱼的背影，其余的孩子们都吓哭了，但都不敢哭出声，只好咬牙忍着。

夏初小心地跑过来，关切地摸摸蓝妞："蓝妞，你干吗啊，我看看你有事没有？"蓝妞笑笑："夏老师，我没事，你鼻子流血了？"蓝妞伸手擦擦夏初的鼻子，夏初放心一笑："你没事就好，你没事就好，不然我怎么跟你爸爸交代啊？蓝妞，咱们现在深陷危险，你就别那么冲动好不好？"蓝妞安慰她："夏老师，你不知道。爸爸说过，对坏人，越胆怯，坏人越嚣张！"

6

荒野路，太阳灼烈，人迹罕至。一辆白色的大巴车吭哧吭哧地开过来，车头一面小巧的五星红旗在风里飘扬。司机是个四十多岁的中年男人，载着整车工人，李小芹和刘老憨也坐在车里，着急地看着外面的一片荒芜。

吭当！车抛锚了，喷出一片白气。司机猛踩油门，没反应。

"这车废了！我看要开锅了！"司机抹了一把满头的汗。李小芹走到司机边上："我们到玛雅斯海港还有八十多公里呢，这车不能废啊！"司机也是一脸的无奈："可我说了不算啊！租这破车，咱们被骗了！"

司机跳下车，打开车前盖，一团雾气。李小芹凑过去："怎么样？怎么样？"司机扇了扇雾气，看看里面："完了，我也不会修这个，太老了，看样子是废了，水箱开锅了。没办法了，只能走路了。"李小芹急得跳脚："我的天啊！现在电话也不通，没办法和大使馆联系啊！"

这时，车门打开，李老憨走下车，李小芹连忙过去扶住："爹，不行了，车坏了！咋办啊？"刘老憨一瞪眼："还能咋办啊？步行呗！"

"步行？还有八十多公里呢！"

"那也比在这儿等死强啊！"李老憨说，"听那边炮打得，走了！下车！行李不要了，命要紧！只拿吃的喝的！"说着，李老憨走到车头，摘下鲜红的国旗拿在手里挥挥："老少爷儿们，跟紧了，别掉队！咱们要回家，就得走这八十多公里路！回家，比什么都重要！吃点苦！走路走不死人，打仗会打死人的！走了！"工人们纷纷下车，带上随身物品，跟着李老憨井然有序地往前走。

码头上，一名正站在吊机上的武装分子拿起望远镜，打了一个呼哨："威胁接近！"

哗啦声一片！武装分子们纷纷拉开枪栓，持枪警戒。石斑鱼从房间里走出来："什么情况？"

"有中国国旗在接近！"

"中国国旗？"

"对！是不是中国军队来了？"

石斑鱼拿起长枪，哗啦一声子弹上膛："准备死战！"随后拿起望远镜——一面鲜红的五星红旗后面，跟着一队穿着工人制服的队伍，走得松散无比。

"不是军队？"石斑鱼纳闷儿。

"像是在撤离的中国工人，估计是迷路了吧，我们怎么办？"旁边的武装分子说。

"怎么走到这里来了？"石斑鱼想想，"不管了，放他们进来。"

李老憨信步扛着国旗，李小芹看看四周，奇怪地问："爹，这是玛雅斯码头吗？怎么这么小啊？"李老憨说："好歹是个码头，我们进去看看再说，歇歇脚，大家伙也走累了。"

"没看见里面有人啊？"

"兵荒马乱的，兴许都逃荒去了，老少爷们儿们，进去看看有没有吃的喝的！咱们打个尖啊！"李老憨吆喝着，工人们纷纷答应着，走在最前面的几个跑过去，推开门，队伍鱼贯进入。

李老憨进门，走了几步，似乎感觉有什么不对劲儿。隐藏在四处的武装分子纷纷露出头来。这时，一条大绳从高空抛下来，石斑鱼嗖地从高处滑降而落，起身走过来。李小芹看着她，小心翼翼地问："你们……你们是什么人？"石斑鱼没理她，鄙夷地吐了口唾沫。李老憨咽了口唾沫，壮着胆子说："我们……我们是中国工人，我们没有武器！"

"我有武器！"石斑鱼说着，拿起长枪就是一梭子，工人们吓得惊倒一片，石斑鱼笑着把枪大扛在肩上，"扣住他们，是我们对付中国特种部队的又一堆筹码！"

7

简报室里，霹雳火和战虎正襟危坐，旁边，海军陆战队和武警特战队也在待命。门被推开，总指挥走进来，在他身后跟着一个穿着便衣的人，高胜寒一愣，王星更是张大了嘴。剑齿虎笑笑，摆摆手打了个招呼。

总指挥看着高胜寒："你们认识吧？"剑齿虎点头："认识，合作过。"总指挥严肃地点点头："那就不需要我介绍了，开场白都省了，你说吧。"剑齿虎点头，走到队列前面："东方方舟行动很顺利，但是有个突发情况。"所有人都聚精会神地听着。

"根据情报，我们有 39 名中国工人和 28 名中国小学生、两名中国老师，女性，被 K2 恐怖组织扣押在距离这里 65 公里的海伦码头。"剑齿虎看着高胜寒，高胜寒慢慢站起来："我想知道名单。"

"很遗憾，确实有高蓝妞。"剑齿虎拿起资料夹，递过去。高胜寒打开，看着蓝妞的照片心里一颤。黄宝贵站在旁边，呆住了："怎么会？怎么会？小芹……"高胜寒转身拍拍他的肩膀："记住我说过的话，你是职业军人。"黄宝贵使劲地点点头，把眼泪咽回去。

"根据我们的情报，他们被 K2 扣押为人质，还不知道他们扣押人质的目的，没有人和我们接触，更没有谈判。"剑齿虎说，"撤侨行动即将结束，舰队要返程回国。L国当局已经无力控制局势，军警全面溃散，只能靠我们自己了。上级决定，采取果断措施，营救被扣押的中国公民，我会提供情报支援，我的话完了。"

总指挥走上前："都听到了吧？我们的同胞，被国际恐怖组织扣押在战乱的异国他乡。你们是特种部队，这是你们的专长，我不想浪费时间说什么行动的意义，就一句话——"总指挥的鬓角已经花白，但军人的精气神却仍在，他凝视着自己的队员们，一字一语地，"带中国人回家。"

高胜寒起立，站在队列前面，抬手敬礼："大家都不反对，就由我担任这次远程营救行动的指挥员。你们虽然隶属于不同军兵种的特种部队，但有许多人是我的学生，参加过我组织的特种部队骨干集训。我相信你们的实力，只要我们方案得当，一定可以救出我们的同胞，完成这个光荣而艰巨的任务。"高胜寒操作遥控，一幅地图出现在墙壁上。

"这是我们现在所处的玛雅斯海港，距离我们的攻击目的地海伦海港，有65千米。这之间各派别还在不断交火，形势处于不断变化当中，从地面接近，要冒很大的风险，包括与不相干的游击队和溃兵发生武装冲突；但是从空中接近，无法达到隐蔽接敌的目的，很可能造成人质的死伤，这不是我们想看到的结果。"

"我可以想办法，组织交通工具，地面接近海伦港。"剑齿虎说。

"你运不过去这么多人，一个大车队，路上的变数太大，我们不能承担这个风险，我们不是来参加他们的战争的，我们只是想带中国人回家。"高胜寒说。

"运十个人应该没问题。"

"对，这就是我的计划。"高胜寒说，"我们把接近和攻击分成几个批次。霹雳火是第一批次，由于具备战地急救功能，在战斗打响以后，可以就地治疗伤员。你们跟我从地面接近敌人，展开突击营救，秘密渗透进入海伦港，控制人质扣押区，建立防御线——这个环节很重要，不惜一切代价，严防死守，等待援兵。你们明白了吗？"

"明白。"霹雳火唰地起立，高声怒吼。

"那我们呢？"崔华盾站起身。

"不要急。其余的两支地面特种部队，和战虎特种航空队为第二批次，你们待命出击。一旦我们发动突击营救，你们的任务就是全力支援，武装直升机协助建立防御火线，运输直升机搭载突击队员快速机降，同时掩护人质撤离。"

"那你们太危险了，我们可以提前出发。"

高胜寒摇头："K2不是反政府游击队，他们装备精良，有自己的情报搜集手段，你们一起飞，K2就很可能观察到这个动向，反而不利于我们营救人质。看见你们起飞，根本不需要卫星，随便在这个码头的什么位置，肉眼就看得见，一个卫星电话就过去了。我相信他们在这个地方安插了观察哨，在侦测我们的动向。整个行动方案就是这样，霹雳火隐蔽接敌，适时发起突击。一旦枪响，战虎搭载海军和武警的特种部队，全速飞行，我相信65千米对你们不是什么问题。去准备吧，我们马上出发。"

8

夜晚，休息室里摆了一整排外国枪，还有榴弹发射器。霹雳火的队员们正在收拾武器和医疗器械。高胜寒穿着便装，里面套着杂色战术背心。曾紫陌看他："我们就这样进去吗？"高胜寒故作轻松地一笑："不这样，还大摇大摆打着国旗进去？记住，自己身上，不能留任何证明自己身份的东西。我们不能留下痕迹，你们懂我的意思，路上发生战斗，快速通过，不要恋战。如果被俘……"一片沉默，队员们都看他。高胜寒神色冷峻："——最好不要被俘，如果被俘，给自己来个痛快的。"

房间里一片沉默，却蕴藏着无穷的力量。

9

夜色如墨，码头寂静如常。黑夜像一张巨大的网撒落下来，笼罩了整个海面。三辆风尘仆仆的白色丰田陆地巡洋舰静静地停在码头。

霹雳火的队员们都穿着便装，黄宝贵抱着一把"10狙"，神色坚定。许飞背着一把外军狙击步枪。王星带着队员们，目光都很坚毅，一群人走在黑色的逆光中，煞是悲壮。王星走着走着，突然愣住了——龙丹丹转过身，表情复杂地看着王星，笑了笑。谢思潇也是一愣。

王星走过去："没想到是你。"龙丹丹一笑："我说过啊，我就是干这行的，你也算是半个同行，你懂的。"王星看看她："你的伤都好了？"龙丹丹点头："早就好了。"这时，高胜寒看向剑齿虎："她带我们过去吗？"剑齿虎说："对，她熟悉当地的社情民情，是我们当中最好的一个。"高胜寒默默地点头："知道了，上车。"

黑夜里，车队没有开灯，月光照在车身上，泛着隐隐的亮光。剑齿虎看着渐渐消失的车队，举起的右手久久没有放下。

第二十九章
—— FIRE ——

1

夜晚，下着大雨，周围一片残垣断壁。难民们佝偻着围着篝火，瑟瑟发抖。游击队员们挎着 AK-47，旁边的皮卡上架着一挺机枪，一片战前的紧张肃然。

车队离前面的哨卡越来越近，王星开车，观察着四周的动静："现在怎么办？"龙丹丹沉声道："你不要说话，别吭声。"

哨卡前，王星停下车，一群游击队员们持枪围上来，嗷嗷地叫嚷着。龙丹丹打开车门，王星一把抓住她。龙丹丹笑笑："我没事。"说着跳下车，拿出一沓当地的钞票。为首的头儿看看钞票，拿过来，又看看龙丹丹，龙丹丹又拿出一沓钞票。

车里，高胜寒打开保险，低声命令："准备战斗！"

王星的右手顺在了腰部枪套上，后面一辆车上，曾紫陌的手枪也打开保险，许飞把微冲放在腿下检查。

哨卡前，那名头目拿着钞票，一挥手："检查后面！"一群游击队员持枪走过去，散乱地围在三台车周围，拿着手电照过去。龙丹丹情急之下，摘下钻戒，大吼道："THIS ！"

王星脸色一变，头目挥手打开钻戒，与此同时，龙丹丹的手枪已经顶在他的腹部。砰砰！两声闷响，头目猝然倒地。队员们迅速下车，从车队两侧果断射击。黑龙猛扑上去，一口咬断一个游击队员的咽喉。

雨还在下，激烈的枪声停止了，整个世界安静了，血水合着雨水在地上蜿蜒流过。只剩下雨刮器的声音在黑夜里作响。高胜寒一把抓住倒在车顶上的匪徒，拽下来扔到一边："走！"队员们纷纷上车，只有龙丹丹打开手电四处看地面。王星看着她，苦笑："找不到了，走！"龙丹丹一咬牙，跳上车，谢思潇看着，心里有点泛酸。车队丢下一地泥泞的钞票和一地尸体继续前行。

2

海伦港，大雨还在下着。武装分子们站在屋檐下避雨，油桶里面的篝火熊熊燃烧着。

"中国舰队没有动作吗？"石斑鱼拿着卫星电话，"好，知道了。"石斑鱼纳闷儿地皱着眉头："不可能啊，没动作？中国军队不会放弃自己的同胞，他们一定在路上！"

"可是观察哨什么都没有发现。"一名部下说。

"他们如果不想让人知道，会比黑夜还低调——暴风雨就要来了！"石斑鱼的眼里闪过一丝狡黠。在她身后，人质已经睡成一片，依偎着相互取暖，蓝妞的脸上还带着泪痕。石斑鱼一笑："一定要看好她，她可是我们最重的筹码！"

简报室里，战虎全副武装，随时待命。崔华盾站起身："还没有消息吗？65公里，他们应该到了啊？"

"他们的卫星通信还是静默状态。"剑齿虎抬手看表，"这里不是国内，没有高速公路。他们要穿越战区，中间可能会有战斗。"

"我们就一直这么干等着？如果有遭遇战，他们需要我们的空中支援！"白鹏说。

"只要一起飞，各国卫星都看得一清二楚，更不要提近在咫尺的观察哨了。"

"可以把那个观察哨找出来，活捉或者干掉都没问题。"

"根据情报，观察哨和石斑鱼之间有定时通信，每半小时就有一次。就算我们抓住那个观察哨，这么短的间隔，也真不一定会让他顺着我们说，K2的手下都是亡命之徒。"

"我现在觉得，那好像是个诱饵。"所有人都看向他，崔华盾声音低沉，"K2拿蓝妞做诱饵，给我们做局。"

剑齿虎点头："不是没有这种可能，我们也全面权衡过，但是中国人的安全是第一位的。就算是局，我们也得把这个局破个天翻地覆！我相信高胜寒有这个判断力，他不会上当的。"

"要不要提醒他？"崔华盾担心。

"在突击开始以前，要保持通信的沉默，我们不能在事先引起太多的关注。国际局势复杂多变，危机四伏，你不知道，谁是谁的敌人，谁是谁的盟友。K2未必有卫星监控的能力，但是他们的盟友真的不一定没有。我不能跟你说太多，总之，为了被扣押中国公民的绝对安全，绝对不能引起任何关注。"

"明白。"

"你们都是中国特种部队的精锐，都有敏锐的头脑，有些话……我不需要点破。那些不是我们操心的事，我们所关心的，只有一件事，此时此刻——带中国人回家。"剑齿虎看着面前的队员们，声音低沉。

3

夜里，蜿蜒的山地，雨已经停了，厚重的云雾盘踞在天边，山林里的风带着浓重的凉意刮过。车队没开灯，高胜寒看手里的北斗导航仪："到地方了，下车。"龙丹丹也跳下车："我的任务完成了。"王星看她："你自己回去吗？"龙丹丹一笑："我不回去，我还有事要做。"

"你，你不回国吗？"王星问。龙丹丹笑笑，没说话。王星还想说什么，被高胜寒打断："她有她的工作。"

"一句话！"王星压抑着自己，"你……一定要保重！"龙丹丹看着王星的眼睛："你不能留下，我不能离开，这就是非洲。"

王星的眼里泛着泪，龙丹丹突然扑上来，吻住他。谢思潇一愣，黑龙嗖的一声站起来。龙丹丹哭着吻他，王星还没反应过来，龙丹丹一把推开他，转身跳上车，消失在黑夜里。

"我们出发。"高胜寒转身看着两人。王星擦去眼泪，咬牙转身，持枪进入山地。

4

夜色笼罩，夜里山里的气温骤降，山巅泛出隐隐白雾。高胜寒拿起 V21 望远镜，库房里什么都看不到，只有武装分子持枪不停地在各处巡视。曾紫陌趴在他旁边，低声问："我们怎么进去？"

"得先搞清楚里面的情况。"高胜寒在思索，"你接手队伍。"曾紫陌一愣："什么意思？！"

"我进去，把情况摸清楚。"

"胡闹！我不同意！"曾紫陌低吼。

"我进去吧。"王星说。

"你不懂，我能感觉到，他们想要的是我。这是我和 K2 的个人恩怨。"

"你别闹个人英雄主义！"曾紫陌低吼。高胜寒看着她："听着！现在是在战区，没有时间开会解决问题！相信我的直觉，他们想要的是我！我进去，哪怕被他们抓住，也把情况搞清楚！你带队进去——007！"

"有。"王星低声回答。

"如果海豚有不测，你接手指挥。"

"我？我……"

"没时间废话。"高胜寒神色冷峻看向马路，"黑马，你是下一任。"

"收到。"马路面色平静。

"如果我被抓住，不要慌，选择合适时机，突击营救。我不会被他们搞定的，这是黑虎掏心，你们发起突击，我会里应外合，保护中国公民安全。你没问题的。"

曾紫陌说不出话。

"狙击组掩护你吗？"许飞问。

"你们一开枪，就什么都暴露了。记住，不管发生什么事，你们都要等待天亮。在夜晚发动突击，很容易误伤中国公民。我们是来救人的，尽量万无一失！我走了。"高胜寒慢慢滑下去，消失在夜色中。

吊机上，一名狙击手在打盹儿。高胜寒悄声走到后面，捂住他的嘴，雪亮的匕首划过，一股浓血冒着热气喷涌而出，高胜寒死死捂住他的嘴，将尸体慢慢放下。

码头上，两个武装分子正在对火，一个武装分子摸摸脸，一看，是血，纳闷儿地抬头，高胜寒倒挂在绳索下滑，双手持双刀交叉在胸口。两名武装分子惊呆了，刚要摸枪，匕首已近在咫尺。高胜寒迅速无声落地，接住两具尸体，把他们拉到暗处放下，拽过旁边的篷布盖上。随后拿出炸药，放在篷布里面。

高胜寒爬上库房屋顶，低姿移动。正藏身在边缘处的狙击手困意大作，观察手拿着望远镜，不时地观察着。高胜寒从背后飞身而起，两把刀直接插进了后脖颈子——两人被钉死在屋顶上。高胜寒拔出刀，插回刀鞘，拿起旁边的攀登绳，迅速下滑。

库房里，所有人都在沉睡。高胜寒倒挂着，透过窗口观察着库房里的动静。

"海豚，我看到里面了。"高胜寒打开耳麦低语。

山坡上，曾紫陌声音有些颤抖："海豚收到，请讲。"

"我数过，我们的人都在。里面大概有十到十五名匪徒，可能暗处还有，我不确定。"

"确定人质安全？"

"现在是安全的。"

"那你撤出来！"

"我说过，不管发生什么事，你们要保持冷静！等待天亮发起突击，现在我要进去。听着，我信任你，我也希望你信任我！通话完毕。"高胜寒摘下喉麦，连线一起，绑在对讲机上，挂上手雷。

下面，两个哨兵走过来，高胜寒打了个呼哨，把带着手雷的对讲机甩过去。哨兵下意识地接住，大惊。轰一声巨响，石斑鱼一下子惊醒着起身："怎么回事？！"人质们也醒了，惊恐不已地看着四周。库房外，高胜寒拿起遥控器按下，轰！轰！轰！码头上蹿起一道火墙，爆炸响起一片，火光冲天……

库房里，屋顶震荡，灰尘不断地掉落下来了。蓝妞惊喜地叫道："是爸爸！"夏初捂住蓝妞的嘴，抱紧她："别说话！"李小芹也瞪大眼："解放军来救咱们了？！"李老憨招呼着工人们："别慌张！别慌张！看好孩子们！"石斑鱼拿起长枪顶上膛："走，出去看看！留下的人，看好中国人！"

高胜寒倒挂着用刀撬开库房的窗户，抓住边框，身体在空中缓慢转体，进入库房一侧的货架上。下面，武装分子拿枪对着人质，高胜寒拔出刀，潜行过去，突然，一刀扎进对方的脖子，武装分子脚下一滑，高胜寒一把没抓住，尸体重重地落下。

吭当！所有人都看向这边，匪徒们举枪射击，子弹密集地打在他身后。高胜寒纵身一跃，跳到另一个支架，头顶子弹嗖嗖嗖地过去，他眼睛都不眨一下。这时，库房门口，石斑鱼带队跑进来："我要活的！"

高胜寒在狭窄的平台上不停地翻腾滚跃，咔嗒一声，弹匣打光，高胜寒更换弹匣，突然，飞来的一脚踢掉了他的步枪。高胜寒转过脸，石斑鱼站在对面，拔出战术直刀。高胜寒也丢掉没用的弹匣，拔出双刀，两个人虎视眈眈。

"高胜寒？"石斑鱼看他。高胜寒语气平缓："中国人民解放军特种部队，放下武器，举手投降，你还有一条生路。"石斑鱼惊讶，笑道："你以为现在是什么情况？我占尽优势，该投降的是你！"

"拒不投降，格杀勿论！"

"那倒是要看看你有没有这个本事了！"

瞬间，两个人同时扑向对方，一阵刀光交错，铿锵有力。高胜寒猛地出刀，杀气十足，招招致命。但石斑鱼身手敏捷，闪身躲避，脸被划了一道子。石斑鱼擦着脸上的血，恼羞成怒。高胜寒稳稳持刀，摆出备战姿势，心如止水。石斑鱼右手持刀，左手从腰带上戴上铁指套，上面都是尖刺。

高胜寒出腿，脚尖带着风直击石斑鱼的面门。突然，石斑鱼一声惨叫，胳膊被划了很深一道口子。高胜寒趁机起身，一个漂亮的连环踢，石斑鱼倒在平台上，高胜寒飞身上去，跪在她的胸口，高高举起刀。

砰！一声枪响。

"高胜寒！你看看这是谁？！"

高胜寒看向下面，只见蓝妞被拽到空地上，一把乌黑的手枪顶着蓝妞的脑袋："我数三下！如果你不投降，我就爆了你女儿的头！"蓝妞挣扎着大喊："爸爸——不要管我！杀坏蛋！不要管我——"

"你住嘴！"武装分子捂住蓝妞的嘴，蓝妞张口就咬下去，武装分子惨叫着甩手，蓝妞趁机跑出去，高喊："爸爸——你说过不能对坏蛋妥协的！"

"小兔崽子！敢咬我？！"一把枪对准蓝妞。

"别开枪！"高胜寒丢下双刀，站起身。石斑鱼缓过来，一个鲤鱼打挺起身，笑笑："果然好身手，好硬汉，可惜啊，有软肋！"说着飞起一脚，高胜寒被踢得飞身出去。蓝妞哭着大喊："爸爸！"

高胜寒单膝跪在地上，所有的枪口都对准他。石斑鱼纵身滑下支架，冷笑着走过来："我终于抓住你了，高胜寒，你是 K2 的噩梦！"

"你抓住的，只是一具尸体。"高胜寒冷声道。石斑鱼一挥手："我不会给你自杀的机会的，我的老板想亲眼见到你！"

　　库房里，高胜寒被反绑着吊在中间，蓝妞哭喊着叫爸爸！夏初也泪流满面。石斑鱼冷笑看着。高胜寒被吊在空中，他张开嘴，舌头在一侧的牙齿上慢慢蠕动，牙齿上的胶被弄掉，露出一小块金属。高胜寒忍耐着，牙齿发出一阵有节奏的声音。

　　潜伏阵地上，王星单手拿着电台耳机，耳机里传来一阵清晰的牙齿撞击声。王星含着眼泪："他发报了！"

第三十章
—— FIRE ——

1

大海上，一艘货轮静静地停泊在海面，货轮的甲板上停着一架民用涂装的直升机。餐厅里传来一阵古筝，白鲸高兴地在吃臭豆腐。保镖们都是一身雇佣兵打扮站在四周，都觉得难忍，但是不敢吭声。这时，桌上的卫星电话响起，白鲸拿起来，嚼着臭豆腐："喂？"

"高胜寒在我手里了。"石斑鱼恭敬地说。

白鲸笑了："果然，我没看错你！"

"我们什么时候撤？"

"我这就上直升机，从公海到你那儿要一个小时，你看好他。"停了一下，白鲸说，"我不会带走所有人，直升机没那么多位置。"

"……我明白。"石斑鱼长出一口气，挂断电话。

库房里，高胜寒环视着四周，牙齿不断地发出轻响。蓝妞已经哭得失声，夏初紧紧抱着她，捂着她的眼。石斑鱼在角落，悄声说："任务完成了，呼叫白鲸，接我们撤离。"

"就他一个人吗？"部下看了看被吊在半空中的高胜寒。

"如果他带队来了，那其余人呢？"

部下还是忧心忡忡："按说他们应该一起来，没出现我也很意外。"石斑鱼轻哼一声："救女心切，擅自行动了。你看他没有带通信设备，他使用的武器都不是中国造的，估计是刚刚在当地黑市高价买的。"部下点点头："那这些中国人怎么办？"石斑鱼回头看看，冷声道："安装定时炸弹。"

潜伏阵地上，王星戴着耳机，在边听边画图。高胜寒坚持着，汗水不停地从额头流下来，他眨眨眼，继续观察着。

不远处，几个武装分子开始安装炸弹，C4炸药块贴在油桶上。李小芹纳闷儿地问："爹，他们在干啥？"李老憨一看："炸药？！你们安装炸弹，是想要杀光我们？！"老黑没理他，继续。李老憨怒吼着："畜生！我们都是手无寸铁的中国工人，他们都是小学生！小学生！你们放了孩子们，我们可以死！"

潜伏阵地，王星一愣："安装炸弹？！"队员们都是一脸紧张。王星仔细听着："可能是定时炸弹，看来他们要跑。"马路看看手表："还有 15 分钟天亮。"

"我们打下去吗？"谢思潇问。

曾紫陌稳定住自己："他们安装定时炸弹，不是想把自己炸死，肯定是要撤。撤就需要船或者直升机，不管是哪一种，都需要时间。我们还有时间，我们一定还有时间。"王星的声音有些哽咽："30 分钟，我们熬得过去。"曾紫陌点点头："那我们分头行动吧。"

码头的铁丝网外，谢思潇和王星趴着，黑龙也谨慎地趴下。库房里，石斑鱼坐在电脑前："设定一个小时！"铁丝网处，王星仔细地听着："定时炸弹设定为 1 小时。"谢思潇抬手看表，设定好倒计时。

2

清晨，天色蒙蒙亮。晨曦从海的尽头洒下一片金黄，在海面上泛着亮光。崔华盾站在甲板上，望着没有边际的海面："霹雳火还没消息吗？"白鹏站在旁边："到现在都没有给我们发信号。"码头上，曾紫陌抬手看表："通知空中突击队出发，我们要动手了。"

"收到。"许飞趴在狙击阵地，拿过卫星通信设施，脸色一变："坏了坏了坏了！电池……我忘装了！"黄宝贵瞪大眼："你再找找？"许飞急得声音都变调了："我……我找过了，没有！"黄宝贵咬牙报告："海豚，狙击组报告……卫星通信设施无法开机，忘了……带电池了！"曾紫陌一愣。所有人都是一愣。

许飞满脸是汗，把背包里的东西全都倒出来——还是没有。许飞脸色发白，继续找，掉出个手机。黄宝贵一惊："你怎么还带个手机？"许飞拿起手机："一样的……"开机，呆住了——没信号。

"这地方能有中国移动的信号吗？！"黄宝贵问。

还真有，但信号稍瞬即逝。许飞抬眼看着山头："我得上去，山头上肯定信号好！"黄宝贵一把拽住他："不能去，太危险了！"许飞甩开黄宝贵："我的错，我来承担！"说着背上狙击步枪，拿起微冲，离开阵地。

王星趴在出击地域："我们只能打进去，拆除炸弹，死守待援！"谢思潇问："能不能联系上援军？"王星摇头："联系不上，我们就得打进去，尽一切可能挽救中国公民！哪怕全都死在这儿，这是我们的使命。如果我们不这样死，我们还有什么脸面活着？"谢思潇一咬牙："死就死吧，当兵就得想到这天！"

"黄牛，你一个人担任狙击侦察，有问题没有？"曾紫陌问。

"没问题。"黄宝贵做好狙击准备。

"好！"曾紫陌和队员们将国旗袖标戴在左臂上："准备——"

黄宝贵抱着 10 狙击步枪，瞄准了吊机上的狙击手。山坡上，许飞满脸是汗，抱着微冲，拿着电话拼命往山顶跑。王星听着耳机："飞狼问我们，为什么还不动手。"

曾紫陌扫视着精锐的队员们，一声怒吼："干！——"

"干！——"队员们举起武器低吼，喊声里带着凛然杀气。

"噗！"黄宝贵扣动扳机，弹头无声地射出枪膛，旋转着直接钻进狙击手的眉心，他一声未吭就仰面栽倒。同时，曾紫陌按下手里的起爆器，轰一声巨响，整扇的铁丝网往里面倒下，队员们起身，呈战术队形冲了进去。

库房里，石斑鱼一惊，拿起长枪："加强警戒！我去干掉中国军队！"部下支吾着："白鲸到……到哪里了？"石斑鱼一瞪眼："还在路上，你在这儿守住！"部下拿着枪，战战兢兢地点头。

空中，双手反绑吊着的高胜寒开始发力。躯体的力量让他的整个身躯从后面翻过来。高胜寒两脚一碰，一柄刀尖从靴子中弹出来，他蜷缩起身体，靴尖向上割着电线，一下没割断。高胜寒咬牙，再来。

站在下面的一名武装分子看见了，举枪，蓝妞看见了，直接扑过去——子弹打歪了，高胜寒继续努力，蹭割断了电线。蓝妞被武装分子抓住，一把甩到一边，武装分子举起枪对准她。夏初挡在蓝妞身前："不许开枪——"李老憨抱住他的腰扑倒在地："他妈的——拼了吧——"工人们一哄而上，把这个武装分子压在下面狂揍。

高胜寒稳稳落地，滚翻起身。一个武装分子扑上来，高胜寒起身飞腿，靴尖划过他的脖子，血光飞溅……高胜寒飞身接过他的冲锋枪，双手反绑但是落地瞬间回身开枪，两个扑过来的恐怖分子中枪倒地。

码头上，王星往前推进，突然，啪的一声，一枪打在他身边的集装箱，王星迅速往后退，又一枪打在他刚才的位置。王星躲在集装箱后面，大吼："有狙击手！黄牛——你还等什么？！"

"我在找啊！他藏起来了！"黄宝贵眼抵着瞄准镜，搜索着。

"那我出去，需要诱饵！你别让我被打死了！"王星起身要冲出去。

"你别出去！"谢思潇一把拉住他："黑龙——"

黑龙噌地蹿出去了，在弹雨中狂奔。狙击手瞄准黑龙，啪！一枪没打中。狙击手快速上膛，继续瞄准。黄宝贵搜索着，果断扣动扳机，子弹旋转着出膛——目标被一炮轰成渣。

山坡上，许飞看着不稳定的手机信号，还在飞奔。他咽口唾沫："自己选的路，就是跪着也得跑完！"——啪！许飞一头栽倒，胳膊被擦伤了，不停地流血。他回身一看，十几个武装分子叫嚣着在下面追来。

许飞快速飞奔，躲在树后喘着粗气。子弹嗒嗒嗒，密集的弹雨覆盖着整棵树。许飞趁机闪身出来，扔出一枚手雷，手雷顺着山坡滚下去，追逐的武装分子看见滚下来俩东西，叫嚷着躲避。轰！手雷爆炸……许飞还在飞奔。

3

　　屋顶上，石斑鱼躲在隐蔽处，拿着卫星电话："白鲸！白鲸！中国特种部队打进来了！快来带我走！"海面上，直升机在飞翔。白鲸大惊："啊？！怎么会这样？！我们的眼线都说中国军队没有动作啊？高胜寒呢？"

　　"这时候我哪里顾得上高胜寒，已经打乱了！"

　　"那他女儿呢？"

　　"还在里面！"

　　"你又没有高胜寒，又没有他女儿，你凭什么让我带你走？！"白鲸冷冷地说，"听着，我现在不返航，但是你给我高胜寒！"

　　"现在不可能办得到！我为你拼死拼活，你就给我一条活路不行吗？！"

　　"可以，那你把他的女儿给我！你知道我的做事风格！你办到了，我去接你！你办不到，就让你的尸体烂在非洲！"

　　躲在隐蔽处的石斑鱼流下眼泪："好吧，我尽量……"

　　机舱里，白鲸皱眉思索着："中国特种部队打进去了！我们在那儿的人可真不一定顶得住！"黑人保镖笑着看他。白鲸看他："你叔叔会帮忙吗？"黑人保镖憨笑着伸出手，白鲸一笑："要多少有多少！"

　　库房里，高胜寒持枪招呼着大家往里面走，李老憨和工人们护着小学生，躺在地上装死的白熊被李老憨踩了一脚，忍住一声不吭，继续装死。高胜寒持枪，对着冲进来的武装分子压制着射击。

　　屋顶上，石斑鱼拿着对讲机："白熊，你还活着吗？"白熊躺在地上，不敢吭声。

　　"听着，你那么狡猾，我知道你一定还活着！你想活着离开这里吗？如果你想活着离开这儿，就吐两口气。"很快，耳机里传来白熊的两声轻响，石斑鱼冷笑："好，我知道你还活着！我们现在是一根绳上的蚂蚱，谁也离不开谁！我们要活命，就得抓住高胜寒的女儿！否则白鲸是不会带我们走的！明白吗？！抓住他的女儿，从后门出去，我接应你！否则，我们就只能烂死在非洲！"

　　白熊躺在地上，睁眼悄悄地观察着。门边，高胜寒在前面顶着，不时举枪射击，蓝妞跟着人群往前走。突然，白熊一跃而起，一把抓住蓝妞。夏初高喊："你干什么？！"白熊根本不废话，一枪打在夏初肚子上。李老憨回过身："你放开那孩子！"白熊举枪对着他们，抓着蓝妞快速后退。高胜寒刚一回头，对面又有武装分子不断冒出来射击。高胜寒只能还击。白熊趁机带着蓝妞快速从后门出去。

　　库房后门外，石斑鱼从屋顶滑降下来，两人带着蓝妞快速往纵深撤离。

　　此时，高胜寒还在和武装分子们枪战，曾紫陌带队赶到，又是一阵激战。马路跑过去，打开背包取出拆弹工具。高胜寒一把摘下王星身上的对讲机："这里交给你们！"曾紫陌大喊："你干吗去？！"高胜寒已经飞身出去了。夏初的声音很微弱："他去……他去找蓝妞……"曾紫陌一回头，愣住了："夏老师？"

码头后面，堆着无数的集装箱。高胜寒从库房后门出来，飞奔着拿起对讲机："黄牛——告诉我——你看见了什么？！"黄宝贵抵着瞄准镜，码头的集装箱间隙，人影若隐若现："有两个人在往码头的那边去——等等，是三个人，他们抱着个孩子——"高胜寒纵身跃上集装箱："阻止他们——"

"收到。"黄宝贵调整枪口，扣动扳机，一声脆响，弹头出膛，跳壳儿。啪！子弹打在前面的集装箱上，出现一个巨大的弹洞。石斑鱼急忙卧倒，抱着孩子闪身到集装箱后。啪！又是一枪，打在旁边。

"是中国特种部队的狙击手，他在警告射击！"石斑鱼躲在集装箱后，喘着粗气。白熊抱着蓝妞："我们怎么办？"

"只能跳海了！"

"我，我不会游泳啊？"白熊一惊。

"把孩子给我！"石斑鱼冷声道。白熊一惊，抱着蓝妞不撒手："你什么意思？你不能把我一个人丢下！"

砰！一声枪声。白熊不相信地低头看着胸口，血汩汩地冒出来。石斑鱼目光冷峻，推开他，抓住蓝妞，转身看海。集装箱上，高胜寒如同脱缰的野马，一路狂奔，跳过一个又一个集装箱。

码头后面，石斑鱼抱着蓝妞飞奔而至，跳起来准备入海。突然，高胜寒斜刺里纵身一跃，抱住她们直接扑倒在码头上。石斑鱼起身，狼狈不堪，但是还抓着蓝妞。高胜寒翻滚着起身，怒视着石斑鱼。石斑鱼从后腰拔出匕首，横在蓝妞的脖子前。

高胜寒冷冷地看着她："我给你最后一次活命的机会。"石斑鱼冷笑："你女儿在我手里，现在我占尽优势！"

"坏人死于话多。"

"什么意思？"

"马上你就知道了。"

狙击阵地上，黄宝贵抱着"高精狙"，十字线稳稳地锁住目标。啪！黄宝贵果断地扣动扳机，子弹脱膛而出，旋转着钻进石斑鱼的胳膊上，石斑鱼一声惨叫，猝然栽倒。狙击阵地上，黄宝贵一愣："嗯？！打偏了？！呆鸟——没有你我打不准啊——"

山坡上，许飞筋疲力尽地在拼命往上爬，不断有子弹擦身而过。跑到一处空地，许飞刚一迈步，啪一声，许飞惨叫一声空翻倒地，子弹打在他的右侧肩膀。许飞拖着狙击步枪，转身起身，往上艰难爬行。

码头上，石斑鱼从地上爬起来，捂着中弹的胳膊。蓝妞爬起来，往高胜寒跑去，高胜寒一把抱住她，藏在身后。石斑鱼艰难地站起来，右手提着刀。高胜寒看她："你什么砝码都没有了。"石斑鱼冷笑："你不要以为 K2 就没办法了，白鲸不会这么轻易放手的！"说着嘶吼着单手持刀冲来，高胜寒纹丝不动。

黄宝贵瞄准着，子弹带着尖利的啸叫声在空中划出一道弧线，弹头直接打到石斑鱼的胸口，石斑鱼猝然在空中栽倒，躺在地上。

"漂亮，修订距离风速风向，10环。"黄宝贵表扬了一下自己。

4

简报室，总指挥和剑齿虎都在思索，战虎、海军特种部队和武警特战小组都围着他们。崔华盾焦急地走上前："我们不能再等了！都这么久了，一点消息都没有，是不是出别的事了？"

"还有一种可能，不能不考虑。"剑齿虎说，"霹雳火还在等待合适的战机，可能他们还没机会下手。如果出动直升机群，很可能会惊动敌人。"

"我们不能苦守着方案 A，总是需要个方案 B！如果不是你设想的那样呢？"崔华盾急吼，"我们真的不能再等了！"

"为什么他们不联系我们呢？"

"是不是卫星通信设施出问题了？他们也许在苦等我们的支援？"顾意目光复杂。

山巅上，许飞奄奄一息，艰难地在爬行，弹雨不断地打在他的两侧。领头的头目指挥着武装分子们四散开："抓个活的，等他子弹打光。"

狙击阵地上，橙黄的弹壳散落在周围。黄宝贵整理着剩下的弹匣和弹药："快造完了，援军呢？"他抬头看天："直升机呢，在哪儿啊？"

5

海面上，直升机还在飞翔。黑人保镖憨笑着把卫星电话给白鲸。白鲸接过来，笑道："将军，好久不见！"

荒原上，三辆沙色的 59 坦克在行驶，周围跟着杂七杂八的武装分子，前面一辆敞篷吉普开道。戴着红色贝雷帽的黑人将军拿着卫星电话："白鲸，钱到位，活干完。"

"你现在查一下你的银行账户，定金已经到了。"

将军笑："我已经查过了，合作愉快。"

"你多小心，他们很厉害的。"

"放心，这是非洲，轮不到他们撒野。"将军挂了电话，起身挥手，队伍加快速度急驰而过。

库房里，高胜寒抬手看表："战虎怎么还没到？"曾紫陌说："别提了，呆鸟忘了带卫星通信设备的电池。"高胜寒一愣。马路说："炸弹已经拆了，他带了个手机。"

"这地方有信号吗？"高胜寒纳闷儿。

"黄牛报告说时断时续，呆鸟一个人往山头上去了。"

"还能联系到他吗？"

"十分钟前他说已经和敌人交火，后面怎么呼叫都不回答。"

高胜寒接过马路手里的 V21 望远镜，大步走出去。山坡上，许飞满脸血污，躺在山坡对着下面射击。他擦擦眼上的血，下面，树后露着半个屁股，许飞抬手瞄准，啊的一声惨叫："屁股！他打了我的屁股！"许飞笑笑，转身往上爬，已经抓住山巅的边缘。

黄宝贵把弹匣整理了一下，咬牙祈祷："援军，援军，你再不来就只能拿牙咬了……"突然，黄宝贵一愣，眨巴着眼凑到 10 狙击瞄准镜观察——远处，尘土飞扬，人影绰绰。黄宝贵一愣："怎么从地面来了？"再仔细一看，尘土飞扬当中，露出 59 坦克的顶部。黄宝贵一惊："坦克——有坦克——"

高胜寒拿起对讲机："什么意思？"

"有三辆坦克——还有一百多人，都拿着枪，在往你们那边去！"

高胜寒一愣："谁的队伍？"

"不知道，都是黑人！赶快想办法——他们马上就到了！"

队员们都是一惊，高胜寒拿着对讲机，久久不说话。

"接近了！还有不到一公里！"黄宝贵急得大吼。高胜寒醒悟过来，转身跑进去。

"霹雳火过来！"高胜寒命令："把炸弹运到门口那边！"

"到底是谁的坦克？"曾紫陌问。

"来不及核实了，不利我们就打！"高胜寒说，"把所有的汽油桶都集中起来！"所有人都有条不紊地把油桶往外滚，手里拿着炸弹。

码头上，高胜寒组织工人把几台破车推过来，两侧摆上汽油，所有的酒瓶子玻璃器皿金属器皿桌椅板凳，全部打碎，还有破枪钢筋，全都放在车上。这些都是二次杀伤，那些玩意儿就是弹片！

李老憨跑到高胜寒身边："我们还能做点啥？"高胜寒看他："会用枪吗？！"李老憨点头："年轻时候是民兵！我的这些工人也都参加过军训，我们公司每年都组织实弹打靶！"高胜寒点头，一声虎吼："007！——"王星急忙跑来："有！"

"搜集所有能用的枪支弹药，给你五分钟时间！给他们速成！抓紧时间！"高胜寒命令。工人们忙碌着，调试枪支。高胜寒转身看向门口，忧心忡忡，但是目光果决。

"黄牛，我要你冷静听，明白吗？"

"收到。"黄宝贵低声回答。

"你还有多少颗 12.7 毫米的 10 狙击步枪子弹？"

黄宝贵拆下弹匣："三颗。我听不明白，飞狼？"

"我来告诉你这种坦克的弱点！你仔细听清楚！"

黄宝贵一愣："飞狼，你不是让我干坦克吧？"

"没有时间解释了！你听清楚！这种坦克的坦克瞄准镜位置，也就是正面炮筒的右侧，有一个很长的开口，装的是有机玻璃！ 12.7毫米的狙击步枪子弹，可以打穿坦克瞄准镜的有机玻璃！"

黄宝贵满头是汗，专心听着。

"炮长和车长在车里的位置是重叠的！如果是水平位置，在击穿有机玻璃以后，可以打掉炮长的脑袋，击穿车长的下腹部！在你的位置上，如果射击准确，可以打掉炮长的脑袋，打掉车长的腿！听明白了吗？"

黄宝贵擦擦汗："是，明白。"

"只要你的射击准确，坦克就废了！听明白了吗？"

"听明白了，但是……坦克不一定面对我啊？"

"我会想办法的，你要射击准确，果断！这是我们唯一的希望！你能做到吗？！"

黄宝贵擦擦眼上的汗："能！"

"你是我们的希望，生存的希望。"高胜寒放下对讲机，目光冷峻地注视着门口。

6

码头上，硝烟弥漫，一片静谧，到处都是激战后留下的痕迹，一种暴风雨来临前的寂静让人骤然紧张。

简报室里，总指挥深锁眉。崔华盾急促地呼吸着："我们不能再等了，真的不能再等了，请您下命令吧……"特战队员们围着，眼中含泪。总指挥皱眉："这是一个艰难的决定，你们要知道，如果霹雳火还没发动攻击，部队一出动，就可能导致数十名中国公民的死亡。"

山巅，风声浩浩。许飞拖着受伤的胳膊，浑身血污泥土，已经不成人样。他爬上山顶，躲在山石后面，开了两枪。对方急忙隐蔽。许飞闪身回来，咬住手枪。左手伸进弹匣包，掏出手机——信号满格。许飞笑了，把电话放在地上，打开免提，颤抖着按下通话键。

"喂？请问哪位？"

许飞把手枪放在左手："我的代号是呆鸟，今日密钥黄河东流去。"

"身份确认，请讲。"

许飞笑："我，我们现在……"

突然，一阵密集的弹雨扫过来——手机被打掉半个，许飞呆住了，残存的半个手机已经黑屏。

"我靠——"许飞怒吼着开枪，"不许打坏我的电话——啊——"

咔嗒！空腔挂机，许飞再次挂上弹匣，单手上膛，绝望地靠在石头上哭起来。

7

静谧的码头，队员们隐蔽在暗处，工人们也持枪散在各个隐蔽处。库房顶上，高胜寒趴在屋顶，拿着 V21 望远镜在观察。突然，一声巨响，三辆 59 坦克撞烂铁门冲了进来，摆成一条线。将军坐在吉普车上，一挥手，三辆坦克径直往库房前进。

库房里，蓝妞和孩子们都蹲在夏老师和伤员们周围。蓝妞悄声让大家捂上耳朵张开嘴，安静地待着。

高胜寒左手持望远镜，右手拿着引爆器，面色冷峻。三辆坦克一条线，步兵前前后后，已经走进油桶地雷阵。高胜寒的手指预压在起爆器上，没动。

坦克和步兵走进埋伏圈，将军的吉普车跟在后面。他扬扬自得，喝了口酒。高胜寒冷笑着按下引爆器，一瞬间，"轰！轰！"码头上到处爆炸，烈焰冲天，步兵们在弹雨当中抽搐着倒地，惨叫着在火焰中升腾。

将军吉普车的前车窗被椅子碎片击穿，椅子腿一下子穿过司机的眼，直接戳到后脑勺。本来已经震惊的将军翻身下车，躲在车后面，抱住脑袋，巨大的热浪把他掀翻在地。

爆炸还在继续！尘土不断地从库房顶上掉落下来，蓝妞和学生们都蹲在原地，捂着耳朵张着嘴，整个库房都在颤抖。

到处都是惨叫，躲在吉普车后的将军趴在了地上，抱着脑袋。刚一抬眼，咣！半截腿飞落在他的面前，还在燃烧。将军吓坏了，直往后缩，躲到车底。他拿出卫星电话，手颤抖着拨打，突然，又是一声壮烈的爆炸，将军吓得尖叫一声，抱住脑袋。

海面上，白鲸坐在直升机里拿着电话，电话里面传出一阵连环的爆炸声，白鲸一惊，还在冒烟的雪茄掉落在地。

航母简报室，一名海军参谋匆匆推门走进来："国内转过来一段电话录音。"

"什么电话录音？"总指挥急问。

海军参谋打开录音，是许飞的声音："我的代号是呆鸟，今日密钥黄河东流去……我，我们现在……"一阵密集的枪声响起，电话声断了。在场的所有人都大惊，总指挥站起身："出发！"

8

航母甲板，凌厉的战斗警报拉响了。J-15 战斗机呼啸着升空，队员们全副武装，登上直升机，拔地而起。

码头上，将军躲在车底下大声吼道："一下子就报销我一半的人，我不能再干了！

我得撤！"海面上，白鲸拿着卫星电话："将军，我加钱！加钱！"

"加钱也不能干！太可怕了！这不是特种部队，这是战争恶魔！"

"三倍！三倍！不，五倍！五倍！十倍！"

"十倍！可是你说的！赶紧兑现！"将军挂断电话，对着身边的随从："你！把人都叫回来！坦克重新集结！打炮！"

三辆坦克炮塔在移动，高胜寒对着耳麦沉声道："注意隐蔽，坦克要开炮了。"

狙击阵地上，黄宝贵满头是汗，抵着瞄准镜，十字线稳稳地套住了坦克瞄准镜。啪！——弹头脱膛，在空中旋转滑过，啪！击碎坦克瞄准镜，穿进去——炮长的脑袋瞬间被爆掉，坦克内部血肉横飞。二炮手和驾驶员都惊呆了，急忙开盖出去。

黄宝贵冷静下自己，继续瞄准下一个目标。另一辆坦克的坦克挪开，黄宝贵无法瞄准，高胜寒趴在屋顶，拿起狙击步枪，套准一个目标扣动扳机——正躲在车后的随从轰然倒地，步兵们叫嚷着："狙击手！狙击手！在上面！"高胜寒丢下狙击步枪，快速在屋顶跑过，子弹不停地追着他的脚步。

一辆坦克挪动炮塔，追随高胜寒。高胜寒一个鱼跃卧倒，拿起地上的另一把狙击步枪。轰！一声炮响，高胜寒卧倒蜷缩着，他闷哼了一声，一片小坦克炮弹碎片扎在他的左胳膊肌肉里面。高胜寒倒吸一口冷气，躺下喘息着。王星想起身，被曾紫陌一把拉住："等飞狼的命令！"

狙击阵地上，黄宝贵套住了坦克瞄准镜——第二辆坦克的坦克瞄准镜瞬间被打碎，血从坦克瞄准镜溅出来，驾驶员和二炮手也跑出来。将军呆住了，第三辆坦克急速倒车。

"有狙击手，在山上！"车长急喊。

坦克的炮塔在掉转，停住了。黄宝贵开枪，炮长看见山上的枪火高喊："我看见了！锁定！"——炮弹脱膛而出，黄宝贵从瞄准镜里看见了，他丢掉狙击步枪转身想跑，轰——一声大爆炸，黄宝贵被抛起来，重重地落在地上。黄宝贵被弹片划伤，咳嗽着吐出血，头一歪，闭上了眼。屋顶上，高胜寒忍住眼泪，一咬牙，把肌肉里面的弹片直接拔出来，顾不上流血，拿起对讲机："死战到底——"

"开火——"曾紫陌一声怒吼，霹雳火的队员和工人们几乎同时开枪，正在欢呼的步兵们猝不及防，纷纷中弹，其余的赶紧找隐蔽处。欢呼的车长急忙缩进去，子弹啪啪地打在盖上。将军怒吼着："打！给我开炮！轰没了他们！"

轰！轰！码头上到处爆炸，火光冲天。谢思潇躲身在隐蔽处，突然，黑龙一下子扑倒谢思潇。一声剧烈的爆炸……王星趴在地上被震得晕头转向。他咳嗽着摇头，谢思潇爬起来："黑龙！黑龙呢？！"黑龙呜咽着凑过来，谢思潇急忙坐起来，黑龙呜咽着蜷缩在她的怀里。

谢思潇摸着黑龙身上有血，眼里冒着火："王八蛋！我去宰了他们！"王星一把抱住她："你宰不了坦克，只会送死！"突然，又是一炮！王星扑在谢潇思和黑龙的身上，灰尘四飞，地动山摇……

高胜寒躺在屋顶处，咬牙给自己勒上止血带。这时，枪声大作，他拿起身边的狙击步枪，突然跪姿对下瞄准，寻找着扣动扳机。

"一定要干掉那辆坦克！"高胜寒怒吼。

"我去！"王星飞身起来，谢思潇按住他："你拿什么干那坦克？！"王星拿起背包，把所有的手榴弹都装进去："把你的手榴弹也给我！炸了它！"

谢思潇哭出来，王星把她的手榴弹都装进去，又拿起一边的C4炸药块。黑龙流着血，呜咽地看着王星。谢思潇哭着看着他。王星合上背包，转脸看她："死以前告诉你，我是真的爱上你了！"

"王星！"谢思潇哭着，王星一把推开她，纵身一跃出了掩体，黑龙噌一下子站起来。

王星飞奔出来，鱼跃到掩体后。高胜寒低头大吼："掩护他！——"说着拿起身边的轻机枪，跪姿对着下面一片扫射。

王星在弹雨中翻腾滚跃，谢思潇哭着举枪不断射击。王星从侧翼接近坦克，举起背包。坦克炮塔转向，王星拉着导火索，刚想扔出去，坦克炮塔已经面对他，同轴机枪射击……嗒嗒嗒……王星在弹雨当中抽搐着跪倒，他顽强地举起背包，但猝然倒下了。

导火索还在燃烧，谢思潇痛哭不已，黑龙蹭地窜出去，在弹雨中快速穿越。黑龙冲到王星身边，毫不犹豫地叼起还在燃烧导火索的背包，直接钻进坦克肚子下面。

轰隆！硝烟弥漫，坦克车底爆炸了！履带咣当一声断了，瘫停不动。王星躺在地上，无助地看着，谢思潇泪流满面，疯了似的哭着想冲出去，被马路斜刺上来扑倒，死死按住。

码头上，惨烈的战斗还在继续，弹壳飞舞，全力死战。赵小丫在满地的弹壳和空弹匣当中寻找："弹药——我们要没弹药了——"曾紫陌拔出匕首："拿刀！死战到底——"

9

码头上空，两架J-15高速低空掠过战场。飞行员大声汇报："指挥部，飞鹰已经抵达战场，无法分辨敌我，无法投弹，完毕。"高胜寒跑向旁边放着的一个背包，从里面拽出来一面红旗，快速跑向屋顶中央——一面大五星红旗在房顶缓缓展开。

僚机飞行员激动地大吼："我看见国旗了！我看见国旗了！战友和中国公民都在库房里面！"

上空，涂着八一军徽的J-15战斗机群快速超低掠过海面，机炮发射——轰！轰！码头周围立即升腾起一片水雾，水雾散去后靶船已经成为一团火焰，恐怖分子在弹雨当中抽搐，整个码头陷入一片火海……

山巅处，许飞手里死死抓着一枚手雷，拉环套在手指上。武装分子们把他抬起来，举过头顶欢呼着。许飞无助而绝望，眼泪从他的脸上滑落……

突然，一架巨大的武直-10正面对着他们，许飞看过去——顾意驾驶着武直-10，慢慢升起。武装分子们呆住了。许飞无力地笑了，眼泪继续冒出来。机炮对准他们，顾意用英文喊道："这里是中国人民解放军，立即放下武器，举手投降！"

崔华盾驾驶的直-10从另外一侧进入，悬停在上空，机炮也对准他们。武装分子们急忙放下许飞，丢掉武器，跪下举手。许飞被放在地上，抓紧手雷，笑着，看顾意。

驾驶舱里，顾意流着眼泪，对许飞摆手。许飞想摆手，抬不起来，只能笑着流泪。崔华盾推上墨镜，抹去眼泪："我们还有事要做。"

码头上，硝烟弥漫，遍地战痕。屋顶上面那面巨大的五星红旗在硝烟中飘扬。

10

海面上，一架直升机在飞翔。白鲸坐在机舱里："快快快！我们赶紧离开这儿！"直升机悬停，掉头，白鲸松了一口气："好险！你叔叔完了！解放军来了！我们赶紧逃命！"

黑人保镖大惊，突然，他指着白鲸身后，白鲸回过头———一架武直-10出现在直升机一侧。

"这里是中国人民解放军，你已进入我警戒区域，立即报告你的身份，跟随我们降落到指定地点，否则我们会采取果断措施。"崔华盾的声音掷地有声。

机舱里，白鲸呆若木鸡。老黑保镖拿起机枪，打开舱门，对着崔华盾开枪。白鲸大惊："不要啊！"崔华盾拉高："对我们开火了，干掉他——"

后座的甄大同果断按下发射键，悬挂在直-10下面的空对空导弹径直飞向直升机——轰！一团火焰腾空而起，直升机的残骸落入海中，只剩下一团黑色的硝烟在空中慢慢消散。

11

墓碑。

几十个墓碑排山而上，那是一个兵的方阵，鬼雄的方阵。

勋章。

熠熠泛光的勋功章在沉默，也是一个方阵。

烈士陵园里的长明火在静静地燃烧，一个新的墓碑立起来。

在石磊的墓碑旁边，又添了一座新坟。王星和黄宝贵、许飞坐在轮椅上，高胜寒站在墓前，谢思潇蹲下身，抚摸着黑龙的照片，眼泪止不住地流，撕心裂肺的哭声在陵园上空久久回荡。

霹雳火的战士们跑步登上台阶，在墓碑前方站成一排。黑洞洞的自动步枪枪口朝天，年轻的手几乎同时拉开枪栓。

"敬礼——"高胜寒高喊着举起右手。

唰——随着身后官兵们举起右手敬礼的同时，霹雳火的战士手中的步枪开始对天射击，嗒嗒嗒嗒……枪声震耳欲聋，在山间回响。枪口的火焰映亮了战士们的眼睛，仿佛在唤醒他们铁与血的回忆。

12

机场上，高胜寒和曾紫陌穿着常服，并排走着。良久，曾紫陌缓缓地说："经过这一系列的生离死别，真的是让我对人生有一种完全的陌生感，好像换了一个人一样，不太像我自己了。"高胜寒看着远方，轻叹了一口气："是的，战争会改变一个人。"

"难怪，你回来以后，我都觉得你陌生了。"高胜寒停住脚："你想对我说什么？"曾紫陌苦笑："好吧，你不好张嘴，我来说吧。我觉得，我们都觉得彼此陌生了，十年……我其实在想什么呢？完全不应该像个怨妇一样。我应该活回从前的曾紫陌！你说呢？"

高胜寒不说话。

"其实这也是你想说的，我们都努力过，但是……十年，我们真的变得陌生了。"

"我一直想弥补你。"

"你错了，高胜寒。"曾紫陌声音平静，"我不需要你的弥补，想来想去，我们曾经相爱过，但是阴差阳错，今天，我们应该都去追求自己的幸福。你不要老负罪了，即便我们真的走到一起，也不会幸福的。"曾紫陌伸出手，"我们是搭档，是战友，也是……兄弟！握个手，冰释前嫌，我们的任务真的很重，不能再分心了。"高胜寒含泪，慢慢伸出右手。两人都笑了，笑着流眼泪看着对方。

"哟！两个巨人的握手啊！"崔华盾和顾意穿着运动服跑过来。高胜寒笑："别瞒着我们了，我都听说了，结婚报告都交上去了。"顾意脸一红："嗯？情报工作做得不错啊！"高胜寒笑："别忘了，我是干什么的。"

"得得得，你们俩呢？什么时候？"崔华盾问。

"什么什么我们俩的，我们俩是兄弟！"曾紫陌莞尔一笑。崔华盾一愣，高胜寒点头："真的，说开了，你不也是我们的兄弟吗？"说着一捅崔华盾，崔华盾一躲，看高胜寒："真的？"高胜寒点头："真的。"

"我，我说什么好呢？"

"什么都不用说，看谁比谁快啊！"高胜寒摘下军帽飞奔出去。崔华盾急忙追过去："哎！不带先起跑的！"曾紫陌在后面开心地大喊："加油啊！航校双雄！"

顾意看向曾紫陌，竖起大拇指："大气！"曾紫陌笑了，擦去眼泪："过去——现在——未来——我还是适合和他们做兄弟！"

13

清晨的阳光披洒在城市上空，军区总医院的大楼在阳光下泛着亮光，一片安静。

夏初脸色煞白，穿着病号服躺在 ICU 病房里，蓝妞手里抱着一捧百合花，高胜寒推门走进来。蓝妞把花递给夏初："夏老师！你好点了吗？"夏初笑："我好多了，谢谢蓝妞！"高胜寒把水果放在旁边的桌子上："蓝妞，让夏老师躺下吧。"夏初看向高胜寒，眼神闪烁："你……今天怎么有时间来看我？"高胜寒支吾着："哦，今天不值班，我就带蓝妞来看看你……"

"哎呀，我都听不下去了！我爸太笨了——夏老师！"夏初一愣，蓝妞直接切入正题，"我爸跟我谈过了，想和你处对象，我同意了！我就不当电灯泡了，你们慢聊！我找少校阿姨玩去了！"蓝妞闪身走了。病房里就剩下高胜寒和夏初，两人反而有些不自在了。夏初的脸红透了，但笑容全凝在脸上，羞涩地看着高胜寒。

城市的街头，人潮涌动，王星穿着便装，一瘸一拐地拄着拐杖从珠宝店走出来，他看着手里的小盒子，笑了。这时，谢思潇从远处跑过来，脸一拉："哎哎哎！你这个人怎么这样啊？！让我一顿好找！"王星傻笑着："我就出来逛逛街！"谢思潇白了他一眼："你个病号逛什么街啊？赶紧回医院！"谢思潇转身，王星没动，谢思潇回身看他："走啊？干吗呢？"王星笑着从兜里掏出一个小盒子，打开。

"这一枚钻戒，是我送给你的。"王星架着拐杖，拿出戒指，谢思潇的眼泪唰地流下来了。王星咣地丢掉拐杖，当街跪下，拉起谢思潇的手，眼里都是柔情。王星轻轻地把钻戒套在谢思潇的无名指上，看着，谢思潇捂着嘴，泣不成声。

"我爱你！"王星仰头望着谢思潇，眼睛里燃烧着火焰，男人最柔情的一面在此刻淋漓尽现，"——嫁给我！"

谢思潇再也抑制不住地哭出声来，她捂着嘴，笑，眼泪从指缝间滑落。王星笑得很欣慰，突然，余光一闪——一点亮光闪过，又瞬间消失了。王星不动声色，偏脸观察着，对面，一辆黑色轿车的车门悄然打开，一个戴着墨镜的人走下车，黑色的围巾遮住她大半个脸，但王星还是一眼就认出来了，是龙丹丹。

龙丹丹静静地站在远处，王星也静静地看着她，好像时间在静默。良久，龙丹丹的嘴唇翕动了一下，泪水渐渐流过她白玉无瑕的脸颊，但脸上却绽出祝福的微笑——她的一生从此都要隐没在黑暗中，她的青春，她的热血和生命，都将要全部献给那一句誓言和信仰！爱情于她来说——他不在身边的日子，她才更爱他。龙丹丹从不后悔这个男人在她心里烙下的印迹，曾经是那么真实地存在。

——以至于，永不忘记。

图书在版编目（CIP）数据

霹雳火 / 刘猛著. -- 北京：北京联合出版公司，
2016.3（2020.9重印）
（特种兵系列）
ISBN 978-7-5502-7110-4

Ⅰ. ①霹… Ⅱ. ①刘… Ⅲ. ①长篇小说－中国－当代
Ⅳ. ①I247.5

中国版本图书馆CIP数据核字(2016)第008750号

霹雳火

出版统筹：新华先锋
责任编辑：唐乃馨　夏应鹏
封面设计：易珂琳
版式设计：朱明月

北京联合出版公司出版
（北京市西城区德外大街83号楼9层 100088）
天津市祥丰印务有限公司印刷　新华书店经销
字数367千字　787毫米×1092毫米　1/16　25印张
2016年3月第1版　2020年9月第2次印刷
ISBN 978-7-5502-7110-4
定价：59.00元